· 机器人学译丛 ·

机器人
建模和控制

（原书第 2 版）

马克·W. 斯庞 (Mark W. Spong)

［美］ 赛斯·哈钦森 (Seth Hutchinson)　著

M. 维德雅萨加 (M. Vidyasagar)

贾振中 徐静 付成龙 译

Robot
Modeling and Control
Second Edition

机械工业出版社
CHINA MACHINE PRESS

图书在版编目（CIP）数据

机器人建模和控制：原书第 2 版 /（美）马克·W. 斯庞 (Mark W. Spong)，（美）赛斯·哈钦森（Seth Hutchinson），（美）M. 维德雅萨加（M. Vidyasagar）著；贾振中，徐静，付成龙译 . —北京：机械工业出版社，2023.3

（机器人学译丛）

书名原文：Robot Modeling and Control，Second Edition

ISBN 978-7-111-72773-6

Ⅰ. ①机… Ⅱ. ①马… ②赛… ③M… ④贾… ⑤徐… ⑥付… Ⅲ. ①机器人 - 系统建模②机器人控制 Ⅳ. ① TP24

中国国家版本馆 CIP 数据核字（2023）第 045376 号

机械工业出版社（北京市百万庄大街 22 号 邮政编码 100037）
策划编辑：曲 熠　　　　　责任编辑：曲 熠
责任校对：潘 蕊 王明欣　责任印制：张 博
保定市中画美凯印刷有限公司印刷
2023 年 7 月第 1 版第 1 次印刷
185mm×260mm・22 印张・556 千字
标准书号：ISBN 978-7-111-72773-6
定价：119.00 元

电话服务　　　　　　　　　网络服务

客服电话：010-88361066　　机 工 官 网：www.cmpbook.com
　　　　　010-88379833　　机 工 官 博：weibo.com/cmp1952
　　　　　010-68326294　　金 书 网：www.golden-book.com
封底无防伪标均为盗版　机工教育服务网：www.cmpedu.com

近年来，随着科学技术的发展与进步，机器人技术及其研究在全球范围内发展得如火如荼。比尔·盖茨曾在《科学美国人》上撰文指出机器人技术将会成为信息技术之后的下一个发展热点和方向。以美国为例，谷歌公司的无人驾驶车辆、波士顿动力的四足和双足机器人、亚马逊公司的 Kiva 仓储自动导引车，以及美太空总署的好奇号火星车都在吸引着全球媒体的目光。欧洲、日本和中国等也纷纷出台了自己的机器人研究计划以及路线图。例如，在德国提出的"工业 4.0"和中国的最新科技发展规划中，机器人均作为核心技术受到了前所未有的重视。

过去数年来，我国作为全球最大的工业制造国，工业机器人的年装机数量已经跃居世界第一，并且还在快速增长！虽然近年来我国也涌现出一批机器人企业，但中国与欧洲、美国、日本等发达国家和地区在机器人领域还有相当明显的差距，特别是在核心零部件和基础软件等核心技术方面的差距更为明显。"中国智造"需要中国有一流的机器人技术和研究人才！中国的机器人技术要与世界先进水平接轨，人才培养是重中之重，而人才培养的关键之一在于要使用一流的教材。根据译者在中美两国多年的学习和工作经验，在学习阶段能使用与世界一流大学相同的优秀教材，对学生今后的长期职业发展有着莫大的益处。

机器人是融合了机械、电子以及计算机等技术的综合学科。从国际上来看，一本优秀教材通常需要该领域一流专家横跨多个学科的广泛涉猎以及多达数十年的深厚积累。由机器人领域顶级专家 Mark W. Spong、Seth Hutchinson 和 M. Vidyasagar 合著的这本书是一本难得的将机器人控制和数学基础都讲得很深入和系统的书籍，其结构严谨、语言精练，特别是以双连杆机器人为例将本书所涵盖的内容融为一体，包括运动学、雅克比矩阵、路径与轨迹规划、动力学、多变量控制、力控制、计算机视觉及基于视觉的控制等。本书在第 1 版的基础上做了一些修订，以反映过去十年间机器人领域发生的一系列变化，主要增加了关于移动机器人和欠驱动机器人的独立章节，并对视觉、控制和运动规划部分做了修订。另外，本书还附有大量习题，可帮助读者深入理解和掌握所学知识。因而，本书被国外很多名校选作机器人方向的教材，包括伊利诺伊大学、约翰斯·霍普金斯大学、密歇根大学、卡内基·梅隆大学、华盛顿大学和西北大学等。

本书由南方科技大学的贾振中、付成龙，以及清华大学的徐静翻译。由于译者水平所限，书中难免存在缺点和错误，欢迎读者批评指正。

译者

2023 年 3 月 1 日

本书是我们 2006 年在 Wiley 出版的《机器人建模和控制》的第 2 版，而第 1 版源自更早期 M. W. Spong 和 M. Vidyasagar 于 1989 年在 Wiley 出版的《机器人动力学与控制》。本书反映了过去十年间机器人学和机器人教育领域发生的一系列变化。特别是，现在很多机器人课程[⊖]都将移动机器人与机械臂平等对待。因此，我们将关于移动机器人的讨论扩展为一个新的完整章节。此外，我们增加了一个关于欠驱动机器人的新章节。我们还修订了有关视觉、基于视觉的控制和运动规划部分，以反映这些主题的变化。

本书结构

本书第 1 章介绍机器人发展的历史和技术术语，并讨论常见的机器人设计和应用。之后的内容可以分为四个部分。第一部分由 4 章(第 2~5 章)组成，主要介绍刚体运动的几何知识以及机械臂的运动学。

- 第 2 章介绍刚体运动的数学基础，包括旋转、平移和齐次变换。
- 第 3 章介绍使用 Denavit-Hartenberg(DH)约定表示的机器人正运动学问题的解法，其中 DH 约定提供了一种非常直接和系统的方法来描述机械臂的正运动学。
- 第 4 章讨论速度运动学和机械臂的雅可比。我们以叉积形式导出几何雅可比。我们还引入了所谓的分析雅可比，供以后在任务空间控制中使用。在第 5 章中我们增加了关于数值逆运动学算法的部分，因为这些算法依赖于雅可比来实现，为此我们将第 1 版中速度运动学和逆运动学的顺序颠倒过来，即先介绍速度运动学，然后再介绍逆运动学。
- 第 5 章使用几何方法来处理逆运动学问题，几何方法特别适用于具有球型手腕的机械手。我们展示了如何求解常见机械手构型的逆运动学闭式解。我们还讨论了求解逆运动学的数值搜索算法。由于计算机功能的增强和数值算法开源软件的出现，数值算法越来越受欢迎。

本书的第二部分由第 6 章和第 7 章组成，分别介绍机器人的动力学和运动规划。

- 第 6 章详细介绍机器人的动力学。从第一性原理推导出欧拉-拉格朗日方程，并详细讨论了其结构特性。本章还介绍了机器人动力学的递归牛顿-欧拉公式。
- 第 7 章介绍路径和轨迹规划问题，涵盖几种流行的运动规划和避障方法，包括人工势场方法、随机算法和概率路线图方法。轨迹生成问题本质上是多项式样条插值问题，我们推导了基于三次和五次多项式的轨迹生成以及梯形速度轨迹，并将其用于关节空间中的插值。

本书的第三部分介绍机械臂的控制，包括第 8~12 章。

⊖ 例如"现代机器人学"。——译者注

- 第 8 章介绍独立关节控制，包括基于 PD、PID 和状态空间方法的线性模型与线性控制方法，用于设定点调节、轨迹跟踪和干扰抑制。本章还介绍了包括计算力矩控制方法在内的前馈控制概念，将其作为非线性干扰抑制和时变参考轨迹跟踪的方法。

- 第 9 章讨论非线性控制和多变量控制，总结了 20 世纪 80 年代末到 20 世纪 90 年代初在机器人控制方面的大部分研究，给出了最常见的鲁棒和自适应控制算法的简单推导，为读者接下来阅读广泛的机器人控制文献打下基础。

- 第 10 章讨论力控制问题，包括阻抗控制和混合控制。我们还介绍了一种鲜为人知的混合阻抗控制方法，该方法允许人们控制阻抗并同时调节运动和力。据我们所知，本书是第一本讨论用于机器人的力控制的混合阻抗控制方法的教材。

- 第 11 章介绍视觉伺服控制，即利用安装在机器人或工作空间中的相机的反馈来控制机器人。我们介绍了对基于视觉的控制应用最有用的计算机视觉基础知识，例如成像几何和特征提取。然后，我们研究将相机运动与提取特征的变化联系起来的微分运动学，并讨论视觉伺服控制中的主要概念。

- 第 12 章是对几何非线性控制和非线性系统反馈线性化方法的概述。反馈线性化推广了第 8 章和第 9 章中介绍的计算力矩和逆动力学控制方法。我们推导并证明了单输入/单输出非线性系统的局部反馈线性化的必要和充分条件，然后将其应用于柔性关节控制问题。我们还介绍了具有输出注入的非线性观测器的概念。

本书的第四部分是全新的内容，包括第 13 章和第 14 章，分别介绍欠驱动机器人和非完整约束系统的控制问题。

- 第 13 章讨论欠驱动串联机器人。欠驱动多出现在双足运动和体操机器人等应用中。实际上，第 8 章和第 12 章介绍的柔性关节机器人模型也是欠驱动机器人的典型例子。我们提出了部分反馈线性化和转换为范式的概念，这对控制器设计很有用。我们还讨论了控制此类系统的能量和无源方法。

- 第 14 章主要讨论轮式移动机器人，它们是受非完整约束的系统的实例。之前的章节中介绍的许多控制设计方法不适用于非完整系统，因此我们介绍了一些适用于非完整约束系统的新技术。我们介绍了两个基本结果，即周氏定理和 Brockett 定理，它们分别为移动机器人的可控性和稳定性提供了条件。

最后，我们对附录进行了扩展，提供了许多必要的数学背景知识，以便帮助读者跟上相关概念的发展。[⊖]

给教师的说明

本书适合作为几个学季或学期的机器人学课程教材，这些内容可以分为两门或三门课程，也可以作为独立课程。本书的前五章可用于大三、大四学生的机器人导论课程，学生至少需要学过线性代数。如果学生对线性控制系统有一定了解，也可将第 8 章内容包含在

⊖ 附录 B 对向量和矩阵的表示方法及字体约定做了说明，读者可先阅读附录 B 以了解本书的特殊约定。——编辑注

该导论课程中。独立关节控制问题主要涉及执行器和传动系统动力学的控制，因此，大多数内容都可以在没有欧拉-拉格朗日动力学知识的情况下教授。

可以使用第 6～12 章的全部或部分内容来教授有关机器人动力学及控制的研究生课程。

最后，可以使用第 9～14 章来教授一门或多门专题课程。下面我们简要概述可用本书教授的几门课程。

课程 1：机器人导论

水平：大三/大四本科生

单学季课程（10 周）：

第 1 章：导论

第 2 章：刚体运动

第 3 章：正运动学

第 4 章：速度运动学

第 5 章：逆运动学

单学期课程（16 周），在上述各章基础上增加：

第 7 章：路径和轨迹规划

第 8 章：独立关节控制

课程 2：机器人动力学及控制

水平：大四本科生/研究生

单学季课程（10 周）：

第 1～5 章：运动学的快速回顾（选择章节）

第 6 章：动力学

第 7 章：路径和轨迹规划

第 9 章：非线性和多变量控制

第 10 章：力控制

单学期课程（16 周），在上述各章基础上增加：

第 11 章：基于视觉的控制

第 12 章：反馈线性化

课程 3：机器人控制的高等专题

水平：研究生

单学期课程（16 周）：

第 6 章：动力学

第 7 章：路径和轨迹规划

第 9 章：非线性和多变量控制

第 11 章：基于视觉的控制

第 12 章：反馈线性化

第 13 章：欠驱动机器人

第 14 章：移动机器人

授课教师可用其他材料作为上述课程的补充材料，以更深入地研究特定主题。此外，最后两章中的任何一章都可以在课程 2 中涵盖，方法是去掉第 10 章或第 11 章。

致谢

特别感谢 Nick Gans、Peter Hokayem、Benjamin Sapp 和 Daniel Herring，他们出色地制作了第 1 版中的大部分插图，感谢 Andrew Messing 对第 2 版插图的贡献。感谢 Francois Chaumette 在第 11 章中关于交互作用矩阵公式化的讨论，感谢 Martin Corless 在第 9 章中关于鲁棒控制问题的讨论。感谢几位审稿人非常详细和深思熟虑的校阅，尤其是 Brad Bishop、Jessy Grizzle、Kevin Lynch、Matt Mason、Eric Westervelt。感谢我们的学生 Nikhil Chopra、Chris Graesser、James Davidson、Nick Gans、Jon Holm、Silvia Mastellone、Adrian Lee、Oscar Martinez、Erick Rodriguez 和 Kunal Srivastava 对第 1 版的建设性反馈。

感谢 Lila Spong 对第 2 版手稿的校对，还要感谢向我们发送第 1 版印刷错误和勘误表的许多人，特别是 Katherine Kuchenbecker 和她的学生，他们提供了大量的勘误信息。

Mark W. Spong

Seth Hutchinson

M. Vidyasagar

目 录

Robot Modeling and Control，Second Edition

附录

导　论

机器人技术是跨越传统工程界限发展而来的现代技术中一个相对年轻的领域。理解机器人及其应用的复杂性，需要具备电气工程、机械工程、系统和工业工程、计算机科学、经济学和数学等多方面的知识。工程实践中的新兴学科（如制造工程、应用工程、以及知识工程等）不断涌现，这些学科可用于应对机器人和工厂自动化领域的复杂问题。现如今，移动机器人的研究和应用也变得越来越重要，例如将其应用在自主导航车辆和星际探索方面。

本书侧重于机器人技术的基本原理，包括运动学、动力学、运动规划、计算机视觉和控制。我们的目标是介绍与上述主题密切相关的重要概念，并将它们用于工业机械臂、移动机器人以及其他机械系统中。

机器人（robot）一词最早由捷克剧作家卡雷尔·恰佩克（Karel Čapek）在 1920 年的戏剧 *Rossum's Universal Robots* 中首次引入，robota 一词在捷克语中是工人的意思。从此以后，机器人一词被广泛用于各种机械设备中，如遥操作机器人、水下机器人、自动驾驶车辆、无人机等。基本上任何具备某种自主操作能力的东西（通常是在计算机的控制下）都可被称作机器人。在本书中，我们主要关注两种机器人：工业机械臂和移动机器人。

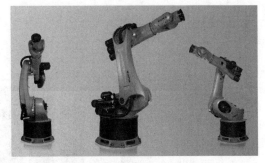

图 1.1　库卡 KR 500 FORTEC 机器人属于典型的六轴工业机械臂（图片来源：KU-KA Robotics）

工业机械臂

工业机械臂（industrial manipulator）如图 1.1 所示，实质上是在计算机控制下运行的机械手臂。尽管这种设备与科幻小说里的机器人相差甚远，但它依然是极其复杂的机电系统，并且需要使用高等方法对它们进行分析描述。这类机器人引入了很多具有挑战性且有趣的研究问题。

美国机器人协会对此类机器人的官方定义为：

机器人是一种可重复编程的多功能机械臂，它们通过可变程控运动来执行如移动物料、零件、工具或者特种设备等各种任务。

上述定义中的关键因素在于可重复编程，这使得机器人变得实用，并能够适应多种应用环境。所谓的机器人革命，实际上属于范围更广的计算机革命的一部分。

即使上述机器人定义受到了限制，仍有几个特点使得机器人在工业环境中极具吸引力。在讨论将机器人引入某应用时，人们通常会提到下列优势：降低劳动力成本、提高精度和生产效率、比专用机器（专机）更好的灵活性、（给工人提供）更人性化的工作条件（因为机器人可代替人类完成枯燥、重复或危险的工作）。

工业机械臂是两种早期技术结合的产物：**遥操作设备**以及**数控铣床**。遥操作设备也称为主从操作设备，在第二次世界大战中被开发用来操持放射性物质。计算机数控（computer numerical control，CNC)技术的开发源于某些零件加工过程中的高精度需求，例如高性能飞机中的零件。实际上，第一批机器人是把遥操作设备里的机械连杆与数控机床的自主性和可编程性结合在一起而开发出来的。

机器人机械臂的首次成功应用一般都涉及某种形式的物料转移，如注射成型或冲压，在这些应用中，机器人仅仅负责从冲压机械中卸货，并将成品部件转移或堆叠。第一批此类机器人可被编程以执行某动作序列，例如移动到位置 A、关闭夹持器、移动到位置 B 等，但是它们没有感知外部信息的能力。更复杂的应用，例如焊接、磨削、去毛刺以及装配，不仅需要更复杂的运动，而且需要某些形式的外部感知能力，如视觉、触觉或力觉，这是因为机器人和周围环境之间的互动增强。

图 1.2 展示了 2014～2020 年全球工业机器人的预估装机数量。未来服务机器人和医疗机器人的市场可能会比工业机器人的市场还要大。服务机器人的定义是工业生产之外的机器人应用，如扫地吸尘、割草、擦窗、送货等。仅 2018 年一年，全球服务机器人的销售量就达到了 3000 万台。在未来，随着人口老龄化的加剧，看护机器人以及其他医疗机器人将会有很广阔的市场。

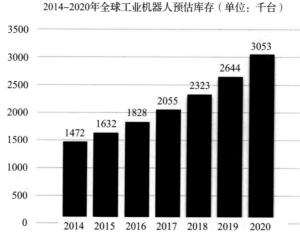

2014~2020年全球工业机器人预估库存（单位：千台）

图 1.2　2014～2020 年全球工业机器人的预估装机数量。工业机器人市场每年增长约 14%（数据来源：国际机器人联合会，2018 年）

移动机器人

移动机器人（mobile robot）可分为轮式机器人、履带式机器人以及行走、攀爬、游泳、爬行和飞行机器人。图 1.3 展示了一个典型的轮式机器人。轮式机器人的应用有家用机器人，如吸尘机器人和割草机器人；还有野外机器人，如检测机器人、搜救机器人、环境监测机器人、林业/农业机器人等。自主车辆（如自动驾驶轿车和卡车）也是一个有着极好前景的新兴领域。

图 1.3　Fetch 系列机器人是移动机器人的典型例子。右图展示了一个装有机械臂的移动机器人底盘（图片由 Fetch Robotics 提供）

在很多其他不可能或不适宜人类工作者的应用领域中，机器人也有很多应用，包括海底和星际探测、卫星回收和维修、解除爆炸装置、放射性环境中的工作等。最后，诸如人工义肢的假肢本身就是机器人设备，它们需要使用与工业机器人相类似的分析和设计方法。

在过去的 20 年里，归功于计算机和传感器技术的快速发展，以及控制和计算机视觉理论的进步，机器人科学有了极大的发展。除去上文列出的应用之外，机器人技术还包括本书中未涉及的几个领域，例如腿式机器人、飞行和游泳机器人、抓握、人工智能、计算机架构、编程语言和计算机辅助设计。实际上，有关机电一体化（mechatronics）的新主题在过去的四十年中不断涌现，并且从某种意义上来说，机器人技术可被看作机电一体化的子学科。

机电一体化可定义为机械、电子、计算机科学和控制的协同集成，包括机器人技术和许多其他领域，如汽车控制系统。

1.1　机器人的数学模型

在本书中，我们将主要侧重于机器人数学模型的推导和分析。特别是，我们将开发一些方法来表示机器人操作和运动中的基本几何结构。引入这些数学模型之后，我们将开发一些方法来规划和控制机器人的运动，从而使它们执行各种特定任务。本节中，我们首先介绍一些基本的符号和术语，在后续章节中，我们将使用这些术语来推导机器人机械臂和移动机器人的数学模型。

1.1.1　机器人的符号表示

机器人机械臂是由一系列通过**关节**（joint）相连的**连杆**（link，也称杆件）组成的一个**运动链**（kinematic chain）。关节通常包括回转（旋转）或平动（线性）两种。**回转**（revolute）关节就像是一个铰链，使得与其相连的两个连杆可以相互转动。**平动**（prismatic）关节使得与其相连的两个连杆之间可以相互平移。我们使用 R 来指代回转关节，用 P 来指代平动关节，如图 1.4 所示。例如，一个带有三个回转关节的三连杆机械臂可被称为 RRR 型机械臂。

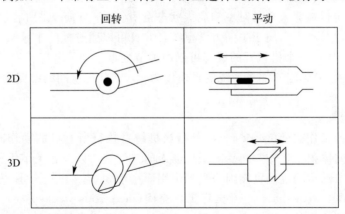

图 1.4　机器人关节的符号表示。每个关节对应机器人邻近连杆间的一个相对运动自由度。回转关节（左边的二维和三维图示）导致邻近连杆间的一个相对转动。平动关节（右边的二维和三维图示）导致邻近连杆间的一个相对平移或伸缩运动

每个关节代表两个连杆之间的连接情况。如果某关节被用来连接连杆 i 和连杆 $i+1$，我们用 z_i 表示回转关节的旋转轴线，或是平动关节的平移轴线。我们用**关节变量**来表示两个相邻连杆之间的相对运动，其中 θ 对应回转关节，d 对应平动关节。在第 3 章中，我们将就此做详细讨论。

1.1.2 位形空间

机械臂的**位形**(configuration)是指对机械臂上各点位置的完整规范。所有位形的集合称为**位形空间**(configuration space)。如果我们已知关节变量的取值(例如回转关节的转角或平动关节的移动距离),那就容易推断机械臂上任何一点的位置,这是因为我们假定机械臂的各连杆均为刚性连杆,并且底座是固定的。所以,在本书中,我们将使用关节变量值的集合来表示机器人的位形。我们用 q 来表示这个集合向量,并且当关节变量依次取值为 $q_1, \cdots, q_n$ 时(回转关节对应 $q_i = \theta_i$,平动关节对应 $q_i = d_i$),我们称机器人处于位形 q。

如果一个物体的位形最少可以由 n 个参数来确定,我们称这个物体具有 n 个**自由度**(degrees of freedom,DOF)。因此,自由度的数目等于位形空间的维度。对于一个机器人机械臂,它的关节数目决定了自由度的数目。一个处于三维空间的物体具有 6 个自由度:包括 3 个对应**位置**(positioning)的自由度和 3 个对应**姿态**(orientation)的自由度。所以,一个机械臂通常最少具有 6 个独立自由度。如果自由度小于 6,机器人手臂将无法以任意姿态到达工作空间中的每一点。某些应用(例如绕过障碍物或到达其后方)可能需要 6 个以上的自由度。一般称自由度大于 6 的机械臂为**运动学冗余**(kinematically redundant)机械臂。图 1.5 展示了一个 7 自由度的冗余机械臂。

图 1.5 Kinova Gen3 超轻机械臂,是一个 7 自由度的冗余机械臂

1.1.3 状态空间

位形为机器人机械臂的几何结构提供了一种瞬时描述,但它与动态响应毫不相干。与此相反,机器人机械臂的**状态**(state)是指这样一组变量:结合机械臂的动力学描述以及未来输入,足以确定机械臂未来的时域响应。**状态空间**(state space)是所有可能状态的集合。对于机械臂来说,其动力学属于牛顿力学范畴,并且可以通过推广牛顿第二定律方程 $F = ma$ 来加以确定。所以一个机械臂的状态可以由关节变量 q 和关节速度 $\dot{q}$(加速度与关节速度的时间导数有关)来确定。如果系统的自由度为 n,其状态空间的维度为 $2n$。

1.1.4 工作空间

一个机械臂的**工作空间**(workspace)是指当机械臂执行所有可能动作时,其末端执行器扫过的总体空间体积。工作空间受限于机器人的几何结构以及各关节上的机械限位。例如,一个回转关节的运动范围可能因为受到限制而小于 $360°$。工作空间一般可以分为**可达工作空间**(reachable workspace)以及**灵巧工作空间**(dexterous workspace)。可达工作空间是指机械臂可以抵达的所有点的集合,而灵巧工作空间是指机械臂可以以任意姿态抵达的所有点的集合。显然,灵巧工作空间是可达工作空间的一个子集。本章的后续部分将展示几种机器人的工作空间。

1.2 作为机械装置的机器人

在推导数学模型时,我们一般不会考虑机械臂的一些物理方面的特征。这些特征包括机械方面(如关节实际上是如何制造的)、精度和重复精度,以及安装在末端执行器上的工具。本节中,我们将简要介绍其中的一些方面。

1.2.1 机器人机械臂的分类

机器人机械臂可以按照几个标准来进行分类，比如它们的**动力源**（power source）或者关节的驱动方式、它们的**几何结构**（geometry）或者运动构造、它们的**控制方法**（method of control），以及预期的**应用领域**（application area）。这些分类方式在决定选取何种机器人来满足给定的任务时特别有用。例如，液压机器人可能并不适用于食品处理或无尘室应用，而 SCARA 机器人可能并不适合用于汽车喷漆。我们将在下文中详细解释。

动力源

大多数机器人依靠电力、液压或者气动方式进行驱动。液压驱动器有着其他方式无法比拟的响应速度以及扭矩性能，因此液压机器人主要用于提取重物。液压机器人的缺点是可能造成液压油泄漏（密封问题）、外围设备众多（如液压泵，这将增加维护成本）以及噪音。由直流或交流电机驱动的机器人越来越受欢迎，因为它们更便宜、更清洁、更安静。气动机器人成本不高而且结构简单，但是它们无法实现精确控制，因此应用范围和普及受到限制。

控制方法

机器人按照控制方法可以分为**伺服**（servo）和**非伺服**（nonservo）两种。最早的机器人属于非伺服类型。这些机器人基本上是**开环**（open-loop）控制装置，它们的运动范围受限于预先设置好的机械限位，并且主要用于物料传送。实际上，根据上述定义，（依靠）固定（限位装置）停止的机器人很难有资格被划分为机器人。伺服类型的机器人通过**闭环**（closed-loop）计算机控制来决定它们的运动，因而可被看作真正的多功能、可编程装置。

对伺服类型的机器人来说，我们可以根据其控制器对末端执行器引导方式的不同来做进一步分类。最简单的伺服机器人是**点到点**（point-to-point）机器人。点到点机器人可以通过示教来设置一系列离散点，但末端执行器在这些点之间的轨迹则不受控制。对此类机器人，通常可使用**示教盒**（teach pendant）来设置这些离散点，然后对这些点进行存储和回放再现。点到点机器人的应用范围有限。与此相比，**连续路径**（continuous path）机器人末端执行器的整个路径都可被控制。例如，可以通过示教让机器人末端执行器来跟踪两个点之间的直线段，甚至是诸如焊缝之类的特定轮廓。此外，通常可以控制末端执行器的速度和/或加速度。它们属于最先进的机器人，通常需要开发极为复杂的计算机控制器和软件。

应用领域

根据应用领域的不同，机器人机械臂通常可被分为**装配**机器人和**非装配**机器人。装配机器人通常体型较小，依靠电力驱动，并且常采用回转关节型或是 SCARA 型（见下文）设计。迄今为止，典型的非装配应用领域有焊接、喷漆、材料搬运以及设备装卸。

装配应用和非装配应用之间的主要区别之一是：装配有较高的精度要求，这是因为在工作空间内的装配工件之间有显著的相互作用力。例如，一个装配任务可能需要进行部件插接（所谓的**轴孔装配问题**，peg-in-hole problem）或齿轮啮合。各部件间一个微小的配合不当便会导致楔入（wedging）和卡堵（jamming），这将产生很大的作用力而使装配任务失败。因此，如果没有专用的夹具，或是无法测量和控制工件间的相互作用力，将很难完成装配任务。

几何结构

当前大多数工业机器人的自由度数目不多于 6 个。根据机械臂的前三个关节（其余的腕关节被单独描述），可以对这些工业机器人做运动学上的划分。大多工业机器人可对应以下五种几何结构中的一种：关节铰接型（RRR）、球坐标型（RRP）、SCARA 型（RRP）、圆柱型（RPP）或者直角坐标型（PPP）。我们将在 1.3 节中详细讨论这些几何结构。

这五种机械臂都属于**串联连杆**（serial link）机器人。第六种机械臂具有完全不同的几何结构，即所谓的**并联机器人**（parallel robot）。在并联机器人中，连杆组成一个封闭而不是开放的运动链。虽然本章中我们会简要讨论并联机器人，但相比串联机器人，它们的运动学和动力学更为复杂，因此，关于此方面更详细的叙述请参考相应的高等书籍。

1.2.2 机器人系统

机器人机械臂不应仅被看作机械连杆组成的集合。如图 1.6 所示，机械手臂仅仅是整个**机器人系统**中的一个组成部分，而整个系统则包括机械臂、外部动力源、手臂末端工具、外部和内部传感器、计算机接口以及控制计算机。甚至编程软件也应该被看作整个系统的一个组成部分，这是因为机器人的编程和控制方式对其性能以及接下来的应用范围都有着重要影响。

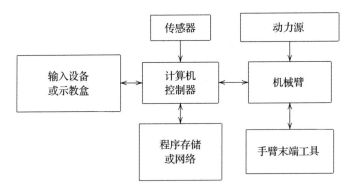

图 1.6 机械臂、传感、计算、用户界面和工具组成了复杂的机器人系统。许多现代机器人系统已经集成了计算机视觉、力/力矩传感以及先进的编程和用户界面功能

1.2.3 精度和重复精度

机械臂的**精度**（accuracy）是对机械臂能以何种接近程度到达工作空间内某给定点的能力的一种度量。**重复精度**（repeatability）则是对机械臂能以何种接近程度返回先前示教点的能力的一种度量。测量定位误差的主要方法是使用位于关节部位的编码器，这些编码器可安装在用来驱动关节的电机轴上或者关节自身上。我们通常不会对末端执行器的位置和姿态进行直接测量，而是基于机械臂几何结构和刚体假设，根据测量的关节位置来计算末端执行器的位置。因此定位精度会受到下列因素的影响：计算误差、机械臂制造过程的加工精度、机械连杆在重力或者负载作用下的柔性变形、齿轮间隙以及其他多种静态和动态因素（如摩擦力等）。这也正是机器人通常要采用极高刚度设计的主要原因。如果没有很高的刚度，机器人精度的提高只能依赖于对末端执行器位置的直接测量，例如采用计算机视觉技术。

当我们利用示教盒给机械臂设置示教点时，必须考虑上述因素的影响，同时控制计算机会将与该给定点位置相对应的编码器的值存储起来。因此，重复精度主要取决于控制器的分辨率。**控制器的分辨率**（controller resolution）是指控制器可检测到的最小运动增量。此分辨率等于总的运动距离除以 2^n，其中 n 指代编码器的精度位数。在这种情况下，线性轴（也就是平动关节）通常比回转关节具有更高的分辨率，因为线性轴的末端在两点间扫过的距离小于回转连杆扫过的弧线段长度。

　　此外，在后续章节中我们将会看到，旋转轴通常会引起连杆间大量的运动学和动力学耦合，因而会引起误差积累，从而使得控制问题变得更加复杂。于是，人们可能想知道回转关节在机械臂设计中到底有什么样的优势。答案的关键在于使用回转关节来设计机器人能增加灵活性并使其结构变得紧凑。例如，图 1.7 中，要达到相同的运动范围，旋转连杆的尺寸可以比线性连杆小很多。

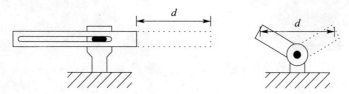

图 1.7　线性连杆与旋转连杆的运动对比，该图表明，与较大的平动关节相比，一个较小的回转关
　　　　节可以覆盖相同的运动距离 d。线性连杆末端可覆盖的最长距离等于连杆长度 a；与此相
　　　　比，旋转连杆末端可覆盖的最长距离等于 $2a$，也就是连杆转过 $180°$ 时所对应的距离

　　因此，基于回转关节制作的机械臂所占用的工作空间容积比基于平动关节制作的机械臂要小。这增强了机械臂与其他机器人、设备和操作人员在同一空间内共同工作的能力。同时，回转关节机械臂能更好地躲避障碍物，并且有着更广泛的应用前景。

1.2.4　手腕和末端执行器

　　在机械臂和末端执行器之间的运动链中的关节被称为**手腕**（wrist）。手腕关节几乎全都是回转关节。在机械臂设计中越来越普遍的一种做法是使用**球型手腕**（spherical wrist），该手腕的三个关节轴相交于同一点，这一点被称为**手腕中心**（或**腕心**，wrist center point）。图 1.8 展示了一种球型手腕。

　　球型手腕大大简化了运动分析，因此人们可以对末端执行器的位置和姿态进行有效的解耦。通常，机械臂有三个自由度来进行定位，这由机械臂上的三个或者更多关节完成。因而，姿态的自由度数目取决于手腕的

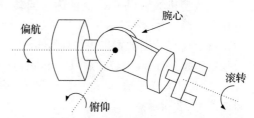

图 1.8　球型手腕。球型手腕的旋转轴线通
　　　　常可被表示为滚转、俯仰和偏航，
　　　　并且这些轴线相交于同一点，该交
　　　　点被称为腕心

自由度数目。根据应用场合的不同，手腕通常设计有一个、两个或者三个自由度。例如，图 1.14 中所示的 SCARA 机器人具有四个自由度：手臂上的三个自由度，以及手腕上的一个关于最终 z 轴的回转自由度。

　　机器人的手臂和手腕组件主要用来定位的**手**（hand）、**末端执行器**（end effector），以及它携带的任何**工具**（tool）。实际上执行任务的是末端执行器或工具。最简单的一种末端执行器是手爪，如图 1.9 所示，它通常只能执行**开启**（opening）和**闭合**（closing）这两种命令。虽然这能满足物料搬运、夹持一些零件或者抓取简单工具的要求，但还达不到焊接、装配、研磨等任务的需求。

　　因此，人们投了大量精力来研究专用的末端执行器的设计以及可根据具体任务进行快速更换的工具。因为我们关心的是对机器人本身的分析和控制，而不是特定的应用或末端执行器，我们将不讨论末端执行器的设计或对抓取和操作的研究。此外，人们也对如

图 1.10 所示的仿生机械手的开发进行了大量研究。

图 1.9 一个两指的手爪（图片来源：Robotiq，Inc.）

图 1.10 Barrett Technologies 公司研发的一种仿生机械手。这种机械手具有更好的灵巧操作能力，能操作不同尺寸和几何形状的物体（图片来源：Barrett Technologies）

1.3 常见的运动学配置

使用平动和转动关节来搭建运动链的方式多种多样。然而，在实践中我们只使用少数几种运动设计。在这里，我们简要叙述几种典型的配置方案。

1.3.1 关节型机械臂

关节型机械臂（RRR）也被称为回转（revolute）、肘（elbow）或仿人（anthropomorphic）机械臂。图 1.11 中展示了库卡 500 关节型机械臂。在关节型仿人设计中，如图 1.11 所示，三个连杆分别被指定为机体（body）、上臂（upper arm）和前臂（forearm）。关节轴分别被指定为腰（waist，z_0）、肩（shoulder，z_1）和肘（elbow，z_2）。通常情况下，肘关节转轴 z_2 平行于肩关节转轴 z_1，并且 z_1 和 z_2 均垂直于腰关节转轴 z_0。关节型机械臂的工作空间如图 1.12 所示。

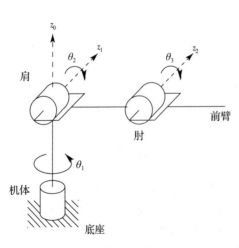

图 1.11 关节型机械臂的符号表示（左）和库卡 500 机械臂（右）。库卡 500 机械臂是一种常见的关节型机械臂，它的关节和连杆类似于人类的关节和四肢（图片来源：KUKA Robotics）

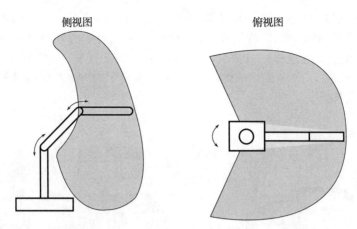

图 1.12　关节型机械臂的工作空间。与其他形式的机械臂设计相比，关节
型机械臂所能提供的工作空间与自身尺寸的比例系数更大

　　回转关节中常用的另一种设计是使用**平行四边形连杆**（parallelogram linkage），例如 ABB 公司的 IRB 6400 机器人。相比不使用平行四边形结构的关节型机械臂，平行四边形连杆虽然灵巧性稍差，但它具有几个优点，使其成为机器人设计中极具吸引力的一种流行设计（某些腿式机器人也采用这种设计）。平行四边形连杆机械臂最显著的特点是：其第 3 轴的驱动器安装在第 1 个连杆处，由于电机重量主要由连杆 1 承载，连杆 2 和连杆 3 可以制作得更为轻便，因而也降低了对电机驱动力的要求。另外，平行四边形机械臂的动力学也比上述关节型机械臂要简单，因而更加容易控制。

1.3.2　球坐标型机械臂

　　通过采用平动关节（移动副）来取代关节型机械臂的第三个关节（即肘关节），可以得到如图 1.13 所示的球坐标型机械臂（RRP）。**球坐标型机械臂**这一术语源自下列事实：机器人的关节坐标与末端执行器相对于肩关节处坐标系的球面坐标重合。图 1.13 展示了斯坦福机械臂（Stanford Arm），它是最有名的球坐标型机器人之一。

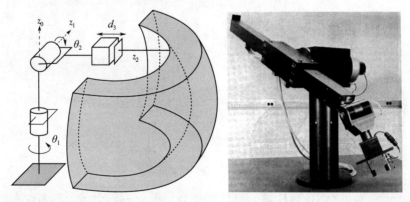

图 1.13　球坐标型机械臂的符号表示（左），早期球坐标型机械臂的典型代表——斯坦福机械臂（右）
（图片来源：Coordinated Science Laboratory，伊利诺伊大学厄巴纳-香槟分校）

1.3.3　SCARA 型机械臂

　　图 1.14 中所示的 **SCARA 机械臂**（selective compliant articulated robot for assembly，

选择顺应性装置机械臂）是一种常用的机器人，顾名思义，它专门用于装配操作。虽然 SCARA 机器人具有 RRP（回转–回转–平动）结构，但它与球坐标机械臂在外观和应用范围方面都有很大不同。在球坐标机械臂中，z_0 垂直于 z_1，并且 z_1 垂直于 z_2；而在 SCARA 机械臂中，z_0、z_1 和 z_2 三者相互平行。图 1.14 中展示了 SCARA 机械臂的符号表示以及 SCARA 机械臂实物。

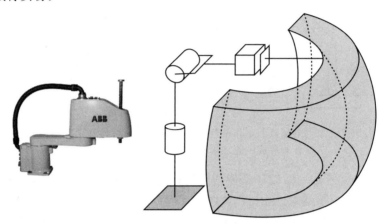

图 1.14 ABB 公司的 IRB910SC SCARA 机器人（左）和该机器人一部分
工作空间的符号表示（右）（图片来源：ABB）

1.3.4 圆柱型机械臂

图 1.15 为圆柱型机械臂（RPP）。它的第一个转动关节产生一个围绕其基座的旋转运动，而第二和第三关节为平动关节。顾名思义，关节变量为末端执行器相对于基座的圆柱坐标。

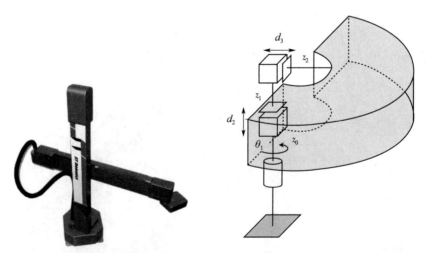

图 1.15 ST 公司的 R19 圆柱型机械臂（左），该机器人一部分工作空间的符号表示
（右）。圆柱型机械臂常用于物料运送任务（图片来源：ST Robotics）

1.3.5 笛卡儿型机械臂

笛卡儿型（也可称为直角坐标型）机械臂（PPP）的前三个关节为平动式。笛卡儿型机械

臂的关节变量对应着末端执行器相对于其底座的直角(笛卡儿)坐标。正如我们所预期的那样，这种机械臂的运动描述是所有机器人中最简单的。笛卡儿型机械臂适用于台式组装应用，也可当作龙门式(gantry)机器人，用于材料或货物的转移。图 1.16 中展示了一个笛卡儿型机械臂的符号表示。

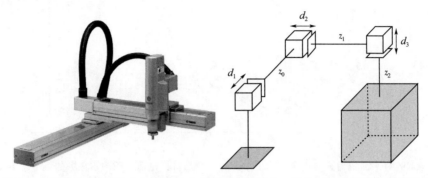

图 1.16　雅马哈公司的 YK-XC 笛卡儿型机器人(左)和该机器人一部分工作空间的符号表示(右)。笛卡儿型机器人常用于抓取和放置任务(图片来源：Yamaha Robotics)

1.3.6　并联机械臂

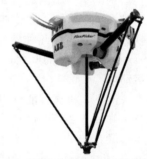

并联机械臂是指其中某些连杆形成一个闭式运动链的机器人。更具体地说，一个并联机械臂由两个或多个运动链将其底座和末端执行器连接起来。图 1.17 为 ABB 公司的 IRB360 机器人，它是一个并联机器人。与开式运动链机器人相比，并联机器人的闭式运动链可以极大地提高结构刚度，因而其精度更高。并联机器人的运动描述与串联式机器人有本质区别，因而需要不同的分析方法。

图 1.17　ABB 公司的 IRB360 机器人。相比于串联机器人，并联机器人通常具有更高的结构刚度(图片来源：ABB)

1.4　本书概要

本书可分为四个部分。前三部分专门讨论机械臂，最后一部分讨论欠驱动机器人和移动机器人的控制。

1.4.1　机械臂

我们可以使用下面的简单示例来说明机械臂研究中涉及的一些主要问题，并预览之后会讨论的主题。图 1.18 中展示了一个涉及工业机械臂的典型应用。该机械臂需要使用其所装备的研磨工具从物体表面去除一定量的金属。假设我们希望将机械臂从其**起始位置**(零位，home position)运动到位置 A，从该点开始，机器人将以恒定速度沿曲面 S 的轮廓运动到位置 B，在此过程中它与曲面之间保持一个规定的法向压力 F。这样，机器人将根据预定规范对曲面进行切割或磨削。为了完成这一任务(甚至更通用的任务)，我们需要解决很多问题。下面我们给出这些问题的示例，在本书的后续章节中我们将对它们进行更详细的处理。

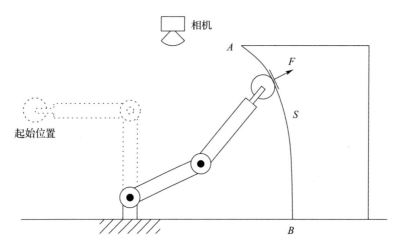

图 1.18 双连杆平面机器人的例子。本书中的每一章都将讨论适用于图示任务的一个基本概念

刚体运动

我们遇到的第一个问题是如何在同一坐标系中描述工具以及 A、B 两点(并且很可能是整个 S 平面)的位置。在第 2 章中,我们将介绍坐标系的表示方法,以及多个坐标系之间的变换。我们描述了几种旋转和旋转变换的表示方法,并且引入了**齐次变换**(homogeneous transformation)的概念,其将位置和姿态变换组合到一个矩阵中表示。

正运动学

通常情况下,机械臂能够以某种方式检测其自身位置,例如通过使用内部传感器(安装于关节 1 和关节 2 处的位置编码器)来直接测量关节角度 θ_1 和 θ_2。因此,我们还需要使用这些关节角度来表示 A、B 两点的位置。这也就引出了第 3 章中的**正运动学问题**(forward kinematics problem),也就是使用关节角度变量来确定末端执行器或工具的位置和方向的问题。

我们习惯上建立一个固定的坐标系,称它为**世界**(world)或**基础**(base)坐标系,它将作为包括机械臂在内所有物体的参考坐标系。如图 1.19 所示,我们将基础坐标系 $o_0 x_0 y_0$ 建立在机器人基座处。此坐标系中的工具坐标 (x, y) 可被表述为

$$x = a_1\cos\theta_1 + a_2\cos(\theta_1 + \theta_2) \tag{1.1}$$
$$y = a_1\sin\theta_1 + a_2\sin(\theta_1 + \theta_2) \tag{1.2}$$

其中,a_1 和 a_2 分别为两个连杆的长度。相对于基础坐标系,**工具坐标系的姿态**(orientation of the tool frame)可由 x_2 和 y_2 轴相对于 x_0 和 y_0 轴的方向余弦给出,也就是

$$x_2 \cdot x_0 = \cos(\theta_1 + \theta_2); \quad y_2 \cdot x_0 = -\sin(\theta_1 + \theta_2)$$
$$x_2 \cdot y_0 = \sin(\theta_1 + \theta_2); \quad y_2 \cdot y_0 = \cos(\theta_1 + \theta_2)$$
$$\tag{1.3}$$

我们可以将它们合并为一个**旋转矩阵**(rotation matrix),如下

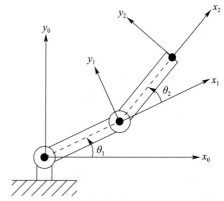

图 1.19 附着在双连杆平面机器人的两个连杆上的坐标系。每一个坐标系跟随相对应的连杆运动。因此,机器人运动的数学描述可被简化为对这些移动坐标系的数学描述

$$
\begin{bmatrix} x_2 \cdot x_0 & y_2 \cdot x_0 \\ x_2 \cdot y_0 & y_2 \cdot y_0 \end{bmatrix} = \begin{bmatrix} \cos(\theta_1 + \theta_2) & -\sin(\theta_1 + \theta_2) \\ \sin(\theta_1 + \theta_2) & \cos(\theta_1 + \theta_2) \end{bmatrix} \tag{1.4}
$$

方程(1.1)、方程(1.2)和方程(1.4)被称为该机械臂的**正运动学方程**。对于一个 6 自由度机器人，这些方程十分复杂，不能像上述的双连杆机械臂一样被简单写出来。在第 3 章中，我们将讨论一种通用程序，在各个关节处建立坐标系，同时可以使用旋转矩阵在这些坐标系之间进行系统的坐标变换，这种程序被称为 DH(Denavit-Hartenberg)约定。接下来，我们使用**齐次坐标**和**齐次变换**来简化坐标系之间的变换。

速度运动学

如果想要以恒定速度或是任何指定的速度沿曲面轮廓运动，我们必须知道工具速度和关节速度之间的关系。此时我们可以对式(1.1)和式(1.2)取微分后得到

$$
\begin{aligned}
\dot{x} &= -a_1 \sin\theta_1 \cdot \dot{\theta}_1 - a_2 \sin(\theta_1 + \theta_2)(\dot{\theta}_1 + \dot{\theta}_2) \\
\dot{y} &= a_1 \cos\theta_1 \cdot \dot{\theta}_1 + a_2 \cos(\theta_1 + \theta_2)(\dot{\theta}_1 + \dot{\theta}_2)
\end{aligned} \tag{1.5}
$$

使用向量符号 $x = \begin{bmatrix} x \\ y \end{bmatrix}$ 和 $\theta = \begin{bmatrix} \theta_1 \\ \theta_2 \end{bmatrix}$，上述公式可以表示为

$$
\begin{aligned}
\dot{x} &= \begin{bmatrix} -a_1 \sin\theta_1 - a_2 \sin(\theta_1 + \theta_2) & -a_2 \sin(\theta_1 + \theta_2) \\ a_1 \cos\theta_1 + a_2 \cos(\theta_1 + \theta_2) & a_2 \cos(\theta_1 + \theta_2) \end{bmatrix} \dot{\theta} \\
&= J\dot{\theta}
\end{aligned} \tag{1.6}
$$

方程(1.6)中的矩阵 J 被称为机械臂的**雅可比**(Jacobian)**矩阵**，它属于机械臂的一个待确定的基本量。在第 4 章中，我们会给出推导机械臂雅可比矩阵的一个系统化方法。

根据末端执行器的速度来确定关节速度，这在概念上相对简单，因为速度之间存在线性关系。因此，根据逆雅可比矩阵，我们可以由末端执行器的速度解得关节速度，如下所示

$$
\dot{\theta} = J^{-1} \dot{x} \tag{1.7}
$$

其中逆雅可比矩阵 J^{-1} 由下式给出

$$
J^{-1} = \frac{1}{a_1 a_2 \sin\theta_2} \begin{bmatrix} a_2 \cos(\theta_1 + \theta_2) & a_2 \sin(\theta_1 + \theta_2) \\ -a_1 \cos\theta_1 - a_2 \cos(\theta_1 + \theta_2) & -a_1 \sin\theta_1 - a_2 \sin(\theta_1 + \theta_2) \end{bmatrix}
$$

式(1.6)中雅可比矩阵的行列式等于 $a_1 a_2 \sin\theta_2$。因此，当 $\theta_2 = 0$ 或 $\theta_2 = \pi$ 时，该雅可比矩阵不可逆，此时我们称机械臂处于**奇异位形**(singular configuration)，如图 1.20 所示，其中 $\theta_2 = 0$。确定此类奇异位形(奇点)非常重要，原因如下。处于奇异位形时，存在某些无法实现的无穷小运动，也就是说，机械手的末端执行器无法朝一些方向运动。在上面的例子中，当 $\theta_2 = 0$ 时，末端执行器无法朝 x_2 的正方向运动。奇异位形也与运动学逆解不唯一这种情况有联系。例如，对于平面双连杆机械臂末端执行器，它的一个给定位置通常对应两个运动学逆解。注意，这两个逆解由奇异位形(奇点)分割开来，也就是说，机械臂无法在保证不穿过奇点的前提下从一个逆解位置运动到另一个逆解位置。在许多应用中，规划机器人的运动使得它能够避开奇异位形是很重要的。

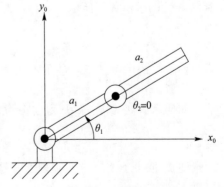

图 1.20　机械臂伸直时对应的奇异位形。此时，该双连杆机械臂仅有 1 个自由度

逆运动学

现在，给定关节角度 θ_1 和 θ_2，我们可以使用式(1.1)和式(1.2)来确定末端执行器的坐标 x 和 y。为了指挥机器人运动到位置 A，我们需要解决逆问题，也就是说，我们需要使用 A 点的 x 和 y 坐标来表示关节角度变量 θ_1 和 θ_2。这称为**逆运动学**(inverse kinematics)问题。由于正运动学方程是非线性的，所以逆运动学的求解可能并不容易，通常情况下解可能并不唯一。我们以平面双连杆机构为例，它可能无解，比如给定的(x,y)坐标超出了机械臂的可达范围。如果给定的(x,y)坐标在机械臂可达范围之内，那么可能存在两个解，如图 1.21 所示，也就是所谓的**上肘位**(elbow up)和**下肘位**(elbow down)两种位形；也可能正好有一个解，此时机械臂必须完全展开才能达到该点。甚至在某些情况下，有可能存在无数多解(习题 1-19)。

考虑图 1.22 中的示意图，使用余弦定律[⊖]，角度 θ_2 可由下式给出：

$$\cos\theta_2 = \frac{x^2 + y^2 - a_1^2 - a_2^2}{2a_1 a_2} := D \tag{1.8}$$

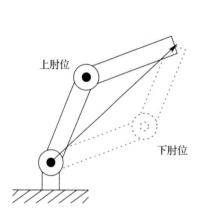

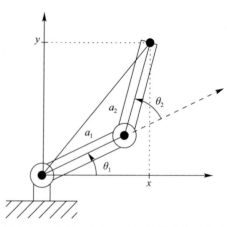

图 1.21 除奇异位形外，双连杆机器人有两个运动学逆解，即上肘位和下肘位所分别对应的两个解

图 1.22 求解一个平面双连杆臂的关节角度

现在，我们可以确定 $\theta_2 = \cos^{-1} D$。然而，有一个更好的求解 θ_2 的方法，注意到 $\cos(\theta_2)$ 由式(1.8)给出，那么 $\sin(\theta_2)$ 给出如下

$$\sin(\theta_2) = \pm\sqrt{1 - D^2} \tag{1.9}$$

所以，θ_2 的求解如下所示

$$\theta_2 = \tan^{-1} \frac{\pm\sqrt{1 - D^2}}{D} \tag{1.10}$$

后一种方法的优点是：通过在式(1.10)中选取正负符号可以分别获得相对应的上肘位解和下肘位解。

如何求解 θ_1 留作练习(习题 1-17)，现在 θ_1 给出如下

$$\theta_1 = \tan^{-1}(y/x) - \tan^{-1}\left(\frac{a_2 \sin\theta_2}{a_1 + a_2 \cos\theta_2}\right) \tag{1.11}$$

注意到 θ_1 取决于 θ_2。这在物理上容易理解，因为我们期望根据 θ_2 的取值来得到 θ_1 的不同取值。

⊖ 参见附录 A。

动力学

在第 6 章中，我们将推导出基于**拉格朗日动力学**的方法，它可被用于系统地推导刚性连杆机器人的运动方程。由于机器人系统的多自由度和非线性，推导动力学方程并非简单任务。我们还将探讨所谓的**牛顿-欧拉递归**方法，用它来推导机器人的运动方程。牛顿-欧拉公式十分适合仿真和控制的实时计算。

路径和轨迹规划

机器人的控制问题通常可以按照层次划分为三个任务：**路径规划**（path planning）、**轨迹生成**（trajectory generation）和**轨迹跟踪**（trajectory tracking）。路径规划问题将在第 7 章中研究，它是指在任务空间（或位形空间）中选取一条路径使机器人运动到目标位置，同时确保不触碰机器人工作空间内的物体。这些路径是位置和姿态信息的编码，其中并不考虑时间信息，也就是说不考虑沿规划路径的速度和加速度。轨迹生成问题同样在第 7 章中研究，是指生成一条参考轨迹，用来确定机械臂沿给定路径或是从起始到最终位形运动的时间序列。这些轨迹通常在关节空间内以关于时间的多项式函数的形式给出。我们将讨论生成这些轨迹时最常用的多项式插值方法。

独立关节控制

机器人的参考轨迹一旦确定，就需要由控制系统来实现轨迹跟踪任务。在第 8 章中，我们将讨论运动控制问题。我们将处理**跟踪与抗扰的孪生问题**（twin problems of tracking and disturbance rejection），它是指决定跟随（follow）或跟踪（track）参考轨迹所需要的控制输入，同时**抵抗**（reject）由于未建模的动态效应（如摩擦和噪声等因素）引起的干扰。首先，我们对驱动器和传动系统的动力学进行建模，同时讨论独立关节控制算法的设计。

图 1.23 给出了一个单输入/单输出（SISO）反馈控制系统的框图。我们将详细介绍基于频域和状态空间技术的机器人控制的标准方法。我们还将介绍用于跟踪时变轨迹的**前馈控制**（feed-forward control）。此外，我们还会介绍**计算力矩**（computed torque）的基本概念，它是一个前馈扰动抑制方案。

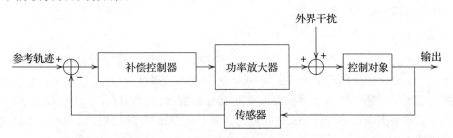

图 1.23　反馈控制系统的基本结构。补偿控制器计算出参考信号与通过测量得到的输出信号之间的偏差（error），然后生成一个信号输出到被控对象中，该信号被设计用来使得偏差趋近为零，即使是在有外界干扰的情况下

非线性和多变量控制

在第 9 章中，我们会讨论基于第 6 章中拉格朗日动力学运动方程的高级控制策略。我们介绍了**逆动力学**（inverse dynamics）控制的概念，以补偿机械臂连杆间复杂的非线性作用力。我们将介绍使用**李亚普诺夫直接法**（direct method of Lyapunov）以及**无源性控制**（passivity-based control）的鲁棒控制和自适应控制。

力控制

在上述机器人任务的例子中，当机械臂到达 A 点后，必须沿曲面 S 运动，同时与曲面间保持恒定的法向压力。可以想象，在知道物体位置和轮廓形状的情况下，人们可以单独使用位置控制来执行此类任务。然而，这在实际中将是十分难以完成的。由于机械臂本身有很高的刚性，任何由加工曲面或工具位置的不确定性而引起的位置误差，将会在末端执行器产生十分巨大的作用力，这可能损坏工具、加工曲面或者机器人。一个更好的办法是直接测量相互作用力，并使用**力控制**（force control）方案来完成任务。在第 10 章中，我们将讨论力控制和柔顺控制，以及常见的力控制方法，即**混合控制**（hybrid control）和**阻抗控制**（impedance control）。

基于视觉的控制

在很多机器人应用中，相机已经成为可靠而且相对廉价的传感器。不同于用来提供机器人内部位形信息的关节传感器，相机不仅可以用来测量机器人的位置，并且可以定位机器人工作空间内的物体。在第 11 章中，我们将讨论如何利用计算机视觉来确定物体的位置和姿态。

在某些情况下，当末端执行器穿过自由空间时，我们希望控制机械臂相对于某些目标的相对运动。在这里不能使用力控制，而是可以利用计算机视觉来围绕视觉传感器做闭环控制。这将是第 11 章的主题。基于视觉的控制方法有几种，但我们将侧重于**基于图像的视觉伺服**（image-based visual servo，IBVS）方法。使用 IBVS 方法，在图像坐标中测量的误差，被直接映射到用来控制相机运动的控制输入端。这种方法近年来已经变得非常普遍，它基于类似于第 4 章中给出的数学推导。

反馈线性化

第 12 章探讨**非线性反馈线性化**（nonlinear feedback linearization）的方法。反馈线性化依赖基于微分几何的高级工具。我们讨论了**弗罗贝尼乌斯定理**，并由其证明了单输入非线性系统与线性系统在坐标变换和非线性反馈下等效所需的充要条件。我们将反馈线性化应用于柔性关节机器人的控制，而先前讨论的逆运动学等方法不能应用于该类机器人上。

1.4.2 欠驱动和移动机器人

欠驱动机器人

第 13 章讨论**欠驱动**（underactuated）机器人的控制，其驱动器的数量少于机器人的自由度。与第 8~11 章中讨论的全驱动系统不同，欠驱动系统不能跟随任意路径，且受其影响，该类机器人的控制问题会比全驱动机器人更加具有挑战性。我们讨论了部分反馈线性化的方法，并介绍了**零动力学**（zero dynamics）的概念，其在欠驱动机器人的控制中有重要意义。

移动机器人

第 14 章讨论**移动机器人**（mobile robot）的控制，其为非完整系统的一类案例。我们讨论了此类系统的可控性、稳定性，以及跟踪控制。非完整系统需要前文中未提到过的新的分析和控制工具。我们介绍了**链式**（chain-form）系统和**微分平坦**（differential flatness）的概念，它们能提供将非完整系统转化为可控形式所需的方法。我们讨论了周氏定理和 Brockett 定理这两个重要的结果，它们可以分别用于确定非完整系统何时可控或何时稳定。

习题

1-1 机器人区别于其他形式的自动化设备（例如数控铣床）的主要特点是什么？

1-2 简要定义以下名词：正运动学、逆运动学、轨迹规划、工作空间、精度、重复精度、分辨率、关节变量、球型手腕和末端执行器。

1-3 机器人有哪些主要分类方式?

1-4 举出 10 个机器人应用的例子。对于每种应用,讨论哪种类型的机器人最合适,哪种最不适合。对每种情况,解释你选择的理由。

1-5 举出关于下述机器人的几种应用实例:非伺服型机器人、点到点(point-to-point)机器人和连续路径机器人。

1-6 列出连续路径机器人能够做到,但点到点机器人无法做到的五种应用实例。

1-7 举出五种计算机视觉在机器人中的应用实例。

1-8 举出五种触觉探测或者力反馈控制在机器人中的应用实例。

1-9 假设我们今天可以关闭所有工厂,同时用机器人使这些工厂实现全面的自动化运行,明天重新开启工厂。这样做会有什么样的经济以及社会影响?

1-10 假设我们通过一项法律来禁止未来有关机器人的所有应用。这种法律会有什么样的经济以及社会影响?

1-11 讨论在哪些应用下,冗余机械臂将是有益的。

1-12 如图 1.24 所示,假设单个连杆的末端从一点运动到另一点,这两点间的距离为 d。如图所示,一个线性轴的运动距离为 d,而一个旋转连杆则会扫过一个长度为 $\ell\theta$ 的圆弧。使用余弦定理,证明距离 d 可表述为

$$d=\ell\sqrt{2(1-\cos\theta)}$$

显而易见它的长度小于 $\ell\theta$。假设 10 位(二进制)精度,$\ell=1\,\mathrm{m}$,并且 $\theta=90°$,那么线性连杆的分辨率是多少?旋转连杆的分辨率又是多少?

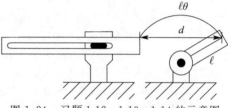

图 1.24 习题 1-12、1-13、1-14 的示意图

1-13 对图 1.24 中的旋转单连杆机械臂来说,如果杆长为 50 cm,并且手臂的转动角度为 180°,那么使用 8 位编码器所对应的控制分辨率是多少?

1-14 假设安装在电机轴上的 8 位编码器通过一个 50∶1 减速比的齿轮与连杆相连,重新解答习题 1-13。假设齿轮为理想齿轮。

1-15 为什么通常情况下精度低于重复精度?

1-16 如何使用对末端点的测量来提高机械臂的精度?末端点的测量会给控制问题引入那些难题?

1-17 推导式(1.11)。

1-18 假设图 1.19 中所示的平面双连杆机械臂中,$a_1=a_2=1$。

1) 当 $\theta_1=\dfrac{\pi}{6}$,$\theta_2=\dfrac{\pi}{2}$ 时,求解工具的坐标位置。

2) 如果关节速度恒定,并且 $\dot\theta_1=1$,$\dot\theta_1=2$,那么工具的速度是多少?当 $\theta_1=\theta_2=\dfrac{\pi}{4}$ 时,工具的瞬时速度是多少?

3) 当在直角坐标系中以时间函数的形式给出工具的位置和速度时,使用计算机程序绘制关节角度相对时间的曲线。

4) 假设我们想让工具以恒定速度 s 沿(0,2)和(2,0)两点之间的直线段运动,绘制出关节角度对应的时间曲线。

1-19 对图 1.19 中所示的平面双连杆机械臂来说,它的逆运动学方程可能有无穷多个解吗?如果可能,什么条件下这种情况可能发生。

1-20 解释在机械臂的设计中,我们为什么希望减少远侧连杆的重量。列出可实现此目标的一些方法。讨论这样的设计可能会有什么样的弊端。

附注与参考

下面我们给出现代机器人发展历史过程中的一些重要里程碑。

1947 年:第一台伺服控制、电力驱动的遥操作器被开发出来。

1948 年：第一台融合了力反馈功能的遥操作器被开发出来。

1949 年：开始研发数控铣床。

1954 年：George Devol 设计出第一台可编程机器人。

1956 年：哥伦比亚大学物理系学生 Joseph Engelberger 购买了 Devol 的机器人专利授权并成立了 Unimation 公司。

1961 年：第一台 Unimate 机器人被安装在新泽西州 Trenton 通用汽车的一个工厂，它被用于操作压铸机。

1961 年：第一台融合了力反馈功能的机器人被开发出来。

1963 年：第一个机器人视觉系统被开发出来。

1971 年：斯坦福大学开发了斯坦福机械臂（Stanford Arm）。

1973 年：第一种计算机编程语言（WAVE）在斯坦福被开发出来。

1974 年：辛辛那提 Milacron 公司推出计算机控制的 T^3 机器人。

1975 年：Unimation 公司汇报了它的首次财务盈利。

1976 年：波士顿的 Draper Labs 开发出用于零件装配的远心柔顺（remote center compliance，RCC）装置。

1976 年：机器人手臂被用于海盗一号和海盗二号太空探测器，并在火星着陆。

1978 年：基于通用汽车公司早前研究中的设计，Unimation 推出 PUMA 型机器人。

1979 年：SCARA 型机器人在日本推出。

1981 年：卡内基·梅隆大学开发出第一台直接驱动（direct-drive）机器人。

1982 年：通用汽车和日本 Fanuc 联合成立了 GM Fanuc，在北美市场销售机器人。

1983 年：Adept Technology 成立，并且成功销售了直驱机器人。

1986 年：伍兹霍尔海洋研究所推出水下机器人 Jason，探测了由 Robert Barnard 博士一年前发现的泰坦尼克号（Titanic）沉骸。

1988 年：Stäubli 集团从 Westinghouse 公司买下了 Unimation。

1988 年：电气电子工程师学会（IEEE）下属的机器人和自动化协会成立。

1993 年：德国航天署（DLR）的实验机器人 ROTEX 搭乘哥伦比亚号航天飞机升空，并在遥操作和基于传感器的离线编程这两种模式下执行了多种任务。

1996 年：本田公开了它的仿人机器人，这个项目于 1986 年秘密开始。

1997 年：第一届足球机器人比赛 RoboCup-97 在日本的名古屋开赛，吸引了世界上 40 支代表队参加比赛。

1997 年：Sojourner 号火星车飞往火星，并参与美国太空总署（NASA）的火星探路者计划。

2001 年：索尼开始大规模生产第一台家居机器人，一种叫作 Aibo 的机器狗。

2001 年：空间站远程操作系统（space station remote manipulation system，SSRMS）发射升空，并且与奋进号（Endeavor）航天飞机实现对接，它们被用来加快空间站的继续建造工作。

2001 年：第一次远程手术（telesurgery），位于美国纽约的一名外科医生对位于法国斯特拉斯堡的一名女士进行了腹腔镜胆囊切除手术。

2002 年：2002 年 2 月 15 日，本田的仿人机器人 ASIMO 敲响了纽约证券交易所的开盘铃声。

2004 年：火星车勇气号与机遇号都于这一年的一月份在火星着陆。两个火星车都超出了它们 90 个火星日的任务寿命。勇气号活跃到 2010 年，而机遇号一直活跃到 2018 年，且它保持着历史上在非地球表面最长行驶距离的记录。

2005 年：由德国航天署制造的实验性遥控机械臂 ROKVISS 进行了第一次太空测试。

2005 年：波士顿动力发布了四足机器人 Big Dog。

2007 年：Willow Garage 研发了机器人操作系统（robot operating system，ROS）。

2011 年：Robonaut 2 进入了国际空间站。

2017 年：一个名为 Sophia 的机器人被授予沙特阿拉伯国籍，成为有史以来第一个具有国籍的机器人。

机器人的几何基础

刚 体 运 动

机器人运动学的很大一部分内容涉及建立各种坐标系来表示刚体的位置和姿态，以及这些坐标系之间的转换。实际上，三维空间和刚体运动的几何特征在机器人操作的各个方面都发挥着中心作用。在本章中，我们研究旋转和平移操作，并引入齐次变换的概念。

齐次变换把旋转操作和平移操作整合为单个矩阵的乘法运算，在第 3 章中我们将用它来推导刚性机械臂的所谓正向运动学方程。由于我们将大量使用基本的矩阵理论，读者在开始阅读本章前不妨先回顾一下附录 B。

我们首先研究，在一个配备有多个坐标系的欧氏空间内，点和向量的表示方法。在此之后，我们引入旋转矩阵的概念来表示坐标系之间的相对姿态。接下来，我们将这两个概念结合在一起构建齐次变换矩阵，它可被用于同时表示两个坐标系间的相对位置和姿态。此外，齐次变换矩阵可被用来处理坐标变换。这样的变换使我们可以在不同坐标系中表示多种量，我们在后续章节中会经常使用这个工具。

2.1 位置的表示

在推导点和向量的表示方法之前，对我们有指导意义的是区分几何推理的两种基本方法：**合成方法**（synthetic approach）和**分析方法**（analytic approach）。在前者中，我们直接做关于几何实体（例如点或线）的推理；在后者中，我们使用坐标或者方程来表示这些实体，然后通过代数操作来推理。后一种方法需要选择一个参考坐标系。一个坐标系由一个原点（空间中的单个点），以及两个或三个直角坐标轴组成，分别对应二维和三维空间。

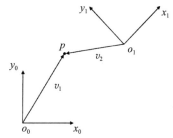

考虑图 2.1 所示情形，两个坐标系的姿态角度之间相差 45°。如果使用合成方法表示，其中不需要为点或向量指定坐标，我们称 x_0 垂直于 y_0，或者说 $v_1 \times v_2$（v_1 和 v_2 的叉积）定义了一个垂直于包含 v_1 和 v_2 的平面的一个垂直向量，此时其方向指向纸面外。

在机器人中，人们通常使用分析推理，这是因为机器人的任务通常使用笛卡儿坐标来定义。当然，为了设置坐标，需要指定一个参考坐标系。再次考虑图 2.1，我

图 2.1　两个坐标系、一个点 p 以及两个向量 v_1 和 v_2

们可以在 $o_0 x_0 y_0$ 坐标系或者 $o_1 x_1 y_1$ 坐标系中指定点 p 的对应坐标。第一种情况下（$o_0 x_0 y_0$ 坐标系）点 p 的坐标为 $[5,6]^T$，而第二种情况下（$o_1 x_1 y_1$ 坐标系）的坐标则为 $[-3,3]^T$。为了明确参考坐标系，我们通常使用上角标符号来标记参考系。因而，我们有

$$p^0 = \begin{bmatrix} 5 \\ 6 \end{bmatrix}, \quad p^1 = \begin{bmatrix} -3 \\ 3 \end{bmatrix}$$

几何上，一个点对应空间中的特定位置。我们在此强调 p 是一个几何实体，是空间中的一个点；而 p^0 和 p^1 则分别表示该点的空间位置相对于参考系 $o_0 x_0 y_0$ 和 $o_1 x_1 y_1$ 的坐标向量。在不会引发误会的情况下，我们可以简单地将这两个坐标系分别称为坐标系 0 和坐标系 1。

因为一个坐标系的原点仅仅是空间中的一个点，我们可以指定坐标来表示一个参考系的原点相对于另一个参考系的位置。例如，在图 2.1 中，我们有

$$o_1^0 = \begin{bmatrix} 12 \\ 8 \end{bmatrix}, \quad o_0^1 = \begin{bmatrix} -16 \\ 3 \end{bmatrix}$$

所以 o_1^0 指代了点 o_1 相对于坐标系 0 的坐标，o_0^1 指代了点 o_0 相对于坐标系 1 的坐标。在只有单一坐标系或者有明显的参考坐标系的情况下，我们通常省略上角标。这样做有点轻微的符号滥用，但是建议读者牢记称为 p 的几何实体和用来代表 p 的任何特定坐标向量之间的差别。前者独立于坐标系的选取，而后者显然取决于坐标系的选取。

一个点对应于空间中的特定位置，而一个向量（也称矢量，vector）则指明了方向和大小。向量可以用来表示诸如位移或力。因此，点 p 不等同于向量 v_1，而从原点 o_0 到点 p 的位移则由向量 v_1 给出。在本书中，我们有时将使用术语'向量'来指代'自由向量'（free vector），它是指位置没有被约束到空间中某特定点的向量。在此约定下，很显然，点和向量之间不是等效的，因为点是指空间中的特定位置，而向量则可被移动到空间中的任意位置。根据此约定，如果两个向量具有相同的方向和相同的幅值，那么它们相等。

给向量配定坐标的时候，我们使用与给点配定坐标时同样的标记约定。因此，v_1 和 v_2 这两个几何实体并不随所选坐标系的不同而变化，但这些向量的坐标表示则直接取决于参考坐标系的选择。在图 2.1 的例子中，我们可以得到

$$v_1^0 = \begin{bmatrix} 5 \\ 6 \end{bmatrix}, \quad v_1^1 = \begin{bmatrix} 8 \\ 2 \end{bmatrix}, \quad v_2^0 = \begin{bmatrix} -6 \\ 2 \end{bmatrix}, \quad v_2^1 = \begin{bmatrix} -3 \\ 3 \end{bmatrix}$$

为了使用坐标进行代数运算，所有的坐标向量都应相对于同一坐标系来定义，这一点至关重要。对于自由向量这种情况，定义坐标向量时只需保证坐标系之间"平行"即可，即对应的坐标轴之间相互平行的坐标系。这是因为自由向量只有幅值和方向被指定，而它们在空间中的位置则没有被指定。

使用这种约定，一个形如 $v_1^1 + v_2^2$ 的表达式（其中 v_1^1 和 v_2^2 如图 2.1 所示）没有定义，因为坐标系 $o_0x_0y_0$ 并不平行于坐标系 $o_1x_1y_1$。因此，我们不仅需要一个表达系统，可以用来将点在不同坐标系里加以表示，而且需要一种机制，使得我们能够在不同坐标系之间进行点的坐标变换。此类坐标变换是本章剩余部分的主要内容。

2.2　旋转的表示

为了表示两个刚体之间的相对位置和姿态，我们将在每个刚体上附带一个坐标系，然后指定这些坐标系之间的几何关系。在 2.1 节中，我们研究了如何在一个坐标系里表示另一个坐标系原点的位置。在本节中，我们将讨论一个坐标系相对于另一个坐标系的姿态问题。我们首先研究平面里的旋转问题，然后将结果推广到三维空间里的姿态问题。

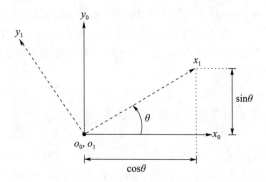

图 2.2　坐标系 $o_1x_1y_1$ 的方向姿态与坐标系 $o_0x_0y_0$ 的方向姿态之间有一个夹角 θ

2.2.1　平面内的旋转

图 2.2 中展示了两个坐标系，其中 $o_1x_1y_1$ 坐标系是由 $o_0x_0y_0$ 坐标系旋转 θ

角度之后而得到的。或许表示这两个坐标系之间相对姿态的一个最明显方法是仅指定旋转角度 θ。但该表示方法有两个明显的缺点。第一，从相对姿态到 θ 角的映射在 $\theta=0$ 的邻域内不连续。特别是当 $\theta=2\pi-\epsilon$ 时，姿态的微小变化会使得 θ 角产生很大的变化，例如，一个角度为 ϵ 的转动会使得 θ 角以"环绕"方式变为零。第二，这种表示方法不能被很好地扩展到三维情况。

用来指定姿态的一个稍微不太直接的方式是，指定坐标系 $o_1x_1y_1$ 各轴相对于坐标系 $o_0x_0y_0$ 的坐标向量：

$$R_1^0=[\,x_1^0\,|\,y_1^0\,]$$

其中 x_1^0 和 y_1^0 分别是单位向量 x_1 和 y_1 在坐标系 $o_0x_0y_0$ 中的对应坐标$^\ominus$。此种类型的矩阵被称为 **旋转矩阵**（rotation matrix）。旋转矩阵有一系列特殊性质，我们将在下文中讨论。

在二维情况下，容易计算此矩阵中的各项。如图 2.2 所示，

$$x_1^0=\begin{bmatrix}\cos\theta\\\sin\theta\end{bmatrix},\quad y_1^0=\begin{bmatrix}-\sin\theta\\\cos\theta\end{bmatrix}$$

从上式我们有

$$R_1^0=\begin{bmatrix}\cos\theta & -\sin\theta\\\sin\theta & \cos\theta\end{bmatrix} \tag{2.1}$$

注意到我们继续使用了下述标记约定：用上角标来表示参考坐标系。因此，矩阵 R_1^0 中的列向量是沿坐标系 $o_1x_1y_1$ 各轴分布的单位向量在坐标系 $o_0x_0y_0$ 中的对应坐标。

虽然我们已经以角度 θ 函数的形式推导了 R_1^0 中的各项，但这样做并非必需。另一种可以很好地扩展到三维情形中的方法是：通过把坐标系 $o_1x_1y_1$ 的各轴投影到参考系 $o_0x_0y_0$ 的坐标轴上而建立旋转矩阵。回想下列事实：两个单位向量的点积给出了其中的一个向量在另一个向量上的投影，这样我们可以得到

$$x_1^0=\begin{bmatrix}x_1\cdot x_0\\x_1\cdot y_0\end{bmatrix},\quad y_1^0=\begin{bmatrix}y_1\cdot x_0\\y_1\cdot y_0\end{bmatrix}$$

它们可被组合在一起，得到下面的旋转矩阵

$$R_1^0=\begin{bmatrix}x_1\cdot x_0 & y_1\cdot x_0\\x_1\cdot y_0 & y_1\cdot y_0\end{bmatrix}$$

因此，R_1^0 的各列指定了 $o_1x_1y_1$ 的各坐标轴相对于 $o_0x_0y_0$ 的各坐标轴的方向余弦。例如，R_1^0 的第一列 $[x_1\cdot x_0,x_1\cdot y_0]^\mathrm{T}$ 指定了 x_1 相对于坐标系 $o_0x_0y_0$ 的方向。注意到这些方程的右侧是通过几何实体定义的，而非通过它们的坐标而定义的。考察图 2.2 可以看出，这种通过投影来定义旋转矩阵的方法，给出了与方程（2.1）相同的结果。

如果我们希望改为描述坐标系 $o_0x_0y_0$ 相对于坐标系 $o_1x_1y_1$ 的姿态（也就是，我们希望使用坐标系 $o_1x_1y_1$ 作为参考坐标系），我们将构建下列形式的旋转矩阵

$$R_0^1=\begin{bmatrix}x_0\cdot x_1 & y_0\cdot x_1\\x_0\cdot y_1 & y_0\cdot y_1\end{bmatrix}$$

由于向量的点积服从交换律（即 $x_i\cdot y_j=y_j\cdot x_i$），我们有

$$R_0^1=(R_1^0)^\mathrm{T}$$

从几何意义上来说，$o_0x_0y_0$ 相对于坐标系 $o_1x_1y_1$ 的姿态是 $o_1x_1y_1$ 相对于坐标系 $o_0x_0y_0$ 的姿态的逆。从代数上来说，利用坐标轴相互正交这一事实，容易得出

$\ominus$　我们将使用 x_i 和 y_i 来表示坐标轴和沿坐标轴的单位向量，具体指代哪种情况取决于上下文内容。

$$(R_1^0)^{\mathrm{T}}=(R_1^0)^{-1}$$

从上述关系可知$(R_1^0)^{\mathrm{T}}R_1^0=I$，且易证矩阵 R_1^0 的各个列向量具有单位长度，并且相互正交(习题 2-4)。因此 R_1^0 为正交矩阵。同时可以证(习题 2-5)$\det R_1^0=\pm1$。如果我们局限于右手坐标系，如附录 B 中的定义，那么 $\det R_1^0=+1$(习题 2-5)。

更一般性地说，这些性质可以推广到更高维度中，可以称其为 **n 阶特殊正交群**。

定义 2.1 n 阶特殊正交群，标记为 $SO(n)$，是一个 $n\times n$ 实数矩阵的集

$$SO(n)=\{R\in\mathbb{R}^{n\times n}\,|\,R^{\mathrm{T}}R=RR^{\mathrm{T}}=I,\det R=+1\} \tag{2.2}$$

对于任意 $R\in SO(n)$，以下性质成立：

- $R^{\mathrm{T}}=R^{-1}\in SO(n)$；
- R 的各列(各行)是相互正交的；
- R 的各列(各行)是单位向量；
- $\det R=1$。

特例 $SO(2)$ 和 $SO(3)$ 分别称为 2 阶和 3 阶的旋转群。

为了更进一步从几何上直观解读旋转矩阵逆的概念，注意到在二维情形中，对于一个对应转角为 θ 的旋转矩阵，它的逆矩阵可通过构造对应转角为 $-\theta$ 的旋转矩阵而简单计算如下：

$$\begin{bmatrix}\cos(-\theta) & -\sin(-\theta)\\ \sin(-\theta) & \cos(-\theta)\end{bmatrix}=\begin{bmatrix}\cos\theta & \sin\theta\\ -\sin\theta & \cos\theta\end{bmatrix}=\begin{bmatrix}\cos\theta & -\sin\theta\\ \sin\theta & \cos\theta\end{bmatrix}^{\mathrm{T}}$$

2.2.2 三维空间内的旋转

上述的投影技术可以很好地扩展到三维情形。在三维空间中，坐标系 $o_1x_1y_1$ 的各轴线被投影到坐标系 $o_0x_0y_0$，所得的旋转矩阵由下式给出

$$R_1^0=\begin{bmatrix}x_1\cdot x_0 & y_1\cdot x_0 & z_1\cdot x_0\\ x_1\cdot y_0 & y_1\cdot y_0 & z_1\cdot y_0\\ x_1\cdot z_0 & y_1\cdot z_0 & z_1\cdot z_0\end{bmatrix}$$

类似于二维空间内的旋转矩阵，上述形式的矩阵为正交矩阵，其行列式等于 1。在这种情形下，3×3 旋转矩阵属于 $SO(3)$ 群。

例 2.1 假设坐标系 $o_1x_1y_1z_1$ 绕 z_0 轴转过一个角度 θ，我们希望找到对应的变换矩阵 R_1^0。按照右手规则(参见附录 B)惯例，正的 θ 角度定义为：关于 z 轴的转角为 θ 的旋转将推动右旋螺旋沿正 z 轴运动。从图 2.3 中，我们可以看到

$$x_1\cdot x_0=\cos\theta,\, y_1\cdot x_0=-\sin\theta,$$
$$x_1\cdot y_0=\sin\theta,\, y_1\cdot y_0=\cos\theta$$

以及

$$z_0\cdot z_1=1$$

而所有其他点积为零。因此，旋转矩阵 R_0^1 有一个在这种情况下特别简单的形式，即

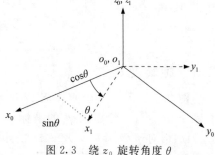

图 2.3　绕 z_0 旋转角度 θ

$$R_1^0=\begin{bmatrix}\cos\theta & -\sin\theta & 0\\ \sin\theta & \cos\theta & 0\\ 0 & 0 & 1\end{bmatrix} \tag{2.3}$$

式(2.3)中给出的旋转矩阵，被称为基本旋转矩阵(绕 z 轴)。在这种情况下，我们可

以使用更具描述性的符号 $R_{z,\theta}$ 取代 R_1^0 来表示这个旋转矩阵。容易验证，基本旋转矩阵 $R_{z,\theta}$ 具有下述特性：

$$R_{z,0} = I \tag{2.4}$$

$$R_{z,\theta} R_{z,\phi} = R_{z,\theta+\phi} \tag{2.5}$$

它们共同意味着

$$(R_{z,\theta})^{-1} = R_{z,-\theta} \tag{2.6}$$

同样，表示绕 x 轴和 y 轴转动的基本旋转矩阵由下列公式给出（习题 2-8）：

$$R_{x,\theta} = \begin{bmatrix} 1 & 0 & 0 \\ 0 & \cos\theta & -\sin\theta \\ 0 & \sin\theta & \cos\theta \end{bmatrix} \tag{2.7}$$

$$R_{y,\theta} = \begin{bmatrix} \cos\theta & 0 & \sin\theta \\ 0 & 1 & 0 \\ -\sin\theta & 0 & \cos\theta \end{bmatrix} \tag{2.8}$$

它们也满足类似于式（2.4）～式（2.6）中的性质。

例 2.2 考虑如图 2.4 中所示的 $o_0 x_0 y_0 z_0$ 坐标系和 $o_1 x_1 y_1 z_1$ 坐标系。将单位向量 x_1、y_1、z_1 投影到 x_0、y_0、z_0 坐标轴上，这将给出 x_1、y_1、z_1 在 $o_0 x_0 y_0 z_0$ 坐标系中的坐标。我们看到 x_1、y_1 和 z_1 的坐标给出如下

$$x_1^0 = \begin{bmatrix} \dfrac{1}{\sqrt{2}} \\ 0 \\ \dfrac{1}{\sqrt{2}} \end{bmatrix}, \quad y_1^0 = \begin{bmatrix} \dfrac{1}{\sqrt{2}} \\ 0 \\ -\dfrac{1}{\sqrt{2}} \end{bmatrix}, \quad z_1^0 = \begin{bmatrix} 0 \\ 1 \\ 0 \end{bmatrix}$$

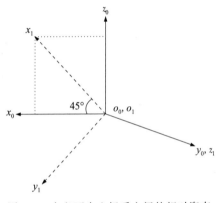

图 2.4　定义两个坐标系之间的相对姿态

旋转矩阵 R_1^0 的列向量为坐标系 $o_1 x_1 y_1 z_1$ 相对于 $o_0 x_0 y_0 z_0$ 的姿态角，即

$$R_1^0 = \begin{bmatrix} \dfrac{1}{\sqrt{2}} & \dfrac{1}{\sqrt{2}} & 0 \\ 0 & 0 & 1 \\ \dfrac{1}{\sqrt{2}} & \dfrac{-1}{\sqrt{2}} & 0 \end{bmatrix}$$

2.3　旋转变换

图 2.5 展示了一个刚体 S 以及附着其上的坐标系 $o_1 x_1 y_1 z_1$。给定点 p 的坐标 p^1（换言之，给定点 p 相对于坐标系 $o_1 x_1 y_1 z_1$ 的坐标），我们希望确定点 p 相对于固定参考系 $o_0 x_0 y_0 z_0$ 的坐标。坐标 $p^1 = [u, v, w]^T$ 满足方程

$$p^1 = u x_1 + v y_1 + w z_1$$

以类似的方式，我们可以通过将点 p 投影到参考系 $o_0 x_0 y_0 z_0$ 的坐标轴上，从而得到 p^0 的坐标

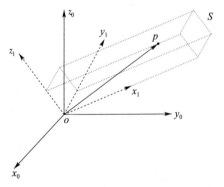

图 2.5　附着在一个刚体上的坐标系

表达式，如下

$$p^0 = \begin{bmatrix} p^1 \cdot x_0 \\ p^1 \cdot y_0 \\ p^1 \cdot z_0 \end{bmatrix}$$

联立这两个方程，我们得到

$$p^0 = \begin{bmatrix} (ux_1 + vy_1 + wz_1) \cdot x_0 \\ (ux_1 + vy_1 + wz_1) \cdot y_0 \\ (ux_1 + vy_1 + wz_1) \cdot z_0 \end{bmatrix}$$

$$= \begin{bmatrix} ux_1 \cdot x_0 + vy_1 \cdot x_0 + wz_1 \cdot x_0 \\ ux_1 \cdot y_0 + vy_1 \cdot y_0 + wz_1 \cdot y_0 \\ ux_1 \cdot z_0 + vy_1 \cdot z_0 + wz_1 \cdot z_0 \end{bmatrix}$$

$$= \begin{bmatrix} x_1 \cdot x_0 & y_1 \cdot x_0 & z_1 \cdot x_0 \\ x_1 \cdot y_0 & y_1 \cdot y_0 & z_1 \cdot y_0 \\ x_1 \cdot z_0 & y_1 \cdot z_0 & z_1 \cdot z_0 \end{bmatrix} \begin{bmatrix} u \\ v \\ w \end{bmatrix}$$

但在上述方程中的矩阵仅是旋转矩阵 R_1^0，因而有

$$p^0 = R_1^0 p^1 \tag{2.9}$$

因此，旋转矩阵 R_1^0 不仅能够表示坐标系 $o_1 x_1 y_1 z_1$ 相对于参考系 $o_0 x_0 y_0 z_0$ 的姿态角，而且能够表示一个点从一个参考系到另一个参考系中的坐标变换。假设给定某点相对于参考系 $o_1 x_1 y_1 z_1$ 的坐标为 p^1，那么 $R_1^0 p^1$ 代表同一点相对于参考系 $o_0 x_0 y_0 z_0$ 的坐标。

我们也可以使用旋转矩阵来表示对应于纯旋转的刚体运动。考虑图 2.6，图 a 中方块上的一个端点位于空间中某点 p_a 处。图 2.6b 中给出了绕 z_0 轴转过 π 角度后的同一个方块。在图 2.6b 中，方块上的同一个端点，现在处于空间中的 p_b 处。如果仅给出 p_a 的坐标以及对应于绕 z_0 轴的旋转矩阵，我们可以推导出 p_b 点的坐标。要看到这如何实现，想象一下固连到图 2.6a 中方块上的一个坐标系，该坐标系与参考系 $o_0 x_0 y_0 z_0$ 重合。转过角度 π 后，固连在方块上的坐标系（方块坐标系）也被转过一个角度 π。如果用 $o_1 x_1 y_1 z_1$ 来表示这个旋转坐标系，我们得到

$$R_1^0 = R_{z,\pi} = \begin{bmatrix} -1 & 0 & 0 \\ 0 & -1 & 0 \\ 0 & 0 & 1 \end{bmatrix}$$

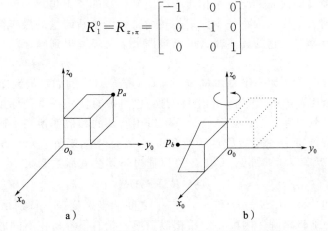

a)　　　　　　　　　　b)

图 2.6　图 b 中的方块是由图 a 中的方块绕 z_0 轴旋转角度 π 而得到的

在局部坐标系 $o_1 x_1 y_1 z_1$ 中，点 p_b 的坐标可被表示为 p_b^1。为了得到它相对于参考系 $o_0 x_0$

$y_0 z_0$ 的坐标，我们使用方程(2.9)中的旋转矩阵，得到

$$p_b^0 = R_{z,\pi} p_b^1$$

重要的是注意到，方块端点的局部坐标 p_b^1 并不随方块旋转而变动，这是因为 p_b^1 是相对于方块自身的坐标系来定义的。所以，当方块坐标系与参考坐标系 $o_0 x_0 y_0 z_0$ 重合时(即在进行旋转之前)，坐标 p_b^1 等于 p_a^0，这是由于在进行旋转之前，点 p_a 正好与方块的端点重合。因此，我们可以将 p_a^0 代入前面的公式得到

$$p_b^0 = R_{z,\pi} p_a^0$$

这个公式展示了如何用一个旋转矩阵来表示旋转运动。特别是，如果点 p_b 是由点 p_a 按照旋转矩阵 R 转动而得到的，那么 p_b 相对于参考系的坐标由下式给出

$$p_b^0 = R p_a^0$$

同样的方法可被用于相对于一个坐标系来旋转向量，如下述实例中所示。

例 2.3 如图 2.7 所示，坐标为 $v^0 = [0,1,1]^T$ 的向量 v 绕 y_0 轴旋转 $\pi/2$，所得到的向量 v_1 的坐标可由下式给出

$$v_1^0 = R_{y,\frac{\pi}{2}} v^0 \tag{2.10}$$

$$= \begin{bmatrix} 0 & 0 & 1 \\ 0 & 1 & 0 \\ -1 & 0 & 0 \end{bmatrix} \begin{bmatrix} 0 \\ 1 \\ 1 \end{bmatrix} = \begin{bmatrix} 1 \\ 1 \\ 0 \end{bmatrix} \tag{2.11}$$

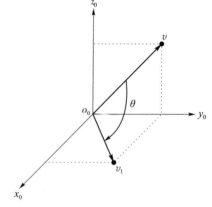

因此，旋转矩阵 R 的第三种解释是，在固定坐标系中施加在向量上的一个操作符。换言之，不同于将一个固定向量在两个不同参考系里的坐标联系起来，方程(2.10)可以表示，由向量 v 通过一个给定转动而得到的向量 v_1 在 $o_0 x_0 y_0 z_0$ 中的坐标。

图 2.7   相对于坐标轴 y_0 转动一个向量

正如我们所看到的，旋转矩阵可以扮演多个角色。一个旋转矩阵 $R \in SO(3)$ 或者 $R \in SO(2)$，可以用三种不同的方式来解释：

- 它可以代表点 p 在两个不同参考系中的坐标之间的相互变换。
- 它给出了经过变换后的坐标系相对于固定坐标系的姿态角。
- 它表示在同一坐标系内将一个向量旋转而得到一个新向量的操作符。

一个给定的旋转矩阵 R，它的具体释义可以根据上下文环境得到确定。

相似变换

一个坐标系可以定义为一组**基本向量**(basis vectors)，例如，沿三个坐标轴的单位向量。这意味着一个旋转矩阵(作为一个坐标变换)也可被看作从一个坐标系到另一坐标系的基的变换。对于一般线性变换的矩阵表示，可以用所谓的相似变换在不同坐标系之间进行转换。例如，如果 A 是一个给定线性变换在 $o_0 x_0 y_0 z_0$ 中的矩阵表示，B 是同一线性变换在 $o_1 x_1 y_1 z_1$ 中的矩阵表示，那么 A 和 B 可以通过下述公式联系起来

$$B = (R_1^0)^{-1} A R_1^0 \tag{2.12}$$

其中，R_1^0 矩阵是坐标系 $o_1 x_1 y_1 z_1$ 和 $o_0 x_0 y_0 z_0$ 之间的坐标变换。特别是，当 A 本身为旋转矩阵时，B 也为旋转矩阵。因此，使用相似变换，我们很容易在不同的坐标系中表述相同的旋转。

例 2.4 此后，每当方便的时候，我们使用速记符号 $c_\theta = \cos\theta$，$s_\theta = \sin\theta$ 来表示三角函数。假设坐标系 $o_0x_0y_0z_0$ 和 $o_1x_1y_1z_1$ 之间可通过下述旋转矩阵联系起来

$$R_1^0 = \begin{bmatrix} 0 & 0 & 1 \\ 0 & 1 & 0 \\ -1 & 0 & 0 \end{bmatrix}$$

如果相对于坐标系 $o_0x_0y_0z_0$，有 $A = R_{z,\theta}$；那么，相对于坐标系 $o_1x_1y_1z_1$，我们有

$$B = (R_1^0)^{-1}AR_1^0 = \begin{bmatrix} 1 & 0 & 0 \\ 0 & c_\theta & s_\theta \\ 0 & -s_\theta & c_\theta \end{bmatrix}$$

换言之，B 是关于 z_0 轴的一个旋转矩阵，只不过是表示在坐标系 $o_1x_1y_1z_1$ 中。这个概念在后续章节中将是有用的。 ◀

2.4　旋转的叠加

在本节中，我们将讨论旋转的叠加。这对后续章节很重要，在继续后面的内容之前，读者应该深入理解本节的内容。

2.4.1　相对于当前坐标系的旋转

回忆下列事实：方程(2.9)中的矩阵 R_1^0 代表着两个坐标系 $o_0x_0y_0z_0$ 和 $o_1x_1y_1z_1$ 之间的一个旋转变换。假如我们现在加入第三个坐标系 $o_2x_2y_2z_2$，并且它与坐标系 $o_0x_0y_0z_0$ 和坐标系 $o_1x_1y_1z_1$ 可以通过旋转变换而联系起来。那么，一个给定点 p 在这几个坐标系中的对应坐标分别为 p^0、p^1 和 p^2。点 p 的这些坐标间的关系为：

$$p^0 = R_1^0 p^1 \tag{2.13}$$

$$p^1 = R_2^1 p^2 \tag{2.14}$$

$$p^0 = R_2^0 p^2 \tag{2.15}$$

其中，每个 R_j^i 矩阵是一个旋转矩阵。将方程(2.14)代入方程(2.13)中得到

$$p^0 = R_1^0 R_2^1 p^2 \tag{2.16}$$

注意到，R_1^0 和 R_2^0 代表相对于坐标系 $o_0x_0y_0z_0$ 的旋转，R_2^1 代表相对于坐标系 $o_1x_1y_1z_1$ 的旋转。对比方程(2.15)和方程(2.16)，我们可以立即得到

$$R_2^0 = R_1^0 R_2^1 \tag{2.17}$$

方程(2.17)为旋转变换的叠加定律。它指出，为了将点 p 在坐标系 $o_2x_2y_2z_2$ 内的坐标表示 p^2 转换到坐标系 $o_0x_0y_0z_0$ 内的坐标表示 p^0，我们可以使用 R_2^1 将它先转换为坐标系 $o_1x_1y_1z_1$ 内的坐标表示 p^1，然后再利用 R_1^0 将 p^1 转换到 p^0。

我们也可以用下述方式来解释公式(2.17)。假设起始时，三个坐标系重合。我们首先根据变换矩阵 R_1^0，相对于 $o_0x_0y_0z_0$ 来转动坐标系 $o_1x_1y_1z_1$。此时，坐标系 $o_1x_1y_1z_1$ 和坐标系 $o_2x_2y_2z_2$ 重合，然后，我们根据变换矩阵 R_2^1，相对于 $o_1x_1y_1z_1$ 来转动坐标系 $o_2x_2y_2z_2$。最终得到的坐标系为 $o_2x_2y_2z_2$，它相对于 $o_0x_0y_0z_0$ 的姿态由 $R_1^0 R_2^1$ 给出。我们称旋转发生时所围绕的那个坐标系为**当前坐标系**(current frame)。

例 2.5 如图 2.8 所示，假设一个旋转矩阵 R 表示两个旋转的叠加：绕当前 y 轴旋转 ϕ 角，接下来绕当前 z 轴旋转 θ 角。那么，矩阵 R 由下式给出

$$R = R_{y,\phi}R_{z,\theta}$$

$$= \begin{bmatrix} c_\phi & 0 & s_\phi \\ 0 & 1 & 0 \\ -s_\phi & 0 & c_\phi \end{bmatrix} \begin{bmatrix} c_\theta & -s_\theta & 0 \\ s_\theta & c_\theta & 0 \\ 0 & 0 & 1 \end{bmatrix}$$

$$= \begin{bmatrix} c_\phi c_\theta & -c_\phi s_\theta & s_\phi \\ s_\theta & c_\theta & 0 \\ -s_\phi c_\theta & s_\phi s_\theta & c_\phi \end{bmatrix}$$

$$(2.18)$$

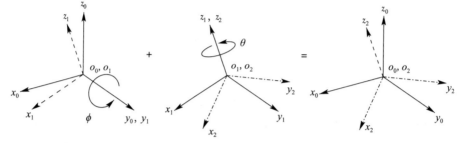

图 2.8　绕当前坐标系旋转运动的叠加

重要的是，要记住旋转序列执行时的顺序，对应的旋转矩阵相乘的顺序也是至关重要的。其原因是，转动并不像位置一样是个向量，所以旋转变换一般不服从交换律。

例 2.6　假设以相反的顺序执行上述旋转变换，即首先绕当前 z 轴旋转 θ 角，然后绕当前 y 轴旋转 ϕ 角。那么，最终得到的旋转矩阵由下式给出

$$R' = R_{z,\theta}R_{y,\phi}$$

$$= \begin{bmatrix} c_\theta & -s_\theta & 0 \\ s_\theta & c_\theta & 0 \\ 0 & 0 & 1 \end{bmatrix} \begin{bmatrix} c_\phi & 0 & s_\phi \\ 0 & 1 & 0 \\ -s_\phi & 0 & c_\phi \end{bmatrix}$$

$$= \begin{bmatrix} c_\theta c_\phi & -s_\theta & c_\theta s_\phi \\ s_\theta c_\phi & c_\theta & s_\theta s_\phi \\ -s_\phi & 0 & c_\phi \end{bmatrix}$$

$$(2.19)$$

比较式(2.18)和式(2.19)，我们可知 $R \neq R'$。

2.4.2　相对于固定坐标系的旋转

很多时候，我们希望进行一系列的旋转操作，每个旋转都绕一个固定坐标系进行，而不是连续地绕当前坐标系进行。例如，我们可能希望执行一个绕 x_0 轴的旋转，然后再执行一个绕 y_0 轴（不是 y_1 轴！）的旋转。我们称 $o_0 x_0 y_0 z_0$ 为**固定坐标系**。这种情况下，式(2.17)中给出的叠加定律并不适用。事实证明，这种情况下正确的叠加定律是：简单地将旋转矩阵序列以式(2.17)中的相反顺序相乘即可。注意，旋转本身并不以相反的顺序被执行。相反，它们是关于固定坐标系被执行的，而不是关于当前坐标系。

要看到这一点，假设我们有两个通过旋转矩阵 R_1^0 相联系的坐标系 $o_0 x_0 y_0 z_0$ 和 $o_1 x_1 y_1 z_1$。如果 $R \in SO(3)$ 表示一个相对于 $o_0 x_0 y_0 z_0$ 的旋转，从节 2.3 中我们得知，矩阵 R 在**当前坐标系** $o_1 x_1 y_1 z_1$ 中的表示由 $(R_1^0)^{-1} R R_1^0$ 给出。因此，将旋转的叠加定律应用到当前坐标轴可得

$$R_2^0 = R_1^0 [(R_1^0)^{-1} R R_1^0] = R R_1^0 \qquad (2.20)$$

因此，如果一个旋转 R 相对于世界坐标系被执行，用 R 前乘（premultiply）当前的旋转矩阵，可以得到所期望的旋转矩阵。

例 2.7 （绕固定轴的旋转运动） 参照图 2.9，假设一个旋转矩阵 R 表示（如下操作的叠加）：关于 y_0 轴转角为 ϕ 的一个旋转，以及后续的关于固定 z_0 轴转角为 θ 的一个旋转。第二个关于固定轴的旋转为 $R_{y,-\phi} R_{z,\theta} R_{y,\phi}$，它是关于 z 轴的一个基本旋转经过相似变换后在坐标系 $o_1 x_1 y_1 z_1$ 中的表示。因此，旋转变换的叠加结果为

$$R = R_{y,\phi} [R_{y,-\phi} R_{z,\theta} R_{y,\phi}] = R_{z,\theta} R_{y,\phi} \qquad (2.21)$$

没有必要记住上面的推导过程，唯一要注意的是，通过比较式(2.21)和式(2.18)，我们得到了同样的基本旋转矩阵，但它们以相反的顺序叠加。

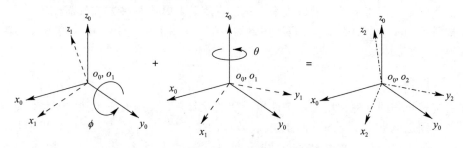

图 2.9　关于固定轴的旋转运动的叠加

2.4.3 旋转变换的叠加规则

我们可以通过以下方法来总结旋转变换的叠加规则。给定一个固定坐标系 $o_0 x_0 y_0 z_0$，一个当前坐标系 $o_1 x_1 y_1 z_1$，以及一个将它们联系起来的旋转矩阵 R_1^0。如果第三个坐标系 $o_2 x_2 y_2 z_2$ 是由绕当前坐标系旋转 R 而得到的，那么让 R_1^0 后乘（postmultiply）$R = R_2^1$ 而得到

$$R_2^0 = R_1^0 R_2^1 \qquad (2.22)$$

如果第二个旋转是关于固定坐标系进行的，那么使用符号 R_2^1 来表示这个旋转不仅混乱而且不合理。因此，如果我们使用 R 来表示这个旋转，那么我们用 R 前乘 R_1^0，得到

$$R_2^0 = R R_1^0 \qquad (2.23)$$

以上两种情况中，R_2^0 均表示坐标系 $o_0 x_0 y_0 z_0$ 和 $o_2 x_2 y_2 z_2$ 之间的变换。由式(2.22)得到的坐标系 $o_2 x_2 y_2 z_2$，不同于由式(2.23)得到的坐标系。

使用上述的旋转叠加规则，容易确定多个连续旋转变换所对应的结果。

例 2.8 假设旋转矩阵 R 由一系列基本旋转变换按下述顺序叠加而成：

1）绕当前 x 轴旋转 θ 角度；

2）绕当前 z 轴旋转 ϕ 角度；

3）绕固定 z 轴旋转 α 角度；

4）绕当前 y 轴旋转 β 角度；

5）绕固定 x 轴旋转 δ 角度。

为了确定这些旋转变换的累积效应，我们以第一个旋转变换 $R_{x,\theta}$ 作为起始，然后视情况前乘或后乘相应矩阵，得到

$$R = R_{x,\delta} R_{z,\alpha} R_{x,\theta} R_{z,\phi} R_{y,\beta} \qquad (2.24)$$

2.5　旋转的参数化

对于一般的旋转变换 $R \in SO(3)$，它的 9 个元素之间并非相互独立。确实，一个刚体最多有三个旋转自由度，因而最多需要三个量来指定其姿态方向。通过验证 $SO(3)$ 中矩阵所需要满足的约束很容易理解这一点：

$$\sum_i r_{ij}^2 = 1, j \in \{1, 2, 3\} \tag{2.25}$$

$$r_{1i}r_{1j} + r_{2i}r_{2j} + r_{3i}r_{3j} = 0, i \neq j \tag{2.26}$$

式(2.25)成立的原因是，旋转矩阵的各列都是单位向量；式(2.26)成立的原因是，旋转矩阵的各列相互正交。这些约束一起定义了 6 个独立的方程，其中有 9 个未知数，这意味着其中的自由变量数目为 3 个。

在本节中，我们将推导三种方式来表达任意旋转，其中每种方式仅需使用三个独立变量：**欧拉角**（Euler-angle）表示法、**滚动-俯仰-偏航**（roll-pitch-yaw）表示法，以及**转轴/角度**（axis/angle）表示法。

2.5.1　欧拉角

表示旋转矩阵的一种常用方法是使用所谓的欧拉角，其中有三个独立变量。如图 2.10 所示，考虑固定坐标系 $o_0 x_0 y_0 z_0$，以及旋转后的坐标系 $o_1 x_1 y_1 z_1$。我们可以使用三个角度 (ϕ, θ, ψ)——这三个角度被称为欧拉角——表示坐标系 $o_1 x_1 y_1 z_1$ 相对于坐标系 $o_0 x_0 y_0 z_0$ 的姿态，它们可通过下列三个连续旋转而得到。首先，绕 z 轴旋转角度 ϕ。然后，绕当前 y 轴旋转角度 θ。最后，绕当前 z 轴旋转角度 ψ。图 2.10 中，坐标系 $o_a x_a y_a z_a$ 是坐标系 $o_0 x_0 y_0 z_0$ 绕 z_0 轴旋转 ϕ 角度后得到的新坐标系，坐标系 $o_b x_b y_b z_b$ 表示坐标系 $o_a x_a y_a z_a$ 绕 y_a 轴旋转 θ 角度后得到的新坐标系，坐标系 $o_1 x_1 y_1 z_1$ 表示坐标系 $o_b x_b y_b z_b$ 绕 z_b 轴旋转 ψ 角度后得到的最终坐标系。图 2.10 中展示坐标系 $o_a x_a y_a z_a$ 和 $o_b x_b y_b z_b$ 的目的，仅仅是为了将旋转可视化。

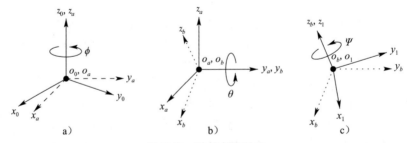

图 2.10　欧拉角表示法

就基本的旋转矩阵而言，结果中所示的旋转变换，可以通过乘积而得到

$$R_{ZYZ} = R_{z,\phi} R_{y,\theta} R_{z,\psi}$$

$$= \begin{bmatrix} c_\phi & -s_\phi & 0 \\ s_\phi & c_\phi & 0 \\ 0 & 0 & 1 \end{bmatrix} \begin{bmatrix} c_\theta & 0 & s_\theta \\ 0 & 1 & 0 \\ -s_\theta & 0 & c_\theta \end{bmatrix} \begin{bmatrix} c_\psi & -s_\psi & 0 \\ s_\psi & c_\psi & 0 \\ 0 & 0 & 1 \end{bmatrix}$$

$$= \begin{bmatrix} c_\phi c_\theta c_\psi - s_\phi s_\psi & -c_\phi c_\theta s_\psi - s_\phi c_\psi & c_\phi s_\theta \\ s_\phi c_\theta c_\psi + c_\phi s_\psi & -s_\phi c_\theta s_\psi + c_\phi c_\psi & s_\phi s_\theta \\ -s_\theta c_\psi & s_\theta s_\psi & c_\theta \end{bmatrix} \tag{2.27}$$

方程(2.27)中的矩阵 R_{ZYZ} 被称为 **ZYZ-欧拉角变换**。

更重要且更困难的问题是，确定一个特定矩阵 $R=(r_{ij})$ 所对应的欧拉角 ϕ、θ 和 ψ，它们满足

$$R=\begin{bmatrix} c_\phi c_\theta c_\psi - s_\phi s_\psi & -c_\phi c_\theta s_\psi - s_\phi c_\psi & c_\phi s_\theta \\ s_\phi c_\theta c_\psi + c_\phi s_\psi & -s_\phi c_\theta s_\psi + c_\phi c_\psi & s_\phi s_\theta \\ -s_\theta c_\psi & s_\theta s_\psi & c_\theta \end{bmatrix} \tag{2.28}$$

上式对于任意满足 $R \in SO(3)$ 的矩阵均成立。当我们解决第 5 章中机械臂的逆运动学问题时，上述问题将会变得重要。

为了求解这个问题，我们将其分为两种情况。第一种情况，假设 r_{13} 和 r_{23} 不全为零。那么，由方程(2.26)我们可以推出 $s_\theta \neq 0$，因此，r_{31} 和 r_{32} 不全为零。如果 r_{31} 和 r_{32} 不全为零，那么，$r_{33} \neq \pm 1$，并且我们有 $c_\theta = r_{33}$，$s_\theta = \pm\sqrt{1-r_{33}^2}$，所以

$$\theta = \text{Atan2}(r_{33}, \sqrt{1-r_{33}^2}) \tag{2.29}$$

或者

$$\theta = \text{Atan2}(r_{33}, -\sqrt{1-r_{33}^2}) \tag{2.30}$$

其中，函数 Atan2 是附录 A 中定义的**双参数反正切函数**。

如果我们选择方程(2.29)给出的 θ 值，那么 $s_\theta > 0$，并且

$$\phi = \text{Atan2}(r_{13}, r_{23}) \tag{2.31}$$

$$\psi = \text{Atan2}(-r_{31}, r_{32}) \tag{2.32}$$

如果我们选择方程(2.30)给出的 θ 值，那么 $s_\theta < 0$，并且

$$\phi = \text{Atan2}(-r_{13}, -r_{23}) \tag{2.33}$$

$$\psi = \text{Atan2}(r_{31}, -r_{32}) \tag{2.34}$$

因此，存在两个取决于 θ 正负符号的解。

如果 $r_{13} = r_{23} = 0$，那么 R 是正交矩阵这一事实意味着 $r_{33} = \pm 1$，以及 $r_{31} = r_{32} = 0$。所以，矩阵 R 有下述形式

$$R=\begin{bmatrix} r_{11} & r_{12} & 0 \\ r_{21} & r_{22} & 0 \\ 0 & 0 & \pm 1 \end{bmatrix} \tag{2.35}$$

如果 $r_{33} = 1$，那么 $c_\theta = 1$，并且 $s_\theta = 0$，所以 $\theta = 0$。这种情况下，方程(2.27)变为

$$\begin{bmatrix} c_\phi c_\psi - s_\phi s_\psi & -c_\phi s_\psi - s_\phi c_\psi & 0 \\ s_\phi c_\psi + c_\phi s_\psi & -s_\phi s_\psi + c_\phi c_\psi & 0 \\ 0 & 0 & 1 \end{bmatrix} = \begin{bmatrix} c_{\phi+\psi} & -s_{\phi+\psi} & 0 \\ s_{\phi+\psi} & c_{\phi+\psi} & 0 \\ 0 & 0 & 1 \end{bmatrix}$$

因此，$\phi+\psi$ 可被确定为

$$\phi+\psi = \text{Atan2}(r_{11}, r_{21}) = \text{Atan2}(r_{11}, -r_{12}) \tag{2.36}$$

由于在这种情况下只有 $\phi+\psi$ 能被确定，因而存在无数组可能的解。此时，我们可按惯例指定 $\phi=0$。如果 $r_{33} = -1$，那么 $c_\theta = -1$，$s_\theta = 0$，因此 $\theta = \pi$。此时方程(2.27)变为

$$\begin{bmatrix} -c_{\phi-\psi} & -s_{\phi-\psi} & 0 \\ s_{\phi-\psi} & c_{\phi-\psi} & 0 \\ 0 & 0 & -1 \end{bmatrix} = \begin{bmatrix} r_{11} & r_{12} & 0 \\ r_{21} & r_{22} & 0 \\ 0 & 0 & -1 \end{bmatrix} \tag{2.37}$$

所以，解为

$$\phi-\psi = \text{Atan2}(-r_{11}, -r_{12}) \tag{2.38}$$

与以前类似，存在无穷多解。

2.5.2 滚动角、俯仰角和偏航角

一个旋转矩阵 R 也可被描述为按特定次序进行的一系列关于主坐标轴 x_0、y_0 和 z_0 轴旋转的产物。如图 2.11 所示，这些旋转决定了**滚动**（roll）、**俯仰**（pitch）、**偏航**（yaw）角度，我们将使用 ϕ、θ 和 ψ 来指代这些角度。

我们指定旋转按照 $x \to y \to z$ 的顺序进行，换言之，首先绕 x_0 轴偏航 ψ 角度，接下来绕 y_0 俯仰 θ 角度，最后绕 z_0 滚动 ϕ 角度$\ominus$。由于这些旋转相对于固定坐标系依次进行，所以最终得到的变换矩阵为

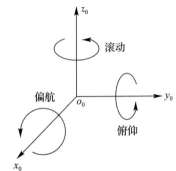

图 2.11 滚动角、俯仰角和偏航角

$$R = R_{z,\phi} R_{y,\theta} R_{x,\psi}$$

$$= \begin{bmatrix} c_\phi & -s_\phi & 0 \\ s_\phi & c_\phi & 0 \\ 0 & 0 & 1 \end{bmatrix} \begin{bmatrix} c_\theta & 0 & s_\theta \\ 0 & 1 & 0 \\ -s_\theta & 0 & c_\theta \end{bmatrix} \begin{bmatrix} 1 & 0 & 0 \\ 0 & c_\psi & -s_\psi \\ 0 & s_\psi & c_\psi \end{bmatrix}$$

$$= \begin{bmatrix} c_\phi c_\theta & -s_\phi c_\psi + c_\phi s_\theta s_\psi & s_\phi s_\psi + c_\phi s_\theta c_\psi \\ s_\phi c_\theta & c_\phi c_\psi + s_\phi s_\theta s_\psi & -c_\phi s_\psi + s_\phi s_\theta c_\psi \\ -s_\theta & c_\theta s_\psi & c_\theta c_\psi \end{bmatrix} \quad (2.39)$$

当然，除了将上述变换解释为关于固定坐标系进行的偏航-俯仰-滚动操作，我们也可将上述变换解释为关于当前坐标系按照滚动→俯仰→偏航顺序进行的旋转。这样得出的结果与式(2.39)中的矩阵相同。

对于一个给定的旋转矩阵，三个对应转角 ϕ、θ 和 ψ，可以根据与上述推导欧拉角相类似的方法来确定。

2.5.3 转轴/角度表示

旋转并不总是关于主坐标轴而进行的。我们通常感兴趣的是关于空间中某任意轴线的旋转。这不仅提供了一种描述旋转的简便方法，并且提供了对于旋转矩阵的另一种参数化方法。令 $k = [k_x, k_y, k_z]^T$ 表示坐标系 $o_0 x_0 y_0 z_0$ 内的一个单位向量，它定义了一个转轴。我们希望推导一个旋转矩阵 $R_{k,\theta}$，来表示关于此轴线的转角为 θ 的旋转。

有几种方法可用来推导矩阵 $R_{k,\theta}$。其中一个方法是，注意到旋转变换 $R = R_{z,\alpha} R_{y,\beta}$ 将会使世界坐标系的 z 轴与向量 k 重合。因此，可以使用相似变换来计算关于轴线 k 的旋转，如下

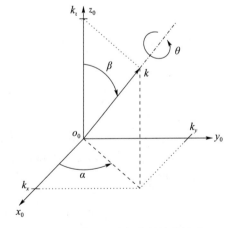

$$R_{k,\theta} = R R_{z,\theta} R^{-1} \quad (2.40)$$

$$= R_{z,\alpha} R_{y,\beta} R_{z,\theta} R_{y,-\beta} R_{z,-\alpha} \quad (2.41)$$

从图 2.12 中，我们可知

图 2.12 关于一个任意轴线的转动

$\ominus$ 应当指出，存在其他为滚动、俯仰和偏航角度命名的约定。

$$\sin\alpha=\frac{k_y}{\sqrt{k_x^2+k_y^2}},\cos\alpha=\frac{k_x}{\sqrt{k_x^2+k_y^2}} \tag{2.42}$$

$$\sin\beta=\sqrt{k_x^2+k_y^2},\cos\beta=k_z \tag{2.43}$$

注意到最后两个等式是依据 k 为单位向量这一事实而得到的。将式(2.42)和式(2.43)代入方程(2.41)中，经过一些冗长计算(习题 2-17)，我们可以得到

$$R_{k,\theta}=\begin{bmatrix} k_x^2 v_\theta+c_\theta & k_x k_y v_\theta-k_z s_\theta & k_x k_z v_\theta+k_y s_\theta \\ k_x k_y v_\theta+k_z s_\theta & k_y^2 v_\theta+c_\theta & k_y k_z v_\theta-k_x s_\theta \\ k_x k_z v_\theta-k_y s_\theta & k_y k_z v_\theta+k_x s_\theta & k_z^2 v_\theta+c_\theta \end{bmatrix} \tag{2.44}$$

其中，$v_\theta=\mathrm{vers}\theta=1-c_\theta$。

实际上，任意一个旋转矩阵 $R\in SO(3)$ 可以用绕空间中某个适当轴线转过适当角度的单个旋转来表示，如下

$$R=R_{k,\theta} \tag{2.45}$$

其中，k 是定义转轴的单位向量，θ 是绕轴线 k 转过的角度。数对 (k,θ) 被称为 R 的**转轴/角度表示**(axis/angle representation)。给定一个任意旋转矩阵 R，其元素为 r_{ij}，所对应的转角 θ 和转轴 k 由下列表达式给出

$$\theta=\cos^{-1}\left(\frac{r_{11}+r_{22}+r_{33}-1}{2}\right)$$

和

$$k=\frac{1}{2\sin\theta}\begin{bmatrix} r_{32}-r_{23} \\ r_{13}-r_{31} \\ r_{21}-r_{12} \end{bmatrix} \tag{2.46}$$

这些公式可以通过直接操作式(2.44)中矩阵的条目来得到。转轴/角度表示并不唯一，这是因为，关于 $-k$ 轴角度为 $-\theta$ 的旋转与关于 k 轴角度为 θ 的旋转相同，也就是说，

$$R_{k,\theta}=R_{-k,-\theta} \tag{2.47}$$

如果 $\theta=0$，那么 R 是单位矩阵，此时转动轴线没有定义。

例 2.9　假设 R 由下列旋转叠加而成：首先绕 z_0 旋转 $90°$，然后绕 y_0 旋转 $30°$，最后绕 x_0 旋转 $60°$。那么，

$$R=R_{x,60}R_{y,30}R_{z,90}$$

$$=\begin{bmatrix} 0 & -\frac{\sqrt{3}}{2} & \frac{1}{2} \\ \frac{1}{2} & -\frac{\sqrt{3}}{4} & -\frac{3}{4} \\ \frac{\sqrt{3}}{2} & \frac{1}{4} & \frac{\sqrt{3}}{4} \end{bmatrix} \tag{2.48}$$

我们看到 $\mathrm{Tr}(R)=0$，因此，由式(2.46)给出的等效角度为

$$\theta=\cos^{-1}\left(-\frac{1}{2}\right)=120° \tag{2.49}$$

式(2.46)给出的等效转轴为

$$k=\left(\frac{1}{\sqrt{3}},\frac{1}{2\sqrt{3}}-\frac{1}{2},\frac{1}{2\sqrt{3}}+\frac{1}{2}\right) \tag{2.50}$$

上述的转轴/角度表示使用四个量来表征一个给定的转动，即等效转轴 k 的三个分量以及等效转角 θ。不过，由于等效转轴 k 是一个单位向量，因此它只有两个独立元素，第三个元素被 k 为单位长度这一条件所约束。所以，这种旋转 R 的表示法只需要三个独立变量即可。我们可以用单个向量 r 来表示等效的转轴/角度。

$$r = (r_x, r_y, r_z) = (\theta k_x, \theta k_y, \theta k_z) \tag{2.51}$$

注意，由于 k 是一个单位向量，所以向量 r 的长度为等效角度 θ，并且 r 的方向为等效转轴 k。

需要注意到，式(2.51)中的表示并不意味着可以使用向量代数的标准法则将两个转轴/角度坐标叠加起来，因为这样做意味着旋转具有交换律，但正如我们看到的那样，一般情况下并非如此。

2.5.4   指数坐标

在本节中我们介绍指数坐标(exponential coordinate)，并给出轴角度变换(2.44)的一种替代描述。我们在 2.5.3 节中证明，通过使用式(2.44)，我们可以将任何旋转矩阵 $R \in SO(3)$ 转换成轴角矩阵 $R_{k,\theta}$。向量 $k\theta \in \mathbb{R}^3$ 的分量称为 R 的指数坐标。

为了解为什么使用此术语，我们首先从附录 B 中回顾 $so(3)$ 的定义，其为满足以下条件的 3×3 **斜对称**矩阵 S 的集合

$$S^T + S = 0 \tag{2.52}$$

对 $k = (k_x, k_y, k_z) \in \mathbb{R}^3$，设 $S(k)$ 为斜对称矩阵

$$S(k) = \begin{bmatrix} 0 & -k_z & k_y \\ k_z & 0 & -k_x \\ -k_y & k_x & 0 \end{bmatrix} \tag{2.53}$$

令 $e^{S(k)\theta}$ 为附录 B 中定义的矩阵指数

$$e^{S(k)\theta} = I + S(k)\theta + \frac{1}{2}S^2(k)\theta^2 + \frac{1}{3!}S^3(k)\theta^3 + \cdots \tag{2.54}$$

那么，我们就有以下命题，它给出了 $SO(3)$ 和 $so(3)$ 之间的重要关系。

命题 2.1   对于任何 $S(k) \in so(3)$，矩阵 $e^{S(k)\theta}$ 是 $SO(3)$ 的元素；反之，$SO(3)$ 的每个元素都可以表示为 $so(3)$ 中元素的指数。

证明   要证明矩阵 $e^{S(k)\theta}$ 在 $SO(3)$ 中，我们需要证明 $e^{S(k)\theta}$ 是行列式等于 $+1$ 的正交矩阵。为了证明这一点，我们依赖以下适用于任意 $n \times n$ 矩阵 A 和矩阵 B 的属性

1) $e^{A^T} = (e^A)^T$；
2) 如果 $n \times n$ 矩阵可交换，即 $AB = BA$，则 $e^A e^B = e^{(A+B)}$；
3) 行列式 $\det(e^A) = e^{tr(A)}$，$\mathrm{tr}(A)$ 为 A 的迹。

上面的前两个属性可以通过使用 e^A 的级数展开式(2.54)直接计算来证明。第三个属性来自雅可比恒等式(附录 B)。现在，由于 $S^T = -S$，因此，如果 S 是斜对称的，则 S 和 S^T 可交换。因此，在 $S = S(k\theta) \in so(3)$ 的情况下，有

$$e^S (e^S)^T = e^S e^{S^T} = e^{S+S^T} = e^0 = I \tag{2.55}$$

这表明 $e^{S(k\theta)}$ 是一个正交矩阵，而且

$$\det(e^S) = e^{tr(S)} = 1 \tag{2.56}$$

因为斜对称矩阵的迹为零。因此，对于 $S(k\theta) \in so(3)$，$e^{S(k\theta)} \in SO(3)$。   ∎

反而言之，即 $SO(3)$ 的每个元素都是 $so(3)$ 元素的指数，这是从 R 和罗德里格斯(Rodrigues)公式的转轴角度表示得出的，这也是我们接下来将得出的。

罗德里格斯公式

给定斜对称矩阵 $S(k)$，易证 $S^3(k) = -S(k)$，由此得出 $S^4(k) = -S^2(k)$，依此类推。$e^{S(k)\theta}$ 可简化为

$$e^{S(k)\theta} = I + S(k)\theta + \frac{1}{2}S^2(k)\theta^2 + \frac{1}{3!}S^3(k)\theta^3 + \cdots$$

$$= 1 + S(k)\left(\theta - \frac{1}{3!}\theta^3 + \cdots\right) + S^2(k)\left(\frac{1}{2}\theta^2 - \frac{1}{4!}\theta^4 + \cdots\right)$$

$$= 1 + \sin(\theta)S(k) + (1 - \cos(\theta))S^2(k)$$

后者等于正弦和余弦函数的级数展开。展开式为

$$e^{S(k)\theta} = I + \sin(\theta)S(k) + (1 - \cos(\theta))S^2(k) \tag{2.57}$$

被称为罗德里格斯公式。通过直接计算可以看出，式(2.44)给出的 $R_{k,\theta}$ 的转轴角度表示与式(2.57)中的罗德里格斯公式相同。

备注 2.1　以上结果表明，矩阵指数函数定义了从 $so(3)$ 到 $SO(3)$ 的一对一映射。从数学上来说，$so(3)$ 是一个**李代数**，而 $SO(3)$ 是一个**李群**。

2.6　刚体运动的概念

我们现在已经看到了如何表示位置和姿态。本节中，我们将结合这两个概念来定义刚体运动。在下一节中，我们将使用齐次变换的概念来推导关于刚体运动的一个有效的矩阵表示。

定义 2.2　刚体运动是一个有序对 (d, R)，其中 $d \in \mathbb{R}^3$，$R \in SO(3)$。所有刚体运动组成的群被称为**特殊欧氏群**，记为 $SE(3)$。那么我们可以看到，$SE(3) = \mathbb{R}^3 \times SO(3)$。

刚体运动是纯平移和纯旋转的叠加⊖。让旋转矩阵 R_1^0 表示坐标系 $o_1x_1y_1z_1$ 相对于坐标系 $o_0x_0y_0z_0$ 的姿态，并且让 d 表示从坐标系 $o_0x_0y_0z_0$ 原点到坐标系 $o_1x_1y_1z_1$ 原点的向量。假设点 p 被固定连接到坐标系 $o_1x_1y_1z_1$ 中，其局部坐标为 p^1。点 p 相对于坐标系 $o_0x_0y_0z_0$ 的坐标可被表示为

$$p^0 = R_1^0 p^1 + d^0 \tag{2.58}$$

现在，考虑三个坐标系 $o_0x_0y_0z_0$、$o_1x_1y_1z_1$ 以及 $o_2x_2y_2z_2$。令 d_1 表示从 $o_0x_0y_0z_0$ 坐标系原点到 $o_1x_1y_1z_1$ 坐标系原点的向量，同时令 d_2 表示从 $o_1x_1y_1z_1$ 坐标系原点到 $o_2x_2y_2z_2$ 坐标系原点的向量。如果点 p 被固定连接到坐标系 $o_2x_2y_2z_2$ 中，并且其局部坐标为 p^2，我们可以通过下式来计算点 p 相对于参考系 $o_0x_0y_0z_0$ 的坐标

$$p^1 = R_2^1 p^2 + d_2^1 \tag{2.59}$$

以及

$$p^0 = R_1^0 p^1 + d_1^0 \tag{2.60}$$

可以用这两个公式的叠加来定义第三个刚体运动，该运动的描述可以通过将式(2.59)中的 p^1 表达式代入式(2.60)中得到，如下所示

$$p^0 = R_1^0 R_2^1 p^2 + R_1^0 d_2^1 + d_1^0 \tag{2.61}$$

由于 p^0 和 p^2 之间的关系也是一个刚体运动，我们可以使用同样的表示，如下

⊖　刚体运动的定义有时可以被扩大到包括反射，后者对应于 $\det R = -1$。在本书中，我们总是假设 $\det R = +1$，从而使 $R \in SO(3)$。

$$p^0 = R_2^0 p^2 + d_2^0 \tag{2.62}$$

通过比较式(2.61)和式(2.62)，我们可以得到下述关系

$$R_2^0 = R_1^0 R_2^1 \tag{2.63}$$

$$d_2^0 = d_1^0 + R_1^0 d_2^1 \tag{2.64}$$

式(2.63)指出姿态变换可以简单地被乘在一起，同时式(2.64)指出从原点 o_0 到原点 o_2 的向量所对应的坐标等于 d_1^0 与 $R_1^0 d_2^1$ 之和，其中 d_1^0 是从 o_0 到 o_1 的向量在参考系 $o_0 x_0 y_0 z_0$ 中的坐标，$R_1^0 d_2^1$ 则是从 o_1 到 o_2 的向量在坐标系 $o_0 x_0 y_0 z_0$ 中的坐标。

2.6.1   齐次变换

可以很容易地看出，当需要考虑一长串的刚体运动时，求解式(2.61)所需的计算很快就会变得十分棘手。在这一节中，我们将展示如何使用矩阵形式来表示刚体运动，从而使刚体运动的叠加可被简化为与旋转叠加情形相类似的矩阵相乘。

实际上，将式(2.63)和式(2.64)与下列矩阵形式进行对比

$$\begin{bmatrix} R_1^0 & d_1^0 \\ 0 & 1 \end{bmatrix} \begin{bmatrix} R_2^1 & d_2^1 \\ 0 & 1 \end{bmatrix} = \begin{bmatrix} R_1^0 R_2^1 & R_1^0 d_2^1 + d_1^0 \\ 0 & 1 \end{bmatrix} \tag{2.65}$$

其中 0 表示行向量(0，0，0)。上式表明刚体运动可由一组具有下述形式的矩阵来表示：

$$H = \begin{bmatrix} R & d \\ 0 & 1 \end{bmatrix}, R \in SO(3), d \in \mathbb{R}^3 \tag{2.66}$$

形如式(2.66)中所给出的变换矩阵被称为**齐次变换**(homogeneous transformation)矩阵。因此，齐次变换无非就是刚体运动的矩阵表示而已。我们将使用 $SE(3)$ 来表示刚体运动的集合，它也可以表示所有形如式(2.66)中给出的 4×4 矩阵的集合。

基于 R 为正交矩阵这一事实，容易验证逆变换 H^{-1} 可由下式给出

$$H^{-1} = \begin{bmatrix} R^\mathrm{T} & -R^\mathrm{T} d \\ 0 & 1 \end{bmatrix} \tag{2.67}$$

为了使用矩阵乘法来表示式(2.58)中给出的变换，我们必须按照如下方式为向量 p^0 和 p^1 增加第四个元素 1。

$$P^0 = \begin{bmatrix} p^0 \\ 1 \end{bmatrix} \tag{2.68}$$

$$P^1 = \begin{bmatrix} p^1 \\ 1 \end{bmatrix} \tag{2.69}$$

向量 P^0 和 P^1 分别被称为向量 p^0 和 p^1 所对应的**齐次表示**。现在，我们可以直接看出，式(2.58)中给出的变换等效于(齐次)矩阵方程

$$P^0 = H_1^0 P^1 \tag{2.70}$$

生成 $SE(3)$ 的**基本齐次变换矩阵**的集合如下所示

$$\mathrm{Trans}_{x,a} = \begin{bmatrix} 1 & 0 & 0 & a \\ 0 & 1 & 0 & 0 \\ 0 & 0 & 1 & 0 \\ 0 & 0 & 0 & 1 \end{bmatrix}, \quad \mathrm{Rot}_{x,a} = \begin{bmatrix} 1 & 0 & 0 & 0 \\ 0 & c_\alpha & -s_\alpha & 0 \\ 0 & s_\alpha & c_\alpha & 0 \\ 0 & 0 & 0 & 1 \end{bmatrix} \tag{2.71}$$

$$\mathrm{Trans}_{y,b} = \begin{bmatrix} 1 & 0 & 0 & 0 \\ 0 & 1 & 0 & b \\ 0 & 0 & 1 & 0 \\ 0 & 0 & 0 & 1 \end{bmatrix}, \quad \mathrm{Rot}_{y,\beta} = \begin{bmatrix} c_\beta & 0 & s_\beta & 0 \\ 0 & 1 & 0 & 0 \\ -s_\beta & 0 & c_\beta & 0 \\ 0 & 0 & 0 & 1 \end{bmatrix} \tag{2.72}$$

$$\text{Trans}_{z,c} = \begin{bmatrix} 1 & 0 & 0 & 0 \\ 0 & 1 & 0 & 0 \\ 0 & 0 & 1 & c \\ 0 & 0 & 0 & 1 \end{bmatrix}, \quad \text{Rot}_{z,\gamma} = \begin{bmatrix} c_\gamma & -s_\gamma & 0 & 0 \\ s_\gamma & c_\gamma & 0 & 0 \\ 0 & 0 & 1 & 0 \\ 0 & 0 & 0 & 1 \end{bmatrix} \tag{2.73}$$

它们分别对应着关于 x、y、z 轴的平移和旋转。

我们将会考虑到的最常见的齐次变换现在可被写作

$$H_1^0 = \begin{bmatrix} n_x & s_x & a_x & d_x \\ n_y & s_y & a_y & d_y \\ n_z & s_z & a_z & d_z \\ 0 & 0 & 0 & 1 \end{bmatrix} = \begin{bmatrix} n & s & a & d \\ 0 & 0 & 0 & 1 \end{bmatrix} \tag{2.74}$$

在上述方程中，$n = [n_x, n_y, n_z]^T$ 是坐标系 $o_0 x_0 y_0 z_0$ 中代表 x_1 方向的向量，$s = [s_x, s_y, s_z]^T$ 是代表 y_1 方向的向量，$a = [a_x, a_y, a_z]^T$ 是代表 z_1 方向的向量，向量 $d = [d_x, d_y, d_z]^T$ 是从原点 o_0 到原点 o_1 的向量在坐标系 $o_0 x_0 y_0 z_0$ 中的表示。选择字母 n、s 以及 a 背后的原因将在第 3 章中加以解释。

针对 3×3 矩阵旋转变换叠加和排序的解释同样适用于 4×4 矩阵齐次变换。给定一个联系两个坐标系的齐次变换矩阵 H_1^0，如果关于当前坐标系执行第二个刚体运动，该运动通过 $H \in SE(3)$ 表示，那么

$$H_2^0 = H_1^0 H$$

而如果其中第二个刚体运动相对于固定坐标系进行，那么

$$H_2^0 = H H_1^0$$

例 2.10 齐次变换矩阵 H 表示下述操作：首先绕当前 x 轴旋转角度 α，然后沿当前 x 轴平移 b 个单位，接下来沿当前 z 轴平移 d 个单位，最后绕当前 z 轴旋转角度 θ，那么 H 如下所示

$$H = \text{Rot}_{x,\alpha} \text{Trans}_{x,b} \text{Trans}_{z,d} \text{Rot}_{z,\theta}$$

$$= \begin{bmatrix} c_\theta & -s_\theta & 0 & b \\ c_\alpha s_\theta & c_\alpha c_\theta & -s_\alpha & -d s_\alpha \\ s_\alpha s_\theta & s_\alpha c_\theta & c_\alpha & d c_\alpha \\ 0 & 0 & 0 & 1 \end{bmatrix} \quad \blacktriangleleft$$

2.6.2 一般刚体运动的指数坐标

正如我们将旋转矩阵表示为斜对称矩阵的指数一样，我们也可以使用所谓的"扭转"将齐次变换表示为指数。

定义 2.3 令 v 和 k 为 $\mathbb{R}^3$ 中的向量，其中 k 为单位向量。由 k 和 v 定义的扭转 ξ 是一个 4×4 矩阵

$$\begin{bmatrix} S(k) & v \\ 0 & 0 \end{bmatrix} \tag{2.75}$$

我们定义 $se(3)$ 为

$$se(3) = \{(v, S(k)) \mid v \in \mathbb{R}^3, S(k) \in so(3)\} \tag{2.76}$$

$se(3)$ 是扭转的向量空间，可以使用与 2.5.4 节类似的论点来证明，在任何扭转 $\xi \in se(3)$ 和角度 $\theta \in R$ 的情况下，$\xi\theta$ 的矩阵指数为 $SE(3)$ 的元素。与此相对应，$SE(3)$ 中的每个齐

次变换(刚体运动)都可以表示为扭转的指数。我们在本节中省略了相关细节。

2.7 本章总结

在本章中，我们看到当 $n=2$ 或 3 时，$SE(n)$ 群(n 阶特殊欧氏群)中的矩阵可被用来表示两个坐标系之间的相对位置和姿态。我们采用一个符号约定，其中上角标被用来指代参考坐标系。因此，符号 p^0 表示点 p 相对于参考系 0 的坐标。

两个坐标系之间的相位姿态可以通过一个旋转矩阵 $R \in SO(n)$ 来指定，其中 $n=2,3$。在二维空间里，坐标系 1 相对于坐标系 0 的姿态由下式给出

$$R_1^0 = \begin{bmatrix} x_1 \cdot x_0 & y_1 \cdot x_0 \\ x_1 \cdot y_0 & y_1 \cdot y_0 \end{bmatrix} = \begin{bmatrix} \cos\theta & -\sin\theta \\ \sin\theta & \cos\theta \end{bmatrix}$$

其中，θ 是两个坐标系之间的夹角。在三维空间中，旋转矩阵由下式给出

$$R_1^0 = \begin{bmatrix} x_1 \cdot x_0 & y_1 \cdot x_0 & z_1 \cdot x_0 \\ x_1 \cdot y_0 & y_1 \cdot y_0 & z_1 \cdot y_0 \\ x_1 \cdot z_0 & y_1 \cdot z_0 & z_1 \cdot z_0 \end{bmatrix}$$

在每种情况下，旋转矩阵的各列，可通过将目标坐标系(在这种情况下，坐标系 1)的各坐标轴投影到参考坐标系(在这种情况下，坐标系 0)的坐标轴上而得到。

由 $n \times n$ 旋转矩阵组成的集合被称为 n 阶特殊正交群，它可以用 $SO(n)$ 来表示。这些矩阵的一个重要性质是，对于任意 $R \in SO(n)$，都有 $R^{-1} = R^{\mathrm{T}}$。

如果两个或多个坐标系之间只有姿态不同，那么旋转矩阵可用于这些坐标系之间的坐标变换。我们推导出了旋转变换叠加定律，如下所示

$$R_2^0 = R_1^0 R$$

上式适用于这种情形：第二个变换 R 是相对于当前坐标系进行的旋转；

$$R_2^0 = R R_1^0$$

上式适用于这种情形：第二个变换 R 是相对于固定坐标系进行的旋转。

在三维情形下，一个旋转矩阵可以通过三个角度进行参数化。一个通用规则是使用欧拉角(ϕ, θ, ψ)，它们对应于 z、y 和 z 轴的依次旋转。对应的旋转矩阵由下式给出

$$R(\phi, \theta, \psi) = R_{z,\phi} R_{y,\theta} R_{z,\psi}$$

滚动角、俯仰角和偏航角与欧拉角相相似，不同的是这一系列连续旋转是相对于固定的世界坐标系进行的，而不是相对于当前坐标系进行的。

齐次变换将旋转和平移结合在一起。在三维情形下，齐次变换具有下述形式

$$H = \begin{bmatrix} R & d \\ 0 & 1 \end{bmatrix}, \quad R \in SO(3), d \in \mathbb{R}^3$$

具有上述形式的所有矩阵组成了集合 $SE(3)$，这些矩阵可被用来执行坐标变换，这同使用旋转矩阵进行旋转变换类似。

齐次变换矩阵可用于不同参考系之间的坐标变换，这些坐标系的位置和姿态之间可以不同。我们推导出了齐次变换叠加定律，如下所示

$$H_2^0 = H_1^0 H$$

上式适用于这种情形：第二个变换 H 是相对于当前坐标系而进行的；

$$H_2^0 = H H_1^0$$

上式适用于这种情形：第二个变换 H 是相对于固定坐标系而进行的。

对于第二个变换 H 是相对于固定坐标系执行的情况。我们还定义了向量空间

$$so(3) = \{S \in \mathbb{R}^{3 \times 3} \mid S^{\mathrm{T}} = -S\}$$

$$se(3) = \{(v, S(k)) \mid v \in \mathbb{R}^3, S(k) \in so(3)\}$$

并证明 $SO(3)$ 和 $SE(3)$ 的元素可以表示为 $so(3)$ 和 $se(3)$ 元素的矩阵指数。形式上，$SO(3)$ 和 $SE(3)$ 是李群，所以 $so(3)$ 和 $se(3)$ 是它们的关联李代数。

习题

2-1 使用 $v_1 \cdot v_2 = v_1^{\mathrm{T}} v_2$ 这一事实，证明两个自由向量的点积与它们所在坐标系的选取无关。

2-2 证明自由向量的长度不随旋转而改变，也就是 $\|v\| = \|Rv\|$，其中 v 为自由向量，R 为旋转矩阵。

2-3 证明两点之间的距离不随旋转而改变，也就是 $\|p_1 - p_2\| = \|Rp_1 - Rp_2\|$，其中 p_1 和 p_2 为两个点的坐标，R 为旋转矩阵。

2-4 如果矩阵 R 满足 $R^{\mathrm{T}} R = I$，证明 R 的列向量具有单位长度并且相互垂直。

2-5 如果矩阵 R 满足 $R^{\mathrm{T}} R = I$，那么

a) 证明 $\det R = \pm 1$。

b) 如果我们局限于右手坐标系，证明 $\det R = +1$。

2-6 证明式(2.4)~式(2.6)。

2-7 群(group)是集合以及一个定义在此集合上并满足下列条件的操作 $*$，

- 对于所有 $x_1, x_2 \in X$，有 $x_1 * x_2 \in X$；
- $(x_1 * x_2) * x_3 = x_1 * (x_2 * x_3)$；
- 存在一个单位元素 $I \in X$，对于所有 $x \in X$ 满足 $I * x = x * I = x$；
- 对于任意一个元素 $x \in X$，存在一个对应元素 $y \in X$ 满足 $x * y = y * x = I$；

证明定义了矩阵乘法操作的 $SO(n)$ 集合是一个群。

2-8 推导式(2.6)和式 2.7)。

2-9 假设 A 是一个 2×2 的旋转矩阵。换句话说，$A^{\mathrm{T}} A = I$ 并且 $\det A = 1$。证明存在一个唯一的 θ 使得 A 具有下述形式

$$A = \begin{bmatrix} \cos\theta & -\sin\theta \\ \sin\theta & \cos\theta \end{bmatrix}$$

2-10 考虑下列旋转操作：

1) 关于世界坐标系的 x 轴旋转 ϕ 角度；

2) 关于当前坐标系的 z 轴旋转 θ 角度；

3) 关于世界坐标系的 y 轴旋转 ψ 角度。

写出对应最终旋转矩阵的矩阵乘积形式(不用计算矩阵乘积的最终结果)。

2-11 考虑下列旋转操作：

1) 关于世界坐标系的 x 轴旋转 ϕ 角度；

2) 关于世界坐标系的 z 轴旋转 θ 角度；

3) 关于当前坐标系的 y 轴旋转 ψ 角度。

写出对应最终旋转矩阵的矩阵乘积形式(不用计算矩阵乘积的最终结果)。

2-12 考虑下列旋转操作：

1) 关于世界坐标系的 x 轴旋转 ϕ 角度；

2) 关于当前坐标系的 z 轴旋转 θ 角度；

3) 关于当前坐标系的 y 轴旋转 ψ 角度；

4) 关于世界坐标系的 z 轴旋转 α 角度。

写出对应最终旋转矩阵的矩阵乘积形式(不用计算矩阵乘积的最终结果)。

2-13 考虑下列旋转操作：

1) 关于世界坐标系的 x 轴旋转 ϕ 角度；

2) 关于世界坐标系的 z 轴旋转 θ 角度；

3）关于当前坐标系的 y 轴旋转 ψ 角度；

4）关于世界坐标系的 z 轴旋转 α 角度。

写出对应最终旋转矩阵的矩阵乘积形式（不用计算矩阵乘积的最终结果）。

2-14 如果坐标系 $o_1 x_1 y_1 z_1$ 是由坐标系 $o_0 x_0 y_0 z_0$ 通过下述操作而得到：首先绕 x 轴选转 $\dfrac{\pi}{2}$，然后绕固定坐标系的 y 轴旋转 $\dfrac{\pi}{2}$，找出旋转矩阵 R 来表示变换的叠加。画出起始和最终坐标系。

2-15 假设给定三个坐标系 $o_1 x_1 y_1 z_1$、$o_2 x_2 y_2 z_2$ 和 $o_3 x_3 y_3 z_3$，同时假设

$$R_2^1 = \begin{bmatrix} 1 & 0 & 0 \\ 0 & \dfrac{1}{2} & -\dfrac{\sqrt{3}}{2} \\ 0 & \dfrac{\sqrt{3}}{2} & \dfrac{1}{2} \end{bmatrix}, \quad R_3^1 = \begin{bmatrix} 0 & 0 & -1 \\ 0 & 1 & 0 \\ 1 & 0 & 0 \end{bmatrix}$$

计算矩阵 R_3^2。

2-16 推导出旋转矩阵 $R = (r_{ij})$ 所对应的滚动角、俯仰角以及偏航角的公式。

2-17 验证式（2.44）。

2-18 验证式（2.46）。

2-19 如果 R 是一个旋转矩阵，证明 $+1$ 是 R 的一个特征值。令 k 为特征值 $+1$ 所对应的单位特征向量。给出 k 的物理解释。

2-20 令 $k = \dfrac{1}{\sqrt{3}}[1, \ 1, \ 1]^T$，$\theta = 90°$。计算 $R_{k,\theta}$。

2-21 通过直接计算来验证式（2.44）中给出的 $R_{k,\theta}$ 等于式（2.48）中给出的 R，如果其中的 θ 和 k 分别由式（2.49）和式（2.50）给出。

2-22 计算下述矩阵相乘给出的旋转矩阵

$$R_{x,\theta} R_{y,\phi} R_{z,\pi} R_{y,-\phi} R_{x,-\theta}$$

2-23 假设 R 表示以下操作：绕 y_0 轴旋转 $90°$ 后，再绕 z_1 轴旋转 $45°$。找出 R 的等效转轴角度表示。画出起始和最终坐标系，以及等效转轴向量 k。

2-24 找出欧拉角 $\phi = \dfrac{\pi}{2}$、$\theta = 0$ 以及 $\psi = \dfrac{\pi}{4}$ 所对应的旋转矩阵。轴 x_1 相对于基础坐标系的方向是什么？

2-25 单位模复数 $a + ib$，其中 $a^2 + b^2 = 1$，该复数可被用来表示在平面内的姿态方向。特别是对于复数 $a + ib$，我们可以定义角度 $\theta = \text{Atan2}(a, b)$。证明两个复数相乘相当于对应角度求和。

2-26 证明复数与复数的乘法操作定义了一个群。这个群的单位元素是什么？复数 $a + ib$ 的逆元素是什么？

2-27 复数可以通过下述方式推广：定义 -1 的三个独立平方根，它们服从乘法法则

$$-1 = i^2 = j^2 = k^2$$
$$i = jk = -kj$$
$$j = ki = -ik$$
$$k = ij = -ji$$

使用这些，我们定义一个**四元数** $Q = q_0 + iq_1 + jq_2 + kq_3$，它通常可以用四元组 (q_0, q_1, q_2, q_3) 来表示。一个关于单位向量 $n = [n_x, \ n_y, \ n_z]^T$ 且转角为 θ 的旋转可以由单位四元数 $Q = \left(\cos \dfrac{\theta}{2}, n_x \sin \dfrac{\theta}{2}, n_y \sin \dfrac{\theta}{2}, n_z \sin \dfrac{\theta}{2} \right)$ 来表示。证明这样的一个四元数具有单位模，即 $q_0^2 + q_1^2 + q_2^2 + q_3^2 = 1$。

2-28 使用 $Q = \left(\cos \dfrac{\theta}{2}, n_x \sin \dfrac{\theta}{2}, n_y \sin \dfrac{\theta}{2}, n_z \sin \dfrac{\theta}{2} \right)$，以及 2.5.3 节中的结果，来确定与四元数 (q_0, q_1, q_2, q_3) 表示同一旋转运动的旋转矩阵 R。

2-29 确定与旋转矩阵 R 相对应的四元数 Q，即 R 和 Q 表示同一个旋转运动。

2-30　我们可以将四元数 $Q=(q_0,q_1,q_2,q_3)$ 想象成是一个标量元素 q_0 外加一个向量元素 $q=[q_1,q_2,q_3]^{\mathrm{T}}$。证明两个四元数的乘积 $Z=XY$ 由下式给出

$$z_0=x_0y_0-x^{\mathrm{T}}y$$
$$z=x_0y+y_0x+x\times y$$

提示：执行乘法运算 $(x_0+\mathrm{i}x_1+\mathrm{j}x_2+\mathrm{k}x_3)(y_0+\mathrm{i}y_1+\mathrm{j}y_2+\mathrm{k}y_3)$，然后简化结果。

2-31　证明对于单位四元数乘积来讲，$Q_I=(1,0,0,0)$ 是其中的单位元素，也就是说，对于任意单位四元数 Q，有 $QQ_I=Q_IQ=Q$。

2-32　四元数 Q 的共轭 Q^* 的定义如下

$$Q^*=(q_0,-q_1,-q_2,-q_3)$$

证明 Q^* 是 Q 的逆，即 $Q^*Q=QQ^*=(1,0,0,0)$。

2-33　令向量 v 的坐标等于 $[v_x,v_y,v_z]^{\mathrm{T}}$。如果四元数 Q 表示一个旋转，证明新的旋转后的向量 v 的坐标由 $Q(0,v_x,v_y,v_z)Q^*$ 给出，其中 $(0,v_x,v_y,v_z)$ 是一个实部为零的四元数。

2-34　令点 p 被刚性固连到末端执行器坐标系上，其局部坐标为 (x,y,z)。如果 Q 表示末端执行器坐标相对于基础坐标系的姿态，T 是从基础坐标系到末端执行器坐标原点的向量，证明点 p 相对于基础坐标系的坐标由下式给定

$$Q(0,x,y,z)Q^*+T \tag{2.77}$$

其中 $(0,x,y,z)$ 是一个实部为零的四元数。

2-35　验证等式 (2.67)。

2-36　计算代表下述操作所对应的齐次变换：首先沿 x 轴平移 3 个单位，然后绕当前 z 轴转动 $\dfrac{\pi}{2}$，最后沿固定 y 轴平移 1 个单位。画出坐标系。原点 o_1 相对于初始坐标系的坐标是多少？

2-37　考虑图 2.13 示意图。找出表示图中三个坐标系之间相互转换的齐次矩阵 H_1^0、H_2^0 以及 H_2^1。证明 $H_2^0=H_1^0H_2^1$。

2-38　考虑图 2.14 示意图。一个机器人被设置到距离桌子 $1\,\mathrm{m}$ 远的地方。桌顶距离地面 $1\,\mathrm{m}$ 高，其尺寸为 $1\,\mathrm{m}^2$。如图所示，桌子边角处固连一坐标系 $o_1x_1y_1z_1$。一个边长为 $20\,\mathrm{cm}$ 的立方体被放置在桌面中心，并且在立方体中心设置坐标系 $o_2x_2y_2z_2$，如图所示。找出各坐标系相对于基础坐标系 $o_0x_0y_0z_0$ 的齐次变换。找出将坐标系 $o_2x_2y_2z_2$ 与相机坐标系 $o_3x_3y_3z_3$ 之间的齐次变换。

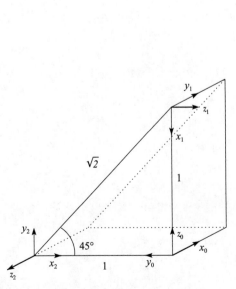

图 2.13　习题 2-37 对应的示意图

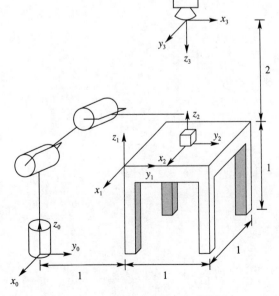

图 2.14　习题 2-38 对应的示意图

2-39　在习题 2-38 中，在相机标定之后，假设它被绕 z_3 轴转动了 90°。重新计算上述坐标变换。

2-40　如果桌子上的方块被绕 z_2 轴转动 90° 后再被移动，使得方块中心相对于坐标系 $o_1x_1y_1z_1$ 的坐标为 $[0, 0.8, 0.1]^T$，计算方块坐标系和相机坐标系之间的齐次变换，以及方块坐标系与基础坐标系之间的齐次变换。

2-41　参考天文学书籍来了解地球绕太阳和绕自身轴线转动的基本细节。在地球上定义一个局部坐标系，其 z 轴为地球的自转中心轴。定义夏至的确切时刻 $t=0$，并且全局参考系与地球坐标系在时间 $t=0$ 时重合。找出代表 t 时刻地球瞬时姿态的旋转矩阵表达式 $R(t)$。以时间函数的形式确定地球坐标系相对于全局参考系的齐次变换。

2-42　在一般情况下，齐次变换矩阵的乘法是不可交换的。考虑矩阵积

$$H = \text{Rot}_{x,a}\, \text{Trans}_{x,b}\, \text{Trans}_{z,d}\, \text{Rot}_{z,\theta}$$

确定右手边四个矩阵中的哪对矩阵可以进行交换。解释它们为什么可以交换。找出这四个矩阵的所有可能排列中可以产生相同的齐次变换矩阵 H 的所有排列。

附注与参考

刚体运动与 $SO(n)$ 和 $SE(n)$ 群通常在以线性代数为主题的数学课本中被讨论。对应这些材料的标准教材包括 [9]、[30] 和 [49]。这些主题也常常包含在面向物理和工程的应用数学教材中，如 [143]、[155] 和 [182]。除了这些，[118] 中也借用指数坐标和李群代数对刚体运动进行了详细的处理。

正 运 动 学

运动学问题是指在不考虑引起运动的力和力矩的情况下，描述机械手的运动。因此运动学描述是一种几何方法。在本章中我们考虑串联连杆机器人的**正运动学**（forward kinematics）问题，它根据给定的机器人关节变量的取值来确定末端执行器的位置和姿态。这个问题可以很简单地通过为机器人的每节连杆附加一个坐标系并将这些坐标系之间的关系表示为齐次变换来解决。我们使用称为 Denavit-Hartenberg **约定**的系统将这些坐标系附加在机器人上，然后，将机器人末端执行器的位置和方向简化为齐次变换的矩阵乘法。我们为第 1 章中介绍的几种标准配置提供了此过程的示例。

在随后的章节中，我们将讨论**速度运动学**和**逆运动学**的问题。前一个问题是指确定末端执行器速度和关节速度之间的关系，而逆运动学问题是指确定末端执行器位置和方向的关节变量。

3.1 运动链

如第 1 章中所述，一个机器人机械臂由一组通过关节连接在一起的连杆组成。关节可以很简单，如回转关节或平动关节，关节也可以更复杂，例如球窝关节（回顾前文：回转关节就像是绕单个轴线相对转动的铰链，而平动关节则对应沿单个轴线的平移运动，即伸展或收缩）。这两种情况之间的差别在于，在第一种情况下，关节仅具有单个运动自由度：回转关节情形所对应的转角，平动关节情形所对应的线性位移。与之相比，一个球窝关节具有两个自由度。在本书中，我们假设所有关节都只有一个自由度。这种假设并不有损一般性，因为诸如球窝关节（两个自由度）或球型腕关节（三个自由度）这种类型的关节，总可以被看作由连续的单自由度关节通过零长度的连杆连接而成。

在每个关节仅有一个自由度的假设下，每个关节的运动可以通过单个实数来描述：回转关节情形下的转角，或者平动关节情形下的位移。

一个具有 n 个关节的机器人机械臂有 $n+1$ 个连杆，这是因为每个关节连接两个连杆。从基座开始，我们将各关节按照从 1 到 n 的顺序进行编号，同时将连杆按照从 0 到 n 的顺序进行编号。按照这种约定，关节 i 把连杆 $i-1$ 连接到连杆 i 上。我们将考虑，把关节 i 的位置相对于连杆 $i-1$ 固定。当关节 i 被驱动时，连杆 i 发生运动。因此，连杆 0（第一个连杆）是固定的，并且当关节被驱动时它并不运动。当然，机器人机械臂本身可能是运动的（例如，它可被安装在移动平台或是自主车辆上），但是，在本章中我们将不考虑这种情形，因为只需稍微延伸一下本章中介绍的技术方法，就可以很容易地处理这种情形。

我们对第 i 个关节关联一个相应的**关节变量**（joint variable），用 q_i 来表示。在回转关节的情形下，q_i 是转过的角度；而对于平动关节的情形，q_i 则是移动距离。

$$q_i = \begin{cases} \theta_i & \text{如果第 } i \text{ 个关节是回转关节} \\ d_i & \text{如果第 } i \text{ 个关节是平动关节} \end{cases} \tag{3.1}$$

为了进行运动分析，我们在每个关节上刚性固连一个参考坐标系。具体来说，我们在连杆 i 上固连一个坐标系 $o_i x_i y_i z_i$。这意味着，无论机器人执行什么样的运动，连杆 i 上

每个点在第 i 个参考系里的坐标保持不变。此外，当关节 i 被驱动时，连杆 i 以及其上固连的坐标系 $o_i x_i y_i z_i$ 将会经历相同的运动。连接到机器人底座上的坐标系 $o_0 x_0 y_0 z_0$ 被称为惯性坐标系。图 3.1 展现了在肘型机械臂的各连杆上固定对应坐标系的构想。

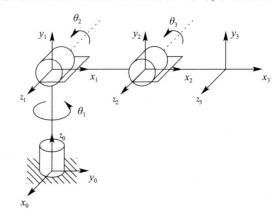

现在，假设 A_i 是齐次变换矩阵，它给出了坐标系 $o_i x_i y_i z_i$ 相对于参考系 $o_{i-1} x_{i-1} y_{i-1} z_{i-1}$ 的位置和姿态角度。矩阵 A_i 并非恒定不变的，它随着机器人位形的改变而变化。然而，所有关节要么是回转关节要么是平动关节的这一假设，意味着 A_i 只是单个关节变量（即 q_i）的函数。换言之，

$$A_i = A_i(q_i) \qquad (3.2)$$

用来表达坐标系 $o_j x_j y_j z_j$ 相对于参考系 $o_i x_i y_i z_i$ 的位置和姿态的齐次变换矩阵被称

图 3.1　附着在肘型机械臂上的坐标系

为**变换矩阵**（transformation matrix），表示为 T_j^i。根据第 2 章的内容，我们可得

$$T_j^i = \begin{cases} A_{i+1} A_{i+2} \cdots A_{j-1} A_j, & i < j \\ I, & i = j \\ (T_i^j)^{-1}, & j > i \end{cases} \qquad (3.3)$$

我们将各个坐标系固连到相应的连杆上，通过这种方式，可以得出以下结论：对于末端执行器上的任意一点，它在坐标系 n 中的位置表示是与机器人位形无关的常量。对于末端执行器相对于惯性坐标系或者基座参考系的位置和姿态，我们分别使用一个三维向量 o_n^0（它给出了末端执行器坐标系的原点在基座参考系中的坐标）和一个 3×3 的旋转矩阵 R_n^0 来表示，并定义齐次变换矩阵如下

$$H = \begin{bmatrix} R_n^0 & o_n^0 \\ 0 & 1 \end{bmatrix} \qquad (3.4)$$

那么，末端执行器在惯性参考系中的位置和姿态角度可由下式给出

$$H = T_n^0 = A_1(q_1) \cdots A_n(q_n) \qquad (3.5)$$

每个齐次变换矩阵 A_i 具有如下形式

$$A_i = \begin{bmatrix} R_i^{i-1} & o_i^{i-1} \\ 0 & 1 \end{bmatrix} \qquad (3.6)$$

因此，对于 $i < j$，我们有

$$T_j^i = A_{i+1} \cdots A_j = \begin{bmatrix} R_j^i & o_j^i \\ 0 & 1 \end{bmatrix} \qquad (3.7)$$

矩阵 R_j^i 表示坐标系 $o_j x_j y_j z_j$ 相对于坐标系 $o_i x_i y_i z_i$ 的姿态角度，它由矩阵 A 的旋转部分给出，如下所示

$$R_j^i = R_{i+1}^i \cdots R_j^{j-1} \qquad (3.8)$$

坐标向量 o_j^i 通过下面的递归表达式给出

$$o_j^i = o_{j-1}^i + R_{j-1}^i \sigma_j^{j-1} \qquad (3.9)$$

当我们在第 4 章中研究雅可比矩阵时，这些表达式将会很有用。

从理论上讲，这就是正运动学的所有内容：确定函数 $A_i(q_i)$，并按照需要将它们相

乘。然而，有可能通过引入更近一步约定(例如关节的 Denavit-Hartenberg 表示方法)来实现相当程度的数量精简和形式简化，这将是下一节的目标。

3.2 Denavit-Hartenberg 约定

我们将制定一套约定规则，以提供一个用于上述分析的系统流程。当然，即使不使用这些约定规则，我们也可以进行正向运动学的分析，就像在第 1 章中看到的平面双连杆机械臂的例子。不过，n 连杆机械臂的动力学分析可能会非常复杂，而下面介绍的约定规则可以对分析进行相当程度的简化。此外，这也给出了一种供工程师相互沟通的通用语言。

在机器人应用中，用来选择参考坐标系的一种常用的约定规则是 Denavit-Hartenberg 约定，简称为 DH 约定。在此约定中，每个齐次变换矩阵 A_i 都可以表示为四个基本矩阵的乘积，如下所示

$$A_i = \mathrm{Rot}_{z,\theta_i}\, \mathrm{Trans}_{z,d_i}\, \mathrm{Trans}_{x,a_i}\, \mathrm{Rot}_{x,a_i}$$

$$= \begin{bmatrix} c_{\theta_i} & -s_{\theta_i} & 0 & 0 \\ s_{\theta_i} & c_{\theta_i} & 0 & 0 \\ 0 & 0 & 1 & 0 \\ 0 & 0 & 0 & 1 \end{bmatrix} \begin{bmatrix} 1 & 0 & 0 & 0 \\ 0 & 1 & 0 & 0 \\ 0 & 0 & 1 & d_i \\ 0 & 0 & 0 & 1 \end{bmatrix} \times$$

$$\begin{bmatrix} 1 & 0 & 0 & a_i \\ 0 & 1 & 0 & 0 \\ 0 & 0 & 1 & 0 \\ 0 & 0 & 0 & 1 \end{bmatrix} \begin{bmatrix} 1 & 0 & 0 & 0 \\ 0 & c_{a_i} & -s_{a_i} & 0 \\ 0 & s_{a_i} & c_{a_i} & 0 \\ 0 & 0 & 0 & 1 \end{bmatrix} \qquad (3.10)$$

$$= \begin{bmatrix} c_{\theta_i} & -s_{\theta_i}c_{a_i} & s_{\theta_i}s_{a_i} & a_i c_{\theta_i} \\ s_{\theta_i} & c_{\theta_i}c_{a_i} & -c_{\theta_i}s_{a_i} & a_i s_{\theta_i} \\ 0 & s_{a_i} & c_{a_i} & d_i \\ 0 & 0 & 0 & 1 \end{bmatrix}$$

其中，四个量 θ_i、a_i、d_i、α_i 是与连杆 i 和关节 i 相关的参数。在式(3.10)中的四个参数 a_i、α_i、d_i 以及 θ_i 分别被命名为**连杆长度**(link length)、**连杆扭曲**(link twist)、**连杆偏置**(link offset)以及**关节角度**(joint angle)。这些名称来源于两个坐标系间几何关系的特定方面，它们的意义在下面将会变得显而易见。由于矩阵 A_i 是单个变量的函数，因此对于一个给定的连杆，上述四个参数中将有三个是恒定的；而第四个参数，即回转关节所对应的 θ_i 以及平动关节所对应的 d_i 为关节变量。

从第 2 章中可以看出，一个任意的齐次变换矩阵可以通过 6 个数字来表示，例如，用来指定矩阵第 4 列元素的 3 个数字以及用来指定左上方 3×3 旋转矩阵的 3 个欧拉角。与此相比，在 DH 表示里只有 4 个参数。这怎么可能？答案是：虽然参考系 i 需要被固连到连杆 i 上，但在坐标系原点和坐标轴的选择上，我们有相当大的自由度。例如，没有必要将坐标系 i 的原点 o_i 放置在连杆 i 的物理末端。实际上，甚至不需要将坐标系 i 放置在连杆本体内。坐标系 i 可以处于自由空间中，只要它与连杆 i 保持固定连接。通过聪明合理地选择原点和坐标轴，将所需参数的数量从 6 个削减到 4 个(在某些情况下或许更少)是可能的。在 3.2.1 节中，我们将说明原因，以及在什么条件下可以做到这一点；而在 3.2.2 节中，我们将展示如何配置坐标系。

3.2.1   存在及唯一性问题

显然仅使用 4 个参数来表示任意的齐次变换是不可能的。因此，我们首先只确定哪些齐次变换可以通过式(3.10)中的表达式来表示。假设给定两个坐标系，分别记为坐标系 0 和坐标系 1。那么存在唯一的齐次变换矩阵 A，将参考系 1 中的坐标变换到坐标系 0 中。现在，假设这两个坐标系间存在下列两个附加特性。

- （DH1）坐标轴 x_1 垂直于坐标轴 z_0。
- （DH2）坐标轴 x_1 与坐标轴 z_0 相交。

这两个性质如图 3.2 所示。在这些条件下，我们称存在唯一的 a、d、θ、α，使得

$$A = \mathrm{Rot}_{z,\theta}\, \mathrm{Trans}_{z,d}\, \mathrm{Trans}_{x,a}\, \mathrm{Rot}_{x,a} \tag{3.11}$$

当然，由于 θ 和 α 均为角度，我们真正的意思是，它们在 2π 的整数倍内是唯一的。为了说明矩阵 A 可被写成这种形式，将矩阵 A 表示为

$$A = \begin{bmatrix} R_1^0 & o_1^0 \\ 0 & 1 \end{bmatrix} \tag{3.12}$$

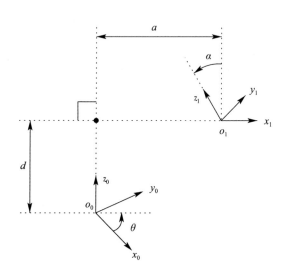

图 3.2   满足 DH1 和 DH2 约定假设的坐标系

如果满足（DH1）条件，那么轴线 x_1 垂直于轴线 z_0，并且我们有 $x_1 \cdot z_0 = 0$。

将这个约束表达在坐标系 $o_0 x_0 y_0 z_0$ 内，使用矩阵 R_1^0 的第一列为单位向量 x_1 相对于坐标系 0 的表达式这一事实，我们得到

$$0 = x_1^0 \cdot z_0^0$$

$$= [r_{11}, r_{21}, r_{31}] \begin{bmatrix} 0 \\ 0 \\ 1 \end{bmatrix} = r_{31}$$

由于 $r_{31} = 0$，我们现在仅需证明存在唯一的角度 θ 和 α 使得

$$R_1^0 = R_{x,\theta} R_{x,a} = \begin{bmatrix} c_\theta & -s_\theta c_\alpha & s_\theta s_\alpha \\ s_\theta & c_\theta c_\alpha & -c_\theta s_\alpha \\ 0 & s_\alpha & c_\alpha \end{bmatrix} \tag{3.13}$$

我们的唯一信息是 $r_{31} = 0$，不过这已经足够了。首先，由于矩阵 R_1^0 的各行各列必须具有单位长度，$r_{31} = 0$ 意味着

$$r_{11}^2 + r_{21}^2 = 1, \quad r_{32}^2 + r_{33}^2 = 1$$

因此，存在唯一的角度 θ 和 α 使得

$$(r_{11}, r_{21}) = (c_\theta, s_\theta), \quad (r_{33}, r_{32}) = (c_\alpha, s_\alpha)$$

到这一步，我们证明了

$$R_1^0 = \begin{bmatrix} c_\theta & r_{12} & r_{13} \\ s_\theta & r_{22} & r_{23} \\ 0 & s_\alpha & c_\alpha \end{bmatrix}$$

利用 R_1^0 是一个旋转矩阵这一点，我们有

$$r_{12}^2 + r_{13}^2 = s_\theta^2$$
$$r_{22}^2 + r_{23}^2 = c_\theta^2$$

这些方程必须对所有 θ 都成立，尤其是在 $\theta = 0$，π 的时候，必须有

$$r_{12}^2 + r_{13}^2 = 1, \quad 当 \theta = \pi$$
$$r_{22}^2 + r_{23}^2 = 1, \quad 当 \theta = 0$$

将公式联立，我们可以将这些变量写为

$$r_{12}^2 + r_{13}^2 = s_\theta^2 c_\alpha^2$$
$$r_{22}^2 + r_{23}^2 = c_\theta^2 s_\alpha^2$$

上式可以通过将 r_{12}，r_{13}，r_{22}，r_{23} 取式(3.13)中的值来满足。

接下来，(DH2)这一假设意味着 o_0 与 o_1 之间的位移可以表示为向量 z_0 和 x_1 的线性组合。它可被写为 $o_1 = o_0 + d z_0 + a x_1$。我们可再次将此关系在坐标系 $o_0 x_0 y_0 z_0$ 中表达，得到

$$o_1^0 = o_0^0 + d z_0^0 + a x_1^0$$

$$= \begin{bmatrix} 0 \\ 0 \\ 0 \end{bmatrix} + d \begin{bmatrix} 0 \\ 0 \\ 1 \end{bmatrix} + a \begin{bmatrix} c_\theta \\ s_\theta \\ 0 \end{bmatrix}$$

$$= \begin{bmatrix} a c_\theta \\ a s_\theta \\ d \end{bmatrix}$$

综合上述结果，我们得到式(3.10)。因此，我们看到，4 个参数足以确定任何一个满足(DH1)和(DH2)约束的齐次变换。

现在，我们已经确立了如下事实：任何满足条件(DH1)和(DH2)的齐次变换矩阵可被表示为式(3.10)中所示的形式；对于式中的 4 个参数，我们可以给出物理解释。参数 a 是 z_0 轴和 z_1 轴之间沿轴线 x_1 测得的距离。角度 α 是在垂直于 x_1 的平面内测得的轴线 z_0 和 z_1 之间的夹角。角度 α 的正向取值定义为从 z_0 到 z_1，可以通过使用如图 3.3 中所示的右手规则来确定。参数 d 为从原点 o_0 到轴线 x_1 与 z_0 的交点之间的距离，该距离沿 z_0 轴线进行测量得到。最

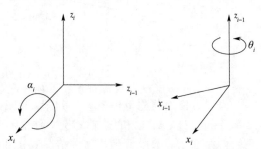

图 3.3 参数 α_i 和 θ_i 的正取值

后，θ 是在垂直于 z_0 的平面内测得的从 x_0 到 x_1 的角度。在后面制定程序规则来配置满足(DH1)和(DH2)约束条件的坐标系时，这些物理释义将会被证明是有用的。我们现在将注意力转向制定此类程序规则。

3.2.2 坐标系的配置

对于一个给定的机器人机械臂，我们总可以按照一定的方式来选择坐标系 $0, \cdots, n$，从而满足上述两个条件。在某些情况下，需要将坐标系 i 的原点 o_i 放置在直观上可能无法令人满意的位置，但通常情况下这不会发生。重要的是，要记住各种坐标系的选择不是唯一的，即使受到上述要求的约束。因此，不同的工程师可能会推导出不同形式但同样正确

的机器人连杆坐标系的配置。不过，很重要的是，最终的结果（即矩阵 T_n^0）将是相同的，这与中间的 DH 坐标系的配置（假设连杆 o 与连杆 n 的坐标系重合）无关。开始，我们将推导出一般方法。随后，我们将讨论各种常见的特殊情况，在这些情况下有可能进一步简化齐次变换矩阵。

首先，注意到 z_i 的选择是任意的；尤其是，从式（3.13）中我们看到，通过适当选择 α_i 和 θ_i，可以得到任意方向的 z_i。因此，作为第一步，我们通过直观上令人舒适的方式来分配坐标轴 $z_0, \cdots, z_{n-1}$。具体地，我们设置 z_i 作为第 $i+1$ 个关节的驱动轴。因此，z_0 是第 1 个关节的驱动轴，z_1 是第 2 个关节的驱动轴，以此类推。需要考虑两种情况：①如果第 $i+1$ 个关节是回转关节，那么 z_i 是第 $i+1$ 个关节的回转轴；②如果第 $i+1$ 个关节是平动关节，那么 z_i 是第 $i+1$ 个关节的移动轴。将 z_i 和第 $i+1$ 个关节相关联，起初的时候看起来可能有点混乱，但是记住，这符合上面建立的约定，即当关节 i 被驱动时，连杆 i 以及与其相连的坐标系 $o_i x_i y_i z_i$ 将会经历相应的运动。

一旦完成了对所有连杆 z 轴的建立，我们就建立了基础坐标系。基础坐标系的选择近乎是任意的。我们可以选择将基础坐标系的原点 o_0 放置在 z_0 轴上的任何一点。然后，我们可以通过任意方便的方式来选择 x_0 轴和 y_0 轴，只要最后生成的是右手坐标系。这样就建立了坐标系 0。

一旦建立了坐标系 0，我们将开始一个迭代过程，其中从坐标系 1 开始，我们通过使用坐标系 $i-1$ 来定义坐标系 i。图 3.4 有助于理解我们现在描述的过程。

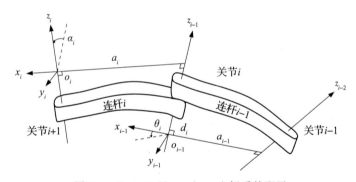

图 3.4 Denavit-Hartenberg 坐标系的配置

为了方便地建立坐标系 i，考虑以下三种情形：①z_{i-1} 轴和 z_i 轴不共面，②z_{i-1} 轴和 z_i 轴平行，③z_{i-1} 轴和 z_i 轴相交。注意到在②和③这两种情况下，z_{i-1} 轴和 z_i 轴共面。我们将在 3.2.3 节中看到，这种情况其实非常普遍。我们现在具体考虑这三种情况。

①z_{i-1} **轴和 z_i 轴不共面**：如果 z_{i-1} 轴和 z_i 轴不共面，那么，从 z_{i-1} 轴到 z_i 轴之间存在一条唯一的最短线段，它垂直于 z_{i-1} 轴和 z_i 轴。这条线段定义了 x_i 轴，并且它与 z_i 轴的交点即为原点 o_i。通过构造，(DH1) 和 (DH2) 这两个条件可被同时满足，并且从 o_{i-1} 到 o_i 的向量为 z_{i-1} 和 z_i 的线性组合。选择 y_i 轴来组成一个右手坐标系，我们完成了坐标系 i 的配置。由于同时满足 (DH1) 和 (DH2) 这两个假设，齐次变换矩阵 A_i 具有式（3.10）中给出的形式。

②z_{i-1} **轴和 z_i 轴平行**：如果 z_{i-1} 轴和 z_i 轴平行，那么它们之间存在无穷多个共同法线，此时使用条件 (DH1) 无法完全确定 x_i 轴。在这种情况下，我们可以自由地在 z_i 轴的任何地方选择原点 o_i。人们常常通过合理选择 o_i 来简化生成的方程式。那么，可将沿共同法线方向的从 o_i 到 z_{i-1} 轴的向量选作 x_i 轴，或者将这个向量的反向向量选作 x_i 轴。

选择原点 o_i 的一个常用方法是：将穿过原点 o_{i-1} 的法线选作 x_i 轴，那么 o_i 是该法线和 z_i 轴的交点。在此情况下，d_i 将等于零。一旦选定 x_i 轴，那么可以通过常用的右手规则来确定 y_i 轴。由于 z_{i-1} 轴和 z_i 轴是平行的，在这种情况下，α_i 为零。

③ z_{i-1} **轴和 z_i 轴相交**：在此情况下，选择 x_i 垂直于由 z_{i-1} 和 z_i 组成的平面。x_i 轴的正方向可以随意选择。在此情况下，原点 o_i 最自然的选项是 z_{i-1} 和 z_i 的交点。不过，轴线 z_i 上的任意一点都可被选作原点。注意到在这种情况下，参数 a_i 将为零。

在一个 n 连杆机器人中，上述这种构造程序适用于坐标系 $0, \cdots, n-1$。为了完成构造，需要确定坐标系 n。最终的坐标系系统 $o_n x_n y_n z_n$ 通常被称作**末端执行器**（end effec-tor)坐标系或者**工具坐标系**（tool frame)，见图 3.5。最常见的是，将原点 o_n 以对称方式布置在夹持器的手指间。沿 x_n、y_n 以及 z_n 轴的单位向量分别被标记为 n、s 以及 a。这些术语源于下述事实：方向 a 是**接近**（approach)方向，这是由于夹持器通常沿方向 a 接近物体；方向 s 是**滑动**（sliding)方向，夹持器沿此方向滑动其手指来实现打开和闭合；方向 n 是垂直于 a 与 s 所组成平面的**法线**（normal)方向。

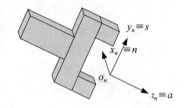

图 3.5　工具坐标系的配置

在大多数现代机器人中，最终的关节运动是末端执行器的转动（角度为 θ_n），最后两个关节轴线 z_{n-1} 和 z_n 重合。在此情形下，最后两个坐标系之间的变换是沿 z_{n-1} 平移 d_n 距离之后（或之前）绕 z_{n-1} 旋转 θ_n。这个观察结果很重要，它将简化下一节中的逆运动学计算。

最后，需要注意下列重要事实。在所有情况下，无论问题中的关节是回转或是平动，对于所有的 i，参数 a_i 和 α_i 总是常数，它们是机械臂的特有属性。如果关节 i 是平动型，那么 θ_i 也是恒值，而 d_i 是第 i 个关节所对应的关节变量。类似地，如果关节 i 是回转型，那么 d_i 是恒值，而 θ_i 是第 i 个关节所对应的关节变量。

DH 约定总结

基于 DH 约定，我们可以总结出以下算法，用来推导任何机械臂的正向运动学。

步骤 1：定位并标记关节轴线 $z_0, \cdots, z_{n-1}$。

步骤 2：建立基准坐标系。可将原点设置在 z_0 轴上任何一点。合理地选择 x_0 轴和 y_0 轴，组成一个右手坐标系。对于 $i = 1, \cdots, n-1$，执行步骤 3～5。

步骤 3：定位原点 o_i，使得 z_i 轴和 z_{i-1} 轴的共同法线相交于 z_i。如果 z_i 和 z_{i-1} 相交，将 o_i 定位于该交点。如果 z_i 和 z_{i-1} 平行，将 o_i 定位于 z_i 轴上任何一个方便的位置。

步骤 4：沿 z_{i-1} 和 z_i 的共同法线方向并穿过 o_i 设置 x_i 轴。或者当 z_{i-1} 和 z_i 相交时，沿 $z_{i-1} - z_i$ 平面法线的方向设置 x_i 轴。

步骤 5：设置 y_i 轴，组成一个右手坐标系。

步骤 6：建立末端执行器的坐标系 $o_n x_n y_n z_n$。假设第 n 个关节为回转关节，设定 $z_n = a$ 并平行于 z_{n-1}。沿 z_n 轴合理地设置原点 o_n，通常将其优先设置在夹持器的中心，或机械臂可能携带的任何工具的尖端处。将 $y_n = s$ 设置在夹持器的闭合方向，并且设置 $x_n = n$，即 $s \times a$。如果工具不是一个简易夹持器，合理地设置 x_n 和 y_n 来组成一个右手坐标系。

步骤 7：建立 DH 参数 a_i、d_i、α_i、θ_i 的列表。

$a_i = $ 从 x_i 和 z_{i-1} 轴线交点到原点 o_i 的线段沿 x_i 轴的距离。

$d_i = $ 从 o_{i-1} 到 x_i 和 z_{i-1} 轴线交点的线段沿 z_{i-1} 轴的距离。如果关节 i 为平动关节，那么 d_i 是关节变量。

α_i＝绕 x_i 轴测量的从 z_{i-1} 到 z_i 的角度。

θ_i＝绕 z_{i-1} 轴测量的从 x_{i-1} 到 x_i 的角度。如果关节 i 为回转关节，那么 θ_i 是关节变量。

步骤 8：将上述参数代入式（3.10）中，得到齐次变换矩阵 A_i。

步骤 9：求解 $T_n^0 = A_1 \cdots A_n$。这给出了工具坐标系相对于基础参考系的位置和姿态坐标。

3.3   正运动学实例

DH 约定中的唯一角度变量是 θ，所以，我们通过将 $\cos\theta_i$ 写为 c_i 等来简化符号表示。另外，我们还可以将 $\theta_1 + \theta_2$ 表示为 θ_{12}，将 $\cos(\theta_1 + \theta_2)$ 表示为 c_{12}，等等。在下面的实例中，重要的是要记住：DH 约定虽然是系统性的，但在机械臂的一些参数选择中仍然留有相当大的自由度。在关节轴线平行或者涉及平移关节的情况下尤其如此。

3.3.1   平面肘型机械臂

考虑图 3.6 中的双连杆平面手臂。关节轴 z_0 和 z_1 均垂直于纸面。如图所示，我们建立了基础坐标系 $o_0 x_0 y_0 z_0$。将 z_0 轴与纸面的交点选作原点 o_0，x_0 轴的方向是完全任意的。一旦建立了基础坐标系，坐标系 $o_1 x_1 y_1 z_1$ 即可通过 DH 约定来确定，其中原点 o_1 被放置在 z_1 轴与纸面的交点处。如图 3.6 所示，

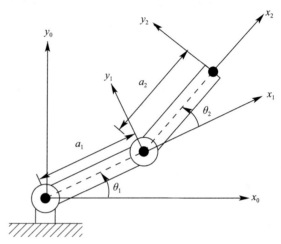

图 3.6   平面双连杆机械臂。所有的 z 轴均垂直指向纸外，它们没有在图中标出

通过将原点 o_2 放置在连杆 2 的末端来确定最终的坐标系 $o_2 x_2 y_2 z_2$。DH 参数见表 3.1。

表 3.1   平面双连杆机械臂的 DH 参数

连杆	a_i	α_i	d_i	θ_i
1	a_1	0	0	θ_1
2	a_2	0	0	θ_2

公式（3.10）中的 A 矩阵可被确定为

$$A_1 = \begin{bmatrix} c_1 & -s_1 & 0 & a_1 c_1 \\ s_1 & c_1 & 0 & a_1 s_1 \\ 0 & 0 & 1 & 0 \\ 0 & 0 & 0 & 1 \end{bmatrix}, \quad A_2 = \begin{bmatrix} c_2 & -s_2 & 0 & a_2 c_2 \\ s_2 & c_2 & 0 & a_2 s_2 \\ 0 & 0 & 1 & 0 \\ 0 & 0 & 0 & 1 \end{bmatrix}$$

因此，矩阵 T 由下式给出

$$T_1^0 = A_1$$

$$T_2^0 = A_1 A_2 = \begin{bmatrix} c_{12} & -s_{12} & 0 & a_1 c_1 + a_2 c_{12} \\ s_{12} & c_{12} & 0 & a_1 s_1 + a_2 s_{12} \\ 0 & 0 & 1 & 0 \\ 0 & 0 & 0 & 1 \end{bmatrix}$$

注意到矩阵 T_2^0 最后一列中的前两个元素是原点 o_2 在基础坐标系中的 x 和 y 分量，即

$$x = a_1 c_1 + a_2 c_{12}$$
$$y = a_1 s_1 + a_2 s_{12}$$

是末端执行器在基础坐标系中的坐标。矩阵 T_2^0 中的旋转部分给出了坐标系 $o_2 x_2 y_2 z_2$ 相对于基础坐标系的方位角度。

3.3.2 三连杆圆柱型机器人

现在考虑图 3.7 中采用符号表示的三连杆圆柱型机器人。如图所示，我们将原点 o_1 布置在关节 1 处。注意到原点 o_0 在 z_0 轴上的放置位置以及 x_0 轴的方向都是任意的。我们选择的 o_0 是最自然的，但如果将 o_0 布置在关节 1 处同样可以。接下来，由于 z_0 与 z_1 重合，原点 o_1 被选择放置在关节 1 处。当 $\theta_1 = 0$ 时，x_1 轴平行于 x_0，但是，当然 x_1 轴的方向将会改变，这是由于 θ_1 是可变的（θ_1 是关节变量）。由于 z_2 与 z_1 相交，原点 o_2 被放置在这个交点处。选择 x_2 的方向平行于 x_1，从而使 θ_2 等于零。最后，第三个坐标系被选择布置于连杆 3 的末端。

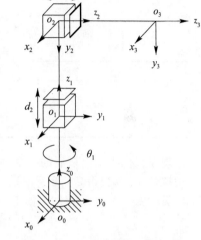

图 3.7 圆柱型三连杆机械臂

DH 参数见表 3.2。所对应的 A 矩阵和 T 矩阵如下

$$A_1 = \begin{bmatrix} c_1 & -s_1 & 0 & 0 \\ s_1 & c_1 & 0 & 0 \\ 0 & 0 & 1 & d_1 \\ 0 & 0 & 0 & 1 \end{bmatrix}, \quad A_2 = \begin{bmatrix} 1 & 0 & 0 & 0 \\ 0 & 0 & 1 & 0 \\ 0 & -1 & 0 & d_2 \\ 0 & 0 & 0 & 1 \end{bmatrix}$$

$$A_3 = \begin{bmatrix} 1 & 0 & 0 & 0 \\ 0 & 1 & 0 & 0 \\ 0 & 0 & 1 & d_3 \\ 0 & 0 & 0 & 1 \end{bmatrix} \quad T_3^0 = A_1 A_2 A_3 = \begin{bmatrix} c_1 & 0 & -s_1 & -s_1 d_3 \\ s_1 & 0 & c_1 & c_1 d_3 \\ 0 & -1 & 0 & d_1 + d_2 \\ 0 & 0 & 0 & 1 \end{bmatrix} \tag{3.14}$$

表 3.2 圆柱型三连杆机械臂的 DH 参数

连杆	a_i	α_i	d_i	θ_i
1	0	0	d_1	θ_1
2	0	-90	d_2	0
3	0	0	d_3	0

3.3.3 球型手腕

图 3.8 展示了一个球型手腕，它是一个三连杆手腕结构，其中关节轴线 z_3、z_4、z_5 交于 o 点。点 o 被称为**手腕中心**（wrist center）。DH 参数如表 3.3 所示。斯坦福机械臂是带有此种类型手腕的一个典型机械手的例子。

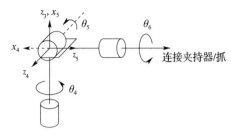

图 3.8 球型手腕的坐标系配置

表 3.3 球型手腕的 DH 参数

连杆	a_i	α_i	d_i	θ_i
4	0	-90	0	θ_4
5	0	90	0	θ_5
6	0	0	d_6	θ_6

现在我们表明，最后的三个关节变量 θ_4、θ_5、θ_6 分别是相对于参考坐标系 $o_3 x_3 y_3 z_3$ 的欧拉角 ϕ、θ 以及 ψ。要看清这一点，我们只需要使用表 3.3 以及式(3.10)来计算矩阵 A_4、A_5 以及 A_6，所得结果如下

$$A_4 = \begin{bmatrix} c_4 & 0 & -s_4 & 0 \\ s_4 & 0 & c_4 & 0 \\ 0 & -1 & 0 & 0 \\ 0 & 0 & 0 & 1 \end{bmatrix}, \quad A_5 = \begin{bmatrix} c_5 & 0 & s_5 & 0 \\ s_5 & 0 & -c_5 & 0 \\ 0 & 1 & 0 & 0 \\ 0 & 0 & 0 & 1 \end{bmatrix}$$

$$A_6 = \begin{bmatrix} c_6 & -s_6 & 0 & 0 \\ s_6 & c_6 & 0 & 0 \\ 0 & 0 & 1 & d_6 \\ 0 & 0 & 0 & 1 \end{bmatrix}$$

将这些矩阵相乘得到

$$\begin{aligned} T_6^3 &= A_4 A_5 A_6 \\ &= \begin{bmatrix} R_6^3 & o_6^3 \\ 0 & 1 \end{bmatrix} \\ &= \begin{bmatrix} c_4 c_5 c_6 - s_4 s_6 & -c_4 c_5 s_6 - s_4 c_6 & c_4 s_5 & c_4 s_5 d_6 \\ s_4 c_5 c_6 + c_4 s_6 & -s_4 c_5 s_6 + c_4 c_6 & s_4 s_5 & s_4 s_5 d_6 \\ -s_5 c_6 & s_5 s_6 & c_5 & c_5 d_6 \\ 0 & 0 & 0 & 1 \end{bmatrix} \end{aligned} \tag{3.15}$$

将矩阵 T_6^3 中的转动部分 R_6^3 与式(2.26)中的欧拉角变换做对比，可知 θ_4、θ_5、θ_6 确实可被认定为相对于坐标系 $o_3 x_3 y_3 z_3$ 的欧拉角 ϕ、θ 以及 ψ。

3.3.4 带有球型手腕的圆柱型机械臂

假设我们现在在 3.3.2 节的圆柱型机械臂上附加一个球型手腕，如图 3.9 所示。注意到关节 4 的旋转轴平行于 z_2，因此它与 3.3.2 节的 z_3 轴重合。这意味着我们可以马上结合式(3.14)和式(3.15)来推导正向运动学公式，如下

$$T_6^0 = T_3^0 T_6^3 \tag{3.16}$$

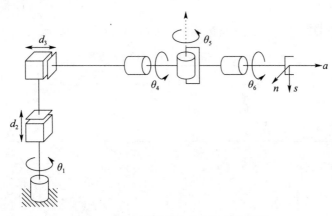

图 3.9　带有球型手腕的圆柱型机械臂

其中，矩阵 T_3^0 由式 (3.14) 给出，矩阵 T_6^3 则由式 (3.15) 给出。因此，该机械臂的正运动学方程如下

$$T_6^0 = \begin{bmatrix} r_{11} & r_{12} & r_{13} & d_x \\ r_{21} & r_{22} & r_{23} & d_y \\ r_{31} & r_{32} & r_{33} & d_z \\ 0 & 0 & 0 & 1 \end{bmatrix} \tag{3.17}$$

其中

$$r_{11} = c_1 c_4 c_5 c_6 - c_1 s_4 s_6 + s_1 s_5 c_6$$
$$r_{21} = s_1 c_4 c_5 c_6 - s_1 s_4 s_6 - c_1 s_5 c_6$$
$$r_{31} = -s_4 c_5 c_6 - c_4 s_6$$
$$r_{12} = -c_1 c_4 c_5 s_6 - c_1 s_4 c_6 - s_1 s_5 c_6$$
$$r_{22} = -s_1 c_4 c_5 s_6 - s_1 s_4 s_6 + c_1 s_5 c_6$$
$$r_{32} = s_4 c_5 c_6 - c_4 c_6$$
$$r_{13} = c_1 c_4 s_5 - s_1 c_5$$
$$r_{23} = s_1 c_4 s_5 + c_1 c_5$$
$$r_{33} = -s_4 s_5$$
$$d_x = c_1 c_4 s_5 d_6 - s_1 c_5 d_6 - s_1 d_3$$
$$d_y = s_1 c_4 s_5 d_6 + c_1 c_5 d_6 + c_1 d_3$$
$$d_z = -s_4 s_5 d_6 + d_1 + d_2$$

注意，该机械臂的正运动学中的大多数复杂性都源自末端执行器的方位角度，而式 (3.14) 中给出的手臂位置表达式则相当简单。球型手腕的假设不仅简化了此处正运动学的推导，同时也将极大简化第 5 章中的逆运动学问题。

3.3.5　斯坦福机械臂

现在，考虑图 3.10 中所示的斯坦福机械臂。该机械臂是一个带有球型手腕的球型（RRP）机械臂的例子。这种机械臂在肩关节处有一个偏置，它使得正运动学和逆运动学

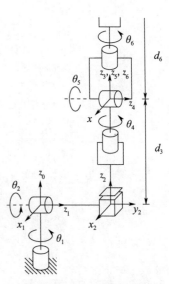

图 3.10　斯坦福机械臂的 DH 坐标系配置

问题稍微复杂化。

我们首先使用 DH 约定来建立坐标系。DH 参数如表 3.4 所示。

表 3.4 斯坦福机械臂的 DH 参数

连杆	d_i	a_i	α_i	θ_i	连杆	d_i	a_i	α_i	θ_i
1	0	0	-90	θ_1	4	0	0	-90	θ_4
2	d_2	0	$+90$	θ_2	5	0	0	$+90$	θ_5
3	d_3	0	0	0	6	d_6	0	0	θ_6

通过简单计算可得矩阵 A_i 如下

$$A_1 = \begin{bmatrix} c_1 & 0 & -s_1 & 0 \\ s_1 & 0 & c_1 & 0 \\ 0 & -1 & 0 & 0 \\ 0 & 0 & 0 & 1 \end{bmatrix} \quad A_2 = \begin{bmatrix} c_2 & 0 & s_2 & 0 \\ s_2 & 0 & -c_2 & 0 \\ 0 & 1 & 0 & d_2 \\ 0 & 0 & 0 & 1 \end{bmatrix} \quad (3.18)$$

$$A_3 = \begin{bmatrix} 1 & 0 & 0 & 0 \\ 0 & 1 & 0 & 0 \\ 0 & 0 & 1 & d_3 \\ 0 & 0 & 0 & 1 \end{bmatrix} \quad A_4 = \begin{bmatrix} c_4 & 0 & -s_4 & 0 \\ s_4 & 0 & c_4 & 0 \\ 0 & -1 & 0 & 0 \\ 0 & 0 & 0 & 1 \end{bmatrix} \quad (3.19)$$

$$A_5 = \begin{bmatrix} c_5 & 0 & s_5 & 0 \\ s_5 & 0 & -c_5 & 0 \\ 0 & -1 & 0 & 0 \\ 0 & 0 & 0 & 1 \end{bmatrix} \quad A_6 = \begin{bmatrix} c_6 & -s_6 & 0 & 0 \\ s_6 & c_6 & 0 & 0 \\ 0 & 0 & 1 & d_6 \\ 0 & 0 & 0 & 1 \end{bmatrix} \quad (3.20)$$

那么，矩阵 T_6^0 可由下式给出

$$T_6^0 = A_1 \cdots A_6 = \begin{bmatrix} r_{11} & r_{12} & r_{13} & d_x \\ r_{21} & r_{22} & r_{23} & d_y \\ r_{31} & r_{32} & r_{33} & d_z \\ 0 & 0 & 0 & 1 \end{bmatrix} \quad (3.21)$$

其中

$$r_{11} = c_1 [c_2(c_4 c_5 c_6 - s_4 s_6) - s_2 s_5 c_6] - s_1(s_4 c_5 c_6 + c_4 s_6)$$
$$r_{21} = s_1 [c_2(c_4 c_5 c_6 - s_4 s_6) - s_2 s_5 c_6] + c_1(s_4 c_5 c_6 + c_4 s_6)$$
$$r_{31} = -s_2(c_4 c_5 c_6 - s_4 s_6) - c_2 s_5 c_6$$
$$r_{12} = c_1 [-c_2(c_4 c_5 s_6 + s_4 c_6) + s_2 s_5 s_6] - s_1(-s_4 c_5 s_6 + c_4 c_6)$$
$$r_{22} = -s_1 [-c_2(c_4 c_5 s_6 + s_4 c_6) + s_2 s_5 s_6] + c_1(-s_4 c_5 s_6 + c_4 c_6)$$
$$r_{32} = s_2(c_4 c_5 s_6 + s_4 c_6) + c_2 s_5 s_6$$
$$r_{13} = c_1(c_2 c_4 s_5 + s_2 c_5) - s_1 s_4 s_5$$
$$r_{23} = s_1(c_2 c_4 s_5 + s_2 c_5) + c_1 s_4 s_5$$
$$r_{33} = -s_2 c_4 s_5 + c_2 c_5$$
$$d_x = c_1 s_2 d_3 - s_1 d_2 + d_6(c_1 c_2 c_4 s_5 + c_1 c_5 s_2 - s_1 s_4 s_5)$$
$$d_y = s_1 s_2 d_3 + c_1 d_2 + d_6(c_1 s_4 s_5 + c_2 c_4 s_1 s_5 + c_5 s_1 s_2)$$
$$d_z = c_2 d_3 + d_6(c_2 c_5 - c_4 s_2 s_5)$$

3.3.6 SCARA 型机械臂

作为通用方法的另一个例子，考虑图 3.11 中的 SCARA 型机械臂。这种机械臂，它

是图 1.14 中所示的 AdeptOne 机器人的抽象，它由一个 RRP 型手臂以及一个绕竖直轴线转动的单自由度手腕组成。第一步是定位并标记关节轴线，如图 3.11 所示。由于所有的关节轴线平行，我们在布置原点时有一定的自由度。为了方便起见，我们将原点布置在图 3.11 中的位置。如图 3.11 所示，我们在纸面内建立 x_0 轴。这种选择完全是任意的，但它确实确定了机械臂的**初始位置/零位**（home position），该位置是相对于机械臂的零位形来定义的，即关节变量全都为零时所对应的机械臂位置。DH 参数如表 3.5 所示。

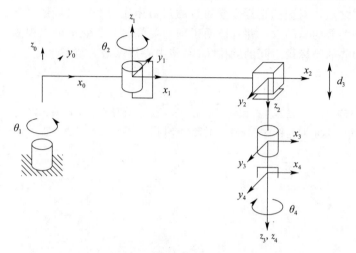

图 3.11　SCARA 型机械臂的 DH 坐标系配置

表 3.5　SCARA 机械臂的 DH 参数

连杆	a_i	α_i	d_i	θ_i	连杆	a_i	α_i	d_i	θ_i
1	a_1	0	0	θ_1	3	0	0	d_3	0
2	a_2	180	0	θ_2	4	0	0	d_4	θ_4

矩阵 A 如下所示

$$A_1 = \begin{bmatrix} c_1 & -s_1 & 0 & a_1 c_1 \\ s_1 & c_1 & 0 & a_1 s_1 \\ 0 & 0 & 1 & 0 \\ 0 & 0 & 0 & 1 \end{bmatrix}, \quad A_2 = \begin{bmatrix} c_2 & s_2 & 0 & a_2 c_2 \\ s_2 & -c_2 & 0 & a_2 s_2 \\ 0 & 0 & -1 & 0 \\ 0 & 0 & 0 & 1 \end{bmatrix} \tag{3.22}$$

$$A_3 = \begin{bmatrix} 1 & 0 & 0 & 0 \\ 0 & 1 & 0 & 0 \\ 0 & 0 & 1 & d_3 \\ 0 & 0 & 0 & 1 \end{bmatrix}, \quad A_4 = \begin{bmatrix} c_4 & -s_4 & 0 & 0 \\ s_4 & c_4 & 0 & 0 \\ 0 & 0 & 1 & d_4 \\ 0 & 0 & 0 & 1 \end{bmatrix} \tag{3.23}$$

因此，正运动学方程如下所示

$$T_4^0 = A_1 \cdots A_4$$

$$= \begin{bmatrix} c_{12}c_4 + s_{12}s_4 & -c_{12}s_4 + s_{12}c_4 & 0 & a_1 c_1 + a_2 c_{12} \\ s_{12}c_4 - c_{12}s_4 & -s_{12}s_4 - c_{12}c_4 & 0 & a_1 s_1 + a_2 s_{12} \\ 0 & 0 & -1 & -d_3 - d_4 \\ 0 & 0 & 0 & 1 \end{bmatrix} \tag{3.24}$$

3.4 本章总结

在本章中，我们研究了一个通用串联机械臂的关节变量 q_i 与末端执行器的位置和方位之间的关系。我们首先介绍了 Denavit-Hartenberg 规则（DH 规则），它被用来为串联机械臂的各连杆配置坐标系。DH 规则将每一节连杆与四个变量联系起来，即**连杆长度**（link length）、**连杆扭曲**（link twist）、**连杆偏置**（link offset）以及**关节角度**（joint angle）。在生成了一个 DH 表格之后，对应的正运动学可以通过对相连的 DH 坐标系做齐次变换得到。我们还讨论了球型关节的运动学，并且证明了球型关节的关节变量可以视为一组末端执行器坐标系和手腕中心的坐标系之间的欧拉角（手腕中心指球型关节各坐标系轴相交的点）。

习题

3-1　考虑图 3.12 所示的平面三连杆机械臂。使用 DH 约定来推导它的正运动学方程。

3-2　考虑图 3.13 中所示的双连杆直角坐标机械臂。使用 DH 约定来推导它的正运动学方程。

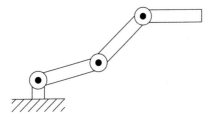

图 3.12　习题 3-1 的平面三连杆机械臂

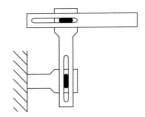

图 3.13　习题 3-2 中的双连杆直角坐标机械臂

3-3　考虑图 3.14 中的双连杆机械臂，其中关节 1 为旋转关节，关节 2 为移动关节。使用 DH 约定来推导它的正运动学方程。

3-4　考虑图 3.15 中的平面三连杆机械臂。使用 DH 约定来推导它的正运动学方程。

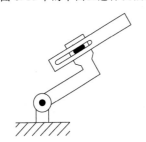

图 3.14　习题 3-3 中的平面双连杆机械臂

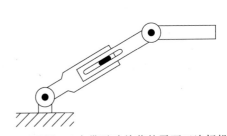

图 3.15　习题 3-4 中带平动关节的平面三连杆机械臂

3-5　考虑图 3.16 中的三连杆关节型机器人。使用 DH 约定来推导它的正运动学方程。

3-6　考虑图 3.17 中的三连杆直角坐标机械臂。使用 DH 约定来推导它的正运动学方程。

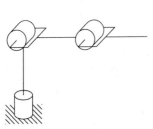

图 3.16　三连杆关节型机器人

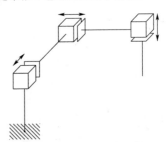

图 3.17　三连杆直角坐标机械臂

3-7　在习题 3-6 中的三连杆关节型机械臂上连接一个球型手腕,如图 3.18 所示。推导这个机械臂的正运动学方程。

3-8　在习题 3-6 中的三连杆直角坐标机械臂上连接一个球型手腕,如图 3.19 所示。推导这个机械臂的正运动学方程。

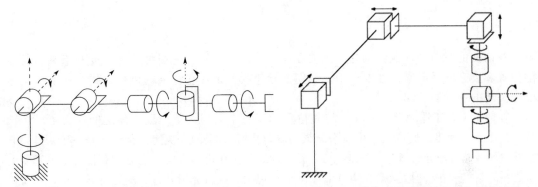

图 3.18　带有球型手腕的关节型机械臂　　　图 3.19　带有球型手腕的直角坐标机械臂

3-9　考虑图 3.20 中的 PUMA 260 机械臂。通过建立合适的 DH 坐标系,建立 DH 参数表,构造 A 矩阵等来推导关于正运动学的完整方程组。

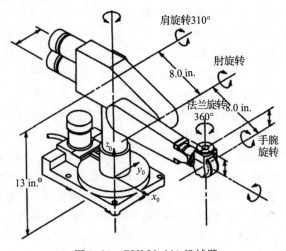

肩旋转310°

肘旋转

8.0 in.

法兰旋转8.0 in.
360°

手腕旋转

13 in.⊖

图 3.20　PUMA 260 机械臂

附注与参考

　　用于配置坐标系的 Denavit-Hartenberg 约定最早在[35]和[70]中出现。自那时起,出现了很多有关正运动学和逆运动学主题的文章,包括[25]、[37]、[135]、[16]和[181]。

───────

⊖　1in=0.0254 m。——编辑注

速度运动学

在前面的章节中，我们推导了正向和逆向的位置方程，它们将关节角度和末端执行器的位置和姿态联系起来。在本章中，我们推导速度关系，它将末端执行器的线速度和角速度与关节的速度联系起来。

在数学上，正运动学方程在笛卡儿位置和姿态空间与关节位置空间之间定义了一个函数。接下来，速度之间的关系由这个函数的**雅可比**（Jacobian）来决定。雅可比是一个矩阵，它是标量函数的普通导数概念的一个推广。雅可比矩阵是在机器人运动的分析和控制中最重要的量之一。它出现在机器人操作的几乎各个方面：规划和执行光滑轨迹、决定奇异位形、执行协调的拟人动作、推导运动的动力学方程、力和力矩在末端执行器和机械臂关节之间的转换。

在本章的开始阶段，我们将研究速度以及它们的表示方法。我们首先考虑关于固定轴的角速度，然后借用反对称矩阵将它推广到关于任意的有可能运动的轴线的转动。使用这种角速度的一般表示方法，我们能够推导出移动坐标系的角速度及其原点的线速度。

然后，我们推导机械臂的雅可比矩阵。对于由 n 个连杆组成的机械臂，我们首先推导雅可比矩阵，用它来表示关节速度的 n 维向量与末端执行器线速度和角速度的 6 维向量之间的瞬时转换，所以这个雅可比矩阵是 $6 \times n$ 的矩阵。同样的方法也可用于确定关节速度与机械臂上任意一点线速度和角速度之间的转换。这对于我们将在第 7 章中推导的动力学方程十分重要。然后我们将表明，末端执行器的速度是如何与附加工具的速度联系在一起的。接下来，我们将介绍**分析型雅可比矩阵**（analytical Jacobian），它用到了对末端执行器速度的另一种参数化方法。然后，我们讨论**奇异位形**（singular configuration）的概念，在这些位形中，机械臂会失去一个或多个运动自由度。我们将展示如何使用几何方法来确定奇异位形，并给出几个例子。在此之后，我们简要讨论逆向问题，也就是根据给定的末端执行器速度和加速度，来确定机械臂关节的速度和加速度。接下来，我们讨论如何使用机械臂的雅可比矩阵，将末端执行器处的力和关节处的力矩联系起来。在本章结尾，我们将探讨冗余机器人。其中包括逆向速度问题、奇异值分解和可操作性方面的讨论。

4.1 角速度：固定转轴情况

当一个刚体围绕一个固定轴线做纯转动时，刚体上的每一点都做圆周运动。这些圆的中心位于旋转轴线上。当刚体转动时，刚体上任何一点到旋转轴线的垂线都会扫过一个角度 θ，该角度对于刚体上的每一点都是相同的。如果 k 是沿旋转轴线方向的一个单位向量，那么角速度可由下式给出

$$\omega = \dot{\theta} k \tag{4.1}$$

其中 $\dot{\theta}$ 是角度 θ 对时间的导数。

给定一个刚体的角速度，从动力学导论课程的知识可知，刚体上任何一点的线速度由下述公式给出

$$v = \omega \times r \tag{4.2}$$

其中，r 是从原点（在这种情况下假定原点位于旋转轴上）到该点的向量。实际上，计算线速

度 v 通常是很多动力学导论课程的目标，因此，角速度的主要作用是在刚体上得出点的线速度。在我们的应用中，我们感兴趣的是描述一个移动坐标系的运动，包括坐标系原点在空间中的运动以及坐标轴的旋转运动。因此，对我们而言，角速度将拥有与线速度等同的地位。

类似于前面的章节，为了确定一个刚体对象的姿态角度，我们在该对象上固连一个参考坐标系，然后，确定该附体坐标系的姿态角度。由于刚体对象上的每个点都具有相同的角速度（在给定时间间隔里，每个点扫过相同的角度），并且由于刚体上各点相对于附体坐标系的几何关系都是固定的，我们看到，角速度是附体坐标系自身的一个属性。角速度不是单个点的属性。各个单点可能会经历一个由角速度诱发而生成的**线速度**（linear velocity），但是讨论一个点的自身旋转没有任何意义。因此，在等式（4.2）中，v 对应一个点的线速度，而 ω 则对应一个与旋转坐标系相关联的角速度。

在固定转轴的情况下，确定角位移的问题其实是一个平面问题，这是因为每个点的轨迹是一个圆，并且每个圆位于一个平面上。因此，人们倾向于使用 $\dot{\theta}$ 来表示角速度。然而，正如我们在第 2 章中已经看到的那样，这种选择不能被推广到三维情况中，无论是当旋转轴不固定，还是当角速度为围绕不同轴线多次旋转累加的结果。出于这个原因，我们将推导一种更通用的表达式来表示角速度。这类似于我们在第 2 章推导的用来表示三维姿态的旋转矩阵。为了推导这种表达式，我们需要的主要工具是反对称矩阵，它也是下一节中要讨论的话题。

4.2　反对称矩阵

我们在附录 B 中定义了**反对称**矩阵，并展示了它们的一些性质，并在第 2 章对指数坐标和罗德里格斯公式的讨论中用到了这些性质。在本节中我们会更详细地描述反对称矩阵以及它们的性质，并解释该性质如何简化坐标系之间相对速度变换的计算。

一个 $n \times n$ 的矩阵 S 可被称为**反对称**（skew symmetric）矩阵，当且仅当下式成立

$$S^{\mathrm{T}} + S = 0 \tag{4.3}$$

我们用 $so(3)$ 表示由所有 3×3 反对称矩阵组成的集合。如果 $S \in so(3)$ 具有元素 $s_{ij}(i, j = 1, 2, 3)$，那么，式（4.3）等价于下述 9 个公式

$$s_{ij} + s_{ji} = 0 \quad i, j = 1, 2, 3 \tag{4.4}$$

从公式（4.4）中，我们可以看到 $S_{ii} = 0$，即矩阵 S 的对角线元素为零，而非对角线元素 $s_{ij}(i \neq j)$ 满足关系 $s_{ij} = -s_{ji}$。因此，S 仅包含三个独立项，并且每个 3×3 的反对称矩阵具有下述形式

$$S = \begin{bmatrix} 0 & -s_3 & s_2 \\ s_3 & 0 & -s_1 \\ -s_2 & s_1 & 0 \end{bmatrix} \tag{4.5}$$

如果 $a = (a_x, a_y, a_z)$ 是一个三维向量，我们将对应的反对称矩阵 $S(a)$ 定义为如下形式

$$S(a) = \begin{bmatrix} 0 & -a_z & a_y \\ a_z & 0 & -a_x \\ -a_y & a_x & 0 \end{bmatrix}$$

例 4.1 用 i、j、k 来分别表示基座坐标系的三个单位坐标向量

$$i = \begin{bmatrix} 1 \\ 0 \\ 0 \end{bmatrix}, \quad j = \begin{bmatrix} 0 \\ 1 \\ 0 \end{bmatrix}, \quad k = \begin{bmatrix} 0 \\ 0 \\ 1 \end{bmatrix}$$

反对称矩阵 $S(i)$、$S(j)$ 以及 $S(k)$，分别给出如下：

$$S(i)=\begin{bmatrix} 0 & 0 & 0 \\ 0 & 0 & -1 \\ 0 & 1 & 0 \end{bmatrix} \quad S(j)=\begin{bmatrix} 0 & 0 & 1 \\ 0 & 0 & 0 \\ -1 & 0 & 0 \end{bmatrix}$$

$$S(k)=\begin{bmatrix} 0 & -1 & 0 \\ 1 & 0 & 0 \\ 0 & 0 & 0 \end{bmatrix}$$

4.2.1 反对称矩阵的性质

反对称矩阵具备几个性质，它们对于后续的推导十分有用⊖。这些性质包括

1) 操作符 S 是线性的，也就是说，

$$S(\alpha a + \beta b)=\alpha S(a)+\beta S(b) \tag{4.6}$$

对于任何属于 $\mathbb{R}^3$ 的向量 a 和 b，以及任意的标量 α 和 β，上式成立。

2) 对于任何属于 $\mathbb{R}^3$ 的向量 a 和 p

$$S(a)p=a \times p \tag{4.7}$$

其中，$a \times p$ 表示向量叉积。式(4.7)可以通过直接运算来验证。

3) 对于 $R \in SO(3)$ 以及 $a \in \mathbb{R}^3$

$$RS(a)R^{\mathrm{T}}=S(Ra) \tag{4.8}$$

为了看清这一点，我们使用下述事实：如果 $R \in SO(3)$，并且 a 和 b 为 $\mathbb{R}^3$ 中的向量，那么有

$$R(a \times b)=Ra \times Rb \tag{4.9}$$

这可以通过直接运算来证明。通常情况下，式(4.9)并不成立，除非 R 是正交矩阵。它表明：如果我们通过使用旋转矩阵 R 来旋转向量 a 和 b，然后计算旋转向量 Ra 和 Rb 的叉积，其结果与先计算叉积 $a \times b$ 然后再旋转得到 $R(a \times b)$ 结果相同。现在，可以很容易地从式(4.7)和式(4.9)出发，按照下列方式推导得出式(4.8)。令 $b \in \mathbb{R}^3$ 表示一个任意向量，那么

$$\begin{aligned} RS(a)R^{\mathrm{T}}b &= R(a \times R^{\mathrm{T}}b) \\ &= (Ra) \times (RR^{\mathrm{T}}b) \\ &= (Ra) \times b \\ &= S(Ra)b \end{aligned}$$

因此得到想要的结果。式(4.8)的左侧表示矩阵 $S(a)$ 的一个相似变换。因此，这个公式表明：与 $S(a)$ 在坐标系中经过 R 旋转操作的矩阵表示与反对称矩阵 $S(Ra)$ 相同，其中 $S(Ra)$ 对应于向量 a 经过 R 旋转这种情形。

4.2.2 旋转矩阵的导数

现在，假设旋转矩阵 R 是单个变量 θ 的一个函数。因此，对于每个 θ，$R=R(\theta) \in SO(3)$。由于关于所有的 θ，所对应的 R 都是正交矩阵，因此有

$$R(\theta)R(\theta)^{\mathrm{T}}=I \tag{4.10}$$

⊖ 这些性质可由"$so(3)$ 是一个李代数"这个事实推论而来。李代数是带有适当定义的乘积操作的一个向量空间[15]。

将式(4.10)的两端相对于 θ 做微分操作，使用函数积的微分公式，得到

$$\left[\frac{\mathrm{d}}{\mathrm{d}\theta}R\right]R(\theta)^{\mathrm{T}}+R(\theta)\left[\frac{\mathrm{d}}{\mathrm{d}\theta}R^{\mathrm{T}}\right]=0 \tag{4.11}$$

定义矩阵 S 如下：

$$S=\left[\frac{\mathrm{d}}{\mathrm{d}\theta}R\right]R(\theta)^{\mathrm{T}} \tag{4.12}$$

那么，矩阵 S 的转置为

$$S^{\mathrm{T}}=\left(\left[\frac{\mathrm{d}}{\mathrm{d}\theta}R\right]R(\theta)^{\mathrm{T}}\right)^{\mathrm{T}}=R(\theta)\left[\frac{\mathrm{d}}{\mathrm{d}\theta}R^{\mathrm{T}}\right] \tag{4.13}$$

因此，式(4.11)表明

$$S+S^{\mathrm{T}}=0 \tag{4.14}$$

换言之，式(4.12)中定义的矩阵 S 为反对称矩阵。将式(4.12)的两端同时右乘 R，并且使用 $R^{\mathrm{T}}R=I$ 这一事实，我们得到

$$\frac{\mathrm{d}}{\mathrm{d}\theta}R=SR(\theta) \tag{4.15}$$

式(4.15)是非常重要的。它表明：计算旋转矩阵 R 的导数，等同于乘以一个反对称矩阵 S 的矩阵乘法操作。最常遇到的情况是，R 是一个基础旋转矩阵或几个基础旋转矩阵的乘积。

例 4.2　如果 $R=R_{x,\theta}$，基础旋转矩阵由式(2.7)给出，那么经过直接计算有

$$S=\left[\frac{\mathrm{d}}{\mathrm{d}\theta}R\right]R^{\mathrm{T}}=\begin{bmatrix}0&0&0\\0&-\sin\theta&-\cos\theta\\0&\cos\theta&-\sin\theta\end{bmatrix}\begin{bmatrix}1&0&0\\0&\cos\theta&\sin\theta\\0&-\sin\theta&\cos\theta\end{bmatrix}$$

$$=\begin{bmatrix}0&0&0\\0&0&-1\\0&1&0\end{bmatrix}=S(i)$$

因此，我们证明了

$$\frac{\mathrm{d}}{\mathrm{d}\theta}R_{x,\theta}=S(i)R_{x,\theta}$$

类似的计算表明

$$\frac{\mathrm{d}}{\mathrm{d}\theta}R_{y,\theta}=S(j)R_{y,\theta}\quad\text{和}\quad\frac{\mathrm{d}}{\mathrm{d}\theta}R_{z,\theta}=S(k)R_{z,\theta} \tag{4.16}$$

例 4.3　令 $R_{k,\theta}$ 表示关于由 $k=(k_1,k_2,k_3)$ 定义的轴线的一个旋转，类似于式(2.44)。利用罗德里格斯公式，易证

$$\frac{\mathrm{d}}{\mathrm{d}\theta}R_{k,\theta}=S(k)R_{k,\theta} \tag{4.17}$$

4.3　角速度：一般情况

现在，我们考虑角速度的一般情况，即关于一个任意的可能移动的轴线的角速度。假设旋转矩阵 R 是随时间变化的，因此，对于任意的 $t\in\mathbb{R}$，有 $R=R(t)\in SO(3)$。假设

$R(t)$ 为 t 的连续可导函数，使用与前一节中相同的推导过程可知，$R(t)$ 的时间导数 $\dot{R}(t)$ 可被写为如下形式

$$\dot{R}(t) = S(\omega(t))R(t) \tag{4.18}$$

其中，矩阵 $S(\omega(t))$ 是反对称矩阵。向量 $\omega(t)$ 为 t 时刻旋转坐标系相对于固定坐标系的**角速度**。为了证明 ω 是角速度向量，考虑固连在一个移动坐标系上的点 p。点 p 相对于固定坐标系的坐标可以由 $p^0 = R_1^0 p^1$ 给出。对这个表达式做微分操作，我们得到

$$\begin{aligned}
\frac{\mathrm{d}}{\mathrm{d}t}p^0 &= \dot{R}_1^0 p^1 \\
&= S(\omega)R_1^0 p^1 \\
&= \omega \times R_1^0 p^1 \\
&= \omega \times p^0
\end{aligned}$$

上式表明 ω 的确是传统意义上的角速度向量。

式 (4.18) 表明了角速度和旋转矩阵导数之间的关系。尤其是，如果坐标系 $o_1 x_1 y_1 z_1$ 相对于坐标系 $o_0 x_0 y_0 z_0$ 的瞬时姿态由 R_1^0 给出，那么，坐标系 $o_1 x_1 y_1 z_1$ 的角速度与 R_1^0 导数之间可通过式 (4.18) 直接联系。当存在混淆的可能性时，我们将使用符号 $\omega_{i,j}$ 来表示对应旋转矩阵 R_j^i 导数的角速度。由于 ω 是一个自由向量，我们可以将它表示在我们选择的任何坐标系统中。像往常一样，我们使用上角标来表示参考坐标系。例如，$\omega_{1,2}^0$ 将给出对应于 R_2^1 导数的角速度在坐标系 $o_0 x_0 y_0 z_0$ 中的表达式。在角速度是相对于基座坐标系表示的情形中，我们经常会简化下角标，例如，使用 ω_2 来表示对应于 R_2^0 导数的角速度。

例 4.4 假设 $R(t) = R_{x,\theta}(t)$。那么，可以使用链式法则计算 $\dot{R}(t)$ 如下

$$\dot{R} = \frac{\mathrm{d}R}{\mathrm{d}t} = \frac{\mathrm{d}R}{\mathrm{d}\theta}\frac{\mathrm{d}\theta}{\mathrm{d}t} = \dot{\theta}S(i)R(t) = S(\omega(t))R(t) \tag{4.19}$$

其中，$\omega = i\dot{\theta}$ 为角速度，注意到 $i = [1,0,0]^{\mathrm{T}}$。◀

4.4 角速度的叠加

我们经常对求解由几个坐标系之间相对转动叠加而得到的角速度感兴趣。现在，我们推导表达式来表示两个移动坐标系 $o_1 x_1 y_1 z_1$ 和 $o_2 x_2 y_2 z_2$ 相对于固定坐标系 $o_0 x_0 y_0 z_0$ 的角速度的叠加。我们假设这三个坐标系具有一个共同的原点。用旋转矩阵 $R_1^0(t)$ 和 $R_2^1(t)$（这两个矩阵都随时间变化）表示坐标系 $o_1 x_1 y_1 z_1$ 和 $o_2 x_2 y_2 z_2$ 的相对姿态。

在接下来的推导中，我们将使用符号 $\omega_{i,j}$ 来表示与旋转矩阵 R_j^i 的时间导数相对应的角速度向量。由于我们可以在所选择的坐标系中表示这个（角速度）向量，我们再次使用上角标来定义参考坐标系。因此，$\omega_{i,j}^k$ 将表示与 R_j^i 的时间导数相对应的角速度相对于参考系 k 的表达式。

与第 2 章类似，我们有

$$R_2^0(t) = R_1^0(t)R_2^1(t) \tag{4.20}$$

将式 (4.20) 的两端相对于时间求导，得到

$$\dot{R}_2^0 = \dot{R}_1^0 R_2^1 + R_1^0 \dot{R}_2^1 \tag{4.21}$$

使用式 (4.18)，式 (4.21) 左侧的 $\dot{R}_2^0$ 可被写作

$$\dot{R}_2^0 = S(\omega_{0,2}^0)R_2^0 \tag{4.22}$$

在这个表达式中，$\omega_{0,2}^0$ 表示坐标系 $o_2x_2y_2z_2$ 所经历的总的角速度。这个角速度是由 R_1^0 和 R_2^1 所表示的旋转叠加而来。公式(4.22)右侧的第一项是

$$\dot{R}_1^0 R_2^1 = S(\omega_{0,1}^0)R_1^0 R_2^1 = S(\omega_{0,1}^0)R_2^0 \tag{4.23}$$

在这个公式中，$\omega_{0,1}^0$ 表示由 R_1^0 变化而引起的坐标系 $o_1x_1y_1z_1$ 的角速度，并且这个角速度是相对于参考坐标系 $o_0x_0y_0z_0$ 的。

让我们来计算一下式(4.21)右侧的第二项。利用式(4.8)，我们有

$$\begin{aligned}
R_1^0 \dot{R}_2^1 &= R_1^0 S(\omega_{1,2}^1)R_2^1 \\
&= R_1^0 S(\omega_{1,2}^1)R_1^{0^T}R_1^0 R_2^1 = S(R_1^0\omega_{1,2}^1)R_1^0 R_2^1 \\
&= S(R_1^0\omega_{1,2}^1)R_2^0
\end{aligned} \tag{4.24}$$

注意到在这个公式中，$\omega_{1,2}^1$ 表示对应 R_2^1 变化的坐标系 $o_2x_2y_2z_2$ 的角速度，这个角速度是相对于坐标系 $o_1x_1y_1z_1$ 的。因此，乘积 $R_1^0\omega_{1,2}^1$ 是这个角速度在参考坐标系 $o_0x_0y_0z_0$ 中的表达式。换言之，$R_1^0\omega_{1,2}^1$ 给出了自由向量 $\omega_{1,2}$ 在参考系 0 中的坐标。

现在，联合上述表达式，我们证明了

$$S(\omega_2^0)R_2^0 = \{S(\omega_{0,1}^0) + S(R_1^0\omega_{1,2}^1)\}R_2^0 \tag{4.25}$$

由于 $S(a)+S(b)=S(a+b)$，我们得知

$$\omega_2^0 = \omega_{0,1}^0 + R_1^0\omega_{1,2}^1 \tag{4.26}$$

换言之，如果角速度都是相对于同一参考系进行表达的，那么它们可以叠加在一起，在上述这种情况下，角速度都表示在坐标系 $o_0x_0y_0z_0$ 中。

上述的推导可被推广到任意数目的坐标系中。特别是，假定我们有

$$R_n^0 = R_1^0 R_2^1 \cdots R_n^{n-1} \tag{4.27}$$

推广上述推导，我们得到

$$\dot{R}_n^0 = S(\omega_{0,n}^0)R_n^0 \tag{4.28}$$

其中

$$\omega_{0,n}^0 = \omega_{0,1}^0 + R_1^0\omega_{1,2}^1 + R_2^0\omega_{2,3}^2 + R_3^0\omega_{3,4}^3 + \cdots + R_{n-1}^0\omega_{n-1,n}^{n-1} \tag{4.29}$$

$$= \omega_{0,1}^0 + \omega_{1,2}^0 + \omega_{2,3}^0 + \omega_{3,4}^0 + \cdots + \omega_{n-1,n}^0 \tag{4.30}$$

4.5　移动坐标系中某点的线速度

我们现在考虑固连在移动坐标系上一点的线速度。假设点 p 被刚性连接到坐标系 $o_1x_1y_1z_1$ 上，并且 $o_1x_1y_1z_1$ 相对于坐标系 $o_0x_0y_0z_0$ 转动。那么，点 p 相对于参考系 $o_0x_0y_0z_0$ 的坐标由下式给出

$$p^0 = R_1^0(t)p^1 \tag{4.31}$$

那么，速度 $\dot{p}^0$ 可由微分运算的乘积公式给出：

$$\begin{aligned}
\dot{p}^0 &= \dot{R}_1^0(t)p^1 + R_1^0(t)\dot{p}^1 \\
&= S(\omega^0)R_1^0(t)p^1 \\
&= S(\omega^0)p^0 \\
&= \omega^0 \times p^0
\end{aligned} \tag{4.32}$$

上式是我们熟悉的以向量叉积形式表示的速度表达式。注意，式(4.32)源自如下事实：点 p 被刚性固连到坐标系 $o_1x_1y_1z_1$ 上，因此，它相对于坐标系 $o_1x_1y_1z_1$ 的坐标不随时间变化，即 $\dot{p}^1 = 0$。

现在，假设坐标系 $o_1x_1y_1z_1$ 相对于 $o_0x_0y_0z_0$ 的运动具有更普遍的形式。假设这两个

坐标系之间的齐次变换随时间变化，从而有

$$H_1^0(t) = \begin{bmatrix} R_1^0(t) & o_1^0(t) \\ 0 & 1 \end{bmatrix} \tag{4.33}$$

为了简单起见，我们省略掉参数 t 以及 R_1^0 和 o_1^0 上的上角标和下角标，有

$$p^0 = Rp^1 + o \tag{4.34}$$

对上述表达式微分求导，并使用乘积公式，得到

$$\begin{aligned} \dot{p}^0 &= \dot{R}p^1 + \dot{o} \\ &= S(\omega)Rp^1 + \dot{o} \\ &= \omega \times r + v \end{aligned} \tag{4.35}$$

其中，$r = Rp^1$ 是从 o_1 到 p 的向量在坐标系 $o_0x_0y_0z_0$ 的姿态中的表达式，v 是原点 o_1 运动的速度。

如果点 p 相对于坐标系 $o_1x_1y_1z_1$ 运动，那么，我们必须在 v 项中加入 $R(t)\dot{p}^1$ 这一项，$R(t)\dot{p}^1$ 是 p^1 坐标变化速率在参考系 $o_0x_0y_0z_0$ 中的表达式。

4.6　雅可比矩阵的推导

考虑一个 n 连杆机械臂，其中关节变量为 $q_1, \cdots, q_n$。令

$$T_n^0(q) = \begin{bmatrix} R_n^0(q) & o_n^0(q) \\ 0 & 1 \end{bmatrix} \tag{4.36}$$

表示从末端执行器到基座坐标系的变换矩阵，其中 $q = [q_1, \cdots, q_n]^{\mathrm{T}}$ 是由关节变量所组成的向量。当机器人运动时，关节变量 q_i 以及末端执行器的位置 o_n^0 和姿态 R_n^0 都将为时间的函数。本节的目的是，将末端执行器的线速度和角速度与关节速度向量 $\dot{q}(t)$ 联系起来。用

$$S(\omega_n^0) = \dot{R}_n^0(R_n^0)^{\mathrm{T}} \tag{4.37}$$

定义末端执行器的角速度 ω_n^0，并且令

$$v_n^0 = \dot{o}_n^0 \tag{4.38}$$

表示末端执行器的线速度。我们期望找到下列形式的表达式

$$v_n^0 = J_v\dot{q} \tag{4.39}$$

$$\omega_n^0 = J_\omega\dot{q} \tag{4.40}$$

其中，J_v 和 J_ω 均为 $3 \times n$ 的矩阵。我们可以将式(4.39)和式(4.40)写在一起，有

$$\xi = J\dot{q} \tag{4.41}$$

其中，ξ 和 J 由下式给出

$$\xi = \begin{bmatrix} v_n^0 \\ \omega_n^0 \end{bmatrix} \quad \text{和} \quad J = \begin{bmatrix} J_v \\ J_\omega \end{bmatrix} \tag{4.42}$$

向量 ξ 有时被称为体速度。注意这个速度向量并非位置变量的导数，这是由于角速度向量不是任何时变量的导数。矩阵 J 被称为**机械臂的雅可比矩阵**(manipulator Jacobian)或者简称为**雅可比矩阵**。注意到 J 是一个 $6 \times n$ 的矩阵，其中 n 是机械臂中连杆的数量。接下来，我们推导适用于任何机械臂的雅可比矩阵的一个简单表达式。

4.6.1　角速度

从等式(4.29)可知角速度可以作为自由向量相加，条件是它们是相对于一个共同的坐标系表示的。因此，我们可以通过下述方法来确定末端执行器相对于基座的角速度：将由

各个关节引起的角速度表示在基座坐标系里，然后求和。

如果第 i 个关节是回转关节，那么第 i 个关节变量 q_i 等于 θ_i，并且其转动轴为 z_{i-1}。轻微的滥用一下符号，令 ω_i^{i-1} 表示由关节 i 转动而赋予连杆 i 的角速度相对于坐标系 $o_{i-1}x_{i-1}y_{i-1}z_{i-1}$ 的表达式。在坐标系 $i-1$ 中的这个表达式为

$$\omega_i^{i-1} = \dot{q}_i z_{i-1}^{i-1} = \dot{q}_i k \tag{4.43}$$

其中，如上所述，k 是单位坐标向量 $(0,0,1)$。

如果第 i 个关节是平动关节，那么坐标系 i 相对于坐标系 $i-1$ 的运动为平动，并且有

$$\omega_i^{i-1} = 0 \tag{4.44}$$

因此，如果关节 i 为平动，末端执行器的角速度并不取决于 q_i，此时 q_i 等于 d_i。

综上所述，末端执行器相对于基座坐标系的总的角速度 ω_n^0 可通过式 (4.29) 计算，如下所示

$$\omega_n^0 = \rho_1 \dot{q}_1 k + \rho_2 \dot{q}_2 R_1^0 k + \cdots + \rho_n \dot{q}_n R_{n-1}^0 k = \sum_{i=1}^{n} \rho_i \dot{q}_i z_{i-1}^0 \tag{4.45}$$

其中，如果关节 i 为回转关节时，ρ_i 等于 1；如果关节 i 为平动关节时，ρ_i 等于 0。这是因为

$$z_{i-1}^0 = R_{i-1}^0 k \tag{4.46}$$

当然，$z_0^0 = k = [0,0,1]^T$。

因此，式 (4.42) 中的下半部分雅可比矩阵 J_ω 如下所示

$$J_\omega = [\rho_1 z_0 \cdots \rho_n z_{n-1}] \tag{4.47}$$

注意到在这个公式中，我们省略了沿 z 轴方向单位向量的上角标，这是因为这些向量都是以世界坐标系作为参考。在本章的剩余部分中，在不引起参考坐标系歧义的前提下，我们将遵守此约定。

4.6.2 线速度

末端执行器的线速度是 $\dot{o}_n^0$。使用微分的链式法则，有

$$\dot{o}_n^0 = \sum_{i=1}^{n} \frac{\partial o_n^0}{\partial q_i} \dot{q}_i \tag{4.48}$$

因此，我们看到矩阵 J_v 的第 i 列，记为 J_{v_i}，可由下式给出

$$J_{v_i} = \frac{\partial o_n^0}{\partial q_i} \tag{4.49}$$

此外，如果 $\dot{q}_i$ 等于 1，而其他 $\dot{q}_j$ 等于 0，上述表达式为末端执行器的线速度。换言之，雅可比矩阵的第 i 列可以通过下列方式生成：固定除第 i 个关节之外的所有关节，同时以单位速度驱动第 i 个关节。这一观察结果使得我们可以用简单且直观的方式来推导线速度的雅可比矩阵，正如现在表明的这样。现在，我们分开考虑平动关节和回转关节这两种情况。

情形 1：平动关节

图 4.1 展示了除单个平动关节外其余所有关节均被固定的情形。由于关节 i 是平动关节，它赋予

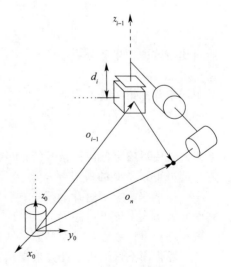

图 4.1 由平动关节 i 而引起的末端执行器的运动

末端执行器一个纯移动。其移动方向平行于 z_{i-1} 轴，并且移动幅度为 $\dot{d}_i$，其中 d_i 为 DH 关节变量。因此，在基座坐标系的姿态中，我们有

$$\dot{o}_n^0 = \dot{d}_i R_{i-1}^0 \begin{bmatrix} 0 \\ 0 \\ 1 \end{bmatrix} = \dot{d}_i z_{i-1}^0 \tag{4.50}$$

其中，d_i 是平动关节 i 所对应的关节变量。因此，对于平动关节的情形，去掉上角标后我们有

$$J_{v_i} = z_{i-1} \tag{4.51}$$

情形 2：回转关节

图 4.2 展示了除单个回转关节外其余所有关节均被固定的情形。由于关节 i 是回转关节，我们有 $q_i = \theta_i$。参照图 4.2，假设除关节 i 外的所有关节均被固定，我们看到末端执行器的线速度可被表示为 $\omega \times r$ 的形式，其中

$$\omega = \dot{\theta}_i z_{i-1} \tag{4.52}$$

以及

$$r = o_n - o_{i-1} \tag{4.53}$$

因此，综合上述内容，并将坐标表示在基座坐标系中，对于一个回转关节，我们得到

$$J_{v_i} = z_{i-1} \times (o_n - o_{i-1}) \tag{4.54}$$

其中，遵循惯例，我们省略掉了上角标 0。

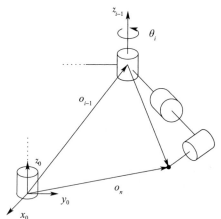

图 4.2　由旋转关节 i 而引起的末端执行器的运动

4.6.3　线速度和角速度雅可比矩阵的叠加

与我们在上一节中所看到的类似，雅可比矩阵的上半部分 J_v 由下式给出

$$J_v = [J_{v_1} \cdots J_{v_n}] \tag{4.55}$$

其中，矩阵的第 i 列 J_{v_i} 为

$$J_{v_i} = \begin{cases} z_{i-1} \times (o_n - o_{i-1}) & \text{对于回转关节 } i \\ z_{i-1} & \text{对于平动关节 } i \end{cases} \tag{4.56}$$

雅可比矩阵的下半部分为

$$J_\omega = [J_{\omega_1} \cdots J_{\omega_n}] \tag{4.57}$$

其中，矩阵的第 i 列 J_{ω_i} 为

$$J_{\omega_i} = \begin{cases} z_{i-1} & \text{对于回转关节 } i \\ 0 & \text{对于平动关节 } i \end{cases} \tag{4.58}$$

上述公式使得确定任何机械臂的雅可比矩阵这一过程得到简化，这是因为正运动学一旦确定，即可得到需要的所有量。事实上，计算雅可比矩阵仅需知道单位向量 z_i 以及原点 $o_1, \cdots, o_n$ 的坐标。通过片刻反思，我们知道：z_i 相对于基座坐标系的坐标，可由 T_i^0 第 3 列中的 3 个元素给出，同时 o_i 由 T_i^0 第 4 列中的 3 个元素给出。因此，为了使用上述公式来计算雅可比矩阵，我们进需要知道 T 矩阵中的第 3 列和第 4 列元素。

上述程序不仅适用于计算末端执行器的速度，而且适用于计算机械臂上任何一点的速度。这在第 6 章中很重要，因为我们需要计算各连杆的质心速度，以便推导出动力学方程。

例 4.5（平面双连杆机械臂）　考虑 3.3.1 节中的平面双连杆机械臂。由于两个关节均为回转关节，雅可比矩阵（本例中的雅可比矩阵是一个 6×2 的矩阵）具有如下形式

$$J(q) = \begin{bmatrix} z_0 \times (o_2 - o_0) & z_1 \times (o_2 - o_1) \\ z_0 & z_1 \end{bmatrix} \tag{4.59}$$

容易看出，上述各量分别等于

$$o_0 = \begin{bmatrix} 0 \\ 0 \\ 0 \end{bmatrix} \quad o_1 = \begin{bmatrix} a_1 c_1 \\ a_1 s_1 \\ 0 \end{bmatrix} \quad o_2 = \begin{bmatrix} a_1 c_1 + a_2 c_{12} \\ a_1 s_1 + a_2 s_{12} \\ 0 \end{bmatrix} \tag{4.60}$$

$$z_0 = z_1 = \begin{bmatrix} 0 \\ 0 \\ 1 \end{bmatrix} \tag{4.61}$$

执行所需的计算后，得到

$$J = \begin{bmatrix} -a_1 s_1 - a_2 s_{12} & -a_2 s_{12} \\ a_1 c_1 + a_2 c_{12} & a_2 c_{12} \\ 0 & 0 \\ 0 & 0 \\ 0 & 0 \\ 1 & 1 \end{bmatrix} \tag{4.62}$$

容易看出上述雅可比矩阵与第 1 章中推导的公式（1.1）是如何类比的。式（4.62）中的前两行正是第 1 章中的 2×2 雅可比矩阵，并给出了原点 o_2 相对于基座的速度。式（4.62）中的第三行为线速度在 z_0 方向上的分量，在这种情况下它永远为零。最后三行表示最终坐标系的角速度，它是关于竖直轴线的速度为 $\dot{\theta}_1 + \dot{\theta}_2$ 的转动。　◀

例 4.6（连杆上任意一点的雅可比矩阵）　考虑图 4.3 中的三连杆平面机械臂。假设我们希望计算图中连杆 2 中心处的线速度 v 以及角速度 ω。在这种情况下，我们有

$$J(q) = \begin{bmatrix} z_0 \times (o_c - o_0) & z_1 \times (o_c - o_1) & 0 \\ z_0 & z_1 & 0 \end{bmatrix} \tag{4.63}$$

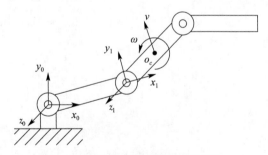

图 4.3　求解一个三连杆平面机器人中连杆 2 的速度

上式即为通常的雅可比矩阵，其中使用 o_c 替代 o_n。注意到雅可比矩阵的第三列为零，这是由于第二个连杆的速度不受第三个连杆运动的影响[⊖]。注意到在这种情况下，必须计算向量 o_c，因为它不是由 T 矩阵直接给出（见习题 4-16）。　◀

例 4.7（斯坦福机械臂）　考虑 3.3.5 节中的斯坦福机械臂及其相关的 Denavit-Hartenberg 坐标系。注意到关节 3 为平动关节，并且由于使用了球型手腕以及相关的坐标系配置，因此有 $o_3 = o_4 = o_5$。用 o 表示这个共同原点，我们看到雅可比矩阵各列具有如下形式

⊖　注意到在这里我们仅考虑运动学。连杆 3 的运动施加在连杆 2 上的反作用力会影响连杆 2 的运动。这些动力学作用可通过第 6 章中的方法进行处理。

$$J_i = \begin{bmatrix} z_{i-1} \times (o_6 - o_{i-1}) \\ z_{i-1} \end{bmatrix} \quad i = 1,2$$

$$J_3 = \begin{bmatrix} z_2 \\ 0 \end{bmatrix}$$

$$J_i = \begin{bmatrix} z_{i-1} \times (o_6 - o) \\ z_{i-1} \end{bmatrix} \quad i = 4,5,6$$

现在，使用由式(3.18)~式(3.20)给出的矩阵 A 以及由 A 矩阵相乘得到的 T 矩阵，这些量容易通过下列方式计算得到。首先，o_j 由矩阵 $T_j^0 = A_1 \cdots A_j$ 最后一列的前三个元素给出，其中 $o_0 = [0,0,0]^T = o_1$。向量 z_j 由 $z_j = R_j^0 k$ 给出，其中 R_j^0 为 T_j^0 中的旋转部分。因此，仅需计算矩阵 T_j^0 就可计算出雅可比矩阵。将这些计算展开，可以得到斯坦福机械臂的表达式，如下所示：

$$o_6 = \begin{bmatrix} c_1 s_2 d_3 - s_1 d_2 + d_6 (c_1 c_2 c_4 s_5 + c_1 c_5 s_2 - s_1 s_4 s_5) \\ s_1 s_2 d_3 - c_1 d_2 + d_6 (c_1 s_4 s_5 + c_2 c_4 s_1 s_5 + c_5 s_1 s_2) \\ c_2 d_3 + d_6 (c_2 c_5 - c_4 s_2 s_5) \end{bmatrix} \tag{4.64}$$

$$o_3 = \begin{bmatrix} c_1 s_2 d_3 - s_1 d_2 \\ s_1 s_2 d_3 + c_1 d_2 \\ c_2 d_3 \end{bmatrix} \tag{4.65}$$

相关的 z 轴为：

$$z_0 = \begin{bmatrix} 0 \\ 0 \\ 1 \end{bmatrix}, \quad z_1 = \begin{bmatrix} -s_1 \\ c_1 \\ 0 \end{bmatrix} \tag{4.66}$$

$$z_2 = \begin{bmatrix} c_1 s_2 \\ s_1 s_2 \\ c_2 \end{bmatrix}, \quad z_3 = \begin{bmatrix} c_1 s_2 \\ s_1 s_2 \\ c_2 \end{bmatrix} \tag{4.67}$$

$$z_4 = \begin{bmatrix} -c_1 c_2 s_4 - s_1 c_4 \\ -s_1 c_2 s_4 + c_1 c_4 \\ s_2 s_4 \end{bmatrix} \tag{4.68}$$

$$z_5 = \begin{bmatrix} c_1 c_2 c_4 s_5 - s_1 s_4 s_5 + c_1 s_2 c_5 \\ s_1 c_2 c_4 s_5 + c_1 s_4 s_5 + s_1 s_2 c_5 \\ -s_2 c_4 s_5 + c_2 c_5 \end{bmatrix} \tag{4.69}$$

现在，斯坦福机械臂的雅可比矩阵可以通过综合这些表达式而得出(见习题4-17)。◀

例 4.8 (SCARA 型机械臂)   现在，我们将推导3.3.6节中 SCARA 型机械臂的雅可比矩阵。这个雅可比矩阵是一个 6×4 的矩阵，这是因为 SCARA 机器人仅有 4 个自由度。像前面一样，我们只需计算矩阵 $T_j^0 = A_1 \cdots A_j$，其中，A 矩阵由式(3.22)和式(3.23)给出。

由于关节1、2、4均为回转关节，关节3为平动关节，另外 $o_4 - o_3$ 平行于 z_3(因此，$z_3 \times (o_4 - o_3) = 0$)，雅可比矩阵具有下述形式：

$$J = \begin{bmatrix} z_0 \times (o_4 - o_0) & z_1 \times (o_4 - o_1) & z_2 & 0 \\ z_0 & z_1 & 0 & z_3 \end{bmatrix} \tag{4.70}$$

DH 坐标系的原点如下给出：

$$o_1 = \begin{bmatrix} a_1 c_1 \\ a_1 s_1 \\ 0 \end{bmatrix}, \quad o_2 = \begin{bmatrix} a_1 c_1 + a_2 c_{12} \\ a_1 s_1 + a_2 s_{12} \\ 0 \end{bmatrix} \tag{4.71}$$

$$o_4 = \begin{bmatrix} a_1 c_1 + a_2 c_{12} \\ a_1 s_2 + a_2 s_{12} \\ d_3 - d_4 \end{bmatrix} \tag{4.72}$$

同理，我们有 $z_0 = z_1 = k$，$z_2 = z_3 = -k$。因此，SCARA 型机械臂的雅可比矩阵为

$$J = \begin{bmatrix} -a_1 s_1 - a_2 s_{12} & -a_2 s_{12} & 0 & 0 \\ a_1 c_1 + a_2 c_{12} & a_2 c_{12} & 0 & 0 \\ 0 & 0 & -1 & 0 \\ 0 & 0 & 0 & 0 \\ 0 & 0 & 0 & 0 \\ 1 & 1 & 0 & -1 \end{bmatrix} \tag{4.73}$$

◀

4.7　工具速度

许多任务需要将一个工具连接到末端执行器上。在这些情况下，有必要将工具坐标系的速度和末端执行器的速度联系起来。假设工具被刚性连接到末端执行器上，同时，末端执行器和工具坐标系之间的固定空间关系由下列的恒定齐次变换矩阵给出

$$T^6_{\text{tool}} = \begin{bmatrix} R & d \\ 0 & 1 \end{bmatrix} \tag{4.74}$$

我们将假设末端执行器的速度已经给出，并且用相对于末端执行器坐标系的坐标进行表示，即给定 ξ^6_6。在本节中，我们将推导相对于工具坐标系表示的工具速度，即，我们将推导 $\xi^{\text{tool}}_{\text{tool}}$。

由于两个坐标系之间是刚性连接，工具坐标系的角速度与末端执行器坐标系的角速度相同。要看清这一点，只需通过采取适当的旋转矩阵导数，来计算各参考系的角速度。由于 R 是恒定的，并且 $R^0_{\text{tool}} = R^0_6 R$，我们有

$$\dot{R}^0_{\text{tool}} = \dot{R}^0_6 R$$
$$\Rightarrow \quad S(\omega^0_{\text{tool}}) R^0_{\text{tool}} = S(\omega^0_6) R^0_6 R$$
$$\Rightarrow \quad S(\omega^0_{\text{tool}}) = S(\omega^0_6)$$

因此，$\omega_{\text{tool}} = \omega_6$，为了得出工具相对于工具坐标系的角速度，我们施加一个旋转变换

$$\omega^{\text{tool}}_{\text{tool}} = \omega^{\text{tool}}_6 = R^{\text{T}} \omega^6_6 \tag{4.75}$$

如果末端执行器坐标系以 $\xi = [v^{\text{T}}_6, \omega^{\text{T}}_6]^{\text{T}}$ 的体速度运动，那么，工具坐标系原点（它被刚性固连到末端执行器坐标系中）的线速度，由下式给出

$$v_{\text{tool}} = v_6 + \omega_6 \times r \tag{4.76}$$

其中，r 是从末端执行器坐标系原点到工具坐标系原点的向量。从式 (4.74) 中，我们看到工具坐标系原点相对于末端执行器坐标系的坐标由 d 给出，因此，我们可以在工具坐标系中将 r 表示为 $r^{\text{tool}} = R^{\text{T}} d$。因此，我们写出 $\omega_6 \times r$ 相对于工具坐标系的坐标如下

$$\begin{aligned}
\omega_6^{\text{tool}} \times r^{\text{tool}} &= R^{\text{T}} \omega_6^6 \times (R^{\text{T}} d) \\
&= -R^{\text{T}} d \times R^{\text{T}} \omega_6^6 \\
&= -S(R^{\text{T}} d) R^{\text{T}} \omega_6^6 \\
&= -R^{\text{T}} S(d) R R^{\text{T}} \omega_6^6 \\
&= -R^{\text{T}} S(d) \omega_6^6
\end{aligned} \tag{4.77}$$

为了在工具坐标系中表示自由向量 v_6^6 的坐标，我们施加旋转变换

$$v_6^{\text{tool}} = R^{\text{T}} v_6^6 \tag{4.78}$$

结合式(4.76)、式(4.77)和式(4.78)，可以得到工具坐标系的线速度，同时使用式(4.75)计算工具坐标系的角速度，我们有

$$v_{\text{tool}}^{\text{tool}} = R^{\text{T}} v_6^6 - R^{\text{T}} S(d) \omega_6^6$$

$$\omega_{\text{tool}}^{\text{tool}} = R^{\text{T}} \omega_6^6$$

它们可以被写成下列矩阵方程的形式

$$\xi_{\text{tool}}^{\text{tool}} = \begin{bmatrix} R^{\text{T}} & -R^{\text{T}} S(d) \\ 0_{3\times 3} & R^{\text{T}} \end{bmatrix} \xi_6^6 \tag{4.79}$$

在很多情况下，解决逆向问题是有用的：计算生成期望工具速度所需的末端执行器速度。由于

$$\begin{bmatrix} R & S(d)R \\ 0_{3\times 3} & R \end{bmatrix} = \begin{bmatrix} R^{\text{T}} & -R^{\text{T}} S(d) \\ 0_{3\times 3} & R^{\text{T}} \end{bmatrix}^{-1} \tag{4.80}$$

(参见习题 4-18)我们可以求解式(4.79)中的 ξ_6^6，得到

$$\xi_6^6 = \begin{bmatrix} R & S(d)R \\ 0_{3\times 3} & R \end{bmatrix} \xi_{\text{tool}}^{\text{tool}}$$

这给出了两个固连移动坐标系之间速度变换的一般表达式

$$\xi_A^A = \begin{bmatrix} R_B^A & S(d_B^A) R_B^A \\ 0_{3\times 3} & R_B^A \end{bmatrix} \xi_B^B \tag{4.81}$$

4.8   分析雅可比

前面推导的雅可比矩阵有时被称为**几何雅可比**(geometric Jacobian)，这是为了区别于**分析雅可比**(analytical Jacobian)，后者表示为 $J_a(q)$，它基于对末端执行器姿态的最小表示。令

$$X = \begin{bmatrix} d(q) \\ \alpha(q) \end{bmatrix} \tag{4.82}$$

表示末端执行器的姿态，其中，$d(q)$ 是从基座坐标系原点到末端执行器坐标系原点的一般向量，α 表示末端执行器坐标系相对于基座坐标系的姿态的最小表示。例如，令 $\alpha = [\phi, \theta, \psi]^{\text{T}}$ 表示第 2 章中定义的欧拉角向量。那么，我们寻求一种具有下列形式的表达式

$$\dot{X} = \begin{bmatrix} \dot{d} \\ \dot{\alpha} \end{bmatrix} = J_a(q) \dot{q} \tag{4.83}$$

来定义分析雅可比矩阵。

可以证明(见习题 4-7)：如果 $R = R_{z,\phi} R_{y,\theta} R_{z,\psi}$ 是欧拉角变换，那么

$$\dot{R} = S(\omega) R \tag{4.84}$$

其中，ω 定义了角速度，其表达式如下

$$\omega = \begin{bmatrix} c_\psi s_\theta \dot{\phi} - s_\psi \dot{\theta} \\ s_\psi s_\theta \dot{\phi} + c_\psi \dot{\theta} \\ \dot{\psi} + c_\theta \dot{\phi} \end{bmatrix} \tag{4.85}$$

$$= \begin{bmatrix} c_\psi s_\theta & -s_\psi & 0 \\ s_\psi s_\theta & c_\psi & 0 \\ c_\theta & 0 & 1 \end{bmatrix} \begin{bmatrix} \dot{\phi} \\ \dot{\theta} \\ \dot{\psi} \end{bmatrix} = B(\alpha) \dot{\alpha} \tag{4.86}$$

ω 的几个分量分别被称为**章动**（nutation）、**旋转**（spin）和**进动**（precession）。综合上述关系式以及前面的雅可比定义

$$\begin{bmatrix} v \\ \omega \end{bmatrix} = \begin{bmatrix} \dot{d} \\ \omega \end{bmatrix} = J(q) \dot{q} \tag{4.87}$$

得到

$$J(q) \dot{q} = \begin{bmatrix} v \\ \omega \end{bmatrix} = \begin{bmatrix} \dot{d} \\ B(\alpha) \dot{\alpha} \end{bmatrix} = \begin{bmatrix} I & 0 \\ 0 & B(\alpha) \end{bmatrix} \begin{bmatrix} \dot{d} \\ \dot{\alpha} \end{bmatrix} = \begin{bmatrix} I & 0 \\ 0 & B(\alpha) \end{bmatrix} J_a(q) \dot{q}$$

因此，分析雅可比 $J_a(q)$，可以根据几何雅可比计算如下

$$J_a(q) = \begin{bmatrix} I & 0 \\ 0 & B^{-1}(\alpha) \end{bmatrix} J(q) \tag{4.88}$$

上式成立的条件是：$\det B(\alpha) \neq 0$。

在下一节中，我们讨论雅可比奇点这一概念，它是对应雅可比矩阵秩减少情形时的位形空间点。矩阵 $B(\alpha)$ 的奇点称为**表象奇点**（representational singularity）。容易证明（见习题 4-24）：如果 $s_\theta \neq 0$，那么 $B(\alpha)$ 可逆。这意味着，分析雅可比的奇点包括几何雅可比 J 中的奇点，它连同表象奇点将在下一节中定义。

4.9 奇点

$6 \times n$ 的雅可比矩阵 $J(q)$，在关节速度向量 $\dot{q}$ 和末端执行器速度向量 $\xi = [v^T, \omega^T]^T$ 之间，定义了一个映射

$$\xi = J(q) \dot{q} \tag{4.89}$$

这意味着所有可能的末端执行器速度是雅可比矩阵列向量的线性组合，即

$$\xi = J_1 \dot{q}_1 + J_2 \dot{q}_2 + \cdots + J_n \dot{q}_n$$

例如，对于双连杆平面机械臂，式（4.62）中给出的雅可比矩阵具有两个列向量。容易看出：末端执行器的线速度必须位于 xy 平面内，这是因为没有一个列向量在第三行中有非零项。由于 $\xi \in \mathbb{R}^6$，矩阵 J 有必要拥有 6 个线性独立的列向量，以便末端执行器能够达到任意速度（见附录 B）。

一个矩阵的秩（rank）等于矩阵中线性独立的列（或行）的数目。因此，当 rank $J = 6$，末端执行器可以以任意速度运行。对于矩阵 $J \in \mathbb{R}^{6 \times n}$，始终有 rank $J \leqslant \min(6, n)$。例如，对于平面双连杆机械臂，我们总有 rank $J \leqslant 2$，而对于一个带有球型手腕的仿人手臂，我们始终有 rank $J \leqslant 6$。

矩阵的秩不一定是恒定的。实际上，机械臂的雅可比矩阵的秩取决于位形 q。与矩阵 $J(q)$ 的秩小于其最大值此类情况相对应的位形被称为**奇点**或**奇异位形**。

识别机械臂的奇点很重要，其原因如下。

- 奇点表示在此位形下，某些方向的运动可能无法达到。
- 在奇点处，有限的末端执行器速度可能对应无限的关节速度。
- 在奇点处，有限的关节力矩可能对应末端执行器处无限的力和力矩（我们将在第 10 章看到这一点）。
- 奇点通常对应机械臂工作空间的边界点，即机械臂的最大伸出（maximum reach）点。
- 奇点对应机械臂工作空间某些受连杆参数（如长度、偏置等）微小变化的影响而无法到达的点。

有许多方法可用于确定雅可比矩阵中的奇点。在本章中，我们将利用下述事实：一个方阵，当其对应的行列式等于零时，该方阵是奇异矩阵。在一般情况下，我们难以求解非线性方程 $\det J(q)=0$。因此，我们现在介绍奇点解耦的方法，它适用于诸如装有球型手腕的机械臂。

4.9.1 奇点的解耦

我们在第 3 章中看到，对于任意的机械臂，我们可以通过下列方法推导出一组正运动学方程：以我们所选择的方式在每个连杆上固连一个坐标系，通过计算一组齐次变换矩阵将这些坐标系联系起来，然后按照需要计算它们的乘积。DH 约定规则仅仅是进行上述操作的一种系统方法。尽管最后得到的方程取决于所选的坐标系，但机械臂位形本身是几何量，与用来描述它们的坐标系无关。认识到这一点，可以让我们对那些带有球型手腕机械臂的奇异位形进行解耦，即分解为两个更简单的问题。第一个问题是确定所谓的**手臂奇点**，也就是由于手臂（包括前三个或更多连杆）运动而产生的奇点；第二个问题是确定由球型手腕运动而引起的**手腕奇点**。

考虑 $n=6$ 这种情形，即机械臂由一个 3 自由度手臂和一个 3 自由度球型手腕构成。在此情形下，雅可比矩阵为一个 6×6 的矩阵，此时，位形 q 为奇点，当且仅当

$$\det J(q)=0 \tag{4.90}$$

如果我们将雅可比矩阵 J 分解成 3×3 的矩阵块，如下

$$J=[J_P \mid J_O]=\left[\begin{array}{c|c} J_{11} & J_{12} \\ \hline J_{21} & J_{22} \end{array}\right] \tag{4.91}$$

那么，由于最后三个关节总为回转关节，我们有

$$J_O=\begin{bmatrix} z_3\times(o_6-o_3) & z_4\times(o_6-o_4) & z_5\times(o_6-o_5) \\ z_3 & z_4 & z_5 \end{bmatrix} \tag{4.92}$$

由于手腕轴线交于同一点 o，如果我们选择坐标系使得 $o_3=o_4=o_5=o_6=0$，那么，J_O 变为

$$J_O=\begin{bmatrix} 0 & 0 & 0 \\ z_3 & z_4 & z_5 \end{bmatrix} \tag{4.93}$$

在此情形下，雅可比矩阵具有下述三角块形式

$$J=\begin{bmatrix} J_{11} & 0 \\ J_{21} & J_{22} \end{bmatrix} \tag{4.94}$$

其行列式为

$$\det J=\det J_{11}\det J_{22} \tag{4.95}$$

其中，J_{11} 和 J_{22} 均为 3×3 的矩阵。如果关节 i 为回转关节，那么 J_{11} 的第 i 列为 $z_{i-1}\times$

$(o-o_{i-1})$；如果关节 i 为平动关节，那么 J_{11} 的第 i 列为 z_{i-1}。而

$$J_{22}=\begin{bmatrix} z_3 & z_4 & z_5 \end{bmatrix} \tag{4.96}$$

因此，机械臂奇异位形的集合是满足 $\det J_{11}=0$ 的手臂位形集合以及满足 $\det J_{22}=0$ 的手腕位形集合的并集。注意到，这种形式的雅可比矩阵不一定能给出末端执行器速度和关节速度之间的正确关系。它的目的仅在于简化奇点的确定过程。

4.9.2　手腕奇点

现在，我们可以从式（4.96）中看到，当向量 z_3、z_4 和 z_5 线性相关时，球型手腕处于奇异位形。参照图 4.4，我们看到，当关节轴线 z_3 和 z_5 共线（即 $\theta_5=0$ 或 π）时，会产生上述奇异位形。它们是球型手腕仅有的奇点，并且这些奇点是无法避免的，除非在手腕设计时使用机械限位来限制其运动范围，使得 z_3 和 z_5 无法共线。事实上，任何两个回转关节轴共线时，都将会产生奇点，这是因为两个转角相等但方向相反的旋转所对应的综合结果是末端执行器保持不动。

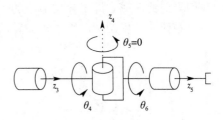

图 4.4　球型手腕的奇点

4.9.3　手臂奇点

研究手臂奇点，我们仅需计算 $\det J_{11}$，这可以通过使用式（4.56）并用手腕中心 o 点替代其中的 o_n 来实现。在本节的剩余部分，我们将确定三种常见机械臂中的奇点，包括肘型机械臂、球坐标型机械臂以及 SCARA 型机械臂。

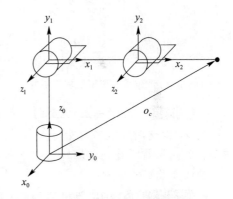

图 4.5　肘型机械臂

例 4.9（**肘型机械臂的奇点**）　考虑图 4.5 中的三连杆关节型机械臂，其坐标系配置如图所示。可证（参见习题 4-12）

$$J_{11}=\begin{bmatrix} -a_2 s_1 c_2 - a_3 s_1 c_{23} & -a_2 s_2 c_1 - a_3 s_{23} c_1 & -a_3 c_1 s_{23} \\ a_2 c_1 c_2 + a_3 c_1 c_{23} & -a_2 s_1 s_2 - a_3 s_1 s_{23} & -a_3 s_1 s_{23} \\ 0 & a_2 c_2 + a_3 c_{23} & a_3 c_{23} \end{bmatrix} \tag{4.97}$$

并且，J_{11} 矩阵的行列式为

$$\det J_{11}=-a_2 a_3 s_3 (a_2 c_2 + a_3 c_{23}) \tag{4.98}$$

我们从式（4.98）中看到，肘型机械臂处于奇异位形，当

$$s_3=0，即 \theta_3=0 \quad 或 \quad \pi \tag{4.99}$$

且

$$a_2 c_2 + a_3 c_{23}=0 \tag{4.100}$$

图 4.6 展示了式（4.99）中的情形，它们对应肘部完全伸展或完全收缩这两种位形。图 4.7 中展示了式（4.100）所对应的第二种情况；当手腕中心与基座旋转轴线 z_0 相交时，这种位形将会发生。正如我们在第 5 章中看到的那样，当手腕中心处于 z_0 轴上时，将会有无穷多个奇异位形，此时，逆运动学将会有无穷多解。

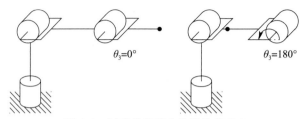

图 4.6 肘型机械臂中的肘关节奇点

对于带有偏置的肘型机械臂，如图 4.8 所示，手腕中心与 z_0 轴无法相交，这证实了我们早前的声明，即奇异位形中的可达点，当机械臂参数发生微小偏差时，可能就无法到达。在图 4.8 中的情况下，机械臂的肘部或肩部有一个偏置。 ◀

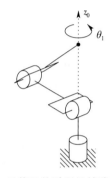

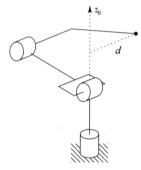

图 4.7 无偏置的肘型机械臂中的奇点 　　　　图 4.8 带有肘关节偏置的肘型机械臂

例 4.10 （**球坐标型机械臂**） 考虑图 4.9 中的球坐标型机械臂。如图所示，当手腕中心与 z_0 相交时，机械臂处于一个奇异位形，这是由于，如同先前所看到的那样，关于基座的任何旋转将不会改变此点的位置。 ◀

例 4.11 （**SCARA 型机械臂**） 我们已经推导了 SCARA 型机械臂的完整雅可比矩阵。这个雅可比矩阵很简单，因此，可以直接使用，不必像我们先前所做的那样推导修改后的雅可比矩阵。参照图 4.10，从几何结构方面，我们可以看到该 SCARA 型机械臂的仅有奇点对应肘部完全伸展或完全收缩的情形。的确，该 SCARA 型机械臂的雅可比矩阵中决定手臂奇点的部分可由下式给出

$$J_{11} = \begin{bmatrix} \alpha_1 & \alpha_3 & 0 \\ \alpha_2 & \alpha_4 & 0 \\ 0 & 0 & -1 \end{bmatrix} \tag{4.101}$$

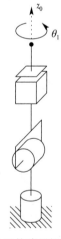

图 4.9 无偏置的球型机械臂中的奇点

其中

$$\begin{aligned} \alpha_1 &= -a_1 s_1 - a_2 s_{12} \\ \alpha_2 &= a_1 c_1 + a_2 c_{12} \\ \alpha_3 &= -a_1 s_{12} \\ \alpha_4 &= a_1 c_{12} \end{aligned} \tag{4.102}$$

我们看到当 $\alpha_1\alpha_4 - \alpha_2\alpha_3 = 0$ 时，矩阵 J_{11} 的秩将会小于 3。该量容易计算，可以证明，它等价于(参见习题 4-14)

$$s_2 = 0，\quad 即 \theta_2 = 0, \pi \tag{4.103}$$

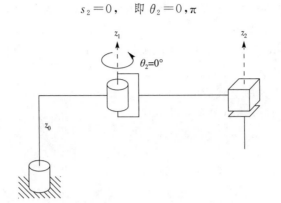

图 4.10 SCARA 型机械臂中的奇点

注意到上述情况与图 4.6 中肘型机械臂奇点的相似之处。在这两种情况下，手臂的相关部分仅仅是一个双连杆平面机械臂。从式(4.62)中可以看出：当 $\theta_2 = 0$ 或 π 时，双连杆平面机械臂的雅可比矩阵将会失秩。◀

4.10 静态力/力矩的关系

机械臂与环境之间的相互作用会在末端执行器或工具处产生力和力矩。后者反过来会在机器人的关节处产生力矩[⊖]。在本节中，我们讨论机械臂雅可比矩阵在末端执行器的力和关节力矩之间的定量关系中的作用。这种关系对于下述内容的推导很重要：第 7 章中的路径规划方法、第 6 章中的动力学方程，以及第 10 章中力控制算法的设计。我们可以简明陈述主要结果如下。

令 $F = [F_x, F_y, F_z, n_x, n_y, n_z]^T$ 表示末端执行器处的力和力矩向量。令 τ 表示对应的关节力矩向量。那么，F 和 τ 之间可以由下式联系起来

$$\tau = J^T(q)F \tag{4.104}$$

其中，$J^T(q)$ 是机械臂雅可比矩阵的转置。

推导这个关系的一个简单方法是通过所谓的**虚功原理**(principle of virtual work)。我们把对虚功原理的详细讨论放到第 7 章，在这里，我们将详细介绍广义坐标、完整约束和虚拟约束的概念。但是，在本节中，我们可以给出某些非正式的理由，如下所述。令 δX 和 δq 分别表示任务空间和关节空间中的无穷小位移。如果这些位移与施加在系统上的任何约束一致的话，那么它们被称为**虚位移**(virtual displacement)。例如，如果末端执行器与一个刚性墙壁相接触，那么位置的虚位移与墙面相切。这些虚位移之间通过机械臂雅可比矩阵 $J(q)$ 相联系，如下所示

$$\delta X = J(q)\delta q \tag{4.105}$$

系统的虚功 δw 为

$$\delta w = F^T \delta X - \tau^T \delta q \tag{4.106}$$

将式(4.105)代入式(4.106)中，得到

⊖ 在这里，我们考虑的是回转关节的情况。如果关节是平动关节的，末端执行器处的力和力矩会在关节处产生力。

$$\delta w = (F^{\mathrm{T}} J - \tau^{\mathrm{T}}) \delta q \tag{4.107}$$

虚功原理说明：在效果上，如果机械臂处于平衡状态，那么式(4.107)给出的量等于零。这将引出式(4.104)中的关系。换言之，末端执行器的力与关节力矩之间可通过机械臂的雅可比矩阵的**转置**而联系起来。

例 4.12 考虑图 4.11 中的平面双连杆机器人，力 F 作用在第二个连杆的末端。这个机械臂的雅可比矩阵由式(4.62)给出。那么，对应的关节力矩 $\tau = (\tau_1, \tau_2)$ 由下式给出

$$\begin{bmatrix} \tau_1 \\ \tau_2 \end{bmatrix} = \begin{bmatrix} -a_1 s_1 - a_2 s_{12} & a_1 c_1 + a_2 c_{12} & 0 & 0 & 0 & 1 \\ -a_2 s_{12} & a_2 c_{12} & 0 & 0 & 0 & 1 \end{bmatrix}$$

$$\begin{bmatrix} F_x \\ F_y \\ F_z \\ n_x \\ n_y \\ n_z \end{bmatrix} \tag{4.108}$$

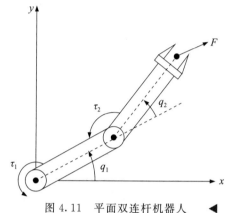

图 4.11　平面双连杆机器人　◀

4.11　逆向速度和加速度

雅可比矩阵关系

$$\xi = J \dot{q} \tag{4.109}$$

给出了当关节以速度 $\dot{q}$ 运行时所对应的末端执行器速度。逆速度问题是指：求解生成期望末端执行器速度所需的关节速度 $\dot{q}$。逆速度关系在概念上比逆位置关系简单，这一点或许有些出人意料。当雅可比矩阵为方阵且非奇异时，这个问题可以通过简单地使用雅可比矩阵的逆而得到解决，即

$$\dot{q} = J^{-1} \xi \tag{4.110}$$

对于不具有 6 个关节的机械臂，其雅可比矩阵不可逆。在此情况下，式(4.109)有解，当且仅当 ξ 处于雅可比矩阵的值域空间内。这可以通过下述简单的矩阵秩检验来确定。向量 ξ 属于矩阵 J 的值域，当且仅当

$$\mathrm{rank}\, J(q) = \mathrm{rank}[J(q) | \xi] \tag{4.111}$$

换言之，当**增广矩阵**(augmented matrix) $[J(q)|\xi]$ 与雅可比矩阵 $J(q)$ 具有相同的秩时，我们能从式(4.110)中求解 $\dot{q} \in \mathbb{R}^n$。这是线性代数中的标准结果，并且有诸如高斯消元法等多种算法可以用来求解此类线性方程组。

对于 $n > 6$ 的情况，我们可以用 J 的右伪逆矩阵来求解 $\dot{q}$。我们把它留作练习来证明（参见习题 4-20），式(4.109)的解由下式给出

$$\dot{q} = J^+ \xi + (I - J^+ J) b \tag{4.112}$$

其中，$b \in \mathbb{R}^n$ 是一个任意向量。

一般来说，当 $m < n$ 时，$(I - J^+ J) \neq 0$，并且所有形如 $(I - J^+ J) b$ 的向量都位于 J 的零空间内。这意味着，如果 $\dot{q}'$ 是满足 $\dot{q}' = (I - J^+ J) b$ 的一个关节速度向量，那么当关节以速度 $\dot{q}'$ 运行时，末端执行器将保持固定，这是由于 $J \dot{q}' = 0$。因此，如果 $\dot{q}$ 是方程(4.109)的一个解，那么 $\dot{q} + \dot{q}'$ 也是一个解，其中 $\dot{q}' = (I - J^+ J) b$，b 取值任意。如果目标是使最终的关节速度最小化，我们选择 $b = 0$（参见习题 4-20）。我们可以通过使用奇

异值分解(见附录 B)来构造 J 的右伪逆矩阵。

当使用分析雅可比来代替机械臂的雅可比矩阵时，我们可以使用类似的方法。回忆式(4.83)，关节速度和末端部执行器速度可以通过分析雅可比而联系起来，如下所示

$$\dot{X} = J_a(q)\dot{q} \tag{4.113}$$

因此，逆速度问题变成求解由式(4.113)给出的线性系统，对于机械臂的雅可比矩阵，这可以通过上述方法完成。

逆加速度

对式(4.113)求导，得出加速度的一个表达式，如下

$$\ddot{X} = J_a(q)\ddot{q} + \left(\frac{\mathrm{d}}{\mathrm{d}t}J_a(q)\right)\dot{q} \tag{4.114}$$

因此，给定末端执行器加速度向量 $\ddot{X}$，瞬时关节加速度向量 $\ddot{q}$ 可作为下述方程的解而被求出

$$J_a(q)\ddot{q} = \ddot{X} - \left(\frac{\mathrm{d}}{\mathrm{d}t}J_a(q)\right)\dot{q}$$

因此，对于 6 自由度机械臂，逆向速度和逆向加速度方程可被写为

$$\dot{q} = J_a(q)^{-1}\dot{X} \tag{4.115}$$

以及

$$\ddot{q} = J_a(q)^{-1}\left[\ddot{X} - \left(\frac{\mathrm{d}}{\mathrm{d}t}J_a(q)\right)\dot{q}\right] \tag{4.116}$$

上述公式成立的条件是：$\det J_a(q) \neq 0$。

4.12　可操作性

对于 q 的特定取值，雅可比矩阵关系定义了由 $\xi = J\dot{q}$ 给出的线性系统。我们可以将 J 当作对输入 $\dot{q}$ 进行的缩放以得到输出 ξ。定量表征这种缩放的效果通常是有用的。一般情况下，在单输入单输出系统中，这种类型的表征通常由所谓的系统脉冲响应来给定，该响应实质上表征系统对单位输入做何种响应。对于多维情形，类似概念是对单位范数的输入来表征对应的系统输出。考虑所有满足下列公式的关节速度 $\dot{q}$ 的集合

$$\|\dot{q}\|^2 = \dot{q}_1^2 + \dot{q}_2^2 + \cdots + \dot{q}_n^2 \leqslant 1 \tag{4.117}$$

如果使用最小范数解 $\dot{q} = J^+\xi$，我们将得到

$$\begin{aligned}
\|\dot{q}\|^2 &= \dot{q}^{\mathrm{T}}\dot{q} \\
&= (J^+\xi)^{\mathrm{T}}J + \xi \\
&= \xi^{\mathrm{T}}(JJ^{\mathrm{T}})^{-1}\xi
\end{aligned} \tag{4.118}$$

上述公式的推导留作练习(见习题 4-21)。式(4.118)为我们提供了对受到雅可比矩阵影响的缩放的一个定量表征。特别是，如果机械臂的雅可比矩阵满秩时，即 $\mathrm{rank}\, J = m$，那么式(4.118)定义了一个 m 维椭球，它被称为**可操作性椭球**(manipulability ellipsoid)。如果输入(关节速度)向量具有单位范数，那么输出(末端执行器速度)将位于由式(4.118)给出的椭球内。通过使用奇异值分解 $J = U\Sigma V^{\mathrm{T}}$ (见附录 B)来代替雅可比矩阵从而得到下式，我们可以更容易地看到公式(4.118)定义了一个椭球

$$\xi^{\mathrm{T}}(JJ^{\mathrm{T}})^{-1}\xi = (U^{\mathrm{T}}\xi)^{\mathrm{T}}\sum_{m}^{-2}(U^{\mathrm{T}}\xi) \tag{4.119}$$

其中

$$\sum_{m}^{-2} = \begin{bmatrix} \sigma_1^{-2} & & & \\ & \sigma_2^{-2} & & \\ & & \ddots & \\ & & & \sigma_m^{-2} \end{bmatrix}$$

并且 $\sigma_1 \geqslant \sigma_2 \cdots \geqslant \sigma_m \geqslant 0$。式（4.119）的推导留作练习（见习题 4-22）。如果我们使用 $\omega = U^{\mathrm{T}}\xi$ 这个替代等式，那么式（4.119）可以写为

$$w^{\mathrm{T}} \sum_{m}^{-2} w = \sum \frac{w_i^2}{\sigma_i^2} \leqslant 1 \tag{4.120}$$

而且很显然，这是一个在新坐标系中与轴线对齐的椭球的方程，新坐标按照与正交矩阵 U^{T} 相对应的旋转而得到。在原来的坐标系中，椭球的轴由向量 $\sigma_i u_i$ 给出。椭球的体积由下式给出：

$$\text{volume} = K\sigma_1\sigma_2 \cdots \sigma_m$$

其中，K 是仅取决于椭球维数 m 的常数。可操作性度量由下式给出：

$$\mu = \sigma_1\sigma_2 \cdots \sigma_m \tag{4.121}$$

注意到，常数 K 并不包含在可操作性的定义中，因为任务一旦定义，即任务空间的维数一旦确定，常数 K 即固定。

现在，我们考虑当机器人并不冗余这种特殊情况，即 $J \in \mathbb{R}^{m \times m}$。回想下述内容：矩阵乘积的行列式等于行列式的积，并且一个矩阵和它的转置具有相同的行列式。因此，我们有

$$\det JJ^{\mathrm{T}} = \lambda_1^2\lambda_2^2 \cdots \lambda_m^2 \tag{4.122}$$

其中，$\lambda_1 \geqslant \lambda_2 \geqslant \cdots \geqslant \lambda_m$ 是矩阵 J 的特征值。这导致

$$\mu = \sqrt{\det JJ^{\mathrm{T}}} = |\lambda_1\lambda_2 \cdots \lambda_m| = |\det J| \tag{4.123}$$

可操作性 μ 具有下列属性。

- 通常，$\mu = 0$，当且仅当 $\mathrm{rank}(J) < m$ 时，即矩阵 J 不满秩时。
- 假设测量速度中有一些误差 $\Delta\xi$，我们可以确定，计算得到的关节速度中的对应误差 $\Delta\dot{q}$ 的边界为

$$(\sigma_1)^{-1} \leqslant \frac{\|\Delta\dot{q}\|}{\|\Delta\xi\|} \leqslant (\sigma_m)^{-1} \tag{4.124}$$

例 4.13（平面双连杆手臂） 考虑双连杆平面机械臂以及平面中的定位任务，其雅可比矩阵给出如下：

$$J = \begin{bmatrix} -a_1s_1 - a_2s_{12} & -a_2s_{12} \\ a_1c_1 + a_2c_{12} & a_2c_{12} \end{bmatrix} \tag{4.125}$$

可操作性由下式给出：

$$\mu = |\det J| = a_1a_2|s_2|$$

图 4.12 中给出了对应于双连杆机械臂几种位形的可操作性椭球。

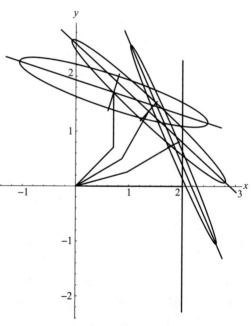

图 4.12   对应于双连杆机械臂几种
位形的可操作性椭球

我们可以使用可操作性来确定用于执行特定任务的最优位形。在某些情况下，我们希望在某些位形下执行一个任务，使得末端执行器具有最大的可操作性。对于双连杆机械臂，最大可操作性可通过设定 $\theta_2 = \pm\pi/2$ 而获得。

可操作性也可被用于辅助机械臂的设计。例如，假设我们要设计一个双连杆平面机械臂，其连杆总长度 $a_1 + a_2$ 是固定值。我们应该选择什么样的 a_1 和 a_2 呢？如果设计机器人以得到最大化的可操作性，那么，我们需要最大限度地提高 $\mu = a_1 a_2 |s_2|$。我们已经看到，当 $\theta_2 = \pm\pi/2$ 时获得最大值，所以，我们只需求解使乘积 $a_1 a_2$ 最大化的 a_1 和 a_2。当 $a_1 = a_2$ 时，可实现这个目标。因此，为了最大限度地提高可操作性，应该选择相同长度的连杆。 ◀

4.13 本章总结

一个移动坐标系既具有线速度又具有角速度。线速度与移动点相关联，而角速度则与旋转坐标系相关联。因此，移动坐标系的线速度仅仅是其原点的速度。移动坐标系的角速度则与用于描述该坐标系瞬时姿态的旋转矩阵相对于时间的导数相关。特别是，如果 $R(t) \in SO(3)$，那么有

$$\dot{R}(t) = S(\omega(t))R(t) \tag{4.126}$$

并且，向量 $\omega(t)$ 为坐标系的瞬时角速度。操作符 S 给出了一个反对称矩阵

$$S(\omega) = \begin{bmatrix} 0 & -\omega_z & \omega_y \\ \omega_z & 0 & -\omega_x \\ -\omega_y & \omega_x & 0 \end{bmatrix} \tag{4.127}$$

机械臂的雅可比矩阵将关节速度向量与末端执行器的附体速度 $\xi = (v, \omega)$ 联系起来

$$\xi = J\dot{q} \tag{4.128}$$

这种关系可被写为两个方程，一个用于线速度，一个用于角速度，

$$v = J_v \dot{q} \tag{4.129}$$

$$\omega = J_\omega \dot{q} \tag{4.130}$$

雅可比矩阵的第 i 列对应于机器人机械臂的第 i 个关节，并根据关节 i 是平动关节或回转关节来采取以下两种形式中的一种

$$J_i = \begin{cases} \begin{bmatrix} z_{i-1} \times (o_n - o_{i-1}) \\ z_{i-1} \end{bmatrix} & \text{若 } i \text{ 为回转关节} \\ \\ \begin{bmatrix} z_{i-1} \\ 0 \end{bmatrix} & \text{若 } i \text{ 为平动关节} \end{cases} \tag{4.131}$$

通常情况下，末端执行器上会安装一个工具。当两个坐标系刚性连接时，它们的速度通过下列公式相关联

$$\xi_A^A = \begin{bmatrix} R_B^A & S(d_B^A)R_B^A \\ 0_{3\times3} & R_B^A \end{bmatrix} \xi_B^B$$

并且这种关系使我们能够计算获得期望工具速度所需的末端执行器速度。

对于姿态的一个给定参数化(例如欧拉角)，分析型雅可比把关节速度和姿态参数的时间导数联系起来，具体如下：

$$X = \begin{bmatrix} d(q) \\ \alpha(q) \end{bmatrix} \quad \dot{X} = \begin{bmatrix} \dot{d} \\ \dot{\alpha} \end{bmatrix} = J_a(q)\dot{q}$$

其中，$d(q)$ 是从基座坐标系原点到末端执行器坐标系原点的向量，α 则表示旋转矩阵的参数化，该矩阵表示末端执行器坐标系相对于基座坐标系的姿态。对于欧拉角参数化，分析雅可比为

$$J_a(q) = \begin{bmatrix} I & 0 \\ 0 & B(\alpha)^{-1} \end{bmatrix} J(q) \tag{4.132}$$

其中

$$B(\alpha) = \begin{bmatrix} c_\psi s_\theta & -s_\psi & 0 \\ s_\psi s_\theta & c_\psi & 0 \\ c_\theta & 0 & 1 \end{bmatrix}$$

对应雅可比矩阵失秩的位形（即对应于 $\operatorname{rank} J \leqslant \max_q \operatorname{rank} J(q)$）这种情形的位形 q，被称为奇点。对于配有球型手腕的机械臂，其奇异位形的集合包括手腕奇点（即欧拉角参数化的奇点）和手臂奇点。后者可通过求解下列公式而得出

$$\det J_{11} = 0$$

其中，J_{11} 是机械臂雅可比矩阵中左上方的 3×3 的块矩阵。

雅可比矩阵也可被用来把施加在末端执行器坐标系中的力 F 与诱导关节力矩 τ 关联起来，即

$$\tau = J^\mathrm{T}(q)F$$

对于非奇异位形，雅可比关系可被用来求解为达到期望末端执行器速度 ξ 所需的关节速度 $\dot{q}$。最小范数解由下式给出

$$\dot{q} = J^+ \xi$$

其中，$J^+ = J^\mathrm{T}(JJ^\mathrm{T})^{-1}$ 是 J 的右伪逆矩阵。

可操作性定义为 $\mu = \sigma_1 \sigma_2 \cdots \sigma_m$，其中，$\sigma_i$ 是机械臂雅可比矩阵的奇异值。可操作性可用于表征对应于一个给定位形 q 的可能的末端执行器速度的范围。

习题

4-1   通过直接运算来验证式(4.6)。

4-2   通过直接运算来验证式(4.7)。

4-3   证明式(4.9)中给出的说法，对于 $R \in SO(3)$，有 $R(a \times b) = Ra \times Rb$。

4-4   通过直接运算来验证式(4.16)。

4-5   假设 $a = (1, -1, 2)$，以及 $R = R_{x,90}$。通过直接运算来证明 $RS(a)R^\mathrm{T} = S(Ra)$。

4-6   给定 $R = R_{x,\theta} R_{y,\phi}$，计算 $\dfrac{\partial R}{\partial \phi}$。当 $\theta = \dfrac{\pi}{2}$ 和 $\phi = \dfrac{\pi}{2}$ 时，计算 $\dfrac{\partial R}{\partial \phi}$。

4-7   给定欧拉角变换

$$R = R_{z,\phi} R_{y,\theta} R_{z,\psi}$$

证明 $\dfrac{\mathrm{d}}{\mathrm{d}t} R = S(\omega)R$，其中

$$\omega = \{c_\psi s_\theta \dot{\phi} - s_\psi \dot{\theta}\} i + \{s_\psi s_\theta \dot{\phi} + c_\psi \dot{\theta}\} j + \{\dot{\psi} + c_\theta \dot{\phi}\} k$$

i、j、k 方向的分量分别被称为章动、旋转和进动。

4-8   针对滚动-俯仰-偏航变换，重复习题 4-7。换言之，找到一个 ω 的显式表达式，使得 $\dfrac{\mathrm{d}}{\mathrm{d}t} R = S(\omega)R$，其中，$R$ 由方程(2.39)给出。

4-9   2.5.1 节仅描述了 ZYZ 欧拉角。列出所有可能的欧拉角。ZZY 欧拉角可能存在吗？给出理由。

4-10   两个坐标系 $o_0 x_0 y_0 z_0$ 和 $o_1 x_1 y_1 z_1$，它们通过下列齐次变换相联系

$$H = \begin{bmatrix} 0 & -1 & 0 & 1 \\ 1 & 0 & 0 & -1 \\ 0 & 0 & 1 & 0 \\ 0 & 0 & 0 & 1 \end{bmatrix}$$

一个质点相对于坐标系 $o_1 x_1 y_1 z_1$ 的速度为 $v_1(t) = [3, 1, 0]^T$。这个质点相对于坐标系 $o_0 x_0 y_0 z_0$ 的速度是多少？

4-11 对于例 4.6 中的三连杆平面机械臂，计算向量 o_c 并推导机械臂的雅可比矩阵。

4-12 对于例 4.9 中的三连杆肘型机械臂，计算雅可比矩阵元素 J_{11}，并表明它与方程(4.97)一致。证明该矩阵的行列式与方程(4.98)一致。

4-13 对于例 4.10 中的三连杆球型机械臂，计算它所对应的雅可比矩阵 J_{11}。

4-14 使用式(4.101)来证明：SCARA 机械臂的奇异位形由式(4.103)给出。

4-15 对于图 3.7 中的三连杆圆柱型机械臂，求解它所对应的 6×3 的雅可比矩阵。求解该机械臂的奇异位形。

4-16 对于图 3.17 中的笛卡儿机械臂，重复习题 4-15。

4-17 完成例 4.7 中斯坦福机械臂的雅可比矩阵的推导过程。

4-18 通过直接运算验证式(4.80)。

4-19 如果 $s_\theta \neq 0$，证明式(4.86)给出的 $B(\alpha)$ 可逆。

4-20 假设 $\dot{q}$ 是式(4.109)的一个解，其中，$m < n$。
   1. 对于任意的 $b \in \mathbb{R}^n$，证明 $\dot{q} + (I - J^+ J)b$ 也是式(4.109)的一个解。
   2. 证明 $b = 0$ 给出的解，可以使所得到的关节速度最小化。

4-21 验证式(4.118)。

4-22 验证式(4.119)。

附注与参考

角速度从根本上与旋转矩阵求导相关，因此，它与李代数 $so(3)$ 相关。这种关系，以及更广义的 $so(n)$ 几何，在微分几何书籍，以及类似于[118]的机器人高等书籍中有探索。

雅可比矩阵作为从一个流形的切空间到第二个流形的切空间的线性映射，这一概念在微分几何书籍，甚至是高等微积分书籍中都有所讨论，其中，两个流形中至少一个为欧式空间。使用式(4.41)中的几何雅可比矩阵来将关节速度(位于位形空间的切空间中)映射到速度 $\xi = [v^T, \omega^T]^T$，在数学书籍中并不常见(注意：ξ 本身并不是任何量的导数)。然而，大多数机器人书籍会包括几何雅可比的一些描述，包括[134]、[145]以及[118]。

由于末端执行器速度和关节速度之间的关系被定义为一个线性映射，逆速度问题是求解线性系统这种更广义问题(线性代数的主题)的一种特殊情况。求解这个问题的算法可以在很多书籍，包括[138]和[56]，中找到。

在 4.12 节中讨论的可操作性的度量是由吉川(Yoshikawa)提出的[187]。

逆 运 动 学

在第 3 章中，我们展示了如何通过关节变量来确定末端执行器的位置和姿态。在本节中，我们关注逆向问题，即通过末端执行器的位置和姿态来求解对应的关节变量。这就是**逆运动学**(inverse kinematics)问题；在通常情况下，它比正运动学问题更加困难。

首先，我们构造一般的逆运动学问题。在此之后，我们介绍运动解耦原则，以及如何使用此原则来简化大多数现代机器人的逆运动学问题。采用运动解耦，我们可以独立地考虑位置和姿态问题。我们将介绍一种几何方法来求解定位问题，同时利用欧拉角参数化方法来求解姿态问题。

我们还讨论了逆运动学的基于逆雅可比和雅可比转置的数值解法。逆雅可比方法类似于牛顿－拉夫逊搜索，而雅可比转置方法是一种梯度搜索方法。

5.1 一般的逆运动学问题

一般的逆运动学问题可表述如下。给定一个 4×4 的齐次变换矩阵

$$H = \begin{bmatrix} R & o \\ 0 & 1 \end{bmatrix} \in SE(3) \tag{5.1}$$

寻找下列方程的一个或多个解

$$T_n^0(q_1, \cdots, q_n) = H \tag{5.2}$$

其中

$$T_n^0(q_1, \cdots, q_n) = A_1(q_1) \cdots A_n(q_n) \tag{5.3}$$

代表了一个 n 自由度机械臂的正运动学。这里，H 代表末端执行器的期望位置和姿态。我们的任务是求解关节变量 $q_1, \cdots, q_n$ 的取值，从而使得 $T_n^0(q_1, \cdots, q_n) = H$。

方程(5.2)能推导出 16 条方程，可以为 n 个未知变量 $q_1, \cdots, q_n$ 求解。由于 T_n^0 和 H 中的最后一行均为 $(0, 0, 0, 1)$，式(3.26)中表示的 16 个方程中的 4 个可忽略。因此我们可以把剩下的 12 个方程写为

$$T_{ij}(q_1, \cdots, q_n) = h_{ij}, \quad i = 1, 2, 3, \quad j = 1, 2, 3, 4 \tag{5.4}$$

例 5.1（斯坦福机械臂） 回忆 3.3.5 节中的斯坦福机械臂。假设最终坐标系的期望位置和姿态由下式给出

$$H = \begin{bmatrix} 0 & 1 & 0 & -0.154 \\ 0 & 0 & 1 & 0.763 \\ 1 & 0 & 0 & 0 \\ 0 & 0 & 0 & 1 \end{bmatrix} \tag{5.5}$$

为了求解对应的关节变量 θ_1、θ_2、θ_3、θ_4、θ_5 以及 θ_6，我们必须求解下列非线性三角函数方程组

$$c_1[c_2(c_4 c_5 c_6 - s_4 s_6) - s_2 s_5 c_6] - s_1(s_4 c_5 c_6 + c_4 s_6) = 0$$
$$s_1[c_2(c_4 c_5 c_6 - s_4 s_6) - s_2 s_5 c_6] + c_1(s_4 c_5 c_6 + c_4 s_6) = 0$$
$$-s_2(c_4 c_5 c_6 - s_4 s_6) - c_2 s_5 c_6 = 1$$

$$c_1[-c_2(c_4c_5s_6+s_4c_6)+s_2s_5s_6]-s_1(-s_4c_5s_6+c_4c_6)=1$$
$$s_1[-c_2(c_4c_5s_6+s_4c_6)+s_2s_5s_6]+c_1(-s_4c_5s_6+c_4c_6)=0$$
$$s_2(c_4c_5s_6+s_4c_6)+c_2s_5s_6=0$$
$$c_1(c_2c_4s_5+s_2c_5)-s_1s_4s_5=0$$
$$s_1(c_2c_4s_5+s_2c_5)+c_1s_4s_5=1$$
$$-s_2c_4s_5+c_2c_5=0$$
$$c_1s_2d_3-s_1d_2+d_6(c_1c_2c_4s_5+c_1c_5s_2-s_1s_4s_5)=-0.154$$
$$s_1s_2d_3+c_1d_2+d_6(c_1s_4s_5+c_2c_4s_1s_5+c_5s_1s_2)=0.763$$
$$c_2d_3+d_6(c_2c_5-c_4s_2s_5)=0$$

如果 DH 参数中的非零元素取值为 $d_2=0.154$ 和 $d_6=0.263$，那么该方程组的一个解如下所示：

$$\theta_1=\pi/2,\quad \theta_2=\pi/2,\quad d_3=0.5,\quad \theta_4=\pi/2,\quad \theta_5=0,\quad \theta_6=\pi/2 \qquad \blacktriangleleft$$

尽管我们还没有看到如何推导这个解，但不难验证这个解满足斯坦福机械臂的正运动学方程。

当然，很难直接求解前面例子中所示的方程的闭式（closed form）解。对于大多数机器人手臂来说，都有这种情况。因此，我们需要利用机器人的特殊运动结构来开发出高效且系统的解决技术。对于正运动学问题，我们总可以通过求解正运动方程来得出唯一的解；而对于逆运动学问题则可能有解，或可能没有解。即使逆解存在，它可能是唯一的，也可能不是唯一的。此外，因为这些正运动学方程通常是关节变量的复杂非线性函数，因此，逆解即使存在，也很难求得。

逆运动学问题可以通过数值方法求解，也可以求得闭式解。寻找一个闭式解意味着寻找一个如下所示的显式关系

$$q_k=f_k(h_{11},\cdots,h_{34}),\quad k=1,\cdots,n \qquad (5.6)$$

我们先讨论闭式解的计算过程。在 5.5 节中我们会讨论逆运动学的数值解。

逆运动学问题的解的存在性这一实际问题取决于工程学以及数学方面的考虑。例如，回转关节的运动可能被限制在小于完整 360°的转动范围之内，这使得并非运动学方程的所有数学解都可以对应物理上可实现的机械臂位形。我们将假设对于给定的位置和姿态，方程(5.2)将会有至少一个解存在。一旦在数学上确定了方程的一个解，必须进一步检查它是否满足施加在可能关节运动范围上的所有约束。

5.2　运动解耦

虽然逆运动学的一般问题是相当困难的，但事实证明，对于具有六个关节且其中最后三个关节轴线交于一点（例如上述的斯坦福机械臂）的机械臂，有可能将逆运动学问题进行解耦，从而将其分解成两个相对简单的问题，它们分别被称为**逆位置运动学**（inverse position kinematics）和**逆姿态运动学**（inverse orientation kinematics）。换言之，对于一个带有球型手腕的六自由度机械臂，逆运动学问题可被分解成两个相对简单的问题，即首先求解手腕轴线交点的位置，以下称该交点为**手腕中心**或**腕心**（wrist center），然后求解手腕的姿态角度。

为了更加具体，让我们假设有恰好有六个自由度，并且最后的三个关节轴线相交于一点 o_c。我们将方程(5.2)表述为两组分别代表旋转和位置的方程

$$R_6^0(q_1,\cdots,q_6)=R \qquad (5.7)$$

$$o_6^0(q_1,\cdots,q_6)=o \tag{5.8}$$

其中，o 和 R 分别为工具坐标系的期望位置和姿态，它们相对于世界坐标系进行表示。因此，给定 o 和 R，逆运动学问题是求解所对应的 $q_1,\cdots,q_6$。

球型手腕这一假设，意味着轴线 z_3、z_4 以及 z_5 相交于 o_c，因此，通过使用 DH 约定规则而布置的原点 o_4 和 o_5 永远位于手腕中心 o_c。通常，o_3 也将处于 o_c，但这对于我们下面的推导并非必需的。这个逆运动学假设的要点是，最后三个关节关于这些轴线的运动将不会改变 o_c 的位置，因此，手腕中心的位置仅仅是前三个关节变量的函数。

工具坐标系的原点（它的期望坐标由 o 给出）可以简单地通过将原点 o_c 沿 z_5 轴平移 d_6 距离而得出。在我们的例子中，z_5 和 z_6 是相同的轴线，并且矩阵 R 的第三列表示 z_6 相对于基础坐标系的方向。因此，我们有

$$o=o_c^0+d_6 R \begin{bmatrix} 0 \\ 0 \\ 1 \end{bmatrix} \tag{5.9}$$

因此，为了使机器人的末端执行器处于某点，其中该点位置坐标由 o 点给出，而末端执行器的姿态由 $R=(r_{ij})$ 给出，一个充分必要条件是：手腕中心 o_c 的坐标由下式给出

$$o_c^o=o-d_6 R \begin{bmatrix} 0 \\ 0 \\ 1 \end{bmatrix} \tag{5.10}$$

并且坐标系 $o_6 x_6 y_6 z_6$ 相对于基础坐标系的姿态由 R 给出。如果将末端执行器的位置 o 的坐标分量记为 o_x、o_y、o_z，并且手腕中心 o_c^0 的坐标分量记为 x_c、y_c、z_c，那么式(5.10)给出如下关系

$$\begin{bmatrix} x_c \\ y_c \\ z_c \end{bmatrix} = \begin{bmatrix} o_x-d_6 r_{13} \\ o_y-d_6 r_{23} \\ o_z-d_6 r_{33} \end{bmatrix} \tag{5.11}$$

使用式(5.11)，我们可能会求得前三个关节变量的值。这就决定了姿态变换矩阵 R_3^0，因为它仅取决于前三个关节变量。现在，从下面的表达式中，我们可以确定末端执行器相对于坐标系 $o_3 x_3 y_3 z_3$ 的姿态

$$R=R_3^0 R_6^3 \tag{5.12}$$

为

$$R_6^3=(R_3^0)^{-1}R=(R_3^0)^{\mathrm{T}}R \tag{5.13}$$

正如我们将在 5.4 节中看到的那样，最后三个关节角度可作为一组对应于 R_6^3 的欧拉角来求解。注意到等式(5.13)的右侧是完全已知的，这是因为 R 已经给定。一旦前三个关节变量已知，那么，可以计算得出 R_3^0。图 5.1 展示了运动解耦的概念。

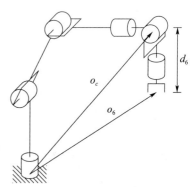

图 5.1   运动学解耦。矢量 o_c 是手腕中心点的位置，o_6 是末端执行器的位置，两者都相对于基础框架。手腕中心点坐标不依赖于手腕方向变量 θ_4、θ_5 和 θ_6

5.3   逆位置求解：一种几何方法

对于我们所考虑的常见的运动学配置，我们可以用几何方法来求解式(5.10)中 o_c^0 对应的关节变量 q_1、q_2、q_3。由于大多数六自由度机械臂的设计在运动学上十分简单，通常由第 1 章中给出的五种基本构型中的一种和一个球型手腕构成，因此几何方法简单而有

效。事实上，机械臂的设计发展到目前的状态，一部分原因是通用的逆运动学问题的求解有难度。

一般情况下，逆运动学问题的复杂度随着非零 DH 参数数量的增加而增大。对于大多数机械臂，a_i 和 d_i 中的很多参数为零，α_i 为零或者 $\pm\pi/2$，等等。尤其是在这些情况下，几何方法是最简单和最自然的。几何方法的总体思路是：通过将机械臂投影到 $x_{i-1}-y_{i-1}$ 平面，并求解一个简单的三角学问题，来求解关节变量 q_i。例如，为了求解 θ_1，我们将机械臂投影到 x_0-y_0 平面，并使用三角函数来求解 θ_1。我们将通过两个重要例子来说明这种方法：球型（RRP）手臂和关节型（RRR）手臂。

5.3.1　球坐标型位形

我们首先求解图 5.2 中所示的三自由度的逆位置运动学，其元素 $o_c = o_c^o$ 由 x_c，y_c，z_c 表示。将 o_c 投影到 $x_0 y_0$ 平面上，我们可得

$$\theta_1 = \text{Atan2}(x_c, y_c) \tag{5.14}$$

其中，$\text{Atan2}(x, y)$ 表示双参数反正切函数，其定义见附录 A。注意 θ_1 的第二个有效解为

$$\theta_1 = \pi + \text{Atan2}(x_c, y_c) \tag{5.15}$$

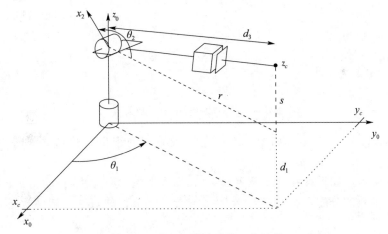

图 5.2　球型机械臂的前三个关节

当然，这将反过来导致 θ_2 的不同解。

这些对应于 θ_1 的解是有效的，除非 $x_c = y_c = 0$。在这种情况下，式（5.14）没有定义，并且机械臂处于一个奇异位形，如图 5.3 所示。在这个位置，手腕中心点 o_c 与 z_0 相交，因此 θ_1 的任何取值将会使 o_c 被限定。因此，当 o_c 与 z_0 相交时，θ_1 有无穷多解。

图 5.2 给出了 θ_2 的解：

$$\theta_2 = \text{Atan2}(r, s) + \frac{\pi}{2} \tag{5.16}$$

其中 $r^2 = x_c^2 + y_c^2$，$x = z_c - d_1$。

线性距离 d_3 为

$$d_3 = \sqrt{r^2 + s^2} = \sqrt{x_c^2 + y_c^2 + (z_c - d_1)^2} \tag{5.17}$$

d_3 的负平方根解可以被忽略，因为在这种情况下，只

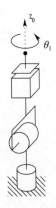

图 5.3　一个球型机械臂的奇点位形，手腕中心在 z_0 轴上

要腕心不与 z_0 相交，我们就可以得到逆位置运动学的两个解。

5.3.2   关节型位形

我们接下来考虑图 5.4 中的肘型机械臂。与球型机械臂相同，第一个关节变量是基座旋转，有两个可能解。

$$\theta_1 = \text{Atan2}(x_c, y_c) \tag{5.18}$$

$$\theta_1 = \pi + \text{Atan2}(x_c, y_c) \tag{5.19}$$

前提是 x_c 和 y_c 都非零。

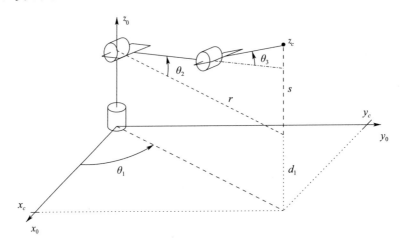

图 5.4   肘型机械臂的前三个关节

如果 x_c 和 y_c 同时为零，如图 5.5 所示，机械臂处于奇异位形，此时 θ_1 可以取任何值。

如图 5.6 所示，如果存在一个偏置 $d \neq 0$，那么手腕中心无法与 z_0 相交。在这种情况下，根据 DH 参数的分配，我们将有 $d_2 = d$ 或者 $d_3 = d$，并且在一般情况下，θ_1 将会有两个解。

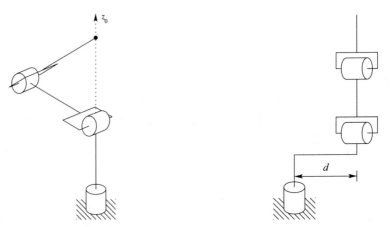

图 5.5   一个肘型机械臂的奇异位形，手腕的中心在 z_0 轴上

图 5.6   带偏置的肘型机械臂

它们分别对应于所谓的**左型手臂**(left arm)位形和**右型手臂**(right arm)位形，如图 5.7 所示。

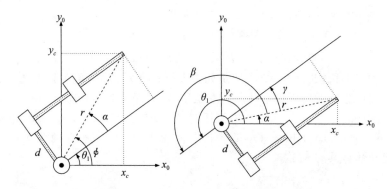

图 5.7 左型手臂位形和右型手臂位形

从图 5.7 中的左型手臂位形，我们可见几何上有

$$\theta_1 = \phi - \alpha \tag{5.20}$$

其中

$$\phi = \mathrm{Atan2}(x_c, y_c) \tag{5.21}$$

$$\alpha = \mathrm{Atan2}(\sqrt{r^2 - d^2}, d) \tag{5.22}$$

$$= \mathrm{Atan2}(\sqrt{x_c^2 + y_c^2 - d^2}, d)$$

第二个解，对应于图 5.7 中所示的右型手臂位形，由下式给出

$$\theta_1 = \mathrm{Atan2}(x_c, y_c) + \mathrm{Atan2}(-\sqrt{r^2 - d^2}, -d) \tag{5.23}$$

注意

$$\theta_1 = \alpha + \beta$$
$$\alpha = \mathrm{Atan2}(x_c, y_c)$$
$$\beta = \gamma + \pi$$
$$\gamma = \mathrm{Atan2}(\sqrt{r^2 - d^2}, d)$$

它同时意味着

$$\beta = \mathrm{Atan2}(-\sqrt{r^2 - d^2}, -d)$$

因为 $\cos(\theta + \pi) = -\cos(\theta)$，并且 $\sin(\theta + \pi) = -\sin(\theta)$。

在给定 θ_1 的情况下，为了求解肘型机械臂的角度 θ_2 和 θ_3，我们考虑由第二连杆和第三连杆所组成的平面，如图 5.8 所示。由于第二和第三连杆的运动是平面型的，求解方法与第 1 章中的双连杆机械臂相类似。正如我们在先前推导的那样（参见方程（1.10）和方程（1.11）），我们可以使用余弦定律得到

$$\cos\theta_3 = \frac{r^2 + s^2 - a_2^2 - a_3^2}{2a_2 a_3}$$

$$= \frac{x_c^2 + y_c^2 - d^2 + (z_c - d_1)^2 - a_2^2 - a_3^2}{2a_2 a_3} := D \tag{5.24}$$

这是由于 $r^2 = x_c^2 + y_c^2 - d^2$，并且 $s = z_c - d_1$。因此，θ_3 如下所示

$$\theta_3 = \mathrm{Atan2}(D, \pm\sqrt{1 - D^2}) \tag{5.25}$$

θ_3 的两个解分别对应肘部向下（elbow-down）位置和

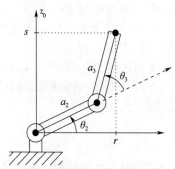

图 5.8 投影到由连杆 2 和连杆 3 构成的平面

肘部向上(elbow-up)位置。同样的，θ_2 由下式给出

$$\theta_2 = \text{Atan2}(r, s) - \text{Atan2}(a_2 + a_3 c_3, a_3 s_3) \tag{5.26}$$

$$= \text{Atan2}(\sqrt{x_c^2 + y_c^2 - d^2}, z_c - d_1) - \text{Atan2}(a_2 + a_3 c_3, a_3 s_3)$$

带有偏置的肘型机械臂的一个实例是如图 5.9 中所示的 PUMA 机器人。逆位置运动学有 4 个解。它们分别对应于如下情况：**左型手臂-肘部向上**(left arm-elbow up)，**左型手臂-肘部向下**(left arm-elbow down)，**右型手臂-肘部向上**(right arm-elbow up)，以及**右型手臂-肘部向下**(right arm-elbow down)。我们将看到，手腕姿态有两个解，因此 PUMA 机械臂的逆运动学总共有 8 个解。

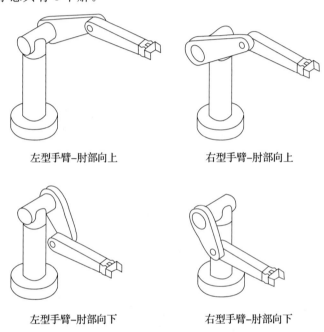

左型手臂–肘部向上　　　　　　右型手臂–肘部向上

左型手臂–肘部向下　　　　　　右型手臂–肘部向下

图 5.9　PUMA 机械臂逆位置运动学的 4 个解

5.4　逆姿态

在上一节中，我们使用几何方法来求解逆位置运动学问题。这给出了对应于给定手腕中心位置的前三个关节变量的取值。逆姿态问题现在成为求解最后三个关节变量的取值，它们对应相对于参考系 $o_3 x_3 y_3 z_3$ 的给定姿态。对于一个球型手腕，这可以解释为如下问题：求解一组与给定的旋转矩阵 R 相对应的一组欧拉角。回想如下情形：式(3.15)表明，球型手腕所对应的旋转矩阵与式(2.27)中欧拉变换所对应的旋转矩阵具有相同的形式。因此，我们可以使用在 2.5.1 节中推导得出的方法，来求解球型手腕的三个关节角度。特别是我们使用式(2.29)~式(2.34)来求解三个欧拉角 ϕ、θ、ψ，然后使用下列映射

$$\theta_4 = \phi, \quad \theta_5 = \theta, \quad \theta_6 = \psi$$

例 5.2（带有球型手腕的关节型机械臂）　图 5.4 中的坐标系配置所对应的 DH 参数，被总结在表 5.1 中。

表 5.1　图 5.4 中的关节机械臂的 DH 参数

连杆	a_i	α_i	d_i	θ_i
1	0	90	d_1	θ_1
2	a_2	0	0	θ_2
3	a_3	0	0	θ_3

将对应的 A_i 矩阵相乘得到关于关节型或肘型机械臂的矩阵 R_3^0，如下所示

$$R_3^0 = \begin{bmatrix} c_1 c_{23} & -c_1 s_{23} & s_1 \\ s_1 c_{23} & -s_1 s_{23} & -c_1 \\ s_{23} & c_{23} & 0 \end{bmatrix} \tag{5.27}$$

矩阵 R_6^3 是 $A_4 A_5 A_6$ 乘积的左上方的 3×3 子矩阵，给出如下

$$R_6^3 = \begin{bmatrix} c_4 c_5 c_6 - s_4 s_6 & -c_4 c_5 s_6 - s_4 c_6 & c_4 s_5 \\ s_4 c_5 c_6 + c_4 s_6 & -s_4 c_5 s_6 + c_4 c_6 & s_4 s_5 \\ -s_5 c_6 & s_5 s_6 & c_5 \end{bmatrix} \tag{5.28}$$

因此，用于求解最终的三个关节变量的公式为

$$R_6^3 = (R_3^0)^{\mathrm{T}} R \tag{5.29}$$

并且欧拉角的解可被用于这个方程。例如，由上述矩阵方程的第三列给出的三个公式为

$$c_4 s_5 = c_1 c_{23} r_{13} + s_1 c_{23} r_{23} + s_{23} r_{33} \tag{5.30}$$

$$s_4 s_5 = -c_1 s_{23} r_{13} - s_1 s_{23} r_{23} + c_{23} r_{33} \tag{5.31}$$

$$c_5 = s_1 r_{13} - c_1 r_{23} \tag{5.32}$$

因此，如果式(5.30)和式(5.31)同时不为零，我们可通过式(2.29)和式(2.30)求解 θ_5，如下

$$\theta_5 = \mathrm{Atan2}\left(s_1 r_{13} - c_1 r_{23}, \pm\sqrt{1 - (s_1 r_{13} - c_1 r_{23})^2}\right) \tag{5.33}$$

如果在式(5.33)中选择正的平方根，那么 θ_4 和 θ_6 分别由式(2.31)和式(2.32)给出，如下

$$\theta_4 = \mathrm{Atan2}(c_1 c_{23} r_{13} + s_1 c_{23} r_{23} + s_{23} r_{33}, -c_1 s_{23} r_{13} - s_1 s_{23} r_{23} + c_{23} r_{33}) \tag{5.34}$$

$$\theta_6 = \mathrm{Atan2}(-s_1 r_{11} + c_1 r_{21}, s_1 r_{12} - c_1 r_{22}) \tag{5.35}$$

其他的解可由相似的方法求得。如果 $s_5 = 0$，那么关节轴 z_3 和 z_5 共线。这是一个奇异位形，此时，只有 θ_4 和 θ_6 之和可被确定。一种解决方法是，任意选取 θ_4，然后使用式(2.36)或式(2.38)来求解 θ_6。◀

例 5.3　（肘型机械臂——完整解答）　为了总结用于求解逆运动学方程的几何方法，我们在这里给出一种适用于图 5.4 中的六自由度肘型机械臂的逆运动学的求解方法，其中机械臂有一个球型手腕，但是没有关节偏置。

给定

$$o = \begin{bmatrix} o_x \\ o_y \\ o_z \end{bmatrix}, \quad R = \begin{bmatrix} r_{11} & r_{12} & r_{13} \\ r_{21} & r_{22} & r_{23} \\ r_{31} & r_{32} & r_{33} \end{bmatrix} \tag{5.36}$$

然后，根据

$$x_c = o_x - d_6 r_{13} \tag{5.37}$$

$$y_c = o_y - d_6 r_{23} \tag{5.38}$$

$$z_c = o_z - d_6 r_{33} \tag{5.39}$$

一组 DH 关节变量给出如下

$$\theta_1 = \mathrm{Atan2}(x_c, y_c) \tag{5.40}$$

$$\theta_2 = \mathrm{Atan2}(\sqrt{x_c^2 + y_c^2 - d^2}, z_c - d_1) - \mathrm{Atan2}(a_2 + a_3 c_3, a_3 s_3) \tag{5.41}$$

$$\theta_3 = \mathrm{Atan2}(D, \pm\sqrt{1-D^2}), \quad \text{其中 } D = \frac{x_c^2 + y_c^2 - d^2 + (z_c - d_1)^2 - a_2^2 - a_3^2}{2a_2 a_3} \tag{5.42}$$

$$\theta_4 = \mathrm{Atan2}(c_1 c_{23} r_{13} + s_1 c_{23} r_{23} + s_{23} r_{33}, -c_1 s_{23} r_{13} - s_1 s_{23} r_{23} + c_{23} r_{33}) \tag{5.43}$$

$$\theta_5 = \mathrm{Atan2}(s_1 r_{13} - c_1 r_{23}, \pm\sqrt{1-(s_1 r_{13} - c_1 r_{23})^2}) \tag{5.44}$$

$$\theta_6 = \mathrm{Atan2}(-s_1 r_{11} + c_1 r_{21}, s_1 r_{12} - c_1 r_{22}) \tag{5.45}$$

其余的可能解答留作练习(见习题 5-10)。 ◄

例 5.4 (SCARA 型机械臂) 作为另一个例子,考虑如图 5.10 中所示的 SCARA 型机械臂,它的正运动学可通过式(3.24)中的矩阵 T_4^0 来定义。

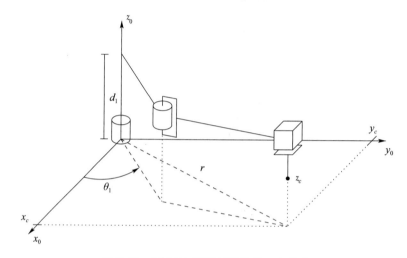

图 5.10 SCARA 型机械臂的前三个关节

那么,逆运动学的解为下述方程所对应的一组解

$$T_4^0 = \begin{bmatrix} R & o \\ 0 & 1 \end{bmatrix}$$

$$= \begin{bmatrix} c_{12} c_4 + s_{12} s_4 & s_{12} c_4 - c_{12} s_4 & 0 & a_1 c_1 + a_2 c_{12} \\ s_{12} c_4 - c_{12} s_4 & -c_{12} c_4 - s_{12} s_4 & 0 & a_1 s_1 + a_2 s_{12} \\ 0 & 0 & -1 & -d_3 - d_4 \\ 0 & 0 & 0 & 1 \end{bmatrix} \tag{5.46}$$

我们首先注意到:由于 SCARA 型机器人仅有 4 个自由度,并非 $SE(3)$ 中每个可能的 H 都会对应方程(5.46)的一个解。实际上,方程(5.46)无解,除非 R 具有如下形式

$$R = \begin{bmatrix} c_\alpha & s_\alpha & 0 \\ s_\alpha & -c_\alpha & 0 \\ 0 & 0 & -1 \end{bmatrix} \tag{5.47}$$

在这种情况下,$\theta_1 + \theta_2 - \theta_4$ 表达式的值可确定如下

$$\theta_1 + \theta_2 - \theta_4 = \alpha = \mathrm{Atan2}(r_{11}, r_{12}) \tag{5.48}$$

将机械臂位形投影到 $x_0 - y_0$ 平面,生成图 5.10 中所示的几何形状。使用余弦定律

$$c_2 = \frac{o_x^2 + o_y^2 - a_1^2 - a_2^2}{2a_1 a_2} \tag{5.49}$$

$$\tag{5.50}$$

和

$$\theta_2 = \text{Atan2}(c_2, \pm\sqrt{1-c_2^2}) \tag{5.51}$$

那么，θ_1 的取值如下

$$\theta_1 = \text{Atan2}(o_x, o_y) - \text{Atan2}(a_1 + a_2 c_2, a_2 s_2) \tag{5.52}$$

我们现在可以通过式(5.48)来求解 θ_4，如下

$$\theta_4 = \theta_1 + \theta_2 - \alpha \tag{5.53}$$
$$= \theta_1 + \theta_2 - \text{Atan2}(r_{11}, r_{12})$$

最终，d_3 由下式给出

$$d_3 = d_1 - o_z - d_4 \tag{5.54}$$

◀

5.5 逆运动学的数值方法

对于前面各节中考虑的机械臂，我们推导出了逆运动学的闭式解。在本节中，我们考虑用于计算逆运动学的迭代数值算法。由于高性能计算和开源软件的普及，数值方法越来越受欢迎。另外，在不存在闭式解的情况下，或者在机械臂有冗余时，采用数值方法可能是更好的选择。

令 $x_d \in \mathbb{R}^m$ 为笛卡儿坐标系内的向量。例如，用 x^d 代表腕部中心点($m=3$)，或者用末端执行器方向的最小表示量($m=6$)来表示末端执行器的位置和方向。在这种情况下，n 连杆机械臂的正运动学函数为 $f: \mathbb{R}^n \to \mathbb{R}^m$。如果我们设

$$G(q) = x^d - f(q) \tag{5.55}$$

那么逆运动学的一个解是满足 $G(q^d) = x^d - f(q^d) = 0$ 的位形 q^d。下文中我们会给出在已知 x^d 时迭代求解 q^d 的常见算法。第一个基于雅可比矩阵的逆，类似于根查找的 Newton-Raphson 方法，第二个基于雅可比转置，是一种梯度搜索算法。

5.5.1 逆雅可比法

已知 x^d 为目标机器人位形，我们在泰勒级数中展开关于位形 q^d 的正运动学函数 $f(q)$，其中 $x^d = f(q^d)$，获得

$$f(q) = f(q^d) + J(q^d)(q - q^d) + \text{h.o.t.} \tag{5.56}$$

在这里我们将 $J = J_a(q)$ 作为式(4.83)中的分析雅可比。假设雅可比矩阵是正方形且可逆的，忽略高阶项(higher order term, h.o.t.)，我们有

$$q^d - q = J^{-1}(q)(x^d - f(q)) \tag{5.57}$$

为了找到 q^d 的解，我们从初始猜测 q_0 开始，并形成一系列连续估计 $q_0, q_1, q_2, \cdots$，如下

$$q_k = q_{k-1} + \alpha_k J^{-1}(q_{k-1})(x^d - f(q_{k-1})), k = 1, 2, \cdots \tag{5.58}$$

请注意，我们在公式中引入了**步长** $\alpha_k > 0$，可以对其进行调整以方便收敛。步长 α_k 可以选择为常数，也可以选择为 k 的函数、标量或对角矩阵，最后一个选项可以独立缩放位形的每个分量。

备注 5.1 由于式(5.58)基于逆运动学的一阶近似，因此只能期望其局部收敛。同样，由于通常有多种逆运动学解，因此算法得的特定位形取决于初始猜测。

图 5.11 显示了使用双连杆式平面 RR 机械臂获得的结果。在使用给定参数进行 10 次迭代后，该算法收敛到精确解的 10^{-4} 范围内。

迭代	θ_1	θ_2
1	−0.33284	2.6711
2	0.80552	2.1025
3	0.46906	1.9316
4	0.53554	1.7697
5	0.55729	1.7227
6	0.56308	1.7104
7	0.56455	1.7073
8	0.56492	1.7065
9	0.56501	1.7063
10	0.56503	1.7062

图 5.11   使用逆雅可比函数的逆运动学解。所需的末端执行器坐标为 $x^d = (0.2, 1.3)$。对应于 x^d 的关节变量为 $\theta_1 = 0.5650$，$\theta_2 = 1.7062$。初始估计为 $\theta_1 = 0.25$，$\theta_2 = 0.75$。步长 α 选择为 0.75

如果雅可比矩阵不是正方形或不可逆，则可以使用伪逆 $J^\dagger = J_a^\dagger$ 代替 J_a^{-1}。对于 $m \leqslant n$，我们在附录 B 中将右伪逆定义为 $J^\dagger = J^T (JJ^T)^{-1}$。在这种情况下，我们可以将 q_k 的更新规则定义为

$$q_k = q_{k-1} + \alpha_k J^\dagger (q_{k-1})(f(q^d) - f(q_{k-1})) \tag{5.59}$$

5.5.2   雅可比转置法

我们概述的第二种方法基于雅可比转置 $J^T(q)$ 而不是逆雅可比。首先，我们定义一个优化问题

$$\min_q F(q) = \min_q \frac{1}{2}(f(q) - x^d)^T (f(q) - x^d) \tag{5.60}$$

其中，如上所述，x^d 是所需的位形，$f(q)$ 是正运动学图。上述成本函数 $F(q)$ 的梯度为：

$$\nabla F(q) = J^T(q)(f(q) - x^d) \tag{5.61}$$

然后使用**梯度下降**算法将 $F(q)$ 最小化（参阅附录 D）：

$$q_k = q_{k-1} - \alpha_k \nabla F(q_{k-1}) = q_{k-1} - \alpha_k J^T(q_{k-1})(f(q_{k-1}) - x^d) \tag{5.62}$$

同样，$\alpha_k > 0$ 为步长。

备注 5.2   该方法的优点是，雅可比转置比逆雅可比运算更容易计算，并且不会遭受位形奇异性的影响。但是，一般而言，迭代的收敛可能会更慢。

图 5.12 显示了与图 5.11 相同的所需位形和初始估计的双链路 RR 机械臂的响应。在这种情况下，算法将在 30 次迭代后收敛。

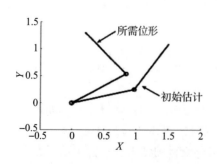

迭代	θ_1	θ_2
1	1.8362	1.3412
2	0.4667	1.1025
3	1.1215	1.6233
4	0.45264	1.415
5	0.83519	1.7273
26	0.56522	1.7063
27	0.56492	1.7061
28	0.56514	1.7063
29	0.56498	1.7062
30	0.5650	1.7062

图 5.12   使用雅可比逆转置的逆运动学解。所需的末端执行器坐标为 $x^d = (0.2, 1.3)$。对应于 x^d 的联合变量是 $\theta_1 = 0.5650$，$\theta_2 = 1.7062$。最初的估计为 $\theta_1 = 0.25$，$\theta_2 = 0.75$。步长 α 选择为 0.75

5.6 本章总结

DH 约定规则定义了一个机械臂的正运动学方程，也就是从关节变量到末端执行器位置和姿态的映射。为了控制一个机械臂，有必要求解逆向问题，也就是根据给定的末端执行器的位置和姿态，求解与其对应的一组关节变量。

在本章中，我们考虑了机械臂中的特殊情形，在这其中可以使用运动解耦（例如，一个带有球型手腕的机械臂）。对于此类机械臂，它们的逆运动学求解可以概括为以下算法。

步骤 1：求解 q_1、q_2、q_3，使得手腕中心 o_c 具有下式给出的坐标

$$o_c^0 = o - d_6 R \begin{bmatrix} 0 \\ 0 \\ 1 \end{bmatrix} \tag{5.63}$$

步骤 2：使用步骤 1 中求得的关节变量，计算矩阵 R_3^0。

步骤 3：求解与下式中旋转矩阵相对应的一组欧拉角

$$R_6^3 = (R_3^0)^{-1} R = (R_3^0)^T R \tag{5.64}$$

对于步骤 1，我们展示了一种几何方法。特别是，为了求解关节变量 q_i，我们将机械臂（包括手腕中心）投影到 $x_{i-1}-y_{i-1}$ 平面，并使用三角函数方法求得 q_i。

我们还讨论了使用**逆雅可比**和**雅可比转置**来计算逆运动学的数值方法。逆雅可比运动学算法采用以下形式

$$q_k = q_{k-1} + \alpha_k J^{-1}(q_{k-1})(x^d - f(q_{k-1})), \quad k = 1, 2, \cdots \tag{5.65}$$

雅可比转置逆运动学算法为以下形式

$$q_k = q_{k-1} - \alpha_k J^T(q_{k-1})(f(q_{k-1}) - x^d), \quad k = 1, 2, \cdots \tag{5.66}$$

习题

5-1 对于图 5.13 中的平面三连杆手臂，给定其末端执行器的一个期望位置，它的逆运动学有几个解？如果末端执行器的姿态角度也被指定，有多少个解？使用本章中的任何方法来定义逆运动学。

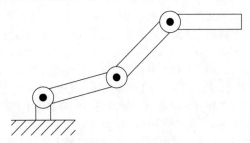

图 5.13 带回转关节的三连杆平面机器臂

5-2 对于图 5.14 中的带有平动关节的三连杆平面机器人，重复习题 5-1 中的问题。

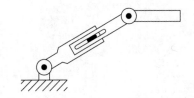

图 5.14 带平动关节的三连杆平面机器臂

5-3 对于图 5.15 中的圆柱型机械臂，求解其逆位置运动学方程。

5-4 对于图 5.16 中的直角坐标型机械臂，求解其逆位置运动学方程。

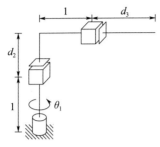
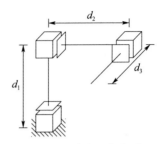

图 5.15   圆柱型位形   图 5.16   直角坐标位形

5-5 对于习题 5-3 中的三连杆圆柱型机械臂，在其上加入一个球型手腕，写出完整的逆运动学解答。

5-6 对于习题 5-4 中的直角坐标型机械臂，在其上加入一个球型手腕，写出完整的逆运动学解答。

5-7 写一个计算机程序，通过使用式(5.40)~式(5.45)来计算肘型机械臂的逆运动学方程。其中包括能够辨认奇异位形，以及在非奇异位形下选择一个特解的程序。对于包括奇异位形在内的各种特殊情况，测试你的程序。

5-8 3.3.5 节中的斯坦福机械臂有一个球型手腕。给定末端执行器的期望位置 o，以及期望姿态 R。

1. 计算手腕中心点 o_c^0 的期望坐标。

2. 求解逆运动学问题，即找出将手腕中心放置于 o_c 点时，前三个关节变量的对应取值。解是否唯一？你找到几个解？

3. 计算旋转矩阵 R_3^0。通过寻找一组与式(5.28)中的 R_6^3 矩阵相对应的欧拉角，来求解这个机械臂的逆向姿态问题。

5-9 对于习题 3-9 中的 PUMA 260 机械臂，它也有一个球型手腕，重复习题 3-9 中的问题。你总共找到了多少个解？

5-10 对于 5.3.2 节中的肘型机械臂，找出其逆运动学的所有其他解答。

5-11 对于有肩部偏置(shoulder offset)的球型机械臂，修改式(5.15)和式(5.16)给出的 θ_1 和 θ_2。

附注与参考

逆运动学问题是经典问题，比机器人学早发展了数百年。因此，在机器人学界内外都有大量关于逆运动学的文献。Pieper 的工作是机器人技术的早期基本成果[137]，他的研究表明，任何具有至少三个连续关节轴在同一点相交的 6 自由度机器人，都具有逆运动学的封闭形式解。实际上，机器人运动学的这种特性是球型手腕重要性的主要原因。在球型手腕的情况下，将逆运动学划分为逆位置和逆方向的方法归功于 Hollerbach 和 Gideon[65]。我们证明了 PUMA 机器人具有 8 种不同的逆运动学解决方案。Primrose 给出了一个普通的 6 自由度机械臂的逆运动学解数的一个明确的上限[139]——16。如 Manseur 和 Doty 所示[108]，这是一个硬性约束，他们给出了具有 16 个解决方案的机器人的示例。尽管在本文中我们没有讨论并行机器人的运动学，但事实证明，与串行连杆机器人相比，并行机器人的逆运动学问题要容易得多[68]。逆运动学问题的数值解有多种来源，如[176]和[54]。机械臂逆运动学的其他优秀的参考有[7]、[92]、[93]、[135]、[148]、[119]和[105]。

运动学和运动规划

动 力 学

本章我们处理机器人机械臂的动力学。前面章节中的运动学方程描述了机器人的运动，但不考虑产生运动的力和力矩，而动力学方程则明确地描述了力和运动之间的关系。在机器人设计、机器人运动仿真和动画以及机器人的控制算法设计中，我们需要考虑动力学方程，因为它十分重要。我们将介绍所谓的**欧拉-拉格朗日方程**（Euler-Lagrange equation），该方程描述了处于**完整约束**（holonomic constraint，该术语将在后面定义）下的一个机械系统的演进历史。在本章的开始部分，为了说明使用欧拉-拉格朗日方法的动机，我们将以一个单自由度系统为例，使用牛顿第二定律来推导该方法。然后，从**虚功原理**出发，我们将推导通用的欧拉-拉格朗日方程。

为了确定在特定情况下的欧拉-拉格朗日方程，我们必须构造该系统所对应的**拉格朗日算子**，该算子是**动能**和**势能**之差，我们将展示如何在几种常见的情况下构造该算子。然后，我们将推导出几个机器人机械臂实例的动力学方程，其中包括双连杆直角坐标机器人、双连杆平面机器人以及带有远程驱动关节的双连杆机器人。

我们还将讨论欧拉-拉格朗日方程的几个重要特性，这些特性可被用来设计和分析反馈控制算法。这些特性包括惯性矩阵的显式界限、惯性参数间的线性关系以及反对称性和无源等性质。

在本章的结尾部分，我们将推导关于机器人动力学方程的另一种构造方法，该方法被称为**牛顿—欧拉方法**（Newton-Euler formulation），它是关于动力学方程的一种递推公式，通常用于数值计算。

6.1 欧拉-拉格朗日方程

在本节中，对于处于完整约束并且约束力满足虚功原理的机械系统，我们将推导一组微分方程来描述该系统随时间的变化。这些方程被称为**欧拉-拉格朗日**运动方程。需要注意的是，至少有两种不同方法可被用来推导这些方程。这里介绍的是基于虚功的方法，但同时也可以使用哈密尔顿的最小作用量原理来推导出同样的方程。

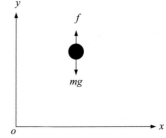

6.1.1 动机

为了阐述下面推导过程的动机，我们首先以图 6.1 中所示的单自由度系统为例，来说明如何从牛顿第二定律推导出欧拉-拉格朗日方程。

根据牛顿第二定律，该质点的运动方程是

$$m\ddot{y} = f - mg \tag{6.1}$$

注意到式（6.1）的左侧可被写为

$$m\ddot{y} = \frac{d}{dt}(m\dot{y}) = \frac{d}{dt}\frac{\partial}{\partial\dot{y}}\left(\frac{1}{2}m\dot{y}^2\right) = \frac{d}{dt}\frac{\partial\mathcal{K}}{\partial\dot{y}} \tag{6.2}$$

图 6.1　质量为 m 的粒子受到约束，只能在垂直方向移动，构成一个单自由度系统。重力 mg 向下作用，而外力 f 则向上作用

其中，$\mathcal{K} = \frac{1}{2}m\dot{y}^2$ 是**动能**。在上述表达式中我们使用了偏导符号，这样做是为了与稍后考虑的系统保持一致，在这些系统中，动能将会是几个变量的函数。类似的，我们可将式(6.1)中的重力表达为

$$mg = \frac{\partial}{\partial y}(mgy) = \frac{\partial \mathcal{P}}{\partial y} \tag{6.3}$$

其中，$\mathcal{P} = mgy$ 是**重力势能**。如果我们定义

$$\mathcal{L} = \mathcal{K} - \mathcal{P} = \frac{1}{2}m\dot{y}^2 - mgy \tag{6.4}$$

并且注意

$$\frac{\partial \mathcal{L}}{\partial \dot{y}} = \frac{\partial \mathcal{K}}{\partial \dot{y}}, \quad \frac{\partial \mathcal{L}}{\partial y} = -\frac{\partial \mathcal{P}}{\partial y}$$

那么，我们可以将式(6.1)写为

$$\frac{\mathrm{d}}{\mathrm{d}t}\frac{\partial \mathcal{L}}{\partial \dot{y}} - \frac{\partial \mathcal{L}}{\partial y} = f \tag{6.5}$$

函数 $\mathcal{L}$ 是系统的动能和势能之差，它被称为系统的**拉格朗日算子**（Lagrangian），而式(6.5)则被称为**欧拉-拉格朗日方程**。

我们下面要讨论的一般步骤是上述过程的逆向过程，即首先写出系统的动能和势能，并以所谓的**广义坐标**$(q_1, \cdots, q_n)$形式表示，其中 n 是系统的自由度数目。然后，根据下述公式来计算 n 自由度系统的运动方程

$$\frac{\mathrm{d}}{\mathrm{d}t}\frac{\partial \mathcal{L}}{\partial \dot{q}_k} - \frac{\partial \mathcal{L}}{\partial q_k} = \tau_k, \quad k = 1, \cdots, n \tag{6.6}$$

其中，τ_k 是与广义坐标 q_k 相关的（广义）力。在上述单自由度系统的例子中，变量 y 作为广义坐标。欧拉-拉格朗日方程不仅可以导出一组耦合的二阶常微分方程，它还提供了一种等同于通过牛顿第二定律得到动力学方程的构造方法。然而，正如我们将要看到的那样，对于诸如多连杆机器人等复杂系统，使用拉格朗日方法更为有利。

例 6.1（**单连杆机械臂**） 考虑如图 6.2 中所示的单连杆机器人，它包括一个刚性连杆，该连杆通过一个齿轮系连接到一个直流电机。令 θ_ℓ 和 θ_m 分别表示连杆和电机轴的转动角度，则 $\theta_m = r\theta_\ell$，其中 $r:1$ 为齿轮变速比。连杆转角和电机轴转角之间的代数关系表明该系统只有一个自由度，因此，我们可以设 θ_m 或 θ_ℓ 为广义坐标。

如果我们取通用坐标系 $q = \theta_\ell$，则系统的动能可以表示为

$$K = \frac{1}{2}J_m\dot{\theta}_m^2 + \frac{1}{2}J_\ell\dot{\theta}_\ell^2 \tag{6.7}$$
$$= \frac{1}{2}(r^2 J_m + J_\ell)\dot{q}^2$$

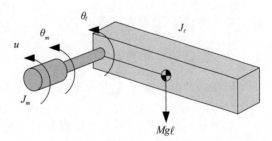

图 6.2 单连杆机器人。电机输出轴通过齿轮系耦连到连杆的转动轴，齿轮系放大了电机力矩并降低了电机转速

其中，J_m，J_ℓ 分别为电机和连杆的转动惯量。系统的势能如下所示

$$P = Mg\ell(1 - \cos q) \tag{6.8}$$

其中，M 是连杆的总体质量，ℓ 是关节轴线与连杆质心之间的距离。定义 $I = r^2 J_m + J_\ell$，

拉格朗日算子 $\mathcal{L}$ 给出如下

$$\mathcal{L} = \frac{1}{2} I \dot{q}^2 - Mg\ell(1 - \cos q) \tag{6.9}$$

将上述表达式代入式(6.6)中，其中 $n=1$，广义坐标为 θ_ℓ，得到下列运动方程

$$I \ddot{q} + Mg\ell \sin q = \tau_\ell \tag{6.10}$$

广义力 τ_ℓ 表示那些无法从势函数推导出的外力和外力矩。对于这个例子，τ_ℓ 包括反映到连杆上的电机输入力矩 $u = r\tau_m$，以及（非保守）阻尼力矩 $B_m \dot{\theta}_m$ 和 $B_\ell \dot{\theta}_\ell$。将电机阻尼反映到连杆上，得出

$$\tau_\ell = u - B\dot{q}$$

其中，$B = rB_m + B_\ell$。因此，该系统完整的动力学表达式为

$$I \ddot{q} + B\dot{q} + Mg\ell \sin q = u \tag{6.11}$$

▶

例 6.2 （单连杆柔性关节机械臂）   接下来考虑一个包括了传动柔性的单连杆机械臂，

如图 6.3 所示在此情形下电机角度 $q_1 = \theta_\ell$ 和连杆角度 $q_2 = \theta_m$ 为独立变量，且系统有两个自由度。因此我们需要两个广义坐标来定义系统的位形。

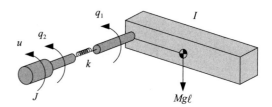

系统的动能为

$$K = \frac{1}{2} J_\ell \dot{q}_1^2 + \frac{1}{2} J_m \dot{q}_2^2 \tag{6.12}$$

图 6.3   单连杆，柔性关节机器人。关节柔性来自轴和齿轮的柔性

弹簧弹性势能和重力势能相加的总势能为

$$P = Mg\ell(1 - \cos q_1) + \frac{1}{2} k(q_1 - q_2)^2 \tag{6.13}$$

构建拉格朗日算子 $\mathcal{L} = K - P$，并且为简单起见我们无视阻尼，通过欧拉-拉格朗日方程我们能得到运动公式

$$\begin{aligned} J_\ell \ddot{q}_1 + Mg\ell \sin(q_1) + k(q_1 - q_2) = 0 \\ J_m \ddot{q}_2 + k(q_2 - q_1) = u \end{aligned} \tag{6.14}$$

推导细节留作练习（见习题 6-1）。   ▶

6.1.2   完整约束和虚功

现在，考虑如图 6.4 中所示的由 k 个质点组成的系统，各质点对应的位置向量为 $r_1, \cdots, r_k$。

如果这些质点可以不受任何限制而自由移动，那么非常容易描述它们的运动，注意到对于每个质点来说，质量乘加速度等于施加给它的外力。然而，如果这些质点的运动受到某种方式的约束，那么除了外部施加的作用力之外，我们还需要考虑所谓的**约束反力**（constraint force），即为了保持这些约束所需要施加的力。为了说明约束反力，我们举一个简单的例子，假设某个系统由两个质

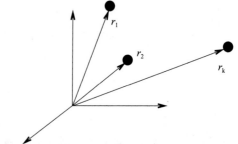

图 6.4   由 k 个质点组成的一个非约束系统有 $3k$ 个自由度。如果质点受到约束，系统的自由度数目会减少

点组成，这两个质点通过一个零质量且长度为 ℓ 的刚性丝线相连。那么，r_1 和 r_2 这两个坐标必须满足下述约束

$$\|r_1-r_2\|=\ell \quad 或 \quad (r_1-r_2)^{\mathrm{T}}(r_1-r_2)=\ell^2 \tag{6.15}$$

如果对于每个质点施加一些外力，那么，这些质点不仅会受到这些外力的作用，同时也会受到由刚性丝线施加的力的作用，该力沿 r_2-r_1 向量的方向并且具有适当幅值。因此，为了分析两个质点的运动，我们可以采用以下两种方法中的一种。我们可以计算，在每组外力作用下，必须相应地使用什么样的约束力，从而使上述方程保持成立。或者，我们寻找一种分析方法，它并不要求我们知道具体的约束力。显然，第二种方法是更好的选项，因为约束力的计算通常是一个极为复杂的任务。本节旨在实现第二种方法。

首先，我们有必要引入一些术语。对于有关 k 个坐标 $r_1,\cdots,r_k$ 的约束，如果它具有下述的等式约束形式，

$$g_i(r_1,\cdots,r_k)=0, \quad i=1,\cdots,\ell \tag{6.16}$$

那么，该约束被称为是**完整的**（holonomic）。式（6.15）中给出的约束对应通过零质量刚性丝线相连的两个质点，是关于完整约束的一个典型例子。通过对式（6.16）做微分操作，我们得出如下形式的表达式

$$\sum_{j=1}^{k}\frac{\partial g_i}{\partial r_j}\mathrm{d}r_j=0 \tag{6.17}$$

一个形如

$$\sum_{j=1}^{k}\omega_j\mathrm{d}r_j=0 \tag{6.18}$$

的约束被称为是**不完整的**（nonholonomic），如果它不能被积分成一个形如式（6.16）的等式约束。需要注意到的有趣事实是：使用虚功原理来推导运动方程的这种方法，对于非完整约束系统仍然有效；而基于变分原理的方法（例如汉密尔顿原理）不能再用于推导运动方程。我们将在第 14 章中讨论受到非完整约束的系统。

如果一个系统受制于 ℓ 个非完整约束，那么我们可以认为对于这个约束系统而言，它相比于非约束系统少 ℓ 个自由度。在这种情况下，可以将这 k 个质点的坐标表述为关于 n 个广义坐标 $q_1,\cdots,q_n$ 的函数。换言之，我们假设一组受到式（6.16）中的约束集合限制的多个质点的坐标，可被表达为下述形式

$$r_i=r_i(q_1,\cdots,q_n), \quad i=1,\cdots,k \tag{6.19}$$

其中，$q_1,\cdots,q_n$ 相互独立。事实上，广义坐标概念甚至可被用于具有无限多个质点的情形。例如，诸如连杆的一个刚性物体，它包含无穷多个质点，但是由于在连杆运动的整个过程中，连杆上每对质点间的距离保持不变，因此，6 个坐标足以完全表征连杆上每个质点的坐标。特别是，可以使用三个位置坐标来指定连杆质心的位置，并用三个欧拉角来指定连杆的姿态方向。通常情况下，广义坐标包括位置、角度等。事实上，在第 3 章中，我们选择使用符号 $q_1,\cdots,q_n$ 来指代关节变量，这正是因为这些关节变量构成了 n 连杆机器人机械臂的一组广义坐标。

现在我们可以讲一讲**虚位移**，它是任何一组与约束相一致的无穷小位移 $\delta r_1,\cdots,\delta r_k$。例如，再次考虑约束（6.15），并假设 r_1 和 r_2 因受到扰动而分别变为 $r_1+\delta r_1$ 和 $r_2+\delta r_2$。那么，为了使受到扰动后的坐标依旧满足约束条件，我们必须有

$$(r_1+\delta r_1-r_2-\delta r_2)^{\mathrm{T}}(r_1+\delta r_1-r_2-\delta r_2)=\ell^2 \tag{6.20}$$

现在，让我们将上述乘积展开，并使用原始坐标 r_1 和 r_2 满足式（6.15）中的约束这一事

实。同时，如果我们忽略关于 δr_1 和 δr_2 的二次项，经过一些代数运算（见习题6-2），我们得到

$$(r_1 - r_2)^{\mathrm{T}}(\delta r_1 - \delta r_2) = 0 \tag{6.21}$$

因此，对这两个粒子位置所施加的任何无穷小扰动必须满足上述等式，从而使得扰动后的位置依旧满足约束方程（6.15）。任何满足方程（6.21）的一对无穷小向量 δr_1、δr_2 构成该问题的一组虚位移。对于一个刚性连杆，图6.5给出了一些具有代表性的虚位移。

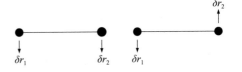

图6.5　一个刚性连杆的虚位移例子。这些无穷小的运动不会改变两个端点之间的距离，因此，这些运动与该连杆是刚性连杆的这一假设相一致

现在，使用广义坐标的原因是为了避免处理诸如式（6.21）中的复杂关系。如果方程（6.19）成立，那么，可知所有虚位移组成的集合恰是

$$\delta r_i = \sum_{j=1}^{n} \frac{\partial r_i}{\partial q_j} \delta q_j, \quad i = 1, \cdots, k \tag{6.22}$$

其中，广义坐标的虚位移 $\delta q_1, \cdots, \delta q_n$ 不受约束，这也是它们成为广义坐标的原因。

接下来，我们开始讨论平衡约束系统。假设每个粒子都处于平衡状态，那么作用在每个粒子上的合力为零，这反过来意味着每组虚位移所做的功为零。因此，任何虚位移所做的功的总和也是零，这就意味着

$$\sum_{i=1}^{k} F_i^{\mathrm{T}} \delta r_i = 0 \tag{6.23}$$

其中，F_i 是作用在质点 i 上的合力。如前所述，力 F_i 是两个量的和，即外界施加的作用力 f_i 和约束力 f_i^a。现在，假设与任何一组虚位移相对应的约束力所做的总功为零，即

$$\sum_{i=1}^{k} f_i^{a\mathrm{T}} \delta r_i = 0 \tag{6.24}$$

每当一对质点间的约束力的方向与这两个质点间的径向向量同向（参见下一段中的讨论），上式成立。将式（6.24）代入式（6.23）中，得到

$$\sum_{i=1}^{k} f_i^{\mathrm{T}} \delta r_i = 0 \tag{6.25}$$

这个公式的美妙之处在于：它不涉及未知约束力，它仅与已知的外力有关。这个公式表示了**虚功原理**（principle of virtual work），它可以用另外的语句表述如下：外力经过任何（满足约束条件的）虚位移所做的功为零。

需要注意的是虚功原理并不具有普适性，它要求方程（6.24）成立，也就是约束力不做功。因此，如果虚功原理适用，我们可以在不必评估/计算约束力的前提下，分析一个系统的动力学。

容易验证虚功原理适用于以下情形：一对质点间的约束力作用于连接这两个质点位置坐标的向量方向上。特别是，当约束具有式（6.15）中的形式，虚功原理适用。要了解到这一点，再次考虑形如式（6.15）的单个约束。在这种情况下，约束力（如果有的话）必须通过刚性无质量丝线施加，因此它必须沿连接两个质点的径向向量方向。换言之，对于一些常数 c（它可以随着质点移动而改变），通过丝线施加在第一个质点上的作用力必须具有以下形式

$$f_1^a = c(r_1 - r_2) \tag{6.26}$$

通过作用与反作用定律，通过丝线施加在第二个质点上的力仅是上述表达式的负值，即

$$f_2^a = -c(r_1 - r_2) \tag{6.27}$$

现在，约束力经过一组虚位移所做的功为

$$f_1^{a\mathrm{T}}\delta r_1 + f_2^{a\mathrm{T}}\delta r_2 = c(r_1 - r_2)^{\mathrm{T}}(\delta r_1 - \delta r_2) \tag{6.28}$$

但是，式(6.21)表明，对于任何一组虚位移，上述表达式必须为零。同样的推理可被用于由几个质点组成的系统，在此系统中，这些质点通过固定长度的刚性无质量丝线成对相连，在此情况下，该系统受到几个形如式(6.15)的约束的限制。现在，一个物体满足刚体运动这一要求，可以等效地表达为该物体上任何一对点之间的距离在物体运动过程中保持不变，即表述为形如式(6.15)的无穷多约束。因此，虚功原理适用于刚性是对运动的唯一约束这一情形。确实有一些虚功原理不适用的情形，例如有磁场存在的情形。然而，在本书中遇到的所有情形中，我们可以有把握认为虚功原理是适用的。

6.1.3 达朗贝尔原理

在式(6.25)中，虚位移 δr_i 并不是相互独立的，所以，我们不能从该式中推出每个系数 F_i 都为零这样的结论。为了使用这样的推理，我们必须变换到广义坐标中。在此之前，我们考虑并不一定处于平衡态的系统。对于这样的系统，**达朗贝尔原理**(D'Alembert's principle)指出：如果我们在每个质点上引入一个虚构的附加力 $-\dot{p}_i$，其中 p_i 为质点 i 的动量，那么每个质点将会处于平衡状态。因此，如果我们修改方程(6.23)，使用 $F_i - \dot{p}_i$ 来代替 F_i，那么得到的方程对于任意系统都将适用。那么，可以按照先前使用虚功原理那样去掉约束力，就得到如下方程

$$\sum_{i=1}^{k} f_i^{\mathrm{T}}\delta r_i - \sum_{i=1}^{k} \dot{p}_i^{\mathrm{T}}\delta r_i = 0 \tag{6.29}$$

上面的方程并不意味着每个 δr_i 的系数都为零，这是因为虚拟约束 δr_i 并不相互独立。对于剩余的推导，其目标主要是将上述方程表述为关于独立广义坐标的表达式。为此，我们将每个 δr_i 表述为对应的广义坐标的虚位移，正如式(6.22)中所做的那样。那么，力 f_i 所做的虚功可由下式给出

$$\sum_{i=1}^{k} f_i^{\mathrm{T}}\delta r_i = \sum_{i=1}^{k}\sum_{j=1}^{n} f_i^{\mathrm{T}} \frac{\partial r_i}{\partial q_j}\delta q_j = \sum_{j=1}^{n} \psi_j \delta q_j \tag{6.30}$$

其中

$$\psi_j = \sum_{i=1}^{k} f_i^{\mathrm{T}} \frac{\partial r_i}{\partial q_j} \tag{6.31}$$

被称为第 j 个**广义力**。需要注意 ψ_i 并不需要具备力的量纲，这正如 q_j 不需要具备长度量纲；不过，$\psi_i \delta q_j$ 必须具备功的量纲。

现在，让我们研究式(6.29)中的第二个求和，由于 $p_i = m_i \dot{r}_i$，那么我们有

$$\sum_{i=1}^{k} \dot{p}_i^{\mathrm{T}}\delta r_i = \sum_{i=1}^{k} m_i \ddot{r}_i^{\mathrm{T}}\delta r_i = \sum_{i=1}^{k}\sum_{j=1}^{n} m_i \ddot{r}_i^{\mathrm{T}} \frac{\partial r_i}{\partial q_j}\delta q_j \tag{6.32}$$

接下来使用微分运算的乘积法则，我们有

$$\frac{\mathrm{d}}{\mathrm{d}t}\left[m_i \dot{r}_i^{\mathrm{T}} \frac{\partial r_i}{\partial q_j} \right] = m_i \ddot{r}_i^{\mathrm{T}} \frac{\partial r_i}{\partial q_j} + m_i \dot{r}_i^{\mathrm{T}} \frac{\mathrm{d}}{\mathrm{d}t}\left[\frac{\partial r_i}{\partial q_j} \right] \tag{6.33}$$

重新整理上式，并对所有 $i = 1, \cdots, n$ 进行求和，得到

$$\sum_{i=1}^{k} m_i \ddot{r}_i^{\mathrm{T}} \frac{\partial r_i}{\partial q_j} = \sum_{i=1}^{k}\left\{ \frac{\mathrm{d}}{\mathrm{d}t}\left[m_i \dot{r}_i^{\mathrm{T}} \frac{\partial r_i}{\partial q_j} \right] - m_i \dot{r}_i^{\mathrm{T}} \frac{\mathrm{d}}{\mathrm{d}t}\left[\frac{\partial r_i}{\partial q_j} \right] \right\} \tag{6.34}$$

现在，使用链式法则对式(6.19)微分求导，得到

$$v_i = \dot{r}_i = \sum_{j=1}^{n} \frac{\partial r_i}{\partial q_j} \dot{q}_j \tag{6.35}$$

从上式中我们发现

$$\frac{\partial v_i}{\partial \dot{q}_j} = \frac{\partial r_i}{\partial q_j} \tag{6.36}$$

接下来

$$\frac{\mathrm{d}}{\mathrm{d}t}\left[\frac{\partial r_i}{\partial q_j}\right] = \sum_{\ell=1}^{n} \frac{\partial^2 r_i}{\partial q_j \partial q_\ell} \dot{q}_\ell = \frac{\partial}{\partial q_j} \sum_{\ell=1}^{n} \frac{\partial r_i}{\partial q_\ell} \dot{q}_\ell = \frac{\partial v_i}{\partial q_j} \tag{6.37}$$

其中，最后一个等式由式(6.35)得到。将式(6.36)和式(6.37)代入式(6.34)中，并且注意到 $\dot{r}_i = v_i$，我们得到

$$\sum_{i=1}^{k} m_i \ddot{r}_i^{\mathrm{T}} \frac{\partial r_i}{\partial q_j} = \sum_{i=1}^{k} \left\{ \frac{\mathrm{d}}{\mathrm{d}t}\left[m_i v_i^{\mathrm{T}} \frac{\partial v_i}{\partial \dot{q}_j} \right] - m_i v_i^{\mathrm{T}} \frac{\partial v_i}{\partial q_j} \right\} \tag{6.38}$$

如果我们定义**动能** K 如下

$$K = \sum_{i=1}^{k} \frac{1}{2} m_i v_i^{\mathrm{T}} v_i \tag{6.39}$$

那么，式(6.38)可被紧凑地表示为

$$\sum_{i=1}^{k} m_i \ddot{r}_i^{\mathrm{T}} \frac{\partial r_i}{\partial q_j} = \frac{\mathrm{d}}{\mathrm{d}t} \frac{\partial K}{\partial \dot{q}_j} - \frac{\partial K}{\partial q_j} \tag{6.40}$$

现在，将式(6.40)代入式(6.32)中，发现式(6.29)中的第二个求和变为

$$\sum_{i=1}^{k} \dot{p}_i^{\mathrm{T}} \delta r_i = \sum_{j=1}^{n} \left\{ \frac{\mathrm{d}}{\mathrm{d}t} \frac{\partial K}{\partial \dot{q}_j} - \frac{\partial K}{\partial q_j} \right\} \delta q_j \tag{6.41}$$

最后，结合式(6.29)、式(6.30)和式(6.41)，我们得到

$$\sum_{j=1}^{n} \left\{ \frac{\mathrm{d}}{\mathrm{d}t} \frac{\partial K}{\partial \dot{q}_j} - \frac{\partial K}{\partial q_j} - \psi_j \right\} \delta q_j = 0 \tag{6.42}$$

现在，由于虚位移 δq_j 相互独立，我们可以断定式(6.42)中的各个系数均为零，即

$$\frac{\mathrm{d}}{\mathrm{d}t} \frac{\partial K}{\partial \dot{q}_j} - \frac{\partial K}{\partial q_j} = \psi_j, \quad j = 1, \cdots, n \tag{6.43}$$

如果广义力 ψ_j 是外界施加的广义力与由势场引入的广义力之和，那么，我们可以做出进一步修改。假设存在函数 τ_j 以及一个势能函数 $P(q)$，使得

$$\psi_j = -\frac{\partial P}{\partial q_j} + \tau_j \tag{6.44}$$

那么，式(6.43)可被写为下列形式

$$\frac{\mathrm{d}}{\mathrm{d}t} \frac{\partial \mathcal{L}}{\partial \dot{q}_j} - \frac{\partial \mathcal{L}}{\partial q_j} = \tau_j \tag{6.45}$$

其中，$\mathcal{L} = K - P$ 是拉格朗日算子，并且我们得到了形如式(6.6)的**欧拉-拉格朗日运动方程**。

6.2 动能和势能

在上一节中，我们演示了欧拉-拉格朗日方程可被用来直接推导动力学方程，前提是我们能以一组广义坐标来表示该系统的动能和势能。为了使该结果在实践中变得有用，很重要的一点是：人们能够针对一个 n 连杆机器人机械臂随手计算这些项(动能和势能)。在

本节中，我们将推导出关于刚性连杆机器人的动能和势能表达式，其中我们将使用 De-navit-Hartenberg 关节变量作为广义坐标。

首先，我们注意到一个刚性物体的动能是两项之和，即通过将整个物体质量收缩到质心而得到的平移动能，以及物体关于质心的旋转动能。参照图 6.6，我们将一个坐标系附加在如图所示的质心处，这个坐标系被称为**附体坐标系**（body attached frame）。

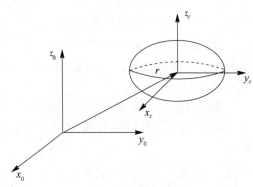

那么，这个刚体的动能如下所示

$$\mathcal{K} = \frac{1}{2} m v^{\mathrm{T}} v + \frac{1}{2} \omega^{\mathrm{T}} \mathcal{I} \omega \qquad (6.46)$$

其中，m 为该物体的总质量，v 和 ω 分别是线速度和角速度，$\mathcal{I}$ 是一个被称为**惯性张量**（inertia tensor）的 3×3 的对称矩阵。

图 6.6　一般的刚体具有 6 个自由度。动能由旋转动能和平移动能组成

6.2.1　惯性张量

可以理解的是，上述的线性向量 v 和角速度向量 ω 均被表示在惯性坐标系里。在这种情况下，我们知道 ω 可以通过下述反对称矩阵来求得

$$S(\omega) = \dot{R} R^{\mathrm{T}} \qquad (6.47)$$

其中，R 是附体坐标系和惯性坐标系之间的姿态变换。因此有必要将惯性张量 $\mathcal{I}$ 也表示到惯性坐标系中，来计算三重积 $\omega^{\mathrm{T}} \mathcal{I} \omega$。相对于惯性参考坐标系的惯性张量将取决于该物体的位形。如果我们用 I 来表示附体坐标系中的惯性张量，那么这两个（惯性张量）矩阵可以通过下列相似变换联系起来

$$\mathcal{I} = R I R^{\mathrm{T}} \qquad (6.48)$$

这是一个重要的观察结果，因为表达在附体坐标系里的惯性矩阵是常数矩阵，它与物体的运动无关，并且容易计算。

接下来，我们将展示如何明确地计算该矩阵。令物体的质量密度表示为位置的函数 $\rho(x, y, z)$。那么，附体坐标系内的惯性张量可通过下式计算

$$I = \begin{bmatrix} I_{xx} & I_{xy} & I_{xz} \\ I_{yx} & I_{yy} & I_{yz} \\ I_{zx} & I_{zy} & I_{zz} \end{bmatrix} \qquad (6.49)$$

其中

$$I_{xx} = \iiint (y^2 + z^2) \rho(x, y, z) \, \mathrm{d}x \, \mathrm{d}y \, \mathrm{d}z$$

$$I_{yy} = \iiint (x^2 + z^2) \rho(x, y, z) \, \mathrm{d}x \, \mathrm{d}y \, \mathrm{d}z$$

$$I_{zz} = \iiint (x^2 + y^2) \rho(x, y, z) \, \mathrm{d}x \, \mathrm{d}y \, \mathrm{d}z$$

且

$$I_{xy} = I_{yx} = -\iiint x y \rho(x, y, z) \, \mathrm{d}x \, \mathrm{d}y \, \mathrm{d}z$$

$$I_{xz} = I_{zx} = -\iiint x z \rho(x, y, z) \, \mathrm{d}x \, \mathrm{d}y \, \mathrm{d}z$$

$$I_{yz} = I_{zy} = -\iiint yz\rho(x,y,z)\mathrm{d}x\mathrm{d}y\mathrm{d}z$$

上述表达式中的积分是对该刚体所占据的空间区域做积分。惯性张量中的对角元素，I_{xx}、I_{yy}、I_{zz}，分别被称为关于 x、y、z 轴的主惯性矩。非对角元素（如 I_{xy} 和 I_{xz} 等）被称为惯性叉积。如果物体的质量分布相对于附体坐标系对称，那么，惯性叉积均为零。

例 6.3（**均匀的长方体固体**）　考虑如图 6.7 中所示的长方体固体，其中长度为 a、宽度为 b、高度为 c。同时假设密度是恒定的，即 $\rho(x,y,z)=\rho$。

如果附体坐标系被连接到物体的几何中心，那么通过对称性，所有的惯性叉积都为零，并且容易计算出

$$I_{xx} = \int_{-c/2}^{c/2}\int_{-b/2}^{b/2}\int_{-a/2}^{a/2} (y^2+z^2)\rho(x,y,z)\mathrm{d}x\mathrm{d}y\mathrm{d}z$$

$$= \rho\,\frac{abc}{12}(b^2+c^2) = \frac{m}{12}(b^2+c^2)$$

这是因为 $\rho abc=m$，即等于总质量。同样地，类似的计算表明

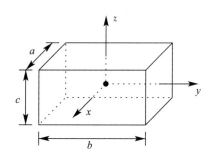

图 6.7　具有均匀质量密度分布的长方体固体以及连接在固体几何中心的坐标系

$$I_{yy} = \frac{m}{12}(a^2+c^2),\quad I_{zz}=\frac{m}{12}(a^2+b^2)$$　◀

6.2.2　n 连杆机器人的动能

现在考虑一个由 n 个连杆组成的机械臂。在第 4 章中我们已经看到，任意连杆上任何一点的线速度和角速度都可通过雅可比矩阵和关节变量的导数来表示。由于在我们的例子中，关节变量的确为广义坐标，那么，对于合适的雅可比矩阵 J_{v_i} 和 J_{ω_i}，我们有

$$v_i = J_{v_i}(q)\dot{q},\quad \omega_i = J_{\omega_i}(q)\dot{q} \tag{6.50}$$

现在假设连杆 i 的质量为 m_i，连杆 i 的惯性矩阵相对于一个与坐标系 i 平行但原点处于质心的坐标系来计算（等于 I_i）。那么根据式（6.46）和式（6.50），机械臂的总动能等于

$$K = \frac{1}{2}\dot{q}^{\mathrm{T}}\left[\sum_{i=1}^{n}\{m_i J_{v_i}(q)^{\mathrm{T}}J_{v_i}(q) + J_{\omega_i}(q)^{\mathrm{T}}R_i(q)I_i R_i(q)^{\mathrm{T}}J_{\omega_i}(q)\}\right]\dot{q} \tag{6.51}$$

$$= \frac{1}{2}\dot{q}^{\mathrm{T}}D(q)\dot{q} \tag{6.52}$$

其中

$$D(q) = \left[\sum_{i=1}^{n}\{m_i J_{v_i}(q)^{\mathrm{T}}J_{v_i}(q) + J_{\omega_i}(q)^{\mathrm{T}}R_i(q)I_i R_i(q)^{\mathrm{T}}J_{\omega_i}(q)\}\right] \tag{6.53}$$

是一个与位形相关的 $n\times n$ 的矩阵，它被称为**惯性矩阵**（inertia matrix）。在 6.4 节中，我们将计算与几种经常出现的机械臂位形相关的惯性矩阵。对于任何机械臂来说，它的惯性矩阵是**对称**且**正定**的。从式（6.53）中容易得知矩阵 $D(q)$ 是对称的。正定性则可以通过下列事实来推断：动能总是非负的，当且仅当所有的关节速度都为零时，动能才为零。正式的证明留作练习（见习题 6-6）。

6.2.3　n 连杆机器人的势能

现在考虑势能项。在刚体动力学的情形下，势能的唯一来源是重力。我们可以通过假

设整个物体的质量都被集中在其质心处，来计算第 i 个连杆的势能，它由下式给出

$$P_i = m_i g^T r_{ci} \tag{6.54}$$

其中，g 是惯性坐标系中的重力向量。向量 r_{ci} 是连杆 i 的质心坐标。因此，该 n 连杆机器人的总势能为

$$P = \sum_{i=1}^{n} P_i = \sum_{i=1}^{n} m_i g^T r_{ci} \tag{6.55}$$

在机器人具有柔性的情形中（例如关节是柔性的），势能将包括与存储在弹性元件中的能量相关的项。注意：势能仅仅是广义坐标的函数，而非广义坐标导数的函数。

6.3 运动方程

在本节中，我们将专门研究下列两种条件下的欧拉-拉格朗日方程（推导见 6.1 节）。第一个条件是：势能是向量 $\dot{q}$ 的二次型函数，并且形如

$$K = \frac{1}{2} \dot{q}^T D(q) \dot{q} = \frac{1}{2} \sum_{i,j} d_{ij}(q) \dot{q}_i \dot{q}_j \tag{6.56}$$

其中，d_{ij} 是 $n \times n$ 惯性矩阵 $D(q)$ 中的元素，对于任意 $q \in \mathbb{R}^n$ 而言，$D(q)$ 是对称且正定的。第二个条件是：势能 $P = P(q)$ 与 $\dot{q}$ 无关。我们前面已经提及机器人机械臂满足这些条件。

这种系统对应的欧拉-拉格朗日方程可以通过如下方式导出。利用式（6.56），我们可以写出拉格朗日算子，如下

$$L = K - P = \frac{1}{2} \sum_{i,j} d_{ij}(q) \dot{q}_i \dot{q}_j - P(q) \tag{6.57}$$

拉格朗日算子相对于第 k 个关节速度的偏导数如下

$$\frac{\partial L}{\partial \dot{q}_k} = \sum_j d_{kj} \dot{q}_j \tag{6.58}$$

因此我们有

$$\frac{d}{dt} \frac{\partial L}{\partial \dot{q}_k} = \sum_j d_{kj} \ddot{q}_j + \sum_j \frac{d}{dt} d_{kj} \dot{q}_j \tag{6.59}$$

$$= \sum_j d_{kj} \ddot{q}_j + \sum_{i,j} \frac{\partial d_{kj}}{\partial q_i} \dot{q}_i \dot{q}_j$$

类似的，拉格朗日算子相对于第 k 个关节位置的偏导数如下

$$\frac{\partial L}{\partial q_k} = \frac{1}{2} \sum_{i,j} \frac{\partial d_{ij}}{\partial q_k} \dot{q}_i \dot{q}_j - \frac{\partial P}{\partial q_k} \tag{6.60}$$

因此，对于每个 $k = 1, \cdots, n$，欧拉-拉格朗日方程可以写为

$$\sum_j d_{kj} \ddot{q}_j + \sum_{i,j} \left\{ \frac{\partial d_{kj}}{\partial q_i} - \frac{1}{2} \frac{\partial d_{ij}}{\partial q_k} \right\} \dot{q}_i \dot{q}_j + \frac{\partial P}{\partial q_k} = \tau_k \tag{6.61}$$

通过改变求和顺序并使用对称性质，我们可以证明（见习题 6-7）

$$\sum_{i,j} \left\{ \frac{\partial d_{kj}}{\partial q_i} \right\} \dot{q}_i \dot{q}_j = \frac{1}{2} \sum_{i,j} \left\{ \frac{\partial d_{kj}}{\partial q_i} + \frac{\partial d_{ki}}{\partial q_j} \right\} \dot{q}_i \dot{q}_j \tag{6.62}$$

因此

$$\sum_{i,j} \left\{ \frac{\partial d_{kj}}{\partial q_i} - \frac{1}{2} \frac{\partial d_{ij}}{\partial q_k} \right\} \dot{q}_i \dot{q}_j = \sum_{i,j} \frac{1}{2} \left\{ \frac{\partial d_{kj}}{\partial q_i} + \frac{\partial d_{ki}}{\partial q_j} - \frac{\partial d_{ij}}{\partial q_k} \right\} \dot{q}_i \dot{q}_j$$

$$= \sum_{i,j} c_{ijk} \dot{q}_i \dot{q}_j$$

其中，我们定义

$$c_{ijk} := \frac{1}{2} \left\{ \frac{\partial d_{kj}}{\partial q_i} + \frac{\partial d_{ki}}{\partial q_j} - \frac{\partial d_{ij}}{\partial q_k} \right\} \tag{6.63}$$

式(6.63)中的 c_{ijk} 项被称为(第一类)Christoffel 符号。注意到，对于固定的 k，我们有 $c_{ijk} = c_{jik}$，这将使关于此类符号的计算量大约减少一半。最终，如果我们定义

$$g_k = \frac{\partial P}{\partial q_k} \tag{6.64}$$

那么，我们可以将欧拉-拉格朗日方程写为

$$\sum_{j=1}^{n} d_{kj}(q) \ddot{q}_j + \sum_{i=1}^{n} \sum_{j=1}^{n} c_{ijk}(q) \dot{q}_i \dot{q}_j + g_k(q) = \tau_k, \quad k = 1, \cdots, n \tag{6.65}$$

在上述公式中，有三种类型的项。第一种类型涉及广义坐标的二阶导数。第二种类型涉及 q(广义坐标)的一阶导数的二次型，其中的系数可能取决于 q。这些系数项可被进一步分为：形如 $\dot{q}_i^2$ 的乘积类型和形如 $\dot{q}_i \dot{q}_j$(其中 $i \neq j$)的乘积类型。形如 $\dot{q}_i^2$ 类型的项被称为是**离心的**(centrifugal)，而形如 $\dot{q}_i \dot{q}_j$ 类型的项被称为**科里奥利**(Coriolis)项。第三种类型是那些仅涉及 q 而与其导数无关的项。通常将式(6.65)写成下列形式

$$D(q)\ddot{q} + C(q, \dot{q})\dot{q} + g(q) = \tau \tag{6.66}$$

其中，矩阵 $C(q, \dot{q})$ 中的第 (k, j) 项元素被定义为

$$c_{kj} = \sum_{i=1}^{n} c_{ijk}(q) \dot{q}_i = \sum_{i=1}^{n} \frac{1}{2} \left\{ \frac{\partial d_{kj}}{\partial q_i} + \frac{\partial d_{ki}}{\partial q_j} - \frac{\partial d_{ij}}{\partial q_k} \right\} \dot{q}_i \tag{6.67}$$

并且重力向量 $g(q)$ 由下式给出

$$g(q) = (g_1(q), \cdots, g_n(q)) \tag{6.68}$$

总之，本节中的推导具有普遍性，并可被用于任何类型的机械系统，前提是：如果该系统的动能具有形如式(6.56)的表达式，并且它的势能与 $\dot{q}$(广义速度)无关。在接下来的一节中，我们将此讨论用于各种具体的机器人位形的研究中。

6.4 一些常见位形

在本节中，我们将把上述的分析方法应用到几种机械臂位形中，并推导出与之对应的运动公式。我们以一个双连杆直角坐标机械臂作为开始，然后分析越来越复杂的位形，最后以一个具有特别简单的惯性矩阵的五杆机构结束。

6.4.1 双连杆直角坐标机械臂

考虑如图 6.8 中所示的机械臂，它由两个连杆和两个平动关节组成。用 m_1 和 m_2 分别表示这两个连杆的质量，同时用 q_1 和 q_2 分别表示两个平动关节的位移。此时容易看到，正如 6.1 节中提到的那样，这两个量可以作为该机械臂的广义坐标。由于广义坐标具有距离量纲，所以，与之对应的广义力具有力的量纲。事实上，广义力是施加在各关节处的力。我们使用 $f_i(i=1,2)$ 表示广义力。

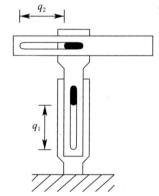

图 6.8 平面双连杆直角坐标机器人。直角坐标机器人的正交关节轴线以及直线关节运动使得运动学和动力学变得简单

由于我们使用关节变量作为广义坐标，可知系统的动能具有式(6.56)中的形式，并且势能仅仅是 q_1 和 q_2 的函数。因此，我们可以使用 6.3 节中的公式来得出动力学方程。另外，由于这两个关节

均为平动关节，因此，角速度的雅可比矩阵为零，并且每个连杆的动能均由平移项构成。

因此，可以推出连杆 1 的质心速度由下式给出

$$v_{c1} = J_{v_{c1}} \dot{q} \tag{6.69}$$

其中

$$J_{v_{c1}} = \begin{bmatrix} 0 & 0 \\ 0 & 0 \\ 1 & 0 \end{bmatrix}, \quad \dot{q} = \begin{bmatrix} \dot{q}_1 \\ \dot{q}_2 \end{bmatrix} \tag{6.70}$$

同样的

$$v_{c2} = J_{v_{c2}} \dot{q} \tag{6.71}$$

其中

$$J_{v_{c2}} = \begin{bmatrix} 0 & 0 \\ 0 & 1 \\ 1 & 0 \end{bmatrix} \tag{6.72}$$

因此，动能由下式给出

$$K = \frac{1}{2} \dot{q}^{\mathrm{T}} \{ m_1 J_{v_c}^{\mathrm{T}} J_{v_c} + m_2 J_{v_{c2}}^{\mathrm{T}} J_{v_{c2}} \} \dot{q} \tag{6.73}$$

与式(6.56)相对比，我们可以看到：惯量矩阵 D 可被简单地写为

$$D = \begin{bmatrix} m_1 + m_2 & 0 \\ 0 & m_2 \end{bmatrix} \tag{6.74}$$

接下来，连杆 1 的势能为 $m_1 g q_1$，而连杆 2 的势能为 $m_2 g q_1$，其中 g 为重力加速度。因此，总的势能为

$$P = g(m_1 + m_2) q_1 \tag{6.75}$$

现在，我们已经准备好写出运动方程。由于惯性矩阵是恒定的，因此，所有的 Christoffel 符号均为零。此外，重力向量的 g_k 分量由下式给出

$$g_1 = \frac{\partial P}{\partial q_1} = g(m_1 + m_2), \quad g_2 = \frac{\partial P}{\partial q_2} = 0 \tag{6.76}$$

代入式(6.65)中，得到动力学方程

$$(m_1 + m_2)\ddot{q}_1 + g(m_1 + m_2) = f_1$$

$$m_2 \ddot{q}_2 = f_2 \tag{6.77}$$

6.4.2 平面肘型机械臂

现在，考虑图 6.9 中所示的带有两个回转关节的平面机械臂。让我们按照下述方式解决符号问题。对于 $i = 1$ 和 2，q_i 表示关节转角，它也作为广义坐标，m_i 表示连杆 i 的质量，ℓ_i 表示连杆 i 的长度，ℓ_{ci} 表示前一个关节与连杆 i 的质心之间的距离，I_i 表示连杆 i 关于穿过其质心并指向纸外的轴线的转动惯量。

我们将使用 Denavit-Hartenberg 关节变量作为广义坐标，这将使我们能够有效地使用第 4 章中推导出的雅可比矩阵表达式来计算动能，首先

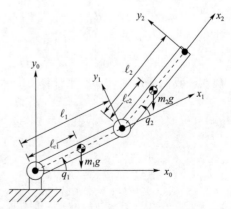

图 6.9 双连杆回转关节手臂。回转关节运动引入了关节之间的动态耦合

$$v_{c1} = J_{v_{c1}} \dot{q} \tag{6.78}$$

其中

$$J_{v_{c1}} = \begin{bmatrix} -\ell_c \sin q_1 & 0 \\ \ell_{c1} \cos q_1 & 0 \\ 0 & 0 \end{bmatrix} \tag{6.79}$$

类似地

$$v_{c2} = J_{v_{c2}} \dot{q} \tag{6.80}$$

其中

$$J_{v_{c2}} = \begin{bmatrix} -\ell_1 \sin q_1 - \ell_{c2} \sin(q_1+q_2) & -\ell_{c2} \sin(q_1+q_2) \\ \ell_1 \cos q_1 + \ell_{c2} \cos(q_1+q_2) & \ell_{c2} \cos(q_1+q_2) \\ 0 & 0 \end{bmatrix} \tag{6.81}$$

因此，平移部分对应的动能为

$$\frac{1}{2} m_1 v_{c1}^{\mathrm{T}} v_{c1} + \frac{1}{2} m_2 v_{c2}^{\mathrm{T}} v_{c2} = \frac{1}{2} \dot{q} \{ m_1 J_{v_{c1}}^{\mathrm{T}} J_{v_{c1}} + m_2 J_{v_{c2}}^{\mathrm{T}} J_{v_{c2}} \} \dot{q} \tag{6.82}$$

接下来，我们考虑角速度项。由于这种机械臂本质上特别简单，许多潜在的困难都没有显现出来。首先，很明显，当表达在基础惯性坐标系中时，我们有

$$\omega_1 = \dot{q}_1 k, \quad \omega_2 = (\dot{q}_1 + \dot{q}_2) k \tag{6.83}$$

此外，由于 ω_i 与每个关节坐标系的 z 轴相对齐，旋转运动的动能可被简单表达为 $\frac{1}{2} I_i \omega_i^2$，其中 I_i 是转动惯量，它的轴线穿过连杆 i 的质心且平行于 z_i 轴。因此，就广义坐标而言，整个系统的旋转动能为

$$\frac{1}{2} \dot{q}^{\mathrm{T}} \left\{ I_1 \begin{bmatrix} 1 & 0 \\ 0 & 0 \end{bmatrix} + I_2 \begin{bmatrix} 1 & 1 \\ 1 & 1 \end{bmatrix} \right\} \dot{q} \tag{6.84}$$

现在，我们已经准备好构造惯性矩阵 $D(q)$。为了达到这个目的，我们仅需要在式(6.82)和式(6.84)中分别添加两个矩阵。因此，

$$D(q) = m_1 J_{v_{c1}}^{\mathrm{T}} J_{v_{c1}} + m_2 J_{v_{c2}}^{\mathrm{T}} J_{v_{c2}} + \begin{bmatrix} I_1+I_2 & I_2 \\ I_2 & I_2 \end{bmatrix} \tag{6.85}$$

将上述乘积展开，并使用标准的三角恒等式 $\cos^2\theta + \sin^2\theta = 1$ 和 $\cos\alpha\cos\beta + \sin\alpha\sin\beta = \cos(\alpha-\beta)$，得到

$$\begin{aligned} d_{11} &= m_1 \ell_{c1}^2 + m_2 (\ell_1^2 + \ell_{c2}^2 + 2\ell_1 \ell_{c2} \cos q_2) + I_1 + I_2 \\ d_{12} &= d_{21} = m_2 (\ell_{c_2}^2 + \ell_1 \ell_{c2} \cos q_2) + I_2 \\ d_{22} &= m_2 \ell_{c2}^2 + I_2 \end{aligned} \tag{6.86}$$

现在，我们使用式(6.63)来计算 Christoffel 符号，得到

$$c_{111} = \frac{1}{2} \frac{\partial d_{11}}{\partial q_1} = 0$$

$$c_{121} = c_{211} = \frac{1}{2} \frac{\partial d_{11}}{\partial q_2} = -m_2 \ell_1 \ell_{c2} \sin q_2 = h$$

$$c_{221} = \frac{\partial d_{12}}{\partial q_2} - \frac{1}{2} \frac{\partial d_{22}}{\partial q_1} = h$$

$$c_{112} = \frac{\partial d_{21}}{\partial q_1} - \frac{1}{2} \frac{\partial d_{11}}{\partial q_2} = -h$$

$$c_{122} = c_{212} = \frac{1}{2}\frac{\partial d_{22}}{\partial q_1} = 0$$

$$c_{222} = \frac{1}{2}\frac{\partial d_{22}}{\partial q_2} = 0$$

接下来，机械臂的势能等于两个连杆的势能之和。对于每个连杆，它的势能是其质量乘以重力加速度以及质心高度。因此，

$$P_1 = m_1 g \ell_{c1} \sin q_1$$

$$P_2 = m_2 g (\ell_1 \sin q_1 + \ell_{c2} \sin(q_1 + q_2))$$

所以，总的势能为

$$P = P_1 + P_2 = (m_1 \ell_{c1} + m_2 \ell_1) g \sin q_1 + m_2 \ell_{c2} g \sin(q_1 + q_2) \tag{6.87}$$

因此，式(6.64)中定义的函数 g_k 变为

$$g_1 = \frac{\partial P}{\partial q_1} = (m_1 \ell_{c1} + m_2 \ell_1) g \cos q_1 + m_2 \ell_{c2} g \cos(q_1 + q_2) \tag{6.88}$$

$$g_2 = \frac{\partial P}{\partial q_2} = m_2 \ell_{c2} g \cos(q_1 + q_2) \tag{6.89}$$

最后，我们可以写下与式(6.65)相类似的系统动力学方程。对此公式中的各项进行替代，同时略去零项，得到

$$d_{11}\ddot{q}_1 + d_{12}\ddot{q}_2 + c_{121}\dot{q}_1\dot{q}_2 + c_{211}\dot{q}_2\dot{q}_1 + c_{221}\dot{q}_2^2 + g_1 = \tau_1 \tag{6.90}$$

$$d_{21}\ddot{q}_1 + d_{22}\ddot{q}_2 + c_{112}\dot{q}_1^2 + g_2 = \tau_2$$

在这种情况下，矩阵 $C(q,\dot{q})$ 由下式给出

$$C = \begin{bmatrix} h\dot{q}_2 & h\dot{q}_2 + h\dot{q}_1 \\ -h\dot{q}_1 & 0 \end{bmatrix} \tag{6.91}$$

6.4.3 带有远程驱动连杆的平面肘型机械臂

现在，我们来说明，当广义坐标并非前面章节中定义的关节变量时，如何使用拉格朗日方程。再次考虑平面肘型机械臂，但此时假设两个关节均由安装在底座的电机来驱动。第一个关节由电机直接驱动，而另一个关节则通过一个齿轮机构或同步带而驱动(见图 6.10)。

在这种情况下，我们应该按照图 6.11 所示的那样来选择广义坐标，这是因为角度 p_2 取决于 2 号驱动电机，并且它不受角度 p_1 的影响。我们将推导此位形下的动力学方程，并展示一些简化结果。

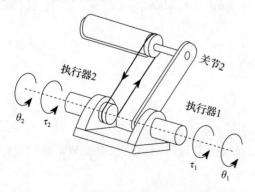

图 6.10 带有远程驱动连杆的双连杆回转关节机械臂。因为使用了远程驱动方式，电机轴角度与关节角度不成正比

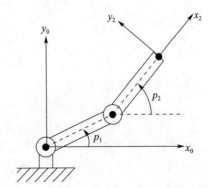

图 6.11 图 6.10 中所示机器人的广义坐标

由于 p_1 和 p_2 并非先前使用的关节角度，我们不能使用第 4 章中导出的速度雅可比矩阵来求解各连杆的动能。相反，我们必须进行直接分析。容易看出

$$v_{c1} = \begin{bmatrix} -\ell_{c1}\sin p_1 & 0 \\ \ell_{c1}\cos p_1 & 0 \\ 0 & 0 \end{bmatrix} \begin{bmatrix} \dot{p}_1 \\ \dot{p}_2 \end{bmatrix} \tag{6.92}$$

$$v_{c2} = \begin{bmatrix} -\ell_1\sin p_1 & -\ell_{c2}\sin p_2 \\ \ell_1\cos p_1 & \ell_{c2}\cos p_2 \\ 0 & 0 \end{bmatrix} \begin{bmatrix} \dot{p}_1 \\ \dot{p}_2 \end{bmatrix} \tag{6.93}$$

$$\omega_1 = \dot{p}_1 k, \quad \omega_2 = \dot{p}_2 k \tag{6.94}$$

因此，机械臂的动能等于

$$K = \frac{1}{2}\dot{p}^{\mathrm{T}} D(p)\dot{p} \tag{6.95}$$

其中

$$D(p) = \begin{bmatrix} m_1\ell_{c1}^2 + m_2\ell_1^2 + I_1 & m_2\ell_1\ell_{c2}\cos(p_2 - p_1) \\ m_2\ell_1\ell_{c2}\cos(p_2 - p_1) & m_2\ell_{c2}^2 + I_2 \end{bmatrix} \tag{6.96}$$

按照式 (6.63) 中的方式计算 Christoffel 符号，得到

$$c_{111} = \frac{1}{2}\frac{\partial d_{11}}{\partial p_1} = 0$$

$$c_{121} = c_{211} = \frac{1}{2}\frac{\partial d_{11}}{\partial p_2} = 0$$

$$c_{221} = \frac{\partial d_{12}}{\partial p_2} - \frac{1}{2}\frac{\partial d_{22}}{\partial p_1} = -m_2\ell_1\ell_{c2}\sin(p_2 - p_1)$$

$$c_{112} = \frac{\partial d_{21}}{\partial p_1} - \frac{1}{2}\frac{\partial d_{11}}{\partial p_2} = m_2\ell_1\ell_{c2}\sin(p_2 - p_1)$$

$$c_{212} = c_{122} = \frac{1}{2}\frac{\partial d_{22}}{\partial p_1} = 0$$

$$c_{222} = \frac{1}{2}\frac{\partial d_{22}}{\partial p_2} = 0 \tag{6.97}$$

接下来，该机械臂的势能，可以表述为 p_1 和 p_2 的函数，它等于

$$P = m_1 g\ell_{c1}\sin p_1 + m_2 g(\ell_1\sin p_1 + \ell_{c2}\sin p_2) \tag{6.98}$$

因此，广义重力为

$$g_1 = (m_1\ell_{c1} + m_2\ell_1)g\cos p_1$$

$$g_2 = m_2\ell_{c2}g\cos p_2$$

最后，运动方程为

$$d_{11}\ddot{p}_1 + d_{12}\ddot{p}_2 + c_{221}\dot{p}_2^2 + g_1 = \tau_1$$
$$d_{21}\ddot{p}_1 + d_{22}\ddot{p}_2 + c_{112}\dot{p}_1^2 + g_2 = \tau_2 \tag{6.99}$$

通过比较式 (6.99) 和式 (6.90)，我们看到：通过从基座处远程驱动第二个关节，我们消除了科里奥利力，但耦合两个关节的离心力仍然存在。

6.4.4 五杆机构

现在，考虑图 6.12 中所示的机械臂。我们将证明，如果该机械臂的参数满足一个简

单关系，那么该机械臂的方程是解耦的，从而使得 q_1 和 q_2 可以被相互独立地控制。

图 6.12 中所示的机构被称为**五杆机构**（five-bar linkage）。显然，图中只有四个连杆，但是机构学理论中的惯例是将地面作为额外的连杆来考虑，这也就解释了"五杆机构"这一术语。假定连杆 1 和连杆 3 的长度相同，而且两个标记为 ℓ_2 的长度也相同，在此情况下，图中的闭合路径实际上是一个平行四边形，因而大大简化了计算。但是请注意，ℓ_{c1} 和 ℓ_{c3} 不必相等，例如，尽管连杆 1 和连杆 3 具有相同的长度，但它们不必具备相同的质量分布。从图中可以清楚地看

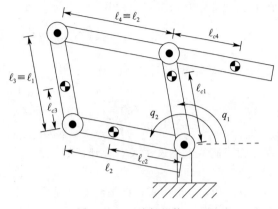

图 6.12　五连杆机构

到：尽管有 4 个连杆参与运动，实际上图中只有 2 个自由度，分别标记为 q_1 和 q_2。因此，与本书前面研究的机构相对比，图中的这个机构是一个闭式运动链（虽然是特别简单的那种）。因此，我们不能使用先前雅可比矩阵的结果，而要从头开始。作为第一步，我们将各个连杆的质心坐标表示为广义坐标的函数。这样我们得到

$$\begin{bmatrix} x_{c1} \\ y_{c1} \end{bmatrix} = \begin{bmatrix} \ell_{c1}\cos q_1 \\ \ell_{c1}\sin q_1 \end{bmatrix} \tag{6.100}$$

$$\begin{bmatrix} x_{c2} \\ y_{c2} \end{bmatrix} = \begin{bmatrix} \ell_{c2}\cos q_2 \\ \ell_{c2}\sin q_2 \end{bmatrix} \tag{6.101}$$

$$\begin{bmatrix} x_{c3} \\ y_{c3} \end{bmatrix} = \begin{bmatrix} \ell_2\cos q_2 \\ \ell_2\sin q_2 \end{bmatrix} + \begin{bmatrix} \ell_{c3}\cos q_1 \\ \ell_{c3}\sin q_1 \end{bmatrix} \tag{6.102}$$

$$\begin{bmatrix} x_{c4} \\ y_{c4} \end{bmatrix} = \begin{bmatrix} \ell_1\cos q_1 \\ \ell_1\sin q_1 \end{bmatrix} + \begin{bmatrix} \ell_{c4}\cos(q_2-\pi) \\ \ell_{c4}\sin(q_2-\pi) \end{bmatrix}$$

$$= \begin{bmatrix} \ell_1\cos q_1 \\ \ell_1\sin q_1 \end{bmatrix} - \begin{bmatrix} \ell_{c4}\cos q_2 \\ \ell_{c4}\sin q_2 \end{bmatrix} \tag{6.103}$$

接下来，通过使用这些表达式，我们可以将各个质心的速度写为关于广义速度 $\dot q_1$ 和 $\dot q_2$ 的函数。为方便起见，我们丢掉下列雅可比矩阵的第三行（由于它始终为零）。其结果如下

$$\begin{aligned}
v_{c1} &= \begin{bmatrix} -\ell_{c1}\sin q_1 & 0 \\ \ell_{c1}\cos q_1 & 0 \end{bmatrix} \dot q \\[4pt]
v_{c2} &= \begin{bmatrix} 0 & -\ell_{c2}\sin q_2 \\ 0 & \ell_{c2}\cos q_2 \end{bmatrix} \dot q \\[4pt]
v_{c3} &= \begin{bmatrix} -\ell_{c3}\sin q_1 & -\ell_2\sin q_2 \\ \ell_{c3}\cos q_1 & \ell_2\cos q_2 \end{bmatrix} \dot q \\[4pt]
v_{c4} &= \begin{bmatrix} -\ell_1\sin q_1 & \ell_{c4}\sin q_2 \\ \ell_1\cos q_1 & \ell_{c4}\cos q_2 \end{bmatrix} \dot q
\end{aligned} \tag{6.104}$$

让我们以显而易见的方式来定义速度雅可比矩阵 $J_{v_{ci}}$，$i \in \{1,\cdots,4\}$，即定义为上述公式中的四个矩阵。接下来，明显地，四个连杆的角速度可被简单给出如下

$$\omega_1 = \omega_3 = \dot{q}_1 k, \quad \omega_2 = \omega_4 = \dot{q}_2 k \tag{6.105}$$

因此，惯性矩阵由下式给出

$$D(q) = \sum_{i=1}^{4} m_i J_{vc}^{\mathrm{T}} J_{vc} + \begin{bmatrix} I_1 + I_3 & 0 \\ 0 & I_2 + I_4 \end{bmatrix} \tag{6.106}$$

如果现在将式(6.104)代入上述公式中，并使用标准的三角函数恒等式，我们得到

$$
\begin{aligned}
d_{11}(q) &= m_1 \ell_{c1}^2 + m_3 \ell_{c3}^2 + m_4 \ell_1^2 + I_1 + I_3 \\
d_{12}(q) &= d_{21}(q) = (m_3 \ell_2 \ell_{c3} - m_4 \ell_1 \ell_{c4}) \cos(q_2 - q_1) \\
d_{22}(q) &= m_2 \ell_{c2}^2 + m_3 \ell_2^2 + m_4 \ell_{c4}^2 + I_2 + 1_4
\end{aligned} \tag{6.107}
$$

现在，我们从上述表达式中看到，如果

$$m_3 \ell_2 \ell_{c3} = m_4 \ell_1 \ell_{c4} \tag{6.108}$$

那么 d_{12} 和 d_{21} 都为零，即惯性矩阵是定常对角阵。因此，动力学方程中将不包含科里奥利项和离心项。

现在转而研究势能，我们有

$$
\begin{aligned}
P &= g \sum_{i=1}^{4} y_{ci} = g \sin q_1 (m_1 \ell_{c1} + m_3 \ell_{c3} + m_4 \ell_1) + \\
&\quad g \sin q_2 (m_2 \ell_{c2} + m_3 \ell_2 - m_4 \ell_{c4})
\end{aligned} \tag{6.109}
$$

因此

$$
\begin{aligned}
g_1 &= g \cos q_1 (m_1 \ell_{c1} + m_3 \ell_{c3} + m_4 \ell_1) \\
g_2 &= g \cos q_2 (m_2 \ell_{c2} + m_3 \ell_2 - m_4 \ell_{c4})
\end{aligned} \tag{6.110}
$$

注意到 g_1 仅取决于 q_1 而与 q_2 无关；与此相类似，g_2 仅取决于 q_2 而与 q_1 无关。因此，如果满足式(6.108)中的关系，那么，图 6.12 中的具有相当复杂外观的机械臂，可通过下列解耦方程组来描述

$$d_{11} \ddot{q}_1 + g_1(q_1) = \tau_1, \quad d_{22} \ddot{q}_2 + g_2(q_2) = \tau_2 \tag{6.111}$$

这种讨论有助于解释平行四边形结构在工业机器人中被普遍应用的原因。如果满足关系式(6.108)，那么我们可以独立地调节两个角度 q_1 和 q_2，而不必担心这两个角度之间的相互作用。将上述内容与本节前面所讨论的平面肘型机械臂中的情况进行比较。

6.5 机器人动力学方程的性质

一个 n 连杆机器人的运动方程可能是令人生畏的，特别是如果该机器人包含一个或多个回转关节。幸运的是，这些方程包含一些有助于开发控制算法的重要结构特性，我们将在后面的章节中看到这一点。这里我们将讨论其中的某些性质，其中最重要的是所谓的**反对称性**(skew symmetry)和相关的**无源性**(passivity)，以及**参数的线性化**(linearity-in-the-parameter)性质。对于回转关节机器人，惯性矩阵也满足有助于控制设计的全局界限。

6.5.1 反对称性和无源性

命题 6.1(反对称性) 用 $D(q)$ 表示一个 n 连杆机器人的惯性矩阵，同时根据式(6.67)定义 $C(q, \dot{q})$ 为 $D(q)$ 中元素的函数。那么，矩阵 $N(q, \dot{q}) = \dot{D}(q) - 2C(q, \dot{q})$ 是反对称的，即矩阵 N 中的元素 n_{jk} 满足 $n_{jk} = -n_{kj}$。

证明 给定一个惯性矩阵 $D(q)$，根据链式法则，$D(q)$ 的第 (k, j) 个元素给出如下

$$\dot{d}_{kj} = \sum_{i=1}^{n} \frac{\partial d_{kj}}{\partial q_i} \dot{q}_i \tag{6.112}$$

因此，矩阵 $N = \dot{D} - 2C$ 的第 (k, j) 个元素由下式给出

$$
\begin{aligned}
n_{kj} &= \dot{d}_{kj} - 2c_{kj} \\
&= \sum_{i=1}^{n} \left[\frac{\partial d_{kj}}{\partial q_i} - \left\{ \frac{\partial d_{kj}}{\partial q_i} + \frac{\partial d_{ki}}{\partial q_j} - \frac{\partial d_{ij}}{\partial q_k} \right\} \right] \dot{q}_i \\
&= \sum_{i=1}^{n} \left[\frac{\partial d_{ij}}{\partial q_k} - \frac{\partial d_{ki}}{\partial q_j} \right] \dot{q}_i
\end{aligned} \tag{6.113}
$$

由于惯性矩阵 $D(q)$ 是对称的，即 $d_{ij} = d_{ji}$，因此根据式(6.113)并交换指标 k 和 j，得到

$$
n_{jk} = -n_{kj} \tag{6.114}
$$

证明结束。

一个重要注意事项是：为了让矩阵 $N = \dot{D} - 2C$ 成为反对称矩阵，我们必须按照式(6.67)来定义 C。在后面的章节中，当我们讨论鲁棒自适应控制算法时，这将会很重要。

与反对称性相关的是所谓的**无源性**，当前语境下，它是指存在一个常数 $\beta \geqslant 0$，使得

$$
\int_0^T \dot{q}^{\mathrm{T}}(t) \tau(t) \mathrm{d}t \geqslant -\beta, \quad \forall\, T > 0 \tag{6.115}
$$

$\dot{q}^{\mathrm{T}} \tau$ 项具有功率的量纲。因此，表达式 $\int_0^T \dot{q}^{\mathrm{T}}(t) \tau(t) \mathrm{d}t$ 指代系统在时间间隔 $[0, T]$ 内所产生的能量。无源性意味着系统所消耗的能量具有一个由 $-\beta$ 给出的下界。无源性这个词来自电路理论，依据上述定义，一个无源系统是一个可由无源元件(电阻、电容和电感)构建而来的系统。同样地，一个无源的机械系统可由质量、弹簧和阻尼构成。

为了证明无源性，令 H 表示系统的总能量，即系统的动能和势能之和

$$
H = \frac{1}{2} \dot{q}^{\mathrm{T}} D(q) \dot{q} + P(q) \tag{6.116}
$$

导数 $\dot{H}$ 满足

$$
\begin{aligned}
\dot{H} &= \dot{q}^{\mathrm{T}} D(q) \ddot{q} + \frac{1}{2} \dot{q}^{\mathrm{T}} \dot{D}(q) \dot{q} + \dot{q}^{\mathrm{T}} \frac{\partial P}{\partial q} \\
&= \dot{q}^{\mathrm{T}} \{ \tau - C(q, \dot{q}) \dot{q} - g(q) \} + \frac{1}{2} \dot{q}^{\mathrm{T}} \dot{D}(q) \dot{q} + \dot{q}^{\mathrm{T}} \frac{\partial P}{\partial q}
\end{aligned} \tag{6.117}
$$

其中，我们使用运动方程来替代 $D(q) \ddot{q}$。整理多项式，并使用 $g(q) = \dfrac{\partial P}{\partial q}$ 这一事实，得到

$$
\begin{aligned}
\dot{H} &= \dot{q}^{\mathrm{T}} \tau + \frac{1}{2} \dot{q}^{\mathrm{T}} \{ \dot{D}(q) - 2C(q, \dot{q}) \} \dot{q} \\
&= \dot{q}^{\mathrm{T}} \tau
\end{aligned} \tag{6.118}
$$

后面的等式根据反对称性得到。式(6.118)的左右两边同时对时间积分，得到

$$
\int_0^T \dot{q}^{\mathrm{T}}(t) \tau(t) \mathrm{d}t = H(T) - H(0) \geqslant -H(0) \tag{6.119}
$$

这是由于总能量 $H(T)$ 是非负的，根据无源性，可得 $\beta = H(0)$。∎

6.5.2 惯性矩阵的有界性

我们在前面曾经提到过，对于一个 n 连杆机器人，它的惯性矩阵对称且正定。对于一个固定的广义坐标值 q，令 $0 < \lambda_1(q) \leqslant \cdots \leqslant \lambda_n(q)$ 表示矩阵 $D(q)$ 的 n 个特征值。由于矩阵

$D(q)$是正定矩阵，所以这些特征值是正值。因此，容易证明

$$\lambda_1(q)I_{n\times n}\leqslant D(q)\leqslant\lambda_n(q)I_{n\times n} \tag{6.120}$$

其中，$I_{n\times n}$表示一个$n\times n$的单位矩阵。上述不等式可以从标准的矩阵不等式的角度加以解读，即如果A和B均为$n\times n$的矩阵，那么$B<A$意味着矩阵$A-B$为正定矩阵，而$B\leqslant A$则意味着矩阵$A-B$为半正定矩阵。

如果所有的关节为回转关节，那么惯性矩阵仅含有那些涉及正弦函数和余弦函数的元素，因此，对应矩阵是广义坐标的有界函数。所以，如果惯性矩阵具有一致的界限（与广义坐标q无关），可以找到常数λ_m和λ_M，使得

$$\lambda_m I_{n\times n}\leqslant D(q)\leqslant\lambda_M I_{n\times n} \tag{6.121}$$

6.5.3　参数的线性化

机器人的运动方程是通过使用连杆质量、惯性矩等参数进行定义的，每个特定的机器人必须确定这些参数，以便实现模拟方程或调节控制器等任务。动力学方程的复杂性使得确定这些参数成为一个难以完成的任务。幸运的是，从下述意义上讲，这些运动方程在惯性参数方面是线性的。存在一个$n\times\ell$的函数$Y(q,\dot{q},\ddot{q})$，以及一个ℓ维向量Θ，使得欧拉-拉格朗日方程可被写为

$$D(q)\ddot{q}+C(q,\dot{q})\dot{q}+g(q)=Y(q,\dot{q},\ddot{q})\Theta \tag{6.122}$$

函数$Y(q,\dot{q},\ddot{q})$被称为**回归方程**（regressor），而$\Theta\in\mathbb{R}^\ell$为**参数向量**。参数空间的维度（即通过此种方式描述的动力学所需的参数数目）不是唯一的。一般情况下，一个给定的刚体可通过10个参数来描述，即总质量、惯性张量中的六个独立元素，以及质心的三个坐标。因此，一个n连杆机器人最多有$10n$个动力学参数。但是，由于连杆运动受到约束，并且通过关节互连而相互耦合，实际上的独立参数数目少于$10n$。不过，寻找一个用来参数化动力学方程的最小化参数集，一般都会比较困难。

考虑6.4节中的双连杆、带有回转关节的平面机器人。如果我们将式（6.86）中的惯性项分为以下几组

$$\Theta_1=m_1\ell_{c1}^2+m_2(\ell_1^2+\ell_{c2}^2)+I_1+I_2 \tag{6.123}$$

$$\Theta_2=m_2\ell_1\ell_{c2} \tag{6.124}$$

$$\Theta_3=m_2\ell_{c2}^2+I_2 \tag{6.125}$$

那么，我们可将惯性矩阵中的元素写为

$$d_{11}=\Theta_1+2\Theta_2\cos(q_2) \tag{6.126}$$

$$d_{12}=d_{21}=\Theta_3+\Theta_2\cos(q_2) \tag{6.127}$$

$$d_{22}=\Theta_3 \tag{6.128}$$

对于Christoffel符号来说，并不需要额外的参数，因为它们是惯性矩阵里某些元素的方程。不过，重力力矩通常需要额外参数。设定

$$\Theta_4=m_1\ell_{c1}+m_2\ell_1 \tag{6.129}$$

$$\Theta_5=m_2\ell_{c2} \tag{6.130}$$

我们可将重力项g_1和g_2写为

$$g_1=\Theta_4 g\cos(q_1)+\Theta_5 g\cos(q_1+q_2) \tag{6.131}$$

$$g_2=\Theta_5 g\cos(q_1+q_2) \tag{6.132}$$

将上述公式代入到运动方程中，容易将动力学写成如式（6.122）所示的形式，其中

$$Y(q,\dot{q},\ddot{q})=$$

$$\begin{bmatrix} \ddot{q}_1 & \cos(q_2)(2\ddot{q}_1+\ddot{q}_2)-\sin(q_2)(\dot{q}_1^2+2\dot{q}_1\dot{q}_2) & \ddot{q}_2 & g\cos(q_1) & g\cos(q_1+q_2) \\ 0 & \cos(q_2)\ddot{q}_1+\sin(q_2)\dot{q}_1^2 & \ddot{q}_1+\ddot{q}_2 & 0 & g\cos(q_1+q_2) \end{bmatrix}$$

另外, 参数向量 Θ 如下给出

$$\Theta=\begin{bmatrix} \Theta_1 \\ \Theta_2 \\ \Theta_3 \\ \Theta_4 \\ \Theta_5 \end{bmatrix}=\begin{bmatrix} m_1\ell_{c1}^2+m_2(\ell_1^2+\ell_{c2}^2)+I_1+I_2 \\ m_2\ell_1\ell_{c2} \\ m_2\ell_{c2}^2+I_2 \\ m_1\ell_{c1}+m_2\ell_1 \\ m_2\ell_{c2} \end{bmatrix} \tag{6.133}$$

因此, 通过使用一个 5 维参数空间, 我们实现了对动力学的参数化。注意到如果没有重力的话, 仅需要 3 个参数。

6.6 牛顿-欧拉公式

在本节中, 我们介绍一种用于分析机械臂动力学的方法, 它被称为**牛顿-欧拉方法**。该方法与前几节中介绍的拉格朗日方法相比, 得出的结果完全一样, 但是所采取的路线却十分不同。特别是, 在拉格朗日方法中, 我们把机械臂看作一个整体, 并使用拉格朗日函数(动能和势能之差)对其进行分析。与之相比, 在牛顿-欧拉方法中, 我们反过来处理机器人的各个连杆, 并记下描述其直线运动和旋转运动的方程。当然, 由于每个连杆与其他连杆相耦合, 这些描述各连杆的方程包含了耦合力和耦合力矩, 而这些耦合力和耦合力矩也出现在描述相邻连杆的运动方程中。通过所谓的前向后向递归(forward-backward recursion), 我们能够确定所有这些耦合项, 并最终得出对机械臂的整体描述。因此, 我们可知牛顿-欧拉方法在概念上与拉格朗日方法完全不同。

此时, 读者可能会问: 真有使用另一种方法的需要吗? 该问题的答案是不明确的。历史上, 这两种方法平行演进, 同时每种方法被认为具有自己独特的优势。例如, 历史上有人认为牛顿-欧拉方法比拉格朗日方法更适合递归运算。然而, 目前的情况是: 两种方法在几乎所有方面都差不多相同。因此, 在目前的情况下, 拥有另一种能为我们所用的分析方法的主要原因是: 它可能会为我们提供不同的见解。

在任何机械系统中, 我们可以确认一组广义坐标(我们在 6.1 节中介绍过它, 标记为 q)以及一组对应的广义力(我们也在 6.1 节中介绍过, 标记为 τ)。对一个系统的动力学的分析意味着寻找 q(广义坐标)和 τ(广义力)之间的关系。此时, 我们必须区别两个方面。第一, 我们可能想得出用于描述广义坐标随时间变化的**闭式**(closed-form)方程, 如式(6.90)。第二, 我们可能想知道需要施加什么样的广义力, 能够使广义坐标实现某种特定的时间演变轨迹。这两方面的区别是: 在后一种情况下, 我们仅仅想要知道什么样的时间相关函数 $\tau(t)$ 可以生成一个特定轨迹 $q(t)$, 而可能并不在乎两者之间的一般函数关系。某种程度上我们可以说, 在前一种类型的分析中, 拉格朗日方法具有优势; 而在后一种情况下, 牛顿-欧拉方法具有优势。对于一些超出本书范畴的话题, 如果希望研究更为先进的机械现象(例如关节的弹性变形), 那么拉格朗日方法显然更胜一筹。

在本节中, 我们介绍用来描述牛顿-欧拉方法的一般方程。在接下来的部分中, 我们通过将其用于 6.4 节中的平面肘型机械臂来说明该方法, 并表明所得到的方程与式(6.90)相同。

牛顿力学中与当前讨论有关的一些事实可陈述如下:

1) 每一个作用力都有一个大小相等、方向相反的反作用力。因此，如果物体 1 对物体 2 施加力 f 和力矩 τ，那么，物体 2 将在物体 1 上施加力 $-f$ 和力矩 $-\tau$。

2) 线性动量的变化速率等于施加到物体上的合力。

3) 角动量的变化速率等于施加到物体上的合力矩。

将第二个事实用到一个物体的线性运动中，得到如下关系

$$\frac{\mathrm{d}(mv)}{\mathrm{d}t}=f \tag{6.134}$$

其中，m 是物体的质量，v 是质心相对于一个惯性坐标系的速度，f 是施加到物体上的外力之和。由于在机器人的应用中，质量是时间的一个恒值函数，式（6.134）可以简化为如下所示的常见关系

$$ma=f \tag{6.135}$$

其中，$a=\dot{v}$ 是质心的加速度。

将第三个事实应用到一个物体的旋转运动中，得到

$$\frac{\mathrm{d}(I_0\omega_0)}{\mathrm{d}t}=\tau_0 \tag{6.136}$$

其中，I_0 是物体相对于一个惯性参考系（参考系原点位于质心处）的转动惯量，ω_0 是物体的角速度，并且 τ_0 是施加到物体上的力矩总和。现在，直线运动和角运动之间有一个本质区别。一个物体的质量在大多数场合下都是恒定的，但它相对于一个惯性参考系的转动惯量可能是恒定的，也可能是不恒定的。为了看清这一点，假设我们在物体上固连一个坐标系，并且用 I 来表示物体相对于该坐标系的惯性矩阵。那么，不管物体做什么样的运动，惯性矩阵 I 保持不变。不过，矩阵 I_0 由下式给出

$$I_0=RIR^{\mathrm{T}} \tag{6.137}$$

其中，R 是用来将坐标从附体坐标系转换到惯性坐标系中的旋转矩阵。因此，没有理由期望 I_0 将会是时间的恒值函数。

克服上述困难的一种可能方法是，相对于附体坐标系来写转动的运动方程。这导致

$$I\dot{\omega}+\omega\times(I\omega)=\tau \tag{6.138}$$

其中，I 是物体相对于附体坐标系的（常值）惯性矩阵，ω 是表示在附体坐标系中的角速度，而 τ 是作用在物体上的合力矩，它也表示在附体坐标系里。现在，让我们给出式（6.138）的一个推导，以证明其中 $\omega\times(I\omega)$ 一项源自何处，注意此项被称为**陀螺项**（gyroscopic term）。

令 R 表示附体坐标系相对于惯性坐标系的姿态角，注意它也可能是时间的函数。那么，式（6.137）给出了 I 与 I_0 之间的关系。现在，根据角速度的定义，我们知道

$$\dot{R}R^{\mathrm{T}}=S(\omega_0) \tag{6.139}$$

换言之，物体的角速度在惯性坐标系中的表达式由式（6.139）给出。当然，相同的向量，在附体坐标系中的表达式则由下式给出

$$\omega_0=R\omega,\quad \omega=R^{\mathrm{T}}\omega_0 \tag{6.140}$$

因此，角动量在惯性坐标系中的表达式为

$$h=RIR^{\mathrm{T}}R\omega=RI\omega \tag{6.141}$$

对上式进行微分，并注意到矩阵 I 是恒定的，这将给出角动量变化率的表达式，它可被表示为惯性参考坐标系中的一个向量

$$\dot{h}=\dot{R}I\omega+RI\dot{\omega} \tag{6.142}$$

现在

$$S(\omega_0) = \dot{R}R^{\mathrm{T}}, \quad \dot{R} = S(\omega)R \tag{6.143}$$

因此，相对于惯性坐标系

$$\dot{h} = S(\omega_0)RI\omega + RI\dot{\omega} \tag{6.144}$$

相对于附体坐标系，角动量的变化率为

$$
\begin{aligned}
R^{\mathrm{T}}\dot{h} &= R^{\mathrm{T}}S(\omega_0)RI\omega + I\dot{\omega} \\
&= S(R^{\mathrm{T}}\omega_0)I\omega + I\dot{\omega} \\
&= S(\omega)I\omega + I\dot{\omega} = \omega \times (I\omega) + I\dot{\omega}
\end{aligned} \tag{6.145}
$$

这将推导出式(6.138)。当然，如果愿意的话，我们可以写出相同公式在惯性坐标系里的表达式。但是，我们很快将会看到，将力和力矩方程相对于附体坐标系(这里特指附着于连杆 i 的坐标系)进行表达有一个好处，即其中大量的向量将被简化为恒值向量，从而使方程得到显著简化。

现在，我们推导一个 n 连杆机械臂运动方程的牛顿-欧拉表达式。为了达到这个目的，我们首先选择坐标系 $0, \cdots, n$，其中坐标系 0 为惯性参考坐标系，对于所有的 $i \geqslant 1$，坐标系 i 表示与连杆 i 相固连的附体坐标系。我们还引入几个向量，它们都相对于坐标系 i 来表示。第一组向量涉及机械臂各部分的速度和加速度。

$a_{c,i} = $ 连杆 i 质心的加速度

$a_{e,i} = $ 连杆 i 末端(即坐标系 $i+1$ 的原点)的加速度

$\omega_i = $ 坐标系 i 相对于参考系 0 的角速度

$\alpha_i = $ 坐标系 i 相对于参考系 0 的角加速度

其余的几个向量则涉及力和力矩。

$g_i = $ 重力引起的加速度(表达在坐标系 i 中)

$f_i = $ 连杆 $i-1$ 施加到连杆 i 上的力

$\tau_i = $ 连杆 $i-1$ 施加到连杆 i 上的力矩

$R^i_{i+1} = $ 坐标系 $i+1$ 到坐标系 i 的旋转矩阵

最后一组向量涉及机械臂的物理特性。注意，下列各个向量都是(广义坐标) q 的恒值函数。换言之，这里的每个向量都与机械臂的位形无关。

$m_i = $ 连杆 i 的质量

$I_i = $ 连杆 i 相对于某参考系的惯性矩阵

(该参考系与坐标系 i 平行,并且它的原点处于连杆 i 的质心处)

$r_{i,ci} = $ 从关节 i 到连杆 i 质心的向量

$r_{i+1,ci} = $ 从关节 $i+1$ 到连杆 i 质心的向量

$r_{i,i+1} = $ 从关节 i 到关节 $i+1$ 的向量

现在，考虑图 6.13 所示的自由体受力分析图。

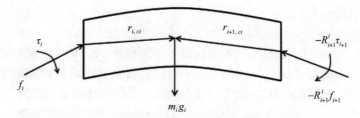

图 6.13 作用在连杆 i 上的力和力矩

上图示出了连杆 i 连同作用在其上的所有力和力矩。让我们来分析图中的每个力和力矩。首先，f_i 是由连杆 $i-1$ 施加在连杆 i 上的力。其次，根据作用力和反作用力定理，连杆 $i+1$ 对连杆 i 施加了一个力 $-f_{i+1}$，但是根据我们的惯例，这个向量被表达在坐标系 $i+1$ 中。为了在坐标系 i 中表达这个向量，有必要使用旋转矩阵 R_i^{i+1} 与其相乘。类似的解释同样适用于扭矩 τ_i 和 $-R_i^{i+1}\tau_{i+1}$。而 $m_i g_i$ 为重力。由于图 6.13 中所有的向量都被表示于坐标系 i 中，通常情况下，重力向量 g_i 是 i 的一个函数。

写下关于连杆 i 的力平衡方程，得到

$$f_i - R_i^{i+1} f_{i+1} + m_i g_i = m_i a_{c,i} \tag{6.146}$$

接下来，我们写出连杆 i 上的力矩平衡方程。为了达到该目的，重要的是需要注意两件事。第一，力 f 对于某点所施加的力矩由 $f \times r$ 给出，其中，r 是从力的作用点到力矩计算参考点的径向向量。第二，在下列力矩方程中，没有出现向量 $m_i g_i$，这是由于它直接作用在质心处。因此，我们有

$$\tau_i - R_i^{i+1}\tau_{i+1} + f_i \times r_{i,ci} - (R_i^{i+1} f_{i+1}) \times r_{i+1,ci} = I_i \alpha_i + \omega_i \times (I_i \omega_i) \tag{6.147}$$

现在，我们给出牛顿-欧拉方法的核心，它包括求解向量 $f_1,\cdots,f_n$ 以及对应于向量组 $q, \dot{q}, \ddot{q}$ 的力矩 $\tau_1,\cdots,\tau_n$。换言之，我们求解作用在机械臂上的力和力矩，它们与一组广义坐标及其一阶导数和二阶导数相对应。如上所述，该信息可被用于任一类型的分析。也就是说，我们可以使用下列方程找到与**特定轨迹** $q(\cdot)$ 相对应的 f 和 τ，或者得到动力学方程的闭式表达。总的思路如下：给定 $q, \dot{q}, \ddot{q}$，假设我们在某种程度上能够确定机械臂上所有部件的速度和加速度，即所有的 $a_{c,i}$，ω_i，α_i 变量。那么我们可以用递归方式求解方程(6.146)和方程(6.147)，从而求得所有的力和力矩，具体如下：首先，设置 $f_{n+1}=0$，$\tau_{n+1}=0$，这表明了没有第 $n+1$ 个连杆这一事实；然后，我们可以求解方程(6.146)，得到

$$f_i = R_{i+1}^i f_{i+1} + m_i a_{c,i} - m_i g_i \tag{6.148}$$

通过依次替换 $i=n$，$n-1,\cdots,1$，我们求解得出所有的力。类似的，我们可以求解方程(6.147)而得到

$$\tau_i = R_{i+1}^i \tau_{i+1} - f_i \times r_{i,ci} + (R_{i+1}^i f_{i+1}) \times r_{i+1,ci} + I_i \alpha_i + \omega_i \times (I_i \omega_i) \tag{6.149}$$

通过依次替换 $i=n$，$n-1,\cdots,1$，我们求解得出所有的力矩。注意到上述的迭代按照 i 减小的方向运行。

因此，一旦我们找到 $q, \dot{q}, \ddot{q}$ 与 $a_{c,i}$，ω_i，α_i 之间的一个易于计算的关系，求解完成。这可以通过一个沿 i 增加方向运行的递归过程来获得。下面给出与回转关节情形相对应的递归过程，而与平动关节相对应的关系实际上更容易求解。

为了区分相对于坐标系 i 的表达式和相对于基础坐标系的表达式，我们使用上标 (0) 来表示后者(即基础坐标系)。例如，ω_i 表示坐标系 i 的角速度在坐标系 i 自身中的表达式，而 $\omega_i^{(0)}$ 则表示同一个量在惯性系中的表达式。

现在，我们有

$$\omega_i^{(0)} = \omega_{i-1}^{(0)} + z_{i-1}\dot{q}_i \tag{6.150}$$

这仅仅表示这样一个事实：坐标系 i 的角速度等于坐标系 $i-1$ 的角速度加上在关节 i 处增加的旋转。为了得到 ω_i 和 ω_{i-1} 之间的关系，我们只需将上述方程表示在坐标系 i 中，而不是基础坐标系中，处理 ω_i 和 ω_{i-1} 表示在不同坐标系里的这一事实，得出

$$\omega_i = (R_i^{i-1})^{\mathrm{T}} \omega_{i-1} + b_i \dot{q}_i \tag{6.151}$$

其中

$$b_i = (R_i^0)^T z_{i-1} \tag{6.152}$$

是关节 i 的转轴在坐标系 i 中的表达式。

接下来，我们计算角加速度 α_i。这里要重点注意

$$\alpha_i = (R_i^0)^T \dot{\omega}_i^{(0)} \tag{6.153}$$

换言之，α_i 是坐标系 i 的角速度的导数，但只表示在坐标系 i 中。$\alpha_i = \dot{\omega}_i$ 是不正确的！对于质心的速度和加速度，我们会遇到类似情形。现在，从式(6.150)中我们直接看到

$$\dot{\omega}_i^{(0)} = \dot{\omega}_{i-1}^{(0)} + z_{i-1} \ddot{q}_i + \omega_i^{(0)} \times z_{i-1} \dot{q}_i \tag{6.154}$$

将上述方程表达在坐标系 i 中，得到

$$\alpha_i = (R_i^{i-1})^T \alpha_{i-1} + b_i \ddot{q}_i + \omega_i \times b_i \dot{q}_i \tag{6.155}$$

现在，我们来处理线性速度和加速度。需要注意，与角速度相比，线速度并没有出现在动力学方程中，但是，在推导出线性加速度的表达式之前，我们需要一个关于线速度的表达式。从 4.5 节中，我们可知：连杆 i 的质心速度由下式给出

$$v_{c,i}^{(0)} = v_{e,i-1}^{(0)} + \omega_i^{(0)} \times r_{i,ci}^{(0)} \tag{6.156}$$

为了得到加速度的一个表达式，我们注意到，向量 $r_{i,ci}^{(0)}$ 在坐标系 i 中是恒定的。因此

$$a_{c,i}^{(0)} = a_{e,i-1}^{(0)} + \dot{\omega}_i^{(0)} \times r_{i,ci}^{(0)} + \omega_i^{(0)} \times (\omega_i^{(0)} \times r_{i,ci}^{(0)}) \tag{6.157}$$

现在

$$a_{c,i} = (R_i^0)^T a_{c,i}^{(0)} \tag{6.158}$$

让我们将乘式展开，并利用所熟悉的下列性质

$$R(a \times b) = (Ra) \times (Rb) \tag{6.159}$$

我们还必须考虑下列事实：$a_{e,i-1}$ 被表示在坐标系 $i-1$ 中，将其转换到坐标系 i 中。这给出

$$a_{c,i} = (R_i^{i-1})^T a_{e,i-1} + \dot{\omega}_i \times r_{i,ci} + \omega_i \times (\omega_i \times r_{i,ci}) \tag{6.160}$$

现在，求解连杆 i 末端的加速度，我们可以使用式(6.160)并用 $r_{i,i+1}$ 来代替 $r_{i,ci}$。因此

$$a_{e,i} = (R_i^{i-1})^T a_{e,i-1} + \dot{\omega}_i \times r_{i,i+1} + \omega_i \times (\omega_i \times r_{i,i+1}) \tag{6.161}$$

现在，完成了递归方法。我们可以陈述牛顿-欧拉方法如下

1) 从初始条件

$$\omega_0 = 0, \quad \alpha_0 = 0, \quad a_{c,0} = 0, \quad a_{e,0} = 0 \tag{6.162}$$

开始，求解式(6.151)、式(6.155)、式(6.161)和式(6.160)(按照此顺序)，从而按照 i 的升序顺序(i 从 1 递增 n)计算出所对应的 ω_i，α_i，$a_{c,i}$。

2) 从终止条件

$$f_{n+1} = 0, \quad \tau_{n+1} = 0 \tag{6.163}$$

开始，使用式(6.148)和式(6.149)，按照 i 的降序顺序(i 从 n 递减到 1)计算出 f_i 和 τ_i。

回顾平面肘型机械臂

在本节中，我们使用 6.6 节中推导出的递推牛顿-欧拉方法，来分析图 6.9 中所示的平面肘型机械臂的动力学，并证明牛顿-欧拉方法能够与拉格朗日方法得到相同的方程，即方程(6.90)。

我们以前向迭代作为开始，使用广义坐标 q_1，q_2 以及它们的导数，来表达各种不同的速度和加速度。注意到：在这个简单情形下，很容易看出

$$\omega_1 = \dot{q}_1 k, \quad \alpha_1 = \ddot{q}_1 k, \quad \omega_2 = (\dot{q}_1 + \dot{q}_2) k, \quad \alpha_2 = (\ddot{q}_1 + \ddot{q}_2) k \tag{6.164}$$

因此，没有必要使用式(6.151)和式(6.155)。并且，与位形无关的那些向量如下所示

$$r_{1,c1}=\ell_{c1}i, \quad r_{2,c1}=(\ell_{c1}-\ell_1)i, \quad r_{1,2}=\ell_1 i \tag{6.165}$$

$$r_{2,c2}=\ell_{c2}i, \quad r_{3,c2}=(\ell_{c2}-\ell_2)i, \quad r_{2,3}=\ell_2 i \tag{6.166}$$

此处的 i 代表单位向量 $(1,0,0)$,而非迭代中的序号 i。

前向迭代:连杆 1

使用式(6.160),其中 $i=1$,并注意到 $a_{e,0}=0$,我们得到

$$a_{c,1}=\ddot{q}_1 k\times \ell_{c1}i+\dot{q}_1 k\times(\dot{q}_1 k\times \ell_{c1}i)$$

$$=\ell_{c1}\ddot{q}_1 j-\ell_{c1}\dot{q}_1^2 i=\begin{bmatrix}-\ell_{c1}\dot{q}_1^2\\ \ell_c \ddot{q}_1\\ 0\end{bmatrix} \tag{6.167}$$

其中 i 和 j 仍是在 x 和 y 方向上的单位向量。注意到:与在坐标系 0 中做同样的计算相比,上述计算在坐标系 1 中进行时是多么的简单。最后,我们有

$$g_1=-(R_1^0)^{\mathrm{T}}gj=g\begin{bmatrix}-\sin q_1\\ -\cos q_1\end{bmatrix} \tag{6.168}$$

其中,g 是重力加速度。在此阶段,通过不显示这些加速度中的第三个元素,我们可以节省一点资源,这是因为它们显然始终为零。类似地,所有力的第三个元素也将是零,而所有力矩的前两个元素也将是零。为了完成对连杆 1 的计算,我们计算连杆 1 的末端加速度。明显的,这可以通过将公式(6.167)中的 ℓ_{c1} 换为 ℓ_1 而求得。因此

$$a_{e,1}=\begin{bmatrix}-\ell_1\dot{q}_1^2\\ \ell_1\ddot{q}_1\end{bmatrix} \tag{6.169}$$

前向迭代:连杆 2

我们再次使用式(6.160)并替代式(6.164)中的 ω_2,这样得到

$$a_{c,2}=(R_2^1)^{\mathrm{T}}a_{e,1}+[(\ddot{q}_1+\ddot{q}_2)k]\times \ell_{c2}i+(\dot{q}_1+\dot{q}_2)k\times[(\dot{q}_1+\dot{q}_2)k\times \ell_{c2}i] \tag{6.170}$$

上述方程中唯一一个取决于位形的量是第一项。它可以通过下式计算而得到

$$(R_2^1)^{\mathrm{T}}a_{e,1}=\begin{bmatrix}\cos q_2 & \sin q_2\\ -\sin q_2 & \cos q_2\end{bmatrix}\begin{bmatrix}-\ell_1\dot{q}_1^2\\ \ell_1\ddot{q}_1\end{bmatrix}$$

$$=\begin{bmatrix}-\ell_1\dot{q}_1^2\cos q_2+\ell_1\ddot{q}_1\sin q_2\\ \ell_1\dot{q}_1^2\sin q_2+\ell_1\ddot{q}_1\cos q_2\end{bmatrix} \tag{6.171}$$

带入到式(6.170)中,得到

$$a_{c,2}=\begin{bmatrix}-\ell_1\dot{q}_1^2\cos q_2+\ell_1\ddot{q}_1\sin q_2-\ell_{c2}(\dot{q}_1+\dot{q}_2)^2\\ \ell_1\dot{q}_1^2\sin q_2+\ell_1\ddot{q}_1\cos q_2-\ell_{c2}(\ddot{q}_1+\ddot{q}_2)\end{bmatrix} \tag{6.172}$$

重力向量为

$$g_2=g\begin{bmatrix}\sin(q_1+q_2)\\ -\cos(q_1+q_2)\\ 0\end{bmatrix} \tag{6.173}$$

由于仅有两个连杆,没有必要计算 $a_{e,2}$。因此,到这里我们完成了前向迭代。

反向迭代:连杆 2

现在,我们进行反向迭代来计算力和关节力矩。注意到,在这种情况下,关节力矩是外部施加量,我们的最终目标是推导涉及关节力矩的动力学方程。我们首先使用式(6.148),其中 $i=2$,并注意到 $f_3=0$。如此可得

$$f_2=m_2 a_{c,2}-m_2 g_2 \tag{6.174}$$

$$\tau_2 = I_2\alpha_2 + \omega_2 \times (I_2\omega_2) - f_2 \times \ell_{c2}i \tag{6.175}$$

现在，我们替代式(6.164)中的 ω_2 和 α_2 以及式(6.172)中的 $a_{c,2}$。同时注意到：由于 ω_2 和 $I_2\omega_2$ 都与 k 轴平齐，陀螺项因此等于零。现在，叉积 $f_2 \times \ell_{c2}i$ 的方向明显与 k 轴平齐，同时，它的大小等于 h 中的第二个元素。最终结果为

$$\tau_2 = I_2(\ddot{q}_1 + \ddot{q}_2)k + [m_2\ell_1\ell_{c2}\sin q_2 \dot{q}_1^2 + m_2\ell_1\ell_{c2}\cos q_2\ddot{q}_1 + \tag{6.176}$$
$$m_2\ell_{c2}^2(\ddot{q}_1 + \ddot{q}_2) + m_2\ell_{c2}g\cos(q_1 + q_2)]k$$

因为 $\tau_2 = \tau_2 k$，上式与式(6.90)中的第二个方程相同。

反向迭代：连杆 1

为了完成推导，我们使用式(6.148)和式(6.149)，其中 $i=1$。首先，力的方程为

$$f_1 = m_1 a_{c,1} + R_2^1 f_2 - m_1 g_1 \tag{6.177}$$

而力矩方程为

$$\tau_1 = R_2^1\tau_2 - f_1 \times \ell_{c,1}i - (R_2^1 f_2) \times (\ell_1 - \ell_{c1})i + I_1\alpha_1 + \omega_1 \times (I_1\omega_1) \tag{6.178}$$

现在，我们可以稍微进行一些简化。首先，$R_2^1\tau_2 = \tau_2$，这是由于旋转矩阵并不影响向量中的第三个元素。其次，陀螺项等于零。最后，我们将式(6.177)中关于 f_1 的表达式代入式(6.178)中，经过一些代数运算得到

$$\tau_1 = \tau_2 - m_1 a_{c,1} \times \ell_{c1}i + m_1 g_1 \times \ell_{c1}i - (R_2^1 f_2) \times \ell_1 i + I_1 i + I_1\alpha_1 \tag{6.179}$$

我们再次看到所有这些乘积都非常简单，唯一比较困难的是计算 $R_2^1 f_2$。最终结果为

$$\tau_1 = \tau_2 + m_1\ell_{c1}^2\ddot{q}_1 + m_1\ell_{c1}g\cos q_1 + m_2\ell_1 g\cos q_1 + I_1\ddot{q}_1 + \tag{6.180}$$
$$m_2\ell_1^2\ddot{q}_1 - m_1\ell_1\ell_{c2}(\dot{q}_1 + \dot{q}_2)^2\sin q_2 + m_2\ell_1\ell_{c2}(\ddot{q}_1 + \ddot{q}_2)\cos q_2$$

如果我们现在替代式(6.176)中的 τ_1，然后整理多项式，我们将得到式(6.90)中的第一个公式。详细推导留给读者。

6.7 本章总结

在本章中，我们详细地处理了 n 连杆刚性机器人的动力学。基于达朗贝尔定理和虚功原理，我们推导出了欧拉-拉格朗日方程。这些方程形式如下

$$\frac{\mathrm{d}}{\mathrm{d}t}\frac{\partial \mathcal{L}}{\partial \dot{q}_k} - \frac{\partial \mathcal{L}}{\partial q_k} = \tau_k; \quad k = 1, \cdots, n$$

其中，n 是自由度的数目，$\mathcal{L} = \mathcal{K} - \mathcal{P}$ 是拉格朗日函数(即动能和势能之差)，它被写成一组广义坐标 $(q_1, \cdots, q_n)$ 函数的形式。τ_k 项是作用在系统上的广义力。

我们推导出了可用于动能和势能计算的公式，动能 K 由下式给出

$$K = \frac{1}{2}\dot{q}^{\mathrm{T}}\left[\sum_{i=1}^n \{m_i J_{v_i}(q)^{\mathrm{T}} J_{v_i}(q) + J_{\omega_i}(q)^{\mathrm{T}} R_i(q) I_i R_i(q)^{\mathrm{T}} J_{\omega_i}(q)\}\right]\dot{q}$$

$$= \frac{1}{2}\dot{q}^{\mathrm{T}} D(q)\dot{q}$$

其中

$$D(q) = \left[\sum_{i=1}^n \{m_i J_{v_i}(q)^{\mathrm{T}} J_{v_i}(q) + J_{\omega_i}(q)^{\mathrm{T}} R_i(q) I_i R_i(q)^{\mathrm{T}} J_{\omega_i}(q)\}\right]$$

是机械臂的 $n \times n$ 的**惯性矩阵**(inertia matrix)。上述表达式中的矩阵 I_i 是连杆的惯性张量。在附体坐标系中，惯性张量可计算如下

$$I = \begin{bmatrix} I_{xx} & I_{xy} & I_{xz} \\ I_{yx} & I_{yy} & I_{yz} \\ I_{zx} & I_{zy} & I_{zz} \end{bmatrix}$$

其中

$$I_{xx} = \iiint (y^2 + z^2)\rho(x,y,z)\,\mathrm{d}x\,\mathrm{d}y\,\mathrm{d}z$$

$$I_{yy} = \iiint (x^2 + z^2)\rho(x,y,z)\,\mathrm{d}x\,\mathrm{d}y\,\mathrm{d}z$$

$$I_{zz} = \iiint (x^2 + y^2)\rho(x,y,z)\,\mathrm{d}x\,\mathrm{d}y\,\mathrm{d}z$$

以及

$$I_{xy} = I_{yx} = -\iiint xy\rho(x,y,z)\,\mathrm{d}x\,\mathrm{d}y\,\mathrm{d}z$$

$$I_{xz} = I_{zx} = -\iiint xz\rho(x,y,z)\,\mathrm{d}x\,\mathrm{d}y\,\mathrm{d}z$$

$$I_{yz} = I_{zy} = -\iiint yz\rho(x,y,z)\,\mathrm{d}x\,\mathrm{d}y\,\mathrm{d}z$$

分别为主惯性矩和惯性叉积，其中积分运算是对该物体所占据的空间区域进行的。

第 i 个连杆的势能表达式为

$$P_i = m_i g^{\mathrm{T}} r_{ci}$$

其中，g 是表达在惯性坐标系里的重力向量，而向量 r_{ci} 则给出了连杆 i 的质心在惯性系里的坐标。所以，n 连杆机器人的总体势能为

$$P = \sum_{i=1}^{n} P_i = \sum_{i=1}^{n} m_i g^{\mathrm{T}} r_{ci}$$

通过使用上述的动能和势能表达式，我们推导出了欧拉-拉格朗日方程的一种特殊形式

$$\sum_{j=1}^{n} d_{kj}(q)\ddot{q}_j + \sum_{i=1}^{n}\sum_{j=1}^{n} c_{ijk}(q)\dot{q}_i\dot{q}_j + g_k(q) = \tau_k, \quad k = 1,\cdots,n$$

其中

$$g_k = \frac{\partial P}{\partial q_k}$$

是广义重力项

$$c_{ijk} := \frac{1}{2}\left\{\frac{\partial d_{kj}}{\partial q_i} + \frac{\partial d_{ki}}{\partial q_j} - \frac{\partial d_{ij}}{\partial q_k}\right\}$$

而 c_{ijk} 项是第一类 Christoffel 符号。

欧拉-拉格朗日方程的向量矩阵形式变为

$$D(q)\ddot{q} + C(q,\dot{q})\dot{q} + g(q) = \tau$$

其中，矩阵 $C(q,\dot{q})$ 的第 (k,j) 个元素被定义为

$$c_{kj} = \sum_{i=1}^{n} c_{ijk}(q)\dot{q}_i$$

$$= \sum_{i=1}^{n} \frac{1}{2}\left\{\frac{\partial d_{kj}}{\partial q_j} + \frac{\partial d_{ki}}{\partial q_j} - \frac{\partial d_{ij}}{\partial q_k}\right\}\dot{q}_i$$

而重力 $g(q)$ 给出如下

$$g(q) = [g_1(q),\cdots,g_n(q)]^{\mathrm{T}}$$

接下来，我们推导出了欧拉-拉格朗日方程的一些重要性质，即**反对称性**、**无源性**和**参数的线性化**。反对称性表明矩阵 $N(q,\dot{q}) = \dot{D}(q) - 2C(q,\dot{q})$。无源性表明：存在一个

恒值 $\beta>0$，使得

$$\int_0^T \dot{q}^{\mathrm{T}}(t)\tau(t)\mathrm{d}t \geqslant -\beta, \quad \forall\, T>0$$

参数的线性化性则表明：存在一个被称为回归因子的 $n\times\ell$ 的函数 $Y(q,\dot{q},\ddot{q})$ 以及一个被称为参数向量的 ℓ 维向量 Θ，使得欧拉-拉格朗日方程可被写作

$$D(q)+C(q,\dot{q})\dot{q}+g(q)=Y(q,\dot{q},\ddot{q})\Theta=\tau$$

对于一个 n 连杆机械臂，我们还推导出了其惯性矩阵的上下界限，如下所示

$$\lambda_1(q)I_{n\times n} \leqslant D(q) \leqslant \lambda_n(q)I_{n\times n}$$

在机器人只包括回转关节的情况下，函数 λ_1 和 λ_n 可被指定为正的常数。

最后，我们讨论了机器人动力学的牛顿-欧拉表达式。牛顿-欧拉表示方法是一种递归方法，它等效于欧拉-拉格朗日方法，但是在在线计算方面具有一些优势。

习题

6-1 完成例 6.2 中的单连杆柔性关节机器人的动力学方程推导。

6-2 通过直接计算来验证式(6.21)，忽略关于 δr_1 和 δr_2 的二次项。

6-3 考虑一个做纯旋转运动的刚体，其上没有任何外力作用。它的动能给出如下：

$$K=\frac{1}{2}(I_{xx}\omega_x^2+I_{yy}\omega_y^2+I_{zz}\omega_z^2)$$

上式相对于一个位于质心处的坐标系表达，它的坐标轴被称为主坐标轴。使用 ϕ、θ、ψ 作为广义坐标，证明该旋转物体运动方程的欧拉-拉格朗日表达式为：

$$I_{xx}\dot{\omega}_x+(I_{zz}-I_{yy})\omega_y\omega_z=0$$
$$I_{yy}\dot{\omega}_y+(I_{xx}-I_{zz})\omega_z\omega_x=0$$
$$I_{zz}\dot{\omega}_z+(I_{yy}-I_{xx})\omega_x\omega_y=0$$

6-4 一个均匀的长方体，边长分别为 a、b、c，参考坐标系的原点位于长方体的一个顶点处，并且其轴与长方体各边平行。求解该长方体相对于该参考系的转动惯量以及惯性叉积。

6-5 给定式(6.86)中定义的惯性矩阵 $D(q)$，证明对于所有的 q，有 $\det D(q)\neq 0$。

6-6 证明一个 n 连杆机器人的惯性矩阵 $D(q)$ 总为正定矩阵。

6-7 验证用于推导 Christoffel 符号的表达式(6.62)。

6-8 考虑一个 3 连杆直角坐标机械臂，

(a) 假设每个连杆为密度均一的长方体，长度为 1、宽度为 $\frac{1}{4}$、高度为 $\frac{1}{4}$、质量为 1，计算每个连杆的惯性张量 $J_i\,(i=1,2,3)$。

(b) 计算与该机械臂对应的 3×3 的惯性矩阵 $D(q)$。

(c) 证明对于这个机器人，所有的 Christoffel 符号 c_{ijk} 均为零。解释这对于动力学运动方程的意义。

(d) 推导如下运动方程的矩阵形式：

$$D(q)\ddot{q}+C(q,\dot{q})\dot{q}+g(q)=u$$

6-9 推导图 3.14 所示的平面 RP 型机器人所对应的欧拉-拉格朗日方程。

6-10 推导图 5.14 所示的平面 RPR 型机器人所对应的欧拉-拉格朗日方程。

6-11 推导图 5.13 所示的 3 连杆 RRR 型机器人所对应的欧拉-拉格朗日运动方程。对于该问题，使用诸如 Maple 或 Mathematica 等符号运算软件。参考如[126]中的 Robotica 软件包

6-12 对于上述的每一种机器人，定义一个参数向量 Θ，计算回归因子 $Y(q,\dot{q},\ddot{q})$，并将运动方程表示为

$$Y(q,\dot{q},\ddot{q})\Theta=\tau \qquad\qquad (6.181)$$

6-13 回忆一个质点的动能为 $K=\frac{1}{2}m\dot{x}^2$，而**动量**定义如下

$$p = m\dot{x} = \frac{\mathrm{d}K}{\mathrm{d}\dot{x}}$$

因此，对于广义坐标为 $q_1, \cdots, q_n$ 的一个机械系统，我们定义广义**动量** p_k 为

$$p_k = \frac{\partial L}{\partial \dot{q}_k}$$

其中，L 是系统的拉格朗日算子。根据 $K = \frac{1}{2}\dot{q}^\mathrm{T} D(q)\dot{q}$ 和 $L = K - V$ 来验证

$$\sum_{k=1}^{n} \dot{q}_k p_k = 2K$$

6-14 存在另外一种有用方式，可被用来构造机械系统的运动方程，即所谓的**汉密尔顿**方法。定义汉密尔顿函数 H 如下

$$H = \sum_{k=1}^{n} \dot{q}_k p_k - L$$

(a) 证明 $H = K + V$。

(b) 使用欧拉-拉格朗日方程，推导汉密尔顿方程

$$\dot{q}_k = \frac{\partial H}{\partial p_k}$$

$$\dot{p}_k = -\frac{\partial H}{\partial q_k} + \tau_k$$

其中，τ_k 为输入的广义力。

(c) 对于图 6.9 中所示的双连杆机械臂，计算矩阵形式的汉密尔顿方程。注意汉密尔顿方程是一阶微分方程组，而拉格朗日方程给出的则是二阶系统。

6-15 对于一个刚性机器人，给定它的汉密尔顿函数 H，证明

$$\frac{\mathrm{d}H}{\mathrm{d}t} = \dot{q}^\mathrm{T}\tau$$

其中，τ 是施加在关节处的外力。$\dfrac{\mathrm{d}H}{\mathrm{d}t}$ 的量纲是什么？

附注与参考

[55]是动力学的一个通用参考。高等动力学可参见[2]和[112]。拉格朗日动力学方程和递归牛顿-欧拉动力学方程表达式见[64]。在[152]中，这两种方法被证明是等效的。关于完整约束和非完整约束的详细讨论，可以在[85]中找到。在同一参考文献中，还详细探讨了关于动力学的拉格朗日和汉密尔顿表达式。关于反对称和无源性的讨论参见[153]、[86]以及[131]。文献[51]中从使用最少惯性参数的角度对机器人动力学进行了参数化。关于机械臂的惯性参数辨识在[50]中有讨论。

路径和轨迹规划

在前面的章节中，我们研究了机器人手臂的几何结构，推导了正运动学和逆运动学问题的解。这些问题的解答仅依赖于机器人的内在几何结构，但它们并不反映由机器人工作空间所施加的任何约束。特别是它们没有考虑工作区域内机器人和物体(例如墙壁、地板、关闭的门)之间碰撞的可能性。在本章中，我们解决机器人无碰撞路径的规划问题。我们假设机器人的初始和最终位形已经给定，规划问题则是找到连接这些位形的一条无碰撞路径。

这个问题的描述看似简单，不过路径规划问题是计算机科学中最困难的问题之一。最有名的完整$^{\ominus}$路径规划算法的计算复杂度随机器人内部的自由度数量呈指数增长。出于这个原因，完整算法仅在低自由度的简单机器人上使用，如平面移动机器人。对于有更多自由度或者能够做出旋转动作的机器人，它们的路径规划问题通常可视为搜索问题。针对这类问题的算法通常是启发式算法，不能保证找到所有问题的答案。尽管如此，此类算法在大多数的实际应用情况下都很有效、易于实现，且对于大多数问题都只需要适度的计算时间。

路径规划提供了对机器人运动的一种几何描述，但它并不涉及运动的任何动力学方面。例如，一个机械臂在跟踪特定轨迹时，它的关节速度和加速度该为何值？对于一个类车机器人，它的加速度曲线应该是什么样子的？这些问题都可以由路径规划算法解决。路径规划算法计算一个函数 $q(t)$，来完全确定机器人通过路径时所需的期望运动。

在 7.1 节中，我们会更详细地讨论第 1 章中介绍过的位形空间概念。我们将会给出关于位形空间几何结构的简要说明，并描述如何将工作空间中的障碍物映射到位形空间中。在 7.2 节中，我们考虑处于多边形平面工作空间内的多边形机器人的运动规划问题。这是一个非常特殊的情景，但它对移动机器人相关的问题都有很好的实用性，如图 1.3 中所示的机器人。在 7.3 节中我们提出了本文第一个可用于一般路径规划问题的方法，称之为**人工势场**(artificial potential field)。势场方法通过跟随一个算法的梯度来探索工作空间，该算法奖励靠近目标的运动，同时也会惩罚与工作空间中物体的碰撞。通常我们很难在使用此类算法的同时避免局部最小的存在，梯度下降方法会在没有找到解的情况下于局部最小处终止。我们可以用随机化(randomization)来解决这个问题。在 7.4 节中，我们描述了两个方法，它们会生成一系列样本位形，并将其作为位形空间中代表可选路径集的图的顶点。最后，因为这两个方法都会生成一系列的位形，我们将在 7.5 节中介绍如何使用多项式样条从这一系列位形中生成平滑轨迹。

7.1 位形空间

在第 3 章中，我们了解到，当给定关节变量向量时，正运动学映射可被用于确定末端

$\ominus$ 如果一个算法能够在确实存在解的情形下找到该解，并且在不存在解的情形下，在有限时间内返回失败信号，则该算法被称作是完整的。

执行器坐标系的位置和姿态。同时，A 矩阵可被用来推断机器人上任意一个连杆的位置和姿态。由于机器人上的各连杆被假定为刚体，当给定机器人关节变量值时，A 矩阵可被用于推断机器人上任意一点的位置。同样，如果我们将一个坐标系刚性地固定在一个移动机器人上，我们只需要知道该坐标系的位置和方向就可以推导出移动平台上任意一点的位置。在路径规划文献中，机器人上各点位置的一个完整规范被称为**位形**（configuration），而由所有可能位形组成的集合被称为**位形空间**。在本节中，我们将位形空间的概念形式化，包括将其以数学方式表达，描述工作空间中存在的物体是如何对有效的位形集进行约束的，以及在位形空间中路径的表示方法。

7.1.1　位形空间的表示

我们用 $\mathcal{Q}$ 来指代位形空间，例如我们在第 2 章中所看到的那样，对于任意的二维刚体对象，我们可用下述方法来指定刚体上的各点位置：在刚体上固连一个坐标系，然后确认此坐标系的位置和姿态。因此，对于在平面中移动的刚性物体，我们可以使用三维向量 $q=(x,y,\theta)$ 来表示其位形；同时，可以使用 $\mathcal{Q}=\mathbb{R}^2\times SO(2)$ 来表示对应的位形空间。或者我们可以选择将物体的方向表示成物体在一个单位圆 S^1 上面的一个点。在这种情况下，位形空间表示为 $\mathcal{Q}=\mathbb{R}^2\times S^1$。

对机械臂而言，关节变量的向量可以很方便地用来表示一个位形。对于单连杆的回转臂，位形空间仅是连杆的方向的集合，因此 $\mathcal{Q}=S^1$，其中 S^1 表示单位圆。我们可以通过单个参数关节角 θ_1 局部地对 $\mathcal{Q}$ 进行参数化，这与第 3 章中使用 DH 约定的方法完全相同。对于平面两连杆机械臂，我们有 $\mathcal{Q}=S^1\times S^1=T^2$，其中 T^2 代表环面，而我们可以用 $q=(\theta_1,\theta_2)$ 来代表一个位形。对于笛卡儿型机械臂，我们有 $\mathcal{Q}=\mathbb{R}^3$，而且我们可以用 $q=(d_1,d_2,d_3)$ 来代表一个位形。

对于移动机器人，我们通常将机器人视为单个刚体，而忽略单个组件（例如旋转轮或螺旋桨）的运动。对于地面车辆，位形空间通常表示为 $\mathcal{Q}=SE(2)$，或者在与车辆方向无关的情况下表示为 $\mathcal{Q}=\mathbb{R}^2$。后一种情况将在 7.2 节中专门介绍。对于在三维空间中移动的机器人（例如飞机或水下机器人），我们通常将位形空间定义为 $\mathcal{Q}=SE(3)$。

7.1.2　位形空间障碍物

碰撞是指机器人上的任何点与工作空间中的物体或工作空间的边界（如墙壁或地板）的接触，这两者在规划无碰撞路径时均被视为障碍。在工作过程中，自碰撞也是可能发生的，例如机械臂的末端执行器与基台连杆的接触，但是在本节中我们将不考虑自碰撞的情况。为了描述碰撞，我们引入了一些附加的符号。我们将机器人的工作空间定义为机器人在其中移动的笛卡儿空间，用 $\mathcal{W}$ 表示。通常，对于平面移动机器人，我们设 $\mathcal{W}=\mathbb{R}^2$，对于在三维空间中移动的机器人则设 $\mathcal{W}=\mathbb{R}^3$（例如非平面机器人手臂和移动机器人，如飞行器）。我们用 $\mathcal{A}(q)$ 表示在位形 q 处机器人占据的工作空间子集，用 $\mathcal{O}_i$ 表示第 i 个障碍物占据的工作空间子集。要计划无碰撞路径，我们必须确保机器人永远不会达到导致其与障碍物接触的位形 q。我们称所有会与障碍物碰撞的位形所组成的集合为**位形空间障碍**（configuration space obstacle），其定义如下

$$\mathcal{Q}\mathcal{O}=\{q\in\mathcal{Q}\mid\mathcal{A}(q)\cap\mathcal{O}\neq\varnothing\}$$

其中，$\mathcal{O}=\bigcup\mathcal{O}_i$。那么，无碰撞位形的集合，也被称为自由位形空间，可表示为如下差集

$$\mathcal{Q}_{\text{free}}=\mathcal{Q}\setminus\mathcal{Q}\mathcal{O}$$

例 7.1（**平面内移动的刚体**）　考虑一个三角形的移动机器人，其可能的运动仅包括如图 7.1 所示的平面平移。在这种情况下，机器人的位形空间为 $Q = \mathbb{R}^2$，因此可以很容易地可视化位形空间和位形空间障碍区域。

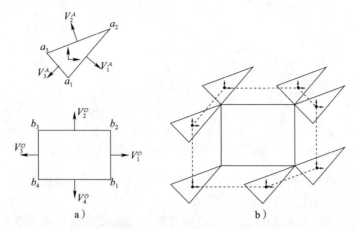

图 7.1　a) 机器人的末端执行器是工作空间内的一个三角形刚性物体，该工作空间包含单
　　　　个矩形障碍。b) 位形空间障碍物 QO（表示为虚线）的边界，可通过计算与该单个
　　　　凸障碍物发生顶点-顶点接触的末端执行器位形所组成的凸包来得到

如果工作空间中有唯一的一个障碍物，并且末端执行器和障碍物均为凸多边形，那么，计算位形空间障碍区域 QO 将会很容易。令 V_i^A 表示垂直于末端执行器第 i 条边的法向量，同时，令 V_i^O 表示垂直于障碍物第 i 条边的法向量。定义 a_i 为从机器人坐标系原点到末端执行器第 i 个顶点的向量，同时，定义 b_j 为从世界坐标系原点到障碍物第 j 个顶点的向量，如图 7.1a 所示。QO 的顶点可以用如下方法确定

- 对于每对顶点 V_j^O 和 V_{j-1}^O，如果 V_i^A 指向 $-V_j^O$ 的 $-V_{j-1}^O$，那么在 QO 中加入顶点 $b_j - a_i$ 和 $b_j - a_{i+1}$。
- 对于每对顶点 V_i^A 和 V_{i-1}^A，如果 V_j^O 指向 $-V_i^A$ 和 $-V_{i-1}^A$，那么在 QO 中加入顶点 $b_j - a_i$ 和 $b_{j+1} - a_i$。

上述内容在图 7.1b 中标明。注意到，此算法实质上将末端执行器尽可能地放置在机器人将会与障碍物发生顶点-顶点接触的位置。在此类位形的机器人局部坐标系的原点，定义了 QO 的一个顶点。由这些顶点所定义的多边形为 QO。

如果有多个凸障碍 O_i，那么位形空间障碍区域将是这些独立个体障碍物所对应的障碍区域 QO_i 的并集。对于一个非凸障碍，位形空间障碍区域可以通过如下方式计算：首先，将非凸障碍物分解为多个凸块 O_i，然后，计算每个凸块所对应的位形空间障碍区域 QO_i，最后，计算 QO_i 的并集。　◀

例 7.2（**平面双连杆机械臂**）　对于带有回转关节的机器人，障碍区域 QO 的计算将会更为复杂。如图 7.2a，考虑一个平面双连杆机械臂，在其工作空间内含有单个障碍物。位形空间障碍区域如图 7.2b 所示。

对于取值十分接近 $\pi/2$ 的 θ_1，机械臂的第一个连杆将与障碍物发生碰撞。当第一个连杆接近障碍物时（θ_1 接近 $\pi/2$），对于某些 θ_2 取值，第二个连杆将与障碍物发生碰撞。图 7.2b 中所示的区域 QO 是通过在位形空间中使用离散网格的方法计算得到的。对网格中的每个单元进行碰撞检测，当有碰撞发生时将此单元描为阴影。这仅是 QO 的一个近似

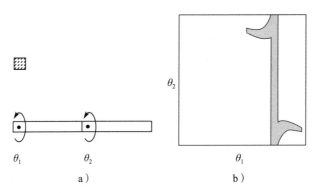

图 7.2   a) 机器人是一个双连杆平面机械臂，其工作空间包含一个小多边形障碍物。b) 相应的位
形空间障碍区域包含所有位形 $q = (\theta_1, \theta_2)$，使处于该位形 q 的机器人与障碍物相交

表示，然而，对于带有回转关节的机器人，确切表示 QO 需要极高的计算力。因此，此类
近似表示通常用于仅有几个自由度的机器人。　◀

对于 $Q = \mathbb{R}^2$ 这种二维情形以及多边形障碍物，计算 QO 相对简单直观，但是，从平
面双连杆机械臂的例子中可以看到，对于适度复杂的位形空间，QO 的计算也会变得困
难。在通常情况下(例如，关节型机械臂或可以平移和旋转的刚体)，计算位形空间障碍物
的表示会变得十分困难。引起这种复杂性的原因之一是：位形空间表示的大小倾向于随自
由度数目的增长呈现指数级增长。在直观上，通过考虑填充空间(大小为 k)所需的 n 维单
位立方体的数目，使我们容易理解上述原因。对于一维情形，k 个单位间隔即可覆盖整个
空间。对于二维情形，则需要使用 k^2 个(单位)正方形。对于三维情形，需要使用 k^3 个
(单位)立方体，以此类推。因此，在本章中，我们推导一些避免构造 QO 或 Q_{free} 的显
式表示的方法。

7.1.3   位形空间中的路径

路径规划问题是寻找一条从初始位形 q_s 到最终位形 q_f 的路径，使得机器人在通过路
径时不与任何障碍物发生碰撞。更正式地说，一条从 q_s 到 q_f 的无碰撞路径是一个连续映
射 $\gamma : [0,1] \to Q_{\text{free}}$，其中，$\gamma(0) = q_s$，$\gamma(1) = q_f$。我们将开发路径规划方法，它可用来在
位形空间中计算一系列离散位形(设定点)。在 7.5 节中，我们将介绍如何从这样的一个设
定点序列生成平滑轨迹。

7.2 $Q = \mathbb{R}^2$ 空间中的路径规划

在考虑一般路径规划问题之前，我们首先考虑 $Q = \mathbb{R}^2$ 的特殊情况，特别是机器人和
障碍物都可以表示为平面中的多边形，并且机器人可以向任意方向移动的情况(即在运动
方向上，没有像类车机器人那样的限制，它们不能垂直于车行驶的方向移动)。此外，我
们假设机器人的工作空间以及它的位形空间都是有限的。这对于移动机器人在仓库、工厂
车间、办公楼等工作区中导航的情况来说，通常可接受作为近似的情况。

在这种情况下，如例 7.1 所示，构造位形空间障碍区域(以及自由位形空间)的显式
表示很简单。在本节中，我们提供了三种可用于构造碰撞路径的算法，这些算法的输入是
位形空间障碍区域的显式多边形表示。这三种算法都构建了图结构来表示可能的路径集。
因此，一旦构建了这些表示，路径规划问题就能简化为存在许多算法的图搜索问题。

任意一个图都可以定义为 $G=(V,E)$，其中 V 是顶点的集合，E 是边的集合，每一条边都对应两个顶点。图 7.3 中展示了一个例子，例中的图的顶点和边分别为：

$$V=\{v_1,v_2,\cdots,v_5\}$$
$$E=\{(v_1,v_2),(v_2,v_3),(v_2,v_4),$$
$$\quad (v_1,v_4),(v_4,v_5),(v_3,v_5)\}$$

如果顶点之间有边连接，则称顶点是相邻的。从顶点 v_i 到顶点 v_j 的路径是一系列相邻顶点，它们从 v_i 开始并以 v_j 结尾，或者等效地，由该路径中成对相邻顶点定义的一组边组成。例如，边 (v_1,v_4)，(v_4,v_2)，(v_2,v_3)，(v_3,v_5) 定义了从 v_1 到 v_5 的路径。

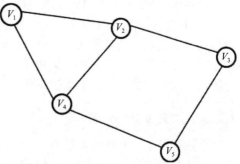

图 7.3　具有五个顶点和六个边的图

7.2.1　可见性图

可见性图是其顶点可以互相"看到"的图，即图中的边对应于不与任何障碍物内部相交的路径。相邻顶点之间的"视线"不受遮挡。对于多边形位形空间中的路径规划，一组顶点 V 包括(i)起始和目标位形 q_s 和 q_f，以及(ii)位形空间障碍物的每个顶点。边集 E 包含所有完全位于自由位形空间中的连接 v_i 与 v_j 的线段 (v_i,v_j)，换句话说就是所有多边形位形空间障碍物的边的线段 (v_i,v_j)。图 7.4a 展示了包含多边形障碍物区域的位形空间，图 7.4b 展示了相应的可见性图。

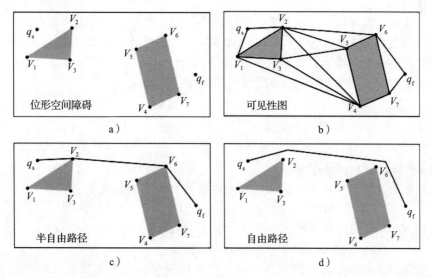

图 7.4　此图说明了使用可见性图构建自由路径的过程。a) 包含多边形障碍物的环境，其起始和目标位形为 q_s 和 q_f。b) 可见性图。c) 从 q_s 到 q_f 的半自由路径。d) 从 q_s 到 q_f 的自由路径，是通过对半自由路径的接触障碍顶点的路径顶点加入小扰动而获得的

可见性图中的任何路径都对应位形空间中的半自由路径，其中**半自由**是指该路径位于自由位形空间的闭包内（即位于自由位形空间中或位于位形空间障碍区域的边界）。我们可以通过对半自由路径的微小扰动将半自由路径变形为**自由**路径。例如，图 7.4c 显示了从 q_s 到 q_f 的半自由路径（请注意，该路径在障碍物顶点 v_2 和 v_6 接触了位形空间障碍的边

界)，图 7.4d 显示了相应的自由路径。

可以看出(见习题 7-7)，可见性图包含任何 q_s 和 q_f 的最短半自由路径，但前提是这些 q_s 和 q_f 包含在可见性图的构造中。应当指出的是，这样的最短路径在实际中可能不是理想的，因为它们会使机器人靠近工作空间中的障碍物，如果在机器人位置或环境地图中存在任何不确定性，就会很容易导致碰撞。因此，通常最好规划使机器人与任何障碍物之间的距离最大化的路径。接下来讨论的**广义 Voronoi 图**可以用来构造这样的路径。

7.2.2 广义 Voronoi 图

考虑平面上一系列的离散点，$P = \{p_1, \cdots, p_n\}$。对每一个点 p_i，我们定义其 Voronoi 单元为平面上离 p_i 的距离比离其他点 $p_j \in P$ 更近的点的集合。

$$\text{Vor}(p_i) = \{x \in \mathbb{R}^2 \mid \|x - p_i\| \leqslant \|x - p_j\|, \quad j \neq i\}$$

当 $\text{Vor}(p_i) \bigcap \text{Vor}(p_j) \neq \varnothing$ 时，我们称两个 Voronoi 域为相邻的。在这种情况下交界线为直线段，我们称其为 Voronoi 边，定义为

$$E_{ij} = \{x \in \mathbb{R}^2 \mid \|x - p_i\| = \|x - p_j\| \leqslant \|x - p_k\|, \quad k \neq i, j\}$$

Voronoi 边 E_{ij} 是由屏幕上与点 p_i 和 p_j 等距的点组成的。

如果我们将点 p_i 视为障碍，那么无碰撞路径就是不包含任何 p_i 的路径。将路径 γ 的**间隙**(clearance)定义为路径与任意点 $p \in P$ 之间的最小距离，即

$$\rho(\gamma) = \min_{t \in [0,1]} \min_{p \in P} \|\gamma(t) - p\|$$

如果 q_s 和 q_f 在 Voronoi 边上，则连接 q_s 和 q_f 的最大间隙路径 γ^* 完全在 Voronoi 边的集合内。

所有上述概念都可以从离散点推广到平面上的多边形上。一个多边形包含着一个有边连接着的点的集合。这些点和边可以一起被称为定义多边形的**要素**(feature)。因此，一个多边形的要素是一个顶点 v，或者一条边 $e = (v, v')$。现在在设 P 为与多边形的位形空间障碍对应的要素。从点 x 到多边形的要素 f 的距离可以定义为

$$d(x, f) = \begin{cases} \|x - v\| & : f = v \\ \min_{\alpha \in [0,1]} \|x - (v - \alpha(v - v'))\| & : f = e = (v, v') \end{cases}$$

其中 $\|x - v\|$ 是点 x 与顶点 v 之间的欧氏距离，而式 $\min_{\alpha \in [0,1]} \|x - (v - \alpha(v - v'))\|$ 给出了从点 x 到边 $e = (v, v')$ 的最短距离。

我们设要素 f 的 Voronoi 单元为平面上距离 f 比距离其他要素 $f' \in P$ 更近的点集

$$\text{Vor}(f) = \{x \in \mathbb{R}^2 \mid d(x, f) \leqslant d(x, f'), \quad f \neq f' \in P\}$$

我们可以将 Voronoi 边的概念推广为与两个要素等距的点集

$$E_{ij} = \{x \in \mathbb{R}^2 \mid d(x, f_i) = d(x, f_j) \leqslant d(x, f_k), \quad k \neq i, j\}$$

由于要素集仅包含点和线段，因此 Voronoi 边集将仅包含与两个顶点或两个边等距的线段，以及与顶点和边等距的抛物线段。我们将**广义 Voronoi 图**定义为图 $G = (V, E)$，其边为上述的 Voronoi 边，其顶点为多个 Voronoi 边相交的点。

在多边形障碍物的情形下，我们定义路径 γ 的间隙为路径与任何要素 $f \in P$ 之间的最小距离，即

$$\rho(\gamma) = \min_{t \in [0,1]} \min_{f \in P} d(\gamma(t), f)$$

以及，如上所述，如果 q_s 和 q_f 在 Voronoi 边上的话，连接 q_s 和 q_f 的最大间隙路径 γ^* 是被完全包含在 Voronoi 边的集合里的。

对于 q_s 和 q_f 不在 Voronoi 边上的情况，我们必须构造从 q_s 和 q_f 到 Voronoi 边的无碰撞路径。这实际上很简单。例如，如果 q_s 位于特定要素 f 的 Voronoi 域中，则从 q_s 沿着梯度 $\nabla d(q_s,f)$ 的直线路径将在到达任何其他特征 f' 之前到达 Voronoi 边（见习题 7-8）。对于边要素，梯度由下式给出：

$$\nabla d(q_s,f)=\frac{q_s-q^*}{\|q_s-q^*\|}$$

其中 q^* 是距离 q_s 最近的边上的点。

现在我们可以用如下步骤来解决路径规划问题：

1. 找到从 q_s 到最近的 Voronoi 边的直线路径。令 $q_{s'}$ 表示该路径与 Voronoi 边相交的点。

2. 找到从 q_f 到最近的 Voronoi 边的直线路径。令 $q_{f'}$ 表示该路径与 Voronoi 边相交的点。

3. 在广义 Voronoi 图中找到从 $q_{s'}$ 到 $q_{f'}$ 的路径。

虽然存在用于计算精确的广义 Voronoi 图的高效算法，但是在实践中，通常使用基于网格的数值算法，因为它们更易于实现、离散网格引起的误差与通过广义 Voronoi 图中的路径获得的间隙相比通常较小，并且对于二维空间，基于网格的表示形式是可行的。图 7.5 展示了多边形位形空间和相应的广义 Voronoi 图。

图 7.5 包含五个障碍物的多边形位形空间及其广义 Voronoi 图

7.2.3 梯形分解

可见性图和广义 Voronoi 图都是图，其边直接对应于位形空间中的路径。对于可见性图，边对应于特定半自由路径的一部分，而对于广义 Voronoi 图，每个 Voronoi 边对应于特定自由路径的一部分。这些表示形式均未明确捕获有关自由位形空间的几何形状的任何信息。

相反，自由位形空间的**空间分解**是使 $\cup R_i = Q_{free}$ 以及对于所有 $i\neq j$，都有 $\mathrm{int}(R_i)\cap \mathrm{int}(R_j)=\varnothing$（其中 $\mathrm{int}(R)$ 代表域 R 的内部）的域 $\{R_1,\cdots,R_m\}$ 的集合。域 R_i 明确定义了自由位形空间的几何形状。凸空间分解具有一个附加属性，即每个 R_i 都是凸的。凸区域具有吸引人的特性：对于任何 q_i，$q_j \in R$，连接它们的线段完全位于 R 内，即对于所有 $\alpha\in[0,1]$，$q_i-\alpha(q_i-q_j)\in R$。因此，在 Q_{free} 的同一凸子集中的两个位形之间构造自由路径是极为简单的。梯形分解是凸类空间分解的一种特殊情况，适用于平面中的多边形。

图 7.6a 显示了多边形障碍物情况下自由位形空间的梯形分解。分解中的每个区域都是由多边形边和与多边形的顶点 ⊖ 相交的垂直线段组成的梯形。一种常用的梯形分解算法是用一条垂直线扫过位形空间，在位形空间障碍区域的每个顶点处停止，并对分解进行适当的更新。图 7.6b 显示了此方法过程中的一个步骤。在扫线的停止点 ℓ，区域 R_3 和 R_4 被"关闭"，区域 R_5 被"打开"。

梯形分解的**连通图**编码了分解区域之间的邻接关系。连接图的顶点对应于区域，并且如果两个区域相邻（即 $R_i\cap R_j\neq\varnothing$），则 R_i 和 R_j 之间存在一条边。图 7.6c 显示了图 7.6a 所示的梯形分解的连通图。对于给定的 q_s 和 q_f，可以通过如下步骤解决路径规划问题。

⊖ 注意，三角形被认为是一条边长为 0 的梯形，矩形是梯形的特殊情况，其对边平行。

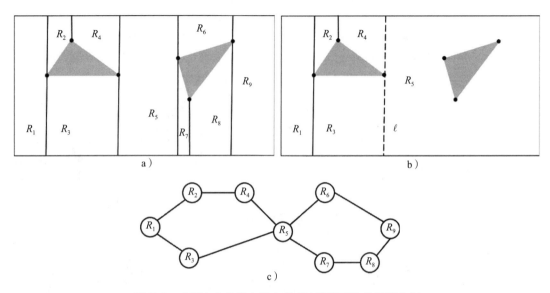

图 7.6　对于自由位形空间中的多边形障碍物的梯形分解

1. 确定包含初始位形 q_s 的区域 R_i。

2. 确定包含最终位形 q_f 的区域 R_j。

3. 在连通图中找到从 R_i 到 R_j 的路径。

4. 从 q_s 和 q_f 构造一条分段线性路径，该路径依次通过在步骤 3 中找到的单元格，在两个区域的边界的中点从一个区域穿到另一个区域。

7.3　人工势场

7.2 节中描述的方法仅适用于简单的位形空间。对于更复杂的位形空间（例如用于类汽车机器人的 $SE(2)$，用于飞行器的 $SE(3)$ 或用于 n 连杆的 n 环面），我们通常无法构建 QO 或 Q_{free} 的显式表达。另一种方法是，建立一种搜索算法，在搜索路径的同时逐步探索 Q_{free}。探索 Q_{free} 最流行的方法之一是采用**人工势场**来引导搜索。

势场方法背后的基本思想是，把机器人当作位形空间中处于人工势场 U 影响下的一个点。势场 U 的构造如下：机器人能够被吸引到最终位形 q_f，同时因受到排斥而远离障碍区域 QO 的边界。如果可能的话，构造 U 使得势场 U 中只有单个全局最小值 q_f，同时没有局部最小值。不幸的是，通常难以甚至不可能构造这样的势场。

在一般情况下，势场 U 是一种合力场，它由引导机器人到达 q_f 的一个引力分量以及排斥机器人以远离 QO 边界的第二个斥力分量组成，如下所示

$$U(q) = U_{\text{att}}(q) + U_{\text{rep}}(q)$$

给定这样的构造，路径规划问题可以被处理为一个优化问题，即以初始位形 q_s 作为起始，寻找势场 U 的全局最小值。我们通常使用梯度下降法来对其求解。在物理意义上，一个保守力场可以写为一个势函数的负梯度。因此，我们可以将梯度下降解释为一个受力 $F = -\nabla U$ 影响的移动粒子。在下文中我们会经常提到引力和斥力，就是对这个解释的应用。

我们对路径规划的势场方法的推导分两步。首先，在 7.3.1 节中，我们针对 $Q = \mathbb{R}^n$ 的特殊情况开发了方法。这样，我们可以轻松地根据欧几里得距离来定义 U，而无须处理在任意位形空间上定义度量的问题。这方便了我们对概念和算法的初步开发。在 7.3.2 节

中，我们将方法扩展到任意位形空间。我们将不定义这些位形空间上的势场，而是定义一个所谓的工作空间势场的集合，然后说明如何使用正运动学的雅可比来计算相应位形空间势的梯度地图。对于这两种情况，我们都描述了用于路径规划的梯度下降算法。

7.3.1　$Q = \mathbb{R}^n$ 的人工势场

对于 $Q = \mathbb{R}^n$ 的情况，我们用和目标之间的欧几里得距离定义一个吸引势，并以到最近障碍物边界的欧几里得距离定义一个排斥势。然后，我们描述如何使用梯度下降法来找到无碰撞路径。由于梯度下降在势场具有多个局部最小值的情况下通常会失败，因此我们将讨论如何使用随机化来逃离势函数的局部最小值。

引力场

为了吸引机器人到达其目标位形，我们将定义一个吸引型的势场 U_{att}。目标位形为 $q = q_f$。势场 U_{att} 需要满足几个条件。第一，U_{att} 应该是关于到达目标位形的距离的单调增函数。对于该势场，一个最简单的选择是随该距离呈线性增长的一个势场，即所谓的**圆锥形势阱**（conic well potential）。

$$U_{att}(q) = \zeta \| q - q_f \|$$

其中 ζ 是用来调节引力场效果的一个参数。这样的势场，除目标位置（梯度为零）外，其余各处的梯度具有单位幅值。这可能会引起稳定性问题，因为该引力在目标位置处不连续。

抛物线势阱由下式给出

$$U_{att}(q) = \frac{1}{2} \zeta \| q - q_f \|^2$$

该式连续可微且相对于与目标位形的距离单调增。吸引力与 U_{att} 的负梯度相等，其由下式给出（见习题 7-9）

$$F_{att}(q) = -\nabla U_{att}(q) = -\zeta (q - q_f) \tag{7.1}$$

对于抛物线势阱来说，与第 i 个 DH 坐标系原点相对应的引力是一个指向 q_f 的向量，其幅值与 q 和 q_f 这两点之间的距离呈线性关系。

当 q 趋近 q_f 时，该力线性收敛到零，这是我们期望中的一个属性。当 q 远离 q_f 时，该力不受限制地增长。如果 q_s 距离 q_f 非常远，在初始阶段，这将产生一个非常大的引力。为此，我们可以选择将二次型势场和圆锥形势场结合起来：当 q 距离其目标位置十分遥远时，使用圆锥形势场吸引 q；当 q 距离其目标位置比较近时，使用二次型势场吸引 q。当然，在圆锥形势场和二次型势场交界处，梯度需要有定义。这样的一个势场可由下式定义

$$U_{att}(q) = \begin{cases} \dfrac{1}{2} \zeta \| q - q_f \|^2 & : \| q - q_f \| \leqslant d \\[2ex] d\zeta \| q - q_f \| - \dfrac{1}{2} \zeta d^2 & : \| q - q_f \| > d \end{cases}$$

其中，d 是从圆锥形势阱变为抛物线势阱时对应的距离。在此情况下，工作空间力由下式

$$F_{att}(q) = \begin{cases} -\zeta (q - q_f) & : \| q - q_f \| \leqslant d \\[2ex] -d\zeta \dfrac{(q - q_f)}{\| q - q_f \|} & : \| q - q_f \| > d \end{cases}$$

两个势场边界之间的梯度得到很好的定义，这是因为在边界处，$d = \| q - q_f \|$，并且二次型势阱的梯度等于圆锥形势阱 $F_{att} = -\zeta (q - q_f)$ 的梯度。

斥力场

为了防止机器人和障碍物之间的碰撞，对于每个 DH 参考系（不包括基座坐标系）的原

点，我们将定义一个相应的**工作空间斥力势场**。这些斥力场应当满足若干标准。它们应该使机器人远离障碍物，使机器人永远不与障碍物碰撞；并且，当机器人离障碍物较远时，障碍物对机器人运动的影响应该很小或是没有影响。实现上述目标的一种方式是定义一个势场函数，当位形接近障碍物边界时，势场值趋近无穷，并且，当位形距离障碍物边界超过某个指定距离时，势场值减少到零。

我们定义 $\rho(q)$ 为一个障碍物距离 QO 边界的距离。

$$\rho(q) = \min_{q' \in \partial QO} \|q - q'\|$$

其中 ∂QO 代表位形空间障碍区域的边界。我们定义 ρ_0 为一个障碍物影响的距离。这意味着：当 q 距离障碍物距离大于 ρ_0 时，这个障碍物不会排斥 q。

符合上述标准的一个势函数由下式给出

$$U_{\text{rep}}(q) = \begin{cases} \dfrac{1}{2} \eta \left(\dfrac{1}{\rho(q)} - \dfrac{1}{\rho_0} \right)^2 & : \rho(q) \leqslant \rho_0 \\ 0 & : \rho(q) > \rho_0 \end{cases}$$

其中 η 是用来调节引力场效果的参数，斥力与 U_{rep} 的负梯度相等。在 $\rho(q) \leqslant \rho_0$ 时，该力由下式给出（见习题 7-13）

$$F_{\text{rep}}(q) = \eta \left(\frac{1}{\rho(q)} - \frac{1}{\rho_0} \right) \frac{1}{\rho^2(q)} \nabla \rho(q) \tag{7.2}$$

当 QO 为凸，b 为 QO 边界上距离 q 最近的点时，$\rho(q) = \|q - b\|$，其梯度为

$$\nabla \rho(q) = \frac{q - b}{\|q - b\|}$$

即从 b 到 q 的单位向量。

如果障碍物形状不是凸的，那么，距离函数 ρ 不一定在每个地方都可微，这意味着力向量的不连续。图 7.7 示出了一种这样的情况。这里，障碍物区域通过两个矩形障碍来定义。对于所有处于虚线左方的位形，力向量指向右侧；对于所有处于虚线右方的位形，力向量指向左侧。因此，当 q 穿过虚线时，将会产生力的不连续。有多种方法可以解决这个问题。其中最简单的一种，是确保不同的障碍影响区域不重叠。

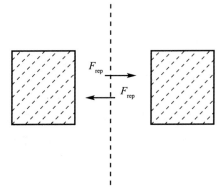

梯度下降规划

梯度下降法是解决优化问题中一个很有名的方法。这个概念很简单。从初始位形开始，在负梯度方向（尽快降低势能的方向）上前进一小步。这提供了一种新的位形，然后重复该过程，直至达到最终的位形。更确切地讲，一个

图 7.7　在这种情况下，式 (7.2) 给出的斥力场梯度是不连续的。特别是，当 q 穿越两个障碍物间的中线时，梯度变化是不连续的

梯度下降算法会构建一系列的$^\ominus$位形，$q^0, q^1, \cdots, q^m$，其中 $q^0 = q_s$，$q^m = q_f$。在第 $i+1$ 步的位形为

$$q^{i+1} = q^i - \alpha^i \nabla U(q^i) \tag{7.3}$$

$\ominus$　注意，q^i 被用来表示第 i 次迭代时 q 的值（而不是向量 q 的第 i 个分量）。

标量参数 α^i 用于缩放第 i 次迭代时的步长。有些梯度下降算法会把梯度$\nabla U(q^i)$替换为一个梯度方向的单位向量。在此情形下 α^i 会完全决定第 i 次迭代时的步长。重要的是：确保 α^i 足够小使得机器人无法"触碰"障碍物，同时，α^i 又足够大，使得该算法不需要过多的计算时间。在运动规划问题中，α^i 的选择往往是临时的或在经验的基础上作出的，例如基于到最近障碍物或目标的距离。许多用来选择 α^i 的系统性方法可在关于优化的文献中找到。

我们将不能够永远准确满足条件 $q^i = q_f$，正是出于此原因，当 q^i 与目标位形 q_f 足够接近时，算法将会终止。如$\|q^i - q_f\| < \epsilon$ 时。根据任务需求，我们可以选择 ϵ 为一个足够小的常数。

逃离局部最小值

困扰着用于路径规划的人工势场方法的问题是，在势场中可能存在局部最小值。在式(7.3)中选择合适的 α^i 时，可证梯度下降算法必收敛到场中的一个最小值，但该最小值并不能保证为全局最小。在我们的情况下，这意味着此方法不能保证找到通往 q_f 的路径。这种情况的一个简单示例如图 7.8 所示。

这个问题在优化领域一直存在，**随机方法**就是被开发出来解决此问题以及其他机器人运动规划中存在的问题。一种逃离局部最小的方法结合了梯度下降和随机化。该方法使用梯度下降，直至规划算法发现自己被困在一个局部最小值处，然后，使用一个随机漫步来逃离局部最小值。此方法需要解决两个问题：判断规划器是否困在局部最小和如何定义随机漫步。

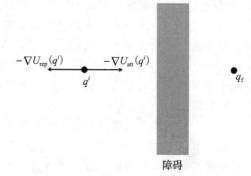

图 7.8 位形 q^i 是势场中的一个局部最小值。在 q^i 处，引力与斥力完全抵消，使得规划算法无法取得进一步的进展

通常情况下，可以使用一种启发式方法来识别局部最小值。例如，当对一个小正值的 ϵ_m 我们有$\|q^i - q^{i+1}\| < \epsilon_m$，$\|q^i - q^{i+2}\| < \epsilon_m$，$\|q^i - q^{i+3}\| < \epsilon_m$，则我们可以认为 q^i 在一个局部最小中，当然前提是 q^i 距离目标位形足够远。

定义随机漫步需要更多的处理。一种方法是模拟布朗运动。随机漫步包括 t 个随机步骤。通过对每个 q_i 加上一个小的固定常数，可以获得一个从 $q = (q_1, \cdots, q_n)$ 开始的随机步骤：

$$q_{\text{random-step}} = (q_1 \pm v_1, \cdots, q_n \pm v_n)$$

其中，v_i 是一个小的固定常数，而增加$+v_i$或$-v_i$的概率等于 $1/2$（即均匀分布）。不失一般性，假设 $q = 0$。我们可以使用概率理论来表征由 t 个随机步骤组成的随机漫步的行为。尤其是，如果 q^i 是 t 步后所达到的位形，$q^i = (q_1, \cdots, q_n)$ 的概率密度函数由下式给出

$$p_i(q_i, t) \approx \frac{1}{v_i \sqrt{2\pi t}} \exp\left(-\frac{q_i^2}{2 v_i^2 t}\right)$$

这是一个均值为零的高斯密度函数$^\ominus$，其方差为 $v_i^2 t$。这是根据中心极限定理得出的结果，该定理指出：当 $k \to \infty$ 时，k 个独立同分布的随机变量之和所对应的概率密度函数，

$\ominus$ 高斯密度函数具有经典的钟形曲线。均值表示曲线的中心（钟形曲线的峰值），而方差则表示钟形曲线的宽度。概率密度函数（probability density function，pdf）告诉我们变量 q_i 会有多大可能位于一个给定区间内。概率密度函数的值越高，q_i 将越有可能位于对应区间内。

趋向于一个高斯密度函数。方差 $v_i^2 t$ 基本上决定了随机漫步的范围。如果可以提前预知局部最小值的某些特性(例如吸引区域的大小),这些特性可被用来选择参数 v_i 和 t。否则,可以凭经验或者基于与势场相关的某些微弱假设来确定这些参数。

7.3.2 $Q \neq \mathbb{R}^n$ 的势场

在 $Q \neq \mathbb{R}^n$ 的情况时,很难直接在位形空间中构造一个势场,并且,计算位形空间的势场梯度甚至会更难。导致这种情况的原因包括计算到位形空间障碍物的最短距离的难度,位形空间的复杂几何形状,以及位形空间障碍物区域的显式表示的计算量。因此,当 $Q \neq \mathbb{R}^n$ 时,我们将直接在机器人的工作空间中定义我们的**工作空间势场**,并将这些场的梯度映射到位形空间场函数中相对应的梯度。

特别是,对于一个带有 n 个连杆的机械臂,对于其中的 n 个 DH 坐标系(除去固定的坐标系 0)的各原点,我们将定义相对应的势场。此类工作空间势场,将会把 DH 坐标系的原点吸引到各自的目标位置,同时使这些原点远离障碍物。我们将使用这些势场来定义位形空间中的运动,其中将会涉及使用机械臂的雅可比矩阵。我们对移动机器人也可以用到类似的方法。在此情况下,我们会在机器人上定义一系列能够完全约束其位置的**控制点**(control point),并为每一个点定义其工作空间势。对于一个平面移动机器人,我们只需要两个控制点。而自由飞行机器人则需要三个非共线的点。

引力场

为了吸引机器人到达其目标位形,对于第 i 个 DH 坐标系的原点 o_i,我们将定义一个吸引型的势场 $U_{att,i}$。当 n 个原点全部到达目标位置时,机械臂将会到达其目标位形。如上文所述,我们可以选择圆锥形势阱或抛物线形势阱。

如果我们使用 $o_i(q)$ 来表示第 i 个 DH 参考系的原点位置,那么圆锥形势阱由下式给出

$$U_{att,i}(q) = \zeta_i \| o_i(q) - o_i(q_f) \|$$

其中,ζ_i 是用来调节引力场效果的一个参数。抛物线势阱的方程为

$$U_{att,i}(q) = \frac{1}{2} \zeta_i \| o_i(q) - o_i(q_f) \|^2$$

对于抛物线势阱来讲,对 o_i 的工作空间吸引力与 $U_{att,i}$ 的梯度相等,其由下式给出

$$F_{att,i}(q) = -\nabla U_{att,i}(q) = -\zeta(o_i(q) - o_i(q_f))$$

它是一个朝向 $o_i(q_f)$ 的模与 $o_i(q)$ 到 $o_i(q_f)$ 的距离线性相关的向量。

我们可以像 7.3.1 节中所做的一样,将锥型和抛物线型势结合,得到

$$U_{att,i}(q) = \begin{cases} \dfrac{1}{2} \zeta_i \| o_i(q) - o_i(q_f) \|^2 & : \| o_i(q) - o_i(q_f) \| \leqslant d \\ d\zeta_i \| o_i(q) - o_i(q_f) \| - \dfrac{1}{2} \zeta_i d^2 & : \| o_i(q) - o_i(q_f) \| > d \end{cases}$$

其中 d 为锥型和抛物线型势阱切换点的距离。在此情形下,o_i 的工作空间力为

$$F_{att,i}(q) = \begin{cases} -\zeta_i(o_i(q) - o_i(q_f)) & : \| o_i(q) - o_i(q_f) \| \leqslant d \\ -d\zeta_i \dfrac{(o_i(q) - o_i(q_f))}{\| o_i(q) - o_i(q_f) \|} & : \| o_i(q) - o_i(q_f) \| > d \end{cases} \tag{7.4}$$

两个势场边界之间的梯度得到了很好的定义,这是因为在边界处 $d = \| o_i(q) - o_i(q_f) \|$,并且二次型势阱的梯度等于圆锥形势阱 $F_{att,i} = -\zeta(o_i(q) - o_i(q_f))$ 的梯度。

例 7.3 （**双连杆平面机械臂**） 考虑图 7.9 中给出的双连杆平面机械臂，其中 $a_1 = a_2 = 1$，并且其初始和最终位形给出如下

$$q_s = \begin{bmatrix} 0 \\ 0 \end{bmatrix} \quad q_f = \begin{bmatrix} \dfrac{\pi}{2} \\ \dfrac{\pi}{2} \end{bmatrix}$$

使用这个机械臂（见 3.3.1 节）的正运动学方程，我们得到

$$o_1(q_s) = \begin{bmatrix} 1 \\ 0 \end{bmatrix} \quad o_1(q_f) = \begin{bmatrix} 0 \\ 1 \end{bmatrix}$$

$$o_2(q_s) = \begin{bmatrix} 2 \\ 0 \end{bmatrix} \quad o_2(q_f) = \begin{bmatrix} -1 \\ 1 \end{bmatrix}$$

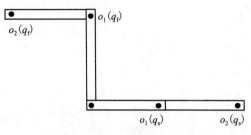

图 7.9 双连杆平面机械臂的初始位形由 $\theta_1 = \theta_2 = 0$ 给出，其最终位形由 $\theta_1 = \theta_2 = \pi/2$ 给出。图中在 q_s 和 q_f 处，均标出了 DH 坐标系 1 和 2 的原点

使用这些坐标来表示处于初始和目标位形处的两个 DH 坐标系的原点坐标，假设 d 足够大，我们得到下述引力

$$F_{\mathrm{att},1}(q_s) = -\zeta_1(o_1(q_s) - o_1(q_f)) = \zeta_1 \begin{bmatrix} -1 \\ 1 \end{bmatrix}$$

$$F_{\mathrm{att},2}(q_s) = -\zeta_2(o_2(q_s) - o_2(q_f)) = \zeta_2 \begin{bmatrix} -3 \\ 1 \end{bmatrix}$$

斥力场

为避免碰撞，我们为每个 DH 参考系（不包括基座坐标系 0）的原点定义一个相应的工作空间斥力势场。需要注意的是：仅对 DH 坐标系原点定义斥力场，我们无法确保永远不会发生碰撞（例如，一个长连杆的中间部分可能会与障碍物碰撞），但容易修改此方法以防止发生此类碰撞，正如我们将在下面看到的那样。现在，我们将仅仅处理 DH 坐标系的原点。

我们定义 $\rho(o_i(q))$ 是工作空间中从 DH 坐标系 i 的原点到最近障碍物的距离

$$\rho(o_i(q)) = \min_{x \in \partial O} \| o_i(q) - x \|$$

类似的，我们定义 ρ_0 为一个障碍物在工作空间中影响的距离。这意味着：当 o_i 距离障碍物距离大于 ρ_0 时，这个障碍物不会排斥 o_i。

符合上述标准的一个势函数由下式给出

$$U_{\mathrm{rep},i}(q) = \begin{cases} \dfrac{1}{2} \eta_i \left(\dfrac{1}{\rho(o_i(q))} - \dfrac{1}{\rho_0} \right)^2 & : \rho(o_i(q)) \leqslant \rho_0 \\ 0 & : \rho(o_i(q)) > \rho_0 \end{cases}$$

工作空间排斥力等于 $U_{\mathrm{rep},i}$ 的负梯度。对于 $\rho(o_i(q)) \leqslant \rho_0$ 这种情形，该力可由下式给出

$$F_{\mathrm{rep},i}(q) = \eta_i \left(\dfrac{1}{\rho(o_i(q))} - \dfrac{1}{\rho_0} \right) \dfrac{1}{\rho^2(o_i(q))} \nabla \rho(o_i(q)) \tag{7.5}$$

其中，符号 $\nabla\rho(o_i(q))$ 表示在 $x = o_i(q)$ 处计算得到的梯度值 $\nabla\rho(x)$。如果障碍物区域为凸形，并且 b 为障碍物边界上距离 o_i 最近的点，那么 $\rho(o_i(q)) = \| o_i(q) - b \|$，并且它的梯度为

$$\nabla\rho(x) \Big|_{x = o_i(q)} = \dfrac{o_i(q) - b}{\| o_i(q) - b \|}$$

即从 b 到 $o_i(q)$ 的单位向量。

例 7.4 （双连杆平面机械臂） 考虑前面的例 7.3，在工作空间内有单个凸障碍物，如图 7.10 所示。令 $\rho_0 = 1$，这防止了障碍物排斥 o_1，这是合理的，因为连杆 1 永远无法接触障碍物。障碍物上距离 o_2 最近的点为多边形障碍物的顶点 b。假设 b 的坐标为 $(2, 0.5)$。那么，从 $o_2(q_s)$ 到点 b 的距离为 $\rho(o_2(q_s)) = 0.5$，并且，$\nabla \rho(o_2(q_s)) = [0, -1]^T$。那么，处于初始位形时，点 o_2 上受到的斥力由下式给出

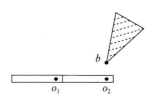

图 7.10 图中所示的障碍物排斥 o_2，但它在 o_1 影响距离之外。因此，它施加在 o_1 上的斥力为零

$$F_{\text{rep},2}(q_s) = \eta_2 \left(\frac{1}{0.5} - 1\right) \frac{1}{0.25} \begin{bmatrix} 0 \\ -1 \end{bmatrix} = \eta_2 \begin{bmatrix} 0 \\ -4 \end{bmatrix}$$

该力对关节 1 没有影响，但会使关节 2 向顺时针方向稍微转动，从而移动连杆 2 远离障碍物。◀

如上所述，仅对 DH 坐标系原点定义斥力场，并不能保证机器人不与障碍物发生碰撞。图 7.11 展示了这样的一个例子。在该图中，o_1 和 o_2 距离障碍物很远，因此斥力影响可能不够大，无法防止连杆 2 与障碍物发生碰撞。为了解决该问题，我们可以使用一组**浮动斥力控制点**（floating repulsive control point）$o_{\text{float},i}$，通常在各个连杆上设置一个。浮动控制点的定义为连杆边界上距离任何工作空间障碍物最近的点。$o_{\text{float},i}$ 的选择显然取决于位形 q。对于图 7.11 中的情形，$o_{\text{float},2}$ 将会靠近连杆 2 的中心，从而使机器人远离障碍物。与其他控制点相同，作用在 $o_{\text{float},i}$ 上的斥力也可通过式（7.5）来定义。

将工作空间力映射到关节力矩

我们已经展示了如何在机器人的工作空间内构建势场，从而在机器人手臂的 DH 坐标系原点 o_i 处诱导生成人工力。在本节中，我们描述如何将这些力映射到关节力矩。

正如我们在第 4 章使用虚功原理推导的那样，如果用 τ 来表示由施加在末端执行器上的工作空间力 F 诱导生成的关节力矩向量，那么

$$J_v^T F = \tau$$

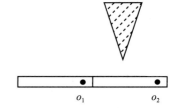

图 7.11 作用在 DH 坐标系原点 o_1 和 o_2 上的斥力，可能不足以防止连杆 2 和障碍物之间的碰撞

其中，J_v 包括机械臂雅可比矩阵的前三行。我们不使用后三行，这是因为我们只考虑工作空间中的引力和斥力，而不考虑工作空间中的吸引和排斥力矩。注意，对于每个 o_i，必须构造合适的雅可比矩阵，这容易通过第 4 章中描述的技术以及手臂的 A 矩阵而得到。我们用 J_{o_i} 表示对应于 o_i 的雅可比矩阵。

例 7.5 （双连杆平面机械臂） 再次考虑例 7.3 中的双连杆机械臂，排斥型工作空间力在例 7.4 中给出。将关节速度映射到线速度的雅可比矩阵，它满足

$$\dot{o}_i = J_{o_i}(q) \begin{bmatrix} \dot{q}_1 \\ \dot{q}_2 \end{bmatrix}$$

对于双连杆机械臂，o_2 的雅可比矩阵正如我们第 4 章中推导的结果，即

$$J_{o_2}(q_1, q_2) = \begin{bmatrix} -s_1 - s_{12} & -s_{12} \\ c_1 + c_{12} & c_{12} \end{bmatrix}$$

o_1 的雅可比矩阵类似，但是其中考虑到了：关节 2 的运动并不影响 o_1 的速度。因此，

$$J_{o_1}(q_1,q_2) = \begin{bmatrix} -s_1 & 0 \\ c_1 & 0 \end{bmatrix}$$

在 $q_s = (0,0)$ 处，我们有

$$J_{o_1}^{T}(q_s) = \begin{bmatrix} -s_1 & c_1 \\ 0 & 0 \end{bmatrix} = \begin{bmatrix} 0 & 1 \\ 0 & 0 \end{bmatrix}$$

和

$$J_{o_2}^{T}(q_s) = \begin{bmatrix} -s_1 & -s_{12} & c_1+c_{12} \\ -s_{12} & c_{12} \end{bmatrix} = \begin{bmatrix} 0 & 2 \\ 0 & 1 \end{bmatrix}$$

使用这些雅可比矩阵，我们可以很容易地将工作空间中的引力和斥力映射到关节力矩上。如果令 $\zeta_1 = \zeta_2 = \eta_2 = 1$，那么，我们得到

$$\tau_{att,1}(q_s) = \begin{bmatrix} 0 & 1 \\ 0 & 0 \end{bmatrix} \begin{bmatrix} -1 \\ 1 \end{bmatrix} = \begin{bmatrix} 1 \\ 0 \end{bmatrix}$$

$$\tau_{att,2}(q_s) = \begin{bmatrix} 0 & 2 \\ 0 & 1 \end{bmatrix} \begin{bmatrix} -3 \\ 1 \end{bmatrix} = \begin{bmatrix} 2 \\ 1 \end{bmatrix}$$

$$\tau_{rep,2}(q_s) = \begin{bmatrix} 0 & 2 \\ 0 & 1 \end{bmatrix} \begin{bmatrix} 0 \\ -4 \end{bmatrix} = \begin{bmatrix} -8 \\ -4 \end{bmatrix}$$

作用在机械臂上的总的人工力矩是源自下列所有引力和斥力势场的人工力矩之和

$$\tau(q) = \sum_i J_{o_i}^{T}(q) F_{att,i}(q) + \sum_i J_{o_i}^{T}(q) F_{rep,i}(q)$$

(7.6)

至关重要的是：我们对关节力矩而非工作空间力求和。换言之，将势场效应组合在一起之前，我们必须使用雅可比矩阵来将力转换成关节力矩。例如，图 7.12 中示出了一种情况：两个工作空间力 F_1 和 F_2 作用在一个矩形的对角顶点上。容易看到 $F_1 + F_2 = 0$，但这些力的合力效果生成了一个关于矩形中心的纯力矩。

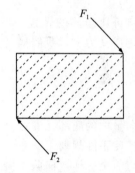

图 7.12 这个例子说明为什么在将力组合之前，必须把它们映射到位形空间中。图中所示的两个力为大小相等但方向相反的向量。这两个力向量之和为零，但这些力可以生成一个合力矩

例 7.6 （双连杆平面机械臂） 再次考虑例 7.3 中的双连杆平面机械臂，其关节力矩在例 7.5 中确定。在此情况下，由吸引型和排斥型工作空间势场诱导生成的总关节力矩可由下式给出

$$\tau(q_s) = \tau_{att,1}(q_s) + \tau_{att,2}(q_s) + \tau_{rep,2}(q_s)$$

$$= \begin{bmatrix} 1 \\ 0 \end{bmatrix} + \begin{bmatrix} 2 \\ 1 \end{bmatrix} + \begin{bmatrix} -8 \\ -4 \end{bmatrix} = \begin{bmatrix} -5 \\ -3 \end{bmatrix}$$

这些关节力矩的效果使得每个关节沿顺时针方向旋转，从而偏离目标，这是因为 o_2 距离障碍物很近。通过选择一个小的 η_2 取值，这种效果是可以被克服的。

在移动机器人中的应用

本节中描述的方法可以很容易地拓展到移动机器人上。首先我们在机器人上定义一组控制点 $\{o_i\}_{i=1,\cdots,m}$，使得对每个 $i=1,\cdots,m$，在 $o_i(q) = o_i(q_f)$ 时，$q = q_f$。然后我们继续应用上述方法，以处理 DH 坐标系同样的方法来处理 o_i。此情形下的雅可比矩阵为

$$J_{o_i}(q) = \left[\frac{\partial o_i}{\partial q}\right]$$

与此位形空间所对应的势函数的梯度为

$$\tau(q) = \sum_i J_{o_i}^{\mathrm{T}}(q) F_{\mathrm{att},i}(q) + \sum_i J_{o_i}^{\mathrm{T}}(q) F_{\mathrm{rep},i}(q)$$

其中 τ 包含了相对应机器人附体坐标系的力和力矩。

例 7.7（平面内的一个多边形机器人） 考虑
图 7.13 中所示的多边形机器人。顶点 a 在机器人坐标
系中的坐标为 (a_x, a_y)。因此，如果机器人的位形由
$q = (x, y, \theta)$ 给出，顶点 a 的正运动学映射（即从
$q = (x, y, \theta)$ 到顶点 a 的全局坐标的映射）可由下式
给出

$$a(x, y, \theta) = \begin{bmatrix} x + a_x\cos\theta - a_y\sin\theta \\ y + a_x\sin\theta + a_y\cos\theta \end{bmatrix}$$

对应的雅可比矩阵由下式给出

$$J_a(x, y, \theta) = \begin{bmatrix} 1 & 0 & -a_x\sin\theta - a_y\cos\theta \\ 0 & 1 & a_x\cos\theta - a_y\sin\theta \end{bmatrix}$$

使用雅可比矩阵的转置，将工作空间力映射到位形空
间中的广义力上，我们得到

$$J_a^{\mathrm{T}}(x, y, \theta)\begin{bmatrix} F_x \\ F_y \end{bmatrix} = \begin{bmatrix} F_x \\ F_y \\ -F_x(a_x\sin\theta - a_y\cos\theta) + F_y(a_x\cos\theta - a_y\sin\theta) \end{bmatrix}$$

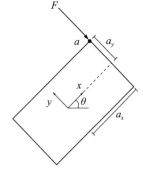

图 7.13　在这个例子中，机器人
是一个多边形，其位形
可表示为 $q = (x, y, \theta)$，
其中，θ 是从世界坐标
系 x 轴到机器人局部坐
标系 z 轴的角度。在局
部坐标为 (a_x, a_y) 的顶
点 a 处，施加有力 F

这个向量中的底部元素对应着施加在机器人坐标系原点上的力矩。

梯度下降规划

与前文一样，梯队下降算法构建了一系列的位形
$q^0, q^1, \cdots, q^m$，使得 $q^0 = q_s$，$q^m = q_f$，在此情形下第 k
次迭代给出

$$q^{k+1} = q^k + \alpha^k \frac{\tau(q^k)}{\|\tau(q^k)\|}$$

其中 τ 由式 (7.6) 给出。标量 α^k 决定了第 k 次迭代的
步长，且算法在 $\|q^k - q_f\| < \epsilon$ 时终止，其中 ϵ 为一个
足够小的常数，其值基于任务需要而定。

这种定义工作空间势并将工作空间梯度映射到位
形空间的方法同样存在势场中的局部极小值问题。
图 7.14 给出了这种情况的一个示例。

使用该方法时，必须要做出许多设计选择。

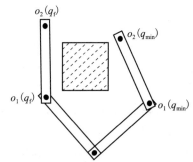

图 7.14　位形 $q_{\min}$ 是势场中的一
个局部最小值。在 $q_{\min}$
处，引力与斥力完全抵
消，使得规划算法无法
取得进一步的进展

- 式 (7.4) 中的常数 ζ_i 控制着控制点 o_i 引力场的相对影响力。ζ_i 并不一定要设成同
  一取值。通常，我们为 o_i 中的一个点分配较其他点更大的权重，用来生成一个
  "跟随导引者"类型的运动，其中导引点 o_i 被迅速吸引到其最终位形，然后，机器
  人重新定位自身使其他 o_i 到达它们各自的最终位置。

- 式 (7.5) 中的常数 η_i 控制着对点 o_i 斥力场的相对影响。与 ζ_i 类似，并不需要将所

有的 η_i 设为同一取值。特别是，对于靠近机器人目标位置的障碍物，我们通常将与其对应的 η_i 的取值设置得很小（以避免这些障碍物会排斥机器人而远离目标）。

- 式(7.5)中的常数 ρ_0 定义了障碍物的影响距离。与 η_i 相类似，我们可以对各障碍物定义不同的 ρ_0 取值。特别是，我们希望任何障碍物的影响区域不包括任何排斥型控制点的目标位置。我们可能也希望对障碍物设置不同的 ρ_0 取值，从而避免将不同障碍物的影响区域重叠在一起的可能。

7.4 基于采样的方法

势场方法利用梯度下降法生成一个序列的位形 $q^0, \cdots, q^m$，以递增的方式来探索 Q_{free}。这种探索本质上是目标驱动的（由于势的吸引力），这种偏差会使该方法容易受到失败的影响，因为势场中存在局部极小值。如前文所见，暂时放弃目标驱动的行为，转而采用随机策略的随机漫步方法可能是逃避局部极小值的一个有效方法。极端地说，我们可以设计一个完全放弃目标驱动搜索的计划程序，而完全依赖于随机策略。这是基于采样的规划器所采用的方法[一]。

基于采样的规划器使用随机采样策略生成一系列位形。最简单的此类策略只是从位形空间上的均匀概率分布中生成随机样本。如果两个样本彼此足够接近，则可以使用一个简单的局部规划器来规划它们之间的路径。迭代地应用此策略会生成一个图 $G = (V, E)$，其中顶点集 V 包括随机生成的样本位形，并且边线对应于彼此紧邻的样本位形之间的局部路径。图 G 被称为位形空间路线图。

在本节中，我们会讨论两种基于采样的规划算法。第一种算法会建立一个概率路线图（probabilistic road map，PRM），这是一个试图统一覆盖整个自由位形空间的路线图。此方法在为单个工作空间解决许多规划问题时，特别有用，因为建设路线图的成本可以分摊给许多规划实例。第二个算法构建一个快速探索随机树（rapidly-exploring rantom tree，RRT），它是一个根节点与初始位形 q_s 相对应的随机树。通过使用灵巧的采样策略在树中生成新的顶点。该方法能够快速探索自由位形空间，并已被证明能有效解决难度更高的路径规划问题。

7.4.1 概率路线图

总的来说，位形空间路线图是一个可以有效地代表 Q_{free} 的一维曲线网络。路线图通常表示为一个图，其边对应为曲线段，交点对应为顶点。使用路线图方法，规划算法包括三个阶段：（1）在路线图中寻找一条从 q_s 到位形 q_a 的路径，（2）在路线图中寻找一条从 q_f 到位形 q_b 的路径，（3）在路线图中寻找一条从 q_a 到 q_b 的路径。步骤 1 和步骤 2 通常比寻找直接从 q_s 到 q_f 的一条路径要容易很多。7.2 节中描述的可见性图和广义 Voronoi 图都是工作空间路线图的例子（虽然可见性图中 q_s 和 q_f 都是在建设路线图时包含在其中的）。

概率路线图（probabilistic road map，PRM）是一种位形空间路线图，其顶点对应随机生成的位形，并且其边对应位形之间的无碰撞路径。构建概率路线图是一个概念上很简单的过程。首先，生成一组随机位形作为路线图中的节点。然后，使用一个简单的局部路径规划算法来生成连接位形对的路径。最后，如果初始路线图由多个连接单元组成[二]，该路线图可通过一个增强阶段来扩大，即通过加入新的节点和弧线来试图把路线图中不相连的元素连接起来。为了解决路径规划问题，一种简单的局部规划算法被用来将路线图中的 q_s 和 q_f 连接起来，并在最终的路线图中搜索一条从 q_s 到 q_f 的路径。图 7.15 中展示了这四

个步骤。现在，我们详细讨论这些步骤。

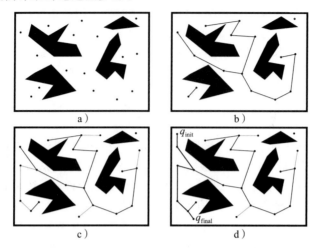

图 7.15   该图说明了在一个含有多边形障碍的二维位形空间中，构建一个概率路线图的步骤。a)（首先，在位形空间中生成一组随机样本。只保留无碰撞的样本。b) 使用简单的直线路径将每个样本与离其最近的邻点相连，如果这样的一条路径会导致碰撞，在路线图中将不连接相应的样本。c) 由于初始路线图中包含多个连接单元，在增强阶段将生成一些额外样本，并将它们连接到路线图中。d) 通过将 q_s 和 q_f 连接到路线图可找到一条从 q_s 到 q_f 的路径，然后，在这个增强路线图中搜索一条从 q_s 到 q_f 的路径

位形空间内的采样

生成位形样本的最简单方法是对位形空间采用均匀随机采样，然后丢弃处于 QO 内的位形样本。一个简单的碰撞检测算法可以确定何时产生这种情形。该算法的缺点是：处于 Q_{free} 任何特定区域内的样本数目与该区域体积成正比。因此，均匀采样不太可能在 Q_{free} 内的狭窄通道内进行采样。在概率路线图文献中，这被称为狭窄通道问题。它可以通过使用更加智能的采样方案，或者在构建概率路线图的过程中通过用一个增强阶段来处理。在本节中，我们将讨论后一种选择。

连接位形对

给定一组对应于相应位形的节点，构建概率路线图的下一个步骤是，确定哪些节点对应该通过简单路径连接起来。典型的方法是尝试把各节点与其 k 个最近邻点连接起来，其中 k 是由用户选择的一个参数。当然，为了定义最近邻点，需要使用一个距离函数。表 7.1 中列出了概率路线图的文献中常用的 4 个距离函数。在此表中，q 和 q' 是对应于路线图中不同节点的两个位形，q_i 表示第 i 个关节变量的取值，$\mathcal{A}$ 是机器人上的一组参考点，$p(q)$ 表示工作空间内处于位形 q 的点 p。在所有这些函数中，最简单同时也许是最常用的是位形空间中的 2-范数。

表 7.1   四个常用的距离函数

Q 中的 2-范数	$\|q'-q\| = \left[\sum_{i=1}^{n} (q'_i - q_i)^2 \right]^{\frac{1}{2}}$
Q 中的无穷范数	$\max_n \|q'_i - q_i\|$
工作空间中的 2-范数	$\left[\sum_{p \in \mathcal{A}} \|p(q') - p(q)\|^2 \right]^{\frac{1}{2}}$
工作空间中的无穷范数	$\max_{p \in \mathcal{A}} \|p(q') - p(q)\|$

一旦确定了相邻节点对，可以使用一个简单的局部规划算法来连接这些节点。通常情况下，选择位形空间中的一条直线作为候选方案，因此，在两个节点之间规划路径可被简化为在位形空间中沿一条直线路径做碰撞检测。如果在此路径上发生碰撞，则该路径可以被丢弃，或者可尝试使用一个更复杂的规划算法来连接这些顶点。

沿直线路径做碰撞检测的最简单的方法是：对该路径做足够精细的离散化采样，并对每个样本做碰撞检测。如果离散化足够精细，这种方法是可行的，但它的效率非常低。这是因为对一个样本做碰撞检测需要大量的计算，对于下一个样本(假设机器人在两个位形之间仅移动很小的距离)，还需重复上述过程。出于此原因，人们开发出增量式碰撞检测方法。虽然这些方法并不被包括在本书范围之内，不过在公共领域内有一些碰撞检测软件包。大多数机器人运动规划算法的开发人员基本都会使用这些软件包中的一种，而非编写他们自己的碰撞检测程序。

增强

在构造最初的概率路线图之后，其中很可能包含多个连接单元。通常，这些单元位于 Q_{free} 的巨大区域内，它们通过 Q_{free} 中的狭窄通道相连接。增强过程的目标是最大程度将这些不相交的单元连接起来。

一种增强方法是：尝试将两个不相交单元中的顶点连接起来，其中可能会使用比 7.3 节中所描述的算法更加复杂的规划算法。一种常见方法是：确定最大连通分量，然后尝试把小的分量与其相连。小单元中与该大单元距离最近的顶点，通常被选作连接候选。第二种方法是：随机选择一个顶点作为连接候选，然后基于顶点的邻点数目对随机选择注入偏差，在路线图中具有更少邻点的顶点更可能靠近一个狭窄通道，因此更应被选作连接候选。

用于增强的另一种方案是：将更多的随机节点添加到路线图中，以发现位于或临近狭窄通道的节点。其中一种方法是：识别具有少数几个邻点的节点，而后在这些节点周围的区域内生成样本位形，然后，使用局部规划算法来试图把这些新的位形连接到路线图中。

路径光滑化

在生成概率路线图之后，路径规划的目标是：使用局部规划算法将 q_s 和 q_f 连接到路线图中，然后使路径平滑化，这是因为所得到的路径是由位形空间中的直线段组成的。最简单的一种路径平滑算法是：在路径上随机选择两个节点，然后使用局部规划算法尝试将它们连接起来，重复该过程，直至再无显著进展。

7.4.2 快速探索随机树

在经典概率路线图算法中，第 i 个样本位形是通过从 Q 上的均匀概率分布进行采样而获得的，而与任何先前生成的样本无关[⊖]。结果，很有可能在任何给定的迭代中，新生成的样本位形与当前路线图中的任何顶点都相去甚远。在这种情况下，局部规划器可能无法将新样本连接到任何现有顶点，从而增加路线图中已连接组件的数量。一种替代方法是从对应于 q_s 的顶点开始生成一棵树，直到某些叶顶点达到目标位形为止。这是**快速探索随机树**(RRT)所体现的方法。

快速探索随机树的构建是一个迭代过程，每次迭代时都会有新顶点添加到现有树中。添加新顶点的过程是从 Q 上的均匀概率分布生成随机样本 q_{sample} 开始的，但是，与概率路

⊖ 用概率论的语言来说，样本位形对应于独立的随机变量

径图的构造不同，此顶点不会添加到现有树中。取而代之的是，使用 q_{sample} 来确定如何"增长"当前树。这是通过在现有树中选择最接近 q_{sample} 的顶点 q_{near} 并从 q_{near} 向 q_{sample} 方向迈出一小步来完成的。此步骤到达的位形 q_{new} 被添加到树中，并且从 q_{near} 向 q_{new} 添加了一条边。图 7.16 说明了快速探索随机树构造算法的单次迭代的过程。

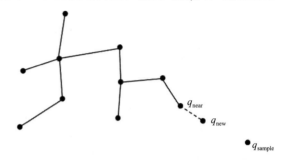

图 7.16　通过(i)生成样本位形，从 $\mathcal{Q}$ 上的均匀概率分布生成 q_{sample}，(ii)识别当前树中最接近 q_{sample} 的顶点 q_{near}，，并(iii)从 q_{near} 向 q_{sample} 迈出一小步

尽管已证明基于快速探索随机树的算法在规划机器人的无碰撞路径方面非常有效，但其真正优势在于生成新节点 q_{new} 并将其连接到现有树的方法。概率路径图通过解决局部路径规划问题将新节点连接到树上。快速探索随机树则通过向 q_{sample} "迈出一步"来选择位形 q_{new}。当然，最简单的方法是沿直线路径迈向 q_{sample}，但可以应用更通用的方法。例如，考虑一个机器人，其系统动力学为

$$\dot{x} = f(x, u) \tag{7.7}$$

其中，x 表示系统的状态，u 表示输入。如果我们在状态空间而不是构型空间上定义快速探索随机树，则可以通过将 x_{near} 给出的初始条件从时间上向前的式(7.7)进行积分来生成顶点 x_{new}

$$x_{\text{new}} = x_{\text{near}} + \int_0^{\Delta t} f(x, u) \mathrm{d}t \tag{7.8}$$

评估此积分需要知道一个适当的控制输入 u。选择 u 以确保 x_{new} 位于 x_{near} 与 x_{sample} 的连接线上是一个难题，但是幸运的是，确保 x_{new} 恰好位于该线上对于快速探索随机树算法的有效性并不是至关重要的。确定 x_{new} 的一种常用的方法是随机选择一组候选输入 u_i，对每个候选输入进行式(7.8)的评估，并保留朝 x_{sample} 靠近最多的结果。使用这种方法，快速探索随机树已被应用于类似汽车的机器人、无人驾驶飞行器、自动水下航行器、航天器、卫星等许多路径规划问题。

7.5　轨迹规划

在 7.1.3 节中，我们将位形空间内从 q_{s} 到 q_{f} 的一条路径[⊖]定义为一个连续映射 $\gamma:[0,1] \rightarrow \mathcal{Q}$，其中，$\gamma(0) = q_{\text{s}}$，$\gamma(1) = q_{\text{f}}$。**轨迹**是时间的一个函数 $q(t)$，它使得 $q(t_0) = q_{\text{s}}$，$q(t_f) = q_{\text{f}}$。在此情况下，$t_f - t_0$ 表示执行这条轨迹所需要的时间。由于该轨迹是对时间做参数化的，我们可以通过微分求导来计算沿此轨迹的速度和加速度。如果我们将 γ 的参数当作一个时间变量，那么路径是一种单位时间执行一步的特殊轨迹。换言之，在这种情况下，γ 给出了机器人运动轨迹的完整描述，其中包括了时间导数（因为它们只需对 γ 做微分运算来得到）。

从上文中可以看出，路径规划算法通常不会给出映射 γ，它通常只会给出一系列沿路径分布的点，这些点被称为**中间点**（via point）。这也是用于确定路径的其他方法中的一种

⊖　在 7.1.3 节中，我们使用 q_{s} 表示初始位形。在本节中，我们使用 q_0 表示将用于定义路径的两个或多个位形序列中的第一个位形。

情形。在一些情况下，可通过给出末端执行器的一系列姿态 $T_6^0(k\Delta t)$ 来确定路径。在此情况下，必须使用逆运动学解把这些姿态转换为关节位形的序列。对于工业机器人来讲，用于确定路径的一种常用方法是使用示教盒物理性地引导机器人达到所期望的运动，即所谓的**示教和播放模式**(teach and playback mode)。在某些情况下，这可能比实施一个路径规划系统更加有效，例如，在静态环境中多次执行相同的路径。在此情形中，没有必要计算逆运动学，所期望的运动可被简单地记录为一组关节角度(实际上为一组编码器值)。

下面，我们首先考虑**点到点**(point-to-point)运动。在这种情况下，任务是规划一条从初始位形 $q(t_0)$ 到最终位形 $q(t_f)$ 的轨迹。在某些情况下，轨迹上可能会受到某些约束(例如，机器人起始和结束时的速度必须为零)。尽管如此，容易看到：有无穷多的轨迹可以满足作用在端点上的数目有限的约束。因此，通常的做法是从有限参数化的序列中选择轨迹，例如 n 阶多项式(其中，n 取决于需要满足的约束数目)。在本书中，我们将采取这种方法。一旦看清如何在两个位形间构建轨迹，我们可简单地将这种方法推广到由多个中间点指定的轨迹。

7.5.1 点到点运动的轨迹

如上文中所述，问题是要找到一条轨迹将初始和最终位形连接起来，同时满足其他作用在端点处的指定约束，诸如速度和/或加速度约束。不失一般性，我们将考虑单个关节的轨迹规划，这是因为：其余关节的轨迹可以用完全相同的方法独立生成。因此，我们将关注如何确定 $q(t)$ 这一问题，其中，$q(t)$ 是一个标量关节变量。

我们假设，时间 t_0 处的关节变量满足

$$q(t_0)=q_0 \qquad (7.9)$$

$$\dot{q}(t_0)=v_0 \qquad (7.10)$$

同时我们希望，在 t_f 时，达到下述值

$$q(t_f)=q_f \qquad (7.11)$$

$$\dot{q}(t_f)=v_f \qquad (7.12)$$

图 7.17 展示了适合这种运动的一条轨迹。另外，我们可能希望指定起点和终点处的加速度约束。在此情况下，我们有另外两个方程

$$\ddot{q}(t_0)=\alpha_0 \qquad (7.13)$$

$$\ddot{q}(t_f)=\alpha_f \qquad (7.14)$$

下面，我们将探讨一些具体的方法，它

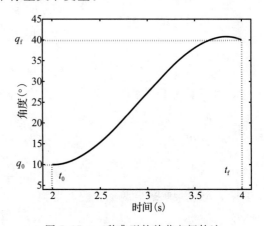

图 7.17 一种典型的关节空间轨迹

们通过使用低阶多项式来计算轨迹。作为开始，我们研究三次多项式，在这其中，可以指定起点和终点处的位置和速度。然后，我们描述五次多项式轨迹，在这其中，还可以指定起点和终点处的加速度。在描述完这两个通用多项式轨迹后，我们描述由多个恒定加速度段拼接而成的轨迹。

三次多项式轨迹

首先，考虑下面这种情形，我们希望在两个位形之间生成一个多项式关节轨迹，并且，我们希望指定轨迹上起点和终点处的速度。这给出了轨迹必须满足的 4 个约束。因此，我们最少需要带有 4 个独立系数的多项式来满足这些约束。我们考虑如下形式的三次多项式轨迹

$$q(t)=a_0+a_1t+a_2t^2+a_3t^3 \qquad (7.15)$$

期望速度由下式给出

$$\dot{q}(t) = a_1 + 2a_2 t + 3a_3 t^2 \tag{7.16}$$

联立式(7.15)、式(7.16)和 4 个约束，得到带有 4 个未知量的 4 个方程，如下所示

$$q_0 = a_0 + a_1 t_0 + a_2 t_0^2 + a_3 t_0^3$$
$$v_0 = a_1 + 2a_2 t_0 + 3a_3 t_0^2$$
$$q_f = a_0 + a_1 t_f + a_2 t_f^2 + a_3 t_f^3$$
$$v_f = a_1 + 2a_2 t_f + 3a_3 t_f^2$$

这 4 个方程可以被合并为单个矩阵方程，如下所示

$$\begin{bmatrix} 1 & t_0 & t_0^2 & t_0^3 \\ 0 & 1 & 2t_0 & 3t_0^2 \\ 1 & t_f & t_f^2 & t_f^3 \\ 0 & 1 & 2t_f & 3t_f^2 \end{bmatrix} \begin{bmatrix} a_0 \\ a_1 \\ a_2 \\ a_3 \end{bmatrix} = \begin{bmatrix} q_0 \\ v_0 \\ q_f \\ v_f \end{bmatrix} \tag{7.17}$$

可以证明(见习题 7-19)：式(7.17)中给出的系数矩阵的行列式等于$(t_f - t_0)^4$，因此，在非零时间段内执行轨迹这一前提下，式(7.17)永远有唯一解。

作为一个说明性的例子，我们考虑起点和终点速度都为零的这种特殊情况。假定我们取 $t_0 = 0$，$t_f = 1\,\text{s}$，并且

$$v_0 = 0 \quad v_f = 0$$

因此，我们希望在 1 s 的时间内从起点位置 q_0 运动到终点位置 q_f，同时确保起点和终点处的速度均为零。从式(7.17)中，我们得到

$$\begin{bmatrix} 1 & 0 & 0 & 0 \\ 0 & 1 & 0 & 0 \\ 1 & 1 & 1 & 1 \\ 0 & 1 & 2 & 3 \end{bmatrix} \begin{bmatrix} a_0 \\ a_1 \\ a_2 \\ a_3 \end{bmatrix} = \begin{bmatrix} q_0 \\ 0 \\ q_f \\ 0 \end{bmatrix}$$

这等同于下列 4 个方程

$$a_0 = q_0$$
$$a_1 = 0$$
$$a_2 + a_3 = q_f - q_0$$
$$2a_2 + 3a_3 = 0$$

其中，可以求解最后两个方程，得到

$$a_2 = 3(q_f - q_0)$$
$$a_3 = -2(q_f - q_0)$$

因此，所需的三次多项式函数为

$$q(t) = q_0 + 3(q_f - q_0)t^2 - 2(q_f - q_0)t^3$$

对应的速度和加速度曲线由下式给出

$$\dot{q}(t) = 6(q_f - q_0)t - 6(q_f - q_0)t^2$$
$$\ddot{q}(t) = 6(q_f - q_0) - 12(q_f - q_0)t$$

图 7.18 展示出了这些轨迹，其中 $q_0 = 10°$，$q_f = -20°$。

五次多项式轨迹

从图 7.18 中可以看出，一个三次多项式轨迹在起点和终点处给出了连续的位置和速度，但对应的加速度并不连续。加速度的导数称为**加加速度**(jerk)。加速度的不连续导致了一个冲击形的加加速度，它可能激起机械臂中的振动模态而降低跟踪精度。出于这个原

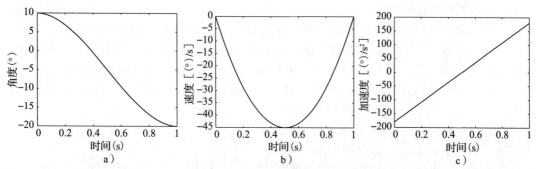

图 7.18　a) 三次多项式轨迹。b) 三次多项式轨迹的速度分布图。c) 三次多项式轨迹的加速度分布图

因，人们可能希望在加速度以及位置和速度上施加约束。在这种情况下，我们有 6 个约束（分别用于起点和终点位形、起点和终点速度，以及起点和终点加速度）。因此，我们需要一个五阶多项式，如下

$$q(t) = a_0 + a_1 t + a_2 t^2 + a_3 t^3 + a_4 t^4 + a_5 t^5 \tag{7.18}$$

使用式 (7.9)～式 (7.14)，同时取适当数量的导数，我们得到下述方程组

$$q_0 = a_0 + a_1 t_0 + a_2 t_0^2 + a_3 t_0^3 + a_4 t_0^4 + a_5 t_0^5$$

$$v_0 = a_1 + 2a_2 t_0 + 3a_3 t_0^2 + 4a_4 t_0^3 + 5a_5 t_0^4$$

$$\alpha_0 = 2a_2 + 6a_3 t_0 + 12a_4 t_0^2 + 20a_5 t_0^3$$

$$q_f = a_0 + a_1 t_f + a_2 t_f^2 + a_3 t_f^3 + a_4 t_f^4 + a_5 t_f^5$$

$$v_f = a_1 + 2a_2 t_f + 3a_3 t_f^2 + 4a_4 t_f^3 + 5a_5 t_f^4$$

$$\alpha_f = 2a_2 + 6a_3 t_f + 12a_4 t_f^2 + 20a_5 t_f^3$$

它们可被写作

$$\begin{bmatrix} 1 & t_0 & t_0^2 & t_0^3 & t_0^4 & t_0^5 \\ 0 & 1 & 2t_0 & 3t_0^2 & 4t_0^3 & 5t_0^4 \\ 0 & 0 & 2 & 6t_0 & 12t_0^2 & 20t_0^3 \\ 1 & t_f & t_f^2 & t_f^3 & t_f^4 & t_f^5 \\ 0 & 1 & 2t_f & 3t_f^2 & 4t_f^3 & 5t_f^4 \\ 0 & 0 & 2 & 6t_f & 12t_f^2 & 20t_f^3 \end{bmatrix} \begin{bmatrix} a_0 \\ a_1 \\ a_2 \\ a_3 \\ a_4 \\ a_5 \end{bmatrix} = \begin{bmatrix} q_0 \\ v_0 \\ \alpha_0 \\ q_f \\ v_f \\ \alpha_f \end{bmatrix} \tag{7.19}$$

图 7.19 展示了一个五次多项式轨迹，其中 $q(0) = 0$，$q(2) = 20$；并且，起点和终点处的速度和加速度均为零。

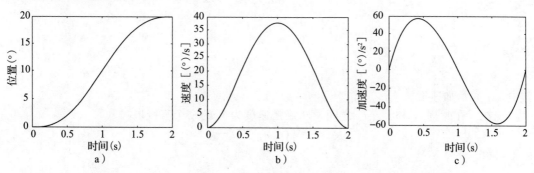

图 7.19　a) 五次多项式轨迹。b) 它的速度分布图。c) 它的加速度分布图

混有抛物线的直线段

生成合适的关节空间轨迹的另一种方法是使用所谓的**混有抛物线的直线段**（LSPB）。这种类型的轨迹具有一个**梯形速度曲线**（trapezoidal velocity profile），并且，当希望以恒定速度沿所述路径的一部分运行时，这种方法比较适合。在 LSPB 轨迹中，速度最初以"斜坡上升"的方式达到所需值，然后当接近终点位置时，速度沿"斜坡下降"。为了实现这一点，我们分三部分来指定期望轨迹。第一部分是从时间 t_0 到时间 t_b 的一个二次多项式，这将生成一个线性的"斜坡"速度。在 t_b 时刻（它被称为**混合时间**，blend time），轨迹切换为一个线性函数。这对应于一个恒定速度。最后，在 $t_f - t_b$ 时刻，轨迹再次切换为一个二次多项式，使得速度变为线性速度。

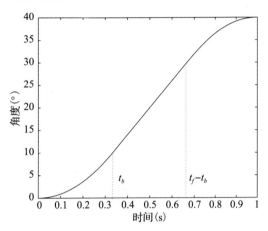

图 7.20　LSPB 轨迹中的混合时间

如图 7.20 所示，我们选择混合时间 t_b，使得位置曲线对称。为方便起见，假设 $t_0 = 0$，$\dot{q}(t_f) = 0 = \dot{q}(0)$。那么，在时间 0 和 t_b 之间，我们有

$$q(t) = a_0 + a_1 t + a_2 t^2$$

因此，对应的速度为

$$\dot{q}(t) = a_1 + 2a_2 t$$

$q_0 = 0$ 和 $\dot{q}(0) = 0$ 这两个约束意味着

$$a_0 = q_0$$
$$a_1 = 0$$

在 t_b 时刻，我们希望速度等于一个给定常数，例如 V。因此，我们有

$$\dot{q}(t_b) = 2a_2 t_b = V$$

这意味着

$$a_2 = \frac{V}{2t_b}$$

因此，在时间 0 和 t_b 之间，期望轨迹由下式给出

$$q(t) = q_0 + \frac{V}{2t_b} t^2 = q_0 + \frac{\alpha}{2} t^2$$

$$\dot{q}(t) = \frac{V}{t_b} t = \alpha t$$

$$\ddot{q} = \frac{V}{t_b} = \alpha$$

其中，α 表示加速度。

现在，在时刻 t_b 和 $t_f - t_b$ 之间，轨迹是速度为 V 的一个直线段

$$q(t) = q(t_b) + V(t - t_b)$$

由于对称

$$q\left(\frac{t_f}{2}\right) = \frac{q_0 + q_f}{2}$$

我们有

$$\frac{q_0+q_f}{2}=q(t_b)+V\left(\frac{t_f}{2}-t_b\right)$$

这意味着

$$q(t_b)=\frac{q_0+q_f}{2}-V\left(\frac{t_f}{2}-t_b\right)$$

由于这两段必须在时刻 t_b "混合" 起来，我们要求

$$q_0+\frac{V}{2}t_b=\frac{q_0+q_f-Vt_f}{2}+Vt_b$$

通过上式求解混合时间 t_b，得到

$$t_b=\frac{q_0-q_f+Vt_f}{V} \tag{7.20}$$

注意到我们有 $0<t_b\leqslant\frac{t_f}{2}$ 这个约束。因此，我们有下述不等式

$$\frac{q_f-q_0}{V}<t_f\leqslant\frac{2(q_f-q_0)}{V}$$

换言之，我们有下列形式的不等式

$$\frac{q_f-q_0}{t_f}<V\leqslant\frac{2(q_f-q_0)}{t_f}$$

因此，指定的速度必须位于这些界限之间，否则对应的运动是不可能实现的。

在时刻 t_f-t_b 和 t_f 之间的轨迹，可以通过考虑对称性而得出（见习题 7-23）。完整的 LSPB 轨迹如下

$$q(t)=\begin{cases} q_0+\dfrac{\alpha}{2}t^2 & 0\leqslant t\leqslant t_b \\[2mm] \dfrac{q_f+q_0-Vt_f}{2}+Vt & t_b<t\leqslant t_f-t_b \\[2mm] q_f-\dfrac{\alpha t_f^2}{2}+\alpha t_f t-\dfrac{\alpha}{2}t^2 & t_f-t_b<t\leqslant t_f \end{cases} \tag{7.21}$$

图 7.21a 中展示了一种这样的 LSPB 轨迹，其中，最大速度 $V=60$。在此情况下，$t_b=\frac{1}{3}$。图 7.21b 和图 7.21c 中分别给出了速度和加速度曲线。

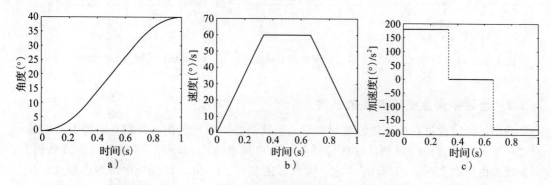

图 7.21 a) LSPB 轨迹。b) LSPB 轨迹对应的速度曲线。c) LSPB 轨迹对应的加速度曲线

最短时间轨迹

　　LSPB 轨迹的一个重要变形可通过下述方式得到：不指定终点时间 t_f（将其作为一个变量），同时在 q_0 和 q_f 之间寻找一条满足给定加速度 a 的"最快"轨迹，也就是使得终点时间 t_f 最小的轨迹。这种方法有时被称为是**开关**轨迹，其原因是这种方法的最优解通过下述方式得到：以最大加速度 $+\alpha$ 运行直至一个合适的**切换时间**（switching time）t_s，在此时刻，加速度突然切换到最小值 $-\alpha$（最大减速），并在 t_s 到 t_f 时间段内保持此加速度。

　　返回到我们的简单例子，其中，我们假设轨迹在起点和终点处均静止，即初始和最终速度均为零，考虑到对称性，可知开关时间 t_s 等于 $\dfrac{t_f}{2}$。的确是这种情形。当起点和/或终点速度不为零时，情况比较复杂，我们在这里将不讨论这种情况。如果我们令 V_s 表示 t_s 时刻的速度，那么我们有 $V_s = \alpha t_s$，此时使用式(7.20)，其中 $t_b = t_s$，我们得到

$$t_s = \frac{q_0 - q_f + V_s t_f}{V_s}$$

$t_s = \dfrac{t_f}{2}$ 这一对称条件意味着

$$V_s = \frac{q_f - q_0}{t_s}$$

且因为 $V_s = \alpha t_s$，我们有

$$\frac{q_f - q_0}{t_s} = \alpha t_s$$

它意味着

$$t_s = \sqrt{\frac{q_f - q_0}{\alpha}}$$

图 7.22 中示出了这种最短时间轨迹中的位置、速度、以及加速度曲线。

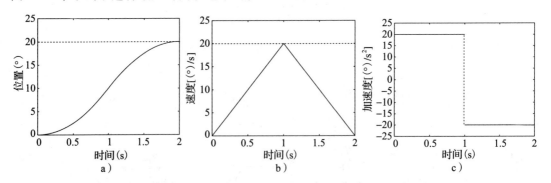

图 7.22　a) 最短时间轨迹。b) 最短时间轨迹中的速度曲线。c) 最短时间轨迹中的加速度曲线

7.5.2　通过中间点确定路径的轨迹

　　我们已经讨论过在两个位形之间规划一条轨迹的问题，现在，我们将这种方法扩展到穿过一系列位形的路径规划，这些位形被称为**中间点**（via point）。考虑下面的简单例子，一条轨迹由三个点 q_0、q_1 和 q_2 确定，并且分别在 t_0、t_1 和 t_2 时刻依次到达这些点。在这三个约束之外，如果我们对起点和终点的速度和加速度施加约束，将会得到下面一组约束，

$$q(t_0)=q_0, \quad \dot{q}(t_0)=v_0, \quad \ddot{q}(t_0)=\alpha_0$$

$$q(t_1)=q_1, \quad q(t_2)=q_2, \quad \dot{q}(t_2)=v_2, \quad \ddot{q}(t_2)=\alpha_2$$

使用六阶多项式来生成一条轨迹,可以满足上述约束

$$q(t)=a_0+a_1t+a_2t^2+a_3t^3+a_4t^4+a_5t^5+a_6t^6 \tag{7.22}$$

这种方法的一个优点是:由于 $q(t)$ 连续可微,我们仅需要关心中间点 q_1 处的速度或加速度的间断。然而,为了确定这个多项式的系数,就必须求解一个七维的线性系统。该方法的明显缺点是:随着中间点数目的增多,对应线性系统的维度也会增加,使得该方法被用于多个中间点时难以计算。

对于上述这种对整个轨迹使用一个高阶多项式的方法,一种替代方法是:对中间点之间的轨迹线段使用低阶多项式。这些多项式有时被称为内插多项式或混合多项式。在使用这种方法时,我们必须小心,使得中间点(即从一个多项式切换到另一个多项式)处的速度和加速度约束都能得到满足。

对于第一段轨迹,假设起始和终止时间分别为 t_0 和 t_f,同时,起点和终点速度约束为

$$q(t_0)=q_0, \quad q(t_f)=q_1 \tag{7.23}$$
$$\dot{q}(t_0)=v_0, \quad \dot{q}(t_f)=v_1$$

这段轨迹所需的三次多项式可计算如下

$$q(t_0)=a_0+a_1(t-t_0)+a_2(t-t_0)^2+a_3(t-t_0)^3 \tag{7.24}$$

其中

$$a_0=q_0$$
$$a_1=v_0$$
$$a_2=\frac{3(q_1-q_0)-(2v_0+v_1)(t_f-t_0)}{(t_f-t_0)^2}$$
$$a_3=\frac{2(q_0-q_1)+(v_0+v_1)(t_f-t_0)}{(t_f-t_0)^3}$$

使用上述公式可以规划一个运动序列,其中,第 i 个运动的终止条件 q_f 和 v_f 可被用作后续运动的初始条件。

图 7.23 中展示了一个 6 秒的运动,它使用式(7.24)通过三部分计算得到。其中轨迹从 10° 位置开始,需要在第 2 秒时到达 40° 的位置,在第 4 秒时到达 30° 的位置,在第 6 秒时到达 90° 的位置,并且,在第 0、2、4、6 秒时刻的速度均为零。

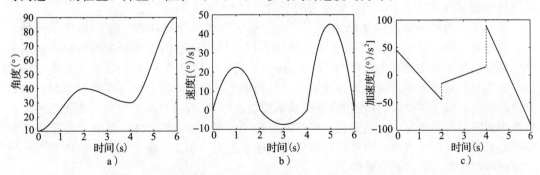

图 7.23 a)从三次多项式得到的三次样条轨迹。b)多个三次多项式轨迹的速度曲线。
c)多个三次多项式轨迹的加速度曲线

图 7.24 中展示了相同的 6 秒轨迹，其中加入了额外约束，即在混合时间点处的加速度等于零。

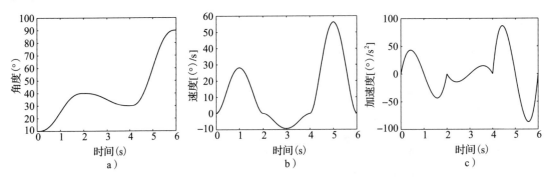

图 7.24　a）由多个 5 次曲线段组成的轨迹。b）多个 5 次曲线段的速度曲线。
c）多个 5 次曲线段的加速度曲线

7.6　本章总结

在本章中，我们研究了机器人机械臂生成无碰撞轨迹的方法。我们将问题分成两部分，首先计算一条无碰撞路径（它被表示为关于设定点的一个序列），然后通过使用内插多项式将这些路径转换成连续轨迹。

我们首先对位形空间的概念进行了更深入的介绍，包括一些常见机器人的位形空间，并解释了工作空间中的障碍物如何映射到位形空间障碍物区域。然后，我们描述了一种算法，用于计算在有多边形障碍物的环境中在平面内平移（即 $Q = \mathbb{R}^2$）的多边形机器人在特殊情况下的位形空间障碍物区域。对于这种特殊情况，我们引入了三种规划算法，这些算法利用了自由位形空间的三种基于图的独特表示形式：可见性图、广义 Voronoi 图和梯形分解。这些方法通常适用于涉及地面移动机器人的问题。

对于更复杂的机器人（例如，具有高维位形空间的机器人），我们引入了可在位形空间中逐步搜索自由路径的算法。第一个这样的算法构造了一个人工势场，该势场的负梯度是一种将机器人推离障碍物，同时将其引向目标位形的人工力。我们首先针对 $Q = \mathbb{R}^n$ 的情况开发了该方法，然后通过使用关系 $\tau = J^{\mathrm{T}} F$ 将其扩展到非欧几里得位形空间的更一般情况。这两种情况都使用了用梯度下降法探索位形空间的方法，因此，它们都会存在多个局部极小值的问题。我们简要介绍了如何使用随机漫步来逃避这些局部最小值，并使用这种随机化概念来推导基于采样的计划算法的开发。

基于采样的规划器使用随机采样方案在位形空间中构建路线图。我们描述了两种方法：概率路线图（PRM）和快速探索随机树（RRT）。概率路线图生成一组随机样本，然后使用简单的局部运动规划器（通常在位形空间中使用简单的直线规划器）将这些样本中的每个样本均与其最近的邻居样本进行连接。一旦构建了路线图，计划就等于将初始位形和目标位形连接到路线图中（同样使用简单的局部规划器），然后在路线图中搜索连接路径。在快速探索随机树的情况下，通过在位形空间中迭代生成一个随机样本，从初始位形中生长一棵随机树，然后从当前树中最近的邻居向该样本迈出一小步。事实证明，这两种方法对于多种路径规划问题都是有效的。

最后我们证明，给定关于设定点的一个序列，就可以使用一个低阶多项式来建立轨迹，该多项式通过关节变量及其导数的初始条件和最终条件来定义。我们描述了三次函数和五次函数轨迹，连同由恒定加速度段拼接起来的轨迹，其中包括最短时间或开关轨迹。

习题

7-1 对于一个能够在平面内平移和旋转的移动机器人，描述它的位形空间。

7-2 对于图 3.12 中所示的三连杆机械臂，描述它的位形空间。

7-3 对于图 3.13 中所示的双连杆机械臂，描述它的位形空间。

7-4 对于图 3.14 中所示的双连杆机械臂，描述它的位形空间。

7-5 对于图 3.15 中所示的三连杆机械臂，描述它的位形空间。

7-6 对于一个带有球型手腕的六连杆仿生机械臂，描述它的位形空间。

7-7 证明可见性图包括从 q_s 到 q_f 的所有最短的半自由路径。注意，这等效于证明路径成为最短的半自由路径的必要条件是其存在于可见性图中。

7-8 假设 q_s 在一个要素 f 的 Voronoi 区域内。证明从 q_s 开始的，沿着梯度 $\nabla d(q_s, f)$ 的直线路径将在到达任何其他特征 f' 之前到达 Voronoi 边缘。

7-9 验证公式(7.1)。

7-10 在一个平面内，给定一个点 p 以及端点为 a_1 和 a_2 的一条线段，推导用于计算点 p 与该线段之间最短距离所需要的公式。

7-11 在一个平面内，给定一个点 p 以及一个多边形，其顶点为 $a_i(i=1,\cdots,n)$，推导用于计算点 p 与该多边形之间最短距离所需要的公式。

7-12 在三维空间内，给定一个点 p 以及一个多边形，其顶点为 $a_i(i=1,\cdots,n)$，推导用于计算点 p 与该多边形之间最短距离所需要的公式。

7-13 验证公式(7.5)。

7-14 考虑一个简单的多边形机器人，它有 4 个顶点。当机器人处于位形 $q=(0,0,0)$ 时，顶点分别位于 $a_1(0)=(0,0)$、$a_2(0)=(1,0)$、$a_3(0)=(1,1)$、$a_4(0)=(0,1)$。如果两个点状障碍物分别位于 $o_1=(3,3)$ 和 $o_2=(-3,-3)$，计算作用在机器人上的人工工作空间力和人工位形空间力。

7-15 对于一个在多边形障碍物之间运动的一个三连杆平面机械臂，编写一段计算机程序，来实现 7.3.2 节中描述的路径规划算法。

7-16 对于一个在多边形障碍物之间运动的一个多边形机器人，编写一个简单的计算机程序来做碰撞检测。程序应该以位形 q 作为输入，并应返回一个值来指示 q 是否是一个无碰撞位形。

7-17 给出一个在 $SO(n)$ 生成随机姿态样本的程序。你可以访问一个随机数发生器，它可以在单位间隔内生成均匀分布的随机样本。你的样本不必是 $SO(n)$ 内的均匀分布。

7-18 对于一个在多边形障碍物之间运动的一个三连杆机械臂，编写一段计算机程序，来实现 5.4 节中描述的概率路线图规划算法。

7-19 通过直接计算证明：公式(7.17)中的系数矩阵的行列式为 $(t_f-t_0)^4$。

7-20 一个机械臂在 t_0 时刻处于初始位形，假设我们希望它跟踪一个传送带。讨论对该问题规划一条合理路径所需要的步骤。

7-21 对于第 i 个关节(假设为回转关节)，假设我们希望它的位形空间轨迹 $q_i^d(t)$ 满足如下条件：t_0 时刻在初始位形 q_0 处静止，在第 2 秒时到达位形 q_1，此时，它的终点速度为 1 rad/s。计算满足这些约束的一个三次多项式，以时间函数的形式画出它的轨迹。

7-22 计算满足习题 7-21 中同样要求的一条 LSPB 轨迹。绘制所得的位置、速度和加速度分布曲线。

7-23 填写 LSPB 轨迹的计算细节。换言之，计算时刻 t_f-t_b 和 t_f 之间的轨迹部分，并由此验证公式(7.21)。

7-24 编写一个 Matlab m-文件，lspb.m，在给定适当的初始数据的前提下，生成一条 LSPB 轨迹。

7-25 重写 Matlab m-文件，cubic.m、quintic.m 和 lspb.m，使它们变为 Matlab 函数。适当的记录这些文件。

附注与参考

关于机器人规划的最早期工作是于 1960 年末到 1970 年初在一些大学的人工智能实验室中进行的（[40]、[45]和[129]）。这些研究主要使用符号推理（这在那个时代的人工智能领域内很流行）来处理高层次的规划问题。在早期的机器人规划算法中并不经常明确考虑几何问题，部分原因是当时还不清楚如何用在计算上可行的方式来表示几何约束。位形空间以及它在路径规划中的应用是在[97]中被引入的。这是第一次严格、正规地处理几何路径规划问题，它使得路径规划研究开始激增。

在几何路径规划的最早期工作中，人们开发了用于建立自由位形空间的体积表示的方法。这些方法包括确切方法（[147]）和近似方法（[20]、[73]和[97]）。在前者（确切方法）中，最知名的算法具有指数级复杂度，并且需要机器人及其环境的确切描述；而在后者（近似方法）中，位形空间表示的大小随位形空间的维度呈指数级增长。路径规划问题的最知名算法出现在[21]中，它给出解决问题所需计算时间的上限。真正的机器人很少有对环境的精确描述，而对更快规划系统的追求使得势场方法被开发出来，见[77]和[79]。

到了 20 世纪 90 年代初，已经有关于几何路径规划问题的大量研究，这项工作很好地总结在[87]中。这本书在路径规划问题方面激起了新的兴趣，它还提供了分析和表达路径规划算法的通用框架。

在 20 世纪 90 年代初，随机化被引入到机器人规划学界（[10]），它最初是为了规避势场方法中的局部极小值问题。早期的随机运动规划算法，后来被证明对大范围的问题都是有效的，但有时对于处于特定环境中的一些机器人，它需要大量的计算时间（[75]）。这个限制以及机器人将要在相同环境中运行很长时间这些概念，一起发展了概率路线图规划算法（[74]、[132]和[75]）。快速搜索随机树在[90, 91]中被提出。

近年来，在碰撞检测领域内已经出现了很多工作（[96]、[115]、[177]和[178]）。这项工作主要集中于寻找有效的渐增式方法来检测两个物体（一个或两个物体在移动）之间的碰撞。目前，在互联网上有许多公共领域的碰撞检测软件包。

第三部分
Robot Modeling and Control，Second Edition

机械臂的控制

独立关节控制

8.1 引言

机器人机械臂的控制问题是指确定末端执行器执行某一运动指令时所需的关节输入的时程（time history）。根据设计控制器时所采用的模型，关节输入可以是关节力和关节力矩或者驱动器的输入（例如电机的电压输入）。运动指令通常被指定为关于末端执行器位置和姿态的一个序列，或者被指定为一条连续路径。

有多种控制技术和方法可被用来控制机械臂。其中使用的具体控制方法对机械臂的性能以及相应的应用范围有着显著影响。例如，与点到点（point-to-point）运动相比，连续的路径跟踪需要不同的控制结构。此外，机械臂自身的机械设计也会影响所需的控制方案类型。例如，笛卡儿型机械臂的控制问题与关节型机械臂的控制问题是根本不同的。这要求我们在系统的机械结构和控制器的体系结构/编程之间做出所谓的**硬件/软件折中**（hardware/software trade-off）。

机器人的机械设计技术不断进步，这反过来又增加了它们的潜在性能，并扩大了它们的应用范围。不过，实现更好的性能需要更复杂的控制方法。我们可以以航空工业为例，早期的飞机相对容易上手，但是其表现和性能相对有限。随着技术进步，飞机的性能得到不断改善，但其控制问题也变得更为复杂；对于最新的飞行器（如航天飞机或前掠翼战斗机），若没有复杂的电脑控制，我们将无法驾驶它们飞行。

作为机械设计影响控制问题的一个例证，我们可以对比下列两种机器人：一个由永磁直流电机和齿轮减速器驱动的机器人，以及一个使用大力矩电机而没有齿轮减速的直接驱动的（direct-drive）机器人。在第一种情况下，电机的动力学是线性的，而且机理清楚，齿轮减速带来的影响主要是通过降低关节间的惯量耦合使系统解耦。然而，齿轮的存在引入了摩擦、传动系统的柔性（compliance）以及间隙（backlash）等问题。

在直驱机器人的情形中，由齿轮引起的间隙、摩擦和柔性等问题得以消除。不过，这样机器人连杆之间会存在明显的耦合，同时电机自身的动力学可能会复杂得多。其结果是，为了使此类机械臂实现高性能，必须解决一组不同的控制问题。

在这一章中，我们考虑最简单的控制策略，即独立关节控制。在这种类型的控制中，机械臂的每个轴都被作为一个单输入/单输出（SISO）系统来控制。任何由于其他关节的运动而引起的耦合效应则被当作干扰（disturbance）来处理。图 8.1 中给出了一个单输入/单输出反馈控制系统的基本结构。

设计目标是以下述方式选择补偿控制器（compensator）：在给定参考信号的情况下，使被控对象的输出能够"跟踪"或"跟随"对应的期望输出。不过，该控制信号并不是作用在此系统上的唯一输入，干扰同样会影响输出的行为，它是真正不受我们控制的输入。因此，必须设计控制器，来减少外界干扰对被控对象输出的影响。如果完成上述目标，我们称被控对象能够"抵抗"干扰。对任何控制方法而言，实现**跟踪**和**抗扰**这两重目标都是核心问题。

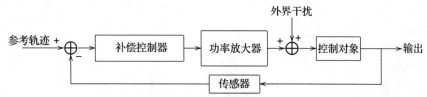

图 8.1 反馈控制系统的基本结构。补偿控制器计算出"参考"信号与测量得到的"输出"信号之间的"误差",然后将生成的信号输出到被控对象中,该信号被设计用来在带有外界干扰的情况下消除误差,即将误差变为零

8.2 驱动器的动力学

机器人机械臂配备有驱动器,可按照编程的运动轨迹来移动关节,以完成给定任务。这些驱动器可以是电动的、液压驱动的,或者气动驱动的。在本节中我们只讨论**永磁直流电机**(permanent magnet DC motor)的动力学,因为它们最容易分析,同时又在机械臂中大量使用。其他类型的电机,特别是**交流电机**(AC motor)和所谓的**无刷直流电机**(brushless DC motor),也被用作机器人的驱动器,但在这里,我们将不讨论它们。

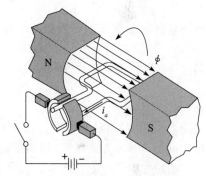

图 8.2 永磁直流电机的工作原理。在电枢上的力(或力矩)的大小与电流和磁通的乘积成正比。其中,需要使用**换向器**(commutator)周期性地切换通过该电枢的电流方向,从而使电枢保持相同的旋转方向

直流电机的工作原理是,一个载流导体在磁场中受到力 $F = i \times \phi$,其中,ϕ 是磁通量,i 是通过导体的电流。如图 8.2 所示,电动机本身由固定的**定子**(stator)以及在定子中旋转的**转子**(rotor)组成。

如果定子产生一个径向磁通 ϕ,并且转子(也称为**电枢**)中电流为 i,那么,在转子上会产生一个力矩使其旋转。该力矩的大小等于

$$\tau_m = K_1 \phi i_a \tag{8.1}$$

其中,τ_m 是电机的力矩(单位:N·m),ϕ 是磁通量(单位:Wb),i_a 是电枢电流(单位:A),K_1 是一个物理常量。

此外,每当导体在磁场中移动时,在其两端会产生一个电压 V_b,它与导体在磁场中的运动速度成正比。该电压被称为**反电动势**(back emf),它倾向于阻碍导体中的电流流动。因此,除了在方程(8.1)中的力矩 τ_m,我们有如下的反电动势关系

$$V_b = K_2 \phi \omega_m \tag{8.2}$$

其中,V_b 表示反电动势(单位:V),ω_m 表示转子的角速度(单位:rad/s),K_2 是一个比例常数。

直流电机可以根据其中磁场生成和电枢设计的方式进行分类。在这里,我们只讨论所谓的**永磁电机**,它的定子由永久磁铁组成。在这种情况下,我们可以假定磁通 ϕ 为定值。转子的力矩可以通过调节电枢电流 i_a 来控制。

考虑图 8.3 中的原理图,其中:

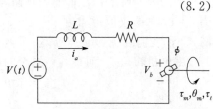

图 8.3 电枢控制的直流电机的电路图。转子绕组的等效电感为 L,其等效电阻为 R。施加的电压 V 为控制输入

$V=$ 电枢电压

$L=$ 电枢电感

$R=$ 电枢电阻

$V_b=$ 反电动势

$i_a=$ 电枢电流

$\theta_m=$ 转子位置

$\tau_m=$ 产生的力矩

$\tau_\ell=$ 负载力矩

$\Phi=$ 由定子产生的磁通量

电枢电流所对应的微分方程为：

$$L\,\frac{\mathrm{d}i_a}{\mathrm{d}t}+Ri_a=V-V_b \tag{8.3}$$

由于磁通量 ϕ 是恒值，所以，电机产生的力矩为

$$\tau_m=K_1\phi i_a=K_m i_a \tag{8.4}$$

其中，K_m 为扭矩常数（单位：Nm/A）。此外，从式(8.2)中，我们有

$$V_b=K_2\phi\omega_m=K_b\omega_m=K_b\,\frac{\mathrm{d}\theta_m}{\mathrm{d}t} \tag{8.5}$$

其中，K_b 是反电动势常数。如果 K_m 和 K_b 使用相同的 MKS 单位[⊖]，它们的值相等。

力矩常数可以由如图 8.4 中的力矩-速度曲线来确定，这些曲线对应于不同的施加电压 V。

当电机堵转时，额定电压 V_r 对应的被阻塞转子力矩（堵转力矩）表示为 τ_0。当 $V_b=0$，$\mathrm{d}i_a/\mathrm{d}t=0$ 时，使用式(8.3)和式(8.4)，我们有

$$V_r=Ri_a=\frac{R\tau_0}{K_m} \tag{8.6}$$

因此，力矩常数是

$$K_m=\frac{R\tau_0}{V_r} \tag{8.7}$$

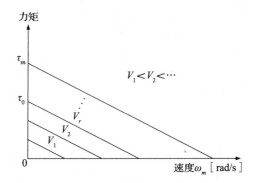

图 8.4 直流电机的典型力矩-速度曲线。其中，每条线代表某个给定施加电压所对应的力矩-速度曲线

8.3 负载动力学

如图 8.5 所示，在本节中我们考虑一个与齿轮组和负载串联的直流电机。齿轮减速比为 $r:1$，r 的取值通常在 20～200 之间，甚至更大。负载由旋转惯量 J_ℓ 来表示。参考图 8.5，我们设 $J_m=J_a+J_g$，即驱动器和齿轮惯量之和。

就电机转角 θ_m 而言，该系统的运动方程为

$$J_m\,\frac{\mathrm{d}^2\theta_m}{\mathrm{d}t^2}+B_m\,\frac{\mathrm{d}\theta_m}{\mathrm{d}t}=\tau_m-\tau_\ell/r \tag{8.8}$$

$$=K_m i_a-\tau_\ell/r$$

⊖ MKS 单位是基于米(m)、千克(kg)和秒(s)。

其中，后一个等式源自式(8.4)。在拉氏域内，式(8.3)、式(8.5)和式(8.8)三个公式可合并写作

$$(Ls+R)I_a(s)=V(s)-K_b s\Theta_m(s) \tag{8.9}$$

$$(J_m s^2+B_m s)\Theta_m(s)=K_m I_a(s)-\tau_\ell(s)/r \tag{8.10}$$

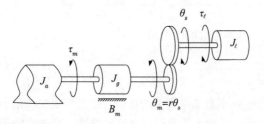

图 8.5　一个单连杆和驱动器/齿轮系的集总模型。J_a、J_g 和 J_ℓ 分别为驱动器、齿轮和负载所对应的惯量。B_m 是电机的摩擦系数，它包括了作用在电刷和齿轮上的摩擦。减速比是 $r:1$，其中 $r\gg1$

图 8.6 中展示了上述系统的框图。

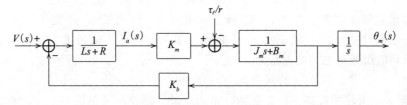

图 8.6　一个直流电机系统的原理图。该框图表示从输入电压 $V(s)$ 到输出位置 $\theta_m(s)$ 的一个三阶系统

当 $\tau_\ell=0$ 时，从 $V(s)$ 到 $\Theta_m(s)$ 的传递函数由下式给出(见习题 8-1)

$$\frac{\Theta_m(s)}{V(s)}=\frac{K_m}{s[(Ls+R)(J_m s+B_m)+K_b K_m]} \tag{8.11}$$

当 $V=0$ 时，从负载力矩 $\tau_\ell(s)$ 到 $\Theta_m(s)$ 的传递函数由下式给出(见习题 8-1)

$$\frac{\Theta_m(s)}{\tau_\ell(s)}=\frac{-(Ls+R)/r}{s[(Ls+R)(J_m s+B_m)+K_b K_m]} \tag{8.12}$$

注意到后一种传递函数的幅值大小，因此，我们看到，负载力矩对电机转角的影响，被减速齿轮降低了 r 倍。

我们通常假定"电气时间常数"L/R 比"机械时间常数"J_m/B_m 小得多。对于多数机电系统，这是一个合理的假设，进而我们可推导出关于驱动器动态特性的一个降阶模型。如果我们将式(8.11)和式(8.12)中的分子和分母同时除以 R，并通过将 L/R 设定为零而忽略电气时间，那么式(8.11)和式(8.12)中的传递函数分别变为(见习题 8-2)

$$\frac{\Theta_m(s)}{V(s)}=\frac{K_m/R}{s(J_m s+B_m+K_b K_m/R)} \tag{8.13}$$

$$\frac{\Theta_m(s)}{\tau_\ell(s)}=\frac{-1/r}{s(J_m(s)+B_m+K_b K_m/R)} \tag{8.14}$$

在式(8.13)和式(8.14)所表示的时域空间内，根据叠加原理，我们得到下列二阶微分方程

$$J_m\ddot{\theta}_m(t)+(B_m+K_b K_m/R)\dot{\theta}_m(t)=(K_m/R)V(t)-\tau_\ell(t)/r \tag{8.15}$$

图 8.7 展示了与降阶系统(8.15)相对应的框图。

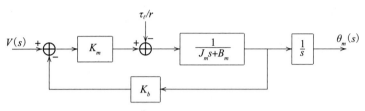

图 8.7　降阶系统的框图，表示一个二阶系统

8.4　独立关节模型

在本节中，我们假设连接到直流电机上的负载是多连杆机械臂的一个连杆，而不是简单的旋转惯量，从而对机器人的负载动力学进行更准确的描述，完善先前的模型。本节我们假定读者了解第 6 章中推导出的欧拉-拉格朗日方程，如果读者没有学习该章，则可以略过本节。

在第 6 章中，我们得出了下列微分方程，它们描述了 n 自由度机械臂的运动（参见式(6.66)）

$$D(q)\ddot{q}+C(q,\dot{q})\dot{q}+g(q)=\tau \tag{8.16}$$

我们假设如果关节 k 是回转关节，则广义力向量 τ 的第 k 个分量 τ_k 是绕轴 z_{k-1} 的力矩，如果关节 k 是平动关节，τ_k 就是沿 z_{k-1} 的力。如果齿轮系的输出侧直接耦合到关节轴，则关节变量和电机变量之间的关系为

$$q_k=\theta_{m_k}/r_k,k=1,\cdots,n \tag{8.17}$$

其中 r_k 是第 r 个齿轮的减速比。类似的，由式(8.16)给出的关节力矩 τ_k 与驱动器的负载力矩 τ_{ℓ_k} 之间的关系为

$$\tau_k=\tau_{\ell_k},k=1,\cdots,n \tag{8.18}$$

备注 8.1　在很多机械臂的设计中，如在驱动器和关节之间存在皮带、带轮或链条等设计都会使关节变量和驱动器变量之间的关系变得更加复杂。通常我们需要使用如下形式的变换

$$q_k=f_k(\theta_{s_1},\cdots,\theta_{s_n}),\tau_{\ell_k}=f_k(\tau_1,\cdots,\tau_n) \tag{8.19}$$

其中 $\theta_{sk}=\theta_{mk}/r_k$。

例 8.1　考虑图 8.8 中所示的双连杆机械臂，其驱动器均位于机器人基座上。在这种情况下，我们有

$$q_1=\theta_{s_1},\quad q_2=\theta_{s_1}+\theta_{s_2} \tag{8.20}$$
$$\tau_{\ell_1}=\tau_1,\quad \tau_{\ell_2}=\tau_1+\tau_2 \tag{8.21}$$

对于下列讨论，为简单起见，假设关节变量 q_k、τ_{ℓ_k} 与执行器变量 θ_{s_k}、τ_k 之间存在下列联系

$$q_k=\theta_{s_k}=\theta_{m_k}/r_k \tag{8.22}$$
$$\tau_{\ell_k}=\tau_k \tag{8.23}$$

那么，机械臂的运动方程可以写为分量形式，对每个 $k=1,\cdots,n$，我们有

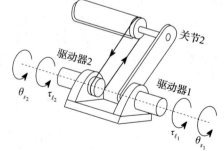

图 8.8　使用远程驱动连杆的双连杆机械臂

$$\sum_{j=1}^n d_{jk}(q)\ddot{q}_j+\sum_{i,j=1}^n c_{ijk}(q)\dot{q}_i\dot{q}_j+g_k(q)=\tau_k \tag{8.24}$$

$$J_{m_k}\ddot{\theta}_{m_k}+(B_{m_k}+K_{bk}K_{mk}/R_k)\dot{\theta}_{m_k}=(K_{mk}/R_k)V_k-\tau_k/r_k \tag{8.25}$$

式(8.25)代表了驱动器的动力学,式(8.24)代表由于机械臂的运动引起的非线性惯量、向心力、科里奥利力和重力耦合效应。控制上述系统的最简单方法是将式(8.25)中由式(8.24)定义的非线性项 τ_k 视为对电机的输入扰动,并根据模型(8.25)为每个关节设计一个独立的控制器。这种方法的优点是它较为简单,因为由式(8.25)代表的电机动力学是线性的。注意,式(8.25)中的 τ_k 项应除以传动比 r_k,这是一项重要的观察结果。齿轮减速的作用是减小由式(8.24)给出的耦合非线性的幅度,这增加了独立关节控制方法的有效性。但是,对于超高速运动或在关节处不减速的直驱机械臂,耦合非线性会对系统性能产生更大的影响,因此将非线性耦合效应作为干扰来处理通常会导致较大的跟踪误差。因此,我们将在第 9 章中介绍更高级的非线性反馈控制方法。

由于 $q_k=\theta_{m_k}/r_k$,式(8.25)中 $\ddot{\theta}_{m_k}$ 的实际系数包含式(8.24)中的 $d_{kk}(q)/r_k^2$ 项,因而我们有

$$J_{kk}=r_k^2J_m+d_{kk}(q) \tag{8.26}$$

当然,这取决于机器人的位形,并且可能会在很大范围内变化。例如,图 8.9 显示了[11]中斯坦福机械臂的近似惯量范围。

因此,我们可以通过取图 8.9 中取值的中点,以恒定的**平均**惯量或**有效**惯量,称为 J_{eff_k},来近似惯量系数 J_{kk}。

令

$$B_{eff_k}=B_{m_k}+k_{b_k}K_{m_k}/B_k \text{ 和 } u_k=K_{m_k}V_k/R_k \tag{8.27}$$

连杆 k	J_{kk}min	J_{kk}max
1	1.417	6.176
2	3.590	6.950
3	7.257	7.257
4	0.108	0.123
5	0.114	0.114
5	0.02	0.02

图 8.9　[11]中斯坦福机械臂的有效惯量 J_{kk} 的近似范围(单位:$\mathrm{kgm^2}$)

我们将式(8.25)写为

$$J_{eff_k}\ddot{\theta}_{m_k}+B_{eff_k}\dot{\theta}_{m_k}=u_k-d_k/r_k \tag{8.28}$$

其中,d_k 可以视作扰动,其定义为

$$d_k=\sum_{j\neq k}d_{jk}(q)\ddot{q}_j+\sum_{i,j=1}^{n}c_{ijk}(q)\dot{q}_i\dot{q}_j+g_k(q) \tag{8.29}$$

注意到式(8.15)和式(8.28)的形式均为

$$J\ddot{\theta}(t)+B\dot{\theta}(t)=u(t)-d(t)/r \tag{8.30}$$

其中 J 和 B 取合适定义,$u(t)$ 是以力矩为单位的控制输入,而 $d(t)$ 则表示干扰力矩。此后,我们将在随后的补偿器设计的讨论中使用式(8.30)。图 8.10 显示了与降阶系统(8.30)相对应的拉氏域中的框图。

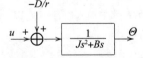

图 8.10　简化的开环系统的框图。扰动 D/r 代表所有非线性和其他环节的耦合

8.5　PID 控制

PID(比例-积分-微分)补偿器是在大多数机械臂中最常使用的控制器。PID 控制器的通用形式 $u(t)$ 为

$$u(t) = K_P e(t) + K_I \int_0^t e(\sigma) \, d\sigma + K_D \frac{de}{dt} \tag{8.31}$$

其中 $e(t) = \theta(t) - \theta^d(t)$ 为**跟踪误差**(tracking error)。控制器参数有**比例增益**(proportional gain)K_P，**积分增益**(integral gain)K_I，**微分增益**(derivative gain)K_D。我们将式(8.31)写成拉普拉斯形式

$$U(s) = (K_P + K_D s + K_I/s) E(s) = C(s) E(s) \tag{8.32}$$

我们称

$$C(s) = K_P + K_D s + K_I/s = \frac{K_D s^2 + K_P s + K_I}{s} \tag{8.33}$$

为 PID **补偿器**。

参考式(8.33)，PID 补偿器将一个极点(在 $s = 0$ 时)和两个零($K_D s^2 + K_P s + K_I$ 的根)加入前向传递函数中。然后通过称为**调试**(tuning)的设计问题，选择合适的 PID 增益 K_P、K_D 和 K_I 以获得所需的性能。有许多调整 PID 补偿器的方法，我们将不在此赘述。本节的目的是介绍在一些机器人单连杆机械臂的补偿器设计中会出现的一些实际问题。

两自由度控制器

在图 8.11 中，补偿器作用于误差信号。如果参考 θ^d 是阶跃参考，则导数项将在 $t = 0$ 处引入一个脉冲。为避免这种情况，我们可以使用图 8.12 所示的替代架构，该架构通常称为两自由度控制器。在该架构中，导数项 $K_D s$ 的输入是输出信号 θ，而不是误差信号 $\theta - \theta_d$，这避免了在时间 $t = 0$ 时对不连续的阶跃输入 θ^d 进行求导操作。

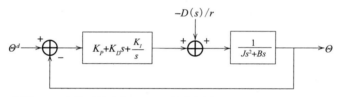

图 8.11　在图 8.10 中的系统中加入 PID 补偿器之后的系统。K_P、K_I、K_D 分别为比例、积分和微分增益，Θ^d 是需要跟踪的关节角度参考信号

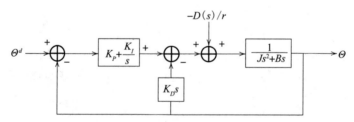

图 8.12　在图 8.10 所示系统中加入两自由度 PID 补偿器之后形成的系统

闭环系统

无论是使用图 8.11 还是图 8.12 中的控制器，我们都需要分析相应的传递方程以衡量闭环系统的性能。此处相关的传递方程为从参考到输出的传递方程 $G_1(s) = \frac{\Theta(s)}{\Theta^d(s)}$ 和从扰动到输出的传递方程 $G_2(s) = \frac{\Theta(s)}{D(s)}$。

传递函数 $G_1(s)$ 可通过将扰动输入 $D(s)$ 设为零而计算。同理，传递函数 $G_2(s)$ 可以通过将参考输入 $\Theta^d(s)$ 设为零来计算。根据**叠加原理**，系统总的响应可以写为

$$\Theta(s) = G_1(s)\Theta^d(s) + G_2(s)D(s)$$

表 8.1 的前两行显示了使用了单自由度和两自由度架构的 PID 和 PD 补偿器的从参考输入 $\Theta^d(s)$ 到输出 $\Theta(s)$ ($G_1(s)$) 的四个闭环传递函数。表 8.1 中的第三行显示了从干扰输入 $D(s)$ 到输出 $\Theta(s)$ ($G_2(s)$) 的相应闭环传递函数。在后一种情况下,对于单自由度架构和两自由度架构,从 $D(s)$ 到 $\Theta(s)$ 的传递函数是相同的。这些传递函数的推导很简单,留作练习(见习题 8-4)。

表 8.1 使用单自由度和两自由度架构的闭环传递函数。**a 和 d** 表示单自由度架构中的 $G_1(s)$。**b 和 e** 表示两自由度架构中的 $G_1(s)$。**c 和 f** 代表 $G_2(s)$

使用 PID 补偿器	使用 PD 补偿器
a) $\dfrac{K_D s^2 + K_P s + K_I}{J s^3 + (B+K_D)s^2 + K_P s + K_I}$	d) $\dfrac{K_D s + K_P}{J s^2 + (B+K_D)s + K_P}$
b) $\dfrac{K_P s + K_I}{J s^3 + (B+K_D)s^2 + K_P s + K_I}$	e) $\dfrac{K_P}{J s^2 + (B+K_D)s + K_P}$
c) $\dfrac{-s/r}{J s^3 + (B+K_D)s^2 + K_P s + K_I}$	f) $\dfrac{-1/r}{J s^2 + (B+K_D)s + K_P}$

备注 8.2(微分滤波器) 注意到 PID 补偿器中的导数项 $K_D s$ 涉及对信号 $\theta(t)$ 的微分。实际上,微分操作会放大高频信号,因此在存在噪声的情况下其性能会很差。在实际中我们应当避免使用纯微分器,其方法是使用速度传感器(例如转速计)来直接测量 $\dot{\theta}$,或者使用以下形式的滤波器来测量:

$$K_D f(s) = K_D \frac{Ns}{s+N} = K_D \frac{s}{\epsilon s + 1} \tag{8.34}$$

其中 $\epsilon = 1/N$。注意到在 $\epsilon \to 0$ 时,$f(s) \to s$,即成为一个理想的微分器,因此其能表示 ϵ 的值较小和 s 较低频时的近似微分。这种微分滤波器的作用不仅是将相位滞后引入到 $\dot{\theta}(t)$ 的估计中,而且还减轻了由理想微分引起的噪声放大的影响。

设定点跟踪

在本节中,我们将讨论**设定点跟踪问题**,其为跟踪一个恒定或阶跃参考命令 θ^d,它通常出现在机器人的点对点运动中。因为参考输入是一个阶跃信号,我们使用图 8.12 中的两自由度补偿器。

我们首先通过将积分增益 K_I 设置为零来考虑 PD 补偿器。在这种情况下,我们从表 8.1 中可以看出,闭环系统由下式给出:

$$\Theta(s) = \frac{K_P}{\Omega(s)}\Theta^d(s) - \frac{1/r}{\Omega(s)}D(s) \tag{8.35}$$

其中,$\Omega(s)$ 是闭环系统的特征多项式,如下

$$\Omega(s) = J s^2 + (B+K_D)s + K_P \tag{8.36}$$

对于所有正的 K_P 和 K_D 取值,以及有界的外界干扰,闭环系统是稳定的;跟踪误差 $E(s)$ 为

$$\begin{aligned} E(s) &= \Theta^d(s) - \Theta(s) \\ &= \frac{J s^2 + B s}{\Omega(s)}\Theta^d(s) + \frac{1/r}{\Omega(s)}D(s) \end{aligned} \tag{8.37}$$

对于阶跃参考输入

$$\Theta^d(s) = \frac{\Theta^d}{s} \tag{8.38}$$

以及恒定干扰

$$D(s) = \frac{D}{s} \tag{8.39}$$

由终值定理直接可得：稳态误差 e_{ss} 满足下式

$$e_{ss} = \lim_{s \to 0} sE(s) = -\frac{D/r}{K_P} \tag{8.40}$$

由于干扰的幅值 D 正比于齿轮减速比 $1/r$，我们看到：大减速比情形下对应的稳态误差更小；并且，随着位置增益 K_P 的增大，稳态误差可以变得任意小，这在预料之中，因为该系统是 I 型系统。

对于比例-微分（PD）控制器，闭环之后的系统是二阶系统，因此，阶跃响应取决于闭环系统的自然频率 ω 和阻尼系数 ζ。给定这些量的期望值，增益 K_D 和 K_P 可通过下列公式找出

$$s^2 + \frac{(B+K_D)}{J}s + \frac{K_P}{J} = s^2 + 2\zeta\omega s + \omega^2 \tag{8.41}$$

其值为

$$K_P = \omega^2 J, \quad K_D = 2\zeta\omega J - B \tag{8.42}$$

按机器人应用中的习俗，我们将阻尼比设定为 $\zeta = 1$，使得系统为临界阻尼。在此情形下 ω 决定了响应速度。

例 8.2 设 $J = B = 1$，为制图考虑，设闭环特征多项式为

$$p(s) = s^2 + (1+K_D)s + K_P \tag{8.43}$$

在 $\theta^d = 1$ 且无干扰作用于系统的情况下，图 8.13a 显示了在多个固有频率 ω 取值时得出的阶跃响应。如果存在恒定干扰，我们从式(8.40)可知，系统将存在稳态误差 $-\dfrac{D/r}{K_P}$。可以通过增大比例增益 K_P 来减小此稳态误差，但对于任何有界的 K_P，该误差都不能完全消除。图 8.13b 显示了相同 ω 取值的稳态误差。

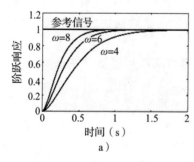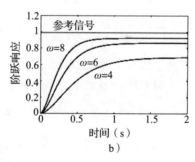

图 8.13 采用 PD 控制的二阶阶跃响应。系统响应速度常用上升时间来衡量，当固有频率 ω 值更大时，系统响应更快。同样的，对于较大的 ω 值，由恒定干扰引起的稳态误差较小 ◀

饱和的影响

从理论上讲，通过简单地增加 PD 控制器里的增益系数，可以实现任意快速响应，同时可使由恒定干扰引起的稳态误差变得任意小。然而在实践中，由于最大力矩（或者电流）的**饱和**（saturation）源自电机的最大力矩输出，系统所能达到的最快响应存在上界。实际

上，许多机械臂在伺服系统中都使用了限流器，以防止由于过流而可能引起的损坏。

因此图 8.14 包含了一个饱和函数以代表补偿器的最大输出（对补偿器的输出进行限幅操作）。图 8.15 展示了是否考虑到饱和时的阶跃响应，扰动输入为零。

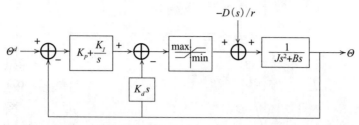

图 8.14　二阶系统的输入饱和限制了输入信号的幅度。在超出饱和极限的情况下，增加补偿控制器的输出信号幅度不会增加向受控对象的输入

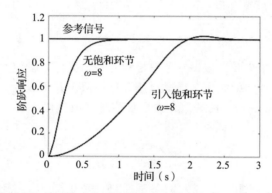

图 8.15　使用 PID 控制的二阶系统的响应，其中考虑了饱和与外界干扰。饱和的影响大大减慢了上升时间

PID 控制

我们可以使用积分控制来移除扰动导致的稳态误差。为表 8.1 中 b 和 c 的闭环传递函数添加积分项 K_I/s。PID 控制实现了对阶跃输入的精确稳定跟踪，同时消除了阶跃扰动，当然其前提是闭环系统是稳定的。

使用 PID 补偿控制器

$$U(s) = \left(K_P + \frac{K_I}{s}\right)(\Theta^d(s) - \Theta(s)) - K_D s\Theta(s) \tag{8.44}$$

闭环系统现在变为三阶系统

$$\Theta(s) = \frac{(K_P s + K_I)}{\Omega_2(s)}\Theta^d(s) - \frac{s}{\Omega_2(s)}D(s) \tag{8.45}$$

其特征多项式为

$$\Omega_2 = Js^3 + (B + K_D)s^2 + K_P s + K_I \tag{8.46}$$

对此多项式应用 Routh-Hurwitz 判据，可得当增益为正，且当

$$K_I < \frac{(B + K_D)K_P}{J} \tag{8.47}$$

时，闭环系统稳定。PID 设计中一个常用的经验法则是：先设定 $K_I = 0$，然后设计比例增益 K_P 和微分增益 K_D，以达到理想的瞬态特性（上升时间、稳定时间等），最后在式(8.47)的约束范围里选取合适的 K_I 来消除稳态误差。

例 8.3   我们在之前的系统补偿控制器中添加积分控制项。阶跃响应如图 8.16 所示。我们看到积分项能够消除由干扰引起的稳态误差。

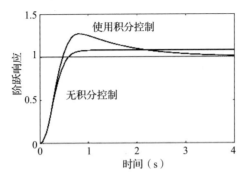

图 8.16   带有积分控制作用的系统响应，它表明由恒定干扰而引起的稳态误差被消除   ◀

8.6   前馈控制

在上一节中的分析中，我们假设参考信号和外界干扰都是恒定的，但对于跟踪更常见的时变轨迹，例如第 7 章中的三次多项式轨迹，这一假设并不成立。在本节中，我们介绍**前馈控制**(feedforward control)的概念，它是跟踪时变轨迹的一种方法。为简单起见，我们只使用单自由度架构。

8.6.1   轨迹跟踪

假设 $\theta^d(t)$ 是关节空间中一个任意的参考轨迹，考虑图 8.17 中的框图，其中，$G(s)$ 表示一个给定系统的正向传递函数，而 $H(s)$ 是控制器的传递函数。

如图所示，一个前馈控制方案是增加一条传递函数为 $F(s)$ 的前馈路径。令三个传递函数均被表示为多项式的比值形式

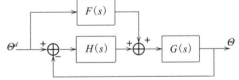

图 8.17   前馈控制方案。$F(s)$ 是前馈传递函数，其输入为参考信号 Θ^d。前馈模块的输出与控制器 $H(s)$ 的输出叠加到一起

$$G(s)=\frac{q(s)}{p(s)}, \quad H(s)=\frac{c(s)}{d(s)}, \tag{8.48}$$
$$F(s)=\frac{a(s)}{b(s)}$$

我们假设 $G(s)$ 严格正则，并且 $H(s)$ 也正则。经过简单的系统框图操作，可以证明闭环系统的传递函数 $T(s)=\dfrac{Y(s)}{R(s)}$ 由下式给出(见习题 8-9)

$$T(s)=\frac{q(s)(c(s)b(s)+a(s)d(s))}{b(s)(p(s)d(s)+q(s)c(s))} \tag{8.49}$$

闭环特征多项式为 $b(s)(p(s)d(s)+q(s)c(s))$。因此，为了使闭环系统稳定，我们要求能够选取合适的控制器传递函数 $H(s)$ 和前馈传递函数 $F(s)$，使得多项式 $p(s)d(s)+q(s)c(s)$ 和 $b(s)$ 满足 Hurwitz 条件。这就是说，除了闭环系统的稳定性外，前馈传递函数 $F(s)$ 本身也必须是稳定的。

如果我们选择前馈传递函数 $F(s)$，使它等于受控对象传递函数的倒数 $1/G(s)$，即 $a(s)=p(s)$ 且 $b(s)=q(s)$，那么闭环系统变为

$$q(s)(p(s)d(s)+q(s)c(s))Y(s)=q(s)(p(s)d(s)+q(s)c(s))R(s) \quad (8.50)$$

或者，就跟踪误差 $E(s)=R(s)-Y(s)$ 而言，

$$q(s)(p(s)d(s)+q(s)c(s))E(s)=0 \quad (8.51)$$

因此，假设系统稳定，那么，输出 $\theta(t)$ 将可以跟踪任何参考轨迹 $\theta^d(t)$。需要注意的是，我们只能在受控对象传递函数的分子多项式 $q(s)$ 满足 Hurwitz 条件的前提下选择 $F(s)$，即受控对象传递函数的所有零点都要位于左半平面。这种系统被称为**最小相位**（minimum phase）系统。

如图 8.18 所示，如果有一个扰动 $D(s)$ 进入系统，容易证明跟踪误差 $E(s)$ 为（见习题 8-10）：

$$E(s)=\frac{q(s)d(s)}{p(s)d(s)+q(s)c(s)}D(s) \quad (8.52)$$

我们已经证明了，在没有干扰的时候，如果闭环系统稳定，那么它将可以跟踪**任意**的期望轨迹 $\theta^d(t)$。因此，仅有干扰能够引起稳态误差。

让我们把这种想法应用到 8.5 节中的机器人模型上。假设 $\theta^d(t)$ 是我们希望系统将要跟踪的一种任意轨迹。在这种情况下，我们有 $G(s)=1/(Js^2+Bs)$，同时使用 PD 型补偿控制器 $H(s)=K_P+K_Ds$。我们看到，受控对象的传递函数 $G(s)$ 没有（有界）零点，因而它是最小相位系统。因此，我们可以选择前馈传递函数 $F(s)$ 为 $F(s)=Js^2+Bs$。所得到的系统如图 8.19 所示。

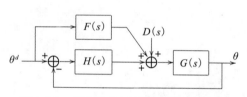
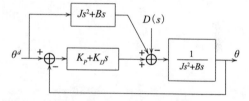

图 8.18　有干扰 $D(s)$ 影响时的前馈控制　　　图 8.19　为 8.5 节中的二阶系统而设计的前馈控制器

注意到 $1/G(s)$ 不是一个正则的有理函数。然而，由于参考轨迹 $\theta^d(t)$ 的导数已知，并且已经预先计算好，所以实施上述方案时，并不需要对实际信号进行微分求导操作。容易从式（8.52）中得知，阶跃干扰引起的稳态误差可由与式（8.40）相同的表达式给出，它与参考轨迹无关。和先前一样，PID 控制器能够消除由阶跃干扰而引起的稳态误差。在时域内，图 8.19 中的控制律可被写为

$$\begin{aligned} V(t)&=J\ddot{\theta}^d+B\dot{\theta}^d+K_D(\dot{\theta}^d-\dot{\theta})+K_P(\theta^d-\theta) \\ &=f(t)+K_D\dot{e}(t)+K_Pe(t) \end{aligned} \quad (8.53)$$

其中，$f(t)$ 为前馈信号

$$f(t)=J\ddot{\theta}^d+B\dot{\theta}^d \quad (8.54)$$

而 $e(t)$ 为跟踪误差 $\theta^d(t)-\theta(t)$。由于前馈受控对象方程为

$$J\ddot{\theta}+B\dot{\theta}=V(t)-rd(t)$$

闭环误差 $e(t)=\theta(t)-\theta^d(t)$ 满足下列二阶微分方程

$$J\ddot{e}+(B+K_D)\dot{e}+K_Pe(t)=-d/r(t) \quad (8.55)$$

从式（8.55）中我们注意到闭环系统的特征多项式与式（8.36）相同。但是，系统（8.55）现在被写为跟踪误差 $e(t)$ 的函数。因此，假设闭环系统是稳定的，在没有外界干扰（即 $d=0$）的情况下，对于任意的期望关节空间轨迹，跟踪误差将以渐近（asymptotically）方式趋近于零。

8.6.2　计算力矩的方法

在本节中我们讨论所谓的**计算力矩**（computed torque）的方法，正如我们将看到的那样，该方法可以看作一种前馈干扰抑制方案。本节假设读者了解第 6 章中的欧拉-拉格朗日方程。

我们能看到前馈信号（8.54）可以在无扰动的情况下对任何轨迹进行渐近跟踪，但它不会对系统的干扰抑制性能的提升做出任何贡献。然而，尽管 $d(t)$ 表示干扰，且因为其满足式（8.29），因此 $d(t)$ 对我们而言并非完全未知的。因此我们可以考虑为上文的前馈信号添加一个项，以预测及消除干扰 $d(t)$ 的影响。这被称为**前馈干扰消除**。

考虑图 8.20 中的框图。已知期望的关节轨迹为 $q^d(t)=(q_1^d(t),\cdots,q_n^d(t))$，期望的关节速度和加速度分别为 $\dot{q}^d(t)=(\dot{q}_1^d(t),\cdots,\dot{q}_n^d(t))$，$\ddot{q}^d(t)=(\ddot{q}_1^d(t),\cdots,\ddot{q}_n^d(t))$。根据下式，我们将项 $d_k^d(t)$ 叠加到第 k 个关节处

$$d_k^d(t)=\sum_{j\neq k}d_{j,k}(q_j^d(t))\ddot{q}_j^d(t)+\sum_{i,j=1}^{n}c_{i,j,k}(q^d(t))\dot{q}_i^d(t)\dot{q}_j^d(t)+g_k(q^d(t)) \quad (8.56)$$

因为 $d_k^d(t)$ 使用的单位与力矩相同，上文中的前馈干扰消除控制被称为计算力矩的方法。式（8.56）以前馈方式补偿了机械臂运动中的非线性惯量耦合、科里奥利力、向心力，以及重力。

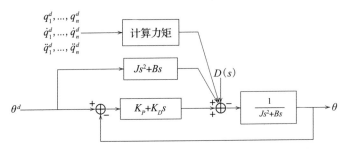

图 8.20　计算力矩前馈干扰消除。项（8.56）被加入补偿控制器中，以消除干扰带来的影响

8.7　传动系统的动力学

限制机械臂可实现性能的第二个因素是电机轴和/或传动系统的**柔性**（flexibility），我们称其为**关节柔性**（joint flexibility）或**关节弹性**（joint elasticity）。对于许多机械臂，尤其是那些使用**谐波齿轮**（strain wave gear 或 harmonic gear）传动来传递力矩的，其关节柔性较为显著。除了齿轮的力转柔性，关节柔性的形成还有其他影响因素，例如轴饱和、轴承变形、液压机器人中液压流体的可压缩性。

备注 8.3　令 k_r 为关节的有效刚度。关节共振频率则为 $\omega_r=\sqrt{k_r/J}$。通常在工程上会将式（8.42）中的 ω 限制为不超过 ω_r 的一半，以避免触发关节共振。但是，为了进行更多讨论，我们将对柔性进行建模，并在下面考虑更高级的控制设计方法。

谐波齿轮

谐波齿轮是机器人中非常普遍的一种齿轮结构，这是因为它们的低间隙、高力矩传递能力和紧凑的尺寸。

一个典型的谐波驱动器 Harmonic Drive®，如图 8.21 所示，其中包括一个刚性的圆形**刚轮**（circular spline），一个可变形的**柔轮**（flexspline），以及一个椭圆形的**波发生器**（wave

generator)。波发生器被连接到驱动器上，因此，它通过电机带动实现高速转动。圆形刚
轮被连接到负载上。当波发生器转动时，
使得柔轮产生变形，从而使柔轮的部分轮
齿与圆形刚轮的轮齿啮合。谐波齿轮的等
效变速比取决于柔轮和圆形刚轮之间的齿
数差。

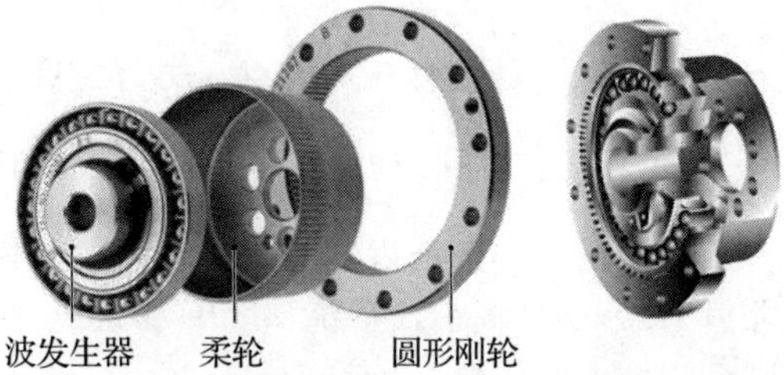

波发生器　　柔轮　　　圆形刚轮

谐波传动能够实现低间隙和高传输力
矩的原因是，在任何给定时刻都有相对较
多数目的轮齿参与啮合。然而，谐波传动
的原理依赖于柔轮的变形。在很多情况下，
这种柔性限制了系统所能达到的性能。

图 8.21　Harmonic Drive 谐波传动装置。椭圆
形波发生器转动使柔轮和圆形刚轮的
轮齿之间相互啮合，从而获得了小间
隙、高力矩的传动(图片来源：Har-
monic Drive，LLC)

考虑图 8.22 中的理想情况，其中，驱
动器与负载通过表示关节柔性的扭簧相连接。为简单起见，我们将电动机力矩 u(而非电
枢电压)作为输入。图中理想模型的运动方程为

$$J_\ell \ddot{\theta}_\ell + B_\ell \dot{\theta}_\ell + k(\theta_\ell - \theta_m) = 0 \tag{8.57}$$

$$J_m \ddot{\theta}_m + B_m \dot{\theta}_m - k(\theta_\ell - \theta_m) = u \tag{8.58}$$

其中，J_ℓ 和 J_m 是负载和电机惯量，B_ℓ 和 B_m 是负载和电机阻尼常数，u 是作用到电机轴
上的输入力矩。关节的刚度常数 k 表示谐波传动齿轮的扭转刚度。在拉氏域内，我们可以
将上述系统写成如下形式

$$p_\ell(s)\Theta_\ell(s) = k\Theta_m(s) \tag{8.59}$$

$$p_m(s)\Theta_m(s) = k\Theta_\ell(s) + U(s) \tag{8.60}$$

其中

$$p_\ell(s) = J_\ell s^2 + B_\ell s + k \tag{8.61}$$

$$p_m(s) = J_m s^2 + B_m s + k \tag{8.62}$$

该系统可由图 8.23 中的框图来表示。被控制的输出当然是负载角度 θ_ℓ。U 和 Θ_ℓ 之间
的开环传递函数由下式给出

$$\frac{\Theta_\ell(s)}{U(s)} = \frac{k}{p_\ell(s)p_m(s) - k^2} \tag{8.63}$$

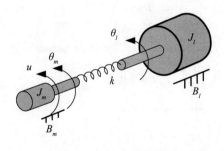
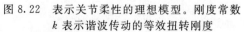

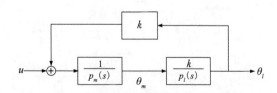

图 8.22　表示关节柔性的理想模型。刚度常数
k 表示谐波传动的等效扭转刚度

图 8.23　系统(8.59)和系统(8.60)的框图

开环特征多项式 $p_\ell p_m - k^2$ 为

$$J_\ell J_m s^4 + (J_\ell B_m + J_m B_\ell)s^3 + (k(J_\ell + J_m) + B_\ell B_m)s^2 + k(B_\ell + B_m)s \tag{8.64}$$

首先，通过忽略阻尼系数 B_ℓ 和 B_m，我们可以获得一些关于系统行为的直观感受。在此情

况下，开环特征多项式将是

$$J_\ell J_m s^4 + k(J_\ell + J_m) s^2 \tag{8.65}$$

上述公式在原点处有双重极点，另外它在 $j\omega$ 轴上有一对复共轭极点 $s = \pm j\omega$，其中 $\omega^2 = k$ $\left(\dfrac{1}{J_\ell} + \dfrac{1}{J_m}\right)$。注意到虚极点的频率随关节刚度 k 的增加而增大。

在实践中，谐波齿轮的刚度较大，而阻尼较小，这会使系统难以控制。假设开环阻尼常数 B_ℓ 和 B_m 较小，系统(8.59)和系统(8.60)的开环极点将会处于左半平面内接近无阻尼系统极点的位置。

假设我们采用一个 PD 型控制器 $C(s) = K_P + K_D s$。此时的分析取决于位置/速度传感器被放置在电机轴还是负载轴上，也就是说，该 PD 型控制器是电机变量或负载变量的函数。如果测量的是电机变量，那么闭环系统由图 8.24 中的框图给出。

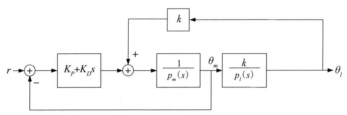

图 8.24　采用电机转角作为反馈的 PD 控制

如果我们转而测量负载角度 θ_ℓ，此时，采用 PD 控制的系统由图 8.25 中的框图给出。图 8.27 示出了对应的根轨迹图。

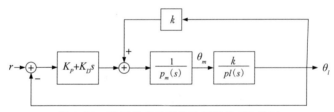

图 8.25　采用负载角度作为反馈的 PD 控制

图 8.26 中分别示出了使用基于电机反馈(左)和负载反馈(右)的 PD 控制器 $K_D(s+a)$ 所对应的系统响应。

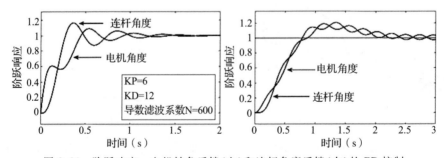

图 8.26　阶跃响应—电机转角反馈(左)和连杆角度反馈(右)的 PD 控制

为了使用根轨迹图进行分析，我们令 $K_P + K_D s = K_D(s+a)$，其中 $a = K_P/K_D$。图 8.27 展示了闭环系统相对于 K_D 的，关于电机角度反馈和负载角度反馈的根轨迹图。

在把电机转角 θ_m 应用到 PD 控制中时，我们看到对于增益 K_D 的所有可能取值，该系

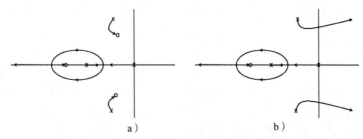

图 8.27 柔性关节系统的根轨迹。a 代表电机角度反馈，b 代表连杆角度反馈

统都是稳定的，但是虚轴附近开环零点的存在可能会引起不希望的振荡。并且，较差的相对稳定性表明外界干扰和其他未建模动态特性可能会使系统变得不稳定。

在将负载角度应用到 PD 控制中时，我们可见对于大的 K_D 增益，系统是不稳定的。K_D 的临界值，即使系统变得不稳定时的 K_D 取值，可通过 Routh-Hurwitz 判据求得。在这种情况下，我们所能做的最好的措施是限制 K_D 增益，使得闭环极点处于左半平面内，同时保持合理的稳定裕度。

8.8 状态空间设计

在本节中，我们考虑状态空间方法在控制上述柔性关节系统方面的应用[⊖]。前面的分析表明：PD 控制器不足以满足机器人控制的需求，除非关节柔性可被忽略，或者相对较慢的机械臂响应可以满足用户需求。由于稳定性的原因，关节柔性限制了增益的大小，它还向闭环系统中引入了轻微衰减的极点，导致瞬时响应容易发生振荡。为了将式(8.57)和式(8.58)中的系统写为状态空间的形式，我们可以选择下列状态变量

$$x_1 = \theta_\ell \quad x_2 = \dot{\theta}_\ell$$
$$x_3 = \theta_m \quad x_4 = \dot{\theta}_m \tag{8.66}$$

相对于这些状态变量，式(8.57)和式(8.58)中的系统可被表达为

$$\dot{x}_1 = x_2$$
$$\dot{x}_2 = -\frac{k}{J_\ell}x_1 - \frac{B_\ell}{J_\ell}x_2 + \frac{k}{J_\ell}x_3$$
$$\dot{x}_3 = x_4 \tag{8.67}$$
$$\dot{x}_4 = \frac{k}{J_m}x_1 - \frac{B_\ell}{J_m}x_4 - \frac{k}{J_m}x_3 + \frac{1}{J_m}u$$

上述方程组可以表示为矩阵形式，如下：

$$\dot{x} = Ax + bu \tag{8.68}$$

其中

$$A = \begin{bmatrix} 0 & 1 & 0 & 0 \\ -\dfrac{k}{J_\ell} & -\dfrac{B_\ell}{J_\ell} & \dfrac{k}{J_\ell} & 0 \\ 0 & 0 & 0 & 1 \\ \dfrac{k}{J_m} & 0 & -\dfrac{k}{J_m} & \dfrac{B_m}{J_m} \end{bmatrix}, \quad b = \begin{bmatrix} 0 \\ 0 \\ 0 \\ \dfrac{1}{J_m} \end{bmatrix} \tag{8.69}$$

⊖ 相比于前几节，本节假定读者有更多的控制理论知识。

如果我们选择一个输出 $y(t)$，如测量得到的负载角度 $\theta_\ell(t)$，那么，我们有下列输出方程

$$y = x_1 = c^\mathrm{T} x \tag{8.70}$$

其中

$$c^\mathrm{T} = [1,0,0,0] \tag{8.71}$$

式(8.68)～式(8.71)给出的状态空间形式与式(8.63)中传递函数之间的关系，可以通过设置零初始条件，并对式(8.68)～式(8.70)进行拉普拉斯变换而求得。我们有

$$G(s) = \frac{\Theta_\ell(s)}{U(s)} = \frac{Y(s)}{U(s)} = c^\mathrm{T}(sI - A)^{-1} b \tag{8.72}$$

其中，I 是 $n \times n$ 的单位矩阵。$G(s)$ 的极点是矩阵 A 的特征值。对于系统(8.68)～系统(8.71)，上述结论反过来也成立，即 A 的所有特征值是 $G(s)$ 的极点。如果状态空间系统是由最少数量的状态变量来定义的，上述结论始终成立。

8.8.1 状态反馈控制

给定一个状态空间形式的线性系统，如式(8.68)，**线性状态反馈控制律**是使用一个如下形式的输入 u

$$u(t) = -k^\mathrm{T} x + u_r = -\sum_{i=1}^{4} k_i x_i + u_r \tag{8.73}$$

其中，k_i 是待确定的恒值增益，r 是参考输入信号。换言之，控制输入为系统状态变量的线性叠加，在此情况下，状态变量包括电机与负载的位置和速度。与此相比，前面的 PD 控制或 PID 控制要么是电机位置和速度的函数，要么是负载位置和速度的函数，但它们不是电机和负载两者的函数。如果我们将式(8.73)中的控制律带入到式(8.68)中，我们得到

$$\dot{x} = (A - bk^\mathrm{T}) x + b u_r \tag{8.74}$$

因此，我们看到线性反馈控制有改变系统极点的能力。系统极点从由矩阵 A（的特征值）决定变为由矩阵 $A - bk^\mathrm{T}$（的特征值）决定。

在前面的 PD 控制器设计中，闭环极点位置被限制在如图 8.27 中的根轨迹上。由于方程(8.73)中有比 PD 控制器更多的自由参数，它可能具有更大的闭环极点范围。如果方程(8.68)中给出的系统满足被称为**可控性**（controllability）的这一性质，上述情况可以成为现实。

定义 8.1 满足下列条件的一个线性系统被称为是**完全可控的**或者简称为**可控的**：如果对于每个初始状态 $x(t_0)$ 和每个最终状态 $x(t_f)$，存在一个控制输入 $t \rightarrow u(t)$ 使得系统可以从 t_0 时刻的 $x(t_0)$ 状态转换到 t_f 时刻的状态 $x(t_f)$。

从本质上讲，上述定义表示如果一个系统是可控的，在有限的时间内，我们可以从任意初始状态到达任何目标状态。要检验一个系统是否可控，我们可以使用下面的简单测试。

设 W_c 为一个 $n \times n$ 的矩阵$^\ominus$，如下所示

$$W_c = [b, Ab, A^2 b, \cdots, A^{n-1} b] \tag{8.75}$$

矩阵 W_c 称为**可控性矩阵**（controllability matrix）。要检验一个系统是否可控，我们可以使用下面的简单测试。

引理 8.1 一个形如式(8.68)的线性系统是可控的，当且仅当 $\det W_c \neq 0$。

$\ominus$ 对于有 m 个控制输入的系统，其 W_c 的维度是 $n \times nm$。

线性系统可控性的根本重要性如下所示。

定理 8.1　令 $\alpha(x)=s^n+\alpha_{n-1}s^{n-1}+\cdots+\alpha_2s+\alpha_0$ 是任意的具有实系数的 n 阶多项式。那么，形如式(8.73)的一个状态反馈控制律使

$$\det(sI-A+bk^{\mathrm{T}})=\alpha(s) \tag{8.76}$$

当且仅当系统(8.68)是可控的。

这一基本结果指出，对于一个可控的线性系统，我们可以使用状态反馈控制来实现**任意的**[⊖]闭环极点。返回到由公式(8.69)给出的特定四阶系统，我们看到该系统确实是可控的，这是因为

$$\det W_c=\frac{k^2}{J_m^4 J_\ell^2} \tag{8.77}$$

由于 $k>0$，上式永远不为零。因此，我们可以实现我们想要的任何闭环极点集，这远远超出先前使用 PD 控制所能达到的可能性。

一种方法是通过优化过程来设计反馈增益。这带领我们进入最优控制理论领域。例如，我们可以选择将下列优化指标最小化作为我们的目标

$$J=\int_0^\infty \{x^{\mathrm{T}}(t)Qx(t)+Ru^2(t)\}\mathrm{d}t \tag{8.78}$$

其中，Q 是一个给定的对称正定矩阵，并且 $R>0$。

选择一个控制律来最小化式(8.78)，使我们不必预先决定选择什么样的闭环极点，这是因为它们是由式(8.78)中的加权矩阵 Q 和 R 来自动决定的。在最优控制文献中，用来最小化式(8.78)的最优线性控制律如下所示

$$u=-k_*^{\mathrm{T}}x \tag{8.79}$$

其中

$$k_*=\frac{1}{R}b^{\mathrm{T}}P \tag{8.80}$$

并且 P 是满足下列所谓的**矩阵代数 Riccati 方程**(matrix algebraic Riccati equation)的(唯一)对称且正定的 $n\times n$ 矩阵

$$A^{\mathrm{T}}P+PA-\frac{1}{R}Pbb^{\mathrm{T}}P+Q=0 \tag{8.81}$$

控制律(8.79)被称为**线性二次型最优控制**(LQ optimal control)，这是因为性能指标为二次型，并且控制系统是线性的。

8.8.2　观测器

上一节中指出，一个可控的线性系统能够实现任意的闭环极点，这个结果是显著的。实际上，该结果表明可以得到我们想要的任何闭环响应。然而，要实现这一目标，我们不得不付出代价，即控制律必须是所有状态的函数。为了建立一个仅需要测得的输出信号的控制器，在此情况下输出信号为 θ_ℓ，我们需要引入**观测器**(observer)这一概念。观测器其实是一个状态估计。它是一个(在软件中构造的)动态系统，用来尝试估计全体状态 $x(t)$，其中仅使用系统模型、式(8.68)~式(8.71)，以及输出信号的测量值 $y(t)$。关于观测器的完整讨论超出了本书的范围。我们在这里只简单介绍一些关于线性系统观测器的主要概念。

假设我们知道系统(8.68)的参数，我们可以在软件中模拟系统的响应，并在仿真中复

⊖　由于多项式 $a(s)$ 的系数为实数，因此，对于极点位置的唯一约束是它们以复数共轭对的形式出现。

原 t 时刻的状态值 $x(t)$，我们可以用这个模拟的或估计的状态——称为 $\hat{x}(t)$——来代替式(8.79)中的真实状态。然而，由于式(8.68)中的真正初始条件 $x(t_0)$ 通常是未知的，这种想法并不可行。但是，对于在软件中构建状态估计，使用式(8.68)中给出的系统模型这一想法是个很好的起点。因此，让我们考虑满足下列系统的一个状态估计 $\hat{x}(t)$

$$\dot{\hat{x}} = A\hat{x} + bu + \ell(y - c^{\mathrm{T}}\hat{x}) \tag{8.82}$$

式(8.82)被称为式(8.68)的一个**观测器**，它表示系统(8.68)外带附加项 $\ell(y - c^{\mathrm{T}}\hat{x})$ 的一个模型。该附加项是受控对象的输出 $y(t) = c^{\mathrm{T}}x(t)$ 与预测输出 $c^{\mathrm{T}}\hat{x}(t)$ 之间的误差的一个量度。由于我们知道式(8.82)中的系数矩阵，并且可以直接测量 y，由此对 $\hat{x}(t)$ 的任意初始条件，我们可以使用 $\hat{x}$ 来替代反馈控制律(8.79)中的真实状态 x，从而求解上述系统。设计式(8.82)中的附加项 ℓ 使得当 $t \to \infty$ 时有 $\hat{x} \to x$，即估计的状态收敛到真实（但未知）状态，并且这种收敛与初始条件 $x(t_0)$ 无关。让我们来看看如何做到这一点。

定义 $e(t) = x - \hat{x}$ 作为**估计误差**(estimation error)。联合式(8.68)和式(8.82)，由于 $y = c^{\mathrm{T}}x$，我们看到估计误差满足如下系统

$$\dot{e} = (A - \ell c^{\mathrm{T}})e \tag{8.83}$$

从式(8.83)中我们看到估计误差的动力学取决于矩阵 $A - \ell c^{\mathrm{T}}$ 的特征值。由于 ℓ 是设计变量，我们可以尝试选取合适的 ℓ 使得当 $t \to \infty$ 时，$e(t) \to 0$，在这种情况下，状态估计 $\hat{x}$ 收敛到真实状态 x。为了做到这一点，我们显然希望选择合适的 ℓ 使得矩阵 $A - \ell c^{\mathrm{T}}$ 的特征值分布在左半平面内。这与前面提到的极点配置问题相类似。实际上，从数学意义上讲，它是极点配置问题的对偶(dual)问题。事实证明，矩阵 $A - \ell c^{\mathrm{T}}$ 的特征值可以被任意配置，当且仅当 (A, c) 满足被称为**可观性**(observability)的性质。可观性定义如下：

定义 8.2 一个线性系统属于**完全可观的**，或者简称为**可观的**，如果每一个初始状态 $x(t_0)$，可通过对有限时间间隔内 $t_0 \leqslant t \leqslant t_f$ 的输出 $y(t)$ 和输入 $u(t)$ 的测量而被精确确定。

令 W_o 为下列形式的 $n \times n$ 矩阵

$$W_o = \begin{bmatrix} c^{\mathrm{T}} \\ c^{\mathrm{T}}A \\ \vdots \\ c^{\mathrm{T}}A^{n-1} \end{bmatrix} \tag{8.84}$$

式(8.84)中的 W_o 被称为是 (c^{T}, A) 对应的**可观矩阵**(observability matrix)。为检测系统是否可观中，我们有

引理 8.2 对 (c^{T}, A) 描述的系统，当且仅当 $\det W_o \neq 0$ 时系统是可观的。

在上述由式(8.68)~式(8.71)给出的系统中，我们有

$$\det W_o = \frac{k^2}{J_\ell^2} \tag{8.85}$$

因此，该系统是可观的。

注意，寻找观测器增益 ℓ 以使矩阵 $A - \ell c^{\mathrm{T}}$ 具有规定的特征值的问题与寻找状态反馈增益 k 以使得 $A - bk^{\mathrm{T}}$ 具有规定的特征值的问题非常相似。准确地说，这两个问题是**对偶的**。由于 A 和 A^{T} 的特征值相同，我们可以定义以下等价关系：

$$A^{\mathrm{T}} \leftrightarrow A, \quad B^{\mathrm{T}} \leftrightarrow c^{\mathrm{T}}, \quad k^{\mathrm{T}} \leftrightarrow \ell, \quad W_c \leftrightarrow W_o \tag{8.86}$$

使用上述等价关系，我们可以将观测器的增益设为

$$\ell = \frac{1}{r}Pc$$

其中 P 满足

$$AP + PA^{\mathrm{T}} - \frac{1}{r}Pcc^{\mathrm{T}}P + Q = 0 \tag{8.87}$$

且 Q 是一个给定的对称正定矩阵，$R > 0$。如果我们使用状态估计 $\hat{x}$ 来代替真实状态，我们有如下系统（其中，$r = 0$）

$$\dot{x} = Ax + bu$$
$$u = -k^{\mathrm{T}}\hat{x}$$

从上面容易证明：状态 x 和估计误差 e 共同满足下列方程

$$\begin{bmatrix} \dot{x} \\ \dot{e} \end{bmatrix} = \begin{bmatrix} A - bk^{\mathrm{T}} & bk^{\mathrm{T}} \\ 0 & A - \ell c^{\mathrm{T}} \end{bmatrix} \begin{bmatrix} x \\ e \end{bmatrix} \tag{8.88}$$

因此，系统闭环极点集合将由矩阵 $A - \ell c^{\mathrm{T}}$ 的特征值和矩阵 $A - bk^{\mathrm{T}}$ 的特征值的并集组成。

这个结果被称为**分离原理**（separation principle）。正如其名称所暗示的那样，分离原理使我们能够将状态反馈控制律（8.79）的设计与状态估计（8.82）的设计分离开来。一个典型规则是，将观测器的极点放置到期望的 $A - bk^{\mathrm{T}}$ 极点位置的左侧。这使得所估计的状态能够快速的收敛到真实状态，在此之后，系统响应与在式（8.79）中使用真实状态得到的结果几乎一样。对于考虑了关节柔性的情况，读者可以参考第 12 章对观测器状态反馈控制器的仿真。

在系统可控和可观的前提下，系统的闭环极点可被任意配置，这是一个有力的理论成果。不过，总需要考虑一些实践中的因素。在观测器的设计中，需要考虑的最重要因素是输出测量中的噪声。将观测器的极点放置到左半复平面且远离虚轴的地方需要较大的观测器增益。但是大的增益可能放大输出测量中的噪声，从而致使系统的整体表现不佳。在状态反馈控制律（8.79）中使用大的增益，可能导致输入饱和，从而致使系统性能不佳。此外，系统参数的不确定性或者诸如非线性弹簧特性和间隙等非线性因素，将会降低使用上述设计可实现的性能。因此，上述概念仅用于说明通过使用控制理论中的更先进概念将会使什么东西变为可能。在第 9 章中，我们将开发更为先进的非线性控制方法来控制带有不确定参数的系统。

8.9 本章总结

本章是对机器人控制的一个基本介绍，其中将机械臂的每个关节作为一个独立的单输入/单输出（SISO）系统来处理。在使用这种方法时，我们主要关心驱动器和传动系统的动力学。

建模

我们首先推导出了永磁直流电机的一个降阶线性模型，并且证明了从电机电压 $V(s)$ 到电机转角 $\Theta_m(s)$ 的传递函数可表示为

$$\frac{\Theta_m(s)}{V(s)} = \frac{K_m/R}{s(J_m s + B_m + K_b K_m/R)}$$

同时，从负载干扰 $D(s)$ 到 $\Theta_m(s)$ 的传递函数为

$$\frac{\Theta_m(s)}{D(s)} = \frac{-1/r}{s(J_m(s) + B_m + K_b K_m/R)}$$

PID 控制

接下来，我们考虑设定点跟踪问题，其中使用了 PD 控制器和 PID 控制器。PD 控制器具有下列形式

$$U(s) = K_P(\Theta^d(s) - \Theta(s)) - K_D s\Theta(s)$$

与其相应的闭环系统为

$$\Theta(s)=\frac{K_P}{\Omega(s)}\Theta^d(s)-\frac{1}{\Omega(s)}D(s)$$

其中

$$\Omega(s)=Js^2+(B+K_D)s+K_P$$

是闭环特征多项式，它的根确定了闭环极点，并因此决定了系统性能。

一个 PID 控制器具有下列形式

$$U(s)=\left(K_P+\frac{K_I}{s}\right)(\Theta^d(s)-\Theta(s))-K_Ds\Theta(s)$$

现在，闭环系统变为如下所示的三阶系统

$$\Theta(s)=\frac{(K_Ps+K_I)}{\Omega_2(s)}\Theta^d(s)-\frac{rs}{\Omega_2(s)}D(s)$$

其中

$$\Omega_2=Js^3+(B+K_D)s^2+K_Ps+K_I \tag{8.89}$$

我们讨论了 PD 和 PID 控制器中增益的设计方法，它们被用于达到期望的瞬态和稳态响应。然后，我们讨论了饱和和柔性对系统性能的影响。这两种效应限制了闭环系统所能达到的性能。

前馈控制和计算力矩

接下来我们讨论了使用前馈控制方法来追踪时变参考轨迹，例如，在第 7 章中推导的三次多项式轨迹。前馈控制方案包括在参考信号到控制信号之间增加一个前馈路径，其传递函数为 $F(s)$。如果受控对象为最小相位系统，我们证明了如果将受控对象的正向传递函数的倒数作为 $F(s)$，那么系统可以跟踪任意的参考轨迹。

我们还介绍了计算力矩控制的概念，这是一种基于非线性欧拉-拉格朗日运动方程计算的前馈干扰消除方法。在这种情况下，计算出的力矩控制实际上消除了机械臂自由度之间的非线性动态耦合，并提高了本章中线性反馈控制方法的有效性。

关节柔性与状态空间方法

接下来，我们更详细地考虑了传动系动态特性的影响。我们推导出了包含关节弹性的单连杆系统的一个简单模型，并且展示了在此情况下 PD 控制的局限性。然后，我们介绍了状态空间的控制方法，它比单纯的 PD 控制和 PID 控制方法都要强大得多。

我们介绍了关于可控性和可观性的基本概念，同时表明了：如果状态空间模型既可控又可观，我们可以设计一个线性控制律来实现任何一组期望闭环极点的集合。具体地说，给定如下线性系统

$$\dot{x}=Ax+bu$$
$$y=c^T x$$

那么，使用状态反馈控制律 $u=-k^T\hat{x}$，其中，$\hat{x}$ 是通过下列线性观测器计算得到的对状态 x 的估计

$$\dot{\hat{x}}=A\hat{x}+bu+\ell(y-c^T\hat{x})$$

结果得到下列闭环系统（针对状态 x 和估计误差 $e=x-\hat{x}$ 而言）

$$\begin{bmatrix}\dot{x}\\\dot{e}\end{bmatrix}=\begin{bmatrix}A-bk^T & bk^T\\0 & A-\ell c^T\end{bmatrix}\begin{bmatrix}x\\e\end{bmatrix}$$

因此，系统的闭环极点的集合将由矩阵 $A-\ell c^T$ 的特征值和矩阵 $A-bk^T$ 的特征值的并集

组成。这个结果被称为分离原理。

我们还介绍了线性二次型最优控制的概念，同时表明：控制律

$$u = -k_*^{\mathrm{T}} x$$

其中

$$k_* = \frac{1}{R} b^{\mathrm{T}} P$$

而 P 是满足下列所谓矩阵代数 Riccati 方程的(唯一)对称且正定的 $n \times n$ 矩阵

$$A^{\mathrm{T}} P + PA - \frac{1}{R} P b b^{\mathrm{T}} P + Q = 0$$

不仅可以使系统变得稳定，并且可将下列二次型性能指标最小化

$$J = \int_0^\infty \{ x^{\mathrm{T}}(t) Q x(t) + R u^2(t) \} \mathrm{d}t$$

利用控制和观察之间的对偶性，我们证明观测器的增益可以设为

$$\ell = \frac{1}{r} Pc$$

其中 P 满足下列条件：

$$AP + PA - \frac{1}{r} P c c^{\mathrm{T}} P + Q = 0$$

习题

8-1　使用系统框图简化方法来推导式(8.11)和式(8.12)中给出的传递函数。

8-2　推导式(8.13)和式(8.14)中给出的降阶模型的传递函数。

8-3　推导式(8.35)和式(8.36)。

8-4　验证表 8.1 中的闭环补偿器的计算。

8-5　对于图 8.11 中所示的系统，验证式(8.37)中给出的跟踪误差表达式。陈述终值定理，并用它来证明式(8.40)中所给出的确实是稳态误差 e_{ss}。

8-6　推导式(8.45)和式(8.46)。

8-7　使用 Routh-Hurwitz 判据来推导不等式(8.47)。

8-8　对于图 8.14 中的系统，通过使用多个 PID 增益和干扰强度的取值来探讨饱和的影响。

8-9　验证式(8.49)。

8-10　验证式(8.52)。

8-11　推导式(8.63)、式(8.64)和式(8.65)。

8-12　给定式(8.68)中定义的状态空间模型，证明下列传递函数

$$G(s) = c^{\mathrm{T}} (sI - A)^{-1} b$$

与式(8.63)相同。

8-13　查找控制文献(例如文献[71])，找出两个或多个关于线性系统极点配置问题的算法。

8-14　推导式(8.77)和式(8.85)。

8-15　搜索与控制相关的文献，找出积分器**饱和**的意思。了解什么是**抗饱和**(或反重置饱和)。对于图 8.14 中的系统，给出一个使用抗饱和的 PID 控制方法的仿真结果。比较有抗积分饱和的响应与没有抗积分饱和的响应。

8-16　在式(8.57)和式(8.58)给出的系统中加入永磁直流电机的动态特性。对于系统的可控性和客观性，你有什么评论？

8-17　选择合适的状态变量，并将式(8.9)和式(8.10)中的系统写成状态空间的形式。这个状态空间的维度是多少？

8-18   假设在由方程(8.57)和方程(8.58)表示的柔性关节系统中,给定以下参数

$$J_\ell = 10 \quad B_\ell = 1 \quad k = 100$$
$$J_m = 2 \quad B_m = 0.5$$

a) 画出由式(8.63)给出的传递函数的开环极点。

b) 在系统(8.63)中使用 PD 控制器。画出系统的根轨迹图。选择合适的控制器零点位置。使用 Routh 判据找出根轨迹图穿过虚轴时的控制器增益取值。

8-19   在有关机器人的空间应用中,遇到的一个问题是机器人的基座无法被锚定,换言之,(基座)无法固定在一个惯性坐标系里。考虑图 8.28 所示的理想化情况,其中包括一个连接到电机转子上的惯量 J_1,以及连接到电机定子上的惯量 J_2。

例如,J_1 可以表示航天飞机的机械臂,而 J_2 表示航天飞机本身的惯量。因此,简化的运动方程为

$$J_1 \ddot{q}_1 = \tau$$
$$J_2 \ddot{q}_2 = \tau$$

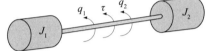

图 8.28   自由空间中的耦合惯量

写出这个系统的状态空间形式,并证明它是不可控的。

讨论此结论的启示并提出可能的解决方案。

8-20   给定下列二阶线性系统

$$\begin{bmatrix} \dot{x}_1 \\ \dot{x}_2 \end{bmatrix} = \begin{bmatrix} 1 & -3 \\ 1 & -2 \end{bmatrix} \begin{bmatrix} x_1 \\ x_2 \end{bmatrix} + \begin{bmatrix} 1 \\ -2 \end{bmatrix} u$$

找出一个线性状态反馈控制 $u = k_1 x_1 + k_2 x_2$,使得闭环系统的极点位于 $s = -2, 2$。

8-21   考虑图 8.17 中的系统框图。假设 $G(s) = 1/(2s^2 + s)$,同时假设我们期望跟踪一个参考信号 $\theta^d(t) = \sin(t) + \cos(2t)$。如果我们进一步指定闭环系统的自然频率小于 10rad/s,并且其阻尼系数大于 0.707,计算满足上述要求的补偿控制器 $C(s)$ 和前馈传递函数 $F(s)$。

附注与参考

虽然我们仅仅研究了永磁直流电机的动力学,在机器人和其他类型的运动控制应用中,交流电机的使用在不断增加。交流电机不需要使用换向器和电刷,因此,从本质上将它们更容易免于维修且更为可靠。然而,它们更难以控制,并且需要更为复杂的电力电子器件。随着电力电子技术的最新进展及成本的降低,交流电机可能很快会取代直流电机作为机器人机械臂的主要驱动方法。各种不同类型的电机见文献[57]。

一本介绍线性控制系统的优秀参考书是[84]。对于深入介绍 PID 控制的教材,可以参照[8]。

极点配置定理出自 Wonham[185]。可控性和可观性概念,它们是由 Kalman 在文献[72]中提出。除了本章介绍的这些之外,还有几种基本方法,感兴趣的读者应该参考有关卡尔曼滤波器(Kalman filter)的多种文献,卡尔曼滤波器是系统的一个线性状态估计,该系统输出信号的测量结果中有(随机白)噪声污染。我们这里讨论的线性观测器由 Luenberger 引入([103]),它通常被称为确定性卡尔曼滤波器。Luenberger 在[103]中的主要贡献是所谓的降阶观测器,它可以降低观测器所需的维度。

线性二次型最优控制,其目前的形式是由 Karlman 在[72]中引入,其中强调了 Riccati 方程的重要性。线性控制理论涵盖的领域很广,除了这里讨论的基本最优控制方法,还有很多其他技术可用于设计状态反馈和输出反馈控制律。最新的控制系统设计方法包括 H_∞ 方法([36]),基于模糊逻辑([133])和神经网络([94]、[52])的方法。

机器人的传动系统动力学问题由 Good 和 Sweet 首先指出,他们研究了通用电气公司 P-50 机器人的动力学(见[172])。对该机器人和其他早期的机器人来讲,限制它们性能的因素是限流器(限制了电机可以提供多少电流),以及由齿轮柔性而引起的关节弹性。这两种效应限制了机器人操作时可达到的最大安全速度。这项工作,在带有输入约束(见[169])的机器人的控制,以及带有柔性关节(见[165])的机器人的控制中,激发了大量研究。

最后,今天几乎所有的机器人控制系统都实现了数字化。数字化控制需要考虑多种问题,如采样、量化、分辨率、计算机体系结构实时编程等问题,以及本章中未考虑的其他问题。对于这些问题,感兴趣的读者可以查阅例如[48]等文献。

非线性和多变量控制

9.1 引言

在第 8 章中，基于单输入/单输出模型，我们讨论了用于推导机械臂各关节控制律的技术。其中，关节之间的耦合效应被视为施加在各个单个系统上的干扰。在实际中，机器人机械臂的动力学方程构成一个复杂的非线性多变量系统。因此，在本章中，我们在非线性多变量控制的环境中来处理机器人的控制问题。这种方法使我们能够对控制系统的性能进行更严格的分析，同时也使我们能够设计出鲁棒的自适应非线性控制律，用以保证稳定性以及对给定轨迹的跟踪。

我们首先将机械臂的动力学方程改写为一种更适合下述讨论的形式。接下来我们会处理关节空间和任务空间中的逆动力学问题。逆动力学控制依赖对系统中非线性的精确消除，这在实际应用中是不可能的。因此，我们讨论了几种鲁棒和自适应控制的方法，这些方法的目的在于当参数或外部扰动不确定时，仍能提供良好的跟踪性能。在区分鲁棒控制和自适应控制时，我们遵循常用观念，即鲁棒控制器是一种固定控制器，旨在满足给定的不确定性范围内的性能规格，而自适应控制器则包含某种在线的参数估计。这种区别很重要。例如，在重复运动任务中，由固定鲁棒控制器产生的跟踪误差也将趋于重复，由自适应控制器产生的跟踪误差，可能会随着时间的推移以及对被控对象/控制参数的基于运行信息的更新而减少。同时，面对参数不确定性表现良好的自适应控制器在面对其他类型的不确定性（例如外部干扰或未建模的动力学）时可能表现不佳。因此，在决定给定情况下是采用鲁棒的还是自适应的控制设计方法时，了解两种方法之间的取舍非常重要。最后一节概述了力矩优化程序，该程序可以修改本章中提到的任何控制器，从而解决执行器饱和问题。

动力学回顾

回顾式(6.65)给出的机器人运动方程和式(8.15)给出的驱动器的动力学：

$$\sum_{j=1}^{n} d_{kj}(q)\ddot{q}_j + \sum_{i=1}^{n}\sum_{j=1}^{n} c_{ijk}(q)\dot{q}_i\dot{q}_j + g_k = \tau_k \tag{9.1}$$

$$J_{m_k}\ddot{\theta}_{m_k} + B_k\dot{\theta}_{m_k} = K_{m_k}/R_k V_k - \tau_k/r_k \tag{9.2}$$

对于所有的 $k=1,\cdots,n$，其中 $B_k = B_{m_k} + K_{b_k}K_{m_k}/R_k$。将式(9.2)两端乘以变速比 r_k，并使用电机转角 θ_{m_k} 和连杆转角 q_k 的下列关系

$$\theta_{m_k} = r_k q_k \tag{9.3}$$

我们可以将式(9.2)写为

$$r_k^2 J_m\ddot{q}_k + r_k^2 B_k\dot{q}_k = r_k K_{m_k}/R V_k - \tau_k \tag{9.4}$$

将式(9.4)代入式(9.1)中，得到

$$r_k^2 J_{m_k}\ddot{q}_k + \sum_{j=1}^{n} d_{kj}\ddot{q}_j + \sum_{i,j=1}^{n} c_{ijk}\dot{q}_i\dot{q}_j + r_k^2 B_k\dot{q}_k + g_k = r_k\frac{K_m}{R}V_k \tag{9.5}$$

对于所有的 $k=1,\cdots,n$。式(9.5)可被写为下述矩阵形式

$$M(q)\ddot{q} + C(q,\dot{q})\dot{q} + B\dot{q} + g(q) = u \tag{9.6}$$

其中，$M(q) = D(q) + J$，并且 J 是对角元素为 $r_k^2 J_{m_k}$ 的对角矩阵。对于重力向量 $g(q)$ 以及用来表示科里奥利力和广义离心力的矩阵 $C(q,\dot{q})$，它们的定义见式(6.67)和式(6.68)。输入向量 u 中的元素为

$$u_k = r_k \frac{K_{m_k}}{R_k} V_k, \quad k = 1, \cdots, n$$

其存在单位力矩。注意，将 J 假定为对角矩阵的上述公式等效于忽略了电动机绕其所连接的关节的轴线以外的轴线的旋转。这些非对角线项的影响通常可以忽略不计。

后面我们将无视摩擦，并设式(9.6)中的 $B = 0$，用其代表受控对象模型。可以证明系统(9.6)仍保持下述性质——无源性、反对称性、惯量矩阵的有界性以及参数线性化，我们把它留给读者作为练习(见习题 9-1)。

9.2 重温比例–微分控制

我们在第 8 章中讨论了用于刚性机器人设定点控制的简单 PD(比例–微分)控制策略，严格的证明表明它可被推广到式(9.6)中的一般情况，这一事实相当显著[⊖]。一个独立关节的 PD 控制策略可以写为下列向量形式

$$u = -K_P \tilde{q} - K_D \dot{q} \tag{9.7}$$

其中，$\tilde{q} = q - q^d$ 是期望(恒定)关节位移向量 q^d 与实际关节位移向量 q 之间的误差，并且 K_P 和 K_D 分别为比例和微分增益的(正)对角矩阵。我们首先证明，在没有重力的情况下，即如果式(9.6)中的 $g(q)$ 为零，那么式(9.7)中给出的 PD 控制律可以实现对期望关节位置的渐近跟踪。这实际上再现了先前推导所得出的结果，但它更为严谨，这是因为非线性耦合项并不是通过恒定扰动来近似的。

为了证明式(9.7)中给出的控制律可以达到渐近跟踪，考虑 Lyapunov 函数候选

$$V = 1/2 \dot{q}^{\mathrm{T}} M(q) \dot{q} + 1/2 \tilde{q}^{\mathrm{T}} K_P \tilde{q} \tag{9.8}$$

在式(9.8)中，第一项为机器人的动能，第二项为比例反馈项 $K_p \tilde{q}$。注意如果关节驱动器被弹性常数为 K_P 的弹簧取代，其平衡点位置为 q^d，那么 V 表示系统对应的总能量。因此，除"目标"位形 $q = q^d$ 和 $\dot{q} = 0$(此时，V 等于零)之外，V 是一个正函数。接下来的思路是证明：对于沿着机器人的任何运动，函数 V 都会降低到零。这将意味着机器人向所期望的目标位形运动。

为了说明这一点，我们注意到，由于 q^d 为常数，V 的时间导数由下式给出

$$\dot{V} = \dot{q}^{\mathrm{T}} M(q) \ddot{q} + 1/2 \dot{q}^{\mathrm{T}} \dot{M}(q) \dot{q} + \dot{q}^{\mathrm{T}} K_P \tilde{q} \tag{9.9}$$

令 $g(q) = 0$，求解式(9.6)中的 $M(q)\ddot{q}$ 项，然后将所得到的表达式代入式(9.9)中，得到

$$
\begin{aligned}
\dot{V} &= \dot{q}^{\mathrm{T}} (u - C(q,\dot{q})\dot{q}) + 1/2 \dot{q}^{\mathrm{T}} \dot{M}(q) \dot{q} + \dot{q}^{\mathrm{T}} K_P \tilde{q} \\
&= \dot{q}^{\mathrm{T}} (u + K_P \tilde{q}) + 1/2 \dot{q}^{\mathrm{T}} (\dot{M}(q) - 2C(q,\dot{q})) \dot{q} \\
&= \dot{q}^{\mathrm{T}} (u + K_P \tilde{q})
\end{aligned} \tag{9.10}
$$

其中，在最后一个等式中，我们用到了 $\dot{M} - 2C$ 为反对称矩阵这一事实。用 PD 控制律(9.7)来替代上式中的输入 u，得到

$$\dot{V} = -\dot{q}^{\mathrm{T}} K_D \dot{q} \leqslant 0 \tag{9.11}$$

⊖ 读者应该回顾附录 C 中讨论的 Lyapunov 稳定性。

上面的分析表明：当 $\dot{q}$ 不等于零时，V 在减小。这本身并不足以证明我们所期望的结果，因为可以设想以下这种情况：机械臂到达一个位置，其中 $\dot{q}=0$，但是 $q \neq q^d$。为了证明这种情况不会发生，我们使用 LaSalle 定理（见附录 C）。假设 $\dot{V} \equiv 0$ ⊖。那么，式(9.11)意味着 $\dot{q} \equiv 0$，因此 $\ddot{q} \equiv 0$。由使用 PD 控制的运动方程

$$M(q)\ddot{q}+C(q,\dot{q})\dot{q}=-K_P\widetilde{q}-K_D\dot{q}$$

必须有

$$0=-K_P\widetilde{q}$$

这意味着 $\widetilde{q}=0$。那么，LaSalle 定理意味着平衡点是全局渐近稳定的。

在式(9.6)中含有重力项的情况下，必须对式(9.10)做如下修改

$$\dot{V}=\dot{q}^{\mathrm{T}}(u-g(q)+K_P\widetilde{q}) \tag{9.12}$$

式(9.12)中出现的重力项意味着，仅使用 PD 控制无法保证系统实现渐近跟踪。在实践中，将会出现稳态误差或偏差。假设闭环系统稳定，角速度 $\dot{q}$ 为 0，稳态的机器人位形 q 将满足

$$K_P(q-q^d)=g(q) \tag{9.13}$$

式(9.13)的物理解释是：机器人位形 q 必须能够使电机产生一个足够的稳态"保持力矩" $K_P(q-q^d)$ 来平衡重力力矩 $g(q)$。因此，我们看到，通过增加位置增益 K_P 可以降低稳态误差。

为了消除这个稳态误差，我们可以修改 PD 控制律，如下

$$u=-K_P\widetilde{q}-K_D\dot{q}+g(q) \tag{9.14}$$

式(9.14)中给出的修改后的控制律实际上消除了重力项，并且和以前一样，我们得到了相同的方程(9.11)。式(9.14)给出的控制律需要在每个时刻根据拉格朗日方程来计算重力项 $g(q)$。在这些项未知的情况下，无法计算控制律(9.14)。在后面的鲁棒和自适应控制中，我们将会更多地讨论这个问题以及其他相关问题。

关节柔性的影响

在第 8 章中，我们考虑了关节柔性的影响，并且证明了对于单连杆机器人的一个集总模型，可以设计一个 PD 控制律来实现设定点跟踪。在本节中，对于 n 连杆机械臂这种一般情况，我们将讨论类似的结果。

我们首先推导一个类似于式(9.6)的模型，用它来表示带有关节柔性的 n 连杆机器人的动力学。为简单起见，假定所有关节为回转关节，并且由永磁直流电机驱动。我们将关节 i 的柔性建模为一个弹性常数为 k_i 的线性扭簧，其中 $i=1,\cdots,n$。

参照图 9.1，我们用 $q_1=[\theta_1,\cdots,\theta_n]^{\mathrm{T}}$ 表示 DH 关节变量的向量，用 $q_2=\left[\dfrac{1}{r_{m_1}}\theta_{m_1},\cdots,\right.$ $\left.\dfrac{1}{r_{m_n}}\theta_{m_n}\right]^{\mathrm{T}}$ 表示电机轴转角（反映到齿轮的连杆一侧）的向量。那么，q_1-q_2 表示弹性关节的形变向量。忽略连杆运动对转子动能的影响，正如我们在方程(9.6)中做的那样，机械臂的动能和势能可由下式给出

$$\mathcal{K}=\frac{1}{2}\dot{q}_1^{\mathrm{T}}D(q_1)\dot{q}_1+\frac{1}{2}\dot{q}_2^{\mathrm{T}}J\dot{q}_2 \tag{9.15}$$

$$\mathcal{P}=P(q_1)+\frac{1}{2}(q_1-q_2)^{\mathrm{T}}K(q_1-q_2) \tag{9.16}$$

⊖　符号 $\dot{V}\equiv 0$ 表明表达式是恒等于零的，而不是简单的在某一瞬间等于零。

其中，J 和 K 分别为对应惯量常数和刚性常数的对角矩阵。

$$J=\begin{bmatrix} J_1 & 0 & \cdots & 0 \\ 0 & J_2 & \cdots & 0 \\ \vdots & \vdots & & \vdots \\ \vdots & \vdots & & \vdots \\ 0 & 0 & \cdots & J_n \end{bmatrix}, \quad K=\begin{bmatrix} k_1 & 0 & \cdots & 0 \\ 0 & k_2 & \cdots & 0 \\ \vdots & \vdots & & \vdots \\ \vdots & \vdots & & \vdots \\ 0 & 0 & \cdots & k_n \end{bmatrix} \tag{9.17}$$

注意，我们用驱动器的动能对刚性关节机器人的动能做了简单增强，类似地，我们在刚性关节模型的重力势能之外加入了由关节处的线性弹簧而引起的弹性势能。现在，我们可以更方便地计算该系统的欧拉-拉格朗日方程(见习题 9-2)。

$$D(q_1)\ddot{q}_1+C(q_1,\dot{q}_1)\dot{q}_1+g(q_1)+K(q_1-q_2)=0$$
$$J\ddot{q}_2+K(q_2-q_1)=u \tag{9.18}$$

对于使用 PD 控制实现设定点跟踪的问题，考虑如下形式的控制律

$$u=-K_P\widetilde{q}_2-K_D\dot{q}_2 \tag{9.19}$$

其中，$\widetilde{q}_2=q_2-q^d$，并且 q^d 是设定点的一个常值向量。与刚性关节模型情形类似，现在假设重力向量 $g(q_1)=0$。为了证明闭环系统的渐近跟踪性能，考虑 Lyapunov 函数候选

$$V=\frac{1}{2}\dot{q}_1^{\mathrm{T}}D(q_1)\dot{q}_1+\frac{1}{2}\dot{q}_2^{\mathrm{T}}J\dot{q}_2+\frac{1}{2}(q_1-q_2)^{\mathrm{T}}$$

$$K(q_1-q_2)+\frac{1}{2}\widetilde{q}_2^{\mathrm{T}}K_P\widetilde{q}_2 \tag{9.20}$$

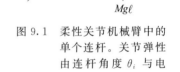

图 9.1　柔性关节机械臂中的单个连杆。关节弹性由连杆角度 θ_i 与电机轴转角 θ_{mi} 之间的一个扭簧来表示

我们将以下内容留作练习(见习题 9-3)：使用 LaSalle 定理证明该系统的全局渐近稳定性，因此，稳态时的电机角度和连杆角度相等，我们可以选择设定点 q_2^d 作为期望 DH 变量的一个向量。

如果存在重力，那么，并不明确如何使用类似于刚性关节情形的方式来实现重力补偿。稍后，我们将在第 12 章中的反馈线性化中解决这个问题。

9.3　逆动力学

对于刚性机械臂的轨迹跟踪，我们现在考虑更为复杂的非线性控制技术。我们考虑的第一种算法被称为**逆动力学**方法。我们将在第 12 章中看到，逆动力学方法是**反馈线性化**方法的一个特例。

在介绍完关节空间和任务空间内逆动力学的基本概念之后，我们将讨论一些实际情况，即用来定义机械臂动力学的参数中的不确定性问题。对于参数不确定性问题，自然会引入对鲁棒和自适应控制的讨论，我们将在本章余下的小节中叙述。

9.3.1　关节空间内的逆动力学

再次考虑 n 连杆刚性机器人的动力学方程，其矩阵形式为

$$M(q)\ddot{q}+C(q,\dot{q})\dot{q}+g(q)=u \tag{9.21}$$

逆动力学的思路是寻找一个非线性反馈控制律，如下

$$u=f(q,\dot{q},t) \tag{9.22}$$

当该控制律被代入方程(9.21)时，会得到一个线性的闭环系统。对于一般的非线性系统，

要找到这种控制律可能相当困难，甚至是不可能完成的任务。然而，在机械臂的动力学是由方程(9.21)给出的情况下，这个问题实际上相对容易一些。通过考察方程(9.21)，我们看到，如果根据下列公式选择控制输入 u

$$u = M(q)a_q + C(q,\dot{q})\dot{q} + g(q) \tag{9.23}$$

那么，由于惯量矩阵 M 可逆，式(9.21)～式(9.23)给出的综合系统可简化为

$$\ddot{q} = a_q \tag{9.24}$$

上式中的 a_q 项代表一个尚待选择的新输入。式(9.24)被称为**双积分系统**(double integrator system)，这是因为它代表 n 个耦合的双积分。式(9.23)被称为**逆动力学控制**(inverse dynamics control)，它能够实现相当显著的控制效果，即式(9.24)给出的系统是线性且解耦的。这意味着每个输入 a_{q_k} 可被设计用来控制一个 SISO 线性系统。此外，假设 a_{q_k} 仅是 q_k 和 $\dot{q}_k$ 的函数，那么闭环系统将是解耦的。

现在，由于 a_q 可被设计用来控制一个线性二阶系统，一个明显的选择是令

$$a_q = \ddot{q}^d(t) - K_0\tilde{q} - K_1\dot{\tilde{q}} \tag{9.25}$$

其中，$\tilde{q} = q - q^d$ 和 $\dot{\tilde{q}} = \dot{q} - \dot{q}^d$ 是对角矩阵，其对角元素分别由位置增益和速度增益组成，并且参考轨迹

$$t \rightarrow (q^d(t), \dot{q}^d(t), \ddot{q}^d(t)) \tag{9.26}$$

定义了所期望的关于关节位置、速度和加速度的时间历程。注意到式(9.25)无非是一个带有前馈加速度(第 8 章中所定义的)的 PD 控制。

将式(9.25)带入式(9.24)中，得到

$$\ddot{\tilde{q}}(t) + K_1\dot{\tilde{q}}(t) + K_0\tilde{q}(t) = 0 \tag{9.27}$$

关于增益矩阵 K_0 和 K_1 的一个简单选择是

$$K_0 = \begin{bmatrix} \omega_1^2 & 0 & \cdots & 0 \\ 0 & \omega_2^2 & \cdots & 0 \\ \vdots & \vdots & & \vdots \\ 0 & 0 & \cdots & \omega_n^2 \end{bmatrix}, \quad K_1 = \begin{bmatrix} 2\omega_1 & 0 & \cdots & 0 \\ 0 & 2\omega_2 & \cdots & 0 \\ \vdots & \vdots & & \vdots \\ 0 & 0 & \cdots & 2\omega_n \end{bmatrix} \tag{9.28}$$

这样将会得到一个解耦的闭环系统，其中，每个关节的响应等于一个处于临界阻尼状态的二阶线性系统(固有频率为 ω_i)的响应。像之前一样，固有频率 ω_i 决定了关节的响应速度，或者等价地讲，跟踪误差的衰减率。

逆动力学方法作为控制的基础是非常重要的，并且值得从不同的观点去审视它。我们可以给出控制律(9.23)的第二种解释，具体如下。再次考虑机械臂的动力学，即式(9.21)。由于对于 $q \in \mathbb{R}^n$，矩阵 $M(q)$ 可逆，我们可以求解机械臂的加速度 $\ddot{q}$，如下

$$\ddot{q} = M^{-1}\{u - C(q,\dot{q})\dot{q} - g(q)\} \tag{9.29}$$

假设我们能够指定加速度作为系统的输入，即假定拥有能够直接生产命令加速度(而不是生成间接的力或力矩)的驱动器。那么，机械臂(它毕竟只是一个位置控制装置)的动力学可由下式给出

$$\ddot{q} = a_q \tag{9.30}$$

其中，$a_q(t)$ 是输入的加速度向量。这又是我们熟悉的双积分系统。注意到式(9.30)不是任何意义上的近似，相反，在加速度被选作输入的前提下，该公式代表系统实际的开环动力学。系统(9.30)的控制问题现在变得容易，并且加速度输入可以像以前一样根据式(9.25)来选择。

但在现实中，这样的"加速度驱动器"并不存在，我们必须满足于在各个关节 i 处生

成广义力（力矩）u_i 的能力。对比式（9.29）和式（9.30），我们看到，机械臂的输入力矩 u 和加速度输入 a_q 之间通过下式相联系

$$M^{-1}\{u-C(q,\dot{q})\dot{q}-g(q)\}=a_q \tag{9.31}$$

求解方程（9.31），得到输入力矩 $u(t)$ 为

$$u=M(q)a_q+C(q,\dot{q})\dot{q}+g(q) \tag{9.32}$$

它与先前导出的表达式（9.23）相同。因此，逆动力学可被看作一个输入变换，它将问题从选择力矩输入变换为选择加速度输入命令。

实现该控制方案需要实时计算惯性矩阵和包括科里奥利力、离心力和重力等广义力的向量，因此，控制系统实现中的一个重要问题是用于上述运算的计算机结构的设计。

图 9.2 中给出了所谓的**内环/外环**（inner-loop/outer-loop）控制架构。在此架构中，非线性控制律（9.23）的计算是在内环进行的，其中，q、$\dot{q}$ 和 $\ddot{q}$ 作为输入，而 u 则作为输出。然后，该系统的外环为额外输入项 a_q 的计算。注意到外环输入 a_q 更符合通常意义上由误差驱动的负反馈概念。外环反馈控制的设计在理论上得到极大的简化，这是因为外环控制是为图 9.2 中由虚线表示的受控对象而设计的，该受控对象现在是一个线性系统。

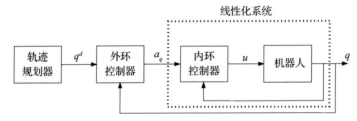

图 9.2　内环/外环控制架构。内环控制将输入力矩向量 u 作为测得的关节位置、速度以及给定的外环控制的函数形式加以计算，以补偿受控对象模型中的非线性。然后，外环控制将可基于线性且解耦的受控对象模型来进行设计，它被用来跟踪给定的参考轨迹

9.3.2　任务空间内的逆动力学

作为对内环/外环控制架构重要性的说明，我们将展示任务空间内的跟踪可以通过修改式（9.24）中的外环控制，同时让内环控制保持不变来实现。通过使用 $SO(3)$ 中的任意最小表示，令 $X\in\mathbb{R}^6$ 表示末端执行器的姿态。由于 X 是关节变量 $q\in\mathcal{Q}$ 的一个函数，我们有

$$\dot{X}=J(q)\dot{q} \tag{9.33}$$

$$\ddot{X}=J(q)\ddot{q}+\dot{j}(q)\dot{q} \tag{9.34}$$

其中，$J=J_a$ 是式（4.88）中的分析型雅可比矩阵。在关节空间中，给定双积分系统（9.24），我们看到，如果选取下列 a_q

$$a_q=J^{-1}\{a_X-\dot{J}\dot{q}\} \tag{9.35}$$

结果得到的是任务空间坐标系中的一个双积分系统，如下

$$\ddot{X}=a_X \tag{9.36}$$

给定一个满足与关节空间轨迹 $q^d(t)$ 相同平滑性和有界性假设的任务空间轨迹 $X^d(t)$，我们可以选择 a_X 如下

$$a_X=\ddot{X}^d-K_0(X-X^d)-K_1(\dot{X}-\dot{X}^d) \tag{9.37}$$

使得任务空间跟踪误差 $\widetilde{X}=X-X^d$ 满足如下条件

$$\ddot{\tilde{X}} + K_1 \dot{\tilde{X}} + K_0 \tilde{X} = 0 \tag{9.38}$$

因此，对外环控制的一个修改直接得出了任务空间坐标系内的线性解耦系统，其中不需要计算关节空间轨迹，同时也不需要修改非线性内环控制。

注意，为了指定轨迹 $X \in \mathbb{R}^6$，我们对末端执行器的姿态使用最小表示。在一般情况下，如果在 $SE(3)$ 中给出末端执行器的坐标，那么，上述表达式中的雅可比矩阵 J 将会是式(4.41)中的几何雅可比矩阵。在这种情况下，有

$$\dot{X} = \begin{bmatrix} v \\ \omega \end{bmatrix} = \begin{bmatrix} \dot{x} \\ \omega \end{bmatrix} = J(q)\dot{q} \tag{9.39}$$

同时将外环控制

$$a_q = J^{-1}(q) \left\{ \begin{bmatrix} a_x \\ a_\omega \end{bmatrix} - \dot{J}(q)\dot{q} \right\} \tag{9.40}$$

应用到式(9.24)中，得到如下系统

$$\ddot{x} = a_x \in \mathbb{R}^3 \tag{9.41}$$

$$\dot{\omega} = a_\omega \in \mathbb{R}^3 \tag{9.42}$$

$$\dot{R} = S(\omega)R, \quad R \in SO(3), \quad S \in so(3) \tag{9.43}$$

虽然在上述的后一种情况下，动力学并没有被线性化为一个双积分环节，外环项 a_v 和 a_ω 仍然可被用来定义控制律，从而跟踪 $SE(3)$ 中的末端执行器轨迹。

在这两种情况下，我们均看到：为了实现外环控制，雅可比矩阵的非奇异性是必要的。如果机器人的关节数多于或少于 6 个，那么，雅可比矩阵不是方阵。在这种情况下，通过使用诸如雅可比伪逆矩阵可以推导出其他方法。更多细节参见[32]。

9.3.3 鲁棒逆动力学

逆动力学方法依赖于对机器人运动方程中非线性的精确抵消。逆动力学控制在实际实施中需要考虑各种不确定性来源，包括建模误差、未知负载和计算错误。让我们回到下列欧拉-拉格朗日运动方程

$$M(q)\ddot{q} + C(q,\dot{q})\dot{q} + g(q) = u \tag{9.44}$$

并将逆动力学控制输入 u 写为

$$u = \hat{M}(q)a_q + \hat{C}(q,\dot{q})\dot{q} + \hat{g}(q) \tag{9.45}$$

其中，符号(ˆ)表示(·)的计算值或表征值，它还意味着由于系统中的不确定性，理论上的精确逆动力学控制在实践中无法实现。误差或不匹配(~) = (ˆ) − (·)是对系统参数认识的一个度量。

如果我们将式(9.45)代入式(9.44)中，经过一些代数运算，我们得到(见习题 9-8)

$$\ddot{q} = a_q + \eta(q,\dot{q},a_q) \tag{9.46}$$

其中非线性方程 $\eta(q,\dot{q},a_q)$ 为

$$\eta(q,\dot{q},a_q) = M^{-1}(\widetilde{M}a_q + \widetilde{C}\dot{q} + \widetilde{g}) \tag{9.47}$$

上式被称为**不确定性**(uncertainty)。为简单起见，后文中我们会略去 $\eta(q,\dot{q},a_q)$ 中的变量。不过读者应记住 η 是同时关于状态和参考轨迹的函数。

我们定义 $E = E(q)$ 如下

$$E := M^{-1}\widetilde{M} = M^{-1}\hat{M} - I \tag{9.48}$$

它允许我们将不确定性 η 表示为

$$\eta = Ea_q + M^{-1}(\widetilde{C}\dot{q} + \widetilde{g}) \tag{9.49}$$

由于不确定性 $\eta(q, \dot{q}, a_q)$，系统(9.46)仍然是非线性且耦合的，因此，我们不能保证由式(9.25)给出的外环控制能达到满足期望的跟踪性能。

在本节中，我们将展示如何修改外环控制式(9.25)，以保证系统(9.46)中跟踪误差的全局收敛。下文中我们讨论的方法常称为**李雅普诺夫再设计**（Lyapunov redesign）。在此方法中，我们设定外环控制 a_q 如下

$$a_q = \ddot{q}^d(t) - K_0\widetilde{q} - K_1\dot{\widetilde{q}} + \delta a \tag{9.50}$$

其中，δa 是需要设计的一个附加项。对于跟踪误差

$$e = \begin{bmatrix} \widetilde{q} \\ \dot{\widetilde{q}} \end{bmatrix} = \begin{bmatrix} q - q^d \\ \dot{q} - \dot{q}^d \end{bmatrix} \tag{9.51}$$

我们可将式(9.46)和式(9.50)写为

$$\dot{e} = Ae + B\{\delta a + \eta\} \tag{9.52}$$

其中

$$A = \begin{bmatrix} 0 & I \\ -K_0 & -K_1 \end{bmatrix}, \quad B = \begin{bmatrix} 0 \\ I \end{bmatrix} \tag{9.53}$$

因此，首先可以通过线性反馈项 $-K_0\widetilde{q} - k_q\dot{\widetilde{q}}$ 使双积分环节变得稳定，然后，附加控制项 δa 被设计用来克服不确定性 η 中潜在的不稳定影响。其基本思路是假定我们能够计算关于不确定性 η 的一个界限 $\rho(e, t) \geqslant 0$，如下

$$\|\eta\| \leqslant \rho(e, t) \tag{9.54}$$

然后，设计额外输入项 δa 来确保式(9.52)中的轨迹误差 $e(t)$ 的最终有界性。注意到一般情况下，界限 ρ 是跟踪误差 e 和时间的函数，这意味着 η 相应地是在时变轨迹上依赖于 e 和 t 的。

返回关于不确定性 η 的表达式，并替代式(9.50)中的 a_q，我们有

$$\begin{aligned} \eta &= Ea_q + M^{-1}(\widetilde{C}\dot{q} + \widetilde{g}) \\ &= E\delta a + E(\ddot{q}^d - K_0\widetilde{q} - K_1\dot{\widetilde{q}}) + M^{-1}(\widetilde{C}\dot{q} + \widetilde{g}) \end{aligned} \tag{9.55}$$

假设我们可以找到常数 $\alpha < 1$、γ_1 和 γ_2，以及可能的时变参数 γ_3，使

$$\|\eta\| \leqslant \alpha\|\delta a\| + \gamma_1\|e\| + \gamma_2\|e\|^2 + \gamma_3(t) \tag{9.56}$$

$\alpha := \|E\| = \|M^{-1}\hat{M} - I\| < 1$ 这个条件决定着我们的估计 $\hat{M}$ 必须在多大程度上接近惯性矩阵。假设对 M^{-1}，我们有下列界限

$$0 < \underline{\mathrm{M}} \leqslant \|M^{-1}(q)\| \leqslant \overline{M} < \infty \tag{9.57}$$

备注 9.1 所有带有回转关节的机器人，由于位形空间较为紧凑，都存在这样的恒定限制。具有回转关节和平动关节的机器人的惯性矩阵可能具有也可能不具有式(9.57)中所示的恒定限制。文献[53]中有满足式(9.57)的机械臂设计的完整特征。

如果我们选择如下所示的惯性矩阵估计 $\hat{M}$

$$\hat{M} = \frac{2}{\overline{M} + \underline{\mathrm{M}}}I \tag{9.58}$$

那么，可以证明

$$\|M^{-1}\hat{M} - I\| \leqslant \frac{\overline{M} - \underline{\mathrm{M}}}{\overline{M} + \underline{\mathrm{M}}} < 1 \tag{9.59}$$

这里的要点是总有一个关于 $\hat{M}$ 的选择来满足条件 $\|E\|<1$，前提是上下界 $\overline{M}$ 和 $\underline{M}$ 能被确定。

其次，就目前而言，假设必须对 $\|\delta a\| \leqslant \rho(e,t)$ 进行后验检查。由此得到

$$\|\eta\| \leqslant \alpha\rho(e,t)+\gamma_1\|e\|+\gamma_2\|e\|^2+\gamma_3 =: \rho(e,t) \tag{9.60}$$

由于 $\alpha<1$，由上式可得下列关于 ρ 的表达式

$$\rho(e,t)=\frac{1}{1-\alpha}(\gamma_1\|e\|+\gamma_2\|e\|^2+\gamma_3) \tag{9.61}$$

由于我们选择使式(9.52)中的矩阵 A 为 Hurwitz 矩阵的 K_0 和 K_1，因此可以选择 $Q>0$，并且令 $P>0$ 为满足下列 Lyapunov 方程的唯一的对称正定矩阵

$$A^\mathrm{T}P+PA=-Q \tag{9.62}$$

按照下述方式定义控制 δa

$$\delta a=\begin{cases}-\rho(e,t)\dfrac{B^\mathrm{T}Pe}{\|B^\mathrm{T}Pe\|}, & \|B^\mathrm{T}Pe\|\neq 0 \\[2mm] 0, & \|B^\mathrm{T}Pe\|=0\end{cases} \tag{9.63}$$

由此可知，Lyapunov 函数

$$V=e^\mathrm{T}Pe \tag{9.64}$$

在沿式(9.52)的根轨迹上满足 $\dot{V}<0$。为了说明该结果，我们计算

$$\dot{V}=-e^\mathrm{T}Qe+2e^\mathrm{T}PB\{\delta a+\eta\} \tag{9.65}$$

为了简便起见，令 $w=B^\mathrm{T}Pe$，并考虑上述公式中的第二项 $w^\mathrm{T}\{\delta a+\eta\}$。如果 $w=0$，这一项将消失，因此

$$\dot{V}=-e^\mathrm{T}Qe<0 \tag{9.66}$$

与 δa 的选择无关。对于 $w\neq 0$，我们有

$$\delta a=-\rho\frac{w}{\|w\|} \tag{9.67}$$

因此，使用 Cauchy-Schwartz 不等式，我们有

$$w^\mathrm{T}\left(-\rho\frac{w}{\|w\|}+\eta\right)\leqslant -\rho\|w\|+\|w\|\|\eta\| \tag{9.68}$$

$$=\|w\|(-\rho+\|\eta\|)\leqslant 0$$

这是由于 $\|\eta\|\leqslant\rho$。因此，

$$\dot{V}\leqslant -e^\mathrm{T}Qe<0 \tag{9.69}$$

我们得到了想要的结果。最后，注意到 $\|\delta a\|\leqslant\rho$，满足方程(9.67)的要求。

由于上述控制项 δa 在由 $B^\mathrm{T}Pe=0$ 定义的子空间内不连续，在这个子空间内的根轨迹不能按通常意义得到很好的定义。我们可以从更一般的意义上来定义解，即所谓的 Filippov 解(见文献[46])。对于非连续控制系统的详细处理超出了本书的范围。在实践中，控制中的不连续会导致颤振(chattering)，此时，控制在式(9.63)给出的控制值之间做迅速切换。

为避免颤振，我们可以对上述非连续控制使用连续近似，如下

$$\delta a=\begin{cases}-\rho(e,t)\dfrac{B^\mathrm{T}Pe}{\|B^\mathrm{T}Pe\|}, & \|B^\mathrm{T}Pe\|>\epsilon \\[3mm] -\dfrac{\rho(e,t)}{\epsilon}B^\mathrm{T}Pe, & \|B^\mathrm{T}Pe\|\leqslant\epsilon\end{cases} \tag{9.70}$$

在这种情况下，由于式(9.70)给出的控制信号是连续的并且在除了$\|B^{\mathrm{T}}Pe\|$之外都可微，因此对于任意初始条件，系统(9.52)存在解，并且我们可以证明以下结果。

定理 9.1　在系统(9.52)中，使用连续控制律(9.70)得到的所有轨迹都是一致最终有界的(见附录 C 中一致最终有界的定义)。

证明　同以往一样，选择$V(e)=e^{\mathrm{T}}Pe$，并计算

$$\dot{V}=-e^{\mathrm{T}}Qe+2w^{\mathrm{T}}(\delta a+\eta) \tag{9.71}$$

$$\leqslant -e^{\mathrm{T}}Qe+2w^{\mathrm{T}}\left(\delta a+\rho\,\frac{w}{\|w\|}\right) \tag{9.72}$$

其中，$\|w\|=\|B^{\mathrm{T}}Pe\|$与上面相同。对于$\|w\|\geqslant\epsilon$，证明过程按上面所示继续，且$\dot{V}<0$。对于$\|w\|\leqslant\epsilon$，式(9.72)中的第二项变为

$$2w^{\mathrm{T}}\left(-\frac{\rho}{\epsilon}w+\rho\,\frac{w}{\|w\|}\right)=-2\,\frac{\rho}{\epsilon}\|w\|^2+2\rho\|w\|$$

当$\|w\|=\dfrac{\epsilon}{2}$时，这个表达式达到最大值$\epsilon\dfrac{\rho}{2}$。因此，我们有

$$\dot{V}\leqslant -e^{\mathrm{T}}Qe+\epsilon\frac{\rho}{2}<0 \tag{9.73}$$

前提是

$$e^{\mathrm{T}}Qe>\epsilon\frac{\rho}{2} \tag{9.74}$$

使用如下关系(见式(B.5))

$$\lambda_{\min}(Q)\|e\|^2\leqslant e^{\mathrm{T}}Qe\leqslant\lambda_{\max}(Q)\|e\|^2 \tag{9.75}$$

从方程(B.5)可以看出，$\lambda_{\min}(Q)$和$\lambda_{\max}(Q)$分别表示矩阵Q的最小特征值和最大特征值。如果下式得到满足，我们有$\dot{V}<0$

$$\lambda_{\min}(Q)\|e\|^2>\epsilon\frac{\rho}{2} \tag{9.76}$$

或者，等价地

$$\|e\|>\left(\frac{\epsilon\rho}{2\lambda_{\min}(Q)}\right)^{\frac{1}{2}}=:\delta \tag{9.77}$$

令S_δ表示包含半径为δ的球$B(\delta)$的V中的最小水平集，并令B_r表示包含S_δ的最小球。那么，相对于B_r，闭环系统的所有解都是一致最终有界的。图 9.3 中展示了这种情况。所有的轨迹都会到达S_δ的边界，这是因为$\dot{V}$在S_δ的外部是负定的，因此轨迹只会留在球B_r内。

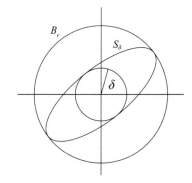

图 9.3　一致最终有界集。因为球B_δ之外的$\dot{V}$为负值，所有轨迹最终都会进入水平集S_δ中，它是V中包含B_δ的最小水平集。因此，系统相对于B_r是一致最终有界的，其中B_r是包含S_δ的最小球

注意到最终有界集合的半径，因此，稳态跟踪误差的幅值与不确定性界限ρ以及常数ϵ成正比。■

9.3.4　自适应逆动力学

本节讨论**自适应**控制问题，其中使用一种估计方案来生成参数的估计值，然后使用这些估计值代替真实参数。

在 20 世纪 80 年代中期，当机械臂的参数线性化性质变得广为人知时，第一批全局收敛的自适应控制结果开始出现。这些结果基于上述讨论的逆动力学方法。如上所述，考虑由式(9.44)给出的受控对象，以及由式(9.45)给出的控制律，但现在假设出现在式(9.45)中的参数并不像鲁棒控制方法中那样固定，而是对真实参数的时变估计。

将式(9.45)代入式(9.44)中，并设定

$$a_q = \ddot{q}^d - K_1(\dot{q} - \dot{q}^d) - K_0(q - q^d) \tag{9.78}$$

可证(见习题 9-11)，使用参数线性化性质，可以得到

$$\ddot{\tilde{q}} + K_1\dot{\tilde{q}} + K_0\tilde{q} = \hat{M}^{-1}Y(q, \dot{q}, \ddot{q})\tilde{\theta} \tag{9.79}$$

其中，$Y(q, \dot{q}, \ddot{q})$ 是式(6.122)中定义的回归函数，同时有 $\tilde{\theta} = \hat{\theta} - \theta$，$\hat{\theta}$ 是对参数向量 θ 的估计。在状态空间中，我们将系统(9.79)写为

$$\dot{e} = Ae + B\Phi\tilde{\theta} \tag{9.80}$$

其中

$$A = \begin{bmatrix} 0 & I \\ -K_0 & -K_1 \end{bmatrix}, \quad B = \begin{bmatrix} 0 \\ I \end{bmatrix}, \quad \Phi = \hat{M}^{-1}Y(q, \dot{q}, \ddot{q}) \tag{9.81}$$

其中，像先前一样，K_0 和 K_1 被选作正值增益的对角阵，使得 A 是一个 Hurwitz 矩阵。令 P 为满足下述 Lyapunov 矩阵方程的唯一对称正定矩阵

$$A^{\mathrm{T}}P + PA = -Q \tag{9.82}$$

并且选择参数更新律如下

$$\dot{\hat{\theta}} = -\Gamma^{-1}\Phi^{\mathrm{T}}B^{\mathrm{T}}Pe \tag{9.83}$$

其中，Γ 是一个常值对称正定矩阵。然后，通过使用下式中的 Lyapunov 函数，可以证明跟踪误差全局收敛到零，同时所有内部信号保持有界

$$V = e^{\mathrm{T}}Pe + \tilde{\theta}^{\mathrm{T}}\Gamma\tilde{\theta} \tag{9.84}$$

为了看清这一点，我们计算 $\dot{V}$，如下(见习题 9-12)

$$\dot{V} = -e^{\mathrm{T}}Qe + 2\tilde{\theta}^{\mathrm{T}}\{\Phi^{\mathrm{T}}B^{\mathrm{T}}Pe + \Gamma\dot{\hat{\theta}}\} \tag{9.85}$$

后一项成立的原因是由于 θ 为常数，即 $\dot{\tilde{\theta}} = \dot{\hat{\theta}}$。使用式(9.83)中的参数更新律，我们有

$$\dot{V} = -e^{\mathrm{T}}Qe \leqslant 0 \tag{9.86}$$

备注 9.2　理解为什么式(9.86)中的 Lyapunov 函数 V 仅是负半定数，而式(9.69)中的 V 是负定数是很重要的。在鲁棒方法中，系统的状态是 $\tilde{q}$ 和 $\dot{\tilde{q}}$。在自适应控制方法中，$\tilde{\theta}$ 满足微分方程(9.83)的事实意味着完整的状态向量现在包括 $\tilde{\theta}$，并且状态方程式由耦合方程(9.80)和式(9.83)给出。因此，我们在 Lyapunov 函数(9.84)中包含正定项 $\frac{1}{2}\tilde{\theta}^{\mathrm{T}}\Gamma\tilde{\theta}$。

从式(9.86)中可见位置跟踪误差渐近收敛到零，并且参数估计误差保持有界。我们不会详述本节中的证明细节。其证明类似于下一节中将要讲到的基于无源性的自适应控制方法，所以我们将细节推后。然而，为了实现这种自适应逆动力学方案，注意到参数更新法则里需要用到加速度 $\ddot{q}$，并且 $\hat{M}$ 必须是可逆的。参数更新法则里对关节加速度的需求对该方案的实现提出了严峻挑战。加速度传感器通常带有噪声，并因此引入了附加计算成本，而对位置或速度信号使用数值微分来计算加速度在大多数情况下并不可行。当 $\hat{\theta}$ 使 $\hat{M}$ 变为奇异矩阵时，通过在算法中重置参数估计 $\hat{\theta}$，可以保证 $\hat{M}$ 的可逆。下节将要讨论的基于无源性的方法可以消除这两个障碍。

9.4   基于无源性的控制

在上一节中讨论的基于逆动力学的方法依赖于消除系统动力学中的非线性环节。在本节中，我们讨论基于无源性或欧拉-拉格朗日方程反对称性质的方法。这些方法不依赖于消除非线性，因此并不会得到一个线性闭环系统，即使在没有不确定性这一确切情形下。然而，正如我们将要看到的，基于无源性的方法相对于鲁棒和自适应控制还有其他优点。

为了说明讨论的必要性，再次考虑下列欧拉-拉格朗日方程

$$M(q)\ddot{q}+C(q,\dot{q})\dot{q}+g(q)=u \tag{9.87}$$

并根据下式选取控制输入

$$u=M(q)a+C(q,\dot{q})v+g(q)-Kr \tag{9.88}$$

其中，v、a 和 r 给出如下

$$\begin{aligned} v&=\dot{q}^d-\Lambda\widetilde{q}\\ a&=\dot{v}=\ddot{q}^d-\Lambda\dot{\widetilde{q}}\\ r&=\dot{q}-v=\dot{\widetilde{q}}+\Lambda\widetilde{q} \end{aligned} \tag{9.89}$$

其中，K 和 Λ 是定常且正值增益的对角矩阵。将控制律(9.88)代入受控对象模型(9.87)中，得到

$$M(q)\dot{r}+C(q,\dot{q})r+Kr=0 \tag{9.90}$$

注意到与逆动力学控制方法相比，闭环系统(9.90)仍是一个非线性耦合系统。因此，稳定性和跟踪误差渐近收敛到零并不明显，并且需要额外分析。

考虑 Lyapunov 函数候选

$$V=\frac{1}{2}r^\mathrm{T}M(q)r+\widetilde{q}^\mathrm{T}\Lambda K\widetilde{q} \tag{9.91}$$

计算 $\dot{V}$，得到

$$\begin{aligned} \dot{V}&=r^\mathrm{T}M\dot{r}+\frac{1}{2}r^\mathrm{T}\dot{M}r+2\widetilde{q}^\mathrm{T}\Lambda K\dot{\widetilde{q}}\\ &=-r^\mathrm{T}Kr+2\widetilde{q}^\mathrm{T}\Lambda K\dot{\widetilde{q}}+\frac{1}{2}r^\mathrm{T}(\dot{M}-2C)r \end{aligned} \tag{9.92}$$

使用反对称性质以及 r 的定义，式(9.92)简化为

$$\begin{aligned} \dot{V}&=-\widetilde{q}^\mathrm{T}\Lambda^\mathrm{T}K\Lambda\widetilde{q}-\dot{\widetilde{q}}^\mathrm{T}K\dot{\widetilde{q}}\\ &=-e^\mathrm{T}Qe \end{aligned} \tag{9.93}$$

其中

$$Q=\begin{bmatrix}\Lambda^\mathrm{T}K\Lambda & 0\\ 0 & K\end{bmatrix} \tag{9.94}$$

因此，误差空间中的平衡点 $e=0$ 是全局渐近稳定的。

事实上，假设惯性矩阵 $M(q)$ 具有常值范数界限，在此条件下，例如，当所有的关节为回转关节时，很容易证明跟踪误差的全局指数稳定性。在先前考虑的逆动力学控制情形中，我们可以通过更简单的方法来推导出完全相同的结论。因此，无源性控制相对于逆动力学控制的优点以及其是否存在目前还不甚清楚。在接下来的两节中，我们将看到基于无源性的控制的真正优势体现在用于鲁棒自适应控制的问题中。在接下来考虑的鲁棒控制方法中，我们将会看到，$\|E\|=\|M^{-1}\hat{M}-I\|<1$ 这个假设可被去掉，并且不确定性边界的计算会得到极大简化。在自适应控制方法中，我们将会看到，对于加速度测量和惯性矩阵

估计 $\hat{M}$ 的有界性要求可被去掉。因此，对于鲁棒和自适应控制问题，基于无源性的控制相比逆动力学方法具有几个非常重要的优势。

9.4.1 基于无源性的鲁棒控制

在本节中，我们使用上述基于无源性的方法来推导另一种鲁棒控制算法，它利用了反对称性质以及参数线性化特性，最终得出的设计在非确定性界限的计算方面非常容易。我们对控制(9.88)做如下修改

$$u = \hat{M}(q)a + \hat{C}(q,\dot{q})v + \hat{g}(q) - Kr \qquad (9.95)$$

其中，K、Λ、v、a 和 r 与先前给出的一样。就机器人动力学的线性参数化而言，控制(9.95)变为

$$u = Y(q,\dot{q},a,v)\hat{\theta} - Kr \qquad (9.96)$$

同时，将式(9.95)和式(9.87)联立，得到

$$M(q)\dot{r} + C(q,\dot{q})r + Kr = Y(\hat{\theta} - \theta) \qquad (9.97)$$

我们现在选择式(9.96)中的 $\hat{\theta}$ 项，如下

$$\hat{\theta} = \theta_0 + \delta\theta \qquad (9.98)$$

其中，θ_0 是一个固定的名义参数向量，$\delta\theta$ 是一个额外控制项。那么，系统(9.97)变为

$$M(q)\dot{r} + C(q,\dot{q})r + Kr = Y(q,\dot{q},a,v)(\tilde{\theta} + \delta\theta) \qquad (9.99)$$

其中，$\tilde{\theta} = \theta_0 - \theta$ 是一个常值向量，它代表系统中的参数不确定性。如果通过寻找一个非负常数 $\rho \geqslant 0$ 使得这个不确定性有界，如下

$$\|\tilde{\theta}\| = \|\theta - \theta_0\| \leqslant \rho \qquad (9.100)$$

那么，附加项 $\delta\theta$ 可以根据下式设计

$$\delta\theta = \begin{cases} -\rho \dfrac{Y^{\mathrm{T}}r}{\|Y^{\mathrm{T}}r\|}, & \|Y^{\mathrm{T}}r\| > \epsilon \\[2mm] -\dfrac{\rho}{\epsilon}Y^{\mathrm{T}}r, & \|Y^{\mathrm{T}}r\| \leqslant \epsilon \end{cases} \qquad (9.101)$$

使用与上述式(9.91)中相同的候选 Lyapunov 函数，我们可以证明跟踪误差的一致最终有界性。展开对 $\dot{V}$ 的详细计算，最终得到

$$\dot{V} = -e^{\mathrm{T}}Qe + r^{\mathrm{T}}Y(\tilde{\theta} + \delta\theta) \qquad (9.102)$$

与定理 9.1 的证明完全一样，使用式(9.101)中的控制 $\delta\theta$ 会使得跟踪误差一致最终有界。详细过程留作练习(见习题 9-14)。

将这个方法与 9.3.3 节中的方法对比，我们看到，为常值向量 $\tilde{\theta}$ 找一个常值界限 ρ 比为式(9.47)中的 η 找一个时变界限要容易很多。在这种情况下，界限 ρ 仅取决于机械臂的惯性参数，而式(9.54)中的 $\rho(x,t)$ 则取决于机械臂的状态向量和参考轨迹，此外，它还要求惯性矩阵估计 $\hat{M}(q)$ 满足一些假设。

9.4.2 基于无源性的自适应控制

在自适应控制方法中，式(9.96)中的 $\hat{\theta}$ 向量被当作对真实参数向量 θ 的一个时变估计。将控制律即式(9.95)与式(9.87)联立，得到

$$M(q)\dot{r} + C(q,\dot{q})r + Kr = Y\tilde{\theta} \qquad (9.103)$$

对参数估计 $\hat{\theta}$ 的计算，可以使用自适应控制中诸如梯度法或最小二乘法等标准方法。例如，使用下列梯度更新法则

$$\dot{\theta} = -\Gamma^{-1}Y^{\mathrm{T}}(q,\dot{q},a,v)r \tag{9.104}$$

以及如下的 Lyapunov 函数

$$V = \frac{1}{2}r^{\mathrm{T}}M(q)r + \widetilde{q}^{\mathrm{T}}\Lambda K\widetilde{q} + \frac{1}{2}\widetilde{\theta}^{\mathrm{T}}\Gamma\widetilde{\theta} \tag{9.105}$$

将得到跟踪误差全局收敛至零以及参数估计的有界性。沿系统(9.103)的轨迹计算 $\dot{V}$，我们得到

$$\dot{V} = -\widetilde{q}^{\mathrm{T}}\Lambda^{\mathrm{T}}K\Lambda\widetilde{q} - \dot{\widetilde{q}}^{\mathrm{T}}K\dot{\widetilde{q}} + \widetilde{\theta}^{\mathrm{T}}\{\Gamma\dot{\hat{\theta}} + Y^{\mathrm{T}}r\} \tag{9.106}$$

将梯度更新法则(9.104)中关于 $\dot{\hat{\theta}}$ 的表达式代入式(9.106)中，得到

$$\dot{V} = -\widetilde{q}^{\mathrm{T}}\Lambda^{\mathrm{T}}K\Lambda\widetilde{q} - \dot{\widetilde{q}}^{\mathrm{T}}K\dot{\widetilde{q}} = -e^{\mathrm{T}}Qe \leqslant 0 \tag{9.107}$$

其中，e 和 Q 的定义与前面相同，我们证明了闭环系统满足 Lyapunov 稳定性。随之可得跟踪误差 $e(t)$ 渐近收敛至零，估计误差 $\widetilde{\theta}$ 是有界的。为证明这一点，我们注意到由于式(9.107)中的 $\dot{V}$ 是非增的，$V(t)$ 的值不可能超过它在 $t=0$ 时的值。因为 V 是由非负项之和组成的，这意味着 r、$\widetilde{q}$ 和 $\widetilde{\theta}$ 各项都是时间的有界函数。

对于跟踪误差 $\widetilde{q}$ 和 $\dot{\widetilde{q}}$，我们也注意到 $\dot{V}$ 是误差向量 $e(t)$ 的二次函数。对式(9.107)两边积分，得到

$$V(t) - V(0) = -\int_0^t e^{\mathrm{T}}(\sigma)Qe(\sigma)\mathrm{d}\sigma < \infty \tag{9.108}$$

作为结果，跟踪误差向量 $e(t)$ 是一个所谓的**平方可积函数**(square integrable function)。这样的函数在某些附加的轻度限制下，当 $t\to\infty$ 时必须趋向于零。具体而言，我们可以使用附录 C 中的 Barbalat 引理。因为 $r = \dot{\widetilde{q}} + \Lambda\widetilde{q}$ 和 $\widetilde{q}$ 均已被证明是有界的，那么，可以得出 $\dot{\widetilde{q}}$ 也是有界的。因此，$\widetilde{q}$ 是平方可积的，而且它的导数是有界的。因此，当 $t\to\infty$ 时，跟踪误差 $\widetilde{q}\to0$。

要表明速度跟踪误差也收敛到零，必须使用运动方程(9.103)，由此我们可以称加速度 $\ddot{\widetilde{q}}$ 是有界的。综上可知，当参考加速度 $\ddot{q}^d(t)$ 有界时，速度误差 $\dot{\widetilde{q}}$ 渐近收敛到零。

9.5　力矩优化

在上一节中我们考虑了参数不确定性对 n 连杆机械臂控制律设计的影响，并推导了用于处理不确定或者未知惯性参数的鲁棒自适应控制律。在本节中我们将考虑在非线性控制律设计中驱动器饱和的问题。长期以来，驱动器饱和、关节柔性和摩擦一直被认为是限制机械臂性能的主要因素。驱动器饱和可以视为运动规划问题的一部分。比如，我们可以在规划目标轨迹时对速度和加速度添加限制，然后将这些限制与驱动器力矩的限制联系起来。

在本节中，我们会讨论另外一种方法，其将受驱动器饱和所限的非线性控制律设计视为无约束的力矩优化问题。取一个未受输入约束限制的普通控制律，然后寻找在给定的规范内，与其最为接近的控制律。最优控制即可通过在每一时间步中求解**二次规划问题**而得。

再次考虑 n 连杆机械臂的欧拉-拉格朗日方程

$$M(q)\ddot{q} + C(q,\dot{q})\dot{q} + g(q) = u \tag{9.109}$$

并设控制输入 $u = (u_1,\cdots,u_n)$ 有下式限制

$$u_{i,\min} \leqslant u_i \leqslant u_{i,\max}, i=1,\cdots,n \tag{9.110}$$

为简单起见，我们假设这些限制是常数。

例 9.1 考虑一个 6.4 节中的双连杆平面 RR 机械臂，设普通控制律 u_0 为逆动力学控制(9.23)，即

$$u = M(q)a + C(q,\dot{q})\dot{q} + g(q) \tag{9.111}$$

$$a = \ddot{q}^d + K_d(\dot{q}^d - q) + K_p(q^d - q) \tag{9.112}$$

其中 $q^d(t)$ 是参考轨迹。为简单起见，我们设 q^d 为关节角度中的常数步长变化，使得

$$a = K_p(q^d - q) - K_d\dot{q} \tag{9.113}$$

图 9.4 展示了力矩饱和与未饱和的情况下的关节响应，其中设

$$q_1^d = 10 \qquad q_2^d = 20 \tag{9.114}$$

$$-90 \leqslant u_1 \leqslant 90 \qquad -30 \leqslant u_2 \leqslant 30 \tag{9.115}$$

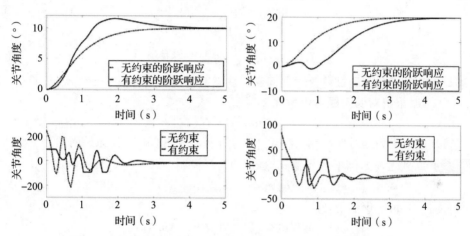

图 9.4 饱和与未饱和的逆运动学控制下的关节响应与输入力矩

可见实际的阶跃响应与理想的(无约束的)响应在超调和欠调情况下都有较大区别。

接下来，注意不等约束(9.110)可以写为

$$Nu \leqslant c$$

其中 $N \in \mathbb{R}^{2n \times n}$ 和 $c \in \mathbb{R}^{2n \times 1}$ 由下式给出

$$N = \begin{bmatrix} 1 & 0 & \cdots & 0 \\ -1 & 0 & \cdots & 0 \\ \vdots & \vdots & & \vdots \\ 0 & 0 & \cdots & 1 \\ 0 & 0 & \cdots & -1 \end{bmatrix}, c = \begin{bmatrix} u_{1,\max} \\ -u_{1,\min} \\ \vdots \\ u_{n,\max} \\ -u_{n,\min} \end{bmatrix} \tag{9.116}$$

设 u_0 为通过任意方式设计的控制律，如逆动力学控制、鲁棒控制、自适应控制等。我们在此考虑的力矩优化问题就是选择控制输入 u 以使

$$\min_u \frac{1}{2}(u - u_0)^T \Pi(u - u_0) \tag{9.117}$$

$$其中 \quad Nu \leqslant c \tag{9.118}$$

其中 Π 是一个对称正定的 $n \times n$ 矩阵，由控制设计者选择。注意 Π 并不强制要求为常数矩阵。由此对式(9.117)～式(9.118)求最小值是一个二次规划问题，并且是对每一时间 t 求解。◀

原始-对偶方法

式(9.117)～式(9.118)的优化问题被称为原始问题。原始问题是与以下优化问题等效的

$$\max_{\lambda \geqslant 0} \min_{u} \left\{ \frac{1}{2}(u-u_0)^{\mathrm{T}} \Pi (u-u_0) + \lambda^{\mathrm{T}} (Nu-c) \right\} \tag{9.119}$$

其中 $\lambda \in \mathbb{R}^n$ 是一个**拉格朗日乘子**的向量。

从式(9.119)可见关于 u 的最小化是无约束的。因此可以通过计算下式得到最小值 u^*

$$u^* = u_0 - \Pi^{-1} N^{\mathrm{T}} \lambda \tag{9.120}$$

将其代入式(9.119)中,我们可得

$$\max_{\lambda \geqslant 0} \left\{ -\frac{1}{2} \lambda^{\mathrm{T}} P \lambda - \lambda^{\mathrm{T}} d \right\} \tag{9.121}$$

其等效于

$$\min_{\lambda \geqslant 0} \left\{ \frac{1}{2} \lambda^{\mathrm{T}} P \lambda + \lambda^{\mathrm{T}} d \right\} \tag{9.122}$$

其中

$$P = N \Pi^{-1} N^{\mathrm{T}}, \quad d = c - N u_0 \tag{9.123}$$

式(9.122)中的最小化问题被称为**对偶问题**。注意对偶问题同样是一个二次规划。

在 $\lambda = \lambda^*$ 时求解**对偶问题**可得最优控制输入 u^{**}

$$u^{**} = u_0 - \Pi^{-1} N^{\mathrm{T}} \lambda^* \tag{9.124}$$

原始-对偶方法的优势是对偶问题仅有 $\lambda \geqslant 0$ 的约束,因此通常会比原始问题更易解决。

例 9.2 回到之前的例子,其中 u_0 是逆动力学控制

$$u = M(q) a + C(q, \dot{q}) \dot{q} + g(q) \tag{9.125}$$

如果我们设式(9.117)中的 Π 为

$$\Pi = M^{-1} Q M^{-1} \quad (\text{即 } \Pi^{-1} = M Q M) \tag{9.126}$$

其中 Q 是一个常数对称正定 $n \times n$ 矩阵,则最优控制律 u^{**} 可写为

$$u^{**} = u_0 - \Pi^{-1} N^{\mathrm{T}} \lambda^* \tag{9.127}$$

$$= M(q)(a - QM N^{\mathrm{T}} \lambda^*) + C(q, \dot{q}) \dot{q} + g(q) \tag{9.128}$$

◀

因此可见我们的优化策略相当于在考虑到驱动器饱和的情况下修改外环控制。这意味着普通的内环控制是不变的,也就是说我们可以将上文的力矩优化方法集成到任何控制设计方法中。

图 9.5 展示了使用通过解决对偶问题计算出的控制律(9.128)的关节响应和关节力矩。无约束控制的跟踪性能基本恢复。

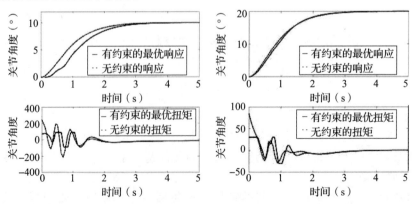

图 9.5   用式(9.128)求得的最优关节轨迹和输入力矩与未饱和案例对比

9.6 本章总结

在本章中，我们讨论了机械臂的非线性控制问题。我们建立了带有刚性关节和柔性关节的机器人的模型。然后，我们开发了多种控制算法，并讨论了它们各自的优点和缺点，以及算法的实施。我们讨论的算法包括：PD 控制、逆动力学方法，以及基于无源性的控制。此外，我们展示了如何构造后两种方法的鲁棒和自适应版本。

被控对象模型

带有刚性关节和柔性关节的机器人模型分别为：

$$M(q)\ddot{q}+C(q,\dot{q})\dot{q}+g(q)=u$$
$$D(q_1)\ddot{q}_1+C(q_1,\dot{q}_1)\dot{q}_1+g(q_1)+K(q_1-q_2)=0$$
$$J\ddot{q}_2+K(q_2-q_1)=u$$

比例-微分控制

在关节空间内的比例-微分控制律具有如下形式

$$u=-K_P\tilde{q}-K_D\dot{q}$$

在重力向量 $g(q)=0$ 时，可以通过使用下述的候选 Lyapunov 函数和 LaSalle 定理来证明对刚性模型的全局渐近跟踪。

$$V=1/2\dot{q}^T M(q)\dot{q}+1/2\tilde{q}^T K_P\tilde{q}$$

带有重力补偿的比例-微分控制

当有重力作用时，下列比例-微分加重力补偿算法，也可得到对刚性模型的全局渐近跟踪。

$$u=-K_P\tilde{q}-K_D\dot{q}+g(q)$$

关节空间内的逆动力学

逆动力学控制法包括以下两个表达式：第一个是**内环**控制，第二个是**外环**控制。

$$u=M(q)a_q+C(q,\dot{q})\dot{q}+g(q)$$
$$a_q=\ddot{q}^d(t)-K_0\tilde{q}-K_1\dot{\tilde{q}}$$

逆动力学控制算法最终得出一个线性解耦的闭环系统

任务空间内的逆动力学

我们展示了下式中经过改进的外环项，它能在任务空间坐标 X 中生成一个线性解耦系统，其中，X 是 $SE(3)$ 的一个最小表示，而 J 是分析雅可比矩阵。

$$a_q=J^{-1}\{a_X-\dot{J}\dot{q}\}$$
$$a_X=\ddot{X}^d-K_0(X-X^d)-K_1(\dot{X}-\dot{X}^d)$$

鲁棒逆动力学

对于鲁棒逆动力学控制，我们提出了一个基于 Lyapunov 的方法，如下所示

$$u=\hat{M}(q)a_q+\hat{C}(q,\dot{q})\dot{q}+\hat{g}(q)$$

其中，$\hat{M}$、$\hat{C}$ 和 $\hat{g}(q)$ 分别是 M、C 和 g 的表征值。由上式我们推导出状态空间模型

$$\dot{e}=Ae+B\{\delta a+\eta\}$$

其中，η 表示由非线性环节的不完全抵消而带来的不确定性，同时有

$$A=\begin{bmatrix} 0 & I \\ -K_0 & -K_1 \end{bmatrix},\quad B=\begin{bmatrix} 0 \\ I \end{bmatrix}$$

选取附加输入 δa 如下

$$\delta a = \begin{cases} -\rho(e,t)\dfrac{B^\mathrm{T}Pe}{\|B^\mathrm{T}Pe\|}, & \|B^\mathrm{T}Pe\|>\epsilon \\[3mm] -\dfrac{\rho(e,t)}{\epsilon}B^\mathrm{T}Pe, & \|B^\mathrm{T}Pe\|\leqslant\epsilon \end{cases}$$

它被证明可以实现所有轨迹的一致最终有界。这是渐近稳定的一个实用概念，在于可以使跟踪误差变小。

自适应逆动力学

逆动力学控制的自适应版本，最终得到具有下列形式的一个系统

$$\dot{e}=Ae+B\Phi\tilde{\theta}$$

$$\dot{\hat{\theta}}=-\Gamma^{-1}\Phi^\mathrm{T}B^\mathrm{T}Pe$$

其中，θ 表示未知参数（质量、转动惯性，等等）。上述第二个公式被用于在线参数估计。下述的 Lyapunov 候选函数，可被用来证明跟踪误差会渐近收敛至零，以及参数估计误差的有界性。

$$V=e^\mathrm{T}Pe+\frac{1}{2}\tilde{\theta}^\mathrm{T}\Gamma\tilde{\theta}$$

基于无源性的鲁棒控制

在处理完逆动力学后，我们紧接着介绍了基于无源性的控制概念。这种方法利用机器人动力学的无源性质，而不是像逆动力学方法里那样试图抵消非线性。我们提出了一个如下形式的算法

$$u=\hat{M}(q)a+\hat{C}(q,\dot{q})v+\hat{g}(q)-Kr$$

其中，v、a 和 r，给出如下

$$v=\dot{q}^d-\Lambda\tilde{q}$$
$$a=\dot{v}=\ddot{q}^d-\Lambda\dot{\tilde{q}}$$
$$r=\dot{q}-v=\dot{\tilde{q}}+\Lambda\tilde{q}$$

而 K 是正值增益的一个对角矩阵。这样，得到一个闭环系统，如下

$$M(q)\dot{r}+C(q,\dot{q})r+Kr=Y(\hat{\theta}-\theta)$$

在基于无源性的鲁棒控制方法中，选取 $\hat{\theta}$ 项如下

$$\hat{\theta}=\theta_0+\delta\theta$$

其中，θ_0 是一个固定的表征参数向量，同时 $\delta\theta$ 是一个附加输入项。附加项 $\delta\theta$ 可根据以下方式来设计

$$\delta\theta = \begin{cases} -\rho\dfrac{Y^\mathrm{T}r}{\|Y^\mathrm{T}r\|}, & \|Y^\mathrm{T}r\|>\epsilon \\[3mm] -\dfrac{\rho}{\epsilon}Y^\mathrm{T}r, & \|Y^\mathrm{T}r\|\leqslant\epsilon \end{cases}$$

其中，ρ 是参数不确定性的界限。使用下述 Lyapunov 候选函数，可以得出跟踪误差的一致最终有界的结论

$$V=\frac{1}{2}r^\mathrm{T}M(q)r+\tilde{q}^\mathrm{T}\Lambda K\tilde{q}$$

基于无源性的自适应控制

在这种方法的自适应版本中，我们推导出了下述系统

$$M(q)\dot{r}+C(q,\dot{q})r+Kr=Y\tilde{\theta}$$

$$\dot{\hat{\theta}}=-\Gamma^{-1}Y^\mathrm{T}(q,\dot{q},a,v)r$$

并使用下述 Lyapunov 候选函数

$$V = \frac{1}{2} r^{\mathrm{T}} M(q) r + \widetilde{q}^{\mathrm{T}} \Lambda K \widetilde{q} + \frac{1}{2} \widetilde{\theta}^{\mathrm{T}} \Gamma \widetilde{\theta}$$

来证明跟踪误差全局收敛到零，以及参数估计的有界性。

力矩优化

最后，我们考虑了驱动器饱和的问题，并为此制定了一个减少输入饱和引起的跟踪误差的优化方法。在存在以任意方法得到的普通控制 u_0 时，实际的控制 u 是由逐点求解一个二次规划问题得到的

$$\min_{u} \frac{1}{2} (u - u_0)^{\mathrm{T}} \Pi (u - u_0)$$

$$其中 \; Nu \leqslant c$$

约束 $Nu \leqslant c$ 是输入力矩上的约束。我们证明上述力矩优化的实现只需要修改外环控制项即可实现。

习题

9-1　对式(9.6)中给出的系统，验证其参数的反对称性、无源性，以及参数线性化等属性。根据 $D(q)$ 的界限来计算惯量矩阵 $M(q)$ 的界限。证明 $M(q)$ 是正定的。

9-2　使用式(9.15)和式(9.16)来推导带有柔性关节的一个 n 连杆机械臂所对应的拉格朗日算子。从它出发推导出运动方程(9.18)。

9-3　对于没有重力项的柔性关节机器人，使用 Lyapunov 候选函数(9.20)以及 LaSalle 定理来完成对比例-微分控制稳定性的证明。证明在稳态时有 $q_1 = q_2$。

9-4　给定由式(9.18)定义的柔性关节模型，以及比例-微分控制律(9.19)。有重力作用时，q_1 和 q_2 的稳态值是多少？在有重力作用的情况下，如何定义参考位置 q^d？

9-5　假设由式(9.19)给出的比例-微分控制律，通过使用下列连接变量来实现

$$u = K_P \widetilde{q} - K_D \dot{q}_1$$

其中，$q = q_1 - q^d$。证明平衡点 $\widetilde{q} = 0 = \dot{q}_1$ 是不稳定的。

提示：使用 Lyapunov 第一种方法，也就是，证明对于线性化系统，平衡点是不稳定的。

9-6　对于双连杆机械臂(我们在第 6 章中推出了它的运动方程)，仿真其逆动力学控制律。研究当有输入力矩约束时，将会发生什么。

9-7　对于习题 9-6 中的系统，如果在逆动力学控制律中去掉科里奥利项和离心项，以便加快计算速度，系统的响应将会发生什么变化？如果连杆质量参数用了不正确的取值，将会发生什么？通过计算机模拟仿真进行研究。

9-8　展开详细推导，从而得出不确定性系统(9.46)和式(9.47)。

9-9　考虑图 9.6 中的两连杆 RP 机械臂。证明其关于第一个连杆的旋转惯性并不是一个包含平动关节 d_2 的方程。讨论这一证明对鲁棒控制的影响。

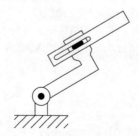

图 9.6　双连杆 RP 机械臂

9-10　在习题 9-7 中的控制律中添加一个外环矫正项 δa 以克服不确定性所带来的影响。像 9.3.3 节中那样，基于 Lyapunov 第二种方法进行设计。

9-11　使用机器人动力学的参数线性化性质，推导误差方程(9.79)。

9-12　验证式(9.85)中 $\dot{V}$ 的表达式。

9-13　考虑耦合非线性系统

$$\ddot{y}_1 + 3y_1 y_2 + y_2^2 = u_1 + y_2 u_2$$

$$\ddot{y}_2 + \cos y_1 \dot{y}_2 + 3(y_1 - y_2) = u_2 - 3(\cos y_1)^2 y_2 u_1$$

其中 u_1 和 u_2 为输入，而 y_1 和 y_2 为输出。

a) 状态空间的维度是多少？

b) 选择状态变量，并将系统写成状态空间中的一组一阶微分方程。

c) 求解一个逆动力学控制，使得闭环系统是线性解耦的，其中，每个子系统的自然频率为 10rad/s，并且阻尼系数为 1/2。

9-14　对于将式(9.95)中给出的基于无源性的鲁棒控制律用于刚性机器人模型，完成最终一致有界性的证明。

9-15　证明不等式(9.59)。

附注与参考

　　机器人机械臂运动控制中的很多基本理论问题，在 20 世纪 80 年代中期到 20 世纪 90 年代初期的深入研究中得到了解决；在此阶段中，研究人员首先开始利用机械臂动力学的结构特性，例如反馈线性化、反对称性和无源性、多时间尺度行为以及其他特性。关于这些主题更为深入的介绍，读者可以参考[167]和[32]。

　　在机械臂的 PD 和 PID 控制领域内，最早的结果见于[174]。这些结果是基于机器人动力学的汉密尔顿方程，并且有效地利用了无源性质。将能量作为一个 Lyapunov 函数在[78]中有描述。

　　在[128]、[172]和[173]中，关节柔性问题首次被带到机器人研究的前沿。本章中的用来描述柔性关节机器人动力学的模型，出自[165]。

　　关于计算力矩的最早结果出现在[110]和[136]中。在[104]中提出了一个相关方法，它被称为**分解运动加速度控制**(resolved motion acceleration control)。在[83]中，所有这些控制策略被用来和逆动力学方法做对比，它们被证明是基本等价的。

　　这里讲到的鲁棒逆动力学控制策略与[28]中的通用方法关系密切。此方法最早应用在机械臂控制问题是在[31]和[168]。这种技术与所谓的**滑模控制法**(method of sliding mode)密切相关，并且在[154]中被用于机械臂的控制。关于 1990 年前的机器人鲁棒控制的完整综述可以在[1]中找到。从操作者理论角度出发的鲁棒控制的其他结果见[170]和[58]。本书中的无源性鲁棒控制的结果出自[166]。[53]讨论了机械臂的惯性矩阵是否有界。

　　本章介绍的自适应逆动力学控制的结果出自[29]。该领域内的其他著名结果出自[114]。机械臂无源性自适应控制的第一个结果出自[67]和[153]。本章中介绍的 Lyapunov 稳定性出自[161]。从无源角度出发的对于自适应机械臂控制的统一处理是在[131]中提出的。基于无源性的其他工作有[19]和[12]。

　　对于这里考虑的自适应控制方法，其中的一个问题是所谓的**参数漂移**(parameter drift)问题。Lyapunov 稳定性证明表明参数估计是有界的，但也不能保证估计的参数可以收敛到真实值。可以证明：估计参数可以收敛到真实参数，如果参考轨迹满足下述**持续激励**(persistency of excitation)条件

$$\alpha I \leqslant \int_{t_0}^{t_0+T} Y^{\mathrm{T}}(q^d, \dot{q}^d, \ddot{q}^d) Y(q^d, \dot{q}^d, \ddot{q}^d) \mathrm{d}t \leqslant \beta I \tag{9.129}$$

上式对于所有的 t_0 成立，其中 α、β 以及 T 均为正的常数。

力 控 制

在前面的章节中，我们讨论了使用各种基础控制方法和高等控制方法来实现跟踪运动轨迹的问题。这些位置控制方法足够胜任诸如物料传输和点焊等任务，其中，机械臂与工作区间（以下称为**环境**）之间的相互作用并不显著。然而，在诸如装配、研磨和去毛刺等任务中，涉及与环境之间广泛的接触的情况下，控制机械臂与环境之间的相互**作用力**⊖而非简单地控制末端执行器的位置，往往能实现更好的效果。例如，考虑使用机械臂清洗窗户或使用毡尖标记笔来书写。在这两种情况下，纯位置控制方法并不可行。末端执行器与规划轨迹之间的微小偏差就可能导致机械臂与物体表面脱离接触或在接触面上施加过强的压力。对于机器人这样的高刚度结构，微小的位置误差可能会导致非常大的作用力以及灾难性的后果（窗户破碎、笔受损、末端执行器受损，等等）。上述应用非常典型，它们同时涉及力控制和轨迹控制。例如，在清洗窗户这一应用中，显然需要同时控制垂直于窗户表面的力以及力在窗户表面上的位置。

我们首先介绍**自然约束**和**人工约束**的概念，它允许将给定任务划分为位置控制和力控制两个方向，类似于上面清洗窗户的例子。然后，我们介绍可用于表示机器人/环境交互的**网络模型**。这些网络模型与电路理论中使用的网络模型相似，实际上，我们使用两个常用的电路模型——**戴维南**（Thévenin）和**诺顿**（Norton）等效网络——对机器人和环境进行建模，然后就可以将机器人/环境的交互本质上视为**阻抗匹配**问题。然后，我们使用动力学模型和先前章节的逆动力学控制结果将交互作用力包含在机器人的任务空间动力学中。我们将详细介绍两种常见的机器人作用力控制设计方法，即**阻抗控制**和**混合阻抗控制**。阻抗控制允许修改环境所看到的机器人的表观惯性——刚度和阻尼。混合阻抗控制又向前迈进了一步，除了指定机器人/环境阻抗外，它还可以控制机器人的位置或接触力。

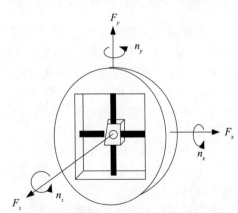

力和力矩的传感

力控制策略是基于检测得到的力来修改位置轨迹的一种策略。对于力反馈，主要有三种类型的传感器：**腕力**（wrist force）传感器、**关节力矩**（joint torque）传感器、**触觉**（tactile）或手传感器。图 10.1 中给出了一个腕力传感器，它由一个应变片阵列组成，可以测定力向量沿传感器坐标系轴线的三个分量以及力矩沿这些轴线的三个分量。关节力矩传感器由位于驱动器轴的应变片组成。触觉传感器通常位于夹持器的手指部分，它可被用于测量夹紧力以及形状检测。对于控制末端执行器/环境之间相互作用这

图 10.1　腕力传感器。一个应变片阵列提供了关于传感器本地坐标系的力和力矩

⊖　下文中，我们使用力表示力和/或力矩，位置表示位置和/或方向。

一目的，六轴腕力传感器通常会给出最好的结果，因此，我们今后假定机械臂中配备有这样的装置。

10.1 坐标系和约束

力控制任务可以从机器人/环境相互作用而施加的约束的角度来理解。机械臂在其工作空间中的自由空间内运行时，其运动不受约束，同时它不能施加任何力，这是因为环境中没有施加作用力的来源。在这种情况下，腕力传感器仅能记录由于末端执行器加速而引起的惯性力。一旦机械臂与环境（如图 10.2 中的刚性表面）发生接触，由于机械臂无法穿越环境表面，因此会失去一个或多个运动自由度。同时，机械臂能够对环境施加作用力。

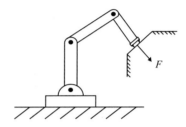

图 10.2 机器人的末端执行器与刚性表面接触。表面阻止了末端执行器在表面垂直方向上的运动，从而产生了机器人和环境之间的交互作用力

10.1.1 对偶基

为了描述机器人/环境之间的相互作用，令 $\xi=[v,\omega]$ 表示末端执行器的瞬时线速度和瞬时加速度，同时令 $F=[f,n]$ 表示作用在末端执行器上的瞬时力和瞬时力矩。向量 ξ 和 F 均为六维向量空间中的元素，我们分别将运动空间和力空间记为 $\mathcal{M}$ 和 $\mathcal{F}$。在高等书籍[118]中，向量 ξ 和 F 分别被称为**运动旋量**（twist）和**力旋量**（wrench），不过，为了简单起见，我们将继续将它们简称为速度和力。

定义 10.1 1. 如果 $\{e_1,\cdots,e_6\}$ 是向量空间 $\mathcal{M}$ 中的一个坐标基，同时 $\{f_1,\cdots,f_6\}$ 是向量空间 $\mathcal{F}$ 中的一个坐标基，如果它们满足下式，我们称这些坐标基向量是**对偶的**（reciprocal）

$$e_i^{\mathrm{T}}f_j=0, \quad i\neq j \tag{10.1}$$
$$e_i^{\mathrm{T}}f_j=1, \quad i=j$$

2. 一个运动旋量 $\xi\in\mathcal{M}$ 和一个力旋量 $F\in\mathcal{F}$，如果满足下列关系，就可被称为对偶的

$$\xi^{\mathrm{T}}F=v^{\mathrm{T}}f+\omega^{\mathrm{T}}n=0 \tag{10.2}$$

运动旋量是每种位形 q 处切线空间 $T_q\mathcal{Q}$ 的元素，而力旋量是对偶切线空间 $T_q^*\mathcal{Q}$ 的元素。式(10.2)表明运动旋量和力旋量在每个 $q\in\mathcal{Q}$ 处是正交的。使用对偶基向量的优点是，乘积 $\xi^{\mathrm{T}}F$ 相对于从一个对偶坐标系到另一个对偶坐标系的基本线性变换是不变的。因此，方程(10.2)给出的**对偶条件**（reciprocity condition）相对于 $\mathcal{M}$ 和 $\mathcal{F}$ 的对偶坐标基保持不变。下面我们将说明如何利用方程(10.2)给出的对偶关系设计参考输入来执行运动和力控制任务。

在 $SO(3)$ 和 $SE(3)$ 上的度量

由于 $\mathcal{M}$ 和 $\mathcal{F}$ 分别为六维向量空间，我们希望使用 $\mathbb{R}^6$ 来确定每个向量空间。然而，事实证明，对于属于 $\mathcal{M}$ 和 $\mathcal{F}$ 的向量 ξ_i 和 F_i，诸如 $\xi_1^{\mathrm{T}}\xi_2$ 或 $F_1^{\mathrm{T}}F_2$ 之类的内积表达式并不一定会被很好地定义。例如，表达式

$$\xi_1^{\mathrm{T}}\xi_2=v_1^{\mathrm{T}}v_2+\omega_1^{\mathrm{T}}\omega_2 \tag{10.3}$$

相对于 $\mathcal{M}$ 中单位或坐标基的选择并非保持不变。

例 10.1 假设

$$\xi_1=[v_1,\omega_1]=[1,1,1,2,2,2]$$
$$\xi_2=[v_2,\omega_2]=[2,2,2,-1,-1,-1]$$

其中，线速度的单位是(m/s)，而角速度的单位为(rad/s)。那么显然，$\xi_1^\mathrm{T}\xi_2=0$，因此可以推断，ξ_1 和 ξ_2 是 M 中的正交向量。然而，现在假设线速度的单位为(cm/s)。那么，

$$\xi_1=[1\times10^2,1\times10^2,1\times10^2,2,2,2]^\mathrm{T}$$
$$\xi_2=[2\times10^2,2\times10^2,2\times10^2,-1,-1,-1]^\mathrm{T}$$

且很明显 $\xi_1^\mathrm{T}\xi_2\neq0$。因此，通常概念上的正交性在 M 中是没有意义的。◀

备注 10.1　可以定义类似内积的运算，即 M 和 F 上具有必要不变性的对称双线性形式。这些运算被称为 **Klein 形式** $KL(\xi_1,\xi_2)$ 以及 **Killing 形式** $KI(\xi_1,\xi_2)$，分别通过下式定义

$$KL(\xi_1,\xi_2)=v_1^\mathrm{T}\omega_2+\omega_1^\mathrm{T}v_2 \tag{10.4}$$
$$KI(\xi_1,\xi_2)=\omega_1^\mathrm{T}\omega_2 \tag{10.5}$$

可证，等式 $KL(\xi_1,\xi_2)=0$(以及 $KI(\xi_1,\xi_2)=0$)与被选来表示 ξ_1 和 ξ_2 的单位或坐标基无关。例如，$KI(\xi_1,\xi_2)=0$ 这一条件表示用于定义 ω_1 和 ω_2 的旋转轴线是正交的。然而对这些概念的详细讨论超出了本书的范围。正如一些读者所怀疑的那样，对这些概念进行仔细处理的需求与 $SO(3)$ 的几何结构有关，如我们之前在其他情况下所见。

10.1.2　自然约束和人工约束

在本节中，我们讨论所谓的**自然约束**，它由式(10.2)中给出的对偶条件来定义。然后，我们讨论**人工约束**，它被用来定义用于运动和力控制任务的参考输入。

我们首先定义一个所谓的**柔性坐标系** $o_cx_cy_cz_c$，它也被称为**约束坐标系**，在该坐标系中容易描述将要执行的任务。例如，在清洗窗户的应用中，我们可以在工具处定义一个坐标系，其 z_c 轴沿表面法线方向。那么，要完成的任务可以表述为在 z_c 方向保持恒定力，同时跟随 x_c-y_c 平面中的一条预定轨迹。z_c 方向的这个位置约束源自刚性表面的存在，它是一个自然约束。另外，机器人施加在刚性表面 z_c 方向的力不受环境的制约。那么，z_c 方向的期望力将被视为一个必须由控制系统保持的人工约束。类似地，当窗户阻挡了在 z_c 方向上的运动时，它不会阻挡在 x_c 和 y_c 方向上的运动。擦窗户这一应用就可以通过在 x_c-y_c 平面上确定一条期望轨迹来实现，这就是人工约束。

图 10.3 中给出了一个典型任务，即轴孔装配问题。如图所示，相对于处于轴末端的柔性坐标系 $o_cx_cy_cz_c$，我们可以为 M 和 F 选取 $\mathbb{R}^6$ 中的标准正交基，在这种情况下，

$$\xi^\mathrm{T}F=v_xf_x+v_yf_y+v_zf_z+\omega_xn_x+\omega_yn_y+\omega_zn_z \tag{10.6}$$

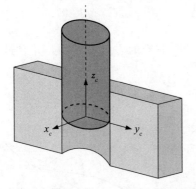

自然约束	人工约束
$v_x=0$	$f_x=0$
$v_y=0$	$f_y=0$
$f_z=0$	$v_z=v_d$
$\omega_x=0$	$n_x=0$
$\omega_y=0$	$n_y=0$
$n_z=0$	$\omega_z=0$

图 10.3　将一个轴插入孔中，展示了由环境施加的自然约束和设计者选择的人工约束

如果我们假设孔和轴的外壁是完全刚性的，并且没有摩擦力，则易见

$$v_x=0,\quad v_y=0,\quad f_z=0$$

$$\omega_x = 0, \quad \omega_y = 0, \quad n_z = 0 \tag{10.7}$$

式(10.7)中的关系被称为自然约束，因为它们是由环境施加的。例如，孔壁会阻止沿 x_c 和 y_c 方向的运动，从而产生自然约束 $v_x = 0$ 和 $v_y = 0$。另外，没有什么条件会阻止轴绕 z_c 轴旋转，因此，对 ω_z 没有自然约束。每一个自然约束都可以从任务的几何结构中推断出来。

有了上述的自然约束，易见对偶性条件 $\xi^{\mathrm{T}} F = 0$ 对任何 F 都成立。考虑式(10.6)，可见变量

$$f_x, f_y, v_z, n_x, n_y, \omega_z \tag{10.8}$$

不受环境约束。换句话说，给定式(10.7)的自然约束，对偶性条件 $\xi^{\mathrm{T}} F = 0$ 对于式(10.8)中上述变量的所有值均成立。因此，我们可以为这些变量任意分配参考值，称为**人工约束**，其背后的思想是控制系统应执行这些人工约束，以执行手头的任务。例如，在轴孔装配任务中，我们指定 $f_x = f_y = 0$，以防止机器人对无法产生运动的孔的侧面施加力。同样，由于在 z_c 方向上的运动没有自然约束，因此我们可以将 $v_c = v_d$ 作为销钉插入孔中的理想速率。式(10.9)给出了一组用于轴孔插入任务的人工约束

$$f_x = 0, \quad f_y = 0, \quad v_z = v^d$$
$$n_x = 0, \quad n_y = 0, \quad \omega_z = 0 \tag{10.9}$$

图 10.3 总结了这些自然和人工约束。

作为第二个例子，图 10.4 展示了转动曲柄任务中的自然和人工约束。读者可以试着验证列出的自然约束，并对选择的人工约束做出讨论。

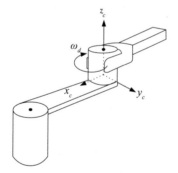

自然约束	人工约束
$v_x = 0$	$f_x = 0$
$f_y = 0$	$v_y = 0$
$v_z = 0$	$f_z = 0$
$\omega_x = 0$	$n_x = 0$
$\omega_y = 0$	$n_y = 0$
$n_z = 0$	$\omega_z = \omega_d$

图 10.4 转动曲柄的任务，以及相应的自然约束和人工约束

10.2 网络模型和阻抗

对偶条件 $\xi^{\mathrm{T}} F = 0$ 表示约束力在与运动约束兼容的方向不做功，并且该结论在机器人和环境内没有摩擦且都为完全刚性的理想条件下成立。在实践中，机器人/环境之间的柔性和摩擦力将会改变运动约束和力约束之间的严格分离。

例如，考虑图 10.5 中的情形。由于环境在受力时会变形，此时显然有垂直于表面的力和运动。因此，在此方向的乘积 $\xi(t)$ $F(t)$ 将不为零。令 k 表示表面刚度，使得 $F = kx$。

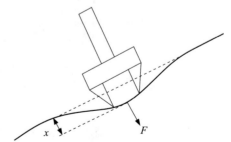

图 10.5 一个接触柔性环境的机器人。表面的形变允许与表面垂直的运动和力

那么

$$\int_0^t \xi(u)F(u)\mathrm{d}u = \int_0^t \dot{x}(u)kx(u)\mathrm{d}u = k\int_0^t \frac{\mathrm{d}}{\mathrm{d}u}\frac{1}{2}kx^2(u)\mathrm{d}u$$
$$= \frac{1}{2}k(x^2(t)-x^2(0))$$

表示由材料变形而引起的势能变化。环境刚度 k 确定了生成一个给定运动所需要的力。刚度值 k 越大，环境对末端执行器运动的"阻碍"越强。

在本节中，我们介绍**机械阻抗**(mechanical impedance)，它抓住了力和运动之间的关系。我们引入所谓的**网络模型**，这些模型在模拟机器人与环境之间的相互作用时特别有用。

我们可以将机器人与环境的相互作用建模为一个**单端口网络**，如图 10.6 所示。机器人与环境的动力学决定了**端口变量**（分别为 V_r、F_r、V_e、F_e）之间的关系。力 F_r 和力 F_e 被称为**力变量**(effort variable)或**跨接变量**(across variable)，而 V_r 和 V_e 则被称为**流变量**(flow variable)或**贯穿变量**(through variable)。在这种描述下，端口变量 $V^{\mathrm{T}}F$ 表示瞬时**功率**(power)，而这个乘积的积分

$$\int_0^t V^{\mathrm{T}}(\sigma)F(\sigma)\mathrm{d}\sigma$$

是网络在 $[0,t]$ 时间间隔内耗散的**能量**(energy)。

然后，机器人和环境之间通过相互作用端口耦合起来，如图 10.7 所示，它描述了机器人与环境之间的能量交换。

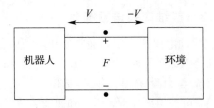

图 10.6　单端口网络可以被视为系统的黑盒，描述了端口变量之间的关系

图 10.7　建模为单端口网络之间连接的机器人/环境交互

10.2.1　阻抗操作符

力变量和流变量之间的关系可以通过**阻抗操作符**(impedance operator)来描述。对于线性时不变系统，我们可以使用 s 域或拉氏域来定义阻抗。

定义 10.2　对于图 10.6 中的单端口网络，其阻抗 $Z(s)$ 可被定义为力变量的拉普拉斯变换与流变量的拉普拉斯变换之间的比率，如下

$$Z(s) = \frac{F(s)}{V(s)} \tag{10.10}$$

例 10.2　假设一个质量-弹簧-阻尼系统可以通过下列微分方程来描述

$$M\ddot{x} + B\dot{x} + Kx = F \tag{10.11}$$

对两边取拉普拉斯变换（假设零初始条件），可知

$$Z(s) = F(s)/V(s) = Ms + B + K/s \tag{10.12}$$

◀

10.2.2　阻抗操作符的分类

从直观上讲，不同类型的环境将决定不同的控制策略。例如，我们在清洗窗户的例子

中看到，纯位置控制很难与非常硬的环境相接触。同样，如果环境非常柔软，相互作用力也将难以控制。在本节中，我们介绍对机器人和环境阻抗操作符进行分类的术语，它们在后续分析中将要用到。

定义 10.3　带有拉普拉斯变量 s 的阻抗 $Z(s)$ 被称为

1. **惯性的**(inertial)，当且仅当 $|Z(0)|=0$。
2. **阻性的**(resistive)，当且仅当 $|Z(0)|=B$，其中 B 为常数，且 $0 < B < \infty$。
3. **容性的**(capacitive)，当且仅当 $|Z(0)|=\infty$。

例 10.3　图 10.8 给出了不同环境类型的示例。图 10.8a 表示光滑表面上的一个质量块。其阻抗是 $Z(s)=Ms$，它是惯性的。图 10.8b 表示一个质量块在阻尼为 B 的黏性介质中移动。此时，$Z(s)=Ms+B$，它是阻性的。图 10.8c 表示刚度系数为 K 的一个线性弹簧。$Z(s)=K/s$，它是容性的。

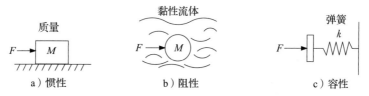

图 10.8　惯性环境、阻性环境以及容性环境的例子　◀

10.2.3　戴维南和诺顿等效

在线性电路理论中，通常使用所谓的戴维南和诺顿等效电路来进行分析和设计。容易证明，任何由无源元件(电阻、电容、电感)和电流或电压源组成的单端口网络，可以表示为一个阻抗 $Z(s)$ 与力源(戴维南等效)的串联，或者一个阻抗 $Z(s)$ 与流源(诺顿等效)的并联。独立源 F_s 和 V_s 可被用来分别表示力和速度的参考信号发生器，或者表示外部干扰，见图 10.9。

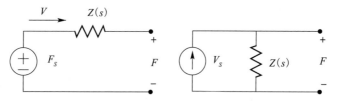

图 10.9　戴维南和诺顿等效网络

10.3　任务空间内的动力学和控制

由于机械臂的任务(如抓取物件或在轴孔装配中将轴插入孔中)经常相对于末端执行器来指定，很自然地，我们将在任务空间而非关节空间中推导控制算法。

当机械臂与环境接触时，必须对第 6 章中的动力学方程进行修改，从而包括对应于末端执行器作用力 F_e 的反作用力矩 $J^{\mathsf{T}}F_e$，其中 J 是机械臂的雅可比矩阵。因此，在任务空间内，机械臂改进后的运动方程为

$$M(q)\ddot{q}+C(q,\dot{q})\dot{q}+g(q)+J^{\mathsf{T}}(q)F_e=u \tag{10.13}$$

让我们考虑一个改进的逆动力学控制律，它具有如下形式

$$u=M(q)a_q+C(q,\dot{q})\dot{q}+g(q)+J^{\mathsf{T}}(q)a_f \tag{10.14}$$

其中，a_q 和 a_f 分别是外环控制中具有加速度和力的单位的参数。使用第 9 章中导出的关

节空间和任务空间之间的关系式，有

$$\ddot{x} = J(q)\ddot{q} + \dot{J}(q)\dot{q} \tag{10.15}$$

$$a_x = J(q)a_q + \dot{J}(q)\dot{q} \tag{10.16}$$

我们将式(10.14)～式(10.16)代入式(10.13)中，得到

$$\ddot{x} = a_x + W(q)(F_e - a_f) \tag{10.17}$$

其中，$W(q) = J(q)M^{-1}(q)J^{\mathrm{T}}(q)$ 被称为**运动性张量**(mobility tensor)。

假设 a_x 仅是位置和速度的函数，a_f 仅是力的函数，上述假设可将位置控制和力控制分离，从而具有概念上的优势。然而，为简单起见，我们将取 $a_f = F_e$ 来抵消环境力，从而恢复任务空间中的双积分系统

$$\ddot{x} = a_x \tag{10.18}$$

并且我们将假设任何附加的力反馈项都被包含在外环项 a_x 中。只要雅可比矩阵($W(q)$)是可逆的，这并不失一般性。在本章的后续部分，这一点将会变得明确起来。

10.3.1　阻抗控制

在本节中，我们将讨论**阻抗控制**的概念。我们首先通过一个例子来简单说明力反馈的效果。

例 10.4 考虑图 10.10 中的一维系统，一个处于光滑表面上的块 M 受到环境力 F 和控制输入 u 的作用。这个系统的运动方程为

$$M\ddot{x} = u - F \tag{10.19}$$

当 $u = 0$ 时，物体"对环境呈现出"一个质量为 M 的纯惯性环节。假设控制输入 u 被选作一个力反馈控制项 $u = -mF$。那么，闭环系统为

$$M\ddot{x} = -(1+m)F \Rightarrow \frac{M}{1+m}\ddot{x} = -F \tag{10.20}$$

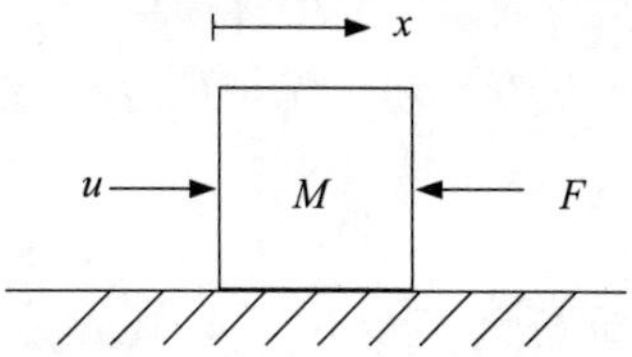

因此，现在物体对环境呈现出一个质量为 $M/(1+m)$ 的惯性环节。因此，力反馈具有改变系统的**表征惯量**(apparent inertia)的效果。◀

图 10.10　在光滑平面上受到力 F 影响的块 M

阻抗控制背后的思路是通过与上例中类似的力反馈来调节表征惯量、阻尼和刚度。例如，在研磨操作中，一种可能有用的操作是减少末端执行器在工件垂直方向的表征刚度，从而避免过大的法向压力。

下一步，我们将表明在标准的内环/外环控制结构中，可以通过合理选择式(10.18)中的外环项 a_x 来实现阻抗控制。令 $x^d(t)$ 表示定义在任务空间坐标系内的一个参考轨迹，令 M_d、B_d、K_d 分别代表期望惯量、阻尼以及刚度的 6×6 矩阵，令 $\tilde{x}(t) = x(t) - x^d(t)$ 表示任务空间中的跟踪误差，同时设定

$$a_x = \ddot{x}^d - M_d^{-1}(B_d\dot{\tilde{x}} + K_d\tilde{x} + F) \tag{10.21}$$

其中，F 是测量得到的环境力。将式(10.21)代入式(10.18)中，得到下列闭环系统

$$M_d\ddot{\tilde{x}} + B_d\dot{\tilde{x}} + K_d\tilde{x} = -F \tag{10.22}$$

上式可实现末端执行器期望的阻抗特性。注意到，对于 $F = 0$，系统实现了对参考轨迹 $x^d(t)$ 的跟踪；而对于环境力非零的情形，不一定能实现跟踪。我们将在下节中解决这个难点。

10.3.2　混合阻抗控制

在本节中，我们将介绍**混合阻抗控制**(hybrid impedance control)这一概念。我们再次

将式(10.18)给出的线性解耦系统作为起点。前一节中的阻抗控制表达式与环境动力学相独立。一个合理的期望是：通过将环境动态特性模型加入设计中，从而得到更强的结果。例如，下面我们将说明如何控制机械臂的阻抗，同时对位置或力进行调节，而这些在式(10.21)中给出的纯阻抗控制律中无法实现。

我们考虑如下所示的一维系统，它代表式(10.18)外环系统中的一个分量

$$\ddot{x}_i = a_{x_i} \tag{10.23}$$

为了简单起见，我们从此去掉脚标 i。我们假设该方向的环境阻抗 Z_e 是已知且固定的。机器人的阻抗 Z_r 是通过所述控制输入而确定的。根据对环境阻抗的惯性、阻性或容性分类，混合阻抗控制的设计可按下列形式进行：

1. 如果环境阻抗 $Z_e(s)$ 是容性的，则使用诺顿网络表示，否则使用戴维南网络表示[-]。

2. 选择所期望的机器人阻抗 $Z_r(s)$，并将其表示为环境阻抗的**对偶**(dual)。戴维南和诺顿网络被认为是彼此对偶的。这意味着机器人的阻抗 $Z_r(s)$ 在 $Z_e(s)$ 为容性时是非容性的(同理在 $Z_e(s)$ 为惯性时为非惯性的)。

3. 将机器人与环境的一个端口耦合起来，并设计外环控制输入 a_x，以达到期望的机器人阻抗，同时跟踪一个参考位置或力。

我们将分别通过容性环境和惯性环境这两个例子来说明上述过程。

例 10.5（**容性环境**） 在环境阻抗为容性的情况下，机器人/环境之间的相互连接如图 10.11 所示，其中环境单端口是诺顿网络，而机器人单端口是戴维南网络。假设 $V_s = 0$，即假设没有环境干扰，F_s 表示参考力。从电路图中容易证明

$$\frac{F}{F_s} = \frac{Z_e(s)}{Z_e(s) + Z_r(s)} \tag{10.24}$$

对于阶跃力 $F_s = F^d/s$，其静态误差力 e_{ss} 可通过终值定理给出如下

$$e_{ss} = \frac{-Z_r(0)}{Z_r(0) + Z_e(0)} = 0 \tag{10.25}$$

这是由于 $Z_e(0) = \infty$(容性环境)且 $Z_r \neq 0$(非容性机器人)。

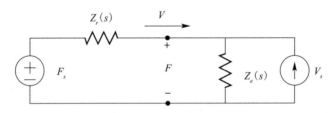

图 10.11 容性环境的情况。机器人的阻抗为非容性

上述计算的含义是，我们可以跟踪一个恒值基准力，同时为机器人指定一个给定阻抗 Z_r。

为了实现这样的结果，我们需要仅通过使用位置、速度和力反馈来设计式(10.23)中的外环控制项 a_x。这为可达到的机器人阻抗函数施加了一个实际限制 Z_r。

假设期望机器人阻抗 Z_r^{-1} 可以写为

$$Z_r(s) = M_c s + Z_{\text{rem}}(s) \tag{10.26}$$

其中，余项 $Z_{\text{rem}}(s)$ 是一个正则有理函数。我们现在选择外环项 a_x，如下

⊖ 实际上，对于阻性环境，任何一种表示方法都可行。

$$a_x = -\frac{1}{M_c} Z_{\text{rem}} \dot{x} + \frac{1}{M_c}(F_s - F) \tag{10.27}$$

将上式代入双积分系统 $\ddot{x} = a_x$ 中，得到

$$Z_r(s)\dot{x} = F_s - F \tag{10.28}$$

因此，我们证明了对于一个容性环境，力反馈可被用于调节恒值力，同时它指定了期望的机器人阻抗。◀

例 10.6（**惯性环境**） 在惯性环境阻抗这种情形下，机器人/环境之间的相互连接如图 10.12 所示，其中环境单端口为戴维南网络，而机器人单端口为诺顿网络。假设 $F_s = 0$，V_s 代表参考速度。从电路图中易知

$$\frac{V}{V_s} = \frac{Z_r(s)}{Z_e(s) + Z_r(s)} \tag{10.29}$$

对于阶跃性速度指令 $V_s = V^d/s$，其稳态的力误差 e_{ss} 可由终值定理给出，如下

$$e_{ss} = \frac{-Z_e(0)}{Z_r(0) + Z_e(0)} = 0 \quad (10.30)$$

这是由于 $Z_e(0) = 0$（惯性环境）且 $Z_r \neq 0$（非惯性机器人）。

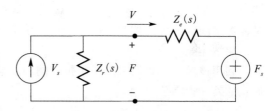

图 10.12　惯性环境情形。机器人的阻抗为非惯性

为了达到上述的非惯性机器人阻抗，如前文一样，我们选择

$$Z_r(s) = M_c s + Z_{\text{rem}}(s) \tag{10.31}$$

同时设

$$a_x = \ddot{x}^d + \frac{1}{M_c} Z_{\text{rem}}(\dot{x}^d - \dot{x}) + \frac{1}{M_c}F \tag{10.32}$$

然后，将上式代入双积分公式 $\ddot{x} = a_x$ 中，得到

$$Z_r(s)(\dot{x} - \dot{x}^d) = F \tag{10.33}$$

这样，我们就证明了对于惯性环境，位置控制可被用来调节参考速度，同时还可以指定一个期望的机器人阻抗。◀

10.4　本章总结

本章覆盖了机器人力控制中的一些基本概念。一种力控制策略是基于检测到的力信号来修改位置轨迹。

自然及人工约束

我们首先使用可逆性概念描述了所谓的自然约束和人工约束，分别给定六维的速度（运动螺旋）向量 V 以及力（力螺旋）向量 F，一个理想的机器人/环境接触任务满足下列关系

$$V^{\text{T}}F = v_x f_x + v_y f_y + v_z f_z + \omega_x n_x + \omega_y n_y + \omega_z n_z = 0$$

在一般情况下，选定的任务会在六个上述变量上施加环境约束，这些是自然约束。其余的变量可以是任意配置的人工约束，随后可通过控制系统来保持这些约束以完成任务。

网络模型及阻抗

接下来，我们介绍了机械阻抗的概念，进而对机器人及环境并非完全刚性这种实际情况进行建模。阻抗是对力和速度之间比例关系的一种度量，它类似电阻抗或者是对电压和电流之间比例关系的一种度量。为此，我们引入机械系统的单端口模型，并将机器人/环境之间的相互作用建模为相互连接的单端口网络。

任务空间内的动力学及控制

当机械臂与环境接触时，必须对其动力学方程进行修改，从而包括对应于末端执行器受力 F_e 的反作用力矩 $J^{\mathrm{T}}F_e$。因此，关节空间中机械臂的运动方程由下式给出

$$M(q)\ddot{q}+C(q,\dot{q})\dot{q}+g(q)+J^{\mathrm{T}}(q)F_e=u$$

我们引入下列形式的改进型逆动力学控制律

$$u=M(q)a_q+C(q,\dot{q})\dot{q}+g(q)+J^{\mathrm{T}}(q)a_f$$

其中，a_q 和 a_f 是单位分别为加速度和力的外环控制。最后得到的系统可写为

$$\ddot{x}=a_x+W(q)(F_e-a_f)$$

其中

$$a_x=J(q)a_q+\dot{J}(q)\dot{q}$$

是任务空间内的外环控制，$W(q)=J(q)M^{-1}(q)J^{\mathrm{T}}(q)$ 是运动张量。

阻抗控制

利用该模型，我们引入了阻抗控制和混合阻抗控制的概念。阻抗控制方法是设计下列形式的外环控制项 a_x 和 a_f

$$a_x=\ddot{x}^d-M_d^{-1}(B_d\dot{e}+K_de+F_e)$$
$$a_f=F_e$$

以得到如下形式的闭环系统

$$M_d\ddot{e}+B_d\dot{e}+K_de=-F_e \tag{10.34}$$

这将得到期望的末端执行器阻抗特性。

混合阻抗控制

使用我们的网络模型，对机器人/环境阻抗运算符 $Z(s)$ 引入以下分类

1. 惯性的，当且仅当 $|Z(0)|=0$。
2. 阻性的，当且仅当对于某些 $0<B<\infty$，有 $|Z(0)|=B$。
3. 容性的，当且仅当 $|Z(0)|=\infty$。

使用这种阻抗分类策略，我们可以推导出所谓的混合阻抗控制律，从而使能够同时调节阻抗、位置和力。

习题

10-1 给定如图 4.11 所示的平面双连杆机械臂，找出与末端执行器力 $[-1,1]^{\mathrm{T}}$ 相对应的关节力矩 τ_1 和 τ_2。

10-2 考虑如图 10.13 中所示的平面双连杆机械臂，其中使用了远程驱动连杆。求解平衡末端执行器力 F 所需的电机力矩的表达式。假设电机的减速比分别为 r_1 和 r_2。

10-3 对于将方销插入方孔这种任务，自然及人工约束分别是什么？画出此任务的柔性坐标系。

10-4 对于打开带有铰链盖的箱子这一任务，描述与其对应的自然及人工约束。画出此任务的柔性坐标系。

10-5 讨论打开一个长的双把手抽屉这一任务。你将会如何使用两个机械臂去执行这个任务？讨论协调两个手臂运动的问题。为两个手臂定义柔性参考系，并描述自然及人工约束。

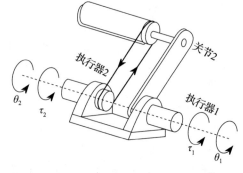

图 10.13　带有远程驱动连杆的双关节机械臂

10-6 给出下列任务，根据定义 10.3 将环境分类为惯性、容性或阻性。

1. 转动曲柄
2. 将销子插入孔中
3. 抛光汽车的引擎盖
4. 剪裁布料
5. 修剪羊毛
6. 在信封上贴邮票
7. 切肉

附注与参考

在机器人力控制的早期研究结果中，Mason 在[113]中引入了自然约束和人工约束的概念，Raibert 和 Craig 在[140]中引入了混合位置/力控制的概念，它将力控制问题分解为相对于一个柔性框架的位置控制方向和力控制方向。我们使用的对偶条件是从这项早期工作发展而来的。本章介绍的使用运动螺旋和力螺旋来定义全局几何概念，是在[38]中被引入机器人研究中的。

阻抗控制的概念是由 Hogan 在[63]中引入的。混合阻抗控制的概念以及将环境划分为惯性的、阻性的或容性的取自 Anderson 和 Spong[4]。力控制的替代公式可以在[32]中找到。

基于视觉的控制

在第 10 章我们描述了机械臂与其周边环境交互时的力和力矩的控制方法。当末端执行器与周边环境有物理接触的时候，力反馈最为有用。而在自由运动时（比如在将一个抓取器移动至抓取位形时），力反馈就无法提供任何可用于引导夹持器运动的信息。在这种情况下，非接触式传感（如计算机视觉）就可用于控制末端执行器相对于环境的运动。

在本章中，我们考虑基于视觉的控制问题。不像力控制那样，在基于视觉的控制中，被控量不能总是由传感器来直接测量。例如，如果任务是抓取物体，则我们关注的是描述物体位置和抓手位形的位形变量。视觉传感器提供工作空间的二维图像，但不会明确地提供场景中对象位形的信息。当然，获得的图像和机器人工作空间的几何结构之间存在联系，但是从图像中推断得出上述几何关系这一任务相当困难，并且大多数情况机器人操纵任务并不需要完全解决此问题。基于视觉的控制所面临的问题是从图像中提取一组相关的参数，并使用这些参数实时地控制机械臂的运动以执行所需的任务。

多年来，研究人员已经开发了多种针对基于视觉的控制问题的方法。这些方法在如何使用图像数据、相机与机械臂之间的相对位形、坐标系的选取等方面可能不同。我们将从讨论这些问题开启本章的学习，随后也会简要地介绍计算机视觉。我们专注于计算机视觉中与基于视觉的控制直接相关的方面，即直接从图像数据中提取的成像几何形状和特征。然后，我们开发了将相机运动与这些特征的变化联系起来的微分运动学，推导出所谓的交互作用矩阵。在李雅普诺夫理论的指导下，我们使用交互作用矩阵来开发基于图像的控制律。在引入这些概念时，我们主要关注**手眼相机系统**（eye-in-hand camera system）的**基于图像的视觉伺服控制**（image-based visual servo control）。此类系统需解决的问题是在不对三维场景进行几何重建的前提下，根据从图像中直接提取的信息来控制手持相机的运动。在讨论了基于图像的手眼相机系统的主要理论后，本章的其余部分考虑了与基于视觉的控制有关的其他一些问题，包括相机-机械臂配置的一般推广、替代控制方案和控制设计的最佳性标准。

11.1 设计要点

对于基于视觉的控制系统的设计人员来说，会面临许多问题。应该使用什么样的相机？应该使用带有固定焦距镜头还是带有可变焦镜头的相机？应该使用多少个相机？相机应该被布置在什么地方？应该使用什么样的图像特征？推导场景的三维描述时，应该使用图像特征还是二维图像数据？对于相机以及镜头的选择问题，本章中我们将只考虑使用带有固定焦距镜头的单个相机系统。下面我们简单讨论一下剩余的问题。

11.1.1 相机位形

在构建基于视觉的控制系统时，需要做出的第一个决定也许是选择在哪里放置相机。基本上有两种选择：相机可以安装在工作区域中的一个固定位置或者被连接到机器人上。

通常，这些布置方案被分别称为**固定相机**（fixed camera）位形和**手眼**（eye-in-hand）位形。

在固定相机位形中，相机被放置在能够观测机械臂以及任何被操作对象的位置上，这种方法有以下几个优点。由于相机位置是固定的，视场不随机械臂的移动而改变。相机与工作空间之间的几何关系是固定的，并且可以通过离线标定确定这种关系。该方法的一个缺点是：当机械臂在工作空间中移动时，可能会遮挡相机的视场。这对于有高精度需求的任务影响十分严重。例如，如果需要执行一个插入任务，寻找一个位置使得相机可以观察整个插入任务而不被末端执行器遮挡可能会变得十分困难。使用多台摄像机可以在一定程度上缓解此问题，但是对于在动态或混乱环境中执行任务的机器人来说，可能很难甚至无法找到一组能完整地查看到任务执行场景各个方面信息的固定摄像机位置。

在手眼系统[⊖]中，相机通常被安装在机械臂手腕以上的地方，从而使手腕的运动不会影响相机的运动。按照这种方式，当机械臂在工作空间中运动时，相机可以按照固定的分辨率不受遮挡的观察末端执行器的运动。手眼系统位形所面临的一个困难是：相机与工作空间之间的几何关系会随着机械臂的移动而发生变化。机械臂很小的运动可能会使得视场发生剧烈的变化，特别是当与相机相连接的连杆姿态发生改变的时候。

对于固定相机位形或者手眼位形来说，机械臂的运动将会引起相机所获得的图像的变化（假设机械臂处于固定相机系统的视场中）。对于这两种情形来说，对机械臂运动和图像变化之间关系的分析在数学上是类似的，在本章中，我们将只考虑手眼系统这一种情形。

11.1.2 基于图像的方法和基于位置的方法

解决基于视觉的控制问题有两种基本方法，它们之间的区别在于如何使用视觉系统所提供的数据。我们可以通过各种方式将这两种方法联合起来，形成所谓的分块控制方案。

基于视觉控制的第一种方法被称为**基于位置的视觉伺服控制**（position-based visual servo control）。通过这种方法，视觉数据被用于构建关于世界的部分三维表示。例如，如果任务是抓取一个对象，可以使用一个成像几何的模型（如下文讨论的针孔相机模型）来确定抓取点相对于相机参考坐标系的三维坐标。对于手眼系统，实时获得的这些三维坐标可用于计算减少末端执行器现在和目标姿态之间误差所需的运动。基于位置的方法，其主要难点在于以实时方式建立三维描述。特别是，这些方法相对相机标定误差的表现并不鲁棒。另一个问题是，控制算法所使用的错误信号是由末端执行器姿态定义的。为了减少这种姿态错误的运动同时也有可能导致目标物体离开相机的视场。

第二种方法称为**基于图像的视觉伺服控制**（image-based visual servo control），它直接使用图像数据来控制机器人的运动。相对于可在图像中直接测得的量（例如，图像中点的图像坐标或者直线的方向）来定义一个误差函数，同时建立一个控制律来将误差直接映射到机器人运动中。通常情况下，相对简单的控制律被用于将图像误差映射到机器人的运动中。在本章中，我们将描述基于图像控制中的一些细节。

我们可以将多种方法组合起来，使用不同的控制算法来控制相机运动的不同方面。例如，我们可以使用基于位置的方法来控制相机的方向，同时使用基于图像的方法来控制相机的位置。这些方法基本上将相机运动的自由度划分为分离集，因此称为**分块方法**（parti-

---

⊖ 尽管相机通常会连接到机械臂的一个连杆，而不是直接连接到末端执行器上，我们在视觉伺服中还是约定俗成地称其为手眼系统。

tioned method）。我们将在 11.7 节中简要描述一种特定的分块方法。

11.2　基于视觉控制的计算机视觉

许多类型的图像都能应用于控制机器人的运动，包括灰度图像、彩色图像、超声波图像和距离图像。在这一章中，我们仅关注二维灰度图像。这种图像是通过使用透镜将光聚焦到二维传感器上形成的，其中最常见的是 CMOS $^{\ominus}$ 和电荷耦合器件（CCD）传感器。传感器由单个传感元件的二维阵列组成，每个单元对应一个图像**像素**（pixel，从 picture element 衍生而来），其值对应于特定传感元件上的入射光强度。通过 USB 接口等方式，数码相机能够直接将这些值传输到计算机，其图像可以表示为二维强度值数组。这些强度值可以表示为整数、8 位无符号整数（这意味着像素值为 0 到 255 的整数）、浮点数，甚至双精度浮点数。

典型的图像可以包含几个兆字节的数据，然而，图像中包含的数据量通常远远超过图像的信息内容。出于这个原因，大多数基于视觉的控制算法会首先识别图像中的有用特征，其通常为图像一部分较小区域的像素值。为了对基于视觉的控制有用，特征应该相对容易检测到，具有理想的鲁棒性（例如，在比例尺、相机方向、照明等方面具有不变性），并且相对于其周围的图像内容具有独特性（即它们应该在图像中是独特的，可轻易识别的）。如果选择得当，这些特征可用于对象识别、三维场景重建或当相机（或对象）移动时跟踪特定对象。就基于视觉的控制而言，特征识别和跟踪是将图像变化与相应相机运动联系起来的基本步骤。

在本节的其余部分，我们首先描述了图像形成的几何关系，然后讨论了图像特征检测和跟踪的方法。之后，通过研究相机运动对特定特征的影响，我们将推导出特定的基于视觉的控制算法。

11.2.1　成像几何

对于基于视觉的控制，通常不必明确考虑图像形成的光度相关问题，例如与焦点、景深或镜头变形有关的问题。因此，在本章中，我们仅描述图像形成过程的几何关系。

图 11.1 说明了针孔透镜模型下成像过程的基本几何关系，这是成像过程的常用近似方法。在此模型中，镜头被认为是位于镜头焦点中心（也称为投影中心）的理想针孔。光线穿过该针孔，与像平面相交 $^{\ominus}$。

我们定义一个以相机为中心的坐标

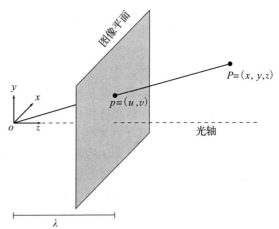

图 11.1　相机坐标系位于图像平面后方的距离 λ 处，z 轴垂直于图像平面并与镜头的光轴对齐

$\ominus$　CMOS 的全称是 complementary metal-oxide-semiconductor，互补式金属氧化物半导体。这项技术在集成电路中有着广泛的应用。

$\ominus$　注意，在我们的数学模型中（如图 11.1 所示），我们把针孔放在了图像平面后面，以简化模型。有关成像的介绍性文字通常将图像平面放置在针孔后面，从而产生"上下颠倒"的图像。我们的模型提供了等效的几何形状，而不是"上下颠倒"的图像，从而避免混淆。

系。图像平面是包含传感阵列的平面。x 轴和 y 轴组成图像平面的坐标基，它们通常分别平行于图像的水平和垂直扫描线。z 轴垂直于图像平面，并且与镜头的光轴对准，也就是说，z 轴穿过镜头的焦点中心。相机坐标系的原点位于图像平面后方距离为 λ 处，称为相机镜头的焦距。光轴与图像平面的交点被称为**主点**(principal point)。图像平面中的任何点都将具有摄像机坐标系中的坐标 (u,v,λ)。因此，我们可以使用 (u,v) 来参数化图像平面，并且将 (u,v) 称为图像平面坐标。

令 P 表示相对于相机参考系的坐标为 (x,y,z) 的一个点。令 p 来表示点 P 在图像平面中的投影，其坐标为 (u,v,λ)。在针孔模型假设下，点 P、点 p 以及相机参考系的原点共线，如图 11.1 所示。因此，对于未知的正值常数 k，我们有

$$k\begin{bmatrix} x \\ y \\ z \end{bmatrix} = \begin{bmatrix} u \\ v \\ \lambda \end{bmatrix}$$

它可被写成下列方程组

$$kx = u \tag{11.1}$$
$$ky = v \tag{11.2}$$
$$kz = \lambda \tag{11.3}$$

式(11.3)表示 $k = \lambda x / z$，将其代入式(11.1)和式(11.2)中，获得

$$u = \lambda \frac{x}{z}, \quad v = \lambda \frac{y}{z} \tag{11.4}$$

这些是众所皆知的**透视投影**(perspective projection)方程。

注意，透视投影方程是在相机坐标系中表示的。如果要求其他一些坐标系中的坐标，例如末端执行器坐标系或惯性坐标系，则有必要知道将相机坐标系与其他坐标系联系起来的坐标转换。这是通过摄像机校准得到的，附录 E 对此进行了讨论。还应该指出，数字图像中的像素具有离散的整数坐标，称为像素坐标。附录 E 还讨论了像素坐标和图像平面坐标之间的关系。

例 11.1 （距离和比例） 考虑一个从上面拍摄方桌的相机，图像平面与桌面平行，相机坐标系轴与桌面两侧平行，如图 11.2 所示。设表最左边边缘的角存在相对于相机坐标系的坐标 (x, y_1, z) 和 (x, y_2, z)。注意，两个角共享一个 x 坐标，因为相机的 y 轴与桌面边缘平行，并且共享一个 z 坐标，因为桌面与图像平面平行。在图像中，易得边缘长度：

$$L = |v_2 - v_1| = \frac{\lambda}{z}|y_2 - y_1|$$

图像中的桌面面积可由下式计算：

$$A = (v_2 - v_1)^2 = \frac{\lambda^2}{z^2}(y_2 - y_1)^2$$

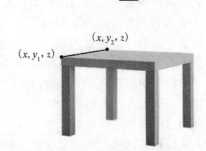

图 11.2 一个自上而下观察桌面的相机，如示例 11.1 所示

这两种关系说明了透视投影的两个影响，即图像点之间的距离随着逆深度线性减小，图像中所占面积随逆深度的平方而减小。在基于视觉的控制中，这些影响通常在反馈控制设计中表现为增益项。◀

例 11.2 （**消失点**） 考虑一个包含如图 11.3 所示的平行线集合的环境。

假设这些线的方程（在世界坐标中）由下式给出

$$\begin{bmatrix} x \\ y \\ z \end{bmatrix} = \begin{bmatrix} x_i \\ y_i \\ z_i \end{bmatrix} + \gamma \begin{bmatrix} n_x \\ n_y \\ n_z \end{bmatrix}$$

其中 $(x_i, y_i, z_i)^T$ 是第 i 条直线上的某个点，$n = (n_x, n_y, n_z)^T$ 是直线的方向，均相对于相机坐标系指定，γ 是沿线的距离。尽管这些线是平行的，但是由于透视投影的影响，这些线的图像将相交（当这些线与图像平面平行时除外）。该交点称为消失点。要找到消失点，只需注意在投影几何中，两条平行线在无穷远线⊖上相交的点。因此，我们可以通过检查 $\gamma \to \infty$ 的情况找到消失点。

如果使 (u_∞, v_∞) 表示消失点的图像平面坐标，则

$$u_\infty = \lim_{\gamma \to \infty} \lambda \frac{x}{z}$$
$$= \lim_{\gamma \to \infty} \lambda \frac{x_i + \gamma n_x}{z_i + \gamma n_z}$$
$$= \lambda \frac{n_x}{n_z}$$

图 11.3　在这个场景中各个交界线的边界都是平行的，因此在图像中有一个公共消失点

同理可得：

$$v_\infty = \lambda \frac{n_y}{n_z}$$

注意在 $n_z = 0$ 时，线与图像平面平行，并且这些线的图像没有有限的相交点。　◀

11.2.2　图像特征

图像特征由可以在图像中检测到的并具有一组相关的可测量属性的图案定义。例如，使用特殊设计的算法（称为**角点检测器**），通常可以轻松地在图像中检测出物体的角点。它们的属性可能包括角的图像坐标以及相交在角点处的两条边之间的角度。

视觉伺服控制的基本问题之一是通过一系列图像跟踪一组特征，并根据这些特征的属性变化来推断摄像机的运动。因此，为了对视觉伺服控制有用，图像特征应具有两个属性。首先，特征应传达有关摄像机相对于其环境的位置和方向的几何信息，并且摄像机运动应以可明确定义的方式对应特征属性的变化。其次，该特征应易于在图像顺序中检测和跟踪。例如，如果将一个物体的角用作特征，则应该很容易在图像中被检测到和在图像序列的连续帧中进行跟踪。

计算机视觉文献中充斥着各种特征的示例，包括直接基于强度值的特征、基于图像梯度信息的特征、基于图像区域集合属性的特征，等等。在下面，我们将重点放在基于梯度的特征类上，而不是去讨论整个目录的特征种类。而且即使在这种有限的情况下，我们也不会涉及过多细节，仅提供概念性的介绍，将实际实现留给读者。这应该不会造成很大负

⊖ 无穷远处的线以类似于将 $+\infty$ 和 $-\infty$ 加到实数集上来获得了扩展的实数系统的方式扩展了实平面以使其包括无穷远点。

担，因为各种易于访问的开源计算机视觉软件包已经实现了许多特征检测算法。

基于梯度的特征

图像由离散的像素集组成，其像素的强度值表示为无符号整数，但为了方便，我们在定义图像特征时将图像视为连续平面，并将图像强度视为实值函数 $I: \mathbb{R}^2 \to \mathbb{R}$，它将该图像平面上的点映射到其相应的强度值。使用这种方法，我们可以根据函数 I 的局部结构来定义图像特征。函数的梯度提供了其局部结构的良好近似，因此有很多图像特征是根据图像梯度 ∇I 定义的。

可以通过这种方式进行定义的最简单的图像特征可能就是图像边缘。如果图像包含边缘，则图像强度在垂直于边缘的方向上将发生急剧变化，也就会产生较大的梯度。许多边缘检测算法计算图像梯度的离散近似值，并且当像素所处位置的梯度大小超过给定阈值时，将该像素分类为属于边缘。Sobel 边缘检测器是一种众所周知的方法，该方法将加权局部平均应用于图像梯度的一阶差分近似值。图 11.4a 显示了强度图像，图 11.4b 显示了将 Sobel 算子应用于图像的结果。

 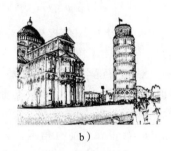

a)   b)

图 11.4 Sobel 边缘检测器在每个像素处应用局部图像平滑和梯度算子的离散近似。
a 为强度图像。b 为将 Sobel 算子应用于图像的结果

对于视觉伺服控制，边缘并不是特别好的特征，因为它们只能在垂直于边缘的方向上提供良好的定位信息。例如，如果我们沿着图像边缘滑动一个小窗口，则该窗口中包含的子图像的变化会很小。因此，边缘不能在平行于边缘的方向上提供良好的定位信息。但是，角点具有良好的定位特性，因为在角点处，强度在平行和垂直于特征的方向上都发生了显著变化。换句话说，如果图像包含位于 (u_0, v_0) 的角，则即使对于较小的 δ_u 和 δ_v，以 (u_0, v_0) 为中心的窗口将与以 $(u_0+\delta_u, v_0+\delta_v)$ 为中心的窗口有着明显的不同。这是许多角点检测算法的基础。

评估彼此偏移的两个窗口的相似性的一种常用方法是评估两个窗口之间平方差的积分。考虑以 (u_0, v_0) 为中心的大小为 $2\ell \times 2\ell$ 的参考窗口和以 $(u_0+\delta_u, v_0+\delta_v)$ 为中心的 $2\ell \times 2\ell$ 的目标窗口，如图 11.5 所示。我们可以通过对参考图像中每个点的强度值与位移图像中其对应点的强度值进行平方差来评估这两个窗口的相似性。

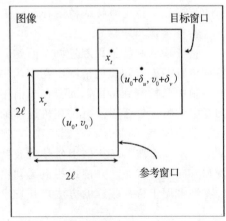

图 11.5 参考窗口的中心为 (u_0, v_0)，目标窗口的中心为 $(u_0+\delta_u, v_0+\delta_v)$。对于参考图像中的每个点 x_r，平方差积分将为其目标图像中的对应点 x_t 计算一个差

$$S(\delta_u, \delta_v) = \int_{v_0-\ell}^{v_0+\ell} \int_{u_0-\ell}^{u_0+\ell} [I(u,v) - I(u+\delta_u, v+\delta_v)]^2 \, du \, dv \tag{11.5}$$

我们可以根据图像梯度 $\nabla I = (I_u, I_v)^T$ 来近似式(11.5)中的被积函数。应用关于点(u,v)的 I 的泰勒级数展开式可得:

$$I(u+\delta_u, v+\delta_v) \approx I(u,v) + I_u(u,v)\delta_u + I_v(u,v)\delta_v \tag{11.6}$$

将其代入式(11.5)可得

$$S(\delta_u, \delta_v) \approx \int_{v_0-\ell}^{v_0+\ell} \int_{u_0-\ell}^{u_0+\ell} (I_u(u,v)\delta_u + I_v(u,v)\delta_v)^2 \, du \, dv \tag{11.7}$$

$$= \begin{bmatrix} \delta_u & \delta_v \end{bmatrix} M \begin{bmatrix} \delta_u \\ \delta_v \end{bmatrix} \tag{11.8}$$

其中 M(可称为**二阶矩矩阵**或**结构张量**)为:

$$M = \begin{bmatrix} \int I_u^2(u,v) & \int I_u(u,v)I_v(u,v) \\ \int I_u(u,v)I_v(u,v) & \int I_v^2(u,v) \end{bmatrix} \tag{11.9}$$

注意,M 是根据点(u,v)上的图像梯度定义的,并且不取决于 δ_u 或 δ_v。因此,M 是基于梯度的特征描述符,它描述了围绕点(u,v)的图像强度的局部变化。

由于 M 是一个对称的正半定矩阵(这是因为式(11.7)中的被积函数是正的,除了 I 在窗口上是常数的退化情况之外),式(11.8)是一个定义了一个椭圆的二次形,可以用特征值 $\lambda_1 \geqslant \lambda_2$ 来表示(参见 4.12 节)。如果 λ_1 和 λ_2 都很大,则代表着在所有方向上都有明显的变化,表明在点(u_0, v_0)处可能有角点。如果 λ_1 大且 $\lambda_2 \approx 0$,则沿一个方向的变化很小,代表点(u_0, v_0)位于一条边缘上。如果 $\lambda_1 \approx 0$ 且 $\lambda_2 \approx 0$,则点(u_0, v_0)周围的图像几乎没有变化,表明没有有用的特征。

对于由离散像素组成的图像,矩阵 M 是使用离散像素窗口上的累加来计算的,以便对图像梯度进行适当的离散近似。

备注 11.1 用上述结构张量的变化来描述的特征是几种著名的特征检测器(包括 Harris 和 Shi-Tomasi 特征检测器)的关键。**定向梯度直方图**(histogram of oriented gradient,HOG)是基于梯度的特征描述符,它不依赖于结构张量。

特征检测与跟踪

特征检测和特征跟踪这两个问题并不相同,却密切相关。特征**检测**问题是在没有关于特征位置的先验知识的情况下在图像中找到特定特征。相反,特征**跟踪**问题是假设在图像前一帧中已检测到特征,而要在当前图像中找到该特征。在后一种情况下,可以使用先前图像中的特征位置以及有关相机运动的已知信息来指导当前图像中的特征检测。如果有相机运动的模型(即使是不确定模型),则可以使用估计理论中的标准技术来解决跟踪问题,例如卡尔曼滤波器或扩展卡尔曼滤波器(EKF)。通过这种方法,可以将特征(或相机)的位置和方向视为状态,并使用相机运动模型和图像形成模型来导出过程和观察模型。尽管已经有许多用于特征跟踪的方法被开发出来,但是这些方法都超出了本书的范围。

11.3 相机运动和交互作用矩阵

我们在选择了一组特征并设计了一个特征跟踪器之后,就可以检测特征在图像序列中的移动,并在每个图像帧中计算其各种属性的值。在基于视觉的控制中,将相机运动与这些特征属性的更改关联起来会很有用。在本节中,我们将为这种关系建立数学公式。

回想一下第 4 章中讨论的逆速度问题。尽管逆运动学问题很难解决且经常是病态的，但逆速度问题通常很容易解决：假设雅可比矩阵是非奇异的，则仅对机械臂的雅可比矩阵求逆就可以解决。这可以通过如下方式在数学上进行理解：虽然逆运动学方程表示可能的复杂几何空间之间的非线性映射，但对于给定的位形 q，速度之间的映射则是线性子空间之间的线性映射。例如，对于双连杆平面臂，逆运动学方程将末端执行器位置 $(x, y) \in \mathbb{R}^2$ 映射到位于环面上的关节变量 (θ_1, θ_2)，但是，逆速度关系是将 $\mathbb{R}^2$ 中的速度向量映射到位于 (θ_1, θ_2) 处环面切面的速度。同样，相机速度和与其对应的图像特征属性中的微分变化之间的关系是线性子空间之间的线性映射。现在，我们将对该基本概念进行更严格地解释。

令 $s(t)$ 表示可以在图像中测量的一个特征值向量。其导数 $\dot{s}(t)$ 被称为**图像特征速度**（image feature velocity）。例如，如果图像上的一个单点被用作特征，我们有

$$s(t) = \begin{bmatrix} u(t) \\ v(t) \end{bmatrix}$$

在这种情形下，$\dot{s}(t)$ 是点在图像平面内的速度。

图像特征速度与相机速度之间有线性关系。令相机速度 ξ 由线性速度 $v^{\ominus}$ 和角速度 ω 组成

$$\xi = \begin{bmatrix} v \\ \omega \end{bmatrix} \tag{11.10}$$

从而使得相机参考系的原点的线速度为 v，同时相机坐标系围绕穿过相机坐标系原点的轴线 ω 旋转。这里使用的 ξ 与第 4 章中的 ξ 没有任何区别，在两种情形下，ξ 均包含了一个移动坐标系的线速度和角速度。在第 4 章中，坐标系是连接到末端执行器上的，而在本章中它是连接到移动的相机上。

$\dot{s}$ 和 ξ 之间的关系式给出如下

$$\dot{s} = L(s, q)\xi \tag{11.11}$$

这里，矩阵 $L(s, q)$ 被称为**交互作用矩阵**（interaction matrix）。交互作用矩阵是机器人位形（对于第 4 章中描述的机械臂雅可比矩阵，情况也是如此）以及图像特征值 s 的函数。

交互作用矩阵 L 也被称为**图像雅可比矩阵**（image Jacobian matrix）。这是由于，至少在部分意义上，它是与第 4 章中讨论的机械臂雅可比矩阵以及交互作用矩阵之间关系相类似的类比。在各种情况下，速度 ξ 与参数集合（关节转角或者图像特征速度）的变化之间通过线性变换相关联。严格地说，由于 ξ 实际上并不是姿态参数的导数，因而交互作用矩阵并非雅可比矩阵。然而，使用与 4.8 节中推导分析型雅可比矩阵方法相类似的技术，容易构建实际的雅可比矩阵，用它来代表从姿态参数集合到图像特征速度（图像特征值的导数）之间的一个线性变换。

交互作用矩阵的具体形式取决于用于定义 s 的特征。最简单的特征是图像中的点坐标，我们将把注意力集中于这种情况。

11.4　点特征的交互作用矩阵

在这一节中，我们推导适用于使用移动相机观察空间中固定点这一情形的交互作用矩阵。这种情况对相对于被操作对象来定位相机这种情形是有用的。例如，相机可以被连接到用于抓取静止物体的机械臂上。然后，基于视觉的控制可被用来操作机械臂到达一个适于抓取的位形，该位形可通过图像特征进行定义。在 11.4.4 节中，我们将把上述方法扩

⊖　为了避免与图像坐标 u，v 混淆，在本章中，我们使用符号 v 表示线速度。

展到有多个特征点的情形。

在时刻 t，相机坐标系的方向由旋转矩阵 $R_c^0 = R(t)$ 给出，该矩阵确定了相机坐标系相对于固定参考系的姿态方向。我们使用 $o(t)$ 来表示相机坐标系原点相对于固定参考系的位置。使用 P 来表示工作空间中的固定点，使用 $s = [u, v]^T$ 表示点 P 在图像中投影对应的特征向量(参见图 11.1)。

我们的目标是得到交互作用矩阵 L，它可将相机移动速度 ξ 和该点在图像中投影坐标的导数 $\dot{s}$ 联系起来。我们首先求解点 P 相对于移动相机的速度的表达式。然后，我们使用透视投影方程来将该速度与图像速度 $\dot{s}$ 联系起来。最后，经过一系列代数运算后，我们得到满足 $\dot{s} = L\xi$ 这一关系的交互作用矩阵。

11.4.1 相对于移动坐标系的速度

现在，我们将推导相对于移动的相机坐标系的固定点在世界坐标系中的速度的表达式。我们使用 p^0 表示点 P 相对于世界参考系的坐标。注意到由于点 P 相对于世界坐标系固定，所以 p^0 并不随时间变化。如果我们用 $p^c(t)$ 表示点 P 在 t 时刻相对于移动相机参考系的坐标，则使用式(2.58)可得

$$p^0 = R(t)p^c(t) + o(t)$$

因此，在 t 时刻，我们可以求解点 P 相对于相机参考系的坐标，如下：

$$p^c(t) = R^T(t)[p^0 - o(t)] \tag{11.12}$$

我们仅需对此方程求导就可以找到点 P 相对于运动相机坐标系的速度，如第 4 章所述。为了简化符号，我们将去掉这些公式中对时间的显式参考。使用微分运算中的乘积法则，我们得到

$$\frac{\mathrm{d}}{\mathrm{d}t}p^c = \dot{R}^T(p^0 - o) - R^T\dot{o} \tag{11.13}$$

从式(4.18)中，我们有 $\dot{R} = S(\omega)R$，因此有 $\dot{R}^T = R^T S(\omega)^T = -R^T S(\omega)$。这使我们可以将式(11.13)写为

$$\begin{aligned}
\dot{R}^T(p^0 - o) - R^T\dot{o} &= -R^T S(\omega)(p^0 - o) - R^T\dot{o} \\
&= -R^T S(\omega)RR^T(p^0 - o) - R^T\dot{o} \\
&= -R^T\omega \times R^T(p^0 - o) - R^T\dot{o}
\end{aligned}$$

在这个公式中，旋转矩阵 R^T 被施加作用于三个向量，生成三个新向量，新向量的坐标是相对于相机参考系进行表示的。从式(11.12)我们可以看到 $R^T(p^0 - o) = p^c$。向量 ω 为移动坐标系的角速度向量，它相对于固定坐标系表达，即 $\omega = \omega^0$。因此，$R^T\omega = R_0^c\omega^0 = \omega^c$ 给出了移动坐标系的角速度向量，它相对于移动坐标系表达。最后，注意到 $R^T\dot{o} = \dot{o}^c$。使用这些约定，我们可以立即写出点 P 相对于移动相机参考系的速度方程，如下

$$\dot{p}^c = -\omega^c \times p^c - \dot{o}^c \tag{11.14}$$

将上式与速度 ξ 相关联，我们看到 ω^c 是移动相机参考系的角速度，$\dot{o}^c$ 是相机参考系的线速度 v，同样表达在移动相机参考系中。有趣的是，注意到固定点相对于移动参考系的速度是移动点相对于固定参考系速度的 -1 倍。

例 11.3 (相机在平面上的运动) 考虑一个光轴平行于世界 z 轴的相机。如果相机的运动被限制为绕光轴旋转及平行于 $x - y$ 平面的平动，则我们有

$$R = \begin{bmatrix} \cos\theta & -\sin\theta & 0 \\ \sin\theta & \cos\theta & 0 \\ 0 & 0 & 1 \end{bmatrix}, \quad o(t) = \begin{bmatrix} x \\ y \\ z_0 \end{bmatrix}$$

其中 z_0 是相机坐标系相对于世界坐标系的固定高度。由此可得：

$$\omega^c = \begin{bmatrix} 0 \\ 0 \\ \dot{\theta} \end{bmatrix}, \quad \dot{o}^c = \begin{bmatrix} \mathrm{v}_x \\ \mathrm{v}_y \\ 0 \end{bmatrix}$$

如果点 P 相对于相机坐标系的坐标为 (x, y, z)，则

$$\dot{p}^c = -\omega^c \times p^c - \dot{o}^c = \begin{bmatrix} y\dot{\theta} - \mathrm{v}_x \\ -x\dot{\theta} - \mathrm{v}_y \\ 0 \end{bmatrix} \qquad \blacktriangleleft$$

11.4.2 构建交互作用矩阵

使用方程 (11.14) 和透视投影方程，不难得出关于点特征的交互作用矩阵。为了简化符号，我们定义点 P 相对于相机参考系的坐标为 $p^c = [x, y, z]^\mathrm{T}$。使用本约定，点 P 相对于移动相机参考系的速度正好为向量 $\dot{p}^c = [\dot{x}, \dot{y}, \dot{z}]^\mathrm{T}$。我们将角速度向量坐标表示为 $\omega^c = [\omega_x, \omega_y, \omega_z]^\mathrm{T} = R^\mathrm{T}\omega$。为了进一步简化符号，我们指定坐标 $R^\mathrm{T}\dot{o} = [\mathrm{v}_x, \mathrm{v}_y, \mathrm{v}_z]^\mathrm{T} = \dot{o}^c$。使用这些约定，我们可以将式 (11.14) 写为

$$\begin{bmatrix} \dot{x} \\ \dot{y} \\ \dot{z} \end{bmatrix} = - \begin{bmatrix} \omega_x \\ \omega_y \\ \omega_z \end{bmatrix} \times \begin{bmatrix} x \\ y \\ z \end{bmatrix} - \begin{bmatrix} \mathrm{v}_x \\ \mathrm{v}_y \\ \mathrm{v}_z \end{bmatrix}$$

其可以写为三个方程组成的方程组：

$$\dot{x} = y\omega_z - z\omega_y - \mathrm{v}_x \qquad (11.15)$$

$$\dot{y} = z\omega_x - x\omega_z - \mathrm{v}_y \qquad (11.16)$$

$$\dot{z} = x\omega_y - y\omega_x - \mathrm{v}_z \qquad (11.17)$$

由于 u 和 v 是点 P 在图像上的投影的坐标，使用式 (11.4)，我们可将 x 和 y 表达为

$$x = \frac{uz}{\lambda}, \quad y = \frac{vz}{\lambda}$$

将其代入式 (11.15)～式 (11.17)，可得

$$\dot{x} = \frac{vz}{\lambda}\omega_z - z\omega_y - \mathrm{v}_x \qquad (11.18)$$

$$\dot{y} = z\omega_x - \frac{uz}{\lambda}\omega_z - \mathrm{v}_y \qquad (11.19)$$

$$\dot{z} = \frac{uz}{\lambda}\omega_y - \frac{vz}{\lambda}\omega_x - \mathrm{v}_z \qquad (11.20)$$

这些关于速度 $\dot{p}^c$ 的表达式中包括了相机坐标 u 和 v、点 P 的深度 z 以及相机的角速度和线速度。我们现在求解 $\dot{u}$ 和 $\dot{v}$ 的表达式，然后将它们与式 (11.18)～式 (11.20) 联立。

对透视投影方程使用微分运算中的除法规则，我们得到

$$\dot{u} = \frac{\mathrm{d}}{\mathrm{d}t}\frac{\lambda x}{z} = \lambda\frac{z\dot{x} - x\dot{z}}{z^2}$$

将式 (11.18) 和式 (11.20) 代入，可得

$$\dot{u} = \frac{\lambda}{z^2}\left(z\left[\frac{vz}{\lambda}\omega_z - z\omega_y - \mathrm{v}_x\right] - \frac{uz}{\lambda}\left[\frac{uz}{\lambda}\omega_y - \frac{vz}{\lambda}\omega_x - \mathrm{v}_z\right]\right)$$

$$= -\frac{\lambda}{z}\mathrm{v}_x + \frac{u}{z}\mathrm{v}_z + \frac{uv}{\lambda}\omega_x - \frac{\lambda^2 + u^2}{\lambda}\omega_y + v\omega_z \qquad (11.21)$$

对 $\dot{v}$ 使用同样的方法我们能得到

$$\dot{v} = \frac{d}{dt} \frac{\lambda y}{z} = \lambda \frac{z\dot{y} - y\dot{z}}{z^2}$$

将式(11.19)和式(11.20)代入这个表达式可得

$$\dot{v} = \frac{\lambda}{z^2} \left(z \left[-\frac{uz}{\lambda}\omega_z + z\omega_x - v_y \right] - \frac{vz}{\lambda} \left[\frac{uz}{\lambda}\omega_y - \frac{vz}{\lambda}\omega_x - v_z \right] \right) \tag{11.22}$$

$$= -\frac{\lambda}{z}v_y + \frac{v}{z}v_z + \frac{\lambda^2 + v^2}{\lambda}\omega_x - \frac{uv}{\lambda}\omega_y - u\omega_z$$

我们可以联立式(11.21)和式(11.22)并将其写成矩阵形式

$$\begin{bmatrix} \dot{u} \\ \dot{v} \end{bmatrix} = \begin{bmatrix} -\dfrac{\lambda}{z} & 0 & \dfrac{u}{z} & \dfrac{uv}{\lambda} & -\dfrac{\lambda^2 + u^2}{\lambda} & v \\ 0 & -\dfrac{\lambda}{z} & \dfrac{v}{z} & \dfrac{\lambda^2 + v^2}{\lambda} & -\dfrac{uv}{\lambda} & -u \end{bmatrix} \begin{bmatrix} v_x \\ v_y \\ v_z \\ \omega_x \\ \omega_y \\ \omega_z \end{bmatrix} \tag{11.23}$$

式(11.23)中的矩阵即为一个点的交互作用矩阵。为了明确表明其对 u、v 以及 z 的依赖，式(11.23)通常写为

$$\dot{s} = L_p(u, v, z)\xi \tag{11.24}$$

例 11.4（平面内的相机运动） 返回到示例 11.3 中描述的情况。假设点 P 相对于世界坐标系的坐标为 $p^0 = [x_p, y_p, 0]^T$。相对于相机参考系，点 P 的坐标可由下式给出

$$p = R^T(p^0 - o) = \begin{bmatrix} \cos\theta & \sin\theta & 0 \\ -\sin\theta & \cos\theta & 0 \\ 0 & 0 & 1 \end{bmatrix} \left(\begin{bmatrix} x_p \\ y_p \\ 0 \end{bmatrix} - \begin{bmatrix} x_c \\ y_c \\ z_0 \end{bmatrix} \right)$$

$$= \begin{bmatrix} \cos\theta(x_p - x_c) + \sin\theta(y_p - y_c) \\ -\sin\theta(x_p - x_c) + \cos\theta(y_p - y_c) \\ -z_0 \end{bmatrix}$$

P 的图像坐标即为

$$u = -\lambda \frac{\cos\theta(x_p - x_c) + \sin\theta(y_p - y_c)}{z_0}$$

$$v = -\lambda \frac{-\sin\theta(x_p - x_c) + \cos\theta(y_p - y_c)}{z_0}$$

将它们代入式(11.24)以得出

$$\begin{bmatrix} \dot{u} \\ \dot{v} \end{bmatrix} = \begin{bmatrix} -\dfrac{\lambda}{z} & 0 & \dfrac{u}{z} & \dfrac{uv}{\lambda} & -\dfrac{\lambda^2 + u^2}{\lambda} & v \\ 0 & -\dfrac{\lambda}{z} & \dfrac{v}{z} & \dfrac{\lambda^2 + v^2}{\lambda} & -\dfrac{uv}{\lambda} & -u \end{bmatrix} \begin{bmatrix} v_x \\ v_y \\ 0 \\ 0 \\ 0 \\ \dot{\theta} \end{bmatrix}$$

$$= \frac{\lambda}{z_0} \begin{bmatrix} v_x + (\sin\theta(x_p - x_c) - \cos\theta(y_p - y_c))\dot{\theta} \\ v_y + (\cos\theta(x_p - x_c) + \sin\theta(y_p - y_c))\dot{\theta} \end{bmatrix}$$

11.4.3 点间交互作用矩阵的性质

公式(11.23)可分解为

$$
\begin{bmatrix} \dot{u} \\ \dot{v} \end{bmatrix} = \begin{bmatrix} -\dfrac{\lambda}{z} & 0 & \dfrac{u}{z} \\ 0 & -\dfrac{\lambda}{z} & \dfrac{v}{z} \end{bmatrix} \begin{bmatrix} v_x \\ v_y \\ v_z \end{bmatrix} + \begin{bmatrix} \dfrac{uv}{\lambda} & -\dfrac{\lambda^2+u^2}{\lambda} & v \\ \dfrac{\lambda^2+v^2}{\lambda} & -\dfrac{uv}{\lambda} & -u \end{bmatrix} \begin{bmatrix} \omega_x \\ \omega_y \\ \omega_z \end{bmatrix}
$$

也可以写为

$$
L_v(u,v,z)v + L_\omega(u,v)\omega
$$

其中，$L_v(u,v,z)$包含交互作用矩阵的前三列，并且它是点的图像坐标和深度的函数，而 $L_\omega(u,v)$包含交互作用矩阵的后三列，它仅是点的图像坐标的函数，即它不依赖于深度。这在实际应用中，尤其是在 z 的精确值可能未知的情况下会有特别的优势。在这种情况下，z 值的误差仅仅会引起矩阵 $L_v(u,v,z)$ 的缩放，并且这种缩放效应可以通过使用相当简单的控制方法来进行补偿。这种分解方法是我们在 11.7 节中将要讨论到的划分方法的核心。

相机速度 ξ 具有六个自由度（即一个相机被固定在六轴机械臂的末端执行器上，$\xi \in \mathbb{R}^6$），但是只有 u 和 v 这两个值可以在图像中观察到。因此，我们可能预期并非所有的相机运动都会在图像中引起可观察到的变化。更确切地说，$L \in \mathbb{R}^{2\times6}$，因此它的归零空间的维度等于 4。因此，系统

$$
0 = L(s,q)\xi
$$

在 $\mathbb{R}^6$ 的四维子空间或是单点情况下具有解向量 ξ，可以证明（见习题 11-12），式(11.23)中给出的交互作用矩阵，其归零空间由四个向量生成。

$$
\begin{bmatrix} u \\ v \\ \lambda \\ 0 \\ 0 \\ 0 \end{bmatrix}, \quad \begin{bmatrix} 0 \\ 0 \\ 0 \\ u \\ v \\ \lambda \end{bmatrix}, \quad \begin{bmatrix} uvz \\ -(u^2+\lambda^2)z \\ \lambda vz \\ -\lambda^2 \\ 0 \\ u\lambda \end{bmatrix}, \quad \begin{bmatrix} \lambda(u^2+v^2+\lambda^2)z \\ 0 \\ -u(u^2+v^2+\lambda^2)z \\ uv\lambda \\ -(u^2+\lambda^2)z \\ u\lambda^2 \end{bmatrix} \tag{11.25}
$$

这些向量中的前两个具有特别直观的解释。第一个向量对应于相机沿包含镜头焦点和点 P 的**投影射线**（projection ray）的平动，而第二个向量则对应于相机沿包含点 P 的投影射线的旋转。

11.4.4 多点的交互作用矩阵

可以将上述内容相当直观地推广到由多个点来定义图像特征向量的情形中。考虑以下情形，特征向量由图像上 n 个点的坐标组成。这里，第 i 个特征点的相关深度为 z_i，同时我们定义特征向量 s 以及深度值向量 z，如下

$$
s = \begin{bmatrix} u_1 \\ v_1 \\ \vdots \\ u_n \\ v_n \end{bmatrix}, \quad z = \begin{bmatrix} z_1 \\ \vdots \\ z_n \end{bmatrix}
$$

对于这种情况，用于将相机速度和图像特征速度联系起来的组合交互作用矩阵 L_c 是 n 个点的图像坐标以及 n 个图像深度的函数，这个相互作用矩阵可通过将 n 个独立特征点的交互作用矩阵堆叠而得到，

$$\dot{s} = L_c(s,z)\xi$$

$$= \begin{bmatrix} L_1(u_1,v_1,z_1) \\ \vdots \\ L_n(u_n,v_n,z_n) \end{bmatrix}\xi$$

$$= \begin{bmatrix} -\dfrac{\lambda}{z_1} & 0 & \dfrac{u_1}{z_1} & \dfrac{u_1v_1}{\lambda} & -\dfrac{\lambda^2+u_1^2}{\lambda} & v_1 \\ 0 & -\dfrac{\lambda}{z_1} & \dfrac{v_1}{z_1} & \dfrac{\lambda^2+v_1^2}{\lambda} & -\dfrac{u_1v_1}{\lambda} & -u_1 \\ \vdots & \vdots & \vdots & \vdots & \vdots & \vdots \\ -\dfrac{\lambda}{z_n} & 0 & \dfrac{u_n}{z_n} & \dfrac{u_nv_n}{\lambda} & -\dfrac{\lambda^2+u_n^2}{\lambda} & v_n \\ 0 & -\dfrac{\lambda}{z_n} & \dfrac{v_n}{z_n} & \dfrac{\lambda^2+v_n^2}{\lambda} & -\dfrac{u_nv_n}{\lambda} & -u_n \end{bmatrix}\xi$$

因此，我们有 $L_c \in \mathbb{R}^{2n\times 6}$。每个图像点都产生两个特征值（该点的 u,v 坐标），因此三个图像点提供了六个特征值，在给定图像测量值 $\dot{s} \in \mathbb{R}^6$ 的情况下，只要满足 L_c 是满秩的，就足以求解 ξ。

11.5　基于图像的控制律

对于基于图像的控制，其目标位形通过图像特征的目标位形来定义，标记为 $s^d \in \mathbb{R}^k$，其中 k 的维度由任务属性来决定。那么，图像误差函数由下式给出

$$e(t) = s(t) - s^d$$

基于图像的控制问题是要寻找从上述误差函数到相机运动指令的一个映射。正如我们在前面章节中所看到的那样，有多种控制方法可被用来确定关节水平的输入，以实现达到期望轨迹的目标。因此，在本节中，我们将把机器人作为运动定位装置来处理，即我们将忽略机械臂的动力学而开发用于计算末端执行器期望轨迹的控制器。此处的假设是这些轨迹可以随后由下层的机械臂控制器实现跟踪。

例 11.5（一个简单的定位任务）视觉伺服任务通常是通过定义图像中一组特征的所需位置来指定的。考虑相对于一堆书放置相机的任务，如图 11.6 所示。对于此示例，我们通过在目标图像中指定四个特征 s_1^d，s_2^d，s_3^d，s_4^d 的位置来定义任务，如图 11.6a 所示。图 11.6b 显示了初始图像以及四个特征中每个特征的相应误差向量。基于图像的控制法则会将这些误差向量映射到相应的能减少误差的相机运动上。

基于图像的控制最常用的方法是计算期望的摄像机速度 ξ 并将其用作控制输入。通过对 $\dot{s} = L(s,q)\xi$ 求解来得到 ξ，通常可以将图像特征速度与相机速度相关联，从而得出能产生所需的 $\dot{s}$ 值的相机速度。有时这可以简单地通过求交互作用矩阵的逆来完成，但也有必须使用伪逆的其他情况。下面，我们描述相互作用矩阵的各种伪逆，然后解释如何将其用于构建基于图像的控制律。

a) b)

图 11.6 目标图像显示在左侧 a)。当相机达到所需的配置时,特征 s_1^d,s_2^d,s_3^d,s_4^d 的位置将如图所示。初始图像显示在右侧 b),还有与四个图像特征相对应的四个误差向量 ◀

11.5.1 计算相机运动

对于具有 k 个特征值且相机速度 ξ 具有 m 个分量的情形,我们有 $L \in \mathbb{R}^{k \times m}$。一般说来,$m=6$,但是在某些情况下,我们可能有 $m<6$,例如,如果相机连接到 SCARA 型机械臂上,用来从移动的传送带上抓取物体。当 L 矩阵为满秩时,即 $\mathrm{rank}(L)=\min(k,m)$,它可被用于根据 $\dot{s}$ 来计算 ξ。必须要考虑下列三种情况:$k=m$、$k>m$ 以及 $k<m$。我们现在讨论这几种情况。

- 当 $k=m$,并且矩阵 L 满秩时,我们有 $\xi=L^{-1}\dot{s}$。这是当特征值的数量等于相机的自由度的数量时的情况。
- 当 $k<m$,L^{-1} 不存在,并且系统是欠约束的。在视觉伺服应用中,这意味着我们无法观察足够的特征速度来唯一确定相机运动 ξ,也就是说,相机运动中有某些特定的分量无法被观测到(即位于 L 的零空间内的分量)。在这种情况下,我们可以通过下式计算解

$$\xi=L^+\dot{s}+(I_m-L^+L)b$$

其中 L^+ 是 L 的右伪逆矩阵,由下式给出

$$L^+=L^{\mathrm{T}}(LL^{\mathrm{T}})^{-1}$$

I_m 是 $m \times m$ 的单位矩阵,$b \in \mathbb{R}^m$ 是一个任意向量。注意到这个公式与式(4.112)相似,后者给出了冗余机械臂逆速度问题(即求解关节速度使末端执行器达到期望速度)的解。

在一般情况下,对于 $k<m$,$(I-LL^+) \neq 0$,并且形如 $(I-LL^+)b$ 的所有向量位于矩阵 L 的归零空间内,这意味着相机速度中无法被观测的那些分量处于 L 的零空间内。如果令 $b=0$,我们可以获得能够使以下范数最小化的 ξ 取值

$$\|\dot{s}-L\xi\|$$

- 当 $k>m$,并且矩阵 L 满秩时,我们通常会得到一个不一致的系统,特别是当特征值 s 无法从测定的图像数据中获得时。在视觉伺服应用中,这意味着我们观察到比唯一确定相机速度 ξ 所需更多的特征速度。在这种情况下,矩阵 L 的归零空间的秩为零,这是由于 L 的列空间维度等于 $\mathrm{rank}(L)$。在这种情况下,我们可以使用最小二乘解

$$\xi=L^+\dot{s} \tag{11.26}$$

在这里我们使用左伪逆矩阵，由

$$L^+ = (L^\mathrm{T} L)^{-1} L^\mathrm{T} \tag{11.27}$$

给出。

11.5.2 比例控制方案

Lyapunov 稳定性定理（见附录 C）可被用于分析动态系统的稳定性，但是它也可被用于辅助设计稳定的控制系统。再次考虑由下式给出的视觉伺服问题

$$\dot{s} = L(s, q)\xi$$
$$e(t) = s(t) - s^d$$

并定义候选 Lyapunov 函数为

$$V(t) = \frac{1}{2} \|e(t)\|^2 = \frac{1}{2} e^\mathrm{T} e$$

注意仅当对于所有非目标位形时（即目标未达成，比如当 L 在 $e = 0$ 附近有非平凡的零空间时），$e \neq 0$，V 才是个有效的 Lyapunov 函数候选。对这个方程进行求导

$$\dot{V} = \frac{\mathrm{d}}{\mathrm{d}t} \frac{1}{2} e^\mathrm{T} e = e^\mathrm{T} \dot{e}$$

因此，如果我们能设计一个控制器，使得

$$\dot{e} = -\lambda e \tag{11.28}$$

那在 $\lambda > 0$ 时我们会有

$$\dot{V} = -\lambda e^\mathrm{T} e = -2\lambda V < 0$$

这将确保闭环系统的渐近稳定性。事实上，如果能够设计出这样的控制器，它将具有指数稳定性，从而保证了即使在小的扰动下（例如相机标定中的微小误差），闭环系统也是渐近稳定的。

对于视觉伺服控制，通常可以设计这样的控制器。在 s^d 为常数[⊖]的情况下，误差函数的导数由下式给出：

$$\dot{e}(t) = \frac{\mathrm{d}}{\mathrm{d}t}(s(t) - s^d) = \dot{s}(t) = L\xi$$

将其代入公式（11.28），可得

$$-\lambda e(t) = L\xi$$

如果 $k = m$ 且 L 为满秩，则 L^{-1} 存在，我们可得

$$\xi = -\lambda L^{-1} e(t)$$

且系统指数稳定。

当 $K > m$ 时，我们有

$$\xi = -\lambda L^+ e(t)$$

其中 $L^+ = (L^\mathrm{T} L)^{-1} L^\mathrm{T}$。不幸的是，在这种情况下，我们无法获得指数稳定性。为证明这点，再次考虑上面给出的 Lyapunov 函数。我们有

$$\dot{V} = e^\mathrm{T} \dot{e} = e^\mathrm{T} L\xi = -\lambda e^\mathrm{T} L L^+ e$$

但是，在这种情况下，矩阵 LL^+ 仅仅是半正定的，而非正定的，因此，我们无法通过 Lyapunov 理论来证明渐近稳定性。这是因为 $L^+ \in \mathbb{R}^{m \times k}$，因此 $k > m$，它存在一个非零的

⊖ 在 $s^d(t)$ 是时变的时候，我们需要设计一个轨迹跟踪的控制律。

归零空间。这是因为 $\mathrm{rank}(L) = \min(k, m) < k$ 意味着 L 最多具有 $m < k$ 个线性独立的列，因此必须存在列 $\sum_i \alpha_i L_i = 0$ 的某种线性组合，使得并非所有 $\alpha_i = 0$。相应的向量 $[\alpha_1 \cdots \alpha_k]^{\mathrm{T}}$ 位于 L 的零空间中。因此，对于 e 的某些值 $eLL^+e = 0$，我们只能证明稳定性，而不是渐近稳定性。

备注 11.2　在实际应用中，我们将无法得知 L 或 L^+ 的精确取值，这是因为它们依赖深度信息，而这必须通过使用计算机视觉系统来进行估计。在这种情况下，我们将有对交互作用矩阵 $\hat{L}$ 的一个估计，并且我们可以使用控制 $\xi = -\hat{L}^+ e(t)$。容易通过一个类似于上述过程的证明来表明，当 $L\hat{L}^+$ 正定时，所得到的视觉伺服系统将是稳定的。这有助于解释基于图像的控制方法相对于计算机视觉系统校准误差的鲁棒性。

11.5.3　基于图像的控制系统性能

虽然上述的基于图像的控制律在应对图像误差方面表现良好，某些时候，它会引起较大的相机运动而致使任务失败，例如，在所需的摄像头运动超出了机械臂的物理范围时，图 11.7 说明了这种情况。在此示例中，相机图像平面平行于包含四个特征点的平面。当特征点到达图像中的所需位置时，摄像头的位姿将通过围绕摄像头 z 轴的纯旋转而与其初

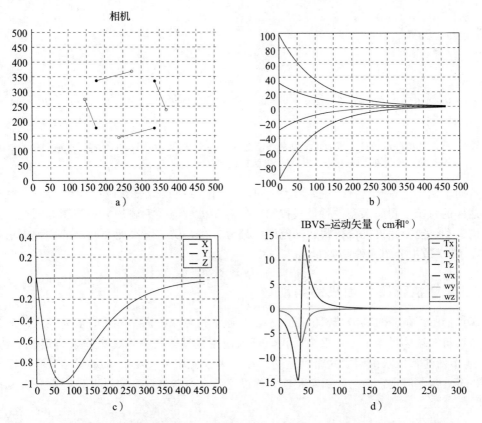

图 11.7　在 a)中，所需的特征点位置以黑圈表示，而初始特征位置以未填充的圆圈表示。从 a)中可以看出，当使用基于图像的控制时，特征点沿图像中的直线轨迹移动到所需位置，而图像误差则呈指数下降到零，如 b)部分所示。不幸的是，所需的相机运动包括沿相机 z 轴的明显后退，如 c)和 d)所示

始位姿有所不同。图 11.7a 显示了应用基于图像的控制时四个特征点的图像特征轨迹。如图所示，特征点沿直线移动到图像中的目标位置。图 11.7b 显示了这四个点的图像特征误差，误差以指数形式收敛到零。不幸的是，如图 11.7c 所示，要实现这一动作，相机将沿其 z 轴后退一米。如此大的运动对于大多数机械臂来说都是不可能的。图 11.7d 显示了相应的摄像机速度。沿相机 x 轴和 y 轴的速度非常小，但沿相机 z 轴的线速度却有很大变化。

此问题的最极端版本出现在当所需的相机运动是关于相机光轴的旋转角度为 π 的转动。这种情况如图 11.8 所示。在图 11.8a 中，特征点再次沿图中的直线轨迹移动。然而，在这种情况下，这些轨迹穿过图像中心。这种情况仅发生在当相机已经沿其 z 轴退到无限远的地方。相对应的摄像机位置如图 11.8b 所示。

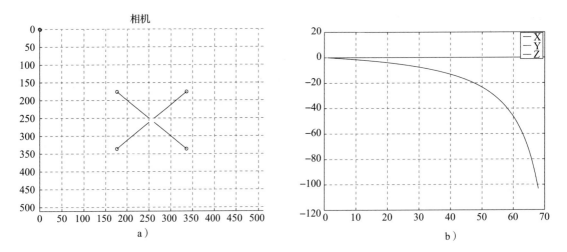

图 11.8　所需的相机运动是关于相机 z 轴的角度为 π 的一个旋转。在图 a)中，特征点沿图中的直线轨迹移动，但是在图 b)中，这需要相机回撤到 $z = -\infty$

这两个例子是特殊情况，它们说明了基于图像的视觉伺服系统所面临的一个关键问题。这样的系统对图像误差进行显式控制，但对相机轨迹并不施加显式控制。因此，所需的相机运动可能会超出机械臂的运动范围。划分方法提供了解决此类问题的一种方法，我们将在 11.7 节中介绍一种此类方法。

11.6　末端执行器和相机的运动

视觉伺服控制器的输出是相机速度 ξ_c，它通常相对于相机参考系的坐标表达。如果相机参考系与末端执行器坐标系重合，我们可以使用机械臂的雅可比矩阵来确定关节速度，如 4.11 节所述，以获得期望的相机运动。在大多数应用中，相机坐标系与末端执行器坐标系并不重合，但是它们之间固定相连。假设这两个参考坐标系通过下列定常齐次变换相关联

$$T_c^6 = \begin{bmatrix} R & d \\ 0 & 1 \end{bmatrix} \tag{11.29}$$

在这种情况下，我们可以使用式(4.81)来确定所需的末端执行器速度，以达到期望的相机速度。这给出下列关系式

$$\xi_6^6 = \begin{bmatrix} R & S(d)R \\ 0_{3\times3} & R \end{bmatrix} \xi_c^c$$

如果我们希望相对于基座坐标系来表示末端执行器的速度，我们只需对两个自由向量 v_6 和 ω_6 使用一个旋转变换，这可以写为下列的矩阵方程形式

$$\xi_6^0 = \begin{bmatrix} R_6^0 & 0_{3\times3} \\ 0_{3\times3} & R_6^0 \end{bmatrix} \xi_6^6$$

例 11.6（带有 SCARA 机械臂的手眼系统） 考虑例 11.4 中描述的相机系统。在这个例子中，相机运动被限制在三个自由度 $\xi_c = [v_x, v_y, 0, 0, 0, \dot{\theta}]^T$。假设这个相机被连接到一个 SCARA 型机械臂的末端执行器上，使得相机的光轴与末端执行器参考系的 z 轴对齐。在这种情况下，我们可以将相机坐标系相对于末端执行器参考系的姿态表示为：

$$R_c^6 = \begin{bmatrix} \cos\alpha & -\sin\alpha & 0 \\ \sin\alpha & \cos\alpha & 0 \\ 0 & 0 & 1 \end{bmatrix}$$

其中，α 给出了从 x_6 到 x_c 的角度。令相机坐标系的原点相对于末端执行器参考系的坐标为 $d_c^6 = [10, 5, 0]^T$。那么，末端执行器与相机速度之间的关系给出如下

$$\xi_6^6 = \begin{bmatrix} \cos\alpha & -\sin\alpha & 0 & 0 & 0 & 5 \\ \sin\alpha & \cos\alpha & 0 & 0 & 0 & -10 \\ 0 & 0 & 1 & -5 & 10 & 0 \\ 0 & 0 & 0 & \cos\alpha & -\sin\alpha & 0 \\ 0 & 0 & 0 & \sin\alpha & \cos\alpha & 0 \\ 0 & 0 & 0 & 0 & 0 & 1 \end{bmatrix} \begin{bmatrix} v_x \\ v_y \\ 0 \\ 0 \\ 0 \\ \dot{\theta} \end{bmatrix}$$

$$= \begin{bmatrix} v_x\cos\alpha - v_y\sin\alpha + 5\dot{\theta} \\ v_x\sin\alpha + v_y\cos\alpha - 10\dot{\theta} \\ 0 \\ 0 \\ 0 \\ \dot{\theta} \end{bmatrix}$$

结合 SCARA 型机械臂的雅可比矩阵（见第 4 章中的推导），上式可被用来求解达到期望相机运动所需的关节速度。 ◄

11.7 划分方法

尽管基于图像的方法通用且对校准和传感错误具有鲁棒性，如 11.5.3 节所述，但当所需的相机运动较大时，它们有可能会失效。再次考虑图 11.8 中所示的情况。相机关于光轴的一个纯旋转将会使每个特征点在图像中跟踪的轨迹位于一个圆上，而相比之下，基于图像的方法会使每个特征点从其当前位置沿直线移动图像位置到所需位置。在后一种情况下，引入的相机运动将会是沿光轴的一个回撤，在此情况下为 $z = -\infty$，在此点处，$\det L = 0$，控制器失效。这个问题是由以下事实引起的一个结果：基于图像的控制并没有明确考虑相机运动。相反，基于图像的控制确定了图像特征空间中的期望轨迹，并使用交互作用矩阵将该轨迹映射到相机速度。处理此类问题的一个选择是使用**划**

分方法(partitioned method)。

在划分方法中,交互作用矩阵仅被用来控制相机自由度的一个子集,剩余的自由度则通过其他方法来控制。考虑式(11.23)。我们可以将此方程写为

$$\dot{s} = \begin{bmatrix} L_{v_x} & L_{v_y} & L_{v_z} & L_{\omega_x} & L_{\omega_y} & L_{\omega_z} \end{bmatrix} \xi$$

$$= \begin{bmatrix} L_{v_x} & L_{v_y} & L_{\omega_x} & L_{\omega_y} \end{bmatrix} \begin{bmatrix} v_x \\ v_y \\ \omega_x \\ \omega_y \end{bmatrix} + \begin{bmatrix} L_{v_z} & L_{\omega_z} \end{bmatrix} \begin{bmatrix} v_z \\ \omega_z \end{bmatrix} \qquad (11.30)$$

$$= L_{xy}\xi_{xy} + L_z\xi_z$$

这里,$\dot{s}_z = L_z\xi_z$ 给出了 $\dot{s}$ 中由于相机关于光轴移动和旋转而引起的分量,而 $\dot{s}_{xy} = L_{xy}\xi_{xy}$ 则给出了 $\dot{s}$ 中由于绕相机 x 轴和 y 轴移动和旋转而引发的速度分量。

公式(11.30)使我们能够将控制划分为两个分量:ξ_{xy} 和 ξ_z。假设我们已经建立了一个控制方案来确定 ξ_z 的取值。使用基于图像的方法来求解方程(11.30),我们可以得到 ξ_{xy},如下

$$\xi_{xy} = L_{xy}^+(\dot{s} - L_z\xi_z) \qquad (11.31)$$

该公式有一个直观的解释。$-L_{xy}^+ L_z\xi_z$ 是抵消图像运动 $\dot{s}_z$ 所需的 ξ_{xy} 的取值。控制律 $\xi_{xy} = L_{xy}^+\dot{s}$ 给出达到目标 $\dot{s}$ 所需的沿着照相机 x 轴和 y 轴的速度以及绕照相机 x 轴和 y 轴的旋转量(在无须考虑图像特征受 ξ_z 影响的运动后)。

使用上述 Lyapunov 设计方法,设定 $\dot{e} = -\lambda e$,得到

$$-\lambda e = \dot{e} = \dot{s} = L_{xy}\xi_{xy} + L_z\xi_z$$

可推导出

$$\xi_{xy} = -L_{xy}^+(\lambda e + L_z\xi_z)$$

我们可以将 $(\lambda e + L_z\xi_z)$ 作为修正误差来考虑,它包含了原始的图像特征误差,同时又考虑到了由于相机沿/绕光轴的运动(与 ξ_z 相关)而引入的特征误差。

剩下的唯一任务是建立一个控制律来确定 ξ_z 的取值。为了确定 ω_z,我们可以使用从图像平面的水平轴线到连接两个特征点的有向线段的角度 θ_{ij}。对于数值调节,一种较好的方案是选择由特征点构成的最长线段,并且在运动过程中当特征点位形发生变化时,允许改变这种选择。ω_z 的取值由下式给出

$$\omega_z = \gamma_{\omega_z}(\theta_{ij}^d - \theta_{ij})$$

θ_{ij}^d 是期望值,而 γ_{ω_z} 是标量增益系数。

我们可以使用图像中对象物体的外观大小来确定 v_z。令 σ^2 表示图像中某些多边形的面积。我们将 v_z 定义为

$$v_z = \gamma_{v_z} \ln\left(\frac{\sigma^d}{\sigma}\right)$$

使用外观大小作为特征的优点在于它是一个标量,相对于围绕光轴的旋转是不变的(因此将相机旋转与 z 轴平移解耦),并且它可以很轻松地计算出来。

图 11.9 和图 11.10 展示了这种划分控制器在期望围绕光轴转动 π 角度情形下的表现。注意到此时相机并不回撤(σ 是常数),角度 θ 单调减小,并且特征点绕圆圈移动。特征坐标误差初期会增大,这与传统的基于图像的方法不同,后者的特征误差单调减小。

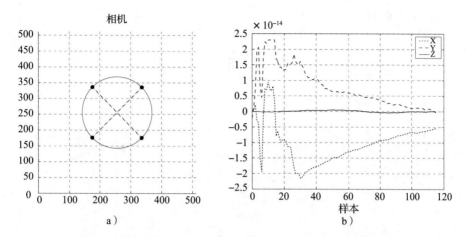

a）   b）

图 11.9 对于基于纯图像的控制，每个特征点将从初始位置到目标位置沿直线移动，如图中的直线段所示，在这种情况下，所有特征点将同时通过圆心。使用划分控制器，特征点沿图中所示的圆移动，直到到达目标位置（见 a 图）。b 图显示了摄像机的平移运动。注意，沿 z 轴的运动基本上为零

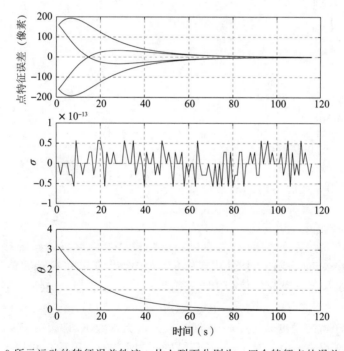

图 11.10 图 11.9 所示运动的特征误差轨迹，从上到下分别为：四个特征点的误差、σ 误差和 θ 误差

11.8 运动感知

回想一下 4.12 节中描述的可操作性这一概念，它给出了从关节速度到末端执行器速度缩放的一个定量测度。**运动感知**是一个与此类似的概念，它将相机速度与图像中的特征速度联系起来。直观上讲，运动感知量化了由于相机运动而引起图像特征改变的幅度。

考虑满足下列条件的所有机器人工具速度 ξ 的集合

$$\|\xi\|^2 = \xi_1^2 + \xi_2^2 + \cdots + \xi_m^2 \leqslant 1$$

假设图像特征中存在冗余，即 $k > m$。我们可以使用式(11.26)来获得

$$
\begin{aligned}
\|\xi\|^2 &= \xi^T \xi \\
&= (L^+ \dot{s})^T (L^+ \dot{s}) \\
&= \dot{s}^T (L^{+T} L^+) \dot{s} \leqslant 1
\end{aligned}
\tag{11.32}
$$

考虑矩阵 L 的奇异值分解(见附录 B)

$$
L = U \Sigma V^T
\tag{11.33}
$$

其中 U 和 V 是正交矩阵，$\Sigma \in \mathbb{R}^{k \times m}$

$$
\Sigma =
\begin{bmatrix}
\sigma_1 & & & & \\
& \sigma_2 & & & \\
& & \cdot & & \\
& & & \cdot & \\
& & & & \sigma_m \\
& & 0 & &
\end{bmatrix}
$$

σ_i 是矩阵 L 的奇异值，并且 $\sigma_1 \geqslant \sigma_2 \geqslant \cdots \geqslant \sigma_m$。

对于这种情况，相互作用矩阵 L^+ 的伪逆矩阵由式(11.27)给出。将其与式(11.32)和式(11.33)结合，得到

$$
\dot{s}^T U
\begin{bmatrix}
\sigma_1^{-2} & & & & \\
& \sigma_2^{-2} & & & \\
& & \cdot & & \\
& & & \cdot & \\
& & & & \sigma_m^{-2} \\
& & 0 & &
\end{bmatrix}
U^T \dot{s} \leqslant 1
\tag{11.34}
$$

考虑下式给出的 $\dot{s}$ 的正交变换

$$
\tilde{\dot{s}} = U^T \dot{s}
$$

将其代入式(11.34)，我们得到

$$
\sum_{i=1}^{m} \frac{1}{\sigma_i^2} \tilde{\dot{s}}_i \leqslant 1
\tag{11.35}
$$

式(11.35)定义了 m 维空间中的一个椭球。我们将这个椭球称为**运动感知椭球**(motion perceptibility ellipsoid)。我们可以使用式(11.35)中给出的 m 维椭球的体积作为运动感知的定量度量。运动感知椭球体的体积由下式给出：

$$
K \sqrt{\det(L^T L)}
$$

其中，K 是取决于椭球维度 m 的一个比例常数。因为常数 K 只取决于 m，它与评估运动感知这一目标并不相关，因为对于特定问题，m 是固定的。因此，我们定义运动感知(用 ρ 表示)如下，

$$
\rho = \sqrt{\det(L^T L)} = \sigma_1 \sigma_2 \cdots \sigma_m
$$

运动感知度量 ρ 具有下列性质，它们是可操作性相关性质的直接类比：

- 通常，$\rho = 0$，当且仅当 $\operatorname{rank}(L) < \min(k, m)$，即当矩阵 L 不满秩时。
- 假设在测量的视觉特征速度 $\Delta \dot{s}$ 中存在一些误差。计算相机速度的对应误差 $\Delta \xi$ 有下列界限

$$
(\sigma_1)^{-1} \leqslant \frac{\|\Delta \xi\|}{\|\Delta \dot{s}\|} \leqslant (\sigma_m)^{-1}
$$

还有其他的定量方法可被用于评估运动感知。例如,在特征选择中,交互作用矩阵的条件数(它由 $\|L\|\|L^{-1}\|$ 给出),可被用于选择图像特征。

11.9 本章总结

在本章中,我们介绍了基于视觉的控制,包括对计算机视觉相关方面的概述,这些对于充分理解和实现基于视觉的控制算法是有必要的。

我们从讨论基于视觉的控制方案这个设计者面临的基本选择开始,区分了固定相机和手眼系统(后者是本章的重点),以及基于位置和基于图像的控制系统架构。基于图像的方法将图像数据直接映射到控制信号,这是本章的重点。

我们对计算机视觉的讨论仅限于图像形成的几何方面。我们介绍了透视投影作为图像形成的模型。在这种情况下,坐标为 (x,y,z) 的点在图像平面上的投影由如下透视投影方程给出

$$u = \lambda\,\frac{x}{z}, \quad v = \lambda\,\frac{y}{z}$$

然后,我们描述了如何使用梯度信息来设计基本的角点检测器。

基于图像的视觉伺服控制是使用图像中测量的误差来直接控制机器人运动的一种方法。所有基于图像的方法都会用到一个关键关系式,如下所示

$$\dot{s} = L(s,q)\xi$$

其中,$L(s,q)$ 是交互作用矩阵,s 是测量图像的一个特征值向量。当单个图像点被用作特征时,这种关系由下式给出

$$\begin{bmatrix} \dot{u} \\ \dot{v} \end{bmatrix} = \begin{bmatrix} -\dfrac{\lambda}{z} & 0 & \dfrac{u}{z} & \dfrac{uv}{\lambda} & -\dfrac{\lambda^2+u^2}{\lambda} & v \\ 0 & -\dfrac{\lambda}{z} & \dfrac{v}{z} & \dfrac{\lambda^2+v^2}{\lambda} & -\dfrac{uv}{\lambda} & -u \end{bmatrix} \begin{bmatrix} v_x \\ v_y \\ v_z \\ \omega_x \\ \omega_y \\ \omega_z \end{bmatrix}$$

在基于图像的控制中,图像误差定义如下

$$e(t) = s(t) - s^d$$

通过使用误差范数的平方作为一个候选 Lyapunov 函数,我们得到控制律

$$\xi = -\lambda L^{-1} e(t)$$

当交互作用矩阵为非奇异方阵或者

$$\xi = -\lambda L^+ e(t)$$

当 $L \in \mathbb{R}^{k \times m}$,并且 $k > m$ 时,$L^+ = (L^{\mathrm{T}}L)^{-1}L^{\mathrm{T}}$。

通常,相机坐标系和机器人的末端执行器坐标并不重合。在这种情况下,有必要将相机速度与末端执行器速度联系起来。这种联系由下式给出

$$\xi_6^6 = \begin{bmatrix} R_c^6 & S(d_c^6)R_c^6 \\ 0_{3\times 3} & R_c^6 \end{bmatrix} \xi_c^c$$

其中,R_c^6 和 d_c^6 确定了相机坐标系相对于末端执行器坐标系的固定位置和姿态,ξ_6 和 ξ_c 分别表示末端执行器以及相机的速度。

在某些情况下,对于不同的自由度使用不同的控制律会有优势。在本章中,我们描述一种划分控制系统的方法,它使用下列关系式

$$\dot{s} = L_{xy}\xi_{xy} + L_z\xi_z$$

在定义了两个新的图像特征之后，我们使用下式来控制 z 轴的平移和旋转

$$\omega_z = \gamma_{\omega_z}(\theta_{ij}^d - \theta_{ij})$$

$$v_z = \gamma_{v_z}\ln\left(\frac{\sigma^d}{\sigma}\right)$$

其中，θ_{ij} 是图像平面水平轴线与连接两个特征点的有向线段之间的角度，σ^2 是图像中一个多边形的面积，γ_{ω_z} 和 γ_{v_z} 是标量增益系数。

最后，我们定义运动感知为视觉伺服系统的一个属性，它类似与机械臂的可操作性度量。对于 $k > m$，运动感知定义如下

$$\rho = \sqrt{\det(L^\mathsf{T}L)} = \sigma_1\sigma_2\cdots\sigma_m$$

其中 σ_i 是交互作用矩阵的奇异值。

习题

11-1 对于焦距为 $\lambda = 10$ 的相机，找到各个三维点的图像平面坐标，其相对于相机坐标系的坐标如下所示。标记出相机看不见的点。

    1. $(25, 25, 50)$

    2. $(-25, -25, 50)$

    3. $(20, 5, -50)$

    4. $(15, 10, 25)$

    5. $(0, 0, 50)$

    6. $(0, 0, 100)$

11-2 重复问题 11-1，三维点的坐标更改为相对于世界坐标系表达。假设相机的光轴与世界坐标系 x 轴对齐，相机的 x 轴平行于世界坐标系 y 轴，并且投影中心的坐标为 $(0, 0, 100)$。

11-3 一个立体相机系统是由享有共同视场的两个相机组成。通过使用两个相机，立体视觉方法可被用来计算场景的三维特性。考虑立体相机系统，它的坐标系 $o_1x_1y_1z_1$ 和 $o_2x_2y_2z_2$ 满足

$$H_2^1 = \begin{bmatrix} 1 & 0 & 0 & B \\ 0 & 1 & 0 & 0 \\ 0 & 0 & 1 & 0 \\ 0 & 0 & 0 & 1 \end{bmatrix}$$

这里，B 被称为两个相机之间的**基准距离**。假设一个三维点 P 投影到这两个图像上，它在第一个相机上的图像平面坐标为 (u_1, v_1)，在第一个相机上的图像平面坐标为 (u_2, v_2)。确定点 P 的深度。

11-4 证明一条三维直线的投影是图像中的一条直线。

11-5 证明所有三维水平线的消失点必须位于图像平面中 $v = 0$ 这条线上。

11-6 假设两条平行线的消失点，其图像坐标为 (u_∞, v_∞)。证明三维直线的方向向量由下式给出

$$u = \frac{1}{\sqrt{u_\infty^2 + v_\infty^2 + \lambda^2}}\begin{bmatrix} u_\infty \\ v_\infty \\ \lambda \end{bmatrix}$$

其中 λ 是成像系统的焦距。

11-7 两条平行线确定一个平面。考虑一组成对平行线，使得对应的平面也平行。证明这些直线在图像上的消失点处于同一直线上。提示：令 n 表示平行平面的法向量，利用 $u_i \cdot n = 0$ 这一事实，其中 u_i 是与第 i 条直线相关的方向向量。

11-8 一个立方体有 12 条边，其中每条边定义了三维空间中的一条线。我们可以将这些线分为三组，使得在各组都有四条平行线。用 (a_1, a_2, a_3)、(b_1, b_2, b_3) 和 (c_1, c_2, c_3) 表示这三组平行线的方向向量。每

组平行线给出图像中的一个消失点。三个消失点分别表示为 $V_a = (u_a, v_a)$、$V_b = (u_b, v_b)$ 以及 $V_c = (u_c, v_c)$。

1. 如果 C 是相机的光学中心，证明 $\angle V_a C V_b$、$\angle V_a C V_c$ 和 $\angle V_b C V_c$ 这三个角均等于 $\pi/2$。提示：在世界坐标系中，图像平面是平面 $z = \lambda$。

2. 令 h_a 表示从 V_a 到由 V_b 和 V_c 定义的直线的垂线高度。证明一个包含 h_a 以及穿过点 C 和 V_a 的直线垂直于由 V_b 和 V_c 定义的直线。

3. 令 h_a 表示从 V_a 到由 V_b 和 V_c 定义的直线的高度，h_b 表示从 V_b 到由 V_a 和 V_c 定义的直线的高度，h_c 表示从 V_c 到由 V_a 和 V_b 定义的直线的高度。我们定义以下三个平面：

- P_a 是一个包含 h_a 以及穿过点 C 和 V_a 的直线的平面。
- P_b 是一个包含 h_b 以及穿过点 C 和 V_b 的直线的平面。
- P_c 是一个包含 h_c 以及穿过点 C 和 V_c 的直线的平面。

  证明这些平面均垂直于图像平面（这样足以表明对于特定的 i，P_i 垂直于图像平面）。

4. 三个消失点 V_a、V_b、V_c 定义了一个三角形，三个高度 h_a、h_b、h_c 相交于该三角形的垂心。对于三个方向向量相互正交的这种特殊情况，该点有什么重要意义？

11-9 使用关于消失点的结果，画一张漂亮的卡通画，包括一两条道路、一些房子，或许一只走鹃和郊狼。

11-10 假设一个圆位于与图像平面平行的一个平面内。证明该圆在图像平面中的透视投影是一个圆，确定它的半径。

11-11 给出点 p_1 和 p_2 之间的交互作用矩阵的表达式，满足下述关系

$$\begin{bmatrix} u_1 \\ v_1 \\ u_2 \\ v_2 \end{bmatrix} = L\xi$$

其中，(u_1, v_1) 和 (u_2, v_2) 分别为点 p_1 和 p_2 投影的图像坐标，ξ 是相机移动的速度。

11-12 证明式 (11.25) 中给出的四个向量构成了式 (11.23) 中给出的交互作用矩阵的零空间的基。

11-13 两点间交互作用矩阵的归零空间的维度是多少？给出这个归零空间的一组基。

11-14 考虑附连到机械臂上的一个立体相机系统。推导出满足下式的交互作用矩阵 L，

$$\begin{bmatrix} u_l \\ v_l \\ u_r \\ v_r \end{bmatrix} = L\xi$$

其中，(u_l, v_l) 和 (u_r, v_r) 分别为点 p 在左图和右图投影的图像坐标，ξ 是移动立体相机系统的速度。

11-15 考虑安装到固定三脚架上的立体相机系统，用来观察机械臂的末端执行器。如果末端执行器的速度由 ξ 给出，推导出满足下列关系的交互作用矩阵 L

$$\begin{bmatrix} u_l \\ v_l \\ u_r \\ v_r \end{bmatrix} = L\xi$$

其中，(u_l, v_l) 和 (u_r, v_r) 分别为点 p 在左图和右图投影的图像坐标。

11-16 考虑用来观察机械臂运动的一个固定摄像头。推导出将末端执行器坐标系与末端执行器原点在图像上的投影坐标联系起来的交互作用矩阵。

11-17 考虑安装在传送带上方的一个相机，它的光学轴线平行于世界 z 轴。该相机可以关于光轴移动和旋转，所以在这种情况下，我们有 $\xi = [v_x, v_y, v_z, \dot{\theta}]^\mathsf{T}$。假设相机观察的一个平面对象，其惯量由下式给出

$$m_{ij} = \sum_{r,c} r^i c^j \mathcal{I}(r, c)$$

推导出满足下列关系式的交互作用矩阵

$$\begin{bmatrix} \dot{m}_{00} \\ \dot{m}_{10} \\ \dot{m}_{01} \end{bmatrix} = L\xi$$

11-18　写出一个基于图像的视觉伺服系统控制器的仿真程序，其中使用四个图像点的坐标作为特征。求解起始和目标图像，它会使经典的基于图像的控制策略停留在局部最小值处，即此处的误差位于交互作用矩阵的归零空间内。求解使得系统发散的初始和目标图像。

11-19　使用你在习题 11-18 中的仿真程序，来展示基于图像的方法相对于深度估计误差的鲁棒性。

11-20　使用你在习题 11-18 中的仿真程序，来展示基于图像的方法相对于相机方向估计误差的鲁棒性。例如，使用欧拉角来构造一个旋转矩阵，它可被用来干扰作为特征的四个点的世界坐标。

11-21　当建立交互作用矩阵时，通常可以接受使用一个固定的深度值 $z = z^d$。这里，z^d 表示相机处于目标位置时候的深度。使用你在习题 11-18 中的仿真程序，来比较在基于图像的方法中使用深度的真值和使用固定值 z^d 这两种情况的表现。

11-22　写出一个划分控制器的模拟程序，其中使用四个图像点的坐标作为特征。求解使该控制器失效的初始和目标图像。将此控制器与你在习题 11-18 中的控制器做比较。

附注与参考

计算机视觉研究可以追溯到 20 世纪 60 年代初期。在 20 世纪 80 年代初期出现了一些计算机视觉文献。这些书从人类视觉的认知建模[111]，图像处理[144]和应用机器人视觉[66]的角度探讨了计算机视觉。在[61]中可以找到对 20 世纪 90 年代初期的计算机视觉技术的全面回顾，在[175]中可以找到三维视觉方法的基础性的处理方式。在[42]和[106]中可以找到有关计算机视觉几何方面的详细信息。世纪之交，计算机视觉技术的最新综述可以在[47]中找到。近期，[26]提供了一些处理机器人视觉的新技术，包括特征检测和跟踪以及基于视觉的控制。

设计特征检测器和特征跟踪算法时，有很多需要注意的地方。应该直接在图像中进行跟踪(使用图像中特征的位置和方向作为状态)，还是在世界坐标系中进行跟踪(将摄像机的位置和方向作为状态)？基本的跟踪方法应该是什么？是线性化方法(例如 EKF)，还是一般的非线性估计器？哪些特征最容易跟踪？哪些对照明变化最鲁棒？哪些特征最易分辨？对这些设计上的考虑产生了大量关于计算机视觉特征跟踪问题的文献，并且到目前为止，许多通用的特征跟踪算法在各种开源软件库中都有提供，例如 OpenCV [17]和 Matlab 的机器人和计算机视觉工具箱[26]。尽管这些算法的细节可能有很大不同，但大多数算法可以看作是经典预测校正方法的变体，这些也是大多数状态估计器的核心。这些问题已在标准计算机视觉文献(例如[47、106、26])中讨论过。

机器人系统的视觉控制可以追溯到 20 世纪 60 年代，早期使用该技术的有 SRI(斯坦福研究所)建造的 Shakey 机器人。然而，Shakey 的视觉系统对于实时控制的应用来说处理速度太慢。[5]和[6]中汇报了关于实时视觉控制的早期结果，其中描述了一个能打乒乓球的机器人。

交互作用矩阵最早在[146]中被引入，它被称为**特征灵敏度矩阵**(feature sensitivity matrix)。在[44]中，它被称为雅可比矩阵，在随后的文献中它被称为图像雅可比矩阵，在[39]中，它被命名为交互作用矩阵，这是我们在本文中使用的术语。

文献[23]第一次对基于图像方法相关的性能问题进行了深入研究。该论文指明了未来数年内对视觉伺服控制研究的道路。

用于视觉伺服的第一个分割方法由[107]引入，它描述了一个系统，其中三个旋转自由度使用基于位置的方法进行控制，三个平移自由度则使用基于图像的方法进行控制。关于其他分割方法的报道见于[33]和[116]。本章描述的方法是由[27]提出的。

运动感知由[150]和[149]引入。在[124]和[125]中引入了类似的**可解析性**(resolvability)。在[43]中，交互作用矩阵的条件数被用于选择特征这一目的。

反馈线性化

在本章中，我们介绍关于**几何非线性控制理论**的一些基本但却根本性的概念。我们首先给出微分几何的一些背景知识来设置符号并定义基本量，如**流形**（manifold）、**向量场**（vector field）、**李括号**（Lie bracket）等，我们将在以后用到这些知识。我们在本章中将要使用的主要工具是**弗罗贝尼乌斯定理**（Frobenius theorem），我们将在 12.1.2 节中介绍该定理。

然后，我们讨论非线性系统的**反馈线性化**这一概念。这种方法推广了第 9 章中刚性机械臂的逆动力学概念。反馈线性化的思路是构造一个非线性控制律作为**内环控制**，在理想情况下，经过适当的状态空间坐标变换，它可以准确地将非线性系统线性化。然后，设计者可以在新的坐标下设计**外环控制**，以满足传统的控制设计规范，例如跟踪和抗扰。

在刚性机械臂的情形中，第 9 章中的逆动力学控制和反馈线性化控制其实是相同的。正如我们将看到的，逆动力学控制和反馈线性化的主要区别是找到一组"正确"的坐标，相对于该坐标，动力学可以通过反馈呈现线性化。在逆动力学的情形下，坐标系不发生改变是必要的。

正如我们将看到的，如果将传动系统的动态特性（例如由轴饱和引起的单行以及齿轮自身的弹性）引入机械臂的描述中，反馈线性化技术在机械臂控制中的全部威力才会变得明显。

12.1 背景

近年来，在非线性系统的微分几何方法领域涌现出了大量文献，它们不仅处理反馈线性化，还处理其他问题，例如：干扰解耦、估计、观测器、以及自适应控制。我们此处的目的是仅仅给出可被立即用于机器人控制的那部分理论，并且只给出最简单版本的结果。

12.1.1 流形、向量场和分布

微分几何中的基本概念是**微分流形**（简称为流形），它是与欧式空间 $\mathbb{R}^m$ 局部微分同胚的一种拓扑空间[⊖]。对于我们来讲，此处可将流形当作 $\mathbb{R}^n$ 的一个子集，它由一个光滑的向量值函数[⊖]$h：\mathbb{R}^n \rightarrow \mathbb{R}^p$（其中 $p < n$）的零集合来定义：

$$h_1(x_1, \cdots, x_n) = 0$$
$$\vdots$$
$$h_p(x_1, \cdots, x_n) = 0$$

我们假设微分 $dh_1, \cdots, dh_p$ 在各点处线性无关，在这种情况下，流形的维度为 $m = n - p$。给定一个 m 维的流形，我们可以在各点 $x \in M$ 处附着一个**正切空间** $T_x M$，该正切

⊖ 微分同胚只是一个可微函数，它的逆存在并且也是可微的。我们假定函数和它的逆函数都是无限可微的。这样的函数通常被称为 C^∞ 异胚。

⊖ 我们的定义相当于 $\mathbb{R}^n$ 中 $m = n - p$ 维的嵌入子流形的特殊情况。

空间是一个 m 维向量空间，它指定了 x 处可能速度（方向导数）的集合。

例 12.1 考虑 $\mathbb{R}^3$ 中的单位球体 S^2，其定义为

$$h(x,y,z)=x^2+y^2+z^2-1=0$$

S^2 是 $\mathbb{R}^3$ 中的一个二维子流形（见图 12.1）。在上半球的各点处有 $z=\sqrt{1-x^2-y^2}$，并且其正切空间是下列向量的组合

$$v_1=[1,0,-x/\sqrt{1-x^2-y^2}]^{\mathrm{T}}$$
$$v_2=[0,1,-y/\sqrt{1-x^2-y^2}]^{\mathrm{T}}$$

h 的微分为

$$\mathrm{d}h=(2x,2y,2z)=(2x,2y,2\sqrt{1-x^2-y^2})$$

上式在点 x、y、z 处垂直于正切空间（参考图 12.2）。　◀

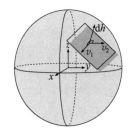

图 12.1　球是 $\mathbb{R}^3$ 中的一个二维流形　　图 12.2　流形上的向量场的图示

定义 12.1 在流形 M 上的一个**平滑余向量场**（smooth covector field）是一个无限可微的函数 f：$M{\to}TM$，它被表示为一个行向量，如下所示

$$f(x)=\begin{bmatrix}f_1(x)\\\vdots\\f_m(x)\end{bmatrix}\in T_xM,\quad x\in M$$

另一个有用的概念是**余切空间**（cotangent space）和**余向量场**（covector field）。余切空间 T_x^*M 是正切空间的对偶。它是一个 m 维向量空间，指定在 x 处函数可能的微分的集合。在数学上，T_x^*M 是 T_xM 上的所有线性泛函的空间，即从 T_xM 到 $\mathbb{R}$ 的函数空间。

定义 12.2（平滑余向量场） 是一个无限可微的函数 ω：$M{\to}T^*M$，它被表示为一个行向量，如下所示

$$w(x)=[w_1(x),\cdots,w_m(x)]\in T_x^*M,\quad x\in M$$

此后，每当我们使用函数、向量场或余向量场这些术语，它们都被假定为是光滑的。由于 T_xM 和 T_x^*M 均为 m 维向量空间，它们是同构的，并且在后续内容中，我们假设向量与余向量之间唯一的区别是：它们被表示为列向量或行向量。

可能有多个向量场同时定义在同一个给定流形上。这样的一组向量场将会在各点的正切空间中生成一个子空间。同样，我们将考虑多个余向量场，它们在各点的余切空间中生成一个子空间。这些概念引出了所谓的**分布**（distribution）和**合场分布**（codistribution）。

定义 12.3 令 $X_1(x),\cdots,X_k(x)$ 表示 M 上在各点处线性独立的向量场。一个**分布** Δ 是线性组合（各点 $x\in M$）

$$\Delta=\mathrm{span}\{X_1(x),\cdots,X_k(x)\}\tag{12.1}$$

同样地，令 $\omega_1(x),\cdots,\omega_k(x)$ 为 M 上在各点处线性独立的余向量场。对于一个**合场分布** Ω，我们指的是线性组合（各点 $x\in M$）

$$\Omega = \mathrm{span}\{w_1(x), \cdots, w_k(x)\} \tag{12.2}$$

备注 12.1　我们将假设分布 Δ 在每个 $x \in M$ 处都是线性独立的，在这种情况下 Δ 被称为正态分布。今后，无论何时我们提及分布，都应理解为是指正态分布。相同的惯例将适用于合场分布和正态分布。

因此，一个分布给各点 $x \in M$ 分配了一个向量空间 $\Delta(x)$。$\Delta(x)$ 是 m 维正切空间 $T_x M$ 中的一个 k 维子空间。同样的，一个合场分布在 m 维余切空间 $T_x^* M$ 的各点 x 处定义了一个 k 维子空间 $\Omega(x)$。

向量场被用来定义微分方程以及与其相关的流。这里，我们将注意力限定在具有如下形式的非线性系统上

$$\dot{x} = f(x) + g_1(x)u_1 + \cdots + g_m(x)u_m \tag{12.3}$$
$$= f(x) + G(x)u$$

其中，$f(x)$，$g_1(x)$，$\cdots$，$g_m(x)$ 是 M 上的光滑向量场，同时我们定义 $G(x) = [g_1(x), \cdots, g_m(x)]$ 以及 $u = [u_1, \cdots, u_m]^{\mathrm{T}}$。为简单起见，我们将假定 $M = \mathbb{R}^n$。

定义 12.4　令 f 和 g 为 $\mathbb{R}^n$ 中的两个向量场。f 和 g 的**李括号**，标记为 $[f, g]$，它是一个向量场，定义如下

$$[f, g] = \frac{\partial g}{\partial x} f - \frac{\partial f}{\partial x} g \tag{12.4}$$

其中，$\dfrac{\partial g}{\partial x}\left(\text{分别地，} \dfrac{\partial f}{\partial x}\right)$ 表示 $n \times n$ 的雅可比矩阵，其第 ij 个元素为 $\dfrac{\partial g_i}{\partial x_j}\left(\text{分别地，} \dfrac{\partial f_i}{\partial x_j}\right)$。

例 12.2　假设 $\mathbb{R}^3$ 中的向量场 $f(x)$ 和 $g(x)$ 给出如下

$$f(x) = \begin{bmatrix} x_2 \\ \sin x_1 \\ x_1 + x_3^2 \end{bmatrix} \quad g(x) = \begin{bmatrix} 0 \\ x_2^2 \\ 1 \end{bmatrix}$$

那么，向量场 $[f, g]$ 可根据方程 (12.4) 计算如下

$$[f, g] = \begin{bmatrix} 0 & 0 & 0 \\ 0 & 2x_2 & 0 \\ 0 & 0 & 0 \end{bmatrix} \begin{bmatrix} x_2 \\ \sin x_1 \\ x_1 + x_3^2 \end{bmatrix} - \begin{bmatrix} 0 & 1 & 0 \\ \cos x_1 & 0 & 0 \\ 1 & 0 & 2x_3 \end{bmatrix} \begin{bmatrix} 0 \\ x_2^2 \\ 1 \end{bmatrix}$$

$$= \begin{bmatrix} -x_2^2 \\ 2x_2 \sin x_1 \\ -2x_3 \end{bmatrix}$$

我们将 $[f, g]$ 标记为 $ad_f(g)$，同时按照归纳法定义 $ad_f^k(g)$ 为

$$ad_f^k(g) = [f, ad_f^{k-1}(g)] \tag{12.5}$$

其中，$ad_f^0(g) = g$。

定义 12.5　令 $f : \mathbb{R}^n \to \mathbb{R}^n$ 表示 $\mathbb{R}^n$ 上的一个向量场，同时令 $h : \mathbb{R}^n \to \mathbb{R}$ 表示一个标量函数。函数 h 相对于 f 的**李导数**，标记为 $L_f h$，其定义如下

$$L_f h = \frac{\partial h}{\partial x} f(x) = \sum_{i=1}^{n} \frac{\partial h}{\partial x_i} f_i(x) \tag{12.6}$$

李导数是 h 在 f 方向上的方向导数。我们用 $L_f^2 h$ 表示 $L_f h$ 相对于 f 的李导数，即

$$L_f^2 h = L_f(L_f h) \tag{12.7}$$

通常情况下，我们定义

$$L_f^k h = L_f(L_f^{k-1} h), \quad k=1,\cdots,n \tag{12.8}$$

其中，$L_f^0 h = h$。

以下技术性的引理给出了李括号与李导数之间的一个重要关系，它对于后面的推导十分重要。

引理 12.1　令 $h: \mathbb{R}^n \to \mathbb{R}$ 表示一个标量函数，f 和 g 为 $\mathbb{R}^n$ 上的向量场。那么，我们有下列等式

$$L_{[f,g]} h = L_f L_g h - L_g L_f h \tag{12.9}$$

证明　将方程(10.9)按照坐标 $x_1, \cdots, x_n$ 展开，并且令两边相等。向量场 $[f,g]$ 中的第 i 个分量 $[f,g]_i$ 给出如下

$$[f,g]_i = \sum_{j=1}^n \frac{\partial g_i}{\partial x_j} f_j - \sum_{j=1}^n \frac{\partial f_i}{\partial x_j} g_j$$

因此，方程(12.9)的左侧为

$$
\begin{aligned}
L_{[f,g]} h &= \sum_{i=1}^n \frac{\partial h}{\partial x_i} [f,g]_i \\
&= \sum_{i=1}^n \frac{\partial h}{\partial x_i} \left(\sum_{j=1}^n \frac{\partial g_i}{\partial x_j} f_j - \sum_{j=1}^n \frac{\partial f_i}{\partial x_j} g_j \right) \\
&= \sum_{i=1}^n \sum_{j=1}^n \frac{\partial h}{\partial x_i} \left(\frac{\partial g_i}{\partial x_j} f_j - \frac{\partial f_i}{\partial x_j} g_j \right)
\end{aligned}
$$

如果将方程(12.9)的右侧按类似的方法进行扩展，通过少许代数运算可以表明，方程两侧相等。具体的细节留作练习(见习题 12-1)。　■

12.1.2　弗罗贝尼乌斯定理

在本节中，我们介绍微分几何里一个被称为**弗罗贝尼乌斯定理**(Frobenius theorem)的基本结果。弗罗贝尼乌斯定理可被看作是特定一阶偏微分方程组的解的存在性定理。虽然对这个定理的严格证明超出了本书的范围，通过考虑下列的偏微分方程组，我们可以获得一个直观的了解。

$$\frac{\partial z}{\partial x} = f(x,y,z) \tag{12.10}$$

$$\frac{\partial z}{\partial y} = g(x,y,z) \tag{12.11}$$

在这个例子中，有两个关于单个独立变量 z 的偏微分方程。方程(12.10)和方程(12.11)的一个解是

函数 $z = \phi(x,y)$，它满足下列条件

$$\frac{\partial \phi}{\partial x} = f(x,y,\phi(x,y)) \tag{12.12}$$

$$\frac{\partial \phi}{\partial y} = g(x,y,\phi(x,y)) \tag{12.13}$$

我们可以将函数 $z = \phi(x,y)$ 当作定义在 $\mathbb{R}^3$ 中的一个面，如图 12.3 所示。然后，定义下列函数 $\Phi: \mathbb{R}^2 \to \mathbb{R}^3$

$$\Phi(x,y) = (x,y,\varphi(x,y)) \tag{12.14}$$

它表征了表面以及方程(12.10)和方程(12.11)

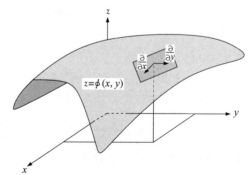

图 12.3　$\mathbb{R}^3$ 中的积分流形

的解。在各点(x,y)处，该表面的正切平面由两个向量而成，这两个向量可通过分别求解在 x 和 y 方向上取 Φ 的偏导数得到，即

$$X_1 = [1, 0, f(x, y, \phi(x, y))]^\mathrm{T}$$
$$X_2 = [0, 1, g(x, y, \phi(x, y))]^\mathrm{T} \tag{12.15}$$

向量场 X_1 和 X_2 是线性无关的，并且它们在各点处可通过线性组合覆盖一个二维子空间。注意到 X_1 和 X_2 可通过方程(12.10)和方程(12.11)被完全确定。几何上讲，现在可以将求解该一阶偏微分方程组的问题当作求解 $\mathbb{R}^3$ 中的一个平面，其在各点处的正切空间是向量场 X_1 和 X_2 的线性组合。这样的一个表面（如果可以找到的话）被称为方程(12.10)和方程(12.11)的一个**积分流形**(integral manifold)。这样的积分流形如果存在，那么向量场集合（即偏微分方程组）被称为是**完全可积**的。

让我们以另一种方式重新阐述这个问题。假设 $z = \phi(x, y)$ 是方程(12.10)和方程(12.11)的解。通过简单的计算（见习题 12-2）来检查函数

$$h(x, y, z) = z - \phi(x, y) \tag{12.16}$$

满足系统的偏微分方程组

$$L_{X_1} h = 0$$
$$L_{X_2} h = 0 \tag{12.17}$$

反之，假设可以找到一个满足式(12.17)的标量函数 h，同时假设可以从下列方程求解

$$h(x, y, z) = 0 \tag{12.18}$$

关于 z，我们可以得到 $z = \phi(x, y)$，$^{\ominus}$求解方程然后可以证明（见习题 12-3）ϕ 满足方程(12.10)和方程(12.11)。因此，向量场 $\{X_1, X_2\}$ 完全可积等价于存在 h 满足方程(12.17)。将前面的讨论作为背景，我们声明如下。

定义 12.6 在 $\mathbb{R}^n$ 上的一个分布 $\Delta = \mathrm{span}\{X_1, \cdots, X_m\}$ 被称为是**完全可积**(completely integrable)的，在当且仅当存在 $n - m$ 个线性无关的函数 $h_1, \cdots, h_{n-m}$ 满足偏微分方程组

$$L_{X_i} h_j = 0, \quad 1 \leqslant i \leqslant m, \quad 1 \leqslant j \leqslant n - m \tag{12.19}$$

另一个重要概念是**对合**(involutivity)，其定义如下所示。

定义 12.7 一个分布 $\Delta = \mathrm{span}\{X_1, \cdots, X_m\}$ 被称作是对合的，当且仅当存在标量函数 $\alpha_{ijk}: \mathbb{R}^n \rightarrow \mathbb{R}$，使得

$$[X_i, X_j] = \sum_{k=1}^{m} \alpha_{ijk} X_k \quad \text{对于所有的} \quad i, j, k \tag{12.20}$$

对合意味着，如果我们构造了 Δ 中任何一对向量场的李括号，那么，结果所得到的向量场可被表示为原始向量场 $X_1, \cdots, X_m$ 的一个线性组合。因此，对合分布在李括号运算下是封闭的。注意到这个线性组合中的系数可以是 $\mathbb{R}^n$ 中的光滑函数。

在只有方程(12.10)和方程(12.11)的简单情况下，定义的 $\{X_1, X_2\}$ 集合的对合等价于函数 h 的偏导顺序可以互换，即 $\dfrac{\partial^2 h}{\partial x \partial y} = \dfrac{\partial^2 h}{\partial y \partial x}$。接下来的弗罗贝尼乌斯定理给出了偏微分方程组(12.19)存在解的条件。

定理 12.1（弗罗贝尼乌斯定理） 分布 Δ 是完全可积的，当且仅当它为对合的时。

弗罗贝尼乌斯定理的重要性在于，它允许人们判断给定的分布是否完全可积，同时无

$\ominus$ 隐函数定理表明，只要 $\dfrac{\partial h}{\partial z} \neq 0$，式(12.18)就可以求解 z。

须实际求解偏微分方程。原则上，对合条件可以通过给定的向量场单独计算得出。

12.2 反馈线性化的概念

为了介绍反馈线性化这一概念，考虑如下所示的简单系统

$$\dot{x}_1 = a\sin(x_2) \tag{12.21}$$

$$\dot{x}_2 = -x_1^2 + u \tag{12.22}$$

请注意，在上述系统中，我们不能简单地选择 u 来消除非线性项 $a\sin(x_2)$。但是，如果我们首先通过如下操作改变变量，设定

$$y_1 = x_1 \tag{12.23}$$

$$y_2 = a\sin(x_2) = \dot{x}_1 \tag{12.24}$$

那么，根据链式规则，y_1 和 y_2 满足

$$\dot{y}_1 = y_2 \tag{12.25}$$

$$\dot{y}_2 = a\cos(x_2)(-x_1^2 + u)$$

我们看到，非线性的情况现在可通过下列控制输入而被消除

$$u = \frac{1}{a\cos(x_2)}v + x_1^2 \tag{12.26}$$

结果得到一个 (y_1, y_2) 坐标中的线性系统

$$\dot{y}_1 = y_2 \tag{12.27}$$

$$\dot{y}_2 = v$$

其中 v 项具有外环控制的释义，并可通过设计将式(12.27)中给出的二阶系统的极点放置于坐标 (y_1, y_2) 处(参考图 12.4)。例如，应用于方程(12.27)的外环控制

$$v = -k_1 y_1 - k_2 y_2 \tag{12.28}$$

的结果是闭环系统

$$\dot{y}_1 = y_2 \tag{12.29}$$

$$\dot{y}_2 = -k_1 y_1 - k_2 y_2$$

该系统的特征多项式为

$$p(s) = s^2 + k_2 s + k_1 \tag{12.30}$$

因此，系统相对于坐标 (y_1, y_2) 的闭环极点完全可以通过 k_1 和 k_2 的选择而确定。图 12.4 示出了上述控制策略的内环/外环实现，容易确定 y 变量的响应。系统在原始坐标 (x_1, x_2) 的对应响应可通过将方程(12.23)和方程(12.24)中给出的变换反转而得到。其结果是

$$x_1 = y_1 \tag{12.31}$$

$$x_2 = \sin^{-1}(y_2/a) \quad -a < y_2 < +a$$

这个例子说明了反馈线性化的几个重要特征。要注意的第一件事情是结果的局部本质。我们从式(12.23)和式(12.24)看到，转换和控制只有在 $-\infty < x_1 < \infty$，$-\pi/2 < x_2 < \pi/2$ 区域内是有意义的。第二，为了控制式(12.27)给出的线性系统，坐标 (y_1, y_2) 必须可被用于反馈。如果它们是具有物理意义的变量，这可以通过直接测量而完成，或者通过使用式(12.23)和式(12.24)中给出的变换方法从测量的坐标 (x_1, x_2) 计算而得到。在后一种情况下，参数 a 必须是精确已知的。

在 12.3 节中，我们给出充分和必要条件，在此条件下，通过使用类似于上例中的非线性变量变换和非线性反馈，一般的单输入非线性系统可被转化为一个线性系统。

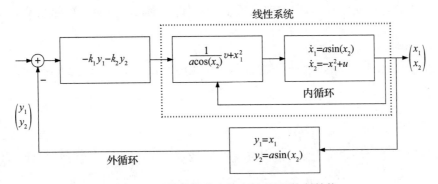

图 12.4　反馈线性化中的内环/外环控制结构

12.3　单输入系统

反馈线性化这一概念在单输入系统中最容易被理解。在本节中，我们给出单输入非线性系统可被局部线性化的充要条件。作为说明，我们将此结果用于带有关节弹性的单连杆机械臂的控制中。

定义 12.8　一个单输入非线性系统如下所示

$$\dot{x} = f(x) + g(x)u \tag{12.32}$$

其中，$f(x)$ 和 $g(x)$ 是 $\mathbb{R}^n$ 上的向量场，$f(0) = 0$ 并且 $u \in \mathbb{R}$，该系统被称为可**反馈线性化**（feedback linearizable），如果存在定义在 $\mathbb{R}^n$ 内包含原点的一个开区间 U 上的一个微分同胚 $T: U \to \mathbb{R}^n$，并且非线性反馈

$$u = \alpha(x) + \beta(x)v \tag{12.33}$$

其中，在 U 内 $\beta(x) \neq 0$，使得变换后的状态

$$y = T(x) \tag{12.34}$$

满足线性方程组

$$\dot{y} = Ay + bv \tag{12.35}$$

其中

$$A = \begin{bmatrix} 0 & 1 & 0 & \cdots & 0 \\ 0 & 0 & 1 & \cdots & \bullet \\ \bullet & \bullet & \bullet & & \bullet \\ \bullet & \bullet & \bullet & & \bullet \\ \bullet & \bullet & \bullet & & 1 \\ 0 & 0 & \bullet & 0 & 0 \end{bmatrix}, \quad b = \begin{bmatrix} 0 \\ 0 \\ \vdots \\ 1 \end{bmatrix} \tag{12.36}$$

备注 12.2　由式(12.36)给出的 A 和 b 的线性系统(12.35)被称为布鲁诺夫斯基标准型（Brunovsky canonical form）。任何可控制的单输入线性系统都可以通过坐标的线性变化和线性状态反馈转换为布鲁诺夫斯基形式。因此，在非线性反馈线性化的定义中，我们将布鲁诺夫斯基形式作为目标线性系统时不会丧失一般性。

当非线性变换方程(12.34)和非线性控制律方程(12.33)被应用于非线性系统(12.32)中时，可得到线性可控系统(12.35)。微分同胚 $T(x)$ 可被当作状态空间内的一个非线性坐标变换。反馈线性化的思路是：如果我们首先改变到坐标系统 $y = T(x)$，那么，存在一个非线性控制律来消除系统中的非线性环节。如果域 U 是整个 $\mathbb{R}^n$ 的话，反馈线性化可被称为是**全局**的。

接下来，我们在式(12.32)中的向量场 f 和 g 上推导此类变换存在的充要条件。让我们假设

$$y = T(x) \tag{12.37}$$

同时检查变换 $T(x)$ 必须满足什么样的条件。对式(12.37)两端对时间做微分操作，得到

$$\dot{y} = \frac{\partial T}{\partial x}\dot{x} \tag{12.38}$$

其中 $\frac{\partial T}{\partial x}$ 是变换 $T(x)$ 的雅可比矩阵。使用式(12.32)和式(12.35)，式(12.38)可以写为

$$\frac{\partial T}{\partial x}(f(x) + g(x)u) = AT(x) + bv \tag{12.39}$$

分量形式为

$$T = \begin{bmatrix} T_1 \\ \cdot \\ \cdot \\ \cdot \\ T_n \end{bmatrix}, A = \begin{bmatrix} 0 & 1 & 0 & \cdot & \cdot & 0 \\ 0 & 0 & 1 & \cdot & \cdot & \cdot \\ \cdot & \cdot & \cdot & & & \cdot \\ \cdot & \cdot & \cdot & & & 1 \\ 0 & 0 & \cdot & \cdot & 0 & 0 \end{bmatrix}, \quad b = \begin{bmatrix} 0 \\ 0 \\ \cdot \\ \cdot \\ \cdot \\ 1 \end{bmatrix} \tag{12.40}$$

我们看到方程(12.39)中的第一个方程是

$$L_f T_1 + L_g T_1 u = T_2 \tag{12.41}$$

类似地，T 的其余分量满足

$$L_f T_2 + L_g T_2 u = T_3 \\ \vdots \\ L_f T_n + L_g T_n u = v \tag{12.42}$$

由于我们假设 $T_1, \cdots, T_n$ 和 u 线性无关，同时 v 和 u 也线性无关，由式(12.42)得出结论

$$L_g T_1 = L_g T_2 = \cdots = L_g T_{n-1} = 0 \tag{12.43}$$
$$L_g T_n \neq 0 \tag{12.44}$$

可以推导出偏微分方程组：

$$L_f T_i = T_{i+1}, \quad i = 1, \cdots, n-1 \tag{12.45}$$

和

$$L_f T_n + L_g T_n u = v \tag{12.46}$$

结合引理 12.1、式(12.43)和式(12.44)，我们可以得出关于 T_1 的偏微分方程组，如下所示。在引理 12.1 中使用 $h = T_1$，我们得到

$$L_{[f,g]} T_1 = L_f L_g T_1 - L_g L_f T_1 = 0 - L_g T_2 = 0 \tag{12.47}$$

由此可证明

$$L_{[f,g]} T_1 = 0 \tag{12.48}$$

通过使用与前面类似的数学归纳法，可以证明(见习题 12-4)

$$L_{ad_f^k(g)} T_1 = 0 \quad k = 0, 1, \cdots, n-2 \tag{12.49}$$
$$L_{ad_f^{n-1}(g)} T_1 \neq 0 \tag{12.50}$$

如果我们可以找到满足偏微分方程组(12.49)的 T_1，则 $T_2, \cdots, T_n$ 可从式(12.45)归纳得出，而控制输入 u 可从式(12.46)得出为

$$u = \frac{1}{L_q T_n}(v - L_f T_n) \tag{12.51}$$

因此，我们将问题简化为对方程(12.49)求解 T_1。这种解在什么情况下存在？

首先注意到向量场 $g, ad_f(g), \cdots, ad_f^{n-1}(g)$ 必须是线性无关的。否则，对于某些索引 i，有

$$ad_f^i(g) = \sum_{k=0}^{i-1} \alpha_k ad_f^k(g) \tag{12.52}$$

那么，$ad_f^{n-1}(g)$ 将会是 $g, ad_f(g), \cdots, ad_f^{n-2}(g)$ 的一个线性组合，且公式(12.50)不成立。现在，根据弗罗贝尼乌斯定理，当且仅当分布 $\Delta = \mathrm{span}\{g, ad_f(g), \cdots, ad_f^{n-2}(g)\}$ 对合时，方程(12.49)才具有解。综上所述，我们证明了以下内容

定理 12.2 非线性系统

$$\dot{x} = f(x) + g(x)u \tag{12.53}$$

在当且仅当存在一个包含 $\mathbb{R}^n$ 中的原点且满足以下条件的开放域 U 时，是可反馈线性化的：

1. 向量场 $\{g, ad_f(g), \cdots, ad_f^{n-1}(g)\}$ 在 U 中线性无关。
2. 分布 $\Delta = \mathrm{span}\{g, ad_f(g), \cdots, ad_f^{n-2}(g)\}$ 在 U 中是合场分布。

备注 12.3 关于上述定理的几点评论：

对于线性系统，

$$\dot{x} = Fx + gu$$

易得 $ad_f^k(g) = -1^k F^k g$ (见习题 12-5)，因此上面的第一个条件等于 F, g 的可控制性。

2. 由于每个项 $ad_f^k(g)$ 是常数，因此满足对合条件，因为两个恒定向量场的李括号为零。因此，线性情况下的可控性是必要的，并且也是将系统转换为具有线性变量变化和线性状态反馈的布鲁诺夫斯基标准型的充分条件。

3. 非线性系统可以线性化的必要条件

$$\dot{x} = f(x) + g(x)u$$

是关于其原点的线性近似

$$\dot{x} = Fx + gu \quad \text{其中} \quad F = \frac{\partial f}{\partial x}(0), \quad g = g(0)$$

是可控的。

4. 对于二阶系统，关于原点的线性近似的可控性对于反馈线性化既是必要的又是充分的。这是因为 $n = 2$ 时的分布 Δ 是 $\Delta = \{\mathrm{span}G(X)\}$，因为一维分布是总是对合的。

例 12.3 **（柔性关节机器人）** 考虑图12.5中所示的单连杆柔性关节机械臂。为简单起见我们忽略阻尼。运动方程为

$$I\ddot{q}_1 + Mg\ell\sin(q_1) + k(q_1 - q_2) = 0$$
$$J\ddot{q}_2 + k(q_2 - q_1) = u \tag{12.54}$$

注意到，由于有非线性进入到第一方程中，控制输入 u 无法像刚性机械臂方程中那样被简单消除。在状态空间中，我们设

$$x_1 = q_1 \quad x_2 = \dot{q}_1$$
$$x_3 = q_2 \quad x_4 = \dot{q}_2 \tag{12.55}$$

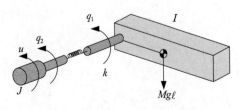

图 12.5 单连杆柔性关节机器人

并将方程组(12.54)写为

$$\dot{x}_1 = x_2$$

$$\dot{x}_2 = -\frac{Mg\ell}{I}\sin(x_1) - \frac{k}{I}(x_1 - x_3) \tag{12.56}$$

$$\dot{x}_3 = x_4$$

$$\dot{x}_4 = \frac{k}{J}(x_1 - x_3) + \frac{1}{J}u$$

因此，系统可写为式(12.32)的形式，其中

$$f(x) = \begin{bmatrix} x_2 \\ -\dfrac{Mg\ell}{I}\sin(x_1) - \dfrac{k}{I}(x_1 - x_3) \\ x_4 \\ \dfrac{k}{J}(x_1 - x_3) \end{bmatrix}, \quad g(x) = \begin{bmatrix} 0 \\ 0 \\ 0 \\ \dfrac{1}{J} \end{bmatrix} \tag{12.57}$$

因此，在 $n=4$ 的情况下，该系统的反馈线性化的充要条件是

$$\text{rank}[g, ad_f(g), ad_f^2(g), ad_f^3(g)] = 4 \tag{12.58}$$

且分布

$$\Delta = \text{span}\{g, ad_f(g), ad_f^2(g)\} \tag{12.59}$$

为对合的。计算上述等式，易得(见习题 12-10)

$$[g, ad_f(g), ad_f^2(g), ad_f^3(g)] = \begin{bmatrix} 0 & 0 & 0 & -\dfrac{k}{IJ} \\ 0 & 0 & \dfrac{k}{IJ} & 0 \\ 0 & -\dfrac{1}{J} & 0 & -\dfrac{k}{J^2} \\ \dfrac{1}{J} & 0 & -\dfrac{k}{J^2} & 0 \end{bmatrix} \tag{12.60}$$

当 k，I，$J \neq 0$ 时秩为 4。另外，由于向量场 $\{g, ad_f(g), ad_f^2(g)\}$ 是常数，所以分布 Δ 是对合的。为证明这一点，只需注意两个常数向量场的李括号为零即可。因此，等式 (12.59) 中向量场集合的任何两个元素的李括号为零，它是向量场自身的一个线性组合。因此，式(12.54)给出的系统是可反馈线性化的。新坐标

$$y_i = T_i \quad i = 1, \cdots, 4 \tag{12.61}$$

可从等式(12.49)给出的条件中找到，其中 $n=4$，即

$$L_g T_1 = 0$$

$$L_{[f,g]} T_1 = 0$$

$$L_{ad_f^2(g)} T_1 = 0 \tag{12.62}$$

$$L_{ad_f^3(g)} T_1 \neq 0$$

进行以上计算得出方程组(见习题 12-11)

$$\frac{\partial T_1}{\partial x_2} = 0, \quad \frac{\partial T_1}{\partial x_3} = 0, \quad \frac{\partial T_1}{\partial x_4} = 0 \tag{12.63}$$

以及

$$\frac{\partial T_1}{\partial x_1} \neq 0 \tag{12.64}$$

从这里我们可以看到，函数 T_1 应该仅是关于 x_1 的一个函数。因此，我们使用最简单的解

$$y_1 = T_1 = x_1 \tag{12.65}$$

并根据公式(12.45)计算(见习题 12-12)

$$y_2 = T_2 = L_f T_1 = x_2$$

$$y_3 = T_3 = L_f T_2 = -\frac{Mg\ell}{I}\sin(x_1) - \frac{k}{I}(x_1 - x_3) \tag{12.66}$$

$$y_4 = T_4 = L_f T_3 = -\frac{Mg\ell}{I}\cos(x_1)x_2 - \frac{k}{I}(x_2 - x_4)$$

从以下条件中找到反馈线性化控制输入 u

$$u = \frac{1}{L_g T_4}(v - L_f T_4) \tag{12.67}$$

结果如下(见习题 12-13)

$$u = \frac{IJ}{k}(v - a(x)) = \beta(x)v + \alpha(x) \tag{12.68}$$

其中

$$a(x) = \frac{Mg\ell}{I}\sin(x_1)\left(x_2^2 + \frac{Mg\ell}{I}\cos(x_1) + \frac{k}{I}\right) +$$
$$\frac{k}{I}(x_1 - x_3)\left(\frac{k}{I} + \frac{k}{J} + \frac{Mg\ell}{I}\cos(x_1)\right) \tag{12.69}$$

因此，在坐标 $y_1, \cdots, y_4$ 中，控制律由公式(12.68)给出，系统变为

$$\dot{y}_1 = y_2$$
$$\dot{y}_2 = y_3$$
$$\dot{y}_3 = y_4 \tag{12.70}$$
$$\dot{y}_4 = v$$

或写成矩阵形式

$$\dot{y} = Ay + bv \tag{12.71}$$

其中

$$A = \begin{bmatrix} 0 & 1 & 0 & 0 \\ 0 & 0 & 1 & 0 \\ 0 & 0 & 0 & 1 \\ 0 & 0 & 0 & 0 \end{bmatrix}, \quad b = \begin{bmatrix} 0 \\ 0 \\ 0 \\ 1 \end{bmatrix} \tag{12.72}$$

有趣的是，上述反馈线性化实际上是全局的。为了看到这一点，我们只需要计算由式(12.65)和式(12.66)中的变量改变的逆。通过观察，我们可以看到

$$x_1 = y_1$$
$$x_2 = y_2$$
$$x_3 = y_1 + \frac{I}{k}\left(y_3 + \frac{Mg\ell}{I}\sin(y_1)\right) \tag{12.73}$$
$$x_4 = y_2 + \frac{I}{k}\left(y_4 + \frac{Mg\ell}{I}\cos(y_1)y_2\right)$$

逆变换有很好的定义，并且处处可微，因此，式(12.54)给出的系统，其反馈线性化全局成立。变换后的变量 $y_1, \cdots, y_4$ 自身具有物理意义。我们看到：

$$
\begin{aligned}
y_1 &= x_1 = \text{连杆位置} \\
y_2 &= x_2 = \text{连杆速度} \\
y_3 &= \dot{y}_2 = \text{连杆加速度} \\
y_4 &= \dot{y}_3 = \text{连杆加加速度}
\end{aligned} \tag{12.74}
$$

由于连杆的运动轨迹常通过这些量来指定，因此，它们是使用反馈时的自然坐标。◀

例 12.4 将系统线性化为布鲁诺夫斯基形式后，我们可以设外环控制 v 为

$$
v = -k_1(y_1 - y_1^{ref}) - k_2 y_2 - k_3 y_3 - k_4 y_4
$$

以在连杆角度上逐步变更 y_1^{ref}。

图 12.6 显示了系统在参数值 $I = J = 1$，$mgL = 10$，$k = 100$，参考值 $y_1^{ref} = \pi/2$ 和外部环路增益 $k_1 = 4788$，$k_2 = 2319$，$k_3 = 420$，$k_4 = 34$ 时的系统响应。这些值被选择的目的是，以使线性化系统的闭合极点位于 -7，-8，-9，-9.5。请注意，输入力矩的最终值为 $u = 10$，这是平衡重力力矩 $mgL = 10$ 所必需的。

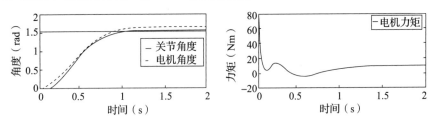

图 12.6　柔性关节机器人的阶跃响应和电机力矩。电机角度和连杆角度的
最终值之间的差由关节刚度和重力转矩的稳态值确定 ◀

例 12.5 下一个示例描述了上述柔性关节机器人的响应，其参考输入是一个三次多项式轨迹。使用三次多项式时，所需的加加速度是一个常数。因此，让我们指定一条轨迹

$$
y_1^d(t) = y_1^d = a_0 + a_1 t + a_2 t^2 + a_3 t^3 \tag{12.75}
$$

使

$$
\begin{aligned}
y_2^d &= \dot{y}_1^d = a_1 + 2a_2 t + 3a_3 t^2 \\
y_3^d &= \dot{y}_2^d = 2a_2 + 6a_3 t \\
y_4^d &= \dot{y}_3^d = 6a_3
\end{aligned}
$$

然后，给出了跟踪该轨迹的线性控制律，该控制律基本等效于第 9 章的前馈/反馈方案，其公式如下：

$$
v = -k_0(y_1 - y_1^d) - k_1(y_2 - y_2^d) - k_2(y_3 - y_3^d) - k_3(y_4 - y_4^d) \tag{12.76}
$$

将该控制定律应用于方程(12.68)给出的四阶线性系统，可见跟踪误差 $e(t) = y_1 - y_1^d$ 满足四阶线性方程

$$
\frac{d^4 e}{dt^4} + k_3 \frac{d^3 e}{dt^3} + k_2 \frac{d^2 e}{dt^2} + k_1 \frac{de}{dt} + k_0 e = 0 \tag{12.77}
$$

因此，误差动态完全取决于增益 $k_0, \cdots, k_3$ 的选择

图 12.7 显示了系统的闭环响应。

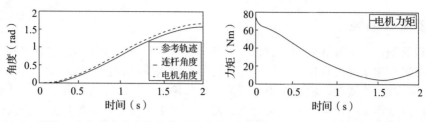

图 12.7 跟踪三次多项式参考轨迹的柔性关节机器人的关节角 y_1 的跟踪响应和电机力矩 ◀

备注 12.4 注意，方程(12.76)给出的反馈控制律是相对于变量 $y_1,\cdots,y_4$ 声明的。因此，重要的是考虑如何确定这些变量，从而在无法直接测量这些变量的情况下，使得它们可被用于反馈。虽然前两个变量(代表连杆的位置和速度)很容易测量，其余的变量(表示连杆的加速度以及加加速度)很难利用现有技术进行准确测量。人们可以测量表示电机及连杆的位置和速度的原始变量 $x_1,\cdots,x_4$，然后通过使用方程(12.65)和方程(12.66)中的变换来计算 $y_1,\cdots,y_4$。在这种情况下，出现在变换方程中的参数必须是精确可知的。我们也可以仅使用测得的连杆位置 x_1 和非线性观测器来估计完整状态。

带输出注入的非线性观测器

有趣的是，在单连杆情况下，动态方程(12.54)的特殊结构使我们可以设计一个非线性观测器来估计整个状态向量 $x=[x_1,x_2,x_3,x_4]^T$，假设仅连杆角度 x_1 有测量值。为此，设 $y=x_1=c^T x$ 为输出方程，$c^T=[1,0,0,0]$。然后我们可以将状态空间方程写为

$$\dot{x}=Ax+bu+\phi(y)$$

其中

$$A=\begin{bmatrix} 0 & 1 & 0 & 0 \\ -\dfrac{k}{I} & 0 & \dfrac{k}{I} & 0 \\ 0 & 0 & 0 & 1 \\ \dfrac{k}{J} & 0 & -\dfrac{k}{J} & 0 \end{bmatrix}, \quad b=\begin{bmatrix} 0 \\ 0 \\ 0 \\ \dfrac{1}{J} \end{bmatrix}, \quad \phi=\begin{bmatrix} \dfrac{Mg\ell}{I}\sin(x_1) \\ 0 \\ 0 \\ 0 \end{bmatrix} \tag{12.78}$$

由于 $\phi(y)$ 是仅取决于输出 y 的非线性函数，因此具有输出注入的所谓非线性观测器采用以下形式

$$\dot{\hat{x}}=A\hat{x}+bu+\phi(y)+\ell(y-c^T\hat{x})$$

估计误差 $e=\hat{x}-x$ 由线性系统给出

$$\dot{e}=(A-\ell c^T)e \tag{12.79}$$

易证 (c^T,A) 是可观察对，因此现在可以选择观测器增益 ℓ，使得 $A-\ell c^T$ 是 Hurwitz 矩阵。图 12.8 显示了在控制输入中使用估计状态 $\hat{y}_1$ 时的系统的闭环响应。观测器增益选择为 $\ell_1=46$，$\ell_2=591$，$\ell_3=14.3$，$\ell_4=-419$。

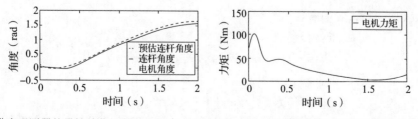

图 12.8 带有观测器的柔性关节机器人的跟踪响应和电机力矩。连杆角度和估计的连杆角度几乎不可分辨

12.4 多输入系统

一般情况下，一个 n 连杆机械臂的动力学方程代表了一个多输入非线性系统。多输入系统的反馈线性化条件更难描述，但是其概念与单输入情况相同。即寻求一种坐标系，其中非线性可以被一个或多个输入精确地消除。在多输入系统中，我们还可以对系统进行解耦，以使所得线性系统由多个子系统组成，而每个子系统仅受单个外环控制输入的影响。

由于我们只关心将这些概念应用于机械臂控制，我们将不需要适用于多输入反馈线性化的通用结果。相对的，我们将利用在单连杆情况下的详细推导中获得的理解，来为 n 连杆刚性机械臂和带有弹性关节的 n 连杆机械臂推导反馈线性化控制。对于全驱动刚性机械臂，通常的广义坐标 q 和 $\dot{q}$ 就已足够。对于 n 连杆柔性关节机器人，所需的坐标变换可以像单输入情况一样根据连杆位置、速度、加速度和加速度定义。

例 12.6 我们将首先验证我们先前所说的内容，即对于 n 连杆刚性机械臂，反馈线性化控制与第 9 章的逆动力学控制相同。为证明这一点，考虑方程(9.26)给定的刚性机器人运动方程式。我们将其写为下列状态空间形式

$$\dot{x}_1 = x_2 \tag{12.80}$$
$$\dot{x}_2 = -M(x_1)^{-1}(C(x_1, x_2)x_2 + g(x_1)) + M(x_1)^{-1}u$$

其中，$x_1 = q$，$x_2 = \dot{q}$。在这种情况下，为找到反馈线性化控制，我们可以先观察式(12.80)，有

$$u = M(x_1)v + C(x_1, x_2)x_2 + g(x_1) \tag{12.81}$$

将式(12.81)代入式(12.80)可得出

$$\dot{x}_1 = x_2 \tag{12.82}$$
$$\dot{x}_2 = v$$

式(12.82)表示形式为 n 个二阶系统的集合

$$\dot{x}_{1i} = x_{2i}$$
$$\dot{x}_{2i} = v_i, \quad i = 1, \cdots, n \tag{12.83}$$

比较式(12.81)与式(9.3.4)，我们可以看到刚性机械臂的反馈线性化控制恰恰是第 9 章的逆动力学控制。◀

例 12.7 在 n 连杆机器人的动态描述中包括关节弹性，将产生具有 $2n$ 自由度的拉格朗日系统。回顾第 9 章中柔性关节机器人的欧拉-拉格朗日运动方程

$$D(q_1)\ddot{q}_1 + C(q_1, \dot{q}_1)\dot{q}_1 + g(q_1) + K(q_1 - q_2) = 0 \tag{12.84}$$
$$J\ddot{q}_2 - K(q_1 - q_2) = u$$

在状态空间(现在为 $\mathbb{R}^{4n}$ 中)，我们以分块形式定义状态变量

$$x_1 = q_1 \quad x_2 = \dot{q}_1$$
$$x_3 = q_2 \quad x_4 = \dot{q}_2 \tag{12.85}$$

然后由等式(12.84)，我们有：

$$\dot{x}_1 = x_2$$
$$\dot{x}_2 = -D(x_1)^{-1}\{h(x_1, x_2) + K(x_1 - x_3)\}$$
$$\dot{x}_3 = x_4 \tag{12.86}$$
$$\dot{x}_4 = J^{-1}K(x_1 - x_3) + J^{-1}u$$

其中，为简单起见，我们定义 $h(x_1, x_2) = C(x_1, x_2)x_2 + g(x_1)$。这个系统具有如下

形式

$$\dot{x} = f(x) + G(x)u \tag{12.87}$$

在单连杆情形中，我们看到，如果我们将连杆位置、速度、加速度和加加速度作为状态变量，系统可通过非线性反馈而被线性化。根据单输入的例子，我们可以在多连杆情形中尝试做同样的事情，并得出一个块形式的反馈线性化变换如下。设 ◀

$$y_1 = T_1(x) = x_1$$
$$y_2 = T_2(x) = \dot{y}_1 = x_2$$
$$y_3 = T_3(x) = \dot{y}_2 = \dot{x}_2 = -D^{-1}\{h(x_1, x_2) + K(x_1 - x_3)\}$$
$$y_4 = T_4(x) = \dot{y}_3 = -\frac{d}{dt}[D^{-1}]\{h(x_1, x_2) + K(x_1 - x_3)\} -$$
$$D^{-1}\left\{\frac{\partial h}{\partial x_1}x_2 + \frac{\partial h}{\partial x_2}[-D^{-1}(h(x_1, x_2) + K(x_1 - x_3))] + K(x_2 - x_4)\right\}$$
$$= a_4(x_1, x_2, x_3) + D(x_1)^{-1}Kx_4 \tag{12.88}$$

其中，为了简便起见，我们定义函数 a_4 为在 y_4 定义中除最后一项 $D^{-1}Kx_4$ 之外的所有项。注意到 x_4 仅出现在这最后一项，所以 a_4 仅取决于 x_1、x_2、x_3。

与单连杆情况一样，上述映射是全局微分同胚。它的逆是

$$x_1 = y_1$$
$$x_2 = y_2 \tag{12.89}$$
$$x_3 = y_1 + K^{-1}(D(y_1)y_3 + h(y_1, y_2))$$
$$x_4 = K^{-1}D(y_1)(y_4 - a_4(y_1, y_2, y_3))$$

现在可以从以下条件中找到线性控制定律

$$\dot{y}_4 = v \tag{12.90}$$

由等式(12.88)计算 $\dot{y}_4$

$$v = \frac{\partial a_4}{\partial x_1}x_2 - \frac{\partial a_4}{\partial x_2}D^{-1}(h + K(x_1 - x_3)) + \frac{\partial a_4}{\partial x_3}x_4 +$$
$$\frac{d}{dt}[D^{-1}]Kx_4 + D^{-1}K(J^{-1}K(x_1 - x_3) + J^{-1}u) \tag{12.91}$$
$$= a(x) + b(x)u$$

其中 $a(x)$ 表示等式(12.91)中除去最后一项（涉及输入 u）之外的其他所有项，此外，$b(x) = D^{-1}(x)KJ^{-1}$。

为 u 求解上述表达式

$$u = b(x)^{-1}(v - a(x)) = \alpha(x) + \beta(x)v \tag{12.92}$$

其中，$\beta(x) = JK^{-1}D(x)$，$\alpha(x) = -b(x)^{-1}a(x)$。

通过方程(12.88)给出的坐标的非线性变化和方程(12.92)给出的非线性反馈，变换后的系统现在具有线性分块形式

$$\dot{y} = \begin{bmatrix} 0 & I & 0 & 0 \\ 0 & 0 & I & 0 \\ 0 & 0 & 0 & I \\ 0 & 0 & 0 & 0 \end{bmatrix}y + \begin{bmatrix} 0 \\ 0 \\ 0 \\ I \end{bmatrix}v \tag{12.93}$$
$$= Ay + Bv$$

其中，$I = n \times n$ 的单位矩阵，$0 = n \times n$ 的零矩阵，$y^{\mathrm{T}} = (y_1^{\mathrm{T}}, y_2^{\mathrm{T}}, y_3^{\mathrm{T}}, y_4^{\mathrm{T}}) \in \mathbb{R}^{4n}$，而 $v \in \mathbb{R}^n$。系

统(12.93)表示了由 n 个解耦的四重积分器组成的集合。现在可以像先前一样进行外环设计，这是因为系统不仅是线性化的，它还由 n 个类似于四阶系统(12.70)的子系统组成。

12.5　本章总结

本章介绍了微分几何非线性控制理论中的一些基本概念，它们可作为探索高等文献的基础。

流形、向量场和分布

我们介绍了微分几何的基本定义，如微分流形、向量场和分布。我们介绍了一些几何操作，如李导数和李括号，并展示了它们之间的关系。我们陈述了弗罗贝尼乌斯定理，这是非线性分析中的一个重要工具。

反馈线性化

对于单输入非线性系统，我们推导了反馈线性化的充要条件。这个重要结果是多种物理系统中控制器设计的基础。特别是，我们展示了如何使用反馈线性化来设计适用于带有柔性关节的机器人的全局稳定跟踪控制器。

习题

12-1　通过直接计算完成引理 12.1 的证明。

12-2　证明如果 ϕ 是方程(12.10)和式(12.11)的解，并且 X_1，X_2 由方程(12.15)定义，则函数 $h = z - \phi(x, y)$ 满足方程(12.17)给出的系统。

12-3　证明如果 $h(x, y, z)$ 满足公式(12.17)并且 $\dfrac{\partial h}{\partial z} \neq 0$，$z = \phi(x, y)$，其中 ϕ 满足方程(12.10)和方程(12.11)，则可以为 z 求解方程(12.18)。再证明，只有在方程(12.17)的平凡解 $h = 0$ 的情况下，$\dfrac{\partial h}{\partial z} = 0$ 才可能发生。

12-4　验证方程(12.49)和方程(12.50)。

12-5　证明，如果 F 和 g 分别为 $n \times n$ 和 $n \times 1$，则
$$ad_F^k(g) = -1^k Fg$$

12-6　以下的二阶系统是否可关于原点反馈线性化？证明你的答案。
$$\dot{x}_1 = x_2 - x_1^2$$
$$\dot{x}_2 = x_1^2 + u$$

12-7　证明以下系统是局部反馈线性化的。
$$\dot{x}_1 = x_1^3 + x_2$$
$$\dot{x}_2 = x_2^3 + u$$

找到坐标的明确变化和非线性反馈以使系统线性化。

12-8　使用拉格朗日方程推导方程(12.54)，给出具有图 12.5 的关节弹性的单连杆机械臂的运动方程。

12-9　如果图 12.5 中弹簧的连杆侧和电机侧都存在黏性摩擦，重复习题 12-8。

12-10　计算验证方程(12.60)。

12-11　从条件(12.62)导出偏微分方程组(12.63)。再验证公式(12.64)。

12-12　计算坐标的变化式(12.66)。

12-13　验证方程(12.68)和方程(12.69)。

12-14　验证方程(12.73)。

12-15　为方程(12.54)给出的系统设计并模拟线性外环控制律 v，以使连杆角 $y_1(t)$ 遵循期望的轨迹 $y_1^d(t) = \theta_\ell^d(t) = \sin 8t$。使用各种技术，例如极点放置、线性二次最优控制等。

12-16　再次考虑使用单连杆机械臂(刚性或弹性关节)。将永磁直流电动机的动力学方程添加到你的运动

方程中。你现在能说一下系统的反馈线性度吗？

12-17　当关节刚度 $k \to \infty$ 时，方程(12.73)给出的逆坐标变换会发生什么？给出物理上的解释。证明方程(12.54)给出的系统在 $k \to \infty$ 的极限时简化为控制刚性关节机械臂的方程。

12-18　考虑图 12.5 的带弹性关节的单连杆机械臂，但假设弹簧特性是非线性的，也就是说，假设弹簧力 F 由 $F = \phi(q_1 - q_2)$ 给出，其中 ϕ 为微分同胚。推导出系统可反馈线性化的条件，并执行反馈线性化变换。将结果应用于立方弹簧特性 $\phi = k_1(q_1 - q_2) + (q_1 - q_2)^3$ 的情况。与线性弹簧相比，立方弹簧特性能更准确地描述许多机械臂，尤其是在弹性来自齿轮柔韧性时。

附注与参考

对于微分几何的严谨处理可以在一些参考书中找到，例如[15]或[156]。[69]中给出了控制中微分几何方法的综合处理。对于这些高等方法在机器人中的特定应用，读者可以参考[118]和[32]。

我们对于单输入、仿射、非线性系统中反馈线性化的处理，紧随 Su 的开创性成果[171]。反馈线性化在单连杆柔性关节机器人中的首次应用出现在 Marino 和 Spong 的工作中[109]。对于 n 连杆柔性关节机器人，对应结果出自 Spong 的工作[165]。对于柔性关节机器人中的动态反馈线性化的处理，出自 De-Luca[34]中。Readman[142]中提供了有关柔性关节机器人的完整参考。[81]和[82]中讨论了设计非线性观测器的问题。

欠驱动系统的控制

欠驱动机器人

13.1 引言

在本章中，我们考虑一类重要的机器人的控制，即**欠驱动机器人**。所谓的欠驱动机器人，或更笼统地说是**欠驱动机械系统**，是指独立控制输入的数量少于广义坐标系的数量。

欠驱动是由多种方式引起的，例如下面描述的所谓 **Acrobot** 和 **Pendubot** 中有意设计的一个或多个未驱动关节，或者一些控制设计的数学模型也会引起欠驱动，例如当模型中包含关节柔性时。在上一章中，我们讨论了 n 连杆柔性关节机器人的控制，该机器人具有 $2n$ 个自由度和 n 个控制输入，因此属于欠驱动机器人类别。

具有**单侧约束**或**非完整约束**的系统通常也是欠驱动的。例如，在腿式运动中，脚与地面之间的接触是单侧约束并且是欠驱动的。因此，行走机器人具有内在的欠驱动性。轮式机器人、游泳机器人、太空机器人和飞行机器人都是欠驱动机器人。

因此，欠驱动机器人的类别庞大而复杂，并且控制问题比全驱动机器人更为困难。正如我们在前几章中所看到的，全驱动机器人具有许多有力的特性可简化控制设计。其中最突出的就是全驱动机械臂是可以全局反馈线性化的。大多数欠驱动系统都非如此，除了柔性关节机器人。欠驱动系统的控制问题通常需要我们开发用于控制器设计的新工具。

我们将在本章中介绍特定类型的机器人的建模和控制结果，其中包括欠驱动的串行连杆机器人。我们将使用的工具包括**部分反馈线性化**、**切换控制**和**能量/无源方法**。在第 14 章中，我们将介绍非完整移动机器人的其他控制结果。

13.2 建模

图 13.1 展示了一个欠驱动的串行连杆机械臂。黑色圆形的关节表示驱动的自由度，而白色圆形的关节则表示未驱动的自由度。我们假设存在 n 个关节，其中 $m \leqslant n$ 个关节有驱动，其余 $n-m$ 个关节无驱动。驱动的自由度称为**主动关节**，未驱动的自由度称为**被动关节**。我们把两者的差 $\ell = n-m$ 称为**欠驱动度**。

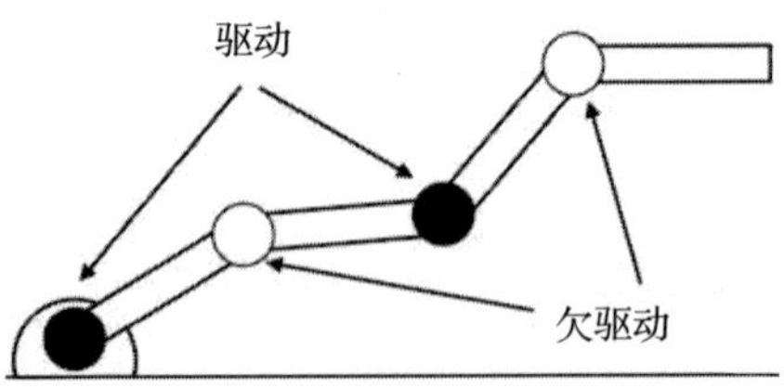

图 13.1 欠驱动的串行连杆机械臂

13.2.1 上驱动和下驱动模型

对机器人进行建模，比如说在有必要时重新编号关节变量（如我们接下来定义的**上驱动式**或**下驱动式**，如图 13.2 所示），能对后面的分析和控制设计有所帮助。

定义 13.1 一个**上驱动系统**是指前 m 个（即近端）关节是主动关节，其余的 $\ell = n-m$ （即远端）关节是被动关节。

下驱动系统是最后 m 个关节为主动而前 $\ell = n-m$ 个关节为被动的系统。

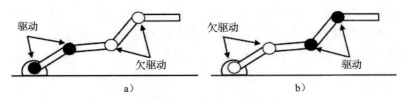

驱动　　　　　　　　　　　　　　　欠驱动

欠驱动　　　　　　　　　　　　　　　驱动

a)　　　　　　　　　　　　　　b)

图 13.2　上驱动 a)和下驱动 b)机器人

注意，术语"上"和"下"指的是上臂和下臂的类比，而不是关节编号。在下面的示例中，我们会更清楚地说明这一点。

通用的 n 自由度欠驱动系统的运动动力学方程可以使用第 6 章中的工具推导出，并表示为

$$M(q)\ddot{q}+C(q,\dot{q})\dot{q}+\phi(q)=Bu \tag{13.1}$$

其中 $M(q)$ 是 $n\times n$ 惯性矩阵，$C(q,\dot{q})$ 是科里奥利和离心矩阵，向量 $\phi(q)$ 包含势能相关的广义力，例如重力和弹性力(如果有的话)。为简单起见，我们将忽略驱动器动力学，而设惯性矩阵 $M(q)$ 与第 6 章中定义的矩阵 $D(q)$ 相同。

矩阵 B 是秩为 m 的 $n\times m$ 矩阵，反映了存在 m 个独立驱动器的事实。为简单起见，对于上驱动的机器人，我们取矩阵 $B=B_u$，对于下驱动的机器人，取矩阵 $B=B_l$，

$$B_u=\begin{bmatrix}I\\0\end{bmatrix},\quad B_l=\begin{bmatrix}0\\I\end{bmatrix}$$

其中 I 是 $m\times m$ 的单位矩阵，0 是 $\ell\times m$ 的零矩阵。

将广义坐标的向量 $q\in\mathbb{R}^n$ 划分为 $q=(q_1,q_2)$ 且 $q_1\in\mathbb{R}^\ell$，$q_2\in\mathbb{R}^m$ 时，我们将下驱动系统的动力学方程写为

$$M_{11}\ddot{q}_1+M_{12}\ddot{q}_2+c_1+\phi_1=0 \tag{13.2}$$
$$M_{21}\ddot{q}_1+M_{22}\ddot{q}_2+c_2+\phi_2=u \tag{13.3}$$

其中

$$M(q)=\begin{matrix}\ell\\m\end{matrix}\begin{matrix}\overset{\ell}{}\quad\overset{m}{}\\\begin{bmatrix}M_{11} & M_{12}\\M_{21} & M_{22}\end{bmatrix}\end{matrix} \tag{13.4}$$

是将对称的正定惯性矩阵划分为多个块

$$M_{11}\in\mathbb{R}^{\ell\times\ell},M_{12}\in\mathbb{R}^{\ell\times m},\quad M_{21}\in\mathbb{R}^{m\times\ell},\quad M_{22}\in\mathbb{R}^{m\times m}$$

向量 $c_1(q,\dot{q})\in\mathbb{R}^\ell$ 和 $c_2(q,\dot{q})\in\mathbb{R}^m$ 包含科里奥利和离心项，$\phi_1(q)\in\mathbb{R}^\ell$ 和 $\phi_2(q)\in\mathbb{R}^m$ 是从势能导出的，并且 $u\in\mathbb{R}^m$ 表示主动关节处的输入广义力。

同样，在广义坐标 $q=(q_1,q_2)$ 的相似划分中，$q_1\in\mathbb{R}^m$ 和 $q_2\in\mathbb{R}^\ell$ 相似，对 $M(q)$、$C(q,\dot{q})\dot{q}$ 和 $\phi(q)$ 进行相似划分，上驱动系统的动力学方程可以写成

$$M_{11}\ddot{q}_1+M_{12}\ddot{q}_2+c_1+\phi_1=u \tag{13.5}$$
$$M_{21}\ddot{q}_1+M_{22}\ddot{q}_2+c_2+\phi_2=0 \tag{13.6}$$

在这种情况下，惯性矩阵的子块具有如下所示的尺寸。

$$M_{11}\in\mathbb{R}^{m\times m},\quad M_{12}\in\mathbb{R}^{m\times\ell},\quad M_{21}\in\mathbb{R}^{\ell\times m},\quad M_{22}\in\mathbb{R}^{\ell\times\ell}$$

且 $c_1(q,\dot{q})\in\mathbb{R}^m$、$c_2(q,\dot{q})\in\mathbb{R}^\ell$、$\phi_1(q)\in\mathbb{R}^m$ 以及 $\phi_2(q)\in\mathbb{R}^\ell$。

13.2.2　二阶约束

由于式(13.2)(或式(13.6))的右侧等于零,因此该等式实际上定义了对广义坐标的约

束。特别地,所有参考轨迹 $q^d(t),\dot{q}^d(t),\ddot{q}^d(t)$ 必须满足式(13.2)(或式(13.6))。因此,欠驱动机器人无法跟踪任意轨迹,这是全驱动机器人和欠驱动机器人的另一个重要区别。

例 13.1 回顾第 12 章中的柔性关节机器人模型

$$D(q_1)\ddot{q}_1+C(q_1,\dot{q}_1)\dot{q}+g(q_1)+K(q_1-q_2)=0 \tag{13.7}$$

$$J\ddot{q}_2+K(q_2-q_1)=u \tag{13.8}$$

形式为下驱动形式(式(13.2)和式(13.3)),其中 $M_{11}=D(q_1)$,$M_{12}=M_{21}=0$,$M_{22}=J$,$c_1=C(q_1,\dot{q}_1)\dot{q}_1$,$c_2=0$,$\phi_1=g(q_1)+K(q_1-q_2)$ 以及 $\phi_2=K(q_2-q_1)$。

通过这种形式,可以证明控制输入 u 可以设计为使电机角 $q_2(t)$ 遵循所需的电机角轨迹 $q_2^d(t)$。连杆角 $q_1(t)$ 的最终运动将由式(13.7)确定。

另外,正如我们在第 12 章中所展示的那样,该系统在状态坐标 $y_1,\cdots,y_4$ 上是可全局反馈线性化的,其中 $y_1=q_1$,即连杆角的向量,y_2,y_3,y_4 分别是 y_1 和其前一个变量的导数。在这些坐标中,任何期望的轨迹 $y_1^d(t)=q_1^d(t)$ 都可以被跟踪,除了电机角 q_2 的独立轨迹。q_2 的最终轨迹由 q_1 的轨迹和式(13.8)内定。在任一情况下,都可以为一个广义坐标指定一个期望的轨迹,但不能同时为两个坐标系指定。 ◄

13.3 欠驱动机器人的例子

我们首先给出关于角度惯例的一些注意事项。在本节中,我们将给出一些欠驱动系统的示例,这些示例将用于说明各种理论概念和控制设计方法。参照图 13.3,我们首先注意到在第 6 章中得出的动态运动方程对图 13.3a 所示的关节角 q_1 和 q_2 使用了 DH 约定。除了少数例外,我们将在本章中始终遵循该惯例。根据上下文的不同,书籍和研究文章中还会使用其他约定,如图 13.3b、图 13.3c 或图 13.3d 所示。读者应注意每个示例中使用的特定约定。

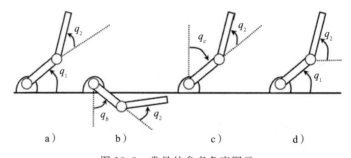

a)   b)   c)   d)

图 13.3 常见的参考角度图示

13.3.1 小车摆系统

如图 13.4 所示,**小车摆系统**或**小车上的倒立摆**是一个经典示例,可用于讲解非线性动力学并测试各种控制策略。倒立摆代表了许多实际的系统和应用。可以将运输货物的桥式起重机建模为小车摆系统。在这种情况下,控制的挑战是在运输负载的同时将负载的称为摇摆(sway)的摆运动最小化。带有万向节推力系统的垂直上升火箭的俯仰动力学类似于倒立摆。油箱中的燃油晃动也表现出类似摆的动态行为。同样,倒立摆经常用作研究双足运动中的平衡和行走问题的简单模型。图 13.5 展示了这些类似钟摆动力学的例子。

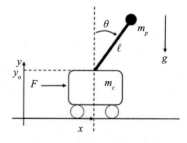

图 13.4 推车上的倒立摆

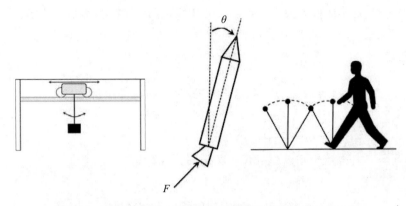

图 13.5　高架起重机，万向推进火箭和双足行走都是倒立摆

参照图 13.4，小车在输入力 F 的作用下沿 x 方向线性移动。摆锤是欠驱动的，也就是说，没有输入力矩作用在摆锤与小车连接的枢轴上。请注意，小车摆系统在运动学上与两自由度 PR 机器人相同。

为了推导运动方程，我们用 x 表示小车的位置，用 θ 表示相对于垂直位置的摆角。使用所示的角度惯例，可以分别将小车和摆质量的(x,y)坐标写为

$$\begin{bmatrix} x \\ y \end{bmatrix} \text{ 和 } \begin{bmatrix} x+\ell\sin(\theta) \\ y_0+\ell\cos(\theta) \end{bmatrix} \tag{13.9}$$

因此，小车动能 K_c 和摆动能 K_p 为

$$K_c=\frac{1}{2}m_c\dot{x}^2 \text{ 和 } K_p=\frac{1}{2}m_p\frac{\mathrm{d}}{\mathrm{d}t}((x+\ell\sin(\theta))^2+(y_0+\ell\cos(\theta))^2) \tag{13.10}$$

小车摆系统的势能为

$$P=mg\ell\cos(\theta) \tag{13.11}$$

因此，欧拉-拉格朗日方程由（见习题 13-1）给出

$$(m_p+m_c)\ddot{x}+m_p\ell\cos(\theta)\ddot{\theta}-m_c\dot{\theta}^2\sin(\theta)=F \tag{13.12}$$

$$m_p\ell\cos(\theta)\ddot{x}+m_p\ell\ddot{\theta}-m_p\ell g\sin(\theta)=0 \tag{13.13}$$

如果我们使 $q_1=x$，$q_2=\theta$ 和 $u=F$，则系统(13.12)～系统(13.13)的形式为上驱动系统。

请注意，如果将 $q_1=\theta$ 和 $q_2=x$ 作为广义坐标，则可以将系统写为下驱动系统：

$$m_p\ddot{q}_1+m_p\ell\cos(q_1)\ddot{q}_2-m_p\ell g\sin(q_1)=0 \tag{13.14}$$

$$m_p\ell\cos(q_1)\ddot{q}_1+(m_p+m_c)\ddot{q}_2-m_c\dot{q}_1^2\sin(q_1)=u \tag{13.15}$$

可见我们可以方便地互换上驱动模型或下驱动模型。

13.3.2　Acrobot

Acrobot 是 acrobatic bobot（“杂技机器人”）的缩写，是一个双连杆 RR 机器人，在第二个连杆上有驱动（见图 13.6）。Acrobot 代表高杠上的体操运动员，其中 q_2 和 u_2 分别代表髋部角度和髋部力矩。在第一个关节处，即双手抓杆处没有任何驱动器。如图 6.9 所示，Acrobot 的

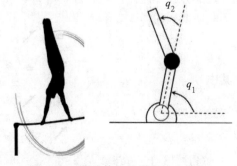

图 13.6　作为体操机器人的 Acrobot

动力学方程与双连杆 RR 机器人的方程(6.90)相同,第一关节的力矩设为零。

$$m_{11}\ddot{q}_1 + m_{12}\ddot{q}_2 + c_1 + g_1 = 0 \tag{13.16}$$

$$m_{21}\ddot{q}_1 + m_{22}\ddot{q}_2 + c_2 + g_2 = u \tag{13.17}$$

其中

$$m_{11} = m_1\ell_{c1}^2 + m_2(\ell_1^2 + \ell_{c2}^2 + 2\ell_1\ell_{c2}\cos q_2) + I_1 + I_2$$

$$m_{12} = m_{21} = m_2(\ell_{c2}^2 + \ell_1\ell_{c2}\cos q_2) + I_2$$

$$m_{22} = m_2\ell_{c2}^2 + I_2$$

$$c_1 = -m_2\ell_1\ell_{c2}\sin(q_2)(2\dot{q}_1\dot{q}_2 + \dot{q}_1^2)$$

$$c_2 = m_2\ell_1\ell_{c2}\dot{q}_1^2$$

$$g_1 = (m_1\ell_{c1} + m_2\ell_1)g\cos q_1 + m_2\ell_{c2}g\cos(q_1 + q_2)$$

$$g_2 = m_2\ell_{c2}g\cos(q_1 + q_2)$$

所有参数的定义均在第 6 章中。

13.3.3　Pendubot

Pendubot 或者叫 **Pendulum Robot**,同样是一个双连杆 RR 机器人。在这种情况下,仅第一连杆有驱动。Pendubot 是小车摆系统的一种变体,其中旋转的第一连杆起到小车的作用,并用于平衡被动的第二连杆,后者起到摆锤的作用(见图 13.7)。动态方程的形式为

$$m_{11}\ddot{q}_1 + m_{12}\ddot{q}_2 + c_1 + g_1 = u \tag{13.18}$$

$$m_{21}\ddot{q}_1 + m_{22}\ddot{q}_2 + c_2 + g_2 = 0 \tag{13.19}$$

其中左侧与 Acrobot 动力学方程相同,而 u 是第一个关节处的输入力矩。

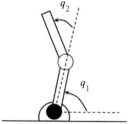

图 13.7　Pendubot

13.3.4　反动轮摆

反动轮摆 是一个简单的摆,在远端带有旋转盘。驱动盘片会产生反作用力矩,以使摆锤运动(见图 13.8)。

反动轮摆的动力学方程是迄今为止考虑的各种示例的最简单形式。为了得出反动轮摆的运动方程,我们能观察到,如果 Acrobot 的第二个连杆被抵消,以使其重心位于第二个关节的轴线上,则 $\ell_2 = \ell_{c2} = 0$,使得 Acrobot 的运动方程可以简化为反动轮摆的方程。因此,我们将其留为练习(见习题 13-2),证明反动轮摆的运动方程可以通过下驱动系统的形式表示为:

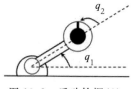

图 13.8　反动轮摆(1)

$$m_{11}\ddot{q}_1 + m_{12}\ddot{q}_2 + g_1(q_1) = 0 \tag{13.20}$$

$$m_{21}\ddot{q}_1 + m_{22}\ddot{q}_2 = u \tag{13.21}$$

其中

$$m_{11} = m_1\ell_{c1}^2 + I_1 + I_2$$

$$m_{12} = m_{21} = m_{22} = I_2$$

$$g_1(q_1) = (m_1\ell_{c1} + m_2\ell_1)g\cos(q_1)$$

备注 13.1　如果我们如图 13.9 所示定义反动轮相对于水平面的角度,而不使用 DH 约定来定义关节角度。作为练习(见习

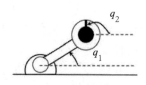

图 13.9　反动轮摆(2)

题 13-3），证明运动方程可简化为

$$J_1 \ddot{q}_1 + (m_1 \ell_{c_1} + m_2 \ell_1) g \cos(q_1) = -u \tag{13.22}$$

$$J_2 \ddot{q}_2 = u \tag{13.23}$$

我们定义 $J_1 = m_1 \ell_{c_1}^2 + m_2 \ell_1^2$ 和 $J_2 = I_2$。如果我们假设第一个连杆的质量集中在关节 2 处，则会得到另一个简化 $\ell_{c_1} = \ell_1 = \ell$。在这种情况下，我们可以将系统写为

$$J_1 \ddot{q}_1 + mg\ell \cos(q_1) = -u \tag{13.24}$$

$$J_2 \ddot{q}_2 = u \tag{13.25}$$

其中 $m = m_1 + m_2$。在这种形式下，反动轮摆的运动方程可以看作简单摆和双积分器的并联组合，且式(13.24)和式(13.25)具有相同的输入 u。我们将在 13.7.2 节中讨论基于无源的控制时更加精确地说明这一点。

13.4　平衡点和线性可控性

对于具有 n 个自由度的一般拉格朗日力学系统(13.1)，我们根据广义坐标和广义速度将系统的状态定义为 $x(t) \in \mathbb{R}^N$，$N = 2n$。

$$x(t) = \begin{bmatrix} x_1(t) \\ x_2(t) \end{bmatrix} = \begin{bmatrix} q(t) \\ \dot{q}(t) \end{bmatrix}$$

然后，状态方程由下式给出

$$\dot{x}_1 = x_2$$
$$\dot{x}_2 = -M^{-1}(x_1)(C(x_1, x_2)x_2 + \phi(x_1) - Bu)$$

也可写为

$$\dot{x} = \mathcal{F}(x, u) = f(x) + g(x)u \tag{13.26}$$

其中

$$f(x) = \begin{pmatrix} x_2 \\ -M^{-1}(x_1)(C(x_1, x_2)x_2 + \phi(x_1)) \end{pmatrix} \tag{13.27}$$

$$g(x) = \begin{pmatrix} 0 \\ M^{-1}(x_1)Bu \end{pmatrix} \tag{13.28}$$

定义 13.2　动力系统的**平衡点** $\dot{x} = \mathcal{F}(x, u)$ 是一个常数向量 (x_e, u_e)，满足

$$\mathcal{F}(x_e, u_e) = 0 \tag{13.29}$$

根据方程(13.27)和方程(13.28)，我们知道 $x_2 = 0$ 处于平衡状态，因此该平衡构型可作为下面方程的解

$$\phi(x_{1e}) = Bu_e \tag{13.30}$$

当 $u_e = 0$ 时，方程(13.30)表明平衡点是势能的局部极值（最小值或最大值），因为 ϕ 是势能的梯度。

如下所示，对于 Acrobot 和 Pendubot，平衡点可以是每个 u_e 的独立的固定点。而对于没有势能项的系统，平衡点可以是非独立的。例如，在没有势能（重力或弹性）且 $u_e = 0$ 的情况下，式(13.30)显示配置空间 Q 中的每个配置 $x_1 = q$ 对应于状态下的平衡点 $(q, 0)$ 空间。系统(13.1)的平衡配置的性质与其可控性密切相关。

例 13.2　考虑 $u_1 = u_2 = 0$ 的 Acrobot 或 Pendubot。易证（见习题 13-4）其唯一的平衡点属于以下集合：

$$\begin{bmatrix} q_1 \\ q_2 \end{bmatrix} \in \left\{ \begin{bmatrix} -\pi/2 \\ 0 \end{bmatrix}, \begin{bmatrix} -\pi/2 \\ \pi \end{bmatrix}, \begin{bmatrix} \pi/2 \\ \pi \end{bmatrix}, \begin{bmatrix} \pi/2 \\ 0 \end{bmatrix} \right\}$$

如图 13.10 所示。

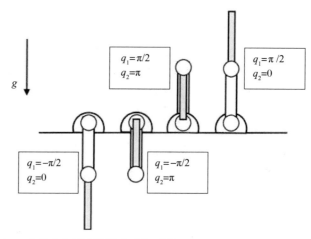

图 13.10　在重力作用下零输入力矩时的 Acrobot 和 Pendubot 的平衡配置

线性可控性

接下来，我们讨论**线性可控性**的概念，它是指关于平衡的非线性系统线性逼近的可控制性。

定义 13.3　给定非线性动力学系统

$$\dot{x} = \mathcal{F}(x, u), \quad x \in \mathbb{R}^N, \quad u \in \mathbb{R}^m \tag{13.31}$$

假设 x_e 和 u_e 定义了系统的平衡，即 $\mathcal{F}(x_e, u_e) = 0$，并令

$$\dot{\tilde{x}} = F\tilde{x} + G\tilde{u} \tag{13.32}$$

其中 $\tilde{x} = x - x_e$，$\tilde{u} = u - u_e$ 是式(13.31)在 x_e, u_e 处的线性近似。回想一下，这意味着

$$F = \frac{\partial \mathcal{F}}{\partial x}(x_e, u_e), \quad G = \frac{\partial \mathcal{F}}{\partial u}(x_e, u_e) \tag{13.33}$$

其中 $\dfrac{\partial \mathcal{F}}{\partial x}(x_e, u_e) \in \mathbb{R}^{N \times N}$ 和 $\dfrac{\partial \mathcal{F}}{\partial u}(x_e, u_e) \in \mathbb{R}^{N \times m}$ 是 $F(x, u)$ 在 x_e, u_e 处值的雅可比矩阵。然后，如果线性系统(13.32)是可控制的线性系统，则认为该非线性系统(13.31)在 x_e 处是**线性可控制的**，这等效于以下表达式：

$$\text{rank}[G, FG, F^2G, \cdots, F^{N-1}G] = N \tag{13.34}$$

线性可控性的特性允许我们设计线性控制律，以实现平衡点附近的局部指数稳定。另外，线性可控性在切换控制以实现全局或几乎全局稳定性的情况下也很有用。而不可线性控制的系统(例如第 14 章中考虑的非完整系统)需要不同的设计方法，即使只是追求局部稳定，我们会在后文对此进行讨论。

线性化的计算

计算关于拉格朗日机械系统平衡的线性近似

$$M(q)\ddot{q} + C(q, \dot{q})\dot{q} + \phi(q) = Bu$$

我们以状态空间形式(13.26)编写上述系统，并假设 $x_e = (x_{1e}, x_{2e})$，且 u_e 定义了一个平衡点。注意 $x_{1e} = q_e$ 和 $x_{2e} = \dot{q}_e = 0$。然后，由式(13.33)给出雅可比矩阵

$$F = \frac{\partial \mathcal{F}}{\partial x}(x_e, u_e) = \begin{bmatrix} 0 & I \\ -M^{-1}(x_{1e})\dfrac{\partial \phi}{\partial x}(x_{1e}) & 0 \end{bmatrix} \tag{13.35}$$

$$G=\frac{\partial \mathcal{F}}{\partial u}(x_e, u_e)=\begin{bmatrix} 0 \\ M^{-1}(x_{1e})B \end{bmatrix} \qquad (13.36)$$

要了解为什么这样做是正确的，请注意，科里奥利项和离心项 $C(q,\dot{q})\dot{q}$ 在速度上是二次方的，因此它们的偏导数在 $\dot{q}=0$ 时消失。同样，M^{-1} 的偏导数会乘以 $\phi-B_u$，其在平衡状态下也会消失。计算细节留作练习（见习题 13-5）。

线性可控性的必要条件

我们可以使用式(13.35)和式(13.36)将状态空间中的系统线性近似写为

$$\dot{\tilde{x}}_1 = \tilde{x}_2 \qquad (13.37)$$

$$\dot{\tilde{x}}_2 = M^{-1}(x_{1e})\left(-\frac{\partial \phi}{\partial x}(x_{1e})\tilde{x}_1 + B\tilde{u}\right) \qquad (13.38)$$

由于 $M(q_e)$ 具有满秩 n，因此为了使系统线性化可控，$B\tilde{u}-\frac{\partial \phi}{\partial q}(q_e)\tilde{x}_1$ 必须具有满行秩。

对于下驱动系统，即 $B=\begin{bmatrix} 0 \\ I \end{bmatrix}$，我们可以将式(13.37)和式(13.38)表示为

$$M_{11}\ddot{\tilde{q}}_1 + M_{12}\ddot{\tilde{q}}_2 = -\frac{\partial \phi_1}{\partial q}(q_e)\tilde{q}_1 \qquad (13.39)$$

$$M_{21}\ddot{\tilde{q}}_1 + M_{22}\ddot{\tilde{q}}_2 = -\frac{\partial \phi_2}{\partial q}(q_e)\tilde{q}_1 + \tilde{u} \qquad (13.40)$$

因此，$\frac{\partial \phi_1}{\partial q}(q_e)$ 必须具有满行秩。因为 $\frac{\partial \phi_1}{\partial q}(q_e)$ 的维度为 $\ell \times m$，所以 $m \geqslant \ell$ 是必要的。因此，我们可以陈述以下内容。

命题 13.1 只有在以下情况下，下驱动系统在 $q=q_e$，$\dot{q}=0$，$u=u_e$ 处才可线性控制：

- $m \geqslant \ell$，即主动关节的数量至少与被动关节的数量相同；

- 并且 $\frac{\partial \phi_1}{\partial q}(q_e)$ 具有满行秩。

备注 13.2 上驱动系统是线性可控的，当且仅当

- $m \geqslant \ell$，即主动关节的数量至少与被动关节的数量相同；

- 并且 $\frac{\partial \phi_2}{\partial q}(q_e)$ 具有满行秩。

命题 13.1 的一个重要含义是，每个被动关节轴在给定的平衡配置下必须具有非零势能力（例如重力或弹力），以便在该平衡下可线性控制。特别是，在被动关节处没有重力或弹力的串行连杆机器人永远无法线性控制。

例 13.3 考虑反动轮摆

$$J_1\ddot{q}_1 + mg\ell\cos(q_1) = -u$$
$$J_2\ddot{q}_2 = u$$

其等效于欠驱动系统

$$J_1\ddot{q}_1 + J_2\ddot{q}_2 + mg\ell\cos(q_1) = 0$$
$$J_2\ddot{q}_2 = u$$

从命题 13.1 可以立即得出结论，只有当 $mg\ell$ 为非零值时，系统才是线性可控的。在这种情况下，条件被满足。当状态向量 $x = [q_1, q_2, \dot{q}_1, \dot{q}_2]^T$ 时，我们可以写出系统的状态空间形式

$$\dot{x}_1 = x_3$$
$$\dot{x}_2 = x_4$$
$$\dot{x}_3 = -\frac{mg\ell}{J_1}\cos(x_1) - \frac{1}{J_1}u$$
$$\dot{x}_4 = \frac{1}{J_2}u$$

易得出 $x_e = (\pm\pi/2, 0, 0.0)$ 是平衡点，并且关于这些平衡点的线性近似是

$$\dot{x} = Fx + Gu$$

其中

$$F = \begin{bmatrix} 0 & 0 & 1 & 0 \\ 0 & 0 & 0 & 1 \\ \pm\dfrac{mg\ell}{J_1} & 0 & 0 & 0 \\ 0 & 0 & 0 & 0 \end{bmatrix}, \quad G = \begin{bmatrix} 0 \\ 0 \\ -\dfrac{1}{J_1} \\ \dfrac{1}{J_2} \end{bmatrix}$$

作为练习(见习题 13-6)，证明当且仅当 $\dfrac{mg\ell}{J_1}$ 非零时，每个平衡点处的线性化系统才是可控制的。   ◄

例 13.4 让我们设计一个控制律来使反动轮摆关于其逆平衡点 $q_1 = \pi/2$ 和 $q_2 = 0$(零速度)平衡。为简单起见，我们设 $m = \ell = J_1 = J_2 = 1$。因此，对于 $g = 9.8$，在逆平衡点时的线性近似为

$$\dot{x} = Fx + Gu \tag{13.41}$$

当

$$F = \begin{bmatrix} 0 & 0 & 1 & 0 \\ 0 & 0 & 0 & 1 \\ 9.8 & 0 & 0 & 0 \\ 0 & 0 & 0 & 0 \end{bmatrix}, \quad G = \begin{bmatrix} 0 \\ 0 \\ -1 \\ 1 \end{bmatrix}$$

可以使用 Matlab 的 lqr 函数找到该线性系统的稳定控制器 $u = -k^T x$，该函数计算出最小化下式的最优控制

$$J = \int_0^\infty (x^T Q x + R u^2)\mathrm{d}t$$

其与式(13.41)相符。当 Q 为 4×4 单位矩阵且 $r = 1$ 时，最佳增益为

$$k^T = [-117.38, -30.38, -43.58, -13.43]$$

图 13.11 显示了使用该控制器的系统某点处的响应。

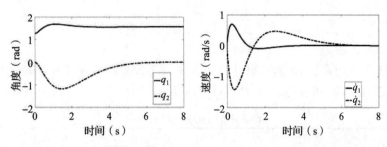

图 13.11　反动轮摆在倒置位置 $q_1 = \pi/2$，$q_2 = 0$ 时的局部稳定度

例 13.5　接下来，我们将使用 Pendubot 给出一个更详细的示例，该示例可以帮助我们进一步了解线性可控制性。

图 13.10 显示了输入力矩为零时 Pendubot 的平衡配置。非零恒定力矩 u_e 可以将第一连杆保持在固定值 q_{1e}。具体来说，用式（6.88）给出的连杆 1 处的重力力矩

$$g_1 = (m_1 \ell_{c1} + m_2 \ell_1) g \cos(q_1) + m g \ell_{c2} g \cos(q_1 + q_2)$$

设 q_{1e} 为任意角度，取 q_{2e}，使 $q_{1e} + q_{2e} = \pi/2$ 或 $3\pi/2$。然后，因为 $\cos(q_{1e} + q_{2e}) = \pm 1$，因此恒定力矩输入为

$$u_e = (m_1 \ell_{c1} + m_2 \ell_1) g \cos(q_{1e}) \pm m g \ell_{c2} g$$

对应于图 13.12 中所示类型的平衡构型。因此，Pendubot 具有很多可以平衡第二连杆的位形选择。

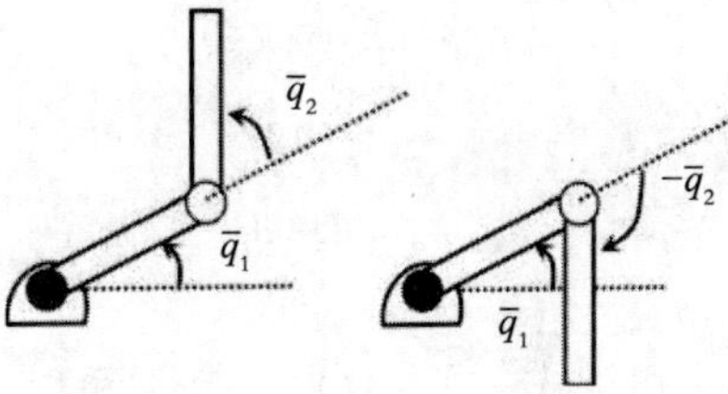

在第二连杆处的重力力矩由下式给出

$$g_2 = m_2 \ell_{c2} g \cos(q_1 + q_2)$$

图 13.12　u_e 非零的 Pendubot 的平衡配置

从命题 13.1 得出，只有当 $\sin(q_{1e} + q_{2e}) \neq 0$ 时，系统才是线性可控的，这在每个平衡构型 $q_{1e} + q_{2e} = \pm \pi/2$ 时都可以满足。实际上，Pendubot 在每个这样的平衡状态下都是线性可控的，除了第一连杆为水平时，如下文所示。

由于 Pendubot 是上驱动的，因此简单的计算表明在任何平衡 x_e 处的线性近似为

$$\dot{\tilde{x}} = F \tilde{x} + G \tilde{u}, \quad F \in \mathbb{R}^{4 \times 4} \text{ 且 } G \in \mathbb{R}^{4 \times 1}$$

同时，

$$F = \begin{bmatrix} 0 & 0 & 1 & 0 \\ 0 & 0 & 0 & 1 \\ f_{31}(x_e) & f_{32}(x_e) & 0 & 0 \\ f_{41}(x_e) & f_{42}(x_e) & 0 & 0 \end{bmatrix}, \quad G = \begin{bmatrix} 0 \\ 0 \\ -\dfrac{m_{22}(x_e)}{\Delta(x_e)} \\ \dfrac{m_{21}(x_e)}{\Delta(x_e)} \end{bmatrix}$$

其中

$$f_{31} = \frac{1}{\Delta} \left(-m_{22} \frac{\partial \phi_1}{\partial x_1} + m_{12} \frac{\partial \phi_2}{\partial x_1} \right)$$

$$f_{32} = \frac{1}{\Delta} \left(-m_{22} \frac{\partial \phi_1}{\partial x_2} + m_{12} \frac{\partial \phi_2}{\partial x_2} \right)$$

$$f_{41} = \frac{1}{\Delta} \left(m_{21} \frac{\partial \phi_1}{\partial x_1} - m_{11} \frac{\partial \phi_2}{\partial x_1} \right)$$

$$f_{42} = \frac{1}{\Delta} \left(m_{21} \frac{\partial \phi_1}{\partial x_2} - m_{11} \frac{\partial \phi_2}{\partial x_2} \right)$$

且 $\Delta = m_{11} m_{22} - m_{12} m_{21}$。

使用表 13.1 中的参数,我们可以计算每个 $q_{1e} \in [0, \pi/2]$ 的线性近似,其中 $q_{2e} = \pi/2 - q_{1e}$,我们用 $\mathcal{C}$ 表示 4×4 可控性矩阵,$\mathcal{C} = [G, FG, F^2G, F^3G]$。

表 13.1   Pendubot 样例内参

m_1	m_2	ℓ_1	ℓ_{c1}	ℓ_{c2}	I_1	I_2
1	1	2	1	1	1	1

图 13.13 显示了区间 $q_{1e} \in [0, \pi/2]$ 中的可控制性矩阵 $\mathcal{C}$ 的行列式图,表明线性系统在 $q_{1e} = 0$ 时不可控,并且在该区间中所有其他平衡点时均是可控的。

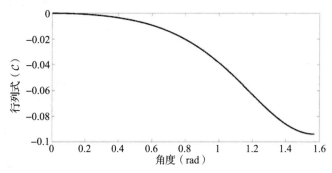

图 13.13   平衡位置 $(0, \pi/2)$ 至 $(\pi/2, 0)$ 的可控制性矩阵的行列式。Pendubot 在 $q_{1e} = 0$,$q_{2e} = \pi/2$ 时不是线性可控的,但在其他所有平衡点上都是线性可控的

13.5   部分反馈线性化

在本节中,我们将介绍欠驱动机器人的同位和非同位部分反馈线性化的概念。通过同位的局部反馈线性化,我们使用非线性反馈在主动关节的加速度与其相应输入之间创建线性关系。非同位的部分反馈线性化意味着要建立被动关节的加速度与主动关节的输入之间的线性关系。在这两种情况下,我们都可以得到形式为双积分方程的系统

$$\ddot{q}_i = a_i, \quad i = 1 \text{ 或 } 2$$

其中 a_i 是外环控制,与第 9 章中的逆动力学情况相同。同位和非同位的部分反馈线性化方法都可以得出对于设计许多应用中的控制定律有用的**范式**,如体操机器人、双足步行机器人、蛇形机器人等。

13.5.1   同位部分反馈线性化

考虑一个下驱动系统[一]

$$M_{11} \ddot{q}_1 + M_{12} \ddot{q}_2 + c_1 + \phi_1 = 0 \tag{13.42}$$

$$M_{21} \ddot{q}_1 + M_{22} \ddot{q}_2 + c_2 + \phi_2 = u \tag{13.43}$$

让我们更详细地研究上面的第一个方程(13.42)

$$M_{11} \ddot{q}_1 + M_{12} \ddot{q}_2 + c_1 + \phi_1 = 0 \tag{13.44}$$

一   如前所述,我们也可以选择使用上驱动系统。

由于机器人惯性矩阵 M 的一致正定性，项 $M_{11} \in \mathbb{R}^{\ell \times \ell}$ 是非奇异的。因此，我们可以将式(13.44)中的 $\ddot{q}_1$ 求解为

$$\ddot{q}_1 = -M_{11}^{-1}(M_{12}\ddot{q}_2 + c_1 + \phi_1) \tag{13.45}$$

并将结果表达式(13.45)代入式(13.43)以获得

$$\overline{M}_{22}\ddot{q}_2 + \overline{c}_2 + \overline{\phi}_2 = u \tag{13.46}$$

其中项 $\overline{M}_{22}$、$\overline{c}_2$ 和 $\overline{\phi}_2$ 由下式给出(见习题 13-7)。

$$\overline{M}_{22} = M_{22} - M_{21}M_{11}^{-1}M_{12}$$
$$\overline{c}_2 = c_2 - M_{21}M_{11}^{-1}c_1$$
$$\overline{\phi}_2 = \phi_2 - M_{21}M_{11}^{-1}\phi_1 \tag{13.47}$$

命题 13.2 $m \times m$ 矩阵 $\overline{M}_{22}$ 在每个 $q \in \mathbb{R}^m$ 处都是对称且正定的。

证明 在练习中证明(见习题 13-8)

$$\overline{M}_{22} = S^{\mathrm{T}}MS \tag{13.48}$$

S 是一个 $n \times m$ 的矩阵

$$S = \begin{bmatrix} -M_{11}^{-1}M_{12} \\ I_{m \times m} \end{bmatrix} \tag{13.49}$$

$I_{m \times m}$ 为 $m \times m$ 单位矩阵。由于矩阵 S 对于所有 q 都具有秩 m，并且 M 是对称且正定的，因此，$\overline{M}_{22}$ 同样是对称且正定的。 ■

参考附录 B，我们看到矩阵 $\overline{M}_{22}$ 是 M 中 M_{22} 的**舒尔补数**。我们可以看到控制律

$$u = \overline{M}_{22}a_2 + \overline{c}_2 + \overline{\phi}_2 \tag{13.50}$$

其中 $a_2 \in \mathbb{R}^m$ 是附加的外环控制项，利用其可得

$$\ddot{q}_2 = a_2 \tag{13.51}$$

到目前为止的完整系统可以写为

$$M_{11}\ddot{q}_1 + c_1 + \phi_1 = -M_{12}a_2 \tag{13.52}$$
$$\ddot{q}_2 = a_2 \tag{13.53}$$

定义 13.4 系统(13.52)和系统(13.53)被称为具有**输入驱动的内部动力学**的**二阶范式**，或简称为**二阶范式**。式(13.52)被称为**内部动力学**。

由于系统(13.52)和系统(13.53)与原始系统**反馈等效**，因此可以用作后续控制分析和设计的起点。

例 13.6 考虑方程(13.14)和方程(13.15)给出的小车摆系统，为简单起见，让我们将所有常数归一化

$$\ddot{q}_1 + \cos(q_1)\ddot{q}_2 - \sin(q_1) = 0 \tag{13.54}$$
$$\cos(q_1)\ddot{q}_1 + 2\ddot{q}_2 - \dot{q}_1^2\sin(q_1) = u \tag{13.55}$$

易证(见习题 13-10)同位的部分反馈线性化控制

$$u = (2 - \cos^2(q_1))a_2 + \cos(q_1)\sin(q_1) - \dot{q}_1^2\sin(q_1) \tag{13.56}$$

可得范式

$$\ddot{q}_1 - \sin(q_1) = -\cos(q_1)a_2 \tag{13.57}$$
$$\ddot{q}_2 = a_2 \tag{13.58}$$

◀

13.5.2 非同位部分反馈线性化

在上一节中，我们展示了有主动自由度的动力系统可以通过非线性反馈全局线性化。在本节中，我们表明，在关于主动和被动自由度之间耦合度的条件下，类似的部分反馈线性化控制可以使被动自由度的动力学线性化。这是一个有趣的现象，乍一看可能会有些令人惊讶。在这种情况下，线性化可以在本地或全局成立。

再次考虑下驱动系统

$$M_{11}\ddot{q}_1 + M_{12}\ddot{q}_2 + c_1 + \phi_1 = 0 \tag{13.59}$$

$$M_{21}\ddot{q}_1 + M_{22}\ddot{q}_2 + c_2 + \phi_2 = u \tag{13.60}$$

惯性矩阵项 M_{12} 和 $M_{21} = M_{12}^T$ 在自由度之间产生耦合广义力。例如，式(13.60)中的控制输入力矩 u 不仅会导致主动自由度 q_2 加速，还会导致被动自由度 q_1 加速，而后者的加速度将取决于惯性矩阵 $M(q)$ 中的非对角项。由于 M_{12} 是 $\ell \times m$ 矩阵，因此我们进行以下定义。

定义 13.5 令 $\mathcal{U} \subset \mathbb{R}^n$ 为配置空间 $\mathbb{R}^n$ 的开放子集。系统(13.59)和系统(13.60)在 $\mathcal{U}$ 中有**强惯性耦合**，当且仅当

$$秩\ M_{12}(q) = \ell（对于所有的\ q \in \mathcal{U}) \tag{13.61}$$

请注意，由于 M_{12} 是 $\ell \times m$ 矩阵，并且有 m 个控制输入，所以强惯性耦合的条件要求 $m \geq \ell$，即主动自由度的数量至少与被动自由度的数量一样大。

如果 M_{12} 具有满秩 ℓ，则可得 $\ell \times \ell$ 矩阵 $M_{12}M_{12}^T$ 具有秩 ℓ，因此是可逆的。因此，在强惯性耦合的假设下，我们设

$$M_{12}^{\dagger} = M_{12}^T (M_{12}M_{12}^T)^{-1} \tag{13.62}$$

为附录 B 中定义的 M_{12} 的右伪逆。因此，我们可以将式(13.59)中的 $\ddot{q}_2$ 写为

$$\ddot{q}_2 = -M_{12}^{\dagger}(M_{11}\ddot{q}_1 + c_1 + \phi_1)$$

并将此 $\ddot{q}_2$ 代入式(13.60)以获得

$$\overline{M}_{21}\ddot{q}_1 + \overline{c}_2 + \overline{\phi}_2 = u$$

其中

$$\begin{aligned} \overline{M}_{21} &= M_{21} - M_{22}M_{12}^{\dagger}M_{11} \\ \overline{c}_2 &= c_2 - M_{22}M_{12}^{\dagger}c_1 \\ \overline{\phi}_2 &= \phi_2 - M_{22}M_{12}^{\dagger}\phi_1 \end{aligned} \tag{13.63}$$

类似于先前对 $\overline{M}_{22}$ 给出的计算表明 $\overline{M}_{21}$ 具有满秩 ℓ，因为

$$\begin{bmatrix} M_{11} & M_{12} \\ M_{21} & M_{22} \end{bmatrix} \begin{bmatrix} I_{\ell \times \ell} \\ -M_{12}^{\dagger}M_{11} \end{bmatrix} = \begin{bmatrix} 0 \\ \overline{M}_{21} \end{bmatrix} \tag{13.64}$$

因此，通过控制输入

$$u = \overline{M}_{21}a_1 + \overline{c}_2 + \overline{\phi}_2 \tag{13.65}$$

我们得到

$$M_{12}\ddot{q}_2 + c_1 + \phi_1 = -M_{11}a_1 \tag{13.66}$$

$$\ddot{q}_1 = a_1 \tag{13.67}$$

系统(13.66)和系统(13.67)也是二阶范式，方程(13.66)代表输入驱动的内部动力学。

例 13.7 小车摆系统(13.54)和系统(13.55)在 $-\pi/2 < q_1 < \pi/2$ 区间内满足强惯性耦合条件。因此，可以证明(见习题 13-11)非同位控制律

$$u = 2\tan(q_1) - \dot{q}_1^2 \sin(q_1) - \frac{1 + \sin^2(q_1)}{\cos(q_1)} a_1$$

可得出反馈等效系统

$$\cos(q_1)\ddot{q}_2 - \sin(q_1) = -a_1$$
$$\ddot{q}_1 = a_1$$

其在区间 $-\pi/2 < q_1 < \pi/2$ 之间成立。 ◀

例 13.8 接下来考虑整体式二阶范式的反动轮摆

$$J_1\ddot{q}_1 + J_2\ddot{q}_2 + mg\ell\cos(q_1) = 0$$
$$J_2\ddot{q}_2 = u$$

由于 $J_2 \neq 0$ 是常数,因此强惯性耦合条件全局满足。不难看出控制输入

$$u = -J_1 a_1 - mg\ell\cos(q_1)$$

产生非同位二阶范式

$$J_2\ddot{q}_2 + mg\ell\cos(q_1) = -J_1 a_1$$
$$\ddot{q}_1 = a_1$$ ◀

13.6 输出反馈线性化

在本节中,我们将介绍欠驱动机械系统的**输出反馈线性化**、**相对度**和**零动态**的概念。输出反馈线性化的目标是使用反馈控制来创建线性输入/输出关系,并且与 13.5 节中考虑的部分反馈线性化以及第 12 章中考虑的状态反馈线性化问题有关。正如我们将看到的,13.5 节中的部分反馈线性化是输出反馈线性化的一种特殊情况。

我们还将介绍**虚拟完整约束**的概念。虚拟完整约束(VHC)是由反馈控制通过使用主动自由度来保持的约束,而不是由机器人或环境的自然动力学施加的约束,其可用于在主动和被动关节之间产生协调的运动。VHC 在运动中特别有用,例如,用于控制步行机器人、蛇形机器人、吊臂摆荡式机器人和体操机器人。

再次考虑一个二阶范式的下驱动系统,并假设我们有一个 p 维输出 $y = h(q_1, q_2)$: $\mathbb{R}^n \to \mathbb{R}^p$ 被定义为配置 $q = (q_1, q_2)$ 的光滑函数

$$M_{11}\ddot{q}_1 + c_1 + \phi_1 = -M_{12}a_2 \tag{13.68}$$
$$\ddot{q}_2 = a_2 \tag{13.69}$$
$$y = h(q_1, q_2) \tag{13.70}$$

对输出 y 进行微分,我们得到

$$\dot{y} = \frac{\partial h}{\partial q_1}\dot{q}_1 + \frac{\partial h}{\partial q_2}\dot{q}_2 = J_1(q)\dot{q}_1 + J_2(q)\dot{q}_2$$

其中 $J_i := \frac{\partial h}{\partial q_i}$。计算 y 的二阶导数 $\ddot{y}$,并用式(13.68)和式(13.69)代入 $\ddot{q}_1$,$\ddot{q}_2$,得到

$$\begin{aligned}
\ddot{y} &= J_1\ddot{q}_1 + J_2\ddot{q}_2 + \dot{J}_1\dot{q}_1 + \dot{J}_2\dot{q}_2 \\
&= (J_2 - J_1 M_{11}^{-1} M_{12})a_2 + \eta(q, \dot{q}) \\
&= \overline{J}a_2 + \eta(q, \dot{q})
\end{aligned} \tag{13.71}$$

其中 $\overline{J} = J_2 - J_1 M_{11}^{-1} M_{12}$ 是一个 $p \times m$ 矩阵,称为**解耦矩阵**,$\eta = \dot{J}_1\dot{q}_1 + \dot{J}_2\dot{q}_2 - J_1 M_{11}^{-1}(c_1 + \phi_1)$。

假设解耦矩阵 $\overline{J}$ 具有全秩,则系统(13.68)和系统(13.70)的**向量相对度**为 2。相对度

可以解释为得到输入 a_2 和输出 $y(t)$ 所需微分的次数。由于 $\overline{J}$ 是一个 $p \times m$ 矩阵，因此只要在每个配置 q 处 $\overline{J}$ 的秩等于 p，就可以很好地定义相对度。注意，在位形空间的子集中，定义相对度对于局部或全局的 q 都可以有明确定义。还要注意，要正确定义相对度，必须有 $m \geqslant p$，即输出数量不超过主动自由度的数量。

假设 $\overline{J}$ 满秩，我们可以使用 $\overline{J}$ 的右伪逆 $\overline{J}^\dagger = \overline{J}^{\mathrm{T}}(\overline{J}\,\overline{J}^{\mathrm{T}})^{-1}$ 来定义控制输入 a_2，如下所示：

$$a_2 = \overline{J}^\dagger(\overline{a}_2 - \eta) \tag{13.72}$$

以获得线性化和解耦的输出方程

$$\ddot{y} = \overline{a}_2 \tag{13.73}$$

并且我们注意到，可以很容易地设计一个外环控制 $\overline{a}_2$ 来稳定平衡 $y=0$ 或跟踪式(13.73)中的任意参考轨迹 $y^d(t)$。

定义 13.6 有输出 $y = h(q_1, q_2)$，令 $\Gamma = \{(q, \dot{q}): h(q) = 0, \dot{h}(q) = \frac{\partial h}{\partial q}(q)\dot{q} = 0\}$。$\Gamma$ 称为**零动态流形**。能在式(13.73)中渐近稳定平衡 $y=0$ 的外环控制 a_2 使 Γ 成为系统(13.68)~系统(13.70)的不变流形。在这种情况下，Γ 称为控制不变流形。Γ 上的降阶动力学称为零动态。

备注 13.3 考虑一般的下驱动系统

$$M_{11}\ddot{q}_1 + M_{12}\ddot{q}_2 + c_1 + \phi_1 = 0$$
$$M_{21}\ddot{q}_1 + M_{22}\ddot{q}_2 + c_2 + \phi_2 = u$$

易证(见习题 13-12)，如果我们将 $y = q_2$ 作为输出，则由式(13.50)给出的控制输入将同时实现输出线性化并将系统置于同位的二阶法线形式。

同样，通过输出反馈线性化和选择输出 $y = q_1$，可以实现非同位二阶范式(见习题 13-13)。

13.6.1 零动态计算

对于一般的输出函数 $h(q_1, q_2)$，很难描述零动态流形 Γ 上的降阶动力学。在特殊情况下，如 $y = q_i$，$i = 1$ 或 2，可以轻松地表征零动态，并具有很好的物理解释，如我们在本节中所示。

首先让我们将 $y = q_2$ 作为输出。因此，$p = m$，去耦矩阵为 $I_{m \times m}$，即 $m \times m$ 恒等矩阵。有了这个输出，我们有

$$M_{11}\ddot{q}_1 + c_1 + \phi_1 = -M_{12}a_2 \tag{13.74}$$

$$\ddot{q}_2 = a_2 \tag{13.75}$$

$$y = q_2 \tag{13.76}$$

通过将输出 y 置为零来找到零动态，这意味着式(13.74)中的 $q_2 = 0$，$\dot{q}_2 = 0$ 和 $a_2 = 0$。设

$$\widetilde{M}_{11} = M_{11}(q_1), \quad \widetilde{c}_1 = c_1(q_1, \dot{q}_1, 0, 0), \quad \widetilde{\phi}_1 = \phi_1(q_1) \tag{13.77}$$

零动态由下述系统给定

$$\widetilde{M}_{11}\ddot{q}_1 + \widetilde{c}_1 + \widetilde{\phi}_1 = 0 \tag{13.78}$$

降阶模型(13.78)表示具有 ℓ 个被动关节的机器人的动力学，其中 m 个主动关节固定在 $q_2 = 0$。因此模型为(降阶的)拉格朗日机械系统。

令 E 为降阶系统(式(13.78))的总能量。

$$E = \frac{1}{2}\dot{q}_1^{\mathrm{T}}\widetilde{M}_{11}(q_1)\dot{q}_1 + \widetilde{P}(q_1) \tag{13.79}$$

然后，根据拉格朗日动力学的标准属性，我们知道 $\dot{E}=0$ 沿着系统(13.78)轨迹。这意味着零动态的轨迹是降阶系统的恒定能级。

例 13.9 考虑二阶范式的 Acrobot 模型

$$m_{11}\ddot{q}_1+c_1+g_1=-m_{12}a_2 \tag{13.80}$$

$$\ddot{q}_2=a_2 \tag{13.81}$$

$$y=q_2 \tag{13.82}$$

通过在式(13.80)中设置 $q_2=0$，$\dot{q}_2=0$ 和 $a_2=0$ 来找到零动态。根据式(6.86)，我们得到

$$\tilde{m}_{11}=m_1\ell_{c1}^2+m_2(\ell_1^2+\ell_{c2}^2+2\ell_1\ell_{c2})+I_1+I_2$$

$$\tilde{h}_1=0$$

$$\tilde{\phi}_1=(m_1\ell_{c1}+m_2\ell_1+m_2\ell_{c2})g\cos(q_1)$$

将这些表达式代入式(13.80)中，我们最终得到

$$\tilde{m}_{11}\ddot{q}_1+n_1g\cos(q_1)=0$$

其中

$$n_1=m_1\ell_{c1}+m_2\ell_1+m_2\ell_{c2}$$

请注意，这些零动态仅是简单摆的动力学。 ◀

由于上述零动态流形上的几乎所有轨迹都是周期轨道，因此平衡解不是渐近稳定的。这种系统称为**非最小相位系统**。

在非同位的部分反馈线性化的情况下，再次考虑法线形式方程

$$M_{12}\ddot{q}_2+c_1+\phi_1=-M_{11}a_1 \tag{13.83}$$

$$\ddot{q}_1=a_1 \tag{13.84}$$

$$y=q_1 \tag{13.85}$$

其输出 $y=q_1$。注意，存在上述范式所必需的强惯性耦合条件可确保输出数量少于主动关节的数量。在这种情况下，通过在上述系统中设置 $q_1=0$，$\dot{q}_1=0$ 和 $a_1=0$ 可以找到零动态，可推导出

$$\tilde{M}_{12}\ddot{q}_2+\tilde{c}_1+\tilde{\phi}_1=0 \tag{13.86}$$

其中 $\overline{M}_{12}=M_{12}(0,q_2)$，$\overline{c}_1=c_1(0,0,q_2,\dot{q}_2)$，$\overline{\phi}_1=\phi_1(0,q_2)$。式(13.86)通常不必表示拉格朗日系统，因为即使在 $\ell=m$ 的情况下，也不能保证 $\ell\times m$ 矩阵 M_{12} 是对称的或正定的。

反动轮摆的反馈线性化

正如我们在本章简介中所指出的，欠驱动机器人通常不能完全反馈线性化。在大多数情况下，最好的解决方案是同位或不同位的部分反馈线性化。而有趣的是，反动轮摆是一个可完全反馈线性化的机器人。为证明这一点，让我们回顾反动轮摆模型

$$J_1\ddot{q}_1+mg\ell\cos(q_1)=-u$$

$$J_2\ddot{q}_2=u$$

然后选择输出方程

$$y_1=J_1q_1+J_2q_2 \tag{13.87}$$

然后计算 y_1 的连续导数，得到

$$y_2=\dot{y}_1=J_1\dot{q}_1+J_2\dot{q}_2 \tag{13.88}$$

$$y_3=\dot{y}_2=J_1\ddot{q}_1+J_2\ddot{q}_2=-mg\ell\cos(q_1) \tag{13.89}$$

$$y_4=\dot{y}_3=mg\ell\sin(q_1)\dot{q}_1 \tag{13.90}$$

则 $\dot{y}_4$ 满足

$$\dot{y}_4 = mg\ell\sin(q_1)\ddot{q}_1 + mg\ell\cos(q_1)\dot{q}_1^2$$
$$= -\frac{mg\ell}{J_1}\sin(q_1)u - \frac{(mg\ell)^2}{J_1}\sin(q_1)\cos(q_1) + mg\ell\cos(q_1)\dot{q}_1^2$$

因此,控制输入

$$u = -\frac{J_1}{mg\ell\sin(q_1)}\left(a + \frac{(mg\ell)^2}{J_1}\sin(q_1)\cos(q_1) - mg\ell\cos(q_1)\dot{q}_1^2\right) \tag{13.91}$$

可得出布鲁诺夫斯基标准型的线性系统

$$\dot{y}_1 = y_2$$
$$\dot{y}_2 = y_3$$
$$\dot{y}_3 = y_4$$
$$\dot{y}_4 = a$$

输出 $y = y_1$。因此,我们注意到输出(13.87)在区域 $0 < q_1 < \pi$ 中具有相对阶 4,并且控制输入(13.91)在该相同区域中有效。因此,反动轮摆是本地输出反馈线性化的。我们得出结果,只要摆的初始方向在 $0 < q_1 < \pi$ 的水平位置上方,就可以使用上述反馈线性化控制律来稳定倒置平衡。但是,必须注意瞬态响应不会违反此约束,如果初始速度较大或控制导致负向超调就有可能会发生这种情况。习题 13-14 涉及式(13.91)中的外环控制项 a 的设计。

13.6.2　虚拟完整约束

接下来,我们介绍欠驱动机器人虚拟完整约束的概念,并讨论与输出反馈线性化的关系。

定义 13.7　设 $h(q_1, q_2): \mathbb{R}^n \to \mathbb{R}^p$ 是所有 $q \in h^{-1}(0)$,秩 $(dhq) = p$ 的位形变量的光滑函数。如果存在使

$$\Gamma = \{(q, \dot{q}) : h(q) = 0, \dot{h}(q) = \frac{\partial h}{\partial q}(q)\dot{q} = 0\}$$

是系统的控制不变流形的反馈控制,则函数 h 可以为给定的欠驱动系统定义虚拟完整约束。

术语**虚拟约束**源于以下事实:如果系统在 Γ 上初始化,即 $h(q(0)) = 0$,则对于所有 $t > 0$,解轨迹 $q(t)$ 都在 Γ 上。我们可以立即看到,确保给定的一组虚拟完整约束的有用方法是定义一个输出函数 $y = h(q_1, q_2)$ 并设计控制 u 以实现输出反馈线性化。只要约束函数 h 产生一个向量相对度为 2 的输出函数,就能满足条件。

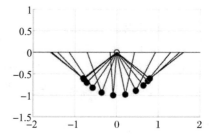

图 13.14　具有虚拟完整约束 $q_1 + 0.5q_2 = 0$ 的 Acrobot 的吊臂摆动运动

例 13.10　假设我们希望限制 Acrobot 的运动,以使 $q_1(t) + 0.5q_2(t) = 0$。该运动模拟了所谓的**连续接触吊臂摆动**。图 13.14 显示了输出 $y = h(q_1, q_2) = q_1 + 0.5q_2$ 作为虚拟完整约束和输出线性化控制的响应。◀

13.7　无源控制

在本节中,我们将讨论使用**能量**和**无源**方法控制欠驱动机器人的方法。回顾第 6 章,

拉格朗日机械系统

$$M(q)\ddot{q} + C(q,\dot{q})\dot{q} + \phi(q) = Bu \tag{13.92}$$

的总能量 E 满足

$$\dot{E} = \dot{q}^{\mathrm{T}} Bu \tag{13.93}$$

这意味着系统定义了从输入 Bu 到输出 $\dot{q}$ 的无源映射。因此，能量和无源性与我们所考虑的机械系统密切相关。在第 9 章中，我们使用了无源性来推导全驱动 n 连杆机械臂的鲁棒和自适应控制律。在本节中，我们将证明无源性与**切换控制**和**饱和**相结合，能为欠驱动机器人提供绝佳的控制解决方案。具体来说，我们将重点关注**上摆**和**平衡**问题，例如，对于 Acrobot 来说，上摆和平衡动作模仿了体操运动员在高单杠上倒立的动作。

正如我们将看到的那样，通过使用能量/无源方法与切换控制相结合，可以轻松解决上摆和平衡问题。平衡控制问题本质上是在反转配置下稳定平衡点的问题，并且如我们先前所述，可以通过线性反馈控制局部解决。然后，上摆控制问题成为一种控制系统的状态，以使轨迹进入平衡控制器的吸引区域，在这之后，控制可以切换到平衡控制。

13.7.1 简单摆的无源控制

考虑一个简单的长度为 ℓ 和质量为 m 的摆，假定在摆的末端有作用力 F，如图 13.15 所示。我们可以将此摆看作较大系统中被动连杆的简化模型，其中力 F 是由主动连杆的运动产生的，例如，在 Acrobot 情况下，通过主动摆动第二连杆而产生。注意，力 F 会在摆枢轴处产生力矩 $\tau = \ell F$。因此，该系统的运动方程为

$$m\ell^2\ddot{\theta} + mg\ell\sin(\theta) = \tau \tag{13.94}$$

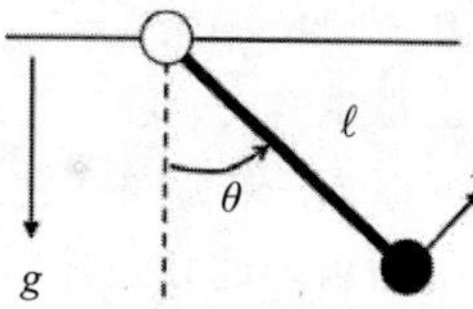

总能量是

$$E = \frac{1}{2}m\ell^2\dot{\theta}^2 + mg\ell(1-\cos(\theta)) \tag{13.95}$$

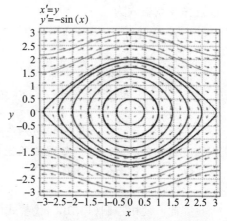

图 13.15 一个简单的摆锤，在摆锤上有作用力 F

当 τ 等于零时，摆能沿式(13.94)的解轨迹恒定。换种说法，集合

$$\Sigma_c = \{(\theta,\dot{\theta}) \mid E(\theta,\dot{\theta}) = c\}$$

定义了系统的轨迹，意味着在 $(\theta(0),\dot{\theta}(0)) \in \Sigma_c$ 且 $F=0$ 时，对于 $t>0$，式(13.94)的解满足 $(\theta(t),\dot{\theta}(t)) \in \Sigma_c$。集合 Σ_c 是一个不变流形，称为简单摆的**第一运动积分**。

图 13.16 显示了未受力摆的**相位图**的一部分，其中每个轨迹对应于特定的能级。简单摆的每个轨迹都是周期性的，除了平衡构型 $(0,0)$、$(\pm\pi,0)$ 以及所谓的**同宿轨道**。先前我们已经看到，简单摆与更复杂的欠驱动系统相关，例如，它在例 13.9 中显示为零动态流形。

定义 13.8 动力学系统的**同宿轨道**是将鞍点平衡点与其自身联系起来的轨迹。同宿轨道位于鞍点的稳定流形和不稳定流形的相交处。

应用图 13.16 中的简单摆的相图，如果我们能确定 $(-\pi,0)$ 和 $(+\pi,0)$，则连接鞍点平

图 13.16 简单摆的相图。恒定能量曲线是解的轨迹（图片由 pplane 生成，由 John C. Polking, Rice University 提供）

衡点$(-\pi,0)$和$(+\pi,0)$的轨迹为同宿轨道。

现在让我们考虑使用力 F 作为反馈控制律来控制摆的能量的问题。换句话说,给定常数 $c>0$,我们希望设计输入 $\tau=\ell F$,以使能量 $E(t)$ 收敛至 c。这样,摆的运动将收敛到由 $E=c$ 定义的特定周期解。考虑到这一点,定义 V 为 Lyapunov 函数候选项

$$V=\frac{1}{2}(E-E_r)^2 \tag{13.96}$$

其中 $E_r=c$ 被选作参考能量。则 $\dot{V}$ 由

$$\dot{V}=(E-E_r)\dot{\theta}\tau \tag{13.97}$$

给出。注意,以上表达式表示系统从输入 τ 到输出 $y=(E-E_r)\dot{\theta}$ 是无源的。如果我们设输入 τ 为

$$\tau=-ky=-k(E-E_r)\dot{\theta},\quad k>0 \tag{13.98}$$

我们能得到

$$\dot{V}=-ky^2\leqslant 0 \tag{13.99}$$

一个 LaSalle 定理的基本应用(见习题 13-15)表明,所有轨迹都收敛到能量为 $E_r=c$ 或 $\dot{\theta}=0$ 的轨迹。

备注 13.4 不能排除条件 $\dot{\theta}=0$,因为开环平衡解$(0,0)$和$(\pm\pi,0)$仍然是闭环系统的平衡点,因为如果 $\dot{\theta}=0$,则控制输入为零。但是,这会使对应闭环系统的平衡点$(0,0)$现在变得不稳定(见习题 13-16)。

以 E_c 作为同宿轨道上的能量,图 13.17 显示了闭环系统的相位图。

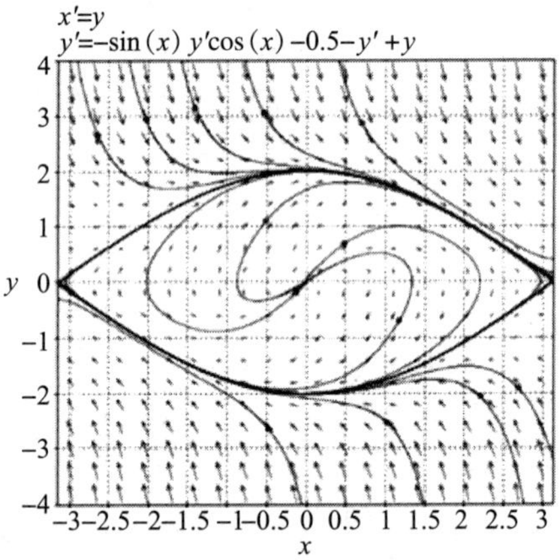

饱和

无源控制方法的一个重要特点是,其易于控制可用控制作用力的界限(即饱和)。为了证明这一点,假设上面的输入 τ 约束为 $|\tau|\leqslant m$。我们可以选择控制输入为

$$\tau=-\mathrm{sat}_m(ky)=-\mathrm{sat}_m(k(E-E_r)\dot{\theta}),\quad k>0 \tag{13.100}$$

其中,$\mathrm{sat}_m(\cdot)$ 是饱和度函数

$$\mathrm{sat}_m(\sigma)=\begin{cases} m & \text{若} & \sigma>m \\ \sigma & \text{若} & -m\leqslant\sigma\leqslant m \\ -m & \text{若} & \sigma<-m \end{cases}$$

饱和度函数是所谓的**第一象限和第三象限非线性**,这意味着对于所有的 σ 均存在

$$\sigma\mathrm{sat}_m(\sigma)\geqslant 0$$

因此,使用控制(13.100)代替式(13.98),我们得到

$$\dot{V}=-y\mathrm{sat}_m(ky)\leqslant 0$$

作为练习(见习题 13-17),证明使用上述饱和控制时,LaSalle 定理的应用结论仍然相同。

图 13.17 闭环系统的相位图(图由 pplane 生成,由莱斯大学的 John C. Polking 提供)

13.7.2 反动轮摆的无源控制

在本节中,我们将使用上面衍生的工具来考虑反动轮摆的加速控制问题。再次考虑以

下形式的反动轮摆动力学

$$J_1 \ddot{q}_1 + mg\ell\cos(q_1) = -u \tag{13.101}$$

$$J_2 \ddot{q}_2 = u \tag{13.102}$$

在这里，我们看到，反动轮摆的动力学可由简单的摆锤和双积分器的并联连接来描述，这两者都满足从输入力矩到输出速度的无源性（见图13.18）。具体来说

图 13.18 反动轮摆作为无源系统的并联互连

$$E_1 = \frac{1}{2} J_1 \dot{q}_1^2 + mg\ell\sin(q_1) \tag{13.103}$$

是摆的一般能量，

$$E_2 = \frac{1}{2} J_2 \dot{q}_2^2 \tag{13.104}$$

是反动轮的能量。我们有

$$\dot{E}_1 = -\dot{q}_1 u \tag{13.105}$$

$$\dot{E}_2 = \dot{q}_2 u \tag{13.106}$$

由于无源系统的并行互连是无源的（见习题13-18），因此有必要为并联互连定义合适的输出 y。按照前面简单摆的示例，我们可以将 Lyapunov 函数 V 定义为

$$V = \frac{1}{2}(E_1 - E_r)^2 + E_2 \tag{13.107}$$

其中 E_r 是摆的恒定参考能量。然后进行简单的计算即可

$$\dot{V} = -(E_1 - E_r)\dot{q}_1 u + \dot{q}_2 u = (\dot{q}_2 - (E_1 - E_r)\dot{q}_1)u$$

因此，如果我们将 $y = \dot{q}_2 - (E_1 - E_r)\dot{q}_1$ 定义为新的输出，则得到

$$\dot{V} = yu$$

系统从输入 u 到输出 y 是被动的。然后我们可以设控制输入 u 为

$$u = -\text{sat}_m(ky) = -\text{sat}_m(k(\dot{q}_2 - (E_1 - E_r)\dot{q}_1)), \quad k > 0 \tag{13.108}$$

命题 13.3 令 $E_r > 0$ 是反动轮摆能量 E_1 的恒定参考值。根据式（13.108）在式（13.101）和式（13.102）中选择控制输入 u。然后，闭环系统的所有轨迹都收敛到集合

$$\mathcal{M} = \{(q, \dot{q}) \mid (E_1 - E_r)\cos q_1 = 0\} \tag{13.109}$$

证明 证明是只需要使用 LaSalle 定理的简单计算，留作练习（见习题13-19）。

因此，闭环系统的所有轨迹将收敛到 $E_1 = E_r$ 或 $\cos(q_1) = 0$。在第一种情况下 $E_1 = E_r$，从式（13.108）得出反应轮的速度 $\dot{q}_2 = 0$。在第二种情况下 $\cos(q_1) = 0$，因此得出 $q_1 = n\pi$ 和 $\dot{q}_2 = 0$。

图 13.19 和图 13.20 显示了在 $t = 8\text{s}$ 时切换到线性平衡控制器时，E_r 等于摆的同宿轨道能量的模拟。 ■

13.7.3 Acrobot 的上摆和平衡

接下来，我们从例 13.9 中同位的二阶法线形式开始考虑 Acrobot 的上摆和平衡。

$$m_{11}\ddot{q}_1 + c_1 + \phi_1 = -a_2 \tag{13.110}$$

$$\ddot{q}_1 = a_2 \tag{13.111}$$

重要的是，二阶范式形式的内部动力学是由外环控制项 a_2 驱动的，因此我们既可以使用该项来稳定系统的线性化子系统，又可以用它来更改内部动力学。

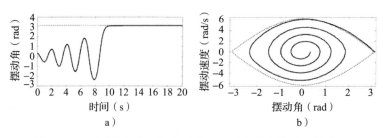

图 13.19 反动轮摆的上摆和平衡 a)以及摆的相位平面轨迹 b)

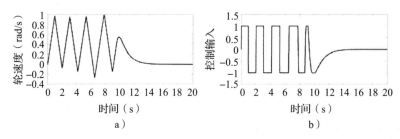

图 13.20 反动轮速度 a)和饱和控制输入 b)

Acrobot 模型的逆平衡为 $q_1 = +\pi/2$，$\dot{q}_1 = 0$，$q_2 = 0$，$\dot{q}_2 = 0$。假设我们定义了外环控制 a_2 如下

$$a_2 = -k_p q_2 - k_d \dot{q}_2 + k_3 \text{sat}_m((E - E_c)\dot{q}_1) \tag{13.112}$$

其中 E 是 Acrobot 的总能量，而 E_c 是逆平衡时的能量。图 13.21 展示了使用此策略成功进行的上摆和平衡运动，其中控制在大约 7.5s 时切换到 LQR 平衡控制。

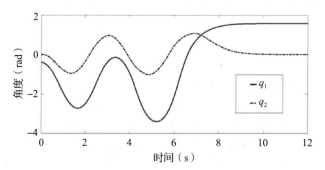

图 13.21 使用切换控制的 Acrobot 的上摆和平衡

13.8 本章总结

在本章中，我们讨论了欠驱动机械系统的控制，其中重点讨论了欠驱动的串行连杆机构。我们在前几章中讨论过的许多全驱动系统的控制技术都需要针对欠驱动系统进行**修改**才有可能适用。控制此类系统的主要障碍之一是非最小相位零动态的存在。

上、下驱动模型

我们在本章中讨论的机器人类别的特征是具有 $m < n$ 个控制输入的 n 自由度拉格朗日动力系统，因此，有 m 个驱动的自由度和 $l = n - m$ 个未驱动的自由度。差 $l = n - m$ 是**系统的欠驱动度**。我们表明，任何这样的系统都可以表示为**上驱动系统**

$$M_{11}\ddot{q}_1 + M_{12}\ddot{q}_2 + c_1 + \phi_1 = u$$
$$M_{21}\ddot{q}_1 + M_{22}\ddot{q}_2 + c_2 + \phi_2 = 0$$

其中 $q_1 \in \mathbb{R}^m$ 和 $q_2 \in \mathbb{R}^\ell$，或者下驱动系统

$$M_{11}\ddot{q}_1 + M_{12}\ddot{q}_2 + c_1 + \phi_1 = 0$$
$$M_{21}\ddot{q}_1 + M_{22}\ddot{q}_2 + c_2 + \phi_2 = u$$

其中 $q_1 \in \mathbb{R}^\ell$ 和 $q_2 \in \mathbb{R}^m$。

线性可控性

通过欠驱动系统的可线性控制性来对其进行分类有助于确定全局可控性。我们证明了线性可控制性的必要条件是每个自由度都必须具有非零势能，例如弹性或重力。线性可控制性的性质允许人们应用切换控制方法，该方法将远离平衡点的非线性控制定律和接近平衡点的线性控制定律相结合。我们针对 Acrobot 和 Reaction-Wheel 摆的上摆和平衡问题说明了这个方法。

同位和非同位的部分反馈线性化

我们介绍了同位和非同位的部分反馈线性化的概念，该概念将给定的欠驱动系统转换为**二阶范式**，这对于后续分析和控制器设计很重要。在同位情况下的二阶范式为

$$M_{11}\ddot{q}_1 + c_1 + g_1 = -M_{12}a_2$$
$$\ddot{q}_2 = a_2$$

非同位情况下的二阶范式为

$$M_{12}\ddot{q}_2 + c_1 + \phi_1 = -M_{11}a_1$$
$$\ddot{q}_1 = a_1$$

其中 a_1 和 a_2 是附加的(外环)控制。

输出反馈线性化和虚拟完整约束

虚拟完整约束是形式为 $h(q)=0$ 的关系，其中 $h : Q \rightarrow \mathbb{R}^p$ 是从配置空间 Q 到 $\mathbb{R}^p$ 的平滑函数，由反馈控制强制执行。可以选择虚拟**约束**作为实现所需任务的输出函数，例如自由度之间的协调运动。实施虚拟约束会引申出零动态的概念，零动态是指在整个系统的状态空间中被限制为降阶流形的系统动态。

切换控制和无源性

从二阶范式开始，我们展示了如何通过基于能量的方法和切换控制来实现对定点的稳定。能量整形方法的优点是不依赖于基于时间计划的轨迹。

习题

13-1 根据式(13.10)和式(13.11)中给出的动能和势能表达式，完成小车摆系统的欧拉-拉格朗日方程(13.12)和方程(13.13)的推导。

13-2 证明如果 $\ell_{c2} = 0$，则 Acrobot 的动力学方程会简化为反动轮摆的动力学方程。

13-3 通过推导方程(13.22)和方程(13.23)，以及方程(13.24)和方程(13.25)，验证备注 13.1 的要求。

13-4 证明当 $u_e = 0$ 时，Acrobot 和 Pendubot 的唯一平衡点如图 13.10 所示。

13-5 验证方程(13.35)和方程(13.36)中矩阵 F 和 G 的表达式。

13-6 通过直接计算表明，当且仅当常数项 $mg\ell/J_1$ 为非零时，反动轮摆的线性运动方程才可控制。

13-7 验证方程(13.47)中项 $\overline{M}_{22}, \overline{c}_2$ 和 $\overline{\phi}_2$ 的表达式。

13-8 完成命题 13.2 的证明。

13-9 验证控制律的表达式(13.65)。

13-10 完成计算，以验证图 13.4 中的小车摆系统的同位控制律。

13-11 完成计算,以验证图 13.4 中的小车摆系统的非同位控制律。

13-12 考虑下驱动系统

$$M_{11}\ddot{q}_1 + M_{12}\ddot{q}_2 + c_1 + \phi_1 = 0$$
$$M_{21}\ddot{q}_1 + M_{22}\ddot{q}_2 + c_2 + \phi_2 = u$$

证明如果我们将 $y = q_2$ 作为系统输出,其中 q_2^r 是 q_2 的恒定参考向量,则实现线性系统(13.73)的控制输入 u 与式(13.50)给出的控制 u 相同,因此既实现了输出线性化,又使系统处于范式。

13-13 对于习题 13-12 的系统,证明非同位二阶范式是通过选择输出为 $y = q_1$ 的输出反馈线性化来实现的。

13-14 设计方程(13.91)中的线性外环控制 a,以将反动轮摆稳定在倒置位置。计算各种初始条件下的响应。

13-15 使用式(13.99)中的 $\dot{V}$ 表达式,表明简单摆的所有轨迹都收敛到能量为 E_r 或 $\omega = 0$ 的轨迹。

13-16 考虑带控制律(13.98)的简单摆。表明当 $E_r = 2$ 时,平衡点(0,0)不稳定,而当 $0 \leqslant E_r < 2$ 时,平衡点稳定但不是渐近稳定。

13-17 使用 LaSalle 定理表明,使用控制(13.100)代替式(13.98)进行简单摆的上摆会产生相同的渐近行为。

13-18 证明无源系统的并行互连是无源的。

13-19 使用 LaSalle 定理完成命题 13.3 的证明。

13-20 对小车摆系统,使用本章中的任何方法推导并模拟上摆和平衡控制。

附注与参考

欠驱动机械系统的控制研究是一个活跃的领域,有大量的文献致力于该主题。[186,41,179]是专注于控制欠驱动系统的研究专著。命题 13.1 取自[98]。这里介绍的大部分关于同位和非同位的部分反馈线性化的资料都来自[162],而与其相关的工作在[157,159,163]中也有讨论。同位和非同位情况下的二阶范式的推导均归功于[162]。[130,183,123,151]找到了二阶非完整约束的几种处理方法。古典的倒立摆一直是在控制文献[127,62,117,184]中广泛讨论的话题。Acrobot 首次出现在[122]中,其证明了 Acrobot 的动力学不可线性反馈化。Acrobot 的上摆问题首先在[158]中解决。Pendubot[160]和反动轮摆[164]均来自伊利诺伊大学工程控制系统学院实验室。[14]是一个相当完整的专注于"反动轮摆"的专著,其中包括此处介绍的基于无源性的控制方法。虚拟约束的概念及其在双足运动中的应用是由[59]提出的。

移动机器人

在本章中，我们将讨论非完整系统的控制，其重点是**移动机器人**的控制。移动机器人在许多应用中正变得越来越重要，如工厂和仓库自动化、服务和清洁、家庭和医疗援助、军事应用、农业林业应用以及搜索和救援。自动驾驶的公路车辆（汽车和卡车）也可以被视为移动机器人。

会影响控制问题的移动机器人的一个显著特征就是存在**非完整约束**。非完整约束有两种主要的产生方式。

- **无滑动滚动**约束。例如，如果车轮滚动而无滑动，则车轮的平移和旋转不是独立的。有以下几个例子：
- 轮式移动机器人、独轮车、汽车或拖拉机/拖车。
- 刚性物体的操作，例如手指与物体的滚动接触。
- **角动量**守恒的系统。有以下几个例子：
- 卫星和太空机器人。
- 体操、潜水和跑步机器人。

在本章中，我们将主要关注轮式移动机器人的控制。轮式移动机器人是**无漂移系统**中的一部分，我们将在后面对其进行详细定义。此类系统是定义 13.3 中不可线性控制的欠驱动系统的一个案例。

我们首先讨论**非完整约束**和**非完整系统**的概念，第 6 章对此进行了简要介绍。了解完整约束和非完整约束之间的区别对于理解本章介绍的每个概念都是至关重要的。然后，我们讨论移动机器人的可控性和稳定性问题，并概述了设定点调节和轨迹跟踪问题的开环和闭环控制方法。我们将讨论的主要理论控制成果是**周氏（Chow）定理**和**布罗克特（Brockett）定理**。周氏定理为无漂移系统的可控制性提供了必要和充分的条件。布罗克特定理为通过平滑反馈控制来稳定此类系统提供了必要条件。

14.1 非完整约束

我们在第 6 章中推导刚性机械臂的欧拉-拉格朗日运动方程时也介绍了**完整约束**。我们看到，把 n 个相互独立的刚体互连（每个刚体具有 6 个自由度并带有回转关节或平动关节）会引入**完整约束**，从而将自由度的数量从 $6n$ 减少到 n。我们在第 10 章中对力控制的处理涉及**单侧约束**，这些约束是由机器人与环境之间的接触而产生的。在本节中，我们扩展受约束的系统的概念，并讨论**非完整约束**。

令 $(q_1, \cdots, q_n)$ 表示给定系统的位形空间 $\mathcal{Q}$ 中位形 q 的坐标表示。回忆 6.1.2 节中的以下定义。

定义 14.1（完整约束）　考虑以下形式的等式约束

$$h(q_1, \cdots, q_n) = 0 \tag{14.1}$$

其中 h 是从 $\mathcal{Q} \to \mathbb{R}$ 的映射，称为**完整约束**。我们假设函数 h 是连续可微的，并且在每个 $q \in \mathcal{Q}$ 处，微分 $dh = \partial h / \partial q = (\partial h / \partial q_1, \cdots, \partial h / \partial q_n)$ 不为零。

由于这种完整约束，系统的位形 $q=(q_1,\cdots,q_n)$ 在方程(14.1)定义的位形空间中被限制为 $n-1$ 维流形。

例 14.1 一个受完整约束的系统的简单例子是，块 m 附着在固定于原点的长度为 ℓ 的刚性杆末端，并在平面内自由旋转（见图 14.1）。因此，块 m 的 (x,y) 坐标满足完整约束

$$x^2+y^2-\ell^2=0 \tag{14.2}$$

该约束将块 m 的运动约束到 $\mathbb{R}^2$ 中半径为 ℓ 的圆上。

我们经常将约束表示为位形和速度的函数 $a(q,\dot q)=0$，其中函数 $a(q,\dot q)$ 在两个自变量上都是连续可微的。我们将把讨论限制在如下所述的 Pfaffian 约束中。

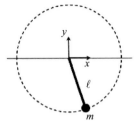

图 14.1 块 m 连接到刚性杆

定义 14.2(Pfaffian 约束) 如下形式的约束

$$w_1(q)\dot q_1+\cdots+w_n(q)\dot q n=w(q)\dot q=0 \tag{14.3}$$

被称为 **Pfaffian 约束**，其中行向量 $w(q)=(w_1(q),\cdots,w_n(q))$ 是相切空间 $T_q^*(Q)$ 中的**余向量**。

注意，由等式(14.3)给出的约束将速度向量 $\dot q$ 约束在每个 q 处，但是不一定会将位形 q 约束到较低维的流形。换句话说，在每种位形 q 下，式(14.3)都指定了允许的速度。

如果在所有 $t \geqslant 0$ 时，位形 $q(t)$ 均受方程(14.1)中的完整约束所约束，则可以得出以下结论：

$$\dot h = \frac{\partial h}{\partial q}\dot q = \mathrm{d}h\dot q = 0 \tag{14.4}$$

因此我们可以说，如果存在满足下式的函数 $h:\mathbb{R}^n \to \mathbb{R}$，则 Pfaffian 约束 $w(q)\dot q=0$ 是完整的。

$$\sum_{j=i}^{n} w_j(q)\dot q_j = \sum_{j=i}^{n} \frac{\partial h}{\partial q_j}\dot q_j = 0$$

反之，这意味着存在一个函数 $\gamma(q)$——称为**积分因子**——使得

$$\gamma(q)w_j(q)=\frac{\partial h}{\partial q_j}(q),\quad j=1,\cdots,n \tag{14.5}$$

在这种情况下，约束 $w(q)\dot q=0$ 被称为**可积分的**。请注意，如果约束是可积分的，则由于 h 是可连续微分的，因此

$$\frac{\partial(\gamma w_i)}{\partial q_j}=\frac{\partial^2 h}{\partial q_j \partial q_i}=\frac{\partial^2 h}{\partial q_i \partial q_j}=\frac{\partial(\gamma w_j)}{\partial q_i}$$

由此可推导出 Pfaffian 约束可积分的以下必要条件和充分条件。

命题 14.1 当且仅当存在一个非零函数 $\gamma(q)$，使得 w 的 w_i 满足时，等式(14.3)定义了一个可积分(完整)约束。

$$\frac{\partial(\gamma w_i)}{\partial q_j}=\frac{\partial(\gamma w_j)}{\partial q_i},\quad 对于所有 i,j \tag{14.6}$$

例 14.2 考虑 $\mathbb{R}^3$ 的 Pfaffian 约束

$$\dot q_2-q_3\dot q_1=0 \tag{14.7}$$

其形式为 $w(q)\dot q$，其中 $w=(-q_3,1,0)$。使用公式(14.6)进行简单的计算证明：

$$\frac{\partial \gamma}{\partial q_1}+q_3\frac{\partial \gamma}{\partial q_2}=0$$

$$q_3 \frac{\partial \gamma}{\partial q_3} + \gamma = 0$$

$$\frac{\partial \gamma}{\partial q_3} = 0$$

易见,唯一可能的解是 $\gamma = 0$(见问题 14-1)。因此,约束是非完整的。 ◀

多重约束

现在假设我们有 $k \geqslant 2$ 个 Pfaffian 约束

$$w_i(q)\dot{q} = 0, \quad i = 1, \cdots, k \leqslant n \tag{14.8}$$

其中每个余向量 $w_i(q)$ 由 $w_i(q) = (w_{i1}(q), \cdots, w_{in}(q))$ 给出。

例 14.3 我们注意到,单独检查每个约束的完整性并不能为我们提供有关系统位形约束的足够信息。考虑两个 Pfaffian 约束

$$w_1(q)\dot{q} = \dot{q}_2 - q_3 \dot{q}_1 = 0 \tag{14.9}$$

$$w_2(q)\dot{q} = \dot{q}_3 - q_1 \dot{q}_2 = 0 \tag{14.10}$$

可以单独检查这些约束是否完整。实际上,我们在上面的例 14.2 中展示了由等式(14.9)给出的约束的非完整性。但是注意,线性组合 $q_1 w_1 + w_2$ 满足

$$(q_1 w_1 + w_2)\dot{q} = \dot{q}_3 - q_1 q_3 \dot{q}_1 = 0 \tag{14.11}$$

其可以积分成 $q_3 = k e^{q_1^2/2}$ 和 $q_2 = \int k e^{q_1^2/2} \mathrm{d}q_1$(见问题 14-2)。因此,约束是完整的。实际上,由定理 14.1 可以得出,$\mathbb{R}^n$ 中任何 $n-1$ 个 Pfaffian 约束集都是完整的。 ◀

我们可以将一组多个 Pfaffian 约束表示为如方程(14.8)所示为矩阵方程式

$$A(q)\dot{q} = 0 \tag{14.12}$$

其中 A 是 $k \times n$ 矩阵

$$A = \begin{bmatrix} w_{11} & \cdots & w_{1n} \\ \vdots & & \vdots \\ w_{k1} & \cdots & w_{kn} \end{bmatrix} \tag{14.13}$$

注意,$A(q)\dot{q} = 0$ 意味着速度 $\dot{q}$ 对于每个 q 都位于 $A(q)$ 的零空间中。如果 $A(q)$ 的秩等于 k(即约束是独立的),则存在 A 的 m 维零空间 $m = n - k$。设 $\{g_1(q), \cdots, g_m(q)\}$ 为 $A(q)$ 的零空间的基。则在有合适的系数 $u_1, \cdots, u_m$ 时,满足式(14.8)的每个速度向量 $\dot{q}$ 可表示为

$$\dot{q} = g_1(q)u_1 + \cdots + g_m u_m \tag{14.14}$$

式(14.14)将可允许速度的向量指定为基向量 $g_1, \cdots, g_m$ 的线性组合。

例 14.4 再次考虑 $\mathbb{R}^3$ 的式(14.9)~式(14.10)中的 $k = 2$ 约束。我们可以将其写成 $A(q)\dot{q} = 0$,其中

$$A(q) = \begin{bmatrix} -q_3 & 1 & 0 \\ 0 & -1 & 1 \end{bmatrix}, \quad \dot{q} = \begin{bmatrix} \dot{q}_1 \\ \dot{q}_2 \\ \dot{q}_3 \end{bmatrix}$$

通过直接计算可得

$$g_1(q) = \begin{bmatrix} 1 \\ q_3 \\ q_3 \end{bmatrix}$$

跨越 A 的一维零空间。 ◀

备注 14.1 公式(14.14)被称为无漂移系统，因为当控制输入 $u_1,\cdots,u_m$ 为零时 $\dot{q}=0$。在许多相关的系统中，方程(14.14)中的系数 u_i 可以解释为控制输入。我们将在后面的部分中使用此模型进行控制设计。

14.2 对合性和完整性

在本节中，我们完善非完整约束的概念，这将在以后讨论非完整系统的可控制性和周氏定理时非常有用。

定义 14.3 给定一组 Pfaffian 约束，如方程(14.8)所示，令 Ω 为由余向量 $\{\omega_1,\cdots,\omega_m\}$ 组成的分布，设 $\{g_1,\cdots,g_m\}$（对于 $m=n-k$）为分布 Δ 的基，并满足

$$w_i(q)g_j(q)=0 \quad i=1,\cdots,k, j=1,\cdots,m \quad 其中 q\in\mathcal{Q} \tag{14.15}$$

然后，向量 $g_1,\cdots,g_m$ 跨越先前定义的矩阵 A 的零空间。分布 Δ 称为 Ω 的湮灭器或湮灭分布，表示为 $\Delta=\Omega^\perp$。相对应地，Ω 是 Δ 的湮灭合场分布。

定理 14.1 假设 Ω 是由余向量 $\{\omega_1,\cdots,\omega_k\}$ 跨越的合场分布。则约束集 $\{\omega_i(q)\dot{q}=0, i=1,\cdots,k\}$ 在当且仅当分布 $\Delta=\Omega^\perp$ 是对合时，才是完整的。

证明 使用第12章中的李导数表示法，我们可以说存在函数 $h_i,\cdots,h_k$，使得

$$w_i g_j = \frac{\partial h_i}{\partial q}g_j = L_{g_j}h_i=0, \quad i=1,\cdots,k, \quad j=1,\cdots,m \tag{14.16}$$

当且仅当约束条件 $w_i\dot{q}=0$, $i=1,\cdots,k$ 是完整的时成立。根据佛罗贝尼乌斯定理，偏微分方程组

$$L_{g_j}h_i=0, \quad i=1,\cdots,k, \quad j=1,\cdots,m$$

当且仅当分布 Δ 是对合的时，对 $h_1,\cdots,h_k$ 有解。 ■

备注 14.2 在单个约束 $w(q)\dot{q}$ 的情况下，分布 $\Delta=\text{span}\{g_1,\cdots,g_{n-1}\}$ 和 Δ 的对合性等效于式(14.5)。在另一个极端，对于 n 维系统，一组 $n-1$ 个 Pfaffian 约束始终是完整的，因为在这种情况下 $\Delta=\text{span}\{g_1\}$，而这始终是对合的。

例 14.5 再次考虑具有 $w=(-q_3,1,0)$ 的约束方程(14.7)，该方程已被证明是非完整的。在 $\Omega=\text{span}\{w\}$ 的情况下，很容易看出湮灭分布 $\Delta=\Omega$ 的基是

$$g_1=\begin{bmatrix}1\\q_3\\0\end{bmatrix}, \quad g_2=\begin{bmatrix}0\\0\\1\end{bmatrix} \tag{14.17}$$

计算李括号 $[g_1,g_2]$ 得到

$$[g_1,g_2]=\begin{bmatrix}0\\-1\\0\end{bmatrix} \tag{14.18}$$

这不是 g_1 和 g_2 的线性组合。因此，分布 Δ 并不是对合的，这再次表明由 w 定义的 Pfaffian 约束是非完整的。 ◀

滤集

现在假设分布 Δ 不对合。则在 Δ 中至少存在一对向量场 g_i 和 g_j，使李括号 $[g_i,g_j]$ 不属于 Δ。因此，设 $\Delta_1=\Delta=\text{span}\{g_1,\cdots,g_{n-1}\}$，我们将 Δ_2 定义为如下分布

$$\Delta_2=\Delta_1+[\Delta_1,\Delta_1]$$

其中

$$[\Delta_1,\Delta_1]=\text{span}\{[g_i,g_j], \quad 对于所有 g_i,g_j\in\Delta_1\}$$

其中 $[g_i, g_j]$ 是向量场 g_i 和 g_j 的李括号。所有向量 $g_i \in \Delta_1$ 与所有可能的通过对 Δ_1 中的向量取李括号生成的向量一起跨越了 Δ_2 分布。因此，如果 $\Delta_2 = \Delta_1$，则原始分布 Δ 是对合的。

如果 Δ_1 不对合，则 $\Delta_2 \neq \Delta_1$ 且其尺寸严格大于 Δ_1 的尺寸。我们可以继续此计算，设 $\Delta_1 = \Delta$，并根据以下公式定义一个序列的分布 Δ_i

$$\Delta_i = \Delta_{i-1} + [\Delta_1, \Delta_{i-1}]$$

其中

$$[\Delta_1, \Delta_{i-1}] = \text{span}\{[g, \overline{g}] : g \in \Delta_1, \overline{g} \in \Delta_{i-1}\}$$

该分布序列 $\{\Delta_i\}$ 被称为 Δ 相关的**滤集**。

定义 14.4 一个滤集在满足

$$\text{rank}\Delta_i(q) = \text{rank}\Delta_i(q_0), \forall i \text{ 和对于所有 } q \in U$$

时，在 q_0 的域 U 中被称为是正则的。换句话说，对于所有 q 和 Δ_i 的秩都是恒定的。

如果滤集是正则的，则 Δ_i 的维度大于或等于 Δ_{i-1} 的维度，并且不大于 n（位形空间本身的尺寸）。如果在某个点上存在 κ，使得 $\text{rank}\Delta_{\kappa+1} = \text{rank}\Delta_\kappa$，则上述结构不成立。由此可推导出以下定义。

定义 14.5 设 $\{\Delta_i\}$ 为与分布 Δ 相关的**正则滤集**。使 $\text{rank}\Delta_{\kappa+1} = \text{rank}\Delta_\kappa$ 的最小整数 κ 称为分布 Δ 的非完整度。

注意，$m \leq \text{rank}\Delta_\kappa \leq n$，$1 \leq \kappa \leq n-m+1$。非完整度与运动规划和控制问题的难度有关。基于以上推导，我们可以按如下方式完善对完整约束的定义。

定义 14.6 由式(14.8)给出的 k 个 Pfaffian 约束的集合为

1. 如果 $\kappa = 1$，或者换句话说，如果尺寸 $\dim\Delta_1 = n$，则为完整的；
2. 如果 $m < \dim\Delta_\kappa < n$，即 $1 < \kappa < n-m+1$，则为部分非完整的；
3. 如果 $\dim\Delta = n$，即 $\kappa = n-m+1$，则完全非完整。

分布 Δ_κ 称为 Δ 的**对合闭合**，写为 $\overline{\Delta}$，根据构造，它是包含 Δ 的对合分布，因为如果 Δ' 是使得 $\Delta \subset \Delta'$ 的对合分布，则 $\overline{\Delta} \subset \Delta'$。

14.3 非完整系统的例子

在本节中，我们给出受非完整约束的系统示例。

例 14.6（滚盘） 图 14.2 显示了在平面上滚动的圆盘，其滚动轴平行于该平面。可以通过变量 $q = (x, y, \theta, r\phi)$ 定义圆盘的位形，其中 x 和 y 表示地面接触点的笛卡儿位置，θ 表示航向角，而 ϕ 表示圆盘与垂直方向的角度。无滑动滚动意味着地面接触点的瞬时速度为零，这意味着

$$\dot{x} - r\dot{\phi}\cos\theta = 0$$
$$\dot{y} - r\dot{\phi}\sin\theta = 0 \qquad (14.19)$$

其中，r 是车轮的半径。这些约束可以写为 Pfaffian 约束，形式为等式(14.3)，其中 $q = [x, y, \theta, r\phi]^T$ 且

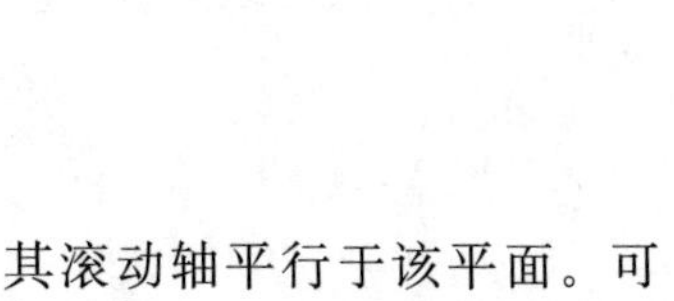

图 14.2 滚盘

$$w_1 = [0 \ 1 \ 0 \ -\sin\theta], \quad w_2 = [1 \ 0 \ 0 \ -\cos\theta]$$

由于位形空间的维数为 $n = 4$，并且有两个约束方程，因此 $\Omega^\perp$ 的基将由与 ω_1 和 ω_2 正交的两个函数 g_1 和 g_2 组成。易见

$$g_1 = \begin{bmatrix} \cos\theta \\ \sin\theta \\ 0 \\ 1 \end{bmatrix}, \quad g_2 = \begin{bmatrix} 0 \\ 0 \\ 1 \\ 0 \end{bmatrix} \tag{14.20}$$

都与 ω_1 和 ω_2 正交。因此，我们可以将速度向量 $\dot q$ 写成

$$\dot q = g_1(q)u_1 + g_2(q)u_2 \tag{14.21}$$

其中，$u_1 = v$ 是滚动速率，$u_2 = \omega$ 是旋转速率。

现在，使用定理 14.1，我们可以检查圆盘在无滑动滚动时的约束是完整的还是非完整的。计算李括号(见习题 14-3)

$$g_3 = [g_1, g_2] = \begin{bmatrix} \sin\theta \\ -\cos\theta \\ 0 \\ 0 \end{bmatrix}, \quad g_4 = [g_2, g_3] = \begin{bmatrix} \cos\theta \\ \sin\theta \\ 0 \\ 0 \end{bmatrix} \tag{14.22}$$

可见

$$\Delta = \Delta_1 = \text{span}\{g_1, g_2\} \text{ 有 rank } 2$$
$$\Delta_2 = \text{span}\{g_1, g_2, g_3\} \text{ 有 rank } 3$$
$$\Delta_3 = \text{span}\{g_1, g_2, g_3, g_4\} \text{ 有 rank } 4$$

因此，$\dim\overline\Delta = \dim\Delta_3 = 4$。因此，非完整度为 3，约束条件完全非完整。

备注 14.3　如果我们不在乎圆盘围绕水平轴的方向，即如果忽略最后一个方程 $r\dot\phi = u_1$，则可以将方程(14.19)中的约束条件简化为单个约束条件

$$\dot x\sin(\theta) - \dot y\cos(\theta) = 0$$

我们能得到一个降阶模型

$$\begin{aligned} \dot x &= \cos(\theta)u_1 \\ \dot y &= \sin(\theta)u_1 \\ \dot\theta &= u_2 \end{aligned} \tag{14.23}$$

其中

$$g_1 = \begin{bmatrix} \cos\theta \\ \sin\theta \\ 0 \end{bmatrix}, \quad g_2 = \begin{bmatrix} 0 \\ 0 \\ 1 \end{bmatrix}$$

公式(14.23)中的系统通常被称为**独轮车模型**。　◀

例 14.7（运动车）　图 14.3 显示了带有可转向前轮的汽车或移动机器人的简单表示。可以用 $q = (x, y, \theta, \phi)$ 来描述位形，其中 x 和 y 是后轴中心的点，θ 是朝向角，而 ϕ 是转向角。通过将前轮和后轮的侧向速度设置为零，可以得到无滑动滚动的约束。可推导出

$$\sin\theta\dot x - \cos\theta\dot y = 0 \tag{14.24}$$
$$\sin(\theta+\phi)\dot x - \cos(\theta+\phi)\dot y - d\cos\phi\dot\theta = 0$$

亦可写为

$$[\sin\theta, \cos\theta, 0, 0]\dot q = w_1, \dot q = 0$$
$$[\sin(\theta+\phi), -\cos(\theta+\phi), -d\cos\phi, 0]\dot q = w_2, \dot q = 0 \tag{14.25}$$

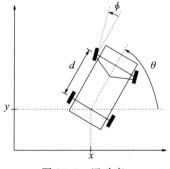

图 14.3　运动车

其中余向量 ω_1 和 ω_2 是

$$w_1 = [\sin\theta, \cos\theta, 0, 0], \quad w_2 = [\sin(\theta+\phi), -\cos(\theta+\phi), -d\cos\phi, 0]$$

现在很容易找到正交于 ω_1 和 ω_2 的向量 g_1 和 g_2 并将相应的系统写为等式(14.14)的形式。例如，我们设

$$g_1 = \begin{bmatrix} 0 \\ 0 \\ 0 \\ 1 \end{bmatrix}, \quad g_2 = \begin{bmatrix} \cos\theta \\ \sin\theta \\ \dfrac{1}{d}\tan\phi \\ 0 \end{bmatrix} \tag{14.26}$$

计算李括号 $[g_1, g_2]$ 和 $[g_2, g_3]$ 可得

$$g_3 = [g_1, g_2] = \left[0, 0, \frac{1}{d\cos^2(\phi)}, 0\right]^{\mathrm{T}}$$

$$g_4 = [g_2, g_3] = \left[\frac{\sin(\theta)}{d\cos^2(\phi)}, \frac{-\cos(\theta)}{d\cos^2(\phi)}, 0, 0\right]^{\mathrm{T}}$$

我们有

$$\Delta_4 = \mathrm{span}\{g_1, g_2, g_3, g_4\}$$

其为 rank 4 的对合。因此系统的非完整度为 $\kappa = 3$。　◀

例 14.8（跳跃机器人） 考虑图 14.4 中的跳跃机器人。该机器人的位形由 $q = (\psi, \ell, \theta)$ 定义，其中

$$\psi = 腿部角度$$
$$\theta = 体角$$
$$\ell = 腿部伸展$$

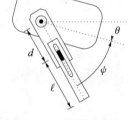

在飞行阶段，跳跃机器人的角动量得以保持。设 I 和 m 分别表示身体的惯性矩和腿的质量，角动量守恒可表示为

$$I\dot{\theta} + m(\ell+d)^2(\dot{\theta}+\dot{\psi}) = 0 \tag{14.27}$$

假设初始角动量为零。该约束可以写为 $w(q)\dot{q} = 0$，其中 $w = [m(\ell+d)^2, 0, I+m(\ell+d)^2]$。由于位形空间的维数为 3，并且存在一个约束，因此我们需要找到两个独立的向量 g_1 和 g_2，它们跨越湮灭分布 $\Delta = \Omega^{\perp}$。易见

图 14.4　跳跃机器人

$$g_1 = \begin{bmatrix} 0 \\ 1 \\ 0 \end{bmatrix}, \quad g_2 = \begin{bmatrix} 1 \\ 0 \\ -\dfrac{m(\ell+d)^2}{I+m(\ell+d)^2} \end{bmatrix} \tag{14.28}$$

在每个点上都是线性独立并且与 ω 正交的。检查 Δ 的对合性，我们发现

$$[g_1, g_2] = \begin{bmatrix} 0 \\ 0 \\ -\dfrac{2Im(\ell+d)}{[I+m(\ell+d)^2]^2} \end{bmatrix} \tag{14.29}$$

这不是 g_1 和 g_2 的线性组合。因此，约束是非完整的，非完整的程度是 $\kappa = 2$。　◀

例 14.9（差速传动机器人） 图 14.5 所示的差速传动机器人（以下称 DDR）由一个底盘和两个独立控制的

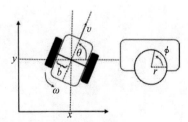

图 14.5　差速传动机器人的俯视图(左)和侧视图(右)

车轮组成，具有三个自由度，即 x，y 和 θ。DDR 的基本运动方程与独轮车的基本运动方程相同

$$
\begin{aligned}
\dot{x} &= \cos(\theta) v \\
\dot{y} &= \sin(\theta) v \\
\dot{\theta} &= \omega
\end{aligned}
\tag{14.30}
$$

其中 v 和 ω 分别是底盘的线速度和角速度。假设每个车轮的半径为 r，车轮之间的距离为 $2b$。同时假设没有车轮滑动，我们可以将底盘速度 v 和 ω 与左右车轮速度 $\dot{\phi}_L$ 和 $\dot{\phi}_R$ 关联为

$$
\begin{aligned}
v + b\omega &= r\dot{\phi}_R \\
v - b\omega &= r\dot{\phi}_L
\end{aligned}
$$

对 v 和 ω 求解，可得

$$
v = \frac{r}{2}(\dot{\phi}_R + \dot{\phi}_L)
$$

$$
\omega = \frac{r}{2b}(\dot{\phi}_R - \dot{\phi}_L)
$$

注意，向相同的方向以速度 $\dot{\phi}$ 驱动两个车轮会导致底盘以速度 $r\dot{\phi}$ 进行纯平移，而以相反的方向以速度 $\dot{\phi}$ 驱动两个车轮会导致角速度为 $r/b\,\dot{\phi}$ 进行纯旋转。

通常，车轮由直流电动机驱动。将 τ_R 和 τ_L 分别设置为左右电动机力矩，我们可以将 DDR 的动态表示为

$$
m\dot{v} = \frac{1}{r}\tau_R + \frac{1}{r}\tau_L
$$

$$
J\dot{\omega} = \frac{b}{r}\tau_R - \frac{b}{r}\tau_L
$$

其中 m 是 DDR 的总质量，J 是关于质心的惯性矩，我们可以将其作为轮轴的中点。其中

$$
\begin{bmatrix} v \\ \omega \end{bmatrix} =
\begin{bmatrix} \dfrac{r}{2} & \dfrac{r}{2} \\[2mm] \dfrac{r}{2b} & -\dfrac{r}{2b} \end{bmatrix}
\begin{bmatrix} \dot{\phi}_R \\ \dot{\phi}_L \end{bmatrix}
$$

以及

$$
\begin{bmatrix} \dot{v} \\ \dot{\omega} \end{bmatrix} =
\begin{bmatrix} \dfrac{1}{mr} & \dfrac{1}{mr} \\[2mm] \dfrac{b}{Jr} & -\dfrac{b}{Jr} \end{bmatrix}
\begin{bmatrix} \tau_R \\ \tau_L \end{bmatrix}
$$

我们有

$$
\begin{bmatrix} \tau_R \\ \tau_L \end{bmatrix} =
\begin{bmatrix} \dfrac{1}{mr} & \dfrac{1}{mr} \\[2mm] \dfrac{b}{Jr} & -\dfrac{b}{Jr} \end{bmatrix}^{-1}
\begin{bmatrix} \dfrac{r}{2} & \dfrac{r}{2} \\[2mm] \dfrac{r}{2b} & -\dfrac{r}{2b} \end{bmatrix}
\begin{bmatrix} \ddot{\phi}_R \\ \ddot{\phi}_L \end{bmatrix}
$$

$$
= \begin{bmatrix} D_{11} & D_{12} \\ D_{21} & D_{22} \end{bmatrix}
\begin{bmatrix} \ddot{\phi}_R \\ \ddot{\phi}_L \end{bmatrix}
$$

其中 $D_{11} = D_{22} = r^2/4 \times m + r^2/4b^2 \times J$ 和 $D_{12} = D_{21} = r^2/4 \times m - r^2/4b^2 \times J$。如果我们包括阻尼项 $-B\dot{\phi} = (-b_R\,\dot{\phi}_R, -b_L\,\dot{\phi}_L)$，我们可以将电机力矩与车轮加速度相关的动力学方程写为

$$D\ddot{\phi}+B\dot{\phi}=\tau \tag{14.31}$$

典型的 DDR 将配备一个低层控制器（通常为 PID 控制）来控制电动机的速度和位置，如果没有车轮滑动，则可以根据公式（14.31）控制车轮的速度和位置。因此，给定所需的底盘线速度和角速度 v^d 和 ω^d，可以假设经过短暂的瞬变后 $v=v^d$ 和 $\omega=\omega^d$。因此，通常仅使用运动学方程（14.30）作为运动计划和控制模型。　　◀

14.4　动力学扩展

非完整系统的动力学模型可以通过对先前运动学模型进行扩展获得。这些扩展模型通常采用以下形式

$$\dot{q}=g_1(q)u_1+\cdots+g_m(q)u_m \tag{14.32}$$

$$\dot{u}_i=v_i,\quad i=1,\cdots,m \tag{14.33}$$

请注意，方程（14.32）～方程（14.33）中的系统现在是具有以下形式的漂移的系统

$$\begin{bmatrix} \dot{q} \\ \dot{u} \end{bmatrix}=\begin{bmatrix} G(q)u \\ 0 \end{bmatrix}+\begin{bmatrix} 0 \\ I \end{bmatrix}v$$

可以从以下形式的欧拉-拉格朗日方程导出上述模型

$$M(q)\ddot{q}+C(q,\dot{q})\dot{q}+g(q)=A^{\mathrm{T}}(q)\lambda+B(q)\tau \tag{14.34}$$

$$A(q)\dot{q}=0 \tag{14.35}$$

其中 $A(q)\dot{q}$ 是使用非完整 Pfaffian 约束定义的，而 λ 是拉格朗日乘数的向量。该模型与如下运动学模型有关

$$\dot{q}=g_1(q)u_1+\cdots+g_m(q)u_m=G(q)u \tag{14.36}$$

如果我们像以前一样取 $g_1,\cdots,g_m$ 作为 $A(q)$ 的零空间的基。微分方程（14.36）得出

$$\ddot{q}=G(q)\dot{u}+\dot{G}(q)u \tag{14.37}$$

由于 $G^{\mathrm{T}}(q)A^{\mathrm{T}}(q)=0$（通过选择合适的基向量 g_i），因此，将方程（14.37）中的 $\ddot{q}$ 的表达式代入欧拉-拉格朗日方程，然后乘以 $G^{\mathrm{T}}(q)$，可得

$$G^{\mathrm{T}}(q)M(q)G(q)\dot{u}+F(q,\dot{q},u)=G^{\mathrm{T}}(q)B(q)\tau \tag{14.38}$$

其中

$$F(q,\dot{q},u)=G^{\mathrm{T}}(q)(M(q)\dot{G}(q)u+C(q,\dot{q})\dot{q}+g(q)) \tag{14.39}$$

假设 $G^{\mathrm{T}}(q)B(q)$ 是可逆的，则可以选择控制输入 τ 作为反馈线性化控制

$$\tau=-(G^{\mathrm{T}}(q)B(q))^{-1}(G^{\mathrm{T}}(q)M(q)G(q)v+F(q,\dot{q},u)) \tag{14.40}$$

我们得到

$$\dot{u}=v \tag{14.41}$$

注意，因为 $F=F(q,\dot{q},u)$，所以 τ 取决于控制输入 u。我们可以根据公式（14.36）计算 u 为

$$u=G^{\dagger}\dot{q}=G(GG^{\mathrm{T}})^{-1}\dot{q}$$

其中 $G^{\dagger}$ 是 G 的右伪逆，并将该表达式代入公式（14.39）以完成控制 τ 的计算。

例 14.10　对于独轮车模型，

$$\dot{x}=\cos(\theta)v$$

$$\dot{y}=\sin(\theta)v$$

$$\dot{\theta}=\omega$$

令 τ_1 为驱动力，τ_2 为转向力矩，使得

$$m\dot{v}=\tau_1$$

$$J\dot{\omega}=\tau_2$$

其中 m 是单轮质量，J 是绕垂直轴的惯性矩。然后通过以下方式给出一个简单的动态扩展

$$\dot{x} = \cos(\theta)v$$
$$\dot{y} = \sin(\theta)v$$
$$\dot{\theta} = \omega$$
$$\dot{v} = v_1$$
$$\dot{\omega} = v_2$$

其中 $v_1 = \tau_1/m$，$v_2 = \tau_2/J$。要从一般理论中获得此模型，我们可以使用上述方程进行计算，

$$m\ddot{x} = -\sin(\theta)mv + \cos(\theta)m\dot{v}$$
$$m\ddot{y} = \cos(\theta)mv + \sin(\theta)m\dot{v}$$
$$J\ddot{\theta} = J\dot{\omega}$$

上式可写为

$$\begin{bmatrix} m & 0 & 0 \\ 0 & m & 0 \\ 0 & 0 & J \end{bmatrix} \begin{bmatrix} \ddot{x} \\ \ddot{y} \\ \ddot{\theta} \end{bmatrix} = \begin{bmatrix} -\sin(\theta) \\ \cos(\theta) \\ 0 \end{bmatrix} \lambda + \begin{bmatrix} \cos(\theta) & 0 \\ \sin(\theta) & 0 \\ 0 & 1 \end{bmatrix} \begin{bmatrix} \tau_1 \\ \tau_2 \end{bmatrix}$$

$$\dot{x}\sin(\theta) - \dot{y}\cos(\theta) = 0$$

上面的第二个方程描述了非完整约束。因此，A 和 G 由下式给出

$$A = \begin{bmatrix} -\sin(\theta) \\ \cos(\theta) \\ 0 \end{bmatrix}, \quad G = \begin{bmatrix} \cos(\theta) & 0 \\ \sin(\theta) & 0 \\ 0 & 1 \end{bmatrix}$$

上述的方程可以写成如下的形式

$$M\ddot{q} = A(q)\lambda + G(q)\tau$$
$$A^{\mathrm{T}}(q)\dot{q} = 0$$

通过简单的计算（见习题 14-10）可得出

$$G^{\mathrm{T}}MG = \begin{bmatrix} m & 0 \\ 0 & J \end{bmatrix}, \quad G^{\mathrm{T}}M\dot{G}u + G^{\mathrm{T}}(C\dot{q} + g) = 0, \quad G^{\mathrm{T}}G = 1$$

因此我们能得到

$$m\dot{v} = \tau_1$$
$$J\dot{\omega} = \tau_2$$

和上文描述的一样。 ◀

14.5 无漂移系统的可控性

在本节中，我们考虑方程(14.14)形式的无漂移系统的可控制性。对于一般的非线性系统，有几种可控性的概念，而对于线性系统它们都是等效的。我们在本章中考虑的轮式移动机器人的示例均满足接下来定义的最强的可控性概念，因此我们不需要其他（较弱的）可控性概念。

我们假设向量场 $g_1(q), \cdots, g_m(q)$ 在每个 $q \in \mathbb{R}^n$ 处都是光滑、完整$^{\ominus}$以及线性独立的。在这些条件下，我们可以声明以下内容：

$\ominus$ 一个完整的向量场是指，对于所有 t，其相关的微分方程都存在解。

定义 14.7 如果对于任何 q_1 和 $q_1 \in \mathbb{R}^m$，存在时间 $T > 0$ 且控制输入

$$u(t) = (u_1(t), \cdots, u_m(t))^{\mathrm{T}} : [0, T] \times \mathcal{U} \to \mathbb{R}^m$$

使得等式 (14.14) 的解 $q(t)$ 满足 $q(0) = q_0$ 和 $q(T) = q_1$，则方程 (14.14) 中的无漂移非线性系统是可控的。

让我们花点时间来获得对非线性可控性的概念及其与非完整性关系的直观理解。考虑常见的停车问题。参见图 14.6，所需的运动是使汽车横向移动，这被车轮上的滚动约束所禁止。然而，通过依次施加两个控制输入（即左右转动车轮以及向前和向后行驶），汽车仍可以停入车位。考虑到这个例子，设系统

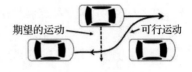

图 14.6 停车问题

$$\dot{q} = g_1(q) u_1 + g_2(q) u_2 \tag{14.42}$$

由两个向量场 g_1 和 g_2 定义，并考虑以下思想实验，该思想实验包括依次应用控制 u_1 和 u_2：

- 设 $u_1 = 1$ 和 $u_2 = 0$，并在一段时间 $t = \epsilon$ 内跟随向量场 g_1。
- 在时间 $\epsilon < t \leqslant 2\epsilon$ 内设 $u_1 = 0$ 和 $u_2 = 1$ 跟随向量场 g_2。
- 在时间为 $2\epsilon < t \leqslant 3\epsilon$ 时，通过设 $u_1 = -1$，$u_2 = 0$ 来逆转上述情况。
- 最后，在 $3\epsilon < t \leqslant 4\epsilon$ 的时间内设 $u_2 = -1$ 和 $u_1 = 0$。

$\phi_t^g(q_0)$ 表示在时间 t 处的系统 $\dot{q} = g(q)$ 的状态，该状态从时间 $t = 0$ 处的 q_0 开始。函数 ϕ 称为向量场 g 的**流**。

利用此定义，上述思想实验最终达到的状态 $q(4\epsilon)$ 由下式给出：

$$q(4\epsilon) = \phi_\epsilon^{-g_2}(\phi_\epsilon^{-g_1}(\phi_\epsilon^{g_2}(\phi_\epsilon^{g_2}(q_0))))$$

在最基础的微分几何学文献中，对四次连续移动所到达的最终状态的流进行泰勒级数展开，结果由下式给出：

$$q(4\epsilon) = q_0 + \epsilon^2 \left(\frac{\partial g_2}{\partial q} g_1(q_0) - \frac{\partial g_1}{\partial q} g_2(q_0) \right) + O(\epsilon^3)$$

换句话说，对于小的 ϵ，该运动等效于沿李括号方向 $[g_1, g_2]$ 移动。稍后我们将展示汽车的横向运动正好是由 "转弯" 和 "行驶" 输入向量的李括号所给出的方向（见图 14.7）。

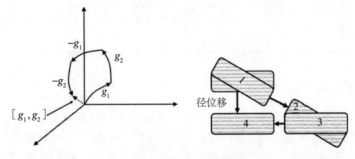

图 14.7 李括号方向的图示

上面的讨论表明，可能的运动方向（即速度方向）不仅包括由 $g_1, \cdots, g_m$ 给出的方向，还包括了 $[g_i, g_j]$，$[g_i [g_i, g_j]]$ 等方向。因此，重要的是要知道向量 $[g_i, g_j]$ 是否仅仅是原始向量 $g_i, \cdots, g_m$ 组合，或它们是否定义了新的独立方向的向量。

下一个结果称为**周氏定理**（Chow's theorem），它正式化了这一概念，并为方程 (14.43) 给

出的系统的可控制性提供了充要条件。

定理 14.2（周氏定理）   无漂移系统

$$\dot{q} = g_1(q)u_1 + \cdots + g_m(q)u_m \tag{14.43}$$

当且仅当在每个 $q \in \mathbb{R}^n$ 上的秩 $\overline{\Delta}(q) = n$ 时是可控制，其中 $\overline{\Delta}(q)$ 是 $\Delta(q) = \mathrm{span}\{g_1(q), \cdots, g_m(q)\}$ 的对合闭合。

条件秩 $\overline{\Delta}(q) = n$ 称为**可控制秩条件**。Δ 的对合闭合 $\overline{\Delta}$ 也称为方程（14.43）中系统的**控制李代数**。

例 14.11   考虑 $\mathbb{R}^3$ 上的以下系统

$$\begin{bmatrix} \dot{q}_1 \\ \dot{q}_2 \\ \dot{q}_3 \end{bmatrix} = \begin{bmatrix} q_3 \\ 1 - q_3^2 \\ 0 \end{bmatrix} u_1 + \begin{bmatrix} 0 \\ 0 \\ 1 \end{bmatrix} u_2 = g_1(q)u_1 + g_2(q)u_2$$

其具有 q_1，q_2，q_3 三个状态和两个控制输入 u_1 和 u_2。很容易看出，对于所有 $x \in \mathbb{R}^3$ 值，分布 $\Delta = \mathrm{span}\{g_1, g_2\}$ 的秩为 2。李括号 $[g_1, g_2]$ 为

$$[g_1, g_2] = \begin{bmatrix} -1 \\ 2q_3 \\ 0 \end{bmatrix}$$

因此对于所有 $q \in \mathbb{R}^3$，我们有

$$\mathrm{rank}\{g_1, g_2, [g_1, g_2]\} = \mathrm{rank} \begin{bmatrix} q_3 & 0 & -1 \\ 1 - q_3^2 & 0 & 2q_3 \\ 0 & 1 & 0 \end{bmatrix} = 3$$

根据周氏定理，该系统可在 $\mathbb{R}^3$ 上可控。   ◀

备注 14.4   从周氏定理和我们对非完整性的定义中可以明显看出，当且仅当约束条件完全是非完整时，具有 $q \in \mathbb{R}^n$ 和 $u \in \mathbb{R}^m$ 的无漂移系统才是可控的，这意味着非完整性度 κ 应当为 $\kappa = n - m + 1$。现在，读者应根据周氏定理，检验我们在 14.3 节中介绍的每个例子是否可控。表 14.1 总结了此结果。

表 14.1   几个可控的无漂移系统的例子

例子	n	m	κ	例子	n	m	κ
滚动圆盘	4	2	3	动力车	4	2	3
单轮车	3	2	2	漏斗	3	2	2

14.6   运动规划

我们已经给出了几个非完整的移动机器人示例，这些机器人根据周氏定理是可控的。周氏定理告诉我们何时无漂移系统是可控的，但没有告诉我们如何找到控制输入来将系统从给定的初始状态 x_0 转换为所需的最终状态 x_1。在本节中，我们提出了一些计划这些系统的可行轨迹的想法。

14.6.1   转换为链式形式

我们已经看到了通过使用非线性坐标变换和非线性反馈将系统转换为范式的有用性，如第 12 章中的反馈线性化和第 13 章中的部分反馈线性化。在本节中，我们介绍所谓的链

式方法可以有效地转换许多非完整系统的运动学。我们将讨论在具有两个输入的系统上的限制，例如独轮车、DDR 和车。

例 14.12 为了引出后续推导，再次考虑独轮车模型

$$\dot{x}=\cos(\theta)v$$
$$\dot{y}=\sin(\theta)v$$
$$\dot{\theta}=\omega$$

定义坐标变换

$$z_1=\theta$$
$$z_2=x\cos(\theta)+y\sin(\theta)$$
$$z_3=-x\sin(\theta)+y\cos(\theta)$$

注意，坐标(z_2,z_3)表示通过角度θ的(x,y)的旋转变换。根据变换后的坐标z_1，z_2和z_3，输入变换

$$v_1=\omega$$
$$v_2=v-z_3\omega$$

可得方程组（见习题 14-5）

$$\dot{z}_1=v_1$$
$$\dot{z}_2=v_2 \tag{14.44}$$
$$\dot{z}_3=z_2v_1$$

它被称为$(2，3)$-**链式系统**，因为它具有两个输入和三个状态。 ◀

我们注意到，就像它衍生而来的单轮模型，方程（14.44）定义了一个无漂移的非线性系统，并且可以使用周氏定理（见习题 14-12）证明它是可控的。

在方程组（14.44）中，变量z_1和z_2称为**基变量**，可以分别由输入v_1和v_2独立控制。第三坐标z_3称为**纤维变量**，并根据输入z_2v_1演变，因此无法独立控制。

使用正弦曲线进行转向

链式形式对几种导出位形空间中的轨迹的方法很有用。其中之一是对输入v_1和v_2使用不同频率的正弦函数，通过周期性运动来移动形状变量。这会将纤维变量移至新值，该新值是输入函数的幅度和频率的函数。然后，运动规划问题就变成为v_1和v_2的振幅和频率选择合适的值。我们将在下面针对独轮车模型说明这种想法。

例 14.13 考虑上面从独轮车模型得出的链式系统

$$\dot{z}_1=v_1$$
$$\dot{z}_2=v_2 \tag{14.45}$$
$$\dot{z}_3=z_2v_1$$

让我们选择控制输入v_1和v_2以最小化二次成本函数

$$J=\frac{1}{2}\int_0^{t_f}(v_1^2(t)+v_2^2(t))\mathrm{d}t$$

为了解决这个问题，我们使用汉密尔顿函数

$$\mathcal{H}(z,v)=\frac{1}{2}v_1^2(t)+\frac{1}{2}v_2^2(t)+\lambda_1v_1+\lambda_2v_2+\lambda_3z_2v_1 \tag{14.46}$$

拉格朗日乘积向量$\lambda=(\lambda_1,\lambda_2,\lambda_3)$满足伴随方程$\dot{\lambda}=-\partial H/\partial z$。由于汉密尔顿量$\mathcal{H}$独立于$z_1$和$z_3$，因此伴随方程很容易计算为

$$\dot{\lambda}_1 = 0$$
$$\dot{\lambda}_2 = -\lambda_3 v_1 \qquad (14.47)$$
$$\dot{\lambda}_3 = 0$$

通过最优性的必要条件 $\partial \mathcal{H}/\partial v = 0$，可推导出

$$\partial \mathcal{H}/\partial v_1 = v_1 + \lambda_1 + \lambda_3 z_2 = 0 \qquad (14.48)$$
$$\partial \mathcal{H}/\partial v_2 = v_2 + \lambda_2 = 0 \qquad (14.49)$$

由此我们可得

$$v_1 = -\lambda_1 - \lambda_3 z_2, \quad v_2 = -\lambda_2 \qquad (14.50)$$

在公式(14.50)中求 v_1 和 v_2 的微分，并使用公式(14.47)得出

$$\dot{v}_1 = -\lambda_3 v_2 \qquad (14.51)$$
$$\dot{v}_2 = \lambda_3 v_1 \qquad (14.52)$$

其一般解为

$$v_1(t) = v_1(0)\cos(\lambda_3 t) - v_2(0)\sin(\lambda_3 t) \qquad (14.53)$$
$$v_2(t) = v_1(0)\sin(\lambda_3 t) + v_2(0)\cos(\lambda_3 t) \qquad (14.54)$$

因此，我们证明了最小化成本函数(14.46)的链式系统的控制由正弦输入组成。

该结果导致上述系统的以下运动规划策略：   ◀

- 首先，使用任意方法将基变量 z_1 和 z_2 分别移动到所需的最终值 z_1^d 和 z_2^d。由于基变量是独立控制的，因此这一步骤很简单，可在有限的时间 t_1 内完成。
- 接下来，执行基变量周期为 T 的周期性运动。该运动将使基变量回到其所需的最终值，并将纤维变量 z_1 从 $z_3(t_1)$ 移至 $z_3(t_1 + T)$。选择合适的基变量的周期性运动，以使 $z_3(t_1 + T) = z_3^d$（z_3 的期望值）。

该策略是次优的，因为第一步中形状变量的控制不一定是最佳的。如果我们现在设控制 v_1 和 v_2 为

$$v_1 = a\sin(\omega t)$$
$$v_2 = b\cos(\omega t)$$

很容易看出(见习题 14-8)，在 $2\pi/\omega$ 秒后，z_1 和 z_2 返回其初始值，而 z_3 的变化为 $ab\pi/\omega^2$。

例 14.14 假设我们希望在两秒钟内将单轮脚踏车从原点 $(z_1, z_2, z_3) = (0, 0, 0)$ 移到 $(x_1, x_2, x_3) = (0, 0, 10)$。使用上面的 $a = \pi, \omega = \pi, b = 10$ 的控制时，响应如图 14.8 所示。

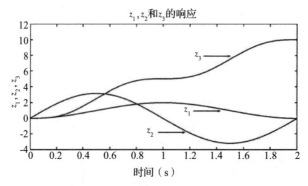

图 14.8 z_1，z_2 和 z_3 的响应。请注意，z_1 和 z_2 在 2s 后返回其原始值，而 z_3 根据需要从原点移动到 $z_3 = 10$ ◀

高维系统的链式形式

我们可以将先前把链式转换为高维$(2,n)$-链式系统的想法概括如下。

定义 14.8 $(2,n)$-链形式是具有两个输入 v_1 和 v_2 以及 n 个位形变量 $z_1,\cdots,z_n$ 的无漂移系统

$$
\begin{aligned}
\dot{z}_1 &= v_1 \\
\dot{z}_2 &= v_2 \\
\dot{z}_3 &= z_2 v_1 \\
&\vdots \\
\dot{z}_n &= z_{n-1} v_1
\end{aligned}
\tag{14.55}
$$

在这种情况下，z_1 和 z_n 是基变量，而 $z_3,\cdots,z_n$ 是纤维变量。

公式(14.55)中的系统可以用无漂移系统的形式表示为

$$
\dot{z} = a_1(z)v_1 + a_2(z)v_2
$$

其中

$$
a_1(z) = \begin{bmatrix} 1 \\ 0 \\ z_2 \\ \vdots \\ z_{n-1} \end{bmatrix}, \quad
a_2(z) = \begin{bmatrix} 0 \\ 1 \\ 0 \\ \vdots \\ 0 \end{bmatrix}
\tag{14.56}
$$

根据周氏定理，证明链式系统方程(14.55)是可控的并不难。为了看清这一点，可以通过归纳(见习题 14-6)表明：

$$
ad_{a_1}^k(a_2) = \begin{bmatrix} 0 \\ \vdots \\ (-1)^k \\ \vdots \\ 0 \end{bmatrix}
$$

其中非零项 $(-1)^k$ 出现在 $k+2$ 位置。通过直接计算得出该分布

$$
\Delta = \mathrm{span}\{a_1, a_2, ad_{a_1}(a_2), \cdots, ad_{a_1}^{n-2} a_2\}
$$

的维数为 n，且根据周氏定理，它是可控的。

我们在没有证明的情况下提出了将两个输入的情况转换为链式形式的充分条件。具体来说，给定如下形式的无漂移系统

$$
\dot{q} = g_1(q)u_1 + g_2(q)u_2
\tag{14.57}
$$

在下述分布

$$
\begin{aligned}
\Delta_0 &= \mathrm{span}\{g_1, g_2, ad_{g_1}(g_2), \cdots, ad_{g_1}^{n-2}(g_2)\} \\
\Delta_1 &= \mathrm{span}\{g_2, ad_{g_1}(g_2), \cdots, ad_{g_1}^{n-2}(g_2)\} \\
\Delta_2 &= \mathrm{span}\{g_2, ad_{g_1}(g_2), \cdots, ad_{g_1}^{n-3}(g_2)\}
\end{aligned}
\tag{14.58}
$$

的秩不变并且对合时，存在坐标 $z = T(q)：\mathbb{R}^n \to \mathbb{R}^n$ 的微分同胚变化和控制输入 $v = \beta(u)$，能将等式(14.57)转换为等式(14.55)的$(2,n)$-链式形式。且存在一个函数 $h_1(q)$ 使得

$$
L_{\Delta_1} h_1 = 0 \text{ 且 } L_{g_1} h_1 = 1
\tag{14.59}
$$

和独立于 h_1 的函数 h_2 使得

$$
L_{\Delta_2} h_2 = 0
\tag{14.60}
$$

请注意，方程(14.59)和方程(14.60)是一组偏微分方程，必须求解才能找到 h_1 和 h_2。然后，状态和控制输入中所需的坐标更改由下式给出：

$$z_1 = h_1$$
$$z_2 = L_{g_1}^{n-2} h_2$$
$$\vdots$$
$$z_{n-1} = L_{g_1} h_2$$
$$z_n = h_2$$
$$v_1 = u_1$$
$$v_2 = (L_{g_1}^{n-1} h_2) u_1 + (L_{g_2} L_{g_1}^{n-2} h_2) u_2$$

例 14.15 我们可以将以上变换应用于运动的车上

$$\dot{q}_1 = u_1$$
$$\dot{q}_2 = \tan(q_3) u_1$$
$$\dot{q}_3 = \frac{1}{d} \tan(q_4) u_1 \qquad\qquad (14.61)$$
$$\dot{q}_4 = u_2$$

很简单就能计算分布 Δ_0，Δ_1 和 Δ_2 并确认它们具有固定秩和对合性（见习题 14-7）。当 $h_1 = q_1$，$h_2 = q_2$ 时，状态变换

$$z_1 = q_1$$
$$z_2 = \frac{1}{d} \sec^2(q_3) \tan q_4$$
$$z_3 = \tan(q_3)$$
$$z_4 = q_2$$

和输入变换

$$u_1 = v_1$$
$$u_2 = -\frac{2}{d} \sin^2(q_4) \tan(q_3) v_1 + d \cos^2(q_3) \cos^2(q_4) v_2$$

能产生所需的(2,4)-链式系统。　◀

对于(2,n)-链式系统的等式(14.55)，可以应用与上述类似的过程来依次将每个变量 z_k 移至其期望值，如下所示：

- 首先选择 v_1 和 v_2，以在时间 t_1 中将基变量 z_1 和 z_2 移至所需值。如前所述，纤维变量 $z_3, \cdots, z_n$ 将移至新值 $z_3(t_1), \cdots, z_n(t_1)$。
- 对于 $3 \leqslant k \leqslant n$，通过控制将 z_k 转向其期望值 z_k^d

$$v_1 = a \sin(\omega t), \quad v_2 = b \cos(k \omega t)$$

在一个周期内，$T = 2\pi/\omega$，其中 a 和 b 需要满足

$$z_k^d - z_k(t_1 + (k-1)T) = \left(\frac{a}{2\omega}\right)^k \frac{b}{k!}$$

执行顺序转向控制时，链式系统在时间 $t = t_1 + (n-2)T$ 内从 z_0 移到 z^d。

例 14.16 考虑(2,4)-链式系统

$$\dot{z}_1 = v_1$$
$$\dot{z}_2 = v_2$$
$$\dot{z}_3 = z_2 v_1$$
$$\dot{z}_4 = z_3 v_1$$

并假设我们希望在 4s 内将状态从 $(0, 0, 0, 0)$ 移至 $(0, 0, 10, 15)$。在第一个阶段中，和上一个示例一样，我们将 v_1 和 v_2 设为：

$$v_1 = a\sin(\omega t), \quad v_2 = b\cos(\omega t), \quad \text{其中 } ab/\omega = 10$$

2s 后，z_3 达到其期望值 10，$z_4(2) = -10$。在第二阶段，我们采取

$$v_1 = a\sin(\omega t), \quad v_2 = b\cos(2\omega t)$$

其中 $z_4^d - z_4(2) = \left(\dfrac{\alpha}{2\omega}\right)^2 \dfrac{b}{2}$。在 $z_4^d = 15$ 且 $a = \omega = \pi$ 的情况下，得出 $b = 100$。响应如图 14.9 所示。

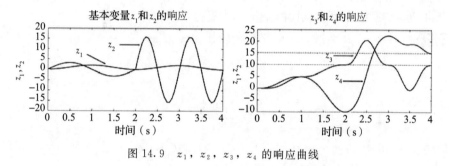

图 14.9 z_1，z_2，z_3，z_4 的响应曲线

14.6.2 微分平坦

在本节中，我们介绍微分平坦的概念及其在运动计划和控制问题中的应用。平坦性简化了确定机械系统可行轨迹的过程。这对于欠驱动系统和具有非完整约束的系统特别有用，因为如我们所见，并非所有轨迹都是可行的。事实证明，本章中考虑的所有系统（实际上是所有可以转换为链式形式的无漂移系统）都是微分平坦的。

给定一个具有 n 个状态和 m 个输入的系统，微分平坦的基本思想是找到一组 m 个输出，以便状态和输入可以表示为这 m 个输出及其导数的函数。更确切地说，我们有以下定义。

定义 14.9 非线性系统

$$\dot{x} = f(x, u), x \in \mathbb{R}^n, u \in \mathbb{R}^m$$

如果存在输出 $y = (y_1, \cdots, y_m)$，并且维度与控制输入的维度相同，并且满足以下条件，则称其为微分平坦的。

- 对于某些平滑函数 $h_1, \cdots, h_m$，对每个 $i = 1, \cdots, m$ 都存在一个非负整数 α，使得 $y_i = h_i(x, u, \dot{u}, \cdots, u^{(\alpha)})$。
- 有平滑函数 ϕ 和 ψ，以及非负整数 $r \geqslant 0$，使得
$$x = \phi(y, \dot{y}, \cdots, y^{(r)})$$
$$u = \psi(y, \dot{y}, \cdots, y^{(r+1)})$$
- y 的分量 y_i 是微分独立的，即其不满足任何 $\Phi(y, \dot{y}, y^{(k)}) = 0$ 形式的微分方程。

上面定义中的向量 y 的分量称为平坦输出。换句话说，一旦识别出一组合适的平坦输

出，系统的状态 x 和输入 u 便可根据平坦输出及其派生函数完全确定。具体而言，对于每个充分可微的曲线 $t \to y(t)$，有对应轨迹

$$t \to \binom{x(t)}{u(t)} = \binom{\phi(y(t), \dot{y}(t), \cdots, y^{(r)}(t))}{\psi(u(t), \dot{y}(t), \cdots, y^{(r+1)}(t))}$$

此属性的证明不在本书讨论范围之内。在控制领域，微分平坦的概念是在静态和动态反馈线性化的基础上发展起来的，并且与这些概念密切相关。

备注 14.5 易证可以在公式(12.35)中转换为布鲁诺夫斯基形式的任何系统都是平坦的。这包括可控的线性系统以及可线性化反馈的非线性系统(见习题 14-13)。

对于轨迹跟踪问题，假设我们想找到一个初始和最终条件分别为 $(t_0, x(t_0), u(t_0))$ 和 $(t_f, x(t_f), u(t_f))$ 的可行轨迹。我们可以为 $s \leqslant r$ 的平坦输出计算对应的值 $(y(t_0), \dot{y}(t_0), \cdots, y^{(s+1)}(t_0))$ 和 $(y(t_f), \dot{y}(t_f), \cdots, y^{(s+1)}(t_f))$。然后，我们可以在这些初始值和最终值之间插入平滑曲线 $t \to y(t)$，然后确定 t_0 和 t_f 之间的轨迹 $t \to (x(t), u(t))$。计算出的轨迹会自动满足系统方程，从而满足任何非完整或其他约束条件。

例 14.17 对于 DDR 系统，一组平坦的输出由 $y_1 = x$，$y_2 = y$ 给出。然后剩下的变量

$$\theta = \text{Atan2}(\dot{y}_1, \dot{y}_2) + k\pi$$

$$v = \pm \sqrt{\dot{y}_1^2 + \dot{y}_2^2}$$

$$\omega = \frac{\ddot{y}_2 \dot{y}_1 - \ddot{y}_1 \dot{y}_2}{\dot{y}_1^2 + \dot{y}_2^2}$$

假设我们要将 DDR 从时间 $t_0 = 0$ 的位形 $(x, y, \theta) = (0, 0, 0)$ 移到时间 $t_f = 1$ 的 $(x, y, \theta) = (10, 10, 0)$。就平坦输出而言，约束是

$$y_1(0) = 0 \qquad y_2(0) = 0$$
$$y_1(1) = 10 \qquad y_2(1) = 10$$
$$\dot{y}_2(0) = 0$$
$$\dot{y}_2(1) = 0$$

其中 $\dot{y}_2$ 的最后两个约束表明 DDR 的方向 θ 在轨迹的起点和终点是水平的。由于 y_1 有两个约束，y_2 有四个约束，我们可以选择参考轨迹为以下形式的多项式

$$y_1(t) = a_0 + a_1 t$$
$$y_2(t) = b_0 + b_1 t + b_2 t^2 + b_3 t^3$$

使用给定的约束条件求解多项式系数

$$y_1(t) = t$$
$$y_2(t) = 30t^2 - 20t^3$$

图 14.10 显示了得到的轨迹和控制输入。

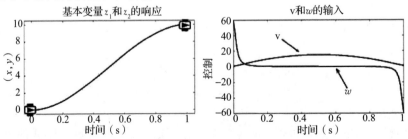

图 14.10　从平坦输出计算出的 DDR 轨迹和控制输入

通常来说，确定给定系统是否是平坦的并找到一组平坦的输出是比较困难的。但是已知$(2,n)$-链式系统始终是平坦的，并且有平坦输出 $y_1 = z_1$ 和 $y_2 = z_n$。 ◀

例 14.18 下面的链式系统

$$\dot{z}_1 = v_1$$
$$\dot{z}_2 = v_2$$
$$\dot{z}_3 = z_2 v_1$$

有一组平坦输出 $y_1 = z_1$ 和 $y_2 = z_n$。
变量 z_2, v_1, v_2 由下式给出

$$z_2 = \frac{\dot{y}_2}{\dot{y}_1}$$
$$v_1 = \dot{y}_1$$
$$v_2 = \frac{\dot{y}_1 \ddot{y}_2 - \dot{y}_2 \ddot{y}_1}{\dot{y}_1^2}$$

◀

14.7 无漂移系统的反馈控制

在本节中，我们考虑了寻找反馈控制律的问题，这与我们在上一节中得出的纯粹基于时间的开环控制器不同。我们既要考虑姿势调节问题（即点对点运动），又要考虑轨迹跟踪问题。下面的第一个结果称为布罗克特定理（Brockett's theorem），它为平稳稳定控制的存在提供了必要条件。

14.7.1 稳定性

定理 14.3(布罗克特定理) 给定非线性系统

$$\dot{x} = f(x,u), f:\mathbb{R}^n \times U \to \mathbb{R}^n \tag{14.62}$$

在 $f(x,u)$ 连续可微且 $f(0,0)=0$ 的情况下，假设存在一个连续可微（平滑）的反馈控制律 $u = u(x)$，使原点 $x=0$ 渐近稳定，则映射 f 的像包含原点的邻域。

例 14.19 对于系统

$$\dot{x}_1 = u_1$$
$$\dot{x}_2 = u_2$$
$$\dot{x}_3 = u_1 x_2$$

易见，给定任何 $a \neq 0$，不存在 (x,u) 能满足

$$\begin{pmatrix} u_1 \\ u_2 \\ u_2 x_2 \end{pmatrix} = \begin{pmatrix} 0 \\ 0 \\ a \end{pmatrix}$$

因此，函数 f 的图像（范围）不包含原点邻域，因此不存在使原点稳定的平滑 C^1 反馈控制律 $u(x)$。 ◀

大多数非完整系统，包括本章中考虑的示例，都无法满足布罗克特对于平稳稳定的反馈控制的必要条件。所以布罗克特定理激发了大量研究，以寻找更通用的非完整系统的替代控制方案，包括

- 开环控制法则；
- 时变控制律 $u = u(x,t)$；
- 不连续和切换控制法则。

例 14.20 考虑独轮车系统。很容易看出，对于任何初始条件 x_0，y_0，θ_0，以下切换控制方案都会将系统驱动到原点，即一种稳定控制：

1. 旋转独轮车，使方向与原点对齐；
2. 平移至 $(x,y)=(0，0)$；
3. 原地旋转至 $\theta=0$；　　　　　　　　　　　　　　　　　　◀

我们注意到，如果非线性系统 $\dot{x}=f(x,u)$ 是线性可控的，那么总是存在一个平滑的反馈控制律，其形式为 $u=-kx$，可以局部稳定原点。

例 14.21 考虑 Acrobot 模型

$$m_{11}\ddot{q}_1+m_{12}\ddot{q}_2+h_1+g_1=0$$
$$m_{21}\ddot{q}_1+m_{22}\ddot{q}_2+h_2+g_2=u$$

并假设 $g_1=0$。根据命题 13.1，我们知道该系统对于原点不是线性可控的。作为练习（见习题 14-9），证明没有能使原点稳定的平滑反馈控制。　　　　◀

14.7.2 非平滑控制

一种可以绕开由于布罗克特定理造成的障碍的方法是使用不连续或切换控制。

滑模控制

使用不连续控制来克服布罗克特定理所施加的障碍的可能性引申出了滑模控制的应用。考虑链式系统

$$\dot{z}_1=v_1$$
$$\dot{z}_2=v_2$$
$$\dot{z}_3=z_2v_1$$

定义 $\sigma=z_3-z_1z_2/2$，并且控制 v_1 和 v_2 被给定为

$$v_1=-z_1-z_2\,\mathrm{sign}(\sigma) \tag{14.63}$$
$$v_2=-z_2+z_1\,\mathrm{sign}(\sigma) \tag{14.64}$$

我们希望流形 $\sigma=0$ 充当系统轨迹的滑动表面。设 V 为

$$V=\frac{1}{2}z_1^2+\frac{1}{2}z_2^2 \tag{14.65}$$

然后

$$\dot{V}=z_1(-z_1-z_2\,\mathrm{sign}(\sigma))+z_2(-z_2+z_1\,\mathrm{sign}(\sigma)) \tag{14.66}$$
$$=-z_1^2-z_2^2=-2V \tag{14.67}$$

因此，当 $t\to\infty$ 时，$V(t)=V(0)e^{-2t}\to 0$，$z_1(t)$ 和 $z_2(t)$ 渐近地收敛于零。有了给定的 σ，便可以简单地得出计算结果

$$\dot{\sigma}=-V\,\mathrm{sign}(\sigma) \tag{14.68}$$

因此，$|\sigma(t)|$ 不增加。如果 $\sigma(t)$ 在某个时间 $t=T$ 到达原点，它将停留在原点，并沿着曲面 $z_3=z_1z_2/2$ 向原点滑动。图 14.11 和图 14.12 展示了此控制器的仿真。

动态扩展

对于像独轮车或 DDR 这样的系统，要实现需要快速切换速度 v 和 ω 的滑模控制器会比较困难。因此，我们可以考虑动态扩展

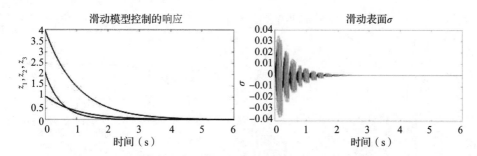

图 14.11　DDR 链式滑模控制中链式变量和滑动变量 σ 的响应

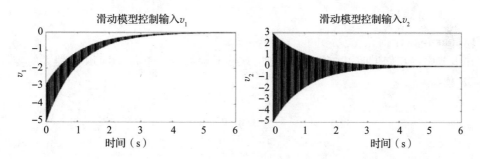

图 14.12　链式 DDR 的滑模控制中的控制输入

$$\dot{z}_1 = v_1$$
$$\dot{z}_2 = v_2$$
$$\dot{z}_3 = z_2 v_1$$
$$\dot{v}_1 = u_1$$
$$\dot{v}_2 = u_2$$

例如，u_1 和 u_2 可以代表力矩输入，我们可以将其表示为

$$u_1 = k(v_1^d - v_1), \quad u_2 = k(v_2^d - v_2)$$

我们设

$$v_1^d = -z_1 - z_2 \operatorname{sign}(\sigma)$$
$$v_2^d = -z_2 + z_1 \operatorname{sign}(\sigma)$$

作为 v_1 和 v_2 的参考轨迹。这将具有使控制信号平滑的效果，并且从实现的角度来看是更实际的控制。图 14.13 和图 14.14 显示了修改后的控制的响应。

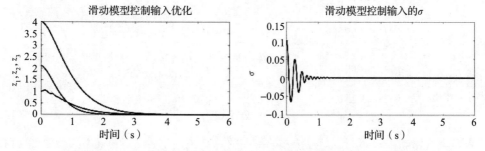

图 14.13　DDR 链式修改后滑模控制中的链变量和滑动变量 σ 的响应

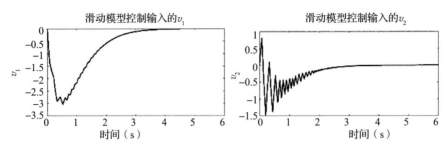

图 14.14   DDR 链式修改后滑模控制中的控制输入

14.7.3   轨迹跟踪

Lyapunov 设计

在本节中，我们说明了如何使用类似 Lyapunov 的设计来调节 DDR 机器人的姿势。考虑 DDR 模型

$$\dot{x} = \cos(\theta)v$$
$$\dot{y} = \sin(\theta)v \tag{14.69}$$
$$\dot{\theta} = \omega$$

让我们首先更改为极坐标 (r, ϕ)

$$x = r\cos(\phi)$$
$$y = r\sin(\phi)$$

并定义 $\beta = \phi - \theta$。就坐标 r，β 和 ϕ 而言，直接计算即可得出

$$\dot{r} = \cos(\beta)v$$
$$\dot{\beta} = -\omega + \frac{1}{r}\sin(\beta)v \tag{14.70}$$
$$\dot{\phi} = \frac{1}{r}\sin(\beta)v$$

请注意，由于 $r = 0$ 的奇异性，公式 (14.70) 仅在 $\mathbb{R}^3 - \{0\}$ 上有效。因此，布罗克特定理禁止设计平稳稳定控制律的假设不成立。定义候选 Lyapunov 函数

$$V = \frac{1}{2}r^2 + \frac{1}{2}\beta^2 + \frac{1}{2}\phi^2 \tag{14.71}$$

$\dot{V}$ 满足

$$\dot{V} = r\dot{r} + \beta\dot{\beta} + \phi\dot{\phi}$$
$$= r\cos(\beta)v + \beta\left(-\omega + \frac{1}{r}\sin(\beta)v\right) + \phi\frac{1}{r}\sin(\beta)v$$
$$= r\cos(\beta)v + \beta\left(-\omega + \frac{1}{r}\sin(\beta)\left(\frac{\beta+\phi}{\beta}\right)\right)v$$

设控制 v 和 ω 为

$$v = -\gamma\cos(\beta)r \tag{14.72}$$
$$\omega = k\beta - \gamma\frac{\cos(\beta)\sin(\beta)}{\beta}(\beta+\phi) \tag{14.73}$$

简单的计算表明

$$\dot{V} = -\gamma\cos^2(\beta)r^2 - k\beta^2 \leqslant 0 \tag{14.74}$$

由于 $r=0$ 处的奇异性，必须采取一些额外的措施才能保证该系统的轨迹渐近地收敛到原点。我们注意到等式(14.71)和式(14.74)共同暗示所有解都是有界的，其并且渐近地 $\dot{V} \to 0$。而且，由于 β 的有界性和 $\dot{\beta}$ 的表达式，r 无法在有限时间内达到零。应用巴巴拉特(Barbalat)的引理(参见附录 C)可知所有轨迹都渐近地收敛到原点。

例 14.22 假设我们要将 DDR 从初始姿势 $(x, y, \theta) = (-1, 1, 3\pi/4)$ 移动到原点。变换后的坐标 (r, β, ϕ) 的对应初始条件为 $(\sqrt{2}, -\pi, -\pi/4)$。图 14.15 显示了使用上述过程计算出的路径。

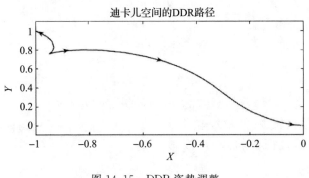

图 14.15 DDR 姿势调整

14.7.4 反馈线性化的应用

在本节中，我们介绍了反馈线性化在移动机器人轨迹跟踪问题中的应用。因此，我们希望系统的位形跟踪一条时变轨迹变化，而不是直接对其进行位姿调整。考虑到静态反馈线性化，无漂移系统

$$\dot{q} = g_1(q)u_1 + \cdots + g_m(q)u_m = G(q)u, q \in \mathbb{R}^n \tag{14.75}$$

当且仅当秩 $G(q) = n$ 时，系统才在 q_0 的邻域 U 中可反馈线性化。这要求系统完全驱动，即 $m = n$，在这种情况下，分布

$$\Delta = \text{span}\{g_1(q), \cdots, g_n(q)\} \tag{14.76}$$

是易证的对合，并且反馈线性化控制由下式给出：

$$u = G^{-1}(q)v \tag{14.77}$$

在更有趣的欠驱动情况下 $(m < n)$，我们可以应用部分线性化或输入/输出线性化的方法来尝试线性化 m 个自由度。在这种情况下，问题在于确定可以建立线性输入/输出关系的合适输出。

例 14.23 再次考虑差动驱动机器人

$$\dot{x} = \cos(\theta)v$$
$$\dot{y} = \sin(\theta)v \tag{14.78}$$
$$\dot{\theta} = \omega$$

并假设我们选择输出

$$y_1 = x + d\cos(\theta) \tag{14.79}$$
$$y_2 = y + d\sin(\theta) \tag{14.80}$$

其中 $d \neq 0$。输出是图 14.16 中所示的点 d 的坐标。如果 d 位于车轮轴的前面，则 d 为正数，否则 d 为

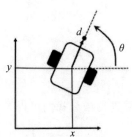

图 14.16 差动驱动机器人，图示的是输出的坐标 d 在轮轴之前的位置

负数。对输出进行微分可得

$$\begin{bmatrix} \dot{y}_1 \\ \dot{y}_2 \end{bmatrix} = \begin{bmatrix} \cos(\theta) & -d\sin(\theta) \\ \sin(\theta) & d\cos(\theta) \end{bmatrix} \begin{bmatrix} v \\ \omega \end{bmatrix} = A(\theta)\begin{bmatrix} v \\ \omega \end{bmatrix} \tag{14.81}$$

对于 $d \neq 0$ 和输入变换，矩阵 A 是可逆的，即

$$\begin{bmatrix} v \\ \omega \end{bmatrix} = \begin{bmatrix} \cos(\theta) & -d\sin(\theta) \\ \sin(\theta) & d\cos(\theta) \end{bmatrix}^{-1} \begin{bmatrix} u_1 \\ u_2 \end{bmatrix} \tag{14.82}$$

可得

$$\dot{y}_1 = u_1$$
$$\dot{y}_2 = u_2$$

使用公式(14.82)中 ω 的表达式可得出三维范式

$$\dot{y}_1 = u_1$$
$$\dot{y}_2 = u_2$$
$$\dot{\theta} = (u_2\cos(\theta) - u_1\sin(\theta))/d \tag{14.83}$$

因此，给定所需的输出轨迹 $(y_1^d(t), y_2^d(t))$ （实际上是点 d 所需遵循的轨迹），控制输入

$$u_1 = \dot{y}_1^d + k_1(y_1^d - y_1) \tag{14.84}$$
$$u_2 = \dot{y}_2^d + k_2(y_2^d - y_2) \tag{14.85}$$

的结果是对输出轨迹进行指数跟踪。注意，零动态由如下方程给出

$$\dot{\theta} = (\dot{y}_2^d\cos(\theta) - \dot{y}_1^d\sin(\theta))/d \tag{14.86}$$

图 14.17 显示了上述带有参考轨迹的控制器的仿真

$$y_1 = 2 + 2\sin(\pi/8t)$$
$$y_2 = 2 + 2\sin(2\pi/8t)$$

初始条件选择为 $(0,0,0)$，$d = 0.1$。 ◀

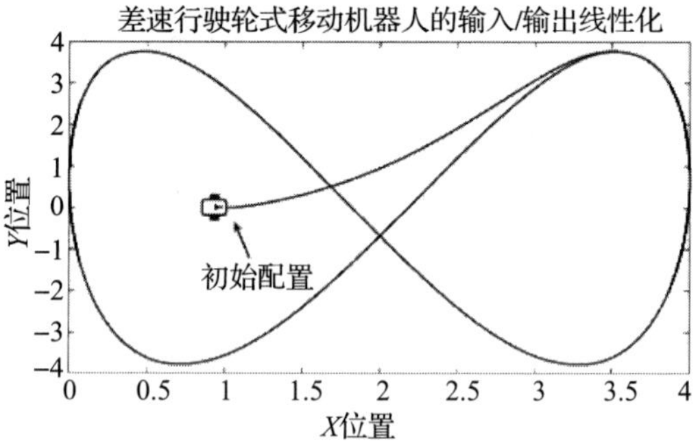

图 14.17 带有部分反馈线性化控制的
差动驱动机器人的轨迹

动态反馈线性化

上面的输入/输出线性化方法在 $d=0$ 时不成立。为了使 (x, y) 坐标跟踪所需的参考轨迹，我们将使用动态反馈线性化方法，到目前为止我们都还未在任何应用中考虑过该方法。为了了解这种设计方法，我们考虑使用差动驱动机器人

$$\dot{x} = \cos(\theta)v$$
$$\dot{y} = \sin(\theta)v$$
$$\dot{\theta} = \omega$$

输出公式

$$y_1 = x$$
$$y_2 = y$$

对结果进行微分我们可得

$$\dot{y}_1 = \cos(\theta)v \tag{14.87}$$
$$\dot{y}_2 = \sin(\theta)v \tag{14.88}$$

第二次对输出求微分将导致方程中出现 v 的导数，我们要避免这种情况。因此，我们将 v 表示为一个新的状态变量 $\xi = v$。因此 $\dot{\xi} = a$，即线性加速度。现在，如果我们关于时间对

方程(14.87)～方程(14.88)进行微分，得到

$$\begin{pmatrix} \ddot{y}_1 \\ \ddot{y}_2 \end{pmatrix} = \begin{pmatrix} \dot{\xi}\cos(\theta) - \xi\dot{\theta}\sin(\theta) \\ \dot{\xi}\sin(\theta) + \xi\dot{\theta}\cos(\theta) \end{pmatrix}$$

$$= \begin{pmatrix} \cos(\theta) & -\xi\sin(\theta) \\ \sin(\theta) & \xi\cos(\theta) \end{pmatrix} \begin{pmatrix} a \\ \omega \end{pmatrix}$$

改写为

$$\begin{pmatrix} a \\ \omega \end{pmatrix} = \begin{pmatrix} \cos(\theta) & -\xi\sin(\theta) \\ \sin(\theta) & \xi\cos(\theta) \end{pmatrix}^{-1} \begin{pmatrix} u_1 \\ u_2 \end{pmatrix}$$

可得

$$\ddot{y}_1 = u_1$$
$$\ddot{y}_2 = u_2$$

只要 $\xi \neq 0$。给定所需的输出轨迹 $(y_1^d(t), y_2^d(t))$，我们可以设

$$u_1 = \ddot{y}_1^d + k_{p1}(y_1^d - y_1) + k_{d1}(\dot{y}_1^d - \dot{y}_1)$$
$$u_2 = \ddot{y}_2^d + k_{p2}(y_2^d - y_2) + k_{d2}(\dot{y}_2^d - \dot{y}_2)$$

跟踪误差 $e_i = y_i - y_i^d$ 满足

$$\ddot{e}_1 + k_{d1}\dot{e}_1 + k_{p1}e_1 = 0$$
$$\ddot{e}_2 + k_{d2}\dot{e}_2 + k_{p2}e_2 = 0$$

且指数收敛至零。最终的动态补偿器为

$$\dot{\xi} = u_1\cos(\theta) + u_2\sin(\theta)$$
$$v = \xi \tag{14.89}$$
$$\omega = (u_2\cos(\theta) - u_1\sin(\theta))/\xi$$

并呈指数收敛至零。注意，方程(14.89)中，在线速度 ξ 趋于零时，角速度 ω 是无限制的。这意味着动态反馈线性化方法会要求机器人永不停止移动，因此，该方法不能用于姿势调整。

14.8　本章总结

本章介绍了非完整系统的控制，重点讨论了轮式移动机器人。我们提供了多种模型的示例和案例研究，包括独轮车，差动驱动机器人和类似汽车的机器人。所有这些系统都被建模为如下形式的无漂移系统：

$$\dot{q} = g_1(q)u_1 + \cdots + g_m(q)u_m = G(q)u$$

其具有 n 个位形变量和 $m < n$ 个控制输入。

非完整系统

我们介绍了非完整系统的概念，该概念已在移动机器人、跳跃机器人、体操机器人以及其他受无滑动滚动约束或动量恒定约束的系统中应用。非完整约束的重要性在于即使系统是欠驱动且非线性可控的，也可以实现可控制性。分布的对合闭合概念 $\Delta = \text{span}\{g_1, \cdots, g_m\}$ 是了解无漂移系统可控性的关键概念。

可控性和稳定性

我们介绍了两个重要的控制结果，分别是周氏定理和布罗克特定理。周氏定理指出，当且仅当上述分布 Δ 的对合闭合 $\overline{\Delta}$ 为满秩 n 时，无漂移系统才是完全可控的。布罗克特定理指出，对于此处考虑的无漂移系统，不存在持续可区分且时不变的反馈控制律来将系统

引向原点。因此，必须考虑另一种控制策略，例如开环控制、时变反馈控制或切换控制。

运动计划

关于控制无漂移系统的开环策略，我们证明了大多数讨论过的系统都可以转换为链式形式，这对于运动规划而言是一种特别有用的规范形式。我们阐述了使用正弦曲线进行转向以产生可行的稳定运动的概念。我们还证明，本章考虑的示例系统是微分平坦的，这也简化了运动规划和轨迹生成问题。

反馈控制

我们提出了几种用于调节和跟踪的反馈控制策略，包括基于 Lyapunov 的设计、滑模控制、输入/输出线性化和动态反馈线性化。

习题

14-1　验证例 14.2 中方程的唯一 γ 解为 $\gamma = 0$。

14-2　验证方程(14.11)中的约束 $\dot{q}_3 - q_1 q_3 \dot{q}_1 = 0$ 是否可与 $q_3 = k e^{q_1^2/2}$ 和 $q_2 = \int k e^{q_1^2/2} \mathrm{d} q_1$ 结合。

14-3　补充例 14.6 中的步骤，以证明约束是非完整的。

14-4　在例 14.7 中补充导出向量场 g_1 和 g_2 所必需的步骤，并证明约束是非完整的。

14-5　验证例 14.12 中给出的将 DDR 模型转换为链式形式。

14-6　通过归纳证明，方程(14.55)中的$(2, n)$-链式系统是可控的。

14-7　在例 14.15 中计算 Δ_0、Δ_1 和 Δ_2 的分布，并验证它们的阶数恒定且对合。

14-8　验证例 14.14 中的声明，即变量 z_1 和 z_2 在 $2\pi/\omega\,\mathrm{s}$ 后返回其初始值，且 z_3 的变化为 $ab\pi/\omega^2$。

14-9　使用布罗克特定理证明，如果 $g_1 = 0$，则例 14.21 中的 Acrobot 模型不存在平稳稳定的反馈控制。

14-10　验证例 14.10 中的计算。

14-11　考虑双连杆平面 RR 机器人

$$m_{11} \ddot{q}_1 + m_{12} \ddot{q}_2 + h_1 + g_1 = u_1$$
$$m_{21} \ddot{q}_1 + m_{22} \ddot{q}_2 + h_2 + g_2 = u_2$$

研究 u_1、u_2、g_1、g_2 在各种情况下平稳稳定控制律的存在性。

14-12　使用周氏定理证明方程(14.44)定义的系统是可控的。

14-13　设 $\dot{x} = f(x) + g(x)u$ 为单输入非线性系统，并假设该系统是可通过坐标的非线性变化和非线性反馈实现线性化的反馈。证明系统是微分平坦的。

附注与参考

在[118]和[32]中可以找到对非完整系统控制(包括移动机器人在内)的更完整的讨论。[100]是关于这些话题的一篇出色的概论，而且除了轮式移动机器人外，它还提供了欠驱动平面机械臂的示例。[80]是另一个关于非完整控制的很好的教程。关于非完整行为和平面机械臂控制的其他参考文献有[130，101，102]。

我们对链式系统的处理紧随[118]和[100]中的推导。使用正弦波的转向处理来自[121]和[118]。布罗克特定理的证明在[18]中。[95]是一种出色的切换控制的方法。[120，141]中详细讨论了有关微分平坦度及其在非完整运动规划中的应用。使用极坐标的类似 Lyapunov 独轮车控制方法来自[3]。有关动态扩展概念的更多详细信息，请参见[13，80]。动态反馈线性化在[99，101，22]中有相关讨论。

附 录

Robot Modeling and Control，Second Edition

三 角 函 数

A. 1 双参数反正切函数

通常的反正切函数返回取值在$(-\pi/2, \pi/2)$之间的一个角度。为了表达所有可能取值的角度，我们发现定义一个所谓的**双参数变量反正切函数** $\text{Atan2}(x, y)$ 非常有用，该函数相对于所有$(x, y) \neq (0, 0)$进行定义，并且等于唯一的角度 $\theta \in [-\pi, \pi]$，使得

$$\cos\theta = \frac{x}{(x^2 + y^2)^{\frac{1}{2}}}, \quad \sin\theta = \frac{y}{(x^2 + y^2)^{\frac{1}{2}}} \tag{A.1}$$

该函数通过使用 x 和 y 的符号来选择与角度 θ 相适应的象限。例如，$\text{Atan2}(1, -1) = -\pi/4$，而 $\text{Atan2}(-1, 1) = +3\pi/4$。注意到，如果 x 和 y 均为零时，函数 Atan2 没有定义。

A. 2 有用的三角函数公式

勾股定理
$$\sin^2\theta + \cos^2\theta = 1, \quad 1 + \tan^2\theta = \sec^2\theta, \quad 1 + \cot^2\theta = \csc^2\theta$$

诱导公式
$$\sin(-\theta) = -\sin\theta, \quad \sin\theta = \cos\left(\frac{\pi}{2} - \theta\right)$$

$$\cos(-\theta) = \cos\theta, \quad \cos\theta = \sin\left(\frac{\pi}{2} - \theta\right)$$

$$\tan(-\theta) = -\tan\theta, \quad \tan\theta = \cot\left(\frac{\pi}{2} - \theta\right)$$

和差恒等式
$$\sin(\alpha \pm \beta) = \sin\alpha\cos\beta \pm \cos\alpha\sin\beta$$
$$\cos(\alpha \pm \beta) = \cos\alpha\cos\beta \mp \sin\alpha\sin\beta$$
$$\tan(\alpha \pm \beta) = \frac{\tan\alpha \pm \tan\beta}{1 \mp \tan\alpha\tan\beta}$$

倍角公式
$$\sin2\theta = 2\sin\theta\cos\theta, \quad \cos2\theta = 2\cos^2\theta - 1, \quad \tan2\theta = \frac{2\tan\theta}{1 - \tan^2\theta}$$

半角公式
$$\sin\frac{\theta}{2} = \pm\sqrt{\frac{1 - \cos\theta}{2}}, \quad \cos\frac{\theta}{2} = \pm\sqrt{\frac{1 + \cos\theta}{2}}, \quad \tan\frac{\theta}{2} = \pm\sqrt{\frac{1 - \cos\theta}{1 + \cos\theta}}$$

余弦定理

如果一个三角形的边长分别为 a、b 和 c，并且 θ 是与边 c 相对的角度（图 A.1），那么

$$c^2 = a^2 + b^2 - 2ab\cos\theta$$

图 A. 1 余弦定理

线 性 代 数

在本书中，我们假设读者对向量和矩阵的基本性质有一定的了解，例如矩阵加法、矩阵减法、矩阵相乘、矩阵转置以及矩阵的秩。更多的背景知识请参考[9，60]。

符号 $\mathbb{R}$ 表示实数集，$\mathbb{R}^n$ 表示与定义在 $\mathbb{R}$ 上的 n 元数组相对应的普通向量空间。我们使用小写字母 a，b，c，x，y 等来表示 $\mathbb{R}$ 中的标量以及 $\mathbb{R}^n$ 中的向量，使用大写字母 A，B，C，M，R 等表示矩阵。

B.1 向量

$\mathbb{R}^n$ 中的向量被定义为列向量

$$x = \begin{bmatrix} x_1 \\ \vdots \\ x_n \end{bmatrix}, \quad \text{其中 } x_i \in \mathbb{R}, \ i=1,\cdots,n$$

元素 $x_1,\cdots,x_n$ 称为 x 的**分量**（component）或**坐标**（coordinate）。向量 x 的**转置**（transpose）表示为 x^{T}，是一个行向量

$$x^{\mathrm{T}} = [x_1,\cdots,x_n]$$

在本书中，当向量 x 不是显示方程的一部分时，我们通常会去掉上标 T，并简单地将 x 写成

$$x = [x_1,\cdots,x_n] \quad \text{或} \quad x = (x_1,\cdots,x_n)$$

来将 x 表示为一个行向量而非列向量。这样做只是为了方便和提高可读性，读者应该记住，根据定义，向量是列向量。此外，由于我们不使用粗体或箭头来表示向量，例如，作为向量的 x_i 与作为向量 x 的分量 x_i 之间的区别应该从上下文中理解。

线性独立

一组向量 $\{x_1,\cdots,x_m\}$ 称为**线性独立**，当且仅当对于任意标量 $\alpha_i \in \mathbb{R}$，$\sum_{i=1}^{m} \alpha_i x_i = 0$ 意味着对于所有 i，$\alpha_i = 0$。否则，向量 $x_1,\cdots,x_m$ 称为**线性相关**。

备注 B.1 容易证明一组向量 $x_1,\cdots,x_m$ 之间为线性相关，当且仅当某些 $x_k (2 \leqslant k \leqslant m)$ 是前序向量 $x_1,\cdots,x_{k-1}$ 的线性组合。

实向量空间的**基**是一组线性无关的向量 $\{e_1,\cdots,e_m\}$，使得每个向量 x 都可以写成如下形式的线性组合

$$x = x_1 e_1 + \cdots + x_m e_m, \quad x_i \in \mathbb{R}, i=1,\cdots,m$$

$x = \{x_1,\cdots,x_m\}$ 的坐标表示由 $\{e_1,\cdots,e_m\}$ 这组特定基（自然基）来唯一确定。向量空间的**维度**是任意基中的向量个数。

子空间

向量空间 $\mathcal{V}$ 中的一组向量 $\mathcal{M}$ 称为 $\mathcal{V}$ 的**子空间**，当且仅当对于 $\mathcal{M}$ 中的每个 x 和 y，以及 $\mathbb{R}$ 中的每个 α 和 β 而言，$\alpha x + \beta y$ 属于 $\mathcal{M}$。换言之，$\mathcal{M}$ 在加法和数乘运算下封闭。子空间 $\mathcal{M}$ 自身就是一个向量空间。子空间 $\mathcal{M}$ 的维度小于或者等于 $\mathcal{V}$ 的维度。

B.2　内积空间

（实）向量空间中的**内积**是一个标量值双线性函数$\langle \cdot, \cdot \rangle$，使得对于向量对 x 和 y 而言，有

- $\langle x, y \rangle = \langle y, x \rangle$；
- $\langle \alpha_1 x + \alpha_2 y, z \rangle = \alpha_1 \langle x, z \rangle + \alpha_2 \langle y, z \rangle$，其中 α_1 和 α_2 是标量；
- $\langle x, x \rangle \geqslant 0$，并且 $\langle x, x \rangle = 0$，当且仅当 $x = 0$ 时。

内积空间是具有内积的向量空间。内积通过下列公式在内积空间上引入**范数**$\|x\|$

$$\|x\| = \sqrt{\langle x, x \rangle}$$

该范数是向量**长度**这一常规概念的拓展。内积和范数有以下重要属性。

- **柯西-施瓦茨不等式**：$|\langle x, y \rangle| \leqslant \|x\| \|y\|$，当且仅当 x 和 y 线性相关时等号成立。
- **同质性**：$\|\alpha x\| = |\alpha| \|x\|$，其中 x 是向量，α 是标量。
- **三角不等式**：$\|x + y\| \leqslant \|x\| + \|y\|$。
- **平行四边形定律**：$\|x + y\|^2 + \|x - y\|^2 = 2\|x\|^2 + 2\|y\|^2$。

欧氏空间

欧氏空间 $\mathbb{R}^n$ 是包含下列内积定义的一个内积空间

$$\langle x, y \rangle = x^\mathsf{T} y = x_1 y_1 + x_2 y_2 + \cdots + x_n y_n \tag{B.1}$$

定义在 $\mathbb{R}^n$ 上的内积（B.1）也可以表示为 $x \cdot y$，称为**点积**或标量积。对于 $\mathbb{R}^2$ 或 $\mathbb{R}^3$ 中的向量，标量积可表示为

$$x^\mathsf{T} y = \|x\| \|y\| \cos\theta$$

其中，θ 为向量 x 和 y 之间的角度。

我们使用 i、j 和 k 来表示 $\mathbb{R}^3$ 中的标准单位向量，如下所示

$$i = \begin{bmatrix} 1 \\ 0 \\ 0 \end{bmatrix}, \quad j = \begin{bmatrix} 0 \\ 1 \\ 0 \end{bmatrix}, \quad k = \begin{bmatrix} 0 \\ 0 \\ 1 \end{bmatrix}$$

使用这一标记，向量 $x = (x_1, x_2, x_3)$ 可以写为

$$x = x_1 i + x_2 j + x_3 k$$

同时 x 的各分量等于下列点积

$$x_1 = x \cdot i, \quad x_2 = x \cdot j, \quad x_3 = x \cdot k$$

正交补

如果 W 是 $\mathbb{R}^n$ 的一个子空间，则 W 在 $\mathbb{R}^n$ 中的**正交补**是下列子空间

$$W^\perp = \{v \in \mathbb{R}^n \mid v^\mathsf{T} \omega = 0 \text{ 对于所有 } \omega \in W\}$$

符号 $W^\perp$ 读作 "W perp"。因此 $W^\perp$ 是由正交于 $w \in W$ 中所有向量的所有向量 $v \in \mathbb{R}^n$ 组成的几何。$\mathbb{R}^n$ 中子空间 W 的正交补满足下列性质：

- $W^\perp$ 也是 $\mathbb{R}^n$ 中的子空间；
- $(W^\perp)^\perp = W$；
- $\dim(W) + \dim(W^\perp) = n$。

B.3　矩阵

从运动学和动力学到控制，矩阵和线性变换的矩阵表示是本书中大多数概念的基础。向量空间 $\mathcal{V}$ 上的**线性变换** A 是满足下列条件的一个函数 $A: \mathcal{V} \to \mathcal{V}$

$$A(\alpha x_1 + \beta x_2) = \alpha A(x_1) + \beta A(x_2), \quad \text{其中 } x_1, x_2 \in \mathcal{V}, \alpha, \beta \in \mathbb{R}$$

我们将 $A(x)$ 表示为 Ax。我们通过对 $\mathcal{V}$ 取一个特定的基来将坐标形式的线性变换表示为矩阵。

$m \times n$ 维的矩阵 $A = (a_{ij})$ 是一个由实数组成的有序阵列，它包含 m 个行向量 $(a_{i1}, \cdots, a_{in})$，其中 $i = 1, \cdots, m$，以及 n 个列向量 $(a_{1j}, \cdots, a_{mj})$，其中 $j = 1, \cdots, n$，该矩阵写作：

$$A = \begin{bmatrix} a_{11} & a_{12} & \cdots & a_{1n} \\ a_{21} & a_{22} & \cdots & a_{2n} \\ \vdots & \vdots & & \vdots \\ a_{m1} & a_{m2} & \cdots & a_{mn} \end{bmatrix} \tag{B.2}$$

矩阵 A 是从 $\mathbb{R}^n$ 到 $\mathbb{R}^m$ 的线性变换的一个表示。如果 $n = m$，即矩阵的行数等于列数，那么矩阵 A 称为**方阵**。$n \times n$ 方阵组成的集合表示为 $\mathbb{R}^{n \times n}$，其自身就是维度为 n^2 的一个向量空间。

矩阵 A 的**秩**(rank)是 A 中线性无关的最大行数(或列数)。因此，一个 $n \times m$ 的矩阵不大于 n 和 m 中的最小值。

矩阵 A 的**转置**(transpose)表示为 A^T，它可通过将矩阵 A 中的行和列互换而得到：

$$A^T = \begin{bmatrix} a_{11} & a_{21} & \cdots & a_{m1} \\ a_{12} & a_{22} & \cdots & a_{m2} \\ \vdots & \vdots & & \vdots \\ a_{1n} & a_{2n} & \cdots & a_{mn} \end{bmatrix} \tag{B.3}$$

因此，A^T 是一个 $n \times m$ 的矩阵。矩阵转置的一些性质如下：

- $(A^T)^T = A$；
- $(AB)^T = B^T A^T$，其中 A 和 B 具有相匹配的维度；
- $(A + B)^T = A^T + B^T$。

$n \times n$ 的方阵 A 被称为

- 对称矩阵，当且仅当 $A^T = A$；
- 反对称矩阵，当且仅当 $A^T = -A$；
- 正交矩阵，当且仅当 $A^T A = A A^T = I$，其中 I 是 $n \times n$ 的单位阵。

矩阵的迹

$n \times n$ 的矩阵 A 的**迹**(trace)表示为 $\text{Tr}(A)$，它是矩阵 A 的对角元素之和。因此，如果 $A = (a_{ij})$，那么 $\text{Tr}(A) = \sum_{i=1}^{n} a_{ii} = a_{11} + \cdots + a_{nn}$。

矩阵行列式

行列式(determinant)是将特定标量分配给线性变换(矩阵) $A \in \mathbb{R}^{n \times n}$ 的一个函数。出于我们的目的，可以通过递归公式定义方阵 A 的行列式 $\det(A)$，该公式适用于任何 $i = 1, \cdots, n$

$$\det(A) = \sum_{j=1}^{n} a_{ij} (-1)^{i+j} \det(C_{ij})$$

其中 C_{ij} 是将矩阵 A 的第 i 行和第 j 列元素删除之后得到的 $(n-1) \times (n-1)$ 的矩阵。矩阵行列式满足下列性质：

- $\det(AB) = \det(A) \det(B)$；
- $\det(\alpha A) = \alpha^n \det(A)$；
- $\det(A^T) = \det(A)$。

如果 $\det(A)=0$，矩阵 A 称为**奇异的**；否则矩阵 A 称为是**非奇异的**或者是**可逆的**。一个方阵 $A \in \mathbb{R}^{n \times n}$ 的**逆**（inverse）是满足下列条件的矩阵 $B \in \mathbb{R}^{n \times n}$

$$AB = BA = I$$

其中 I 是 $n \times n$ 的单位矩阵。我们将矩阵 A 的逆表示为 A^{-1}。矩阵 A 的逆存在且唯一，当且仅当 A 的秩是 n（即 A 满秩），也就是说当且仅当行列式 $\det(A)$ 不等于零。逆矩阵满足下列性质：

- $(A^{-1})^{-1} = A$；
- $(AB)^{-1} = B^{-1}A^{-1}$。

实数中的 $n \times n$ 非奇异矩阵组成的集合表示为 $\mathrm{GL}(n)$，称为 n 阶**一般线性群**（general linear group）。注意到 $\mathrm{GL}(n)$ 不是 $\mathbb{R}^{n \times n}$ 的向量子空间，这是因为两个可逆矩阵之和并不总是可逆的。

B.4 特征值和特征向量

矩阵 A 的**特征值**是下列关于 λ 的方程的解

$$\det(\lambda I - A) = 0$$

函数 $\det(\lambda I - A)$ 是关于 λ 的 n 阶多项式，称为矩阵 A 的**特征多项式**。如果 λ_e 是 A 的一个特征值，矩阵 A 对于特征值 λ_e 的特征向量是满足下列线性方程组的一个非零向量 x_e

$$Ax_e = \lambda_e x_e$$

相似变换

如果 T 是一个 $n \times n$ 的非奇异矩阵，那么

$$\overline{A} = T^{-1}AT \tag{B.4}$$

称作相似变换。由于 T 是非奇异矩阵，T 的列向量是线性无关的，因此这些列向量组成了 $\mathbb{R}^{n \times n}$ 中的一组基。出于该原因，式（B.4）也称为**基变换**。矩阵 $\overline{A}$ 表示与 A 相同的线性变换，只不过其基由 T 来定义。

对称矩阵的对角化

如果 A 是对称矩阵，那么

- 它的特征值 $\lambda_1, \cdots, \lambda_n$ 都是实数；
- 对应于不同特征值的特征向量相互正交；
- 存在 $n \times n$ 的正交矩阵 T 使得 $A = T^{-1}AT = \mathrm{diag}[\lambda_1, \cdots, \lambda_n]$，其中 $\mathrm{diag}[]$ 是一个对角阵。

矩阵 T 的列向量由对应于特征值 $\lambda_1, \cdots, \lambda_n$ 的特征向量（的一组基）组成。

二次型

定义 B.1 $\mathbb{R}^n$ 上的一个**二次型**（quadratic form）是下列标量函数

$$V(x) = x^{\mathrm{T}}Px = \sum_{i=1}^{n}\sum_{j=1}^{n} p_{ij}$$

其中 $P = (p_{ij})$ 是一个 $n \times n$ 的对称矩阵。当

- 对于所有 $x \neq 0$，$x^{\mathrm{T}}Px > 0$；
- 矩阵 P 的所有特征值是正数；
- 矩阵 P 的所有主子式和主子式的行列式是正数。

函数 V（等效地，矩阵 P）是**正定的**。

如果 P 是正定矩阵，那么我们有下列有用的边界约束

$$\lambda_{\min}(P)\|x\|^2 \leqslant x^{\mathrm{T}}Px \leqslant \lambda_{\max}(P)\|x\|^2 \tag{B.5}$$

其中 $\lambda_{\min}(P)$ 和 $\lambda_{\max}(P)$ 分别是矩阵 P 的最小和最大特征值。

值域和零空间

一个 $m \times n$ 的矩阵 A 的**值域空间** $\mathcal{R}(A)$ 是定义如下的 $\mathbb{R}^m$ 的子空间：

$$\mathcal{R}(A) = \{y \in \mathbb{R}^m : y = Ax, \quad \text{对于某些 } x \in \mathbb{R}^n\}$$

一个 $m \times n$ 的矩阵 A 的**零空间** $\mathcal{N}(A)$ 是定义如下的 $\mathbb{R}^n$ 的子空间：

$$\mathcal{N}(A) = \{x \in \mathbb{R}^n : Ax = 0\}$$

一个矩阵的值域空间和零空间通过下列关系关联在一起

$$\mathcal{N}(A) = \mathcal{R}(A^{\mathrm{T}})^{\perp}$$
$$\mathcal{R}(A) = \mathcal{N}(A^{\mathrm{T}})^{\perp}$$

零空间的一个重要性质是

$$\dim\mathcal{R}(A) + \dim\mathcal{N}(A) = n$$

一个 $n \times n$ 的矩阵是可逆矩阵，当且仅当其零空间只有零向量，即 $Ax = 0$ 意味着 $x = 0$。

向量空间

对于 $\mathbb{R}^3$ 中的两个向量 x 和 y，它们的**向量积**或**叉积**是满足下列定义的向量 c：

$$c = x \times y = \det \begin{bmatrix} i & j & k \\ x_1 & x_2 & x_3 \\ y_1 & y_2 & y_3 \end{bmatrix}$$
$$= (x_2 y_3 - x_3 y_2)i + (x_3 y_1 - x_1 y_3)j + (x_1 y_2 - x_2 y_1)k$$

叉积是一个向量，其幅值（模数）为

$$\|c\| = \|x\|\|y\|\sin(\theta)$$

其中 $0 \leqslant \theta \leqslant \pi$ 是 x 和 y 之间的角度，其方向由图 B.1 中的右手规则给出。

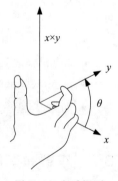

图 B.1　右手规则

右手坐标系 x-y-z 是满足下列条件的一个坐标系：各轴相互垂直并满足右手规则，即 $k = i \times j$，其中 i、j 和 k 分别为沿 x、y 和 z 轴的向量。我们可以通过以下方式记忆右手规则：从正 x 轴通过两轴之间的最小角度旋转到正 y 轴的一个右旋螺旋的前进方向。向量叉积具有以下性质

$$x \times y = -y \times x$$
$$x \times (y + z) = (x \times y) + (x \times z)$$
$$\alpha(x \times y) = (\alpha x) \times y = x \times (\alpha y)$$

叉积不服从分配律，但是满足**雅可比恒等式**

$$x \times (y \times z) + y \times (z \times x) + z \times (x \times y) = 0$$

拉格朗日公式通过下式将叉积和内积联系起来

$$x \times (y \times z) = (x \cdot z)y - (x \cdot y)z$$

对于两个属于 $\mathbb{R}^n$ 的向量 x 和 y，他们的**外积**是一个定义如下的 $n \times n$ 矩阵

$$xy^{\mathrm{T}} = \begin{bmatrix} x_1 y_1 & \cdots & x_1 y_n \\ x_2 y_1 & \cdots & x_2 y_n \\ \vdots & & \vdots \\ x_n y_1 & \cdots & x_n y_n \end{bmatrix}$$

标量积和外积之间的关系是

$$x^{\mathrm{T}}y = \mathrm{Tr}(xy^{\mathrm{T}})$$

B.5 向量的微分

假设向量 $x(t) = [x_1(t), \cdots, x_n(t)]$ 是关于时间的函数。那么，x 对时间的导数 $\dot{x} = \mathrm{d}x/\mathrm{d}t$ 是如下形式的向量

$$\dot{x} = \begin{bmatrix} \dot{x}_1(t) \\ \dot{x}_2(t) \\ \vdots \\ \dot{x}_n(t) \end{bmatrix}$$

类似的，一个矩阵 $A = (a_{ij})$ 的导数 $\mathrm{d}A/\mathrm{d}t$ 等于矩阵 $(\mathrm{d}a_{ij}/\mathrm{d}t)$。类似的声明对于向量和矩阵的积分同样成立。类似于普通函数微分操作中的乘积法则，标量积和向量积满足以下微分乘积法则

$$\frac{\mathrm{d}}{\mathrm{d}t}x^{\mathrm{T}}y = \frac{\mathrm{d}x^{\mathrm{T}}}{\mathrm{d}t}y + x^{\mathrm{T}}\frac{\mathrm{d}y}{\mathrm{d}t}$$

$$\frac{\mathrm{d}}{\mathrm{d}t}(x \times y) = \frac{\mathrm{d}x}{\mathrm{d}t} \times y + x \times \frac{\mathrm{d}y}{\mathrm{d}t}$$

B.6 矩阵指数积

给定一个 $n \times n$ 的矩阵 M，我们使用下列技术展开来定义 M 的**指数积** e^M，如下：

$$e^M = I + M + \frac{1}{2!}M^2 + \frac{1}{3!}M^3 + \cdots \tag{B.6}$$

对于任意方阵 M，上述级数展开都可以收敛，因此其定义有效。矩阵指数积满足下列性质：

- $e^0 = I$，其中 0 是 $n \times n$ 的零矩阵，I 是 $n \times n$ 的单位矩阵；
- $(e^M)^{\mathrm{T}} = e^{M^{\mathrm{T}}}$；
- 如果 $MN = NM$，即 M 和 N 乘积满足交换律，那么 $e^M e^N = e^{M+N}$；
- 如果 T 是一个非奇异的 $n \times n$ 矩阵，那么 $T^{-1}e^M T = e^{T^{-1}MT}$；
- $\det(e^M) = e^{\mathrm{Tr}(M)}$。

B.7 李群和李代数

定义 B.2(李群) 李群是指具有群结构的光滑微分流形。

与本书的应用目的最相关的李群的例子是有：

- $\mathrm{GL}_n(R)$，$\mathbb{R}$ 中的一般线性群；
- $SO(3)$，旋转群；
- $SE(3)$，刚体运动的欧氏群。

定义 B.3(李代数) 李代数是包含一个非结合交错双线性映射的向量空间，该映射称为李括号，满足下列性质：

- $[x, x] = 0$——交错性；
- $[x_1, [x_2, x_3]] + [x_3, [x_1, x_2]] + [x_2, [x_3, x_1]] = 0$——雅可比恒等式；
  注意到双线性和交错性一起意味着
- $[x_1, x_2] = -[x_2, x_1]$——反交换律。

李代数的例子包括：

- $\mathbb{R}^3$ 空间中的向量叉积运算：$[x_1, x_2] = x_1 \times x_2$；
- 四元数，$[i, j] = ij - ji = 2k$，$[j, k] = jk - kj = 2i$，$[k, i] = ki - ik = 2j$；
- $so(3)$，带有矩阵交换子 $[S_1, S_2] = S_1 S_2 - S_2 S_1$ 的反对称矩阵的向量空间。容易证明 $[S_1, S_2]$ 也是反对称矩阵；
- 微分流形上的向量场，$[f, g](x) = \dfrac{\partial g}{\partial x} f(x) - \dfrac{\partial f}{\partial x} g(x)$，其中 $\dfrac{\partial f}{\partial x}$ 和 $\dfrac{\partial g}{\partial x}$ 分别是 f 和 g 的雅可比；
- $se(3)$，运动**旋量**（twist）的向量空间。

我们注意到运动旋量的定义如下。如果

$$H(t) = \begin{bmatrix} R(t) & d(t) \\ 0 & 1 \end{bmatrix}$$

是一个齐次变换矩阵，它定义了 $\mathbb{R}^3$ 中的一个刚性运动，与 H 相关的运动**旋量**是下列的 4×4 的矩阵

$$S = \begin{bmatrix} S(\omega) & d \times \omega + v \\ 0 & 0 \end{bmatrix}$$

其中，v 和 ω 分别表示与刚性运动相关的线速度和角速度。

李群的李代数

李群和李代数通过指数映射相关。李群与李代数的关系使得人们可以通过李代数的代数性质来研究李群的几何性质。

- $SO(3)$ 与 $so(3)$：$SO(3)$ 中的每个旋转矩阵 R 都可以表示为 e^S 的形式，其中 S 为 $so(3)$ 中的反对称矩阵；
- $SE(3)$ 与 $se(3)$：$SE(3)$ 中的每个齐次矩阵 H 都可以表示为 e^S 的形式，其中 $\mathcal{S}$ 为 $se(3)$ 中的运动旋量。

B.8 矩阵的伪逆

只有当矩阵 A 是方阵的时候，它的逆矩阵才有定义。如果 A 是一个 $m \times n$ 的矩阵，其中 $m \neq n$，我们可以定义矩阵 A 的所谓的**伪逆**（pseudoinverse）矩阵。我们假设矩阵 A 为满秩，其中 $\mathrm{rank}\, r = \min(m, n)$，我们分 $m < n$ 和 $m > n$ 两种情况。

如果 $m < n$，那么 A 是一个**胖矩阵**，意味着其列数大于行数。矩阵 A 的**右伪逆**矩阵定义为下述的 $n \times m$ 矩阵

$$A^{\dagger} = A^{\mathrm{T}} (A A^{\mathrm{T}})^{-1}$$

在这种情况下，$A A^{\mathrm{T}}$ 是一个 $m \times m$ 的满秩矩阵，其秩为 m，并且 $A A^{\dagger} = A A^{\mathrm{T}} (A A^{\mathrm{T}})^{-1} = I_{m \times m}$。给定一个向量 $b \in \mathbb{R}^m$，下列方程的通解

$$Ax = b \tag{B.7}$$

为 $x = A^{\dagger} b + (I - A^{\dagger} A) w$，其中 $w \in \mathbb{R}^m$ 是一个任意向量。向量 $x = A^{\dagger} b$，即 $w = 0$，给出了方程(B.7)的最小范数解 $\|x\|$。

对于 $m > n$ 这种情况，矩阵 A 是一个**高矩阵**，意味着其行数大于列数。矩阵 A 的**左伪逆**矩阵定义为下述的 $n \times m$ 矩阵

$$A^{\dagger} = (A^{\mathrm{T}} A)^{-1} A^{\mathrm{T}}$$

在这种情况下，$A^T A$ 是一个 $n \times n$ 的满秩矩阵，其秩为 n，并且 $A^\dagger A = (A^T A)^{-1} A^T A = I_{n \times n}$。在这种情况下，$A^\dagger$ 是方程 $y = Ax$ 的**最小二乘解**，即该解使得范数 $\|Ax - y\|$ 最小化。

B.9 舒尔补矩阵

令 M 为下列形式的分块矩阵，矩阵 M 的维度为 $(p+q) \times (p+q)$：

$$M = \begin{bmatrix} A & B \\ C & D \end{bmatrix}$$

其中 A、B、C 和 D 分别为 $p \times p$、$p \times q$、$q \times p$、$q \times q$ 的子矩阵。假设矩阵 D 为可逆矩阵，D 分块在 M 矩阵中的**舒尔补矩阵**(Schur complement) 是下列 $p \times p$ 的矩阵

$$M/D = A - BD^{-1}C$$

如果 D 分块是奇异矩阵，可以使用 D 的广义逆矩阵来取代上述公式中的逆矩阵，从而定义得到一个广义**舒尔补矩阵**。舒尔补矩阵的一些性质包括：

- 如果 M 是对称正定矩阵，那么 D 在 M 中的舒尔补矩阵也是对称正定矩阵；
- 矩阵 M 的行列式等于 $\det(D)\det(A - BD^{-1}C)$；
- 矩阵 M 的秩等于 $\mathrm{rank}(D) + \mathrm{rank}(A - BD^{-1}C)$。

舒尔补矩阵可用于求解下列及形式的方程组

$$Ax + By = a$$
$$Cx + Dy = b$$

在第 13 章中的欠驱动系统的学习中将会非常有用。

B.10 奇异值分解

对于方块矩阵，我们可以使用如行列式、特征值以及特征向量等工具来分析它们的性质。然而，对于非方块矩阵，这些工具根本不适用。此种情况下，可以使用**奇异值分解** (singular value decomposition，SVD) 作为这些工具的扩展。

正如我们上面所描述的，对于 $A \in \mathbb{R}^{m \times n}$，我们有 $AA^T \in \mathbb{R}^{m \times m}$。容易看出 AA^T 是对称且半正定的矩阵，因此，其特征值是非负实数，且 $\lambda_1 \geqslant \lambda_2 \geqslant \cdots \geqslant \lambda_m \geqslant 0$。矩阵 A 的特征值可由矩阵 AA^T 特征值的平方根给出，如下

$$\sigma_i = \sqrt{\lambda_i}, i = 1, \cdots, m \tag{B.8}$$

那么，矩阵 A 的**奇异值分解** (SVD) 由下式给出

$$A = U\Sigma V^T \tag{B.9}$$

其中

$$U = [u_1, u_2, \cdots, u_m], \quad V = [v_1, v_2, \cdots, v_n] \tag{B.10}$$

分别是维度为 $m \times m$、$n \times n$ 的正交矩阵，$\Sigma \in \mathbb{R}^{m \times n}$ 由下式给出

$$\Sigma = \begin{bmatrix} \sigma_1 & & & & \\ & \sigma_2 & & & 0 \\ & & \ddots & & \\ & & & \sigma_m & \end{bmatrix} \tag{B.11}$$

我们可以按照如下方式计算矩阵 A 的奇异值分解。首先，我们求解矩阵 A 的奇异值 σ_i。然后，这些奇异值可被用来求解满足以下关系的特征值 $u_1, \cdots, u_m$

$$AA^T u_i = \sigma_i^2 u_i \tag{B.12}$$

这些特征向量组成了矩阵 $U = [u_1, u_2, \cdots, u_m]$。公式(B.12)所描述的系统可被写为

$$AA^\mathrm{T}U = U\Sigma_m^2 \tag{B.13}$$

其中，矩阵 Σ_m 定义如下

$$\Sigma_m = \begin{bmatrix} \sigma_1 & & & \\ & \sigma_2 & & \\ & & \ddots & \\ & & & \sigma_m \end{bmatrix}$$

现在，定义

$$V_m = A^\mathrm{T}U\Sigma_m^{-1} \tag{B.14}$$

并且令 V 表示满足 $V = [V_m \mid V_{n-m}]$ 这一关系的任意正交矩阵（注意到这里 V_{n-m} 包含的列向量数目正好使得矩阵 V 成为一个 $n \times n$ 的矩阵）。接下来，很容易将上面这些公式联合在一起来验证公式(B.9)。

Lyapunov 稳定性

我们在这里给出关于非线性系统稳定性理论的一些基本结果。为了简单起见，我们仅处理时不变系统。对于所述对象更普遍的处理方法，读者可参考[180]。我们首先从实分析中获取一些关于函数连续性和可微性的一些定义。

C.1 连续性和可微性

定义 C.1(连续函数) 令 $\mathcal{U} \in \mathbb{R}$ 为 $\mathbb{R}$ 的一个开子集。对于一个函数 $f: \mathcal{U} \to \mathbb{R}$，它在点 $x_0 \in \mathcal{U}$ 处连续，如果对于所有 $\epsilon > 0$，存在 $\delta > 0$ 使得 $|x - x_0| < \delta$（并且 $x \in \mathcal{U}$）意味着 $|f(x) - f(x_0)| < \epsilon$。

对于函数 $f: \mathbb{R} \to \mathbb{R}$ 的连续性的另一种表征是：如果当 $x \to x_0$ 时，$f(x) \to f(x_0)$，那么函数 f 在 $x = x_0$ 处连续。

定义 C.2(一致连续性) 对于一个函数 $f: \mathcal{U} \to \mathbb{R}$，它在点 $\mathcal{U}$ 上一致连续，如果对于所有 $\epsilon > 0$，存在 $\delta > 0$ 使得 $|x - x_0| < \delta$ 意味着 $|f(x) - f(x_0)| < \epsilon$。

函数的连续性是在某个点处的性质。而一致连续性，则是在集合 $\mathcal{U}$ 上的全局性质。

定义 C.3(导数) 函数 $f: \mathcal{U} \to \mathbb{R}$ 在点 $x_0 \in \mathcal{U}$ 处可导，如果

$$\frac{\mathrm{d} f(x)}{\mathrm{d} x} = \lim_{h \to 0} \frac{f(x+h) - f(x)}{h}$$

存在且有界。

对于含有多个变量的函数 $f: \mathcal{U} \to \mathbb{R}$，其中 $\mathcal{U} \in \mathbb{R}^n$，函数 f 可导，如果**偏导数**存在且有界，同时其中偏导数定义如下 $(k = 1, \cdots, n)$

$$\frac{\partial f(x)}{\partial x_k} = \lim_{h \to 0} \frac{f(x_1, \cdots, x_k + h, \cdots, x_n) - f(x_1, \cdots, x_n)}{h}$$

我们称一个函数**连续可导**，如果它的微分函数存在且连续。

由于导数 $\mathrm{d} f / \mathrm{d} x$ 自身是一个函数，我们可以讨论该导数函数是否连续或可导等问题。对于单变量函数，其高阶导数可表示为 $\mathrm{d}^k f / \mathrm{d} k^k$，$k = 2, 3, \cdots$。

对于偏导数，高阶导数计算的先后顺序很重要。例如，如果函数 f 包含 3 个变量，我们可能依据任意顺序、以及任意变量来就算该函数的二阶导数，即

$$\frac{\partial^2 f}{\partial x_1^2}, \quad \frac{\partial^2 f}{\partial x_1 \partial x_2}, \quad \frac{\partial^2 f}{\partial x_3 \partial x_2}$$

等。这些表达式称为**混合偏导数**。注意到混合偏导数中的等式，例如

$$\frac{\partial^2 f}{\partial x_1 \partial x_2} = \frac{\partial^2 f}{\partial x_2 \partial x_1}$$

为真，如果这些导数函数是连续的，即函数 f 至少是两次连续可导的。

为了不必在每次使用函数时都指定它的精确连续性属性，我们经常使用术语**光滑函数**来表示在特定上下文中根据需要多次连续可微的函数。

梯度、Hessian 矩阵、雅可比

给定一个光滑的标量函数 $f: \mathbb{R}^n \to \mathbb{R}$，我们定义 f 的**微分**如下，表示为 $\mathrm{d} f$

$$\mathrm{d}f = \left(\frac{\partial f}{\partial x_1}, \cdots, \frac{\partial f}{\partial x_n} \right)$$

向量函数

$$\nabla f = \mathrm{d}f^{\mathrm{T}} = \begin{bmatrix} \dfrac{\partial f}{\partial x_1} \\ \vdots \\ \dfrac{\partial f}{\partial x_n} \end{bmatrix}$$

称为函数 f 的**梯度**。标量函数的梯度与函数的等值曲线正交并指向函数的最大增加方向。

函数 f 的二阶导数矩阵为 $n \times n$ 的矩阵，如下：

$$H(x) = \begin{bmatrix} \dfrac{\partial^2 f}{\partial x_1^2} & \cdots & \dfrac{\partial^2 f}{\partial x_1 \partial x_n} \\ \vdots & & \vdots \\ \dfrac{\partial^2 f}{\partial x_n \partial x_1} & \cdots & \dfrac{\partial^2 f}{\partial x_n^2} \end{bmatrix}$$

称为函数 f 的 Hessian **矩阵**。如果矩阵中的元素连续，那么 Hessian 矩阵对称，这些元素描述了函数 f 的局部曲率。

令 $f(x) = (f_1(x), \cdots, f_m(x))$：$\mathbb{R}^n \to \mathbb{R}^m$ 为从 $\mathbb{R}^n$ 到 $\mathbb{R}^m$ 的一个光滑函数。那么下列 $m \times n$ 矩阵

$$\frac{\partial f}{\partial x} = \begin{bmatrix} \dfrac{\partial f_1}{\partial x_1} & \cdots & \dfrac{\partial f_1}{\partial x_n} \\ \vdots & & \vdots \\ \dfrac{\partial f_m}{\partial x_1} & \cdots & \dfrac{\partial f_m}{\partial x_n} \end{bmatrix}$$

称为函数 f 的**雅可比**。我们使用符号 $J(x)$ 来表示雅可比。

C.2 向量场和平衡点

定义 C.4(向量场) $\mathbb{R}^n$ 上的一个**向量场** f 是一个光滑函数 f：$\mathbb{R}^n \to \mathbb{R}^n$。一个向量场 f 是**线性的**，如果 $f(x) = Ax$，其中 A 是一个 $n \times n$ 的实矩阵。

我们可以将下列微分方程

$$\dot{x}(t) = f(x(t)) \tag{C.1}$$

考虑为 $\mathbb{R}^n$ 上的一个向量场 f 定义的。方程(C.1)的一个解或轨迹 $t \to x(t)$（其中 $x(t_0) = x_0$）是 $\mathbb{R}^n$ 上的一条由 t 参数化的曲线 C，曲线起点为 x_0，在 C 上的每一点处向量场 $f(x(t))$ 与 C 相切。那么 $\mathbb{R}^n$ 称为由公式(C.1)所描述系统的**状态空间**。

定义 C.5(平衡点)   向量 $x^* \in \mathbb{R}^n$ 是系统(C.1)的一个**平衡点**或**固定点**，当且仅当 $f(x^*) = 0$。对于自治的或时不变的向量场，我们可以在不失一般性的情况下取 $x^* = 0$。

如果 $x(t_0) = x^*$ 是式(C.1)的一个平衡点，那么函数 $x(t) \equiv x^*$（其中 $t > t_0$）是方程(C.1)的一个解，称为**零解**或**平衡解**。换言之，如果方程(C.1)表示的系统开始时处于平衡状态，则此后它保持在平衡状态。

稳定性

稳定性问题涉及初始条件远离平衡点时方程(C.1)的解。直观地说，零解应该称为是

稳定的，如果对于接近平衡点的初始条件，此后其解仍然接近平衡点。我们可以将这个概念形式化为以下内容。

定义 C.6 给定由方程(C.1)描述的非线性系统，假定 $x=0\in\mathbb{R}^n$ 是它的一个平衡点。那么，零解 $x(t)=0$ 被称为

- **稳定的**，当且仅当对于任意 $\epsilon>0$，存在 $\delta=\delta(\epsilon)>0$ 使得

$$\|x(t_0)\|<\delta \text{ 意味着对于所有 } t>t_0 \text{ 有 } \|x(t)\|<\epsilon \tag{C.2}$$

- **渐近稳定的**，如果 $x=0$ 是稳定的，并且

$$\|x(t_0)\|<\delta \text{ 意味着当 } t\to\infty \text{ 时 } \|x(t)\|\to0 \tag{C.3}$$

- **不稳定的**，如果它不稳定。

如果相应的条件对每个初始条件 $x(t_0)\in\mathbb{R}^n$ 都成立，则稳定性(即渐近稳定性)被称为**全局**稳定性。

这种情况如图 C.1 所示，如果初始条件位于平衡点周围半径为 δ 的球内，如果解保持在平衡点周围的半径为 ϵ 的球内，则系统是稳定的。换言之，如果初始条件中的"小"扰动导致零解的"小"扰动，则系统是稳定的。

如果平衡点是渐近稳定的，那么随着 $t\to\infty$，解会回归到平衡点。如果平衡点是不稳定的，那么对于给定的 $\epsilon>0$，找不到满足式(C.3)的 δ 值。

上述稳定性概念本质上是局部的，也就是说，它们可能在"足够接近"平衡点的初始条件下成立，但可能在远离平衡点的初始条件下失效。稳定性(渐近稳定性)被称为**全局**的，如果它适用于所有初始条件。比渐近稳定性更强的概念是接下来定义的**指数稳定性**。

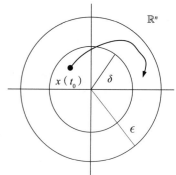

图 C.1 稳定性定义的说明

定义 C.7(指数稳定性) 系统(C.1)的平衡点 $x=0$ 是**指数稳定**的，如果存在正的常量使得

$$\|x(t)\|\leqslant\alpha\|x(t_0)\|e^{-\lambda t} \text{ 对于所有 } t>0 \tag{C.4}$$

指数稳定性是局部的还是全局的，取决于不等式(C.4)是否对所有初始条件 $x(t_0)\in\mathbb{R}^n$ 成立。

对于一个线性系统

$$\dot{x}=Ax$$

零解是全局指数稳定的，当且仅当矩阵 A 的所有特征值都处于复平面的左半边。这样的矩阵被称为是 **Hurwitz 矩阵**。对于非线性系统，不能这么容易确定全局稳定性。不过，非线性系统 $\dot{x}=f(x)$ 的零解的局部稳定性有时可通过检查向量场 $f(x)$ 的雅可比矩阵的特征值来确定。

给定系统(C.1)，假设 $x=0$ 是一个平衡点。令 A 为 $f(x)$ 在 $x=0$ 处所对应的 $n\times n$ 的雅可比矩阵。换言之，

$$A=(a_{ij}), \quad \text{其中 } a_{ij}=\frac{\partial f_i}{\partial x_j}\big|x=0$$

系统

$$\dot{x}=Ax \tag{C.5}$$

被称为是关于非线性系统(C.1)在平衡点处的**线性近似**。

定理 C.1   1. 假设式(C.5)中的 A 是一个 Hurwitz 矩阵，从而使得 $x=0$ 是全局指数稳定的平衡点。那么，对于非线性系统(C.1)，$x=0$ 是局部指数稳定的。

2. 假设矩阵 A 在右半开平面内有一个或多个特征值，从而使得 $x=0$ 为线性系统(C.5)的一个非稳定平衡点。那么，对于非线性系统(C.1)，$x=0$ 是不稳定的。

3. 假设矩阵 A 在右半开平面内没有特征值，但是在 $j\omega$ 轴上有一个或多个特征值。那么，对于非线性系统(C.1)，平衡点 $x=0$ 的稳定特性无法确定。

在 $j\omega$ 轴上的特征值被称为**关键特征值**。检测一个非线性系统的线性近似的特征值，以便确定其稳定性，这种方法被称为 **Lyapunov 间接法**(也称为 **Lyapunov 第一法**)。我们看到，当线性近似中的矩阵 A 没有关键特征值时，非线性系统(C.1)平衡点的局部稳定性可以得到确定。如果矩阵 A 有关键特征值时，或者想确定非线性系统(C.1)的全局稳定性，那么使用 Lyapunov 第一法无法得到确切结论，此时必须使用其他方法。下面将要介绍的 **Lyapunov 直接法**(也称为 **Lyapunov 第二法**)可以解决这些问题。

C.3   Lyapunov 函数

定义 C.8(正定函数)   令 $V: \mathbb{R}^n \to \mathbb{R}$ 为连续可导的标量函数，使得 $V(0)=0$，并且对于 $x>0$ 有 $V(x)>0$。那么 V 称为**正定的**。

如果对于所有的 x 取值有 $V(x) \geqslant 0$，我们称 $V(x)$ 是**半正定或非负定的**。如果 $-V(x)$ 是正定(半正定)的，我们称 $V(x)$ 是**负定(半负定)的**。

一类非常有用的正定函数为如下形式的**二次型**

$$V(x)=x^{\mathrm{T}}Px=\sum_{i=1}^{n}\sum_{j=1}^{n}p_{ij}>0$$

其中 $P=(p_{ij})$ 是一个对称的正定矩阵。

正定二次型函数的等值曲面——即"$V(x)=$ 常数"方程的解——是 $\mathbb{R}^n$ 中的椭球。一个正定二次型定义了 $\mathbb{R}^n$ 中的一个范数。实际上，给定 $\mathbb{R}^n$ 中的普通范数，如下形式的函数 V

$$V(x)=x^{\mathrm{T}}x=\|x\|^2$$

是一个对应于 $P=I$ 的正定二次型，I 是 $n \times n$ 的单位矩阵。

C.4   稳定性判据

定义 C.9(候选 Lyapunov 函数)   令 $V(x): \mathbb{R}^n \to \mathbb{R}$ 表示一个连续函数，其一阶导数在 $\mathbb{R}^n$ 的原点邻域内也连续。此外，假设 V 是正定的。那么 V 被称为一个候选 Lyapunov 函数。

Lyapunov 稳定性理论的威力来自这样一个事实，即任何函数都可以用来尝试展示所给定系统的稳定性，只要它是根据上述定义的候选 Lyapunov 函数。

定义 C.10   通过 V 沿方程(C.1)轨迹的导数或者 V 沿向量场的方向导数来定义方程(C.1)，意思是

$$\dot{V}(t)=\frac{\partial V}{\partial x}f(x)=\frac{\partial V}{\partial x_1}f_1(x)+\cdots+\frac{\partial V}{\partial x_n}f_n(x)$$

假设我们沿方程(C.1)解轨迹 $x(t)$ 的各点来计算候选 Lyapunov 函数，并且发现 $V(t)$ 随时间 t 的增大而减小。直观上，由于 V 的表现类似于范数，这必然意味着给出的解轨迹必须朝向原点收敛的方向。这就是 Lyapunov 稳定性理论的思路。

定理 C.2   方程(C.1)的零解是稳定的，如果存在一个候选 Lyapunov 函数 V，能使得

$\dot{V}$ 沿方程(C.1)解轨迹是半负定的，即如果

$$\dot{V} = \frac{\partial V}{\partial x} f(x) \leqslant 0 \qquad (C.6)$$

不等式(C.6)表明，沿方程(C.1)解轨迹计算得到的 V 的导数是非正的，这表明 V 本身沿解轨迹也是非增的。由于 V 是解与原点间距离的一个度量，不等式(C.6)表明解必须保持距离原点很近。如果可以求解一个满足不等式(C.6)的候选 Lyapunov 函数 V，那么 V 被称为系统(C.1)的一个 **Lyapunov 函数**。

注意到定理 C.2 只给出了方程(C.1)稳定性的一个充分条件。如果无法找到满足不等式(C.6)的 Lyapunov 函数，这并不意味着系统是不稳定的。然而，方程(C.1)不等式的一个简易充分条件是：存在一个候选 Lyapunov 函数 V，使得对于系统的至少一个解使 $\dot{V} > 0$。

定理 C.3 方程(C.1)的一个零解是渐近稳定的，如果存在一个候选 Lyapunov 函数 V，使得沿方程(C.1)解 $\dot{V}$ 是严格负定的，即

$$\dot{V}(x) < 0 \qquad (C.7)$$

方程(C.7)中的严格不等式意味着，沿方程(C.1)解轨迹的 V 实际上是递减的，因此，解轨迹必须收敛到平衡点。

C.5 全局和指数稳定性

对于一个给定系统，如果其解轨迹满足 $\dot{V} < 0$ 这一条件，这仅能保证局部渐近稳定性，即使该条件全局成立。为了证明全局（渐近）稳定性，Lyapunov 函数 V 必须满足一个附加条件，即所谓的**径向无界**条件。

定义 C.11 假设 $V: \mathbb{R}^n \to \mathbb{R}$ 是一个连续可导函数。$V(x)$ 是**径向无界的**(radially unbounded)，如果

$$V(x) \to \infty \quad \text{as} \quad \|x\| \to \infty$$

使用这个关于 V 的附件条件，我们可以有：

定理 C.4 令 $V: \mathbb{R}^n \to \mathbb{R}$ 为方程(C.1)所描述系统的一个候选 Lyapunov 函数，并且假设 V 是径向无界的。那么，$\dot{V} < 0$ 意味着 $x = 0$ 是全局渐近稳定的。

指数稳定性的一个充分条件如下所示。

定理 C.5 假设 V 是系统(C.1)的一个候选 Lyapunov 函数，使得

$$K_1 \|x\|^p \leqslant V(x) \leqslant K_2 \|x\|^p$$
$$\dot{V} \leqslant -K_3 \|x\|^p \qquad (C.8)$$

其中 K_1、K_2、K_3 以及 p 是正的常数。那么，原点 $x = 0$ 是指数稳定的。此外，如果不等式(C.8)全局成立，那么 $x = 0$ 是全局指数稳定的。

C.6 线性系统的稳定性

考虑由方程(C.5)给出的线性系统，同时令

$$V(x) = x^T P x \qquad (C.9)$$

为一个候选 Lyapunov 函数，其中矩阵 P 对称且正定。沿着方程(C.5)的解来计算 $\dot{V}$，得出

$$\dot{V} = \dot{x}^T P x + x^T P \dot{x}$$
$$= x^T (A^T P + P A) x$$
$$= -x^T Q x$$

其中，我们定义 Q 为

$$A^{\mathrm{T}}P + PA = -Q \tag{C.10}$$

定理 C.2 说明，如果公式(C.10)中给出的矩阵 Q 是正定的(由于矩阵 P 对称，所以 Q 自动对称)，那么线性系统(C.5)是稳定的。我们可以采取的一种方法是先固定 Q 为对称且正定的，然后求解方程(C.10)，这被称为矩阵形式的关于 P 的**矩阵 Lyapunov 方程**。如果可以求解关于该方程的一个对称正定解 P，那么方程(C.5)是稳定的，并且 $x^{\mathrm{T}}Px$ 是线性系统(C.4)的一个 Lyapunov 函数。这种说法反过来也成立。事实上，我们可以总结这些声明。

定理 C.6 给定一个 $n \times n$ 的矩阵 A，那么 A 的所有特征值具有负实部，当且仅当对于任意的 $n \times n$ 的正定对称矩阵 Q，公式(C.10)有唯一的正定矩阵解 P 时。

因此，我们可以将确定线性系统稳定性这一问题还原为求解对应的线性方程组。

C.7 LaSalle 定理

在使用 Lyapunov 稳定性定理时的主要难题是，找到合适的满足 $\dot{V} < 0$ 这一条件的 Lyapunov 函数，以证明渐近稳定性。**LaSalle 不变性原理**或者 **LaSalle 定理**，为我们提供了一种工具，它可以在较弱的情形(V 仅是半负定时，即 $\dot{V} \leqslant 0$ 时)下确定系统的渐近性质。

这里的 LaSalle 定律版本紧随文献[76]中的推导。考虑如下非线性系统

$$\dot{x} = f(x), x \in \mathbb{R}^n \tag{C.11}$$

其中，f 是 $\mathbb{R}^n$ 上的一个光滑向量场，并且 $f(0) = 0$。

定义 C.12(不变集) 集合 M 相对于系统(C.21)是**不变的**或**正不变的**，当

$$x(t_0) \in M \Rightarrow x(t) \in M, \quad \text{对于 } t > 0$$

定理 C.7(LaSalle 定理) 设 D 表示 $\mathbb{R}^n$ 中的一个区域，同时令 $\Omega \subset D$ 表示相对于系统(C.11)正不变的一个紧致集。令 $V: D \to \mathbb{R}$ 表示一个连续可微函数，使得 Ω 中的 $\dot{V} \leqslant 0$。令 E 表示 Ω 中满足 $\dot{V} = 0$ 条件的所有点的集合。令 M 表示 E 中的最大不变集。那么，源自 Ω 中的任意解，随着 $t \to \infty$ 都会趋近于 M。

作为 LaSalle 定理的推论，可以得出方程(C.11)的平衡解 $x = 0$ 是渐近稳定的，如果沿方程(C.21)中除零解之外的任意解 V 都不会同样消失，即方程中满足 $\dot{V} \equiv 0$ 条件的唯一解是零解。

注意到在 LaSalle 定律的陈述中，函数 V 不需要是正定的，即它不必是 Lyapunov 函数。问题的关键是找到一个紧致的正不变集合 Ω 使得 Ω 中的 $\dot{V} \leqslant 0$。当 V 是一个合格的 Lyapunov 函数时，我们可以根据 V 的等值集合来确定集合 Ω。我们将其表述为以下命题，其证明直接来自 Lyapunov 函数的定义。

命题 C.1 令 V 表示一个候选 Lyapunov 函数，并令 $V^{-1}(c_0)$ 表示 V 的任意等值曲面，即

$$V^{-1}(c_0) = \{x \in \mathbb{R}^n \mid V(x) = c_0\}$$

其中，$c_0 > 0$ 为常数。如果对于 $x \in V^{-1}(c_0)$，我们有

$$\dot{V} = \frac{\partial V}{\partial x} f(x) \leqslant 0$$

那么，集合 $\Omega = \{x \in \mathbb{R}^n \mid V(x) \leqslant c_0\}$ 是系统(C.1)的正不变集合。

C.8 Barbalat 引理

LaSalle 定理仅适用于自治系统或时不变系统。下一个称为 Barbalat 引理的结果，提

供了一个额外的工具，用于展示非线性系统（包括时变系统）的稳定性和渐近稳定性。Barbalat 引理对分析鲁棒和自适应非线性控制器的轨迹跟踪性能很有用。

引理 C.1　**（Barbalat 引理）**　如果 $f: \mathbb{R}^n \to \mathbb{R}$ 是一个平方可积函数，并且 $\mathrm{d}f/\mathrm{d}x$ 是一致连续的，那么 $\mathrm{d}f/\mathrm{d}x$ 随着 $t \to \infty$ 而趋近于 0。

备注 C.1　1. 一个函数 $f: \mathbb{R}^n \to \mathbb{R}$ 是一个**平方可积函数**，如果

$$\int_0^\infty f^{\mathrm{T}}(x)f(x)\mathrm{d}x < \infty$$

2. $\mathrm{d}f/\mathrm{d}x$ 一致连续这一条件可以替换为 $\mathrm{d}^2 f/\mathrm{d}x^2$ 有界。

另一个与稳定性相关的重要概念是解的**一致最终有界**的概念。

定义 C.13　方程（C.1）的解 $x(t): [t_0, \infty) \to \mathbb{R}^n$ 是**一致最终有界的**，其中最终边界为 b，如果存在正的常数 a、b 以及时间 $T = T(a, b)$ 使得

$$\|x(t_0)\| \leq a \Rightarrow \|x(t)\| \leq b, \text{对于所有 } t \geq t_0 + T \qquad (\text{C.12})$$

最终有界是全局的，如果方程（C.12）对于任意大的 a 都成立。

一致最终有界表示方程（C.1）的解轨迹最终将进入半径为 b 的球体，并在 $t > t_0 + T$ 的时间内保持不变。如果 b 定义了平衡点附近的一个小区域，则一致最终有界是在控制系统设计中关于稳定性的一个很有用的实用概念。

一致极限有界通常通过 Lyapunov 理论建立如下：假设 V 是系统（C.1）的候选 Lyapunov 函数，并假设集合 $\Omega_\epsilon = \{0 \leq V(x) \leq \epsilon\}$ 是紧集。如果在集合 Ω_ϵ 之外 $\dot{V} < 0$，那么 Ω_ϵ 对于系统（C.1）是正不变的，并且起始于集合 Ω_ϵ 之外的轨迹最终将进入并保持在集合 Ω_ϵ 之内。因此，系统是一致最终有界的，其中边界为 $b = \max\limits_{x \in \Omega_\epsilon} \|x\|$。

优 化

在本附录中，我们提供了一些在本书中使用的优化理论的术语和结果。我们将在不加证明的情况下陈述各种结果。读者应查阅有关优化的介绍性教科书以了解详细信息。

一个通用的优化问题可以表述如下：

$$\text{最小化 } f(x)，\quad x \in \mathbb{R}^n \tag{D.1}$$

$$\text{其中 } h_i(x) = 0，\quad i = 1, \cdots, m \tag{D.2}$$

$$g_j(x) \leqslant 0，\quad j = 1, \cdots, p \tag{D.3}$$

函数 $f: \mathbb{R}^n \to \mathbb{R}$ 称为**目标函数**或**代价函数**。函数 $h_i: \mathbb{R}^n \to \mathbb{R}$ 和函数 $g_j: \mathbb{R}^n \to \mathbb{R}$ 分别是等式约束和不等式约束。

满足约束的向量 $x \in \mathbb{R}^n$ 称为**可行点**。对于 $x \in \mathbb{R}^n$，如果 $g_j(x) = 0$，则约束 g_j 称为**有效约束**，如果 $g_j(x) < 0$，则 g_j 称为**无效约束**。因此，等式约束 $h_i = 0$ 被认为是永远有效的约束。

D.1 无约束优化

在目标函数 $f(x)$ 没有约束的情况下，我们可以给出局部最优的简单条件。对于问题

$$\text{最小化 } f(x) \quad x \in \mathbb{R}^n$$

$f(x)$ 的**极值**或**极值点**是满足下列条件的一个向量 x^*

$$\nabla f(x^*) = 0 \tag{D.4}$$

一个向量 $x^* \in \mathbb{R}^n$ 为 $f(x)$ 的一个局部最小值的一个必要条件是：x^* 是 $f(x)$ 的一个极值点。

如果 x^* 是 $f(x)$ 的一个极值点，那么 x^* 是 $f(x)$ 的一个局部最小值的一个充分条件是：函数 $f(x)$ 的 Hessian 矩阵在 $x = x^*$ 处为正定矩阵。

梯度下降

由于标量函数的梯度指向函数最大增加的方向，找到无约束目标函数 $f(x)$ 的最小值的常用方法是为 x 的取值选择一个初始猜测 x_0，并根据下式迭代计算向量序列 $x^1, x^2, \cdots$

$$x^{k+1} = x^k - \alpha_k \nabla f(x^k)，\quad k = 0, 1, \cdots$$

换言之，x^{k+1} 指向函数 f 在 x^k 处的负梯度方向。标量 α_k 称为**步长**，它影响序列收敛到最小值 x^* 的速度。这被称为**梯度下降法**。**最速下降法**是一种梯度下降法，其中在每次迭代 k 时根据下式选择步长 α_k

$$\alpha_k = \arg \min f(x^k - \alpha \nabla f(x^k))，\quad \alpha \geqslant 0$$

在其他问题中，例如第 7 章中考虑的运动规划的人工势场方法，可以将步长取为一个小的常数值，以避免轨迹接触障碍物的情况。

D.2 约束优化

在不存在不等式约束的情况下，我们有

$$\text{最小化 } f(x)，\quad x \in \mathbb{R}^n \tag{D.5}$$

$$\text{其中 } h_i(x)=0, i=1, \cdots, m \tag{D.6}$$

满足约束 $h_i(x^*)=0$ 的向量 x^* 称为是正则点，如果在 x^* 处的梯度向量 $\nabla h_1(x^*), \cdots,$ $\nabla h_m(x^*)$ 线性无关。

拉格朗日乘子

定义**拉格朗日**函数如下

$$\ell(x, \lambda)=f(x)+\lambda_1 h_1(x)+\cdots+\lambda_m h_m(x)=f(x)+\lambda^T h(x)$$

其中，$\lambda=(\lambda_1, \cdots, \lambda_m)$ 是**拉格朗日乘子**向量。下面的拉格朗日定理给出了上述优化问题求解的一个必要条件。

定理 D.1 令 x^* 为优化问题 $(D.5) \sim$ 问题 $(D.6)$ 的一个正则点。如果 x^* 是函数 $f: \mathbb{R}^n \to \mathbb{R}$ 在约束 $h_i(x^*)=0 (i=1, \cdots, m)$ 下的一个最优解，那么存在向量 $\lambda^*=(\lambda_1^*, \cdots, \lambda_m^*)$ 使得

$$\frac{\partial \ell}{\partial x}(x^*, \lambda^*)=\nabla f(x^*)+\sum_{i=1}^{m} \lambda_i^* h(x^*)=0 \tag{D.7}$$

$$\frac{\partial \ell}{\partial \lambda}(x^*, \lambda^*)=h(x^*)=0 \tag{D.8}$$

拉格朗日定理表明：在局部最小值 x^* 处，目标函数的梯度可以表示为等式约束的线性组合。

接下来，定义下列矩阵函数

$$L(x, \lambda)=F(x)+\lambda_1 H_1(x)+\cdots+\lambda_m H_m(x)$$

其中，$F(x)$ 和 $H_i(x)$ 分别是 $f(x)$ 和 $h_i(x)$ 的 Hessian 矩阵。那么，如果 x^*，λ^* 满足公式 $(D.7)$ 和公式 $(D.8)$，x^* 是严格局部最小值的一个充分条件是：矩阵 $L(x^*, \lambda^*)$ 是正定矩阵。

例 D.1 考虑下列问题

$$\text{最大化 } x^T Q x, x \in \mathbb{R}^n$$
$$\text{其中 } x^T P x=1$$

其中，Q 和 P 是对称的正定矩阵。我们先注意到使得目标函数 $f(x)$ 最大化等价于使得 $-f(x)$ 最小化。因此，我们构造下列拉格朗日函数

$$\ell(x, \lambda)=-x^T Q x+\lambda(x^T P x-1)$$

最优化的必要条件是：

$$\frac{\partial \ell}{\partial x}=-2x^T Q+2\lambda x^T P$$

$$\frac{\partial \ell}{\partial \lambda}=x^T P x-1=0$$

满足上述问题的任意可行点是正则的。从第一个公式，我们有

$$(\lambda P-Q)x=0$$

由于 P 是对称的正定矩阵，因此上式可写为

$$(\lambda I-P^{-1}Q)x=0$$

因此，如果解 (x^*, λ^*) 存在，那么 x^* 是矩阵 $P^{-1}Q$ 中对应于特征值 λ^* 的特征向量。 ◄

相 机 标 定

　　如 11.2 节中描述的那样，图像是一个离散的灰度值阵列。相机标定的目的是确定所有必需的参数，从而将像素坐标(r,c)和相机视场中某点的坐标(x,y,z)联系起来。换言之，给定点 P 相对于世界坐标系的坐标，在相机标定之后，我们将能够预测该点投影的图像像素坐标(r,c)。

　　相机标定是计算机视觉中普遍存在的问题。目前已经开发出了大量的解决方法，其中许多已经在开源软件库中实现（例如，OpenCV[17] 和 Matlab 的计算机视觉工具箱[26]）。在这里，我们提出了一种概念上简单且易于实现的方法。

E.1　成像平面和传感器阵列

　　为了将数字图像和三维世界联系起来，我们必须确定图像平面坐标(u,v)和像素坐标(r,c)之间的关系。我们通常将图像的边角而非图像中心定义为像素阵列的原点。使用(o_r,o_c)来表示包含主点像素的像素阵列坐标。一般情况下，相机中的感测元件并不具有单位尺寸，它们也并非必须是正方形。使用 s_x 和 s_y 来分别表示一个像素在水平和垂直方向的尺度。最后，通常情况下，像素阵列坐标系的水平和垂直轴线与相机坐标系的水平和垂直轴线方向相反[⊖]。结合这些，我们得到图像平面坐标和像素阵列坐标之间的下述关系式

$$-\frac{u}{s_x}=(r-o_r), \quad -\frac{v}{s_y}=(c-o_c) \tag{E.1}$$

　　注意到坐标(r,c)为整数，这是因为他们是存储于计算机内存中的一个阵列的离散索引。因此，这种关系仅仅是一种近似。在实践中，(r,c)的取值通过将这些公式左侧的比值四舍五入得到。

E.2　相机的外部参数

　　在 11.2.1 节中，我们仅仅讨论了相对于相机参考系的坐标。在典型的机器人应用中，任务则是相对于世界坐标系进行表达的。如果我们知道了相机坐标系相对于世界坐标系的位置和姿态（也就是我们同时知道 O_c^w 和 R_c^w），我们有

$$x^w=R_c^w x^c+O_c^w$$

或者，如果我们知道 x^w 之后希望求解 x^c，

$$x^c=R_w^c(x^w-O_c^w)$$

在本节的剩余部分，为了简化符号表达，我们将定义

$$R=R_w^c, \quad T=-R_w^c O_c^w$$

并且，我们将 x^c 写作

　　⊖　这是我们选择将投影中心放置于图像平面后方的一个结果。像素阵列坐标轴的方向可能会发生变化，这取决于图像采集卡。

$$x^c = Rx^w + T$$

R 和 T 一起被称为**相机的外部参数**。

相机通常被安装在三脚架或机械定位装置上。在后一种情况下，一种流行的配置是摇摆/俯仰云台(简称为云台)。摇摆/俯仰云台有两个自由度：一个关于世界坐标 z 轴的转动自由度和一个关于云台自身 x 轴的转动自由度。这两个自由度与人类头部的情形相类似，可以很容易地向上或者向下看，也可以从一侧转动到另一侧。在这种情况下，旋转矩阵 R 由下式给出：

$$R = R_{z,\theta} R_{x,\alpha}$$

其中，θ 是左右摇摆角度，α 是上下倾斜角度。更准确地讲，θ 是世界坐标 z 轴与相机 z 轴间的夹角，它相对于世界坐标 z 轴表达；而 α 则是世界坐标 z 轴与相机 z 轴之间的夹角，它相对于相机 x 轴表达。

E.3 相机的内部参数

从三维世界坐标到像素坐标之间的映射，可以通过将公式(11.4)和公式(E.1)联立而得到，如下：

$$r = -\frac{\lambda}{s_x}\frac{x}{z} + o_r, \quad c = -\frac{\lambda}{s_y}\frac{y}{z} + o_c \tag{E.2}$$

因此，我们一旦知道参数 λ、s_x、o_r、s_y 和 o_c 的取值，我们可以由 (x,y,z) 确定 (r,c)，其中 (x,y,z) 是相对于相机参考系的坐标。实际上，我们并不需要知道所有的 λ、s_x 和 s_y，只需要知道

$$f_x = \frac{\lambda}{s_x} \quad f_y = \frac{\lambda}{s_y}$$

即可。参数 f_x、o_r、f_y 和 o_c 被称为**相机的内部参数**。对于一个给定的相机，这些参数将是常数，它们并不随相机移动而变化。

E.4 确定相机参数

在所有的相机参数中，o_r 和 o_c(主点的图像像素坐标)是最容易确定的。它们可以通过使用灭点这一概念来完成，如例 11.2 所示。对于世界坐标系中的三组相互正交的平行线，它们的灭点定义了图像中的一个三角形。该三角形的垂心(即三角形中三个垂线的交点)是图像主点。因此，计算主点的一个简单方法是：将一个立方体放置于工作空间中，然后在图像中寻找立方体的边(这将生成三组相互正交的平行线)，计算对应于每组世界坐标系平行线的图像线的交点，并确定所得到的三角形的垂心。

为了确定剩余的相机参数，我们根据已知的世界参考系中点的坐标以及它们在图像中投影的像素坐标，构造了一个线性方程组。该系统中的未知量为相机参数。第一步是获取形如 r_i, c_i, x_i, y_i, z_i 的一组数据集，其中 $i = 1, \cdots, N$，r_i 和 c_i 是世界参考系中某点对应投影的图像像素坐标，x_i, y_i, z_i 是该点相对于世界参考系的坐标。这些采集通常通过手工方式完成，例如，通过将某个小的明亮光源放置在世界参考系中已知的 (x,y,z) 坐标处，然后手工选取对应的图像点。

一旦获得数据集，我们接下来着手建立线性方程组。相机的外部参数由下式给出：

$$R = \begin{bmatrix} r_{11} & r_{12} & r_{13} \\ r_{21} & r_{22} & r_{23} \\ r_{31} & r_{32} & r_{33} \end{bmatrix}, \quad T = \begin{bmatrix} T_x \\ T_y \\ T_z \end{bmatrix}$$

相对于相机参考系，一个点在世界参考系中的坐标可由下式给出：

$$x^c = r_{11}x + r_{12}y + r_{13}z + T_x$$
$$y^c = r_{21}x + r_{22}y + r_{23}z + T_y$$
$$z^c = r_{31}x + r_{32}y + r_{33}z + T_z$$

将这三个方程与公式(E.2)合并，我们得到

$$r - o_r = -f x \frac{x^c}{z^c} = -f_x \frac{r_{11}x + r_{12}y + r_{13}z + T_x}{r_{31}x + r_{32}y + r_{33}z + T_z} \tag{E.3}$$

$$x - o_c = -f_y \frac{y^c}{z^c} = -f_y \frac{r_{21}x + r_{22}y + r_{23}z + T_y}{r_{31}x + r_{32}y + r_{33}z + T_z} \tag{E.4}$$

由于已知主点坐标，我们可以通过使用下列坐标变化来简化公式

$$r \leftarrow r - o_r, \quad c \leftarrow c - o_c$$

现在我们将两个变换后的投影方程写作未知变量 r_{ij}，T_x，T_y，T_z，f_x，f_y 的函数。这可以通过求解方程(E.3)和方程(E.4)的 z^c，然后令得到的方程彼此相等而实现。特别是对于数据点 r_i，c_i，x_i，y_i，z_i 我们有

$$r_i f_y (r_{21}x_i + r_{22}y_i + r_{23}z_i + T_y) = c_i f_x (r_{11}x_i + r_{12}y_i + r_{13}z_i + T_x)$$

定义 $\alpha = f_x / f_y$，我们可以将上述公式写为

$$r_i r_{21}x_i + r_i r_{22}y_i + r_i r_{23}z_i + r_i T_y - \alpha c_i r_{11}x_i - \alpha c_i r_{12}y_i - \alpha c_i r_{13}z_i - \alpha c_i T_x = 0$$

我们可以将 N 个这样的方程联立起来写成下列矩阵方程的形式

$$Ax = 0 \tag{E.5}$$

其中

$$A = \begin{bmatrix} r_1 x_1 & r_1 y_1 & r_1 z_1 & r_1 & -c_1 x_1 & -c_1 y_1 & -c_1 z_1 & -c_1 \\ r_2 x_2 & r_2 y_2 & r_2 z_2 & r_2 & -c_2 x_2 & -c_2 y_2 & -c_2 z_2 & -c_2 \\ \vdots & \vdots & \vdots & \vdots & \vdots & \vdots & \vdots & \vdots \\ r_N x_N & r_N y_N & r_N z_N & r_N & -c_N x_N & -c_N y_N & -c_N z_N & -c_N \end{bmatrix}$$

并且

$$x = [r_{21}, r_{22}, r_{23}, T_y, \alpha r_{11}, \alpha r_{12}, \alpha r_{13}, \alpha T_x]^T$$

如果 $\overline{x} = [\overline{x}_1, \cdots, \overline{x}_8]^T$ 是方程(E.5)的一个解，我们仅仅知道该解是期望解 x 的某个标量倍数，即

$$\overline{x} = k[r_{21}, r_{22}, r_{23}, T_y, \alpha r_{11}, \alpha r_{12}, \alpha r_{13}, \alpha T_x]^T$$

其中，k 是一个未知的标量因子。为了求解相机参数的真实值，我们可以利用与 R 为旋转矩阵这一事实相关的约束。特别是，

$$(\overline{x}_1^2 + \overline{x}_2^2 + \overline{x}_3^2)^{\frac{1}{2}} = (k^2(r_{21}^2 + r_{22}^2 + r_{23}^2))^{\frac{1}{2}} = |k|$$

同样，

$$(\overline{x}_5^2 + \overline{x}_6^2 + \overline{x}_7^2)^{\frac{1}{2}} = (\alpha^2 k^2(r_{21}^2 + r_{22}^2 + r_{23}^2))^{\frac{1}{2}} = \alpha |k|$$

注意到根据定义有 $\alpha > 0$。

我们的下一个任务是确定 k 的符号。使用公式(E.2)，我们看到 $rx^c < 0$（回忆我们已经使用过了坐标变换 $r \leftarrow r - o_r$）。因此，我们选择 k，使得 $r(r_{11}x + r_{12}y + r_{13}z + T_x) < 0$。

此刻，我们知道了 k，α，r_{21}，r_{22}，r_{23}，r_{11}，r_{12}，r_{13}，T_x 和 T_y 参数的取值，剩下的任务就是确定 T_z，f_x 和 f_y，这是因为 R 的第三列可被作为前两列的向量叉积得以确定。由于 $\alpha = f_x / f_y$，我们仅需要确定 T_z 和 f_x。再次回到投影方程，我们有

$$r = -f_x \frac{x^c}{z^c} = -f_x \frac{r_{11}x + r_{12}y + r_{13}z + T_x}{r_{31}x + r_{32}y + r_{33}z + T_z}$$

使用与上面类似的方法来求解初始的八个参数，我们可以写出下列线性系统方程

$$r(r_{31}x + r_{32}y + r_{33}z + T_z) = -f_x(r_{11}x + r_{12}y + r_{13}z + T_x)$$

求解上述方程，很容易就能得出 T_z 和 f_x。

参 考 文 献

[1] C. Abdallah, D.M. Dawson, P. Dorato, and M. Jamshidi. A survey of robust control of rigid robots. *IEEE Control Systems Magazine*, 11(2):24–30, February 1991.

[2] R. Abraham and J. E. Marsden. *Foundations of Mechanics*. The Benjamin/Cummings Pub. Co., Inc., London, 1978.

[3] M. Aicardi, G. Cassalino, A. Bicchi, and A. Balestrino. Closed loop steering of unicycle-like vehicles via lyapunov techniques. *IEEE Robotics and Automation Magazine*, pages 27–35, March 1995.

[4] R. J. Anderson and M. W. Spong. Hybrid impedance control of robots. *IEEE Journal of Robotics and Automation*, 4(5):549–556, October 1988.

[5] Russell L. Anderson. Dynamic sensing in a ping-pong playing robot. *IEEE Transaction on Robotics and Automation*, 5(6):723–739, 1989.

[6] R. L. Andersson. *A Robot Ping-Pong Player. Experiment in Real-Time Intelligent Control*. MIT Press, Cambridge, MA, 1988.

[7] H. Asada and J.A. Cro-Granito. Kinematic and static characterization of wrist joints and their optimal design. In *Proc. IEEE Conf. on Robotics and Automation*, St. Louis, MO, 1985.

[8] K.J. Åstrom and Tore Hagglund. *PID Controllers: Theory, Design, and Tuning*. Instrument Society of America, 1995.

[9] S. Barnett. *Matrix Methods for Engineers and Scientists*. McGraw-Hill, London, 1979.

[10] Jerome Barraquand and Jean-Claude Latombe. Robot motion planning: A distributed representation approach. *International Journal of Robotics Research*, 10(6):628–649, December 1991.

[11] A. K. Bejczy. Robot arm dynamics and control. *JPL Technical Memorandum*, pages 33–69, February 1974.

[12] H. Berghuis and H. Nijmeijer. A passivity approach to controller-observer design for robots. *IEEE Trans. on Robotics and Automation*, 9:740–754, 1993.

[13] A.M. Bloch, M. Reyhanoglu, and N.H. McClamroch. Control and stabilization of nonholonomic dynamic systems. *IEEE Transactions on Automatic Control*, 37:1746–1757, 1992.

[14] Daniel J. Block, Karl J. Åström, and Mark W. Spong. *The Reaction Wheel Pendulum*. Morgan & Claypool Publishers, 2007.

[15] W. M. Boothby. *An Introduction to Differentiable Manifolds and Riemannian Geometry*. Academic Press, San Diego, CA, 2nd edition, 1986.

[16] O. Botema and B. Roth. *Theoretical Kinematics*. North Holland, Amsterdam, 1979.

[17] G. Bradski. The OpenCV Library. *Dr. Dobb's Journal of Software Tools*, 2000.

[18] R. W. Brockett. Asymptotic stability and feedback stabilization. In R. S. Millman and H. J. Sussmann, editors, *Differential Geometric Control Theory*, pages 181–191. Birkhauser, 1983.

[19] B. Brogliato, I. D. Landau, and R. Lozano. Adaptive motion control of robot manipulators: A unified approach based on passivity. *Int. J. of Robust and Nonlinear Control*, 1:187–202, 1991.

[20] R. Brooks and T. Lozano-Perez. A subdivision algorithm in configuration space for findpath with rotation. In *Proc. Int. Joint Conf. on Art. Intell.*, pages 799–806, 1983.

[21] J. F. Canny. *The Complexity of Robot Motion Planning*. MIT Press, Cambridge, MA, 1988.

[22] B. Charlet, J. Levine, and R. Marino. On dynamic feedback linearization. *Systems and Control Letters*, 13:143–152, 1989.

[23] F. Chaumette. Potential problems of stability and convergence in image-based and position-based visual servoing. In D. Kriegman, G. Hager, and S. Morse, editors, *The confluence of vision and control*, volume 237 of *Lecture Notes in Control and Information Sciences*, pages 66–78. Springer Verlag, 1998.

[24] H. Choset, K. M. Lynch, S. Hutchinson, G. Kantor, W. Burgard, L. E. Kavraki, and S. Thrun. *Principles of Robot Motion: Theory, Algorithms, and Implementations*. MIT Press, Cambridge, MA, 2005.

[25] J.C. Colson and N. D. Perreira. Kinematic arrangements used in industrial robots. In *Proc. 13th International Symposium on Industrial Robots*, 1983.

[26] P.I. Corke. *Robotics, Vision and Control*. Springer, 2011.

[27] P.I. Corke and S. A. Hutchinson. A new partitioned approach to image-based visual servo control. *IEEE Trans. on Robotics and Automation*, 17(4):507–515, August 2001.

[28] M. Corless and G. Leitmann. Continuous state feedback guaranteeing uniform ultimate boundedness for uncertain dynamic systems. *IEEE Transactions on Automatic Control*, 26:1139–1144, 1981.

[29] J.J. Craig. *Adaptive Control of Mechanical Manipulators*. Addison-Wesley, Reading, MA, 1988.

[30] M. L. Curtiss. *Matrix Groups*. Springer Verlag, New York, NY, second edition, 1984.

[31] V. S. Cvetković and M. Vukobratović. One robust, dynamic control algorithm for manipulation systems. *International Journal of Robotics Research*, 1(4):15–28, winter 1982.

[32] C. Canudas de Wit et al. *Theory of Robot Control*. Springer Verlag, Berlin, 1996.

[33] K. Deguchi. Optimal motion control for image-based visual servoing by decoupling translation and rotation. In *Proc. Int. Conf. Intelligent Robots and Systems*, pages 705–711, October 1998.

[34] A. DeLuca. Dynamic control properties of robot arms with joint elasticity. In *Proceedings of the 1988 IEEE International Conference on Robotics and Automation*, pages 1574–1580, Philadelphia, PA, 1988.

[35] J. Denavit and R. S. Hartenberg. A kinematic notation for lower pair mechanisms. *Applied Mechanics*, 22:215–221, 1955.

[36] J. C. Doyle, B. A. Francis, and A. R. Tannenbaum. *Feedback Control Theory*. Macmillan Publishing Company, New York, NY, 1992.

[37] J. Duffy. *Analysis of Mechanisms and Robot Manipulators*. John Wiley and Sons, Inc., New York, NY, 1980.

[38] J. Duffy. The fallacy of modern hybrid control theory that is based on orthogonal complements of twist and wrench spaces. *J. Robot Syst.*, 7:139–144, 1990.

[39] B. Espiau, F. Chaumette, and P. Rives. A new approach to visual servoing in robotics. *IEEE Transactions on Robotics and Automation*, 8:313–326, 1992.

[40] S. E. Fahlman. A planning system for robot construction tasks. *Artificial Intelligence*, 5:1–49, 1974.

[41] I. Fantoni and R. Lozano. *Nonlinear Control for Underactuated Mechanical Systems*. Springer Verlag, Berlin, 2001.

[42] O.D. Faugeras. *Three-Dimensional Computer Vision*. MIT Press, Cambridge, MA, 1993.

[43] J. T. Feddema, C. S. George Lee, and O. R. Mitchell. Weighted Selection of Image Features for Resolved Rate Visual Feedback Control. *IEEE Transactions on Robotics and Automation*, 7:31–47, 1991.

[44] J.T. Feddema and O.R. Mitchell. Vision-guided servoing with feature-based trajectory generation. *IEEE Trans. on Robotics and Automation*, 5(5):691–700, October 1989.

[45] R. Fikes and N. Nilsson. STRIPS: A new approach to the application of theorem proving to problem solving. *Artificial Intelligence*, 2:189–208, 1971.

[46] A.F. Filippov. *Differential Equations with Discontinuous Right Hand Sides*. Kluwer, Dordrecht, 1988.

[47] D. Forsyth and J. Ponce. *Computer Vision: A Modern Approach*. Prentice Hall, Upper Saddle River, NJ, 2003.

[48] G. F. Franklin, J. D. Powell, and M. L. Workman. *Digital Control of*

Dynamic Systems. Addison-Wesley, 2nd edition, 1990.

[49] S. H. Friedberg, A. J. Insel, and L. E. Spence. *Linear Algebra.* Prentice-Hall, Englewood Cliffs, NJ, 1979.

[50] M. Gautier and W. Khalil. On the identification of the inertial parameters of robots. In *IEEE Conf. on Decision and Control*, pages 2264–2269, 1988.

[51] M. Gautier and W. Khalil. Direct calculation of minimum set of inertial parameters of serial robots. *IEEE Trans. on Robotics and Automation*, 6:368–373, 1990.

[52] S.S. Ge, T.H. Lee, and C.J. Harris. *Adaptive Neural Network Control of Robotic Manipulators.* World Scientific, Singapore, 1998.

[53] F. Ghorbel, B. Srinivasan, and M.W. Spong. On the uniform boundedness of the inertia matrix of serial robot manipulators. *Journal of Robotic Systems*, 15(1):17–28, January 1998.

[54] A. A. Goldenberg, B. Benhabib, and R. G. Fenton. A complete generalized solution to the inverse kinematics of robots. *IEEE J. Robotics and Automation*, RA-1(1):14–20, 1985.

[55] H. Goldstein. *Classical Mechanics.* Addison-Wesley, Reading, MA, 1974.

[56] G.H. Golub and C.F. Van Loan. *Matrix Computations.* The Johns Hopkins University Press, 1983.

[57] Irving M. Gottlieb. *Electric Motors and Control Techniques.* TAB Books, New York, NY, 1994.

[58] W. M. Grimm. Robustness analysis of nonlinear decoupling for elastic-joint robots. *IEEE Trans. on Robotics and Automation*, 6:373–377, 1990.

[59] J.W. Grizzle, E.R. Westervelt, and C. Canudas de Wit. Event-based PI control of an underactuated biped walker. In *Proc. 42nd IEEE Conference on Decision and Control*, pages 3091–3096, December 2003.

[60] Paul R. Halmos. *Finite-dimensional vector spaces.* Springer Verlag, New York, 1974.

[61] R. M. Haralick and L. G. Shapiro. *Computer and Robot Vision, Vols. I and II.* Addison-Wesley Pub. Co., Inc., Reading, MA, 1993.

[62] H. Hemami, F. Weimer, and S. Koozekanani. Some aspects of the inverted pendulum problem for modeling of locomotion systems. *IEEE Transactions on Automatic Control*, 18(6):658–661, 1973.

[63] N. Hogan. Impedance control: An approach to manipulation: Parts I–III. *ASME J. of Dynamic Systems, Measurement, and Control*, 107:1–24, 1985.

[64] J.M. Hollerbach. A recursive formulation of Lagrangian manipulator dynamics and a comparative study of dynamics formulation complexity. *IEEE Trans. on Systems, Man, and Cybernetics*, SMC-10(11):730–736, Nov 1980.

[65] J.M. Hollerbach and S. Gideon. Wrist-partitioned inverse kinematic accelerations and manipulator dynamics. *International Journal of Robotics Research*, 4:61–76, 1983.

[66] B. K. P. Horn. *Robot Vision*. MIT Press, Cambridge, 1986.

[67] R. Horowitz and M. Tomizuka. An adaptive control scheme for mechanical manipulators - compensation of nonlinearities and decoupling control. *ASME Journal of Dynamic Systems, Meas. and Control*, 108:127–135, 1986.

[68] K. Hunt. *Kinematic Geometry of Mechanisms*. Oxford University Press, London, 1978.

[69] A. Isidori. *Nonlinear Control Systems*. Springer Verlag, New York, NY, 1999.

[70] J.J. Uicker Jr., J. Denavit, and R. S. Hartenberg. An iterative method for the displacement analysis of spatial mechanisms. *Trans. Applied Mechanics*, 31 Series E:309–314, 1964.

[71] T. Kailath. *Linear Systems*. Prentice Hall, Englewood Cliffs, NJ, 1980.

[72] R. Kalman. Contributions to the theory of optimal control. *Boletin de la Sociedad Matemática Mexicana*, 5:102–119, 1960.

[73] Subbarao Kambhampati and Larry S. Davis. Multiresolution path planning for mobile robots. *IEEE Journal of Robotics and Automation*, 2(3):135–145, September 1986.

[74] Lydia E. Kavraki. *Random Networks in Configuration Space for Fast Path Planning*. PhD thesis, Stanford University, Stanford, CA, 1994.

[75] Lydia E. Kavraki, Petr Švestka, Jean-Claude Latombe, and Mark H. Overmars. Probabilistic roadmaps for path planning in high-dimensional configuration spaces. *IEEE Trans. on Robotics and Automation*, 12(4):566–580, August 1996.

[76] H.K. Khalil. *Nonlinear Systems, 2nd Ed.* Prentice Hall, Englewood Cliffs, NJ, 1996.

[77] O. Khatib. Real-time obstacle avoidance for manipulators and mobile robots. *International Journal of Robotics Research*, 5(1):90–98, 1986.

[78] D.E. Koditschek. The application of total energy as a Lyapunov function for mechanical control systems. In J.E. Marsden, et al., editors, *Dynamics and Control of Multibody Systems*, volume 97, pages 131–157. AMS, 1989.

[79] D.E. Koditschek. Robot planning and control via potential functions. In *The Robotics Review 1*, pages 349–367. MIT Press, 1989.

[80] I. Kolmanovsky and N. H. McClamroch. Developments in nonholonomic control problems. *IEEE Control Magazine*, pages 20–36, December 1995.

[81] A.J. Krener and I. Isidori. Linearization by output injection and nonlinear observers. *Syst. Control Lett.*, 3:47–52, 1983.

[82] A.J. Krener and W. Respondek. Nonlinear observers with linearizable

error dynamics. *SIAM J. Control and Optimization*, 23(2):197–216, 1985.

[83] K. Kreutz. On manipulator control by exact linearization. *IEEE Transactions on Automatic Control*, 34(7):763–767, July 1989.

[84] B.C. Kuo. *Control Systems*. Prentice Hall, Englewood Cliffs, NJ, 1982.

[85] C. Lanczos. *The Variational Principles of Mechanics*. University of Toronto Press, Toronto, CA, 4th edition, 1970.

[86] I.D. Landau and R. Horowitz. Synthesis of adaptive controllers for robotic manipulators using a passive feedback systems approach. *Int. J. of Adaptive Control and Signal Processing*, 3:23–38, 1989.

[87] J. C. Latombe. *Robot Motion Planning*. Kluwer Academic Publishers, Boston, MA, 1991.

[88] S. M. LaValle. *Planning Algorithms*. Cambridge University Press, Cambridge, MA, 2006.

[89] S. M. LaValle. Motion planning. *IEEE Robotics Automation Magazine*, 18(1):79–89, March 2011.

[90] S. M. LaValle and J. J. Kuffner. Randomized kinodynamic planning. In *Proc. IEEE Int'l Conference on Robotics and Automation*, pages 473–479, 1999.

[91] S. M. LaValle and J. J. Kuffner. Rapidly-exploring random trees: Progress and prospects. In *New Directions in Algorithmic and Computational Robotics*, pages 293–308. AK Peters, 2001.

[92] C.S.G. Lee, R. C. Gonzales, and K. S. Fu. *Tutorial on Robotics*. IEEE Computer Society Press, Silver Spring, MD, 1983.

[93] C.S.G. Lee and M. Ziegler. A geometric approach in solving the inverse kinematics of PUMA robots. *IEEE Trans. Aero. and Elect. Sys.*, AES-20(6):695–706, 1984.

[94] F.L. Lewis, S. Jagannathan, and A. Yesildirek. *Neural Network Control of Robot Manipulators and Nonlinear Systems*. Taylor and Francis, London, 1999.

[95] Daniel Liberzon. *Switching in Systems and Control*. Birkhäuser, Boston, 2003.

[96] Ming Lin and Dinesh Manocha. Efficient contact determination in dynamic environments. *International Journal of Computational Geometry and Applications*, 7(1):123–151, 1997.

[97] T. Lozano-Perez. Spatial planning: A configuration space approach. *IEEE Transactions on Computers*, February 1983.

[98] A. De Luca, S. Iannitti, R. Mattone, and G. Oriolo. Underactuated manipulators: Control properties and techniques. *Machine Intelligence and Robotic Control*, 4(3):113–125, 2002.

[99] A. De Luca and P. Lucibello. A general algorithm for dynamic feed-

back linearization of robots with elastic joints. In *1998 IEEE Int. Conf. on Robotics and Automation*, pages 504–510, Leuven, 1998.

[100] A. De Luca and G. Oriolo. *Modelling and control of nonholonomic mechanical systems*, volume 360 of *CISM Courses and Lectures*, chapter Kinematics and Dynamics of Multi-Body Systems, pages 277–342. Springer Verlag, Wien, 1995.

[101] A. De Luca and G. Oriolo. Motion planning and trajectory control of an underactuated three-link robot via dynamic feedback linearization. In *2000 IEEE Int. Conf. on Robotics and Automation*, pages 2789–2795, San Francisco, CA, 2000.

[102] A. De Luca and G. Oriolo. Trajectory planning and control for planar robots with passive last joint. *Int. J. of Robotics Research*, 21(5–6):575–590, 2002.

[103] D.G. Luenberger. Observing the state of a linear system. *IEEE Trans. Mil. Electronics*, MIL-8:74–80, 1964.

[104] J.Y.S. Luh, M. W. Walker, and R.P.C. Paul. On-line computational scheme for mechanical manipulators. *ASME J. of Dynamic Systems*, 102:69–76, 1980.

[105] K.M. Lynch and F.C. Park. *Modern Robotics: Mechanics, Planning, and Control.* Cambridge University Press, 2017.

[106] Yi Ma, Stefano Soatto, Jana Kosecka, and Shankar Sastry. *An Invitation to 3-D Vision: From Images to Geometric Models.* Springer Verlag, New York, NY, 2003.

[107] E. Malis, F. Chaumette, and S. Boudet. 2-1/2-D visual servoing. *IEEE Trans. on Robotics and Automation*, 15(2):238–250, April 1999.

[108] R. Manseur and K.L. Doty. A robot manipulator with 16 real inverse kinematic solutions. *IJRR*, 8:75–79, 1989.

[109] R. Marino and M.W. Spong. Nonlinear control techniques for flexible joint manipulators: A single link case study. In *Proceedings of IEEE Conference on Robotics and Automation*, pages 1030–1026, San Francisco, CA, 1986.

[110] B.R. Markiewicz. Analysis of the computed torque drive method and comparison with conventional position servo for a computer-controlled manipulator. Technical Report TM 33-601, Jet Propulsion Laboratory, Pasadena, CA, March 1973.

[111] D. Marr. *Vision.* Freeman, San Francisco, CA, 1982.

[112] J. E. Marsden and T. S. Ratiu. *Introduction to Mechanics and Symmetry.* Springer Verlag, New York, NY, second edition, 1999.

[113] M.T. Mason. Compliance and force control for computer controlled manipulators. *IEEE Trans. on Systems, Man, and Cybernetics*, 14:418–432, 1981.

[114] R.H. Middleton and G. Goodwin. Adaptive computed torque control

of robot manipulators. *Systems and Control Letters*, 1987.

[115] Brian Mirtich. V-Clip: Fast and robust polyhedral collision detection. Technical Report TR97-05, Mitsubishi Electric Research Laboratory, 201 Broadway, Cambridge, MA 02139, June 1997.

[116] G. Morel, T. Liebezeit, J. Szewczyk, S. Boudet, and J. Pot. Explicit incorporation of 2D constraints in vision based control of robot manipulators. In Peter Corke and James Trevelyan, editors, *Experimental Robotics VI*, volume 250 of *Lecture Notes in Control and Information Sciences*, pages 99–108. Springer Verlag, 2000. ISBN: 1 85233 210 7.

[117] S. Mori, H. Nishihara, and K. Furuta. Control of unstable mechanical systems: Control of pendulum. *Int. J. Control*, 23:673–692, 1976.

[118] R. Murray, X. Li, and S.S. Sastry. *A Mathematical Introduction to Robotic Manipulation*. CRC Press, 1994.

[119] R. M. Murray, Z. X. Li, and S. S. Sastry. *A Mathematical Introduction to Robotic Manipulation*. CRC Press, Boca Raton, FL, 1994.

[120] R. M. Murray, M. Rathinam, and W. Sluis. Differential flatness of mechanical control systems: A catalog of prototype systems. In *1995 ASME Int. Mechanical Engineering Congress and Exposition*, San Francisco, CA, 1995.

[121] R. M. Murray and S. S. Sastry. Nonholonomic motion planning steering using sinusoids. *IEEE Trans. on Automatic Control*, 38:700–713, 1993.

[122] R.M. Murray and J. Hauser. A case study in approximate linearization: The Acrobot example. In *Proc. American Control Conference*, 1990.

[123] Y. Nakamura, T. Suzuki, and M. Koinuma. Nonlinear behavior and control of nonholonomic free-joint manipulator. *IEEE Trans. on Robotics and Automation*, 13(6):853–862, 1997.

[124] B. Nelson and P. K. Khosla. Integrating sensor placement and visual tracking strategies. In *Proceedings of IEEE Conference on Robotics and Automation*, pages 1351–1356, 1994.

[125] B. J. Nelson and P. K. Khosla. The resolvability ellipsoid for visual servoing. In *Proc. IEEE Computer Society Conference on Computer Vision and Pattern Recognition*, pages 829–832, 1994.

[126] J. Nethery and M.W. Spong. Robotica. *IEEE Robotics Magazine*, 1(1), 1995.

[127] H. L. Newkirk, W. R. Haseltine, and A. V. Pratt. Stability of rotating space vehicles. *Proceedings of the IRE*, 48(4):74–750, 1960.

[128] S. Nicosia, F. Nicolo, and D. Lentini. Dynamical control of industrial robots with elastic and dissipative joints. In *Proceedings of the IFAC 8th Triennial World Congress*, pages 1933–1939, Kyoto, Japan, 1981.

[129] N. Nilsson. A mobile automaton: An application of artificial intellgience techniques. In *Proc. Int. Joint Conf. on Art. Intell.*, 1969.

[130] G. Oriolo and Y. Nakamura. Control of mechanical systems with second order nonholonomic constraints: Underactuated manipulators. In *Proceedings of the 30th IEEE Conf. on Dec. and Contr.*, pages 306–308, Brighton, England, 1991.

[131] R. Ortega and M.W. Spong. Adaptive control of robot manipulators: A tutorial. *Automatica*, 25(6):877–888, 1989.

[132] Mark H. Overmars and Petr Švestka. A probabilistic learning approach to motion planning. In *Proceedings of Workshop on Algorithmic Foundations of Robotics*, pages 19–37, 1994.

[133] K. Passino and S. Yurkovich. *Fuzzy Control*. Addison Wesley, Menlo Park, CA, 1998.

[134] R. Paul. *Robot Manipulators: Mathematics, Programming and Control*. MIT Press, Cambridge, MA, 1982.

[135] R. P. Paul, B. E. Shimano, and G. Mayer. Kinematic control equations for simple manipulators. *IEEE Trans. Systems, Man., and Cybernetics*, SMC-ll(6):339–455, 1981.

[136] R.P. Paul. Modeling, trajectory calculation, and servoing of a computer controlled arm. Technical Report AIM 177, Stanford University Artificial Intelligence Laboratory, Palo Alto, CA, Nov 1972.

[137] D. L. Pieper. *The Kinematics of Manipulators under Computer Control*. PhD thesis, Stanford University, 1968.

[138] W. Press, B. Flannery, S. Teukolsky, and W. Vetterling. *Numerical Recipes in C*. Cambridge University Press, 1988.

[139] E.J.F. Primrose. On the input-output equation of the general 7R mechanism. *Mechanisms and Machine Theory*, 21:509–510, 1986.

[140] M.H. Raibert and J.J. Craig. Hybrid position/force control of manipulators. *ASME*, 102:126–133, 1981.

[141] M. Rathinam and R. M. Murray. Configuration flatness of Lagrangian systems underactuated by one control. *SIAM J. of Control and Optimization*, 36(1):164–179, 1998.

[142] Mark C. Readman. *Flexible Joint Robots*. CRC Press, Boca Raton, FL, 1994.

[143] J. N. Reddy and M.L. Rasmussen. *Advanced Engineering Analysis*. John Wiley and Sons, Inc., New York, NY, 1982.

[144] Azriel Rosenfeld and Avi Kak. *Digital Picture Processing*. Academic Press, New York, NY, 1982.

[145] C. Samson, M. Le Borgne, and B. Espiau. *Robot Control: The Task Function Approach*. Clarendon Press, Oxford, England, 1992.

[146] A. C. Sanderson, L. E. Weiss, and C. P. Neuman. Dynamic sensor-based control of robots with visual feedback. *IEEE Trans. on Robotics*

and Automation, RA-3(5):404–417, October 1987.

[147] J. T. Schwartz, M. Sharir, and J. Hopcroft, editors. *Planning, Geometry, and Complexity of Robot Motion*. Ablex, Norwood, NJ, 1987.

[148] M. Shahinpoor. The exact inverse kinematics solutions for the Rhino XR-2 robot. *Robotics Age*, 7(8):6–14, 1985.

[149] R. Sharma and S. Hutchinson. Motion perceptibility and its application to active vision-based servo control. *IEEE Trans. on Robotics and Automation*, 13(4):607–617, August 1997.

[150] R. Sharma and S. A. Hutchinson. On the observability of robot motion under active camera control. In *Proceedings of IEEE Conference on Robotics and Automation*, pages 162–167, May 1994.

[151] N. Shiroma, H. Arai, and K. Tanie. Nonholonomic motion planning for coupled planar rigid bodies with passive revolute joints. *Int. J. of Robotics Research*, 21(5-6):563–574, 2002.

[152] D.B. Silver. On the equivalence of Lagrangian and Newton–Euler dynamics for manipulators. *International Journal of Robotics Research*, 1(2), 1982.

[153] J.-J. E. Slotine and W. Li. Adaptive manipulator control: A case study. *IEEE Trans. on Automatic Control*, 33:995–1003, 1988.

[154] J.J.-E. Slotine. The robust control of robot manipulators. *Int. J. Robotics Research*, 4(2):49–64, 1985.

[155] I. S. Sokolnikoff and R. M. Redheffer. *Mathematical Methods of Physics and Modern Engineering*. McGraw-Hill, New York, NY, 1958.

[156] M. Spivak. *A comprehensive introduction to differential geometry*. Publish or Perish, Inc., Berkeley, CA, second edition, 1979.

[157] M. W. Spong. The control of underactuated mechanical systems. In *First International Conference on Mecatronics*, Mexico City, 1994.

[158] M. W. Spong. The swingup control problem for the acrobot. *IEEE Control Systems*, 15(1):49–55, February 1995.

[159] M. W. Spong. Energy based control of a class of underactuated mechanical system. In *1996 IFAC World Congress*, volume F, pages 431–436, San Francisco, CA, July 1996.

[160] M. W. Spong and D. Block. The pendubot: A mechatronic systems for control research and education. In *IEEE Conference on Decision and Control*, pages 555–557, New Orleans, LA, December 1995.

[161] M. W. Spong, R. Ortega, and R. Kelly. Comments on 'adaptive manipulator control: A case study'. *IEEE Trans. on Automatic Control*, 35:761–762, 1990.

[162] Mark W. Spong. Partial feedback linearization of underactuated mechanical systems. In *IROS'94*, Munich, Germany, September 1994.

[163] Mark W. Spong. Underactuated mechanical systems. In B. Siciliano and K. P. Valavanis, editors, *Control Problems in Robotics and Au-*

tomation, volume 230, pages 135–150. Springer Verlag, 1998.

[164] Mark W. Spong, Daniel J. Block, and Karl J. Astrom. The mecha- tronics control kit for education and research. In *IEEE Conference on Control Applications*, pages 105–110, Mexico City, September, 5-7 2001.

[165] M.W. Spong. Modeling and control of elastic joint robots. *Transac- tions of the ASME, J. Dynamic Systems, Measurement and Control*, 109:310–319, December 1987.

[166] M.W. Spong. On the robust control of robot manipulators. *IEEE Transactions on Automatic Control*, AC-37(11):1782–1786, November 1992.

[167] M.W. Spong, F.L. Lewis, and C.T. Abdallah. *Robot Control: Dynam- ics, Motion Planning, and Analysis*. IEEE Press, 1992.

[168] M.W. Spong, J.S. Thorp, and J. Kleinwaks. The control of robot manipulators with bounded input part II: robustness and disturbance rejection. In *IEEE Conf. on Decision and Control*, Las Vegas, Decem- ber 1984.

[169] M.W. Spong, J.S. Thorp, and J. Kleinwaks. The control of robot manipulators with bounded input. *IEEE Transactions on Automatic Control*, 31(3):483–490, March 1986.

[170] M.W. Spong and M. Vidyasagar. Robust linear compensator design for nonlinear robotic control. *IEEE Trans. on Robotics and Automation*, RA-3(4):345–351, August 1987.

[171] R.J. Su. On the linear equivalents of nonlinear systems. *Syst. Control Lett.*, 2, 1981.

[172] L. Sweet and M.C. Good. Re-definition of the robot motion control problem: Effects of plant dynamics, drive system constraints, and user requirements. In *Proc. 23rd IEEE Conf. on Decision and Control*, pages 724–731, Las Vegas, December 1984.

[173] L. M. Sweet and M. C. Good. Redefinition of the robot motion control problem. *IEEE Control Systems Magazine*, 5(3):18–24, 1985.

[174] M. Takegaki and S. Arimoto. A new feedback method for dynamic control of manipulators. *Journal of Dynamic Systems, Measurement, and Control*, 102:119–125, 1981.

[175] E. Trucco and A. Verri. *Introductory Techniques for 3-D Computer Vision*. Prentice Hall, Upper Saddle River, NJ, 1998.

[176] L. Tsai and A. Morgan. Solving the kinematics of the most general six- and five-degree-of-freedom manipulators by continuation methods. In *Proc. ASME Mechanisms Conference*, Boston, October 1984.

[177] Gino van den Bergen. A fast and robust GJK implementation for colli- sion detection of convex objects. *Journal of Graphics Tools*, 4(2):7–25, 1999.

[178] Gino van den Bergen. *User's Guide to the SOLID Interference De-*

tection Library. Eindhoven University of Technology, Eindhoven, The Netherlands, 1999.

[179] Ravi N. Vanavar and Velupillai Sankaranarayanan. *Switched Finite Time Control of a Class of Underactuated Systems.* Springer Verlag, Berlin, 2006.

[180] M. Vidyasagar. *Nonlinear Systems Analysis, 2nd Ed.* Prentice Hall, Englewood Cliffs, NJ, 1993.

[181] D. E. Whitney. The mathematics of coordinated control of prosthetic arms and manipulators. *J. Dyn. Sys., Meas. Cont.*, December 1972.

[182] E. T. Whittaker. *Dynamics of Particles and Rigid Bodies.* Cambridge University Press, London, 1904.

[183] K. Y. Wichlund, O.J. Sordalen, and O. Egeland. Control of vehicles with second-order nonholonomic constraints: Underactuated vehicles. In *Proceedings of the European Control Conference*, pages 3086–3091, Rome, Italy, 1995.

[184] M. Wiklund, A. Kristenson, and K. J. Astrom. A new strategy for swinging up an inverted pendulum. In *Proceedings of the IFAC Symposium*, Sydney, Australia, 1993.

[185] W. Wonham. On pole assignment in multi-input controllable linear systems. *IEEE Trans. Aut. Cont*, 12(6):660–665, December 1967.

[186] Xin Xin. *Control Design and Analysis for Underactuated Robotic Systems.* Springer Verlag, London, 2014.

[187] T. Yoshikawa. Manipulability of robotic mechanisms. *International Journal of Robotics Research*, 4(2):3–9, 1985.

推荐阅读

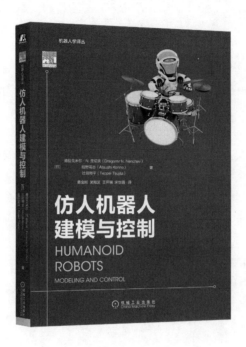

仿人机器人建模与控制

书号：978-7-111-70373-0　作者：Dragomir N. Nenchev 等　译者：姜金刚 等　定价：129.00元

　　本书由日本的三位机器人专家撰写，不仅对他们自身在该领域数十年来的研究成果进行了重新梳理，而且包含许多其他研究人员的重要成果，特别是揭示了不同研究成果之间的关系，对于学术界和产业界的研究人员都十分有益。

　　本书主要围绕仿人机器人的分析、设计和控制中使用的模型展开讨论。首先介绍仿人机器人领域的发展历史，总结当前的先进成果。接下来介绍运动学、运动静力学和动力学相关的理论基础，并对双足平衡控制方法进行了综述。然后讨论多指手机器人、双臂机器人和多机器人系统的协作物体操作模型和控制算法。之后介绍仿人机器人的运动生成和控制，以及这些技术的应用。最后介绍仿真环境，并提供使用基于MATLAB的模拟器进行动力学仿真的详细步骤。

未来机器人畅想

书号：978-7-111-69562-2 作者：Laura Major 等 译者：邢艺兰 等 定价：79.00元

　　如何打造未来的工作机器人？人类应如何与之相处？本书不仅提出了许多引人深思的问题，而且给出了重要且及时的建议。两位作者在工业界和学术界拥有丰富的经验，我认为没有人比她们更有资格进行这一重要的讨论。

——Amy Villeneuve，Amazon Robotics前总裁兼首席运营官

　　本书再次打破了20世纪的神话：自动驾驶机器人完全依靠自己就能完美运行。书中表明，机器人要想在真实环境中获得成功，关键是与人类和基础设施的协作。为此，我们需要在社会科学、行为科学、数据科学和物理科学方面均有所建树的新一代工程师。两位作者正是这一代工程师中的领军人物！

——David Mindell，麻省理工学院教授，Humatics公司创始人